ro
ro
ro

Anne Helene Bubenzer, geboren 1973 in Siegen, studierte in Freiburg im Breisgau und Oslo Skandinavistik, Anglistik und Germanistik und war mehrere Jahre als Verlagslektorin tätig. Sie lebt heute in Hamburg, wo sie als freie Autorin, Lektorin und Übersetzerin arbeitet. «Die unglaubliche Geschichte des Henry N. Brown» ist ihr erster Roman.

«Was für ein sympathisches Buch!» *Freundin*

«Eine Biographie, wie man sie schöner nicht schreiben könnte.» *Aachener Zeitung*

«Dieses Buch muss man einfach lieben, denn es bringt uns allen ein Stück Kindheit zurück!» *Salzburger Woche*

Die unglaubliche Geschichte

des

HENRY N. BROWN

Roman

Erzählt von
Anne Helene Bubenzer

Rowohlt Taschenbuch Verlag

Das Zitat auf Seite 384 ist dem Buch «Zimmer mit Aussicht» von E. M. Forster entnommen. Zitiert nach der Übersetzung von Werner Peterich, München 1986.

3. Auflage März 2011

Veröffentlicht im Rowohlt Taschenbuch Verlag,
Reinbek bei Hamburg, Dezember 2009
Copyright © 2008 by Thiele & Brandstätter Verlag GmbH,
München und Wien
Umschlaggestaltung any.way, Cathrin Günther
(Foto: First Light / Corbis)
Satz Fairfield PostScript, InDesign, bei
Pinkuin Satz und Datentechnik, Berlin
Druck und Bindung CPI – Clausen & Bosse, Leck
Printed in Germany
ISBN 978 3 499 25289 1

MIX
Papier aus verantwor-
tungsvollen Quellen
FSC® C083411

Das für dieses Buch verwendete FSC®-zertifizierte Papier
Lux Cream liefert Stora Enso, Finnland.

Für meinen Pa, in Gedanken
und für Wolfgang, in Liebe

Nicht Asche bewahren will ich,
sondern die Flamme am Brennen halten.

I

Vor einer halben Stunde habe ich an der Sicherheitskontrolle Alarm ausgelöst.

Die Schriftstellerin stellte ihre Tasche zum Durchleuchten auf das Band, und dann war es auch schon zu spät.

«Bitte, entschuldigen Sie, gnädige Frau, is des Ihre Taschen?», fragte der österreichische Sicherheitsbeamte routiniert.

«Ja, die gehört mir», sagte die Schriftstellerin.

«Können Sie die einmal öffnen, bitt schön?»

«Natürlich», erwiderte sie ganz freundlich und nett – so, wie ich sie kennengelernt habe. So, wie sie von Anfang an gewesen ist.

«Is des Ihr Teddy?», fragte der Sicherheitsbeamte formell und zog mich am Arm aus der Tasche.

«Ja», wiederholte sie. «Der gehört mir.»

Es machte mich irgendwie stolz, wie sie das sagte. Sie ließ keinen Zweifel daran, dass wir zusammengehören. Sie ist meine Besitzerin.

«Sie reisen mit einem Teddy?», fragte der Beamte weiter.

«Warum nicht?», fragte sie zurück.

«A bissl komisch is des scho …», murmelte der Mann.

«Also, was wollen Sie?» Ungeduld schwang in ihrer Frage mit.

Mir war dieses Verhör ebenfalls unangenehm. Ich mag es nicht, wenn mich fremde Menschen so am Arm halten, vor allem nicht, wenn sie dabei so förmlich sind. Das verheißt nichts Gutes, ich kenne das.

«Wir müssen uns Ihren Teddy einmal genauer anschauen», sagte der Beamte. «Er ist auffällig.»

Ich war auffällig. Was hatte das zu bedeuten? *Ich* war auffällig. Dass ich nicht lache.

«Hören Sie», sagte die Schriftstellerin jetzt gar nicht mehr freundlich und nett. «Ich weiß nicht, was für einen Scherz Sie sich mit mir erlauben, aber ich muss meinen Flieger nach München kriegen und bin ziemlich in Eile.»

«Des tut mir leid, gnädige Frau, aber ich kann Sie erst gehen lassen, wenn wir wissen, was den Alarm ausgelöst hat.»

«Er hat einen Alarm ausgelöst?»

Ich hatte Alarm ausgelöst. Wieso hatte ich Alarm ausgelöst? Ich hielt die Luft an.

«Offensichtlich befindet sich im Körper Ihres Teddys ein auffälliger Gegenstand», fuhr der Mann fort. «Können Sie uns sagen, worum es sich dabei handelt?»

«Ein Gegenstand? Was ist das hier? Versteckte Kamera? Lieber Herr, äh, wie ist gleich Ihr Name —»

«Das tut nichts zur Sache.»

«Also gut, mein Herr, ich habe diesen Bären vor ungefähr achtundvierzig Stunden in einem kleinen Puppenladen in einer Seitengasse der Kärntner Straße käuflich erworben. Dort hatte er zuvor mindestens drei Jahre im Schaufenster gesessen. Ich habe ihn seither keine Sekunde aus meiner Obhut gelassen. Ich glaube ernsthaft, dass Sie Ihre und vor allem meine Zeit verschwenden, wenn Sie mich für ein Al-Qaida-Mitglied halten und diesen alten Stoffbären für Osama bin Laden.»

Die Schriftstellerin war wütend. Das verstand ich. Das Problem war bloß, dass der Sicherheitsbeamte recht hat. Ich trage etwas in mir.

«Gnädigste, jetzt regen Sie sich bitt schön mal wieder ab», sagte er. «Und dann schicken wir Ihr Bärchen noch einmal durch. Dorle, geh, sei so lieb, schick den Teddy noch einmal durch!»

Er reichte mich in die Hände einer Frau, die legte mich in eine graue Plastikwanne, und ich fuhr noch einmal durch den dunklen Röntgentunnel. Ich spürte nichts.

«Da, schaun S'», sagte der Beamte zur Schriftstellerin und deutete auf einen Monitor neben dem Band, als die Gummistreifen über mich strichen und ich wieder ans Tageslicht kam. «Man kann es ganz deutlich erkennen. Da wollen Sie doch bitte nichts dagegen sagen.»

«Nein», sagte die Schriftstellerin. «Jetzt sehe ich es auch.»

Alle sahen es. In einem bunten Farbspektrum erstrahlte auf dem Bildschirm mein Umriss, und in mir drin war ein graues Etwas zu sehen. «Das da», sagte der Beamte, «der graue Gegenstand, der ist auffällig.»

Ich war erstaunt, erschreckt und konsterniert. Die Tatsache, dass es möglich ist, ohne weiteres durch mich hindurchzusehen, traf mich völlig unvorbereitet. Es ist offenbar ein Leichtes, mein Innerstes zu betrachten und das zu entdecken, was ich während der vergangenen vierundachtzig Jahre für mein bestgehütetes Geheimnis gehalten habe.

Hier am Flughafen Wien-Schwechat hat ein Sicherheitsbeamter dieses Geheimnis entdeckt und es mit dem schnöden Wort «auffällig» in einer Art und Weise herabgewürdigt, dass mir ganz übel wurde.

«Und jetzt?», fragte die Schriftstellerin.

«Können Sie Ihren Bären öffnen?», fragte der Beamte.

«Machen Sie Witze?», fragte die Schriftstellerin. «Dieser Bär wird nicht geöffnet. Er ist eine Rarität, verstehen Sie? Er ist mindestens siebzig Jahre alt, wenn nicht noch älter. Ich habe eine Menge Geld dafür bezahlt. So einen Teddy macht man nicht einfach auf.»

«Uns wird leider nichts anderes übrigbleiben. Wir werden versuchen, den Schaden so gering wie möglich zu halten. Wenn er sich als ungefährlich herausstellt, können Sie ihn ja wieder zunähen.»

Er will mich aufschneiden? Mich aufschneiden? Das wirst du doch nicht zulassen!

«Also, das glaube ich jetzt nicht!», rief die Schriftstellerin aufgebracht. «Das kann ja wohl nicht wahr sein. Hier passiert erst mal gar nichts, solange ich nicht mit Ihrem Vorgesetzten gesprochen habe, Herr Das-tut-nichts-zur-Sache.»

Der Sicherheitsbeamte sprach in sein Walkie-Talkie, es knatterte und rauschte, Dorle, die Röntgenfrau, hatte sich inzwischen zu uns gesellt, und die Schriftstellerin nahm mich aus der Plastikwanne und strich mir über den Kopf, als wolle sie mich beruhigen. Dabei beruhigte sie sich doch nur selbst. Ich kenne dieses abwesende, automatische Streicheln von Kindern und Erwachsenen – in diesem Punkt sind sie alle gleich.

«Legen Sie den Bären zurück», sagte Dorle ruhig, aber bestimmt.

Die Schriftstellerin reagierte nicht. Sie strich weiter über meinen Kopf.

«Sie legen sofort den Bären zurück», rief der Beamte aufgeregt. «Hinlegen, sag ich.» Er griff nach seiner Waffe.

«Schon gut, bitte, ich bin ganz harmlos», sagte sie nun auch erschrocken und legte mich vorsichtig zurück in die Wanne.

Nein, halt mich fest! Halt mich fest! Bitte, halt mich fest.

Um uns herum blieben die Leute stehen, alle schauten herüber, neugierig, besorgt, belustigt, wütend, weil wir den Betrieb aufhielten. Doch keiner half uns.

«Bitte, gehen Sie weiter, meine Herrschaften, es gibt hier nichts zu sehen», sagte Dorle.

«Sie zeigen uns jetzt erst einmal Ihre Bordkarte. Und sicher haben Sie doch auch einen Namen», sagte der Beamte.

«Jeder hat einen Namen», schoss die Schriftstellerin zurück und hielt ihm ihren Reisepass hin, in dem die Bordkarte steckte.

Da fiel mir auf, dass ich gar nicht wusste, wie sie heißt. So ist das manchmal, neue Besitzer stellen sich selten mit Namen vor. Eigentlich ist das auch unerheblich, denn früher oder später bekommt man ja mit, wie sie genannt werden. Doch ich kann nicht leugnen, dass es mir gerade jetzt lieber wäre, ich wüsste, wie sie heißt.

«So, gnädige Frau, dann kommen S' bitt schön mal mit, und dann klären wir die Sache in Ruhe», sagte Dorle.

«Und was ist mit meinem Flug?»

«Das sehen wir dann.»

Der Beamte nahm die Plastikwanne unter den Arm, die Schriftstellerin folgte ihm, und Dorle bildete die Nachhut. Ich lag mit dem Gesicht nach unten, die Nase gegen das kühle Plastik gedrückt. Das Funkgerät knisterte, die Schritte hallten.

«Bitte, das kann doch nur ein Missverständnis sein», sagte die Schriftstellerin jetzt. «Was soll denn an einem so alten Teddy Schlimmes sein? Sehen Sie ihn sich doch einmal an.»

«Verzeihung, gnädige Frau, aber darauf können wir keine

Rücksicht nehmen. Was glauben Sie denn, wie Terrorismus funktioniert?», sagte der Beamte herablassend.

Wir betraten einen Raum, die Wanne wurde unsanft auf den Tisch gestellt, Stühle wurden gerückt.

«Wir nehmen jetzt Ihre Personalien auf, und dann kommt ein Kollege von der Polizei und schaut sich Ihren kleinen Freund einmal an. Wenn Sie jetzt kooperieren, sind wir ganz schnell fertig, und Sie schaffen es heute vielleicht doch noch nach München. Es ist einfach eine notwendige Sicherheitsmaßnahme.»

«Denken Sie doch mal nach!», rief die Schriftstellerin jetzt mit Verzweiflung in der Stimme. «Wenn ich wirklich eine Bombe in meinem Bären versteckt hätte, würde ich wohl kaum nach München fliegen, sondern nach Washington. Oder glauben Sie, ich würde mir wegen dem bayerischen Ministerpräsidenten so eine Mühe machen?»

Sie war toll. Sie kämpfte für mich – und ich hatte ein schlechtes Gewissen. Sie kannte ja mein Geheimnis nicht. Niemand kannte es, außer Alice. Und Alice, dieser Gedanke trifft mich immer wieder hart, war sicher schon lange tot.

«Bitte, wie Sie wollen», sagte der Beamte. «Dorle, bring die Dame bitte ins VI. Ich kümmere mich um den Teddy.»

Geh nicht weg, bleib hier, lass mich nicht allein. Nicht weggehen!

«Ich komme wieder», sagte die Schriftstellerin leise, aber bestimmt. Und ich wusste nicht, ob sie es zu mir sagte oder zu dem unangenehmen Sicherheitsbeamten. «Und wehe, dem Teddy ist auch nur ein Haar gekrümmt!», setzte sie drohend hinzu.

Ich hörte, wie sich die Tür öffnete, die junge Frau verschwand aus meinem Blickfeld, und das Letzte, was ich von ihr vernahm, war der Satz: «Das ist schon wieder so eine unglaubliche Geschichte, die müsste man glatt aufschreiben. So was glaubt einem ja keiner.»

Und jetzt liege ich hier. Es ist still, nur eine Neonröhre summt leise, und eine Fliege sucht vergeblich den Weg hinaus aus dem Fenster. Der Beamte ist weggegangen, um seinen Kollegen mit dem Messer zu holen oder womit auch immer er gedenkt, mich aufzuschneiden. Er hat das Büro dreifach abgeschlossen. Es ist ein schreckliches Gefühl. Ich habe Angst, und ausnahmsweise nicht um jemand anderen, sondern um mich. Denn ich kann mir nicht vorstellen, dass ich es überlebe, wenn man mir die Brust aufschneidet und die Liebe herausnimmt.

So. Jetzt ist es gesagt.

Der graue Etwas in meiner Brust, das ist *die Liebe*. So hat Alice es damals erklärt, also ist daran nicht zu rütteln. Und sie hat auch gesagt, dass es das Wertvollste ist, was es gibt. Das können sie mir doch nicht einfach wegnehmen!

Manchmal werden Menschen aufgeschnitten, und ihnen wird etwas herausgenommen. Einige überleben das. Ich habe lange genug bei Bernard gelebt, um das genau zu wissen. Aber kann man auch einen Bären aufschneiden und die Liebe entfernen, ohne dass er dabei stirbt? Diese Ungewissheit macht mich ganz krank.

Dabei fing die Woche so gut an. Was heißt gut, sie fing blendend an. Die Schriftstellerin hatte mich aus dem eintönigen Dasein einer Schaufensterdekoration befreit. Ich hatte nicht drei, sondern fünf Jahre dort gesessen, doch das wusste sie natürlich nicht, als sie den Beamten belog.

Fünf Jahre mit der gleichen Aussicht, im wechselnden Licht von Sonne und Straßenlaternen. Fünf Jahre mit unzähligen Menschen, die sich am Fenster die Nasen platt drückten und doch nie hereinkamen. Gleichförmig flossen Wochen, Monate und Jahre ineinander. Und ab und an fuhr ein Fiaker vorüber.

Auf Regen folgte Sonnenschein. Manchmal war Sommer, manchmal Winter. Im Sommer blieben häufiger Leute stehen. Kinder, die mich und die anderen im Fenster anstarrten, mit hungrigen Augen, und auf mich zeigten. Eltern, die nach wenigen Minuten die Kinder an der Hand nahmen und ungeduldig weiterzogen. Im Winter eilten eigentlich alle vorüber. Die Mantelkrägen hochgeschlagen, die Mützen tief ins Gesicht gezogen.

Es war eine ruhige Zeit. Die letzten fünfzehn Jahre waren eine ruhige Zeit. Zu ruhig, wenn es nach mir geht. Ich bin ein Bär, der viel erlebt hat, einer, der lieber mal im Eifer des Gefechts herunterfällt, als hinter Glas in Schönheit zu sterben. Aber es ist eindeutig, dass ich als Spielzeug wirklich nicht mehr gefragt bin. Die Leute. Sie schauen mich an wie ein Relikt aus grauer Vorzeit. Sie erkennen vielleicht in den Tiefen ihres Herzens eine Sehnsucht nach einem Spielzeug, wie ich es bin. Doch man spielt heute anders als zu der Zeit, als ich entstand. Das habe ich in den letzten Jahren gelernt: Alles muss schnell gehen, einen Effekt haben und diesen nach Möglichkeit vollautomatisch. Und so bin ich nicht. Zum Glück. Oder leider?

Einmal traute sich ein kleines Mädchen nach langem Schaufenstergucken schließlich in den Laden und fragte den alten Ferdinand:

«Was kann der denn?» Dabei zeigte sie auf mich.

«Wie meinst du das?», fragte er zurück.

«Na ja, kann er irgendwas?»

«Er kann Geschichten erzählen, wenn du gut hinhörst.»

«Sonst nichts?»

«Nein. Sonst nichts.»

«Wie blöd», sagte sie enttäuscht und dann: «Auf Wiederschaun.»

Die Türglocke bimmelte, als sie hinausging.

Ich blieb also, wo ich war, und hatte genügend Zeit, Bilanz zu ziehen. Ich war ausrangiert und überflüssig und wähnte mich am Ende meines Bärenlebens. Ist das nicht Grund genug, sich ein bisschen leidzutun? Ich ahnte schließlich nicht, was auf mich zukam. Wenn ich meine jetzige Situation genau besehe, frage ich mich auch, ob ich im Schaufenster nicht besser aufgehoben war.

Aber wie gesagt, die Woche fing blendend an. Vorgestern Nachmittag war besagte junge Frau in den Laden gekommen und mit ihr eine Ahnung frischer Frühlingsluft.

«Grüß Gott», sagte sie in das graue Zwielicht des Ladens. Niemand antwortete. Es blieb ganz still, nur das bedächtige Ticken der großen Standuhr war zu hören.

«Hallo?», rief sie. «Ist hier jemand?»

«Ja, ja», brummte es aus dem Dunkel. «Was ist denn los.»

Ferdinand tauchte hinter einem Bücherregal auf, und das Schlagwerk der Uhr kündigte mit einem leisen Klicken an, dass bald wieder eine neue Stunde eingeläutet würde.

«Ich wollte fragen, was der Bär im Fenster kostet», hörte ich sie sagen.

«Welcher?»

«Der mit dem schiefen Kopf.»

«Der ist alt.»

«Ja», sagte sie. «Das sieht man. Wie alt denn?»

«Mindestens siebzig, eher achtzig Jahre», sagte Ferdinand.

«Und was kostet er?»

«Wie gesagt, er ist alt.»

«Ja», sagte sie. «Ich weiß.»

«Sagen wir hundert.»

«Hundert Euro?», fragte sie erstaunt.

Was machst du denn da? Wieso verlangst du so viel? So kauft sie mich doch nie!

Endlich interessierte sich jemand für mich, und dann gebärdete sich Ferdinand, als wäre ich aus purem Gold.

Ich hoffte inständig, dass nicht auch sie «wie blöd» sagen und den Laden wieder verlassen würde. Es wäre so schön, einmal wieder eine neue Aussicht zu genießen, jemanden zu haben, der mich ... Ich traute mich kaum, diesen Gedanken weiterzudenken. Nach nochmaligem Klicken begann die Uhr zu schlagen. Der warme Ton des Geläuts klang durch den Raum. Ich zählte, um mich zu beruhigen.

«Wie gesagt ...», brummte Ferdinand.

«Ja, er ist alt. Ich weiß.»

«Sammler würden für so einen ...»

«Aber er ist kein Sammlerstück», unterbrach sie ihn.

«Kennen Sie sich aus?», fragte er skeptisch.

«Gut genug, um zu sehen, dass er nicht aus einer bekannten Manufaktur stammt. Also, was meinen Sie ... achtzig?», fragte sie ruhig.

«Was? Achtzig? Nein, wirklich.»

«Kommen Sie, achtzig ist doch wirklich ein guter Preis für so einen lädierten Bären.»

Was sagte sie? Lädiert? Fast wünschte ich, er würde den Preis wieder heraufsetzen. Zu einer Person, die mich nicht wertschätzte, wollte ich nicht. Das war noch nie gutgegangen.

«Vergessen Sie nicht, dass das ein Bär mit Geschichte ist. Wer weiß, was der alles erzählen könnte.»

«Ja, das glaube ich Ihnen sogar», antwortete sie und lachte leise.

«Also fünfundachtzig müssen es schon sein.»

«Sie sind zäh», sagte sie. «Aber ich auch. Hier haben Sie dreiundachtzig. Wegen der Geschichten, die in ihm drinstecken.»

Ferdinand brummelte etwas, und plötzlich fiel sein Schatten von hinten über mich. Er beugte sich ins Schaufenster, hob mich hoch, schüttelte mir den Staub aus dem Fell und pustete mir kurz mit seinem Pfeifentabakatem ins Gesicht, wie er es einmal pro Halbjahr tat, wenn er das Fenster saubermachte.

«So. Bitt schön. Passen S' gut drauf auf, wenn Sie mich schon so übern Tisch ziehen.»

«Danke sehr», sagte die junge Frau. «Ich habe einen guten Platz für ihn.»

Ich bekam eine Plastiktüte über den Kopf und hatte eine neue Besitzerin.

Es ist immer wieder das gleiche Kribbeln, wenn man einen neuen Besitzer hat. Es ist aufregend. Auch nach all diesen Jahren. So viele Hoffnungen knüpfen sich daran, selbst wenn man sich geschworen hat, diesmal wirklich nichts zu erwarten.

Sie trug mich hinaus in den Frühlingstag, und ich war wieder wer. Ein Bär mit Geschichte, hatte Ferdinand gesagt. Und dabei nicht gelogen.

Abends im Hotel wurde ich vorsichtig auf einen Sessel gesetzt.

Die Schriftstellerin hatte ein schönes Zimmer, die Einrichtung erinnerte mich ein wenig an früher, an meine Zeit in

London. Das Bett war groß mit einem riesigen Kopfteil und zahlreichen dicken Kissen, die Stühle hatten geschwungene Beine und rosé-beige gestreifte Seidenbezüge, und vor dem nicht gerade sauberen Fenster hingen schwere Samtvorhänge. Der Sessel, auf dem ich saß, war aus altrosa Plüsch, und ich fand, dass ich mich hervorragend darauf machte. Viel besser als im Schaufenster jedenfalls.

Sie hatte mich bewusst so hingesetzt, dass mein leicht nach rechts geneigter Kopf an der Armlehne ruhte. Es war gemütlicher so. Ich freute mich, dass sie mich so liebevoll behandelte. Sanfte Hände hatten mir gefehlt.

«So», sagte sie und band ihre dunklen Haare mit einer schnellen Bewegung zu einem Pferdeschwanz zusammen. «Dann erzähl mal.»

Sie ließ sich mir gegenüber auf dem Bett nieder und sah mich an.

Ich hätte so viel zu erzählen. Durchdringend erwiderte ich ihren Blick, vielleicht hörte sie mich ja doch, wenn ich mir Mühe gab.

Ich bin Weltbürger, aber gebürtiger Engländer, Bath 1921. Ich, also …

Ich war atemlos vor Aufregung.

«Na, was habe ich auch erwartet», sagte sie dann in das Schweigen. «Wir kennen uns ja kaum. Aber ich kann mir denken, dass du eine Menge erlebt hast. Was du wohl über die Menschen denkst? Wo du wohl herkommst? Und alles musst du für dich behalten, armer Bär.»

Sie hatte mein Dilemma sofort erkannt. Schneller als ich selbst damals, als ich noch jung und ungestüm und voller niemals erlöstem Tatendrang war.

«Eines verspreche ich dir», sagte sie. «Du musst nie mehr in ein Schaufenster. Bei mir zu Hause bekommst du einen Ehren-platz. Und wenn wir uns ein wenig besser kennen, erzählst du mir vielleicht auch ein bisschen von dir. Ich bin Schriftstel-lerin, weißt du, ich liebe Geschichten!»

Ich wäre ihr am liebsten um den Hals gefallen.

Ja, das sagt sich so schön und hört sich so selbstverständlich an, aber ich brauche mich nicht einmal bemühen, den Arm zu heben. Das tue ich schon lange nicht mehr, denn sagen wir mal so, Bewegung ist nicht gerade meine Stärke. Wenn ich mich freue, tue ich das still, doch umso mehr.

Dass sich nach so vielen Jahren jemand für meine Geschich-ten interessierte, war die Erfüllung eines langgehegten Trau-mes. Ich schwebte auf Wolke sieben und versank in wohliger Zufriedenheit. Es war ja nicht auszudenken gewesen, dass diese vielversprechende Begegnung ein so jähes Ende nehmen würde.

Das alles ist kaum einen Tag her. Und jetzt? Was geschieht nun mit mir? Ist mein Weg, meine Geschichte wirklich hier im Hinterzimmer des Wiener Flughafens zu Ende? Werde ich in Einzelteilen in einem blauen Plastiksack landen, der irgendwo weit vor den Toren der Stadt auf eine stinkende Müllkippe gekarrt wird? Soll es so sein?

Etwas in mir weigert sich, das zu glauben.

So häufig schon bin ich in scheinbar ausweglosen Situatio-nen gewesen, aber ich habe nie aufgegeben. Im unverbrüch-lichen Glauben an das Morgen habe ich viel Zeit in Dunkel-heit, Einsamkeit und Angst verbracht und war doch immer der Hoffnung, dass jemand mich rechtzeitig retten würde, dass am nächsten Tag einer käme, um mich aufzuheben, mich in die Arme zu schließen und in sein Leben aufzunehmen. Und es war immer ein Mensch gekommen. Und wenn nicht am nächsten, dann doch an einem anderen Tag.

Heute weiß ich: Mein Leben geschieht, ob ich mir nun Sorgen mache oder nicht. Ich bin ein Bär. Ich kann nie etwas am Ausgang der Dinge ändern. Fest steht aber, dass ich bis jetzt noch immer überlebt habe.

Der Mensch sorgt sich immer als Erstes um sich selbst und glaubt, er könne den Lauf der Dinge beeinflussen. Und dann stirbt er doch. Darin liegt wohl der entscheidende Unterschied zwischen Mensch und Bär.

Irgendjemand – vermutlich war es Victor, denn der war so klug – hat mal gesagt, man sei durch die Geburt zum Sterben verurteilt. Ich habe mir über diesen Satz nie wirklich Gedanken gemacht. Doch nun lässt mich die Frage nicht los, ob das nur für Menschen oder auch für Teddybären gilt.

Ich bin

*I*ch erblickte das Licht der Welt, als Alice Sheridan mir das zweite Auge annähte. Das war in Bath, am Samstag, dem 16. Juli 1921, kurz vor dem Fünf-Uhr-Tee. Sie wollte mit mir fertig sein, bevor ihre Freundin Elizabeth mit dem Kuchen kam.

«So», sagte Alice und hielt mich am ausgestreckten Arm von sich, «das hätten wir. Hübsch siehst du aus.»

Ich schaute aus der luftigen Höhe von ungefähr einem Meter dreißig hinunter auf eine Frau Mitte zwanzig, die in einem großen braunen Ledersessel saß, den Blick prüfend auf mich gerichtet. Sie hatte dunkelblondes Haar, sehr grüne Augen und einen großen roten Mund. Ich sah sie an, und mir wurde ganz schwindelig. Sie war schön, und ich konnte mit eigenen Augen sehen, wie sich ihr Haar in Wellen um ihr Gesicht legte, wie sich beim Sprechen um ihre Mundwinkel kleine Furchen zeigten, wie es in ihren Augen blitzte. Ich konnte sehen!

Und aus dem roten Mund waren in ihrer warmen Altstimme die Worte gekommen, die ich soeben vernommen hatte. Meine Sinne waren zum Leben erweckt.

Ich hörte. Ich sah. Ich war.

Alice setzte mich auf ihrem Schoß zurecht, strich mir über den Kopf, und ihre Augen wanderten aus dem Fenster.

«William hätte dich gemocht, weißt du. Da bin ich mir ganz sicher», sagte sie dann mit leiser Stimme und schien mich in derselben Sekunde vergessen zu haben. Sie umfasste mich von hinten fest und sicher, wie man einen Säugling hält. Und während ich zum ersten Mal mein neues Zuhause sah, verlor sich ihr Blick im Grau vor dem Fenster.

Es ist dieser Moment, diese Umarmung, die mir als erste deutliche Erinnerung geblieben ist: Alices warme Hand auf meinem Bauch und die Ruhe und Vertrautheit, die in dieser Geste lagen. Doch wie prägend diese Sekunden waren, ging mir erst viel, viel später auf.

Ich war in jenem Augenblick so aufgeregt und so sehr damit beschäftigt, meine Umgebung wahrzunehmen, dass es mich nicht einmal störte, dass Alice mit ihren Gedanken ganz woanders war. Überwältigt von den Eindrücken, die auf mich einstürzten, saß ich da: Bilder, Geräusche, Gerüche – ich war wie berauscht. Es war herrlich, auf der Welt zu sein!

Ich sah alles: Alices Finger waren schmal und fein, das Leder des Sessels hingegen rissig und spröde. Im Schein der Lampe tanzte leicht der Staub. Eine kleine Spinne saß über der Tür, und auf dem Tisch war eine Nadel liegengeblieben. Es war faszinierend. Als ich einige Jahre später in New York einmal die Gelegenheit bekam, durch die Lupe von Grandpa Greg zu sehen, musste ich an diese ersten Minuten meines Lebens denken: Durch das Vergrößerungsglas wurde jedes Detail überdimensional groß, und Dinge, die man sonst nicht einmal wahrnahm, wurden plötzlich klar erkennbar. So ähnlich sah ich die Welt an meinem ersten Tag: scharf und deutlich und ungemein vielfältig. Alice Sheridans kleine englische Stadthauswohnung war *Terra incognita* – und ich war gekommen, sie zu entdecken.

Meine Geburtsstube war der Salon. Die beigefarbenen Seidentapeten waren mit weißen Blumenornamenten übersät und sahen freundlich, wenngleich auch schon zu dieser Zeit ein wenig altmodisch aus. Ein Bücherschrank aus dunklem Holz stand an der Wand, und die bunten Buchrücken brachten ein wenig Farbe herein.

In der Mitte des Raumes stand eine Récamière aus rotem Samt, davor ein niedriger Tisch, und unter einer Stehlampe in der Ecke thronte ein riesiger brauner Ledersessel – das Pendant zu dem Sessel am Fenster, in dem wir jetzt saßen und noch oft sitzen würden. Neben uns stand ein großer Korb, aus dem allerhand Stoffreste, Garnrollen, Knöpfe und andere Nähutensilien unordentlich hervorquollen. Es war der Korb, dem ich entstiegen sein musste – ich erkannte einen Stoff, der meinem Fell ziemlich ähnlich sah, und begann gerade, mich zu fragen, woher genau ich eigentlich kam, da schreckte Alice aus ihren Träumen auf. Sie fuhr hoch, schüttelte kurz den Kopf, wie um die Gedanken zu vertreiben, die sie für einen Augenblick lang gefangen gehalten hatten, und sagte:

«Herrje, hier sitze ich und träume, dabei steht sicher jeden Moment Elizabeth vor der Tür.» Sie sah mich an. «Fehlt nur noch ein passender Name für dich.»

Ihr Blick schweifte nach links, nachdenklich, aber hellwach, und ihre Stimme klang fast fröhlich, als sie ausrief: «Wir nennen dich Henry. Du siehst aus wie ein richtiger Henry. Henrys haben eine positive Ausstrahlung, weißt du? Und schön braun bist du. Also, Henry Brown, sei ein anständiger Bär, verstanden?»

Wie leicht sie es dahinsagte! Als würde sie jeden Tag Teddybären mit Namen versehen. Doch für mich war dies ein erhebender Moment. Denn eines weiß ich genau: Namen sucht man sich nicht aus. Sie kommen zu einem, passen zu einem und sind ein Leben lang die einzige Beschreibung, die auf einen zutrifft. Ich hieß nicht einfach irgendwann einmal Henry Brown. Ich *bin* bis heute Henry Brown, schlicht und ergreifend – auch wenn ich später noch viele andere Namen bekam (von denen ich manch einen lieber dem Vergessen anheimwünsche).

Henry Brown, that's me.

Nicht besonders aufregend auf den ersten Blick, aber doch ein Name mit Zukunft, das ist wohl nicht zu bestreiten. Ich führte den Namen Brown bereits zu einem Zeitpunkt, als weder der Zeichner noch die Idee eines gewissen «Charlie» überhaupt geboren waren, und auch James, Gordon, Rita Mae, Dan und wie die anderen berühmten Browns alle heißen, kamen nach mir, doch das nur am Rande.

Ich ließ mir die beiden Worte auf der Zunge zergehen. *Henry Brown.* Das war mein Name, und ich war hochzufrieden mit ihm. Ich weiß, es gibt da noch dieses «N.». Das war nicht von Anfang an da, und ich persönlich finde es noch immer völlig überflüssig. Dieses sperrige Faktum drängelte sich im Laufe des Nachmittags zwischen Vor- und Nachnamen, sozusagen als ewiges Mahnmal meiner ersten Demütigung. Überhaupt lief an meinem ersten Tag nicht alles reibungslos …

Alice gab mir einen Klaps auf den Rücken, nahm mich hoch und stemmte sich aus dem Sessel.

«Jetzt muss ich mich aber sputen und das Teewasser aufsetzen», rief sie aus und verschwand aus meinem Blickfeld.

Ich blieb allein auf der Fensterbank zurück. Kühle Luft zog über meine noch frischen Ohren. Ich lehnte mit der Wange an die Scheibe gedrückt, meine Augen klickerten gegen das Glas, und ich spähte in die neue Welt. Fahles Licht fiel ins Zimmer, es war das Zwielicht regnerischer Nachmittage. Mir gefiel das. Bis heute habe ich nichts gegen Regen. Ich kann auch nicht verstehen, warum die Leute nie müde werden, sich darüber zu beklagen. Der Regen treibt die Menschen nach Hause ins Warme. Soweit ich mich erinnere, fielen den Kindern die schönsten Spiele immer an Regentagen ein – mit Ausnahme von Robert, der hatte bei jedem Wetter neue Ideen.

Ich kann nicht sagen, wie viel Zeit verging. Es mögen Minuten oder Stunden gewesen sein, die ich damit verbrachte, Menschen, Automobile und Busse, Pferdefuhrwerke und Regentropfen zu betrachten. Der kleine Erker im Erdgeschoss war der Manvers Street zugewandt und hatte freien Blick auf das Stadtgeschehen von Bath. Ich kam aus dem Staunen nicht heraus und war erfüllt von einem unbändigen Drang nach Leben.

Es klingelte ungeduldig.

«Himmel, das ist Elizabeth, und ich bin noch nicht einmal frisiert», hörte ich Alice rufen, obwohl ich sie nicht sah, und ich fragte mich, mit wem sie sprach.

Ich vernahm allerlei Geräusche, und plötzlich kam Elizabeth Newman und mit ihr ein Schwall kalter Luft und vieler Worte herein.

«Nein, was für ein Wetter, da prügelt man ja nicht mal einen Straßenköter vor die Tür, hab ich nicht recht? Herrjemine. Schau dir nur meine Schuhe an, völlig durchweicht. Ich sag ja, nicht mal einen Straßenköter. Aber versprochen ist versprochen, nicht wahr, keine Widerworte jetzt, Alice. Und du hast ja leider keinen Fernsprecher.»

Sie schüttelte missbilligend den Kopf, schlug energisch ihren Schirm aus, und Alice gelang es «Der Tee ist schon fer-

tig» dazwischenzuschieben, bevor Elizabeth ihr Klagelied fort-
setzte.

«Liebes, ich sage dir, es ist ungeheuerlich, was einem heutzutage alles zugemutet wird. Der Autobus kam ganze zehn
Minuten zu spät, und ich stand dort im strömenden Regen.
Und dann hatte ich nicht einmal einen Sitzplatz und musste
hinten auf der Plattform mitfahren. Man sollte sich beschweren, wenn man nur wüsste, wo.»

In diesem Ton plätscherte ihr Gerede dahin, wie ein mun-
terer Gebirgsbach nach der Schneeschmelze. Ich saß verwundert da und sog jedes Wort begierig auf. Ach, wie neu das alles
für mich war. Hätte ich gewusst, dass es eine meiner wichtigsten Aufgaben werden würde, den Menschen zuzuhören, wäre
ich in jenem Moment vielleicht nicht ganz so enthusiastisch
gewesen.

Teddys sind von Natur aus Zuhörer. Ein Bär verschließt alles,
was man ihm sagt, tief in seinem Herzen. Geheimnisse sind bei
unsereinem gut aufgehoben. Ich habe im Laufe der Jahre viel
gehört. Manches hätte ich lieber nicht gewusst. Vieles habe ich
nicht gutgeheißen. Doch ich habe meine Ohren niemandem
verschlossen. Sie sehen vor sich einen der größten Zuhörer
dieses und des vergangenen Jahrhunderts – in seiner Geburts-
stunde auf die Probe gestellt von Mrs Elizabeth Newman.

Die beiden Frauen nahmen im Salon Platz. Ich hatte einen
hervorragenden Blick auf das Geschehen in der Sitzgruppe
und konnte so den ersten Teebesuch meines Lebens hautnah mitverfolgen. Alice hatte kleine Teller eingedeckt, zartes
weißes Porzellan, das jedoch deutliche Gebrauchsspuren aufwies. Die Tassen passten im Stil dazu, ebenso die Zuckerdose
und das Milchkännchen. Winzig kleine Silberlöffelchen
lagen auf den Untertassen, eine Zuckerzange ruhte auf dem

weißen Tischtuch. Was vor einer Stunde noch die Nähstube einer alleinstehenden Frau gewesen war, hatte sich mit ein paar Handgriffen in einen ansehnlichen Salon verwandelt. In einer dreistöckigen Etagere aus Silber lagen unten Äpfel und Orangen, in der Mitte Bananen und Kirschen und ganz oben kandierter Ingwer und selbstgebackenes Shortbread. Elizabeth hatte bunte Sahnetörtchen mitgebracht, die inzwischen andächtig verspeist wurden.

Der Kuchen verschlug der Besucherin für einen Moment die Sprache. Dann fragte sie zwischen zwei Bissen:

«Hast du Neuigkeiten wegen William?»

Alice senkte den Kopf. Es wurde still. Elizabeth hielt inne und blickte sie an.

«Es ist jetzt amtlich», erwiderte Alice leise. «Sie haben ihn für tot erklärt. Vorgestern.»

«Oh, mein Liebes, das ist ja entsetzlich! Du armes, armes Kind. Dieser schreckliche Krieg. Was tun sie den Menschen nur an? Weißt du, ich bin nur froh, dass Barney nicht nach Irland musste. Hast du heute Morgen die Zeitung gelesen? Ein Waffenstillstand zwischen England und Irland sei nicht mehr ausgeschlossen, schreiben sie. Dem Himmel sei Dank.»

«Ja», sagte Alice. «Ihr habt Glück gehabt.»

«Ach, du meine Güte, wie taktlos von mir, verzeih, Liebes, verzeih, dass ich so töricht bin. Wie konnte ich bloß … Immer denke ich an mich. Es ist nur – er ist ja schon so lange fort», sagte Elizabeth jetzt ehrlich zerknirscht.

«Vier Jahre, zwei Monate und fünf Tage.»

Tatsächlich schwieg Elizabeth Newman ausnahmsweise und schob sich wie zur Entschuldigung für ihre Einfältigkeit eine weitere Gabel Torte in den Mund.

Ich sah von einer zur anderen. Irgendetwas war geschehen, es lag eine Spannung in der Luft, die mir nicht behagte. Schmerz? Jedenfalls war der leichte Plauderton plötzlich wie weggeblasen. Was hatte dieses Gespräch zu bedeuten? Wieso hatte Alices Stimme sich plötzlich so verändert, und wer war eigentlich dieser William, von dem nun schon zum zweiten Mal an diesem Nachmittag die Rede war?

Ich brauchte jedoch gar nicht zu verstehen, worüber hier gesprochen wurde, um zu begreifen, dass es Alice sehr traurig machte. Und dass sich Elizabeth offenbar wie ein Elefant im Porzellanladen benahm, machte die Sache nicht besser. Sie hatte sich zwar entschuldigt, aber wieso tröstete sie Alice nicht? Ich fühlte mich hilflos.

Ich glaube, in diesem Moment bekam ich zum ersten Mal eine leise Ahnung von meiner zweitwichtigsten Aufgabe: dem Trostspenden. Und es war von Anfang an mehr als eine Aufgabe. Ich verspürte in diesem Augenblick den tiefen Wunsch, Alice zu trösten. Zwar kannte ich sie noch nicht besonders gut, doch als sie mir meinen Namen gab, hatte ich sie fröhlich gesehen. Und diese Fröhlichkeit stand ihr so viel besser zu Gesicht als jene leicht zitternde und dunkle Stimme, mit der sie «Vier Jahre, zwei Monate und fünf Tage» gesagt hatte.

Alice war tapfer. Sie richtete sich auf, zwang sich zu einem Lächeln und wechselte das Thema.

«Willst du Henry kennenlernen?», fragte sie gespielt beiläufig in die konzentrierte Stille. Mit der Gabel auf dem Weg zum Mund hielt Elizabeth inne.

«Henry?», brachte sie kaum verständlich hervor, vollendete ihre Bewegung, kaute, schluckte und erging sich in einem Hustenanfall. Alice schwieg und ließ ihre Freundin wieder zu Atem kommen, damit diese weitersprechen konnte:

«Mein Liebes, ich habe es ja immer gesagt. Es ist so wichtig, dass du dich nicht in deinem Kummer vergräbst. Du bist ja auch wirklich noch eine gute Partie und durchaus keine alte Jungfer. Du kommst sicher über William hinweg. Es ist der Mann aus der Eisenbahn. Hab ich nicht recht? Du hast ihn wieder getroffen. Unglaublich, Alice. Das sagst du erst jetzt? ‹Willst du Henry kennenlernen?›», imitierte sie übertrieben. «Das hört sich an, als hättest du ihn im Schrank versteckt. Mein Gott –», sie senkte die Stimme, «sieht er gut aus?»

«Er hat eine sehr positive Ausstrahlung», antwortete Alice gelassen.

«Ach, Liebes, wie ich mich für dich freue. Henry. Wie heißt er mit Nachnamen?»

«Brown.»

«Henry Brown. Hm. Das ist ja eher ein gewöhnlicher Name. Ist er aus Somerset? Ist er vielleicht mit Clarisse Brown verschwägert oder mit Lady Diana von Dawson Manor?»

«Ich weiß es nicht.» Alice schüttelte sachte den Kopf.

«Du weißt es nicht. Grundgütiger, hast du denn komplett den Verstand verloren? Du lässt dich mit einem Mann ein und weißt nicht einmal, woher er stammt. Er muss dir wirklich den Kopf verdreht haben.» Elizabeth flüsterte noch immer und schaute wieder zur Tür. «Ist er vermögend?»

«Ich glaube, nicht», antwortete Alice, «so gut kennen wir uns noch nicht.»

Gespanntes Schweigen breitete sich im Raum aus. Elizabeth richtete ihre Frisur und zog das Kleid über die Knie.

«Kommt er auch zum Tee?», fragte sie.

Alice nickte.

Mein Herz klopfte. Ich fühlte, wie sich alle meine Fasern spannten, spürte ein leises Kribbeln unter dem Fell und war bereit. Ich hatte meinen Namen gehört. Das erste Mal in meinem Leben hatte ihn jemand ausgesprochen. *Henry Brown.* Mein erster Auftritt stand unmittelbar bevor. Elizabeth Newmans Augen würden auf mir ruhen, mich mustern, mich für gut befinden. Jetzt geht es los, dachte ich. Jetzt geht mein Leben richtig los!

Es kann sein, dass es an Alices kleinem Streich lag, dass mein erster Auftritt auf der Bühne dieser Welt gänzlich misslang. Elizabeth Newman stieß jedenfalls nur verächtlich Luft aus, als sie mich, an einem Arm baumelnd, von sich hielt und mein Schultergelenk einer ersten Belastungsprobe unterzog.

«Henry Brown. Sehr amüsant. Farbenblind bist du wohl außerdem, Miss Spaßvogel», schnappte Elizabeth.

Wieso amüsant? An meinem Namen war wahrhaftig nichts Komisches zu finden.

Doch Alice kicherte und lachte. Sie hielt sich ihr Taschentuch vor den Mund und konnte sich kaum beruhigen. Ich war vollends verwirrt, und ihre Freundin schien ebenso enttäuscht von mir wie ich von ihr. Dennoch hatte ich den Eindruck, Alice war erleichtert, wieder sicheren Boden unter den Füßen zu haben und nicht weiter über den mysteriösen William sprechen zu müssen.

Elizabeth Newman war jetzt ganz in ihrem Element. Ihre langen Fingernägel bohrten in mein Fell, und mir schwindelte vom süßen Duft ihres Parfums.

Kein Streicheln, kein gutes Wort. Keine Anerkennung für das Prachtexemplar von Bär. Und dennoch freute es mein Herz, dass Alice lachte und alle Traurigkeit aus ihrer Stimme verflogen war. Ich hatte sie, wenn auch indirekt, trösten können. Sie war auf andere Gedanken gekommen, und ich hatte ihr dazu verholfen. Das hatte gut funktioniert, auch wenn es mich kränkte, wie Elizabeth über mich sprach:

«Wenn das Braun ist, dann sind meine Brownies rabenschwarz, das sag ich dir. Dein Teddy ist orange. Oder gerade mal ocker, Liebes.»

«Ist er nicht», insistierte Alice immer noch kichernd. Sie war trotz allem stolz auf mich. Und ich war braun. *Henry Brown.*

Elizabeth ließ nicht nach. Sie wedelte mit dem Arm. Vor meinen Augen drehte sich das Wohnzimmer. Die Tapete tanzte. Sie hielt mich in das gleißende Licht der Zimmerlampe, um Alice zu beweisen, dass meine Farbe wohl eher einer Mischung aus Sand und Fußmatte entsprach.

«Jetzt sieh doch einmal genau hin, Alice, das ist nicht Braun.»

«Aber fast.» Alice blieb stur.

Elizabeth setzte ihre königliche Miene auf, hob Kinn und Augenbrauen eine Spur und kniff die Lippen zusammen, wie immer, wenn sie sich wichtig nahm. Ihre Verwandtschaft vierten Grades mit den Royals war in solchen Momenten unübersehbar. Und von oben herab, unter einer spitzen Nase hervorgepresst, mit Verachtung in der Stimme, erhielt ich meinen Zweitnamen:

«*Nearly*, Liebes», sagte Elizabeth, die Lippen gespitzt. «*Nearly brown.*»

Und wieder lachte Alice, und bald vergaß auch Elizabeth ihre Hochnäsigkeit. «*Henry Nearly Brown*», juchzten sie. «Das ist es!»

Alice setzte eine ernste Miene auf.

«Vermutlich hast du recht, Elizabeth, auch wenn ich es natürlich nur ungern zugebe. Heute Nachmittag sah er noch etwas dunkler aus. Das muss am Licht gelegen haben. Wir nennen ihn Henry N. Brown. Das verleiht ihm auch mehr Würde.»

Sie schüttelte meinen Arm und sagte: «Sehr erfreut, Sir Henry N. Brown.»

Mit diesem leicht belustigten Willkommensgruß wurde ich, verdutzt, wie ich war, zurück auf die Fensterbank gesetzt und sah den beiden Frauen zu, die sich plötzlich blendend auf meine Kosten amüsierten.

Nahm man mich denn nicht ernst? Wieso wurde ich so abschätzig behandelt? Ich war empört. Bis Elizabeth nach Hause ging, übte ich Empörung im besten Sinne – die jedoch vollkommen fruchtlos, weil unbemerkt blieb.

Es war beschlossen. *Henry Nearly Brown.*

«Das hat das Schicksal so bestimmt», sagte Alice ernst, als wir endlich wieder allein waren. Der Abend war schon angebrochen, Stille machte sich in der Wohnung breit und verdrängte den Nachhall von Elizabeth Newmans Geplauder. Um Strom zu sparen, drehte Alice die Lampen im Flur aus. Auf dem Tisch im Salon standen noch die leeren Teller, und es klirrte laut, als Alice sie aufeinanderstapelte. Die Krümel hatte sie vom Tisch gewischt, direkt in die Hand. Auf dem Weg in die Küche blieb sie stehen und sah mich an. Ich schaute zurück. Meine Empörung verflog, als sie anhob zu sprechen:

«Ach, Henry, wenn Elizabeth wüsste, wie unrecht sie hat. Ich werde niemals einen anderen lieben als Will. Er kommt vielleicht nicht mehr zurück nach Hause, aber aus meinem Herzen wird er nie verschwinden …»

Sie seufzte leise und wandte sich ab. Ihre Schuhe klapperten auf dem Dielenboden im Flur. Ich hörte, wie sie sich schnäuzte. Als sie zurückkam, nahm sie mich in die Hände.

«Elizabeth scheint nicht zu wissen, was Liebe ist, sonst würde sie so nicht reden. Aber du und ich, wir wissen es, nicht wahr? Wir wissen, dass man Liebe nicht einfach in einem Krieg vernichten kann. Wills Liebe ist noch da. In mir und auch in dir. Ich habe sie dir mitgegeben, kleiner Henry, tief drin in deiner Brust habe ich sie versteckt. Das ist unser Geheimnis. Und du musst gut darauf aufpassen, denn die Liebe ist das Wertvollste, was es gibt. Die Liebe, Henry, die Liebe ist nichts, was man sich nehmen kann. Sie kommt zu dir. Sie wird dir geschenkt», sagte sie.

Und ich sah sie lange an und versuchte zu verstehen.

«Ich habe fast das Gefühl, du würdest mich wirklich verstehen, Henry N. Brown. Ist das nicht verrückt? Nein, ich bin wirklich eine dumme Gans.»

Alice sank müde in den Sessel unter der Stehlampe. Das warme Licht erfüllte den Raum. Ich versuchte zu begreifen, was sie soeben gesagt hatte. Wusste ich, was Liebe war? Offenbar bestand daran kein Zweifel. Wer Liebe in sich trägt, weiß auch, was Liebe ist, so musste es sein.

«Jetzt bist du der Mann in meinem Leben, kleiner Bär. Du und ich, wir schaffen das schon irgendwie, nicht wahr?»

Wenn du meinst. Ich bin jedenfalls immer für dich da. Und eines lass dir gesagt sein, sollte noch einmal jemand so taktlos wie Elizabeth sein, dann kriegt er es mit mir zu tun. Ich finde –

Noch während ich sprach, drehte Alice auch im Salon das Licht aus, sagte gute Nacht und ging einfach in die Küche. Sie hatte meine Antwort nicht gehört. Sie konnte sie nicht hören, denn offenkundig konnte ich nicht sprechen. Welch niederschmetternde Erkenntnis am Ende dieses Tages.

Die erste Nacht meines Lebens begann, und ich blieb zurück mit all meinen Eindrücken, Gedanken und vor allem einer unendlichen Anzahl Fragen. Ich war erschöpft und bedrückt. Mein noch so junges Bärenhirn suchte zu erkennen, was dieses Leben mit mir vorhatte. Ich versuchte, das Ausmaß meiner persönlichen Tragödie zu begreifen: Welchen Sinn hat es, auf der Welt zu sein, wenn man sich nicht bewegen und nicht sprechen kann, gleichzeitig aber vier quicklebendigen Sinnen ausgeliefert ist? Ja. Das muss man erst einmal verdauen. Meine Gedanken drohten sich zu überschlagen.

Als Nächstes überschlug ich mich jedoch selbst, und zwar, als ich in den frühen Morgenstunden meines zweiten Lebenstages unsanft von der Fensterbank gestoßen wurde. Ich schlug hart mit dem Kopf auf den Holzdielen auf, landete auf dem Rücken und starrte gen Himmel. Ich sah noch einen blitzschnellen Schatten über mich hinwegfegen, und als Nächstes spürte ich, wie mich ein Schlag auf die Nase traf. Ein weiterer Schlag hinter die Ohren, und ich drehte mich willenlos auf den Bauch. Jetzt konnte ich nichts mehr sehen. Ich lauschte, hörte jedoch nichts. Totenstille, nur das Geräusch des Regens gegen die Fensterscheiben.

Was war das gewesen? Was war mir widerfahren? Es war so schnell gegangen, dass ich erst im Fallen wieder richtig zu Bewusstsein gekommen war. Ängstlich und mit dem unangenehmen Gefühl, dem Feind im Rücken vollkommen ausgeliefert zu sein, lag ich da und hoffte auf Alices baldiges Erscheinen. Sie würde doch wohl wiederkommen. Sie wohnte schließlich in diesem Haus, oder nicht? Die Zeit verging quälend langsam, während ich einen nächsten Überfall aus dem Nichts befürchtete. Doch nichts geschah. Endlich, viel zu spät, die erlösende Stimme von Alice.

«Henry, was machst du denn da auf dem Boden? Warst du das, Tiger? Schäm dich, das gehört sich aber wirklich nicht!»

Tiger? Wer war Tiger? Ich hatte bislang nicht bemerkt, dass außer Alice und mir noch jemand da war. Alices hob mich auf und setzte mich wieder zurück aufs Fenstersims. Da sah ich ihn. Tiger. Er saß selbstzufrieden auf unserem (also Alice und meinem) Sessel und schaute aus zu Schlitzen zusammengekniffenen Augen herüber, als könnte er kein Wässerchen trüben. Der gefährliche gestreifte Tiger. Samtpfoten mit versteckten Krallen sind wirklich nichts für gradlinige Leute wie mich. Ich war noch keine vierundzwanzig Stunden auf der Welt und hatte bereits einen erklärten Feind. Auch wenn es nur ein Kater war.

Man kann sich den Start ins Leben glorreicher vorstellen, oder nicht? So hatte ich mir das nicht vorgestellt. Das Fazit meines ersten Tages:

Ich konnte nicht sprechen.

Ich konnte mich nicht bewegen.

Ich musste zuhören.

Ich musste zusehen.

Ich konnte mich nicht wehren (gegen Angriffe von Katzen).

Ich hatte einen Feind (oder vielleicht sogar zwei, wenn man Elizabeth dazuzählen wollte, doch sie erschien mir nur dumm und nicht gefährlich).

Ich hatte einen Namen mit einem «N.» zu viel.

Allerdings war ich auch damals schon ganz ich selbst und gab mich nicht mit dieser melancholischen Erkenntnis zufrieden. Gut, ich brauchte ein oder zwei Stunden, um aus meinem Selbstmitleid wieder aufzutauchen. Aber mir wurde bald klar, dass alles immer zwei Seiten hat. Ich hatte vielleicht einen schlechten Start gehabt, mein Rüstzeug jedoch war, genauer betrachtet, nicht so schlecht:

Ich konnte sehen.

Ich konnte hören.

Ich konnte denken (besser als Tiger jedenfalls).

Ich hatte einen (ansonsten ganz passablen) Namen.

Ich hatte eine Freundin (Alice hatte es selbst gesagt: «Du und ich, wir schaffen das schon.» Von Tiger war nicht die Rede gewesen.).

Ich hatte eine Liebe (was auch immer das genau sein mochte, wertvoll war es jedenfalls).

Ich beschloss, dass es sich mit diesen Voraussetzungen durchaus leben ließ.

Alice war eigentlich ein sehr lebenslustiger Mensch. Es gab Tage, da war sie unbeschwert und fidel. Ihr Herz war voll Humor und Freude, und sie war trotz ihrer Schüchternheit nie der Ausgelassenheit abgeneigt. Dazu kam ein Hang zum Träumen und zur Unordnung, was sie immer wieder in peinliche Situationen brachte, über die sie sich später fürchterlich ärgerte. Sie hatte Temperament und einen eigenen Kopf. Doch das Leben hatte es ihr nicht leichtgemacht. Oft überfiel sie eine schreckliche Schwermut, und ich wusste bald, dass deren Ursache der Verlust von William war. In solchen Momenten lag ein Schatten über jedem Lächeln, und jeder Spaß konnte sofort ins Gegenteil umschlagen. William fehlte ihr. Ein Stück von ihr fehlte, doch sie versuchte tapfer, die Lücke irgendwie zu füllen.

Es dauerte nicht lang, da gewöhnte sie sich an, pausenlos mit mir zu sprechen. Das war eigentlich sehr schön, denn ich fühlte mich wahrgenommen und erfuhr zudem viel über Alice und vor allem über das Leben, das mir ja noch gänzlich unbekannt war. Obendrein schien es ihre Traurigkeit zu vertreiben. Doch es entspannen sich merkwürdige Monologe ihrerseits, die mir bald vor Augen führten, dass nicht ich gemeint war. Sie brauchte einfach ein Gegenüber. Eigentlich brauchte sie William.

Was an meinem ersten Tag wie eine scherzhafte Bemerkung geklungen hatte, traf auf eine eigentümliche Weise zu: Ich war der Mann in Alices Leben.

Sie erzählte mir, was sie am Tag in der Schreibstube erlebt hatte, wo sie arbeitete; sie erzählte von Büchern, die sie las. Sie teilte ihre Geldsorgen mit mir und ihre Vorfreude auf eine Gartengesellschaft in Conward House, zu der Elizabeth sie geladen hatte. Hatte sie sich einen neuen Schal gekauft, wurde er mir vorgeführt. Und wenn es um die Wahl des Hutes ging, fragte sie mich auch um Rat. Nicht, dass meine Meinung dabei wirklich von Belang gewesen wäre. Sie unterstellte mir tatsächlich, dass ich den braunen Hut lieber mögen würde als den blauen, dabei war das Gegenteil der Fall. Aber wer nicht sprechen kann, wird nicht gehört. Wer nicht gehört wird, kann seine Meinung nicht sagen. Wer seine Meinung nicht sagen kann, stimmt (zumindest augenscheinlich) zu. Ich war ein vermeintlicher Ja-Sager. Dieser Umstand erschien mir von Anfang an als fürchterliche Zwangslage. Bis ich eines Tages einen Vorteil erkannte: Ich konnte immerhin denken, was ich wollte, ohne dass sich jemand daran störte oder mir widersprach. Welch enorme Freiheit darin liegt, wurde mir erst viele Jahre später klar, als ich mit ansehen musste, wie Menschen auf brutale Weise gezwungen wurden, ihre Gedanken zu verleugnen und geheim zu halten und ihr Leben und das von anderen mit Lügen zu retten.

Je deutlicher wurde, dass meine Meinung in den monologischen Dialogen mit Alice nicht gefragt war, umso ausgeprägter wurde sie. Bald hatte ich zu jedem Thema, das sie mit mir diskutierte, eine klare Ansicht.

Wenn sie berichtete, dass sie von ihrem unsagbar unhöflichen Chef wieder eine Rüge bekommen hatte, weil sie zu spät gekommen war, fand ich nicht, dass er unrecht hatte, wenn er sie zur Pünktlichkeit ermahnte. Sie war dauernd in Eile und nie rechtzeitig fertig, was sie permanent in Schwierigkeiten brachte. Warum stand sie nicht einfach fünf Minuten früher auf? Das fragte sich nicht nur ihr Chef.

Und als sie mir einmal das dramatische Liebes-Dilemma von einer gewissen Miss Bennett und einem Mister Darcy schilderte, war ich fassungslos, wie mitfühlend sie an der Geschichte der beiden Anteil nahm. So wie sie es schilderte, war das trotzige Verhalten dieser Frau so albern und der gekränkte Stolz des Mannes so kindisch, dass ich mich ernstlich fragte, was aus Alice werden sollte, wenn sie sich diese Leute zum Vorbild nahm. Ich hoffte sehr, sie würden uns niemals besuchen.

Hätte Alice außerdem auf meinen Rat in Sachen Mode gehört, hätte sie eleganter ausgesehen. Ich hätte ihr zu einem Schal in Grün geraten und dazu die dunkelgrüne Cloche empfohlen – das hätte so wunderbar zu ihren Augen gepasst. Aber wer war ich, dass mein Geschmack in Kleiderfragen ausschlaggebend gewesen wäre? Doch immerhin, ich hatte Geschmack, das kann nicht jeder von sich behaupten.

Alice und ich waren also durchaus nicht immer einer Meinung, und das war sicher gut so, denn ich lernte das, was einen gesunden Bärenverstand ausmacht: Aufrichtigkeit, Ehrlichkeit und einen kritischen Blick – auch wenn es nur für mich im Stillen stattfand, formte es mich doch.

Wenn Alice jedoch von William sprach – und das tat sie sehr häufig –, war alles anders. Ihr Blick dunkel, ihre Stimme leise und weich, und ein leichter Schimmer von Rot legte sich auf ihre Wangen.

Wenn es um William ging, ging es um die Liebe, und ich hatte schnell begriffen, dass die Liebe der Motor war, der die Menschen in Bewegung hielt. Alles andere wurde demgegenüber unbedeutend und klein. Mir wurde immer klarer, welch kostbares Gut ich in mir trug, und ich konnte gar nicht genug darüber erfahren.

«Weißt du, Henry, wenn Will mich ansah, dann war ich so glücklich», erzählte sie einmal, während sie mit einem Staublappen über die Fensterbank wischte. «Wir brauchten kein Geld. Wir wären schon über die Runden gekommen. Ich weiß, von Luft und Liebe kann man nicht leben, aber manchmal kam es mir fast so vor.»

Beschwingt putzte sie weiter und ignorierte die Streifen, die der Lappen hinterlassen hatte.

«Ich habe von Will geträumt», sagte sie an einem anderen Morgen. «Es war, als wäre er wirklich da. Er saß neben meinem Bett und streichelte mir die Hand, wie er es immer tat, bevor er zur Arbeit ging. ‹Guten Morgen, mein Herz›, hat er gesagt. ‹Zeit, den neuen Tag zu begrüßen.› Wie im Himmel habe ich mich gefühlt, weißt du, Henry, wie im Himmel, so leicht und so glücklich und so voll Wärme. So fühlt sich Liebe an.»

Sie saß mit der Teetasse auf den Knien in unserem Sessel. Ich hockte auf meinem angestammten Platz auf der Fensterbank und hörte ihr zu.

h wünschte, ich wäre nicht wieder aufgewacht», setzte sie traurig hinzu. «Dann wäre ich einfach bei ihm geblieben.»

Solche Momente gab es immer wieder. Und ich war froh, dass sie dann immer irgendwann die Tasse zur Seite stellte und mich zu sich nahm. Sie drückte ihre Nase in meinen Nacken und atmete warm und ruhig, bis die Traurigkeit verflogen und ihre Tränen in meinem Fell verschwunden waren.

An anderen Tagen war sie richtig wütend. Anfangs bekam ich Angst, wenn sie heftig wurde und lospolterte.

«Die lügen doch alle. Die Politiker, die Beamten, alle. Will ist nicht tot. Es gibt ja nicht mal eine Leiche. Woher wollen sie es denn so genau wissen? Ich glaube das einfach nicht. Sie lügen», schimpfte sie, und es fehlte nicht viel und sie hätte mit dem Fuß aufgestampft.

«Ist doch so», sagte sie dann schon leiser, «nur du, du lügst nicht, Henry. Nicht wahr?» Und sie wandte sich wieder der Hausarbeit zu.

Alice war keine dumme Gans, jedenfalls soweit ich das beurteilen kann. Sie war einfach eine junge Frau, die ihren liebsten Menschen verloren hatte und Trost suchte. Wer hätte dafür kein Verständnis gehabt? Ich war jedenfalls bereit, alles dafür zu tun, dass sie sich nicht einsam fühlte.

Ohne unbescheiden wirken zu wollen, denke ich doch, dass ich meinen Job recht gut gemacht habe. Manchmal frage ich mich, was sie wohl später ohne mich gemacht hat, wie sie zurechtgekommen ist mit dem Alleinsein. Es muss schwer für sie gewesen sein, viel schwerer als für mich. Doch letztendlich war es William, der uns auseinanderriss. William, der für sie noch immer das Wichtigste auf der Welt war. Ich habe lange gebraucht, um einzusehen, dass ich kaum einen Ersatz für ihn darstellen konnte: Ich bin eben doch nur ein Bär. Aber einer mit einem großen Herzen.

Eines Morgens kam Alice in die Stube und heizte den Ofen an. Sie zog sich den Morgenmantel fest um die Schultern und schüttete Kohlen ins Feuer. Es war merklich kühler geworden. An meinem Platz am Fenster zog es, und die Scheibe war jetzt morgens immer eiskalt.

«Scheint so, als wäre der Winter jetzt endgültig da», sagte Alice und kehrte die Asche vor dem Ofen zusammen. «Es ist ja auch nicht mehr lange bis Weihnachten.»

Sie hasste Weihnachten, das hatte sie in einem Gespräch mit Elizabeth erwähnt, die, wie sich herausstellte, alle vierzehn Tage zum Tee kam, um Neuigkeiten auszuplaudern.

«Mir graut es so vor den Feiertagen», hatte Alice ihrer Freundin anvertraut. «All diese Feierlichkeiten bedeuten mir nichts.»

Ich wusste nicht, was es mit Weihnachten auf sich hatte. Doch wenn es Alice davor graute, konnte es kein Spaß sein. Elizabeth war jedoch wieder einmal anderer Meinung:

«Komm schon, Alice, sei keine Spielverderberin. Milton gibt eine herrliche Gesellschaft, dann kommst du auch unter Leute. Es gibt Plumpudding. Und sicher findest du in diesem Jahr den Penny.»

«Ich weiß nicht recht, Liz. Ich bin doch nur ein Trauerkloß. So jemanden will Milton sicher nicht auf seiner Party haben.»

«Doch, Milton hat es ausdrücklich gewünscht. ‹Lizzy›, hat er gesagt, ‹du musst deine reizende Freundin Alice mitbringen. Sie ist eine Zierde für jede Gesellschaft.› Er mag dich sehr, weißt du», erklärte sie mit einem vielsagenden Blick.

Alice lächelte.

«Ich habe einen Brief von Patricia bekommen. Sie lädt mich über die Feiertage nach London ein. Es sieht bedauerlicherweise so aus, als müsste ich Miltons Einladung ausschlagen», sagte Alice.

«Aber das ist doch entzückend, Liebes. Wie reizend von deiner Schwester. Und ein paar Tage London haben noch niemandem geschadet.» Elizabeth lachte fröhlich – man kann ihr viel vorwerfen, aber missgünstig war sie nicht.

«Ach, es ist mir so unangenehm. Sie wollen mir sogar die Fahrt bezahlen …»

«Du wirst einige herrliche Tage verleben. Und sicher lernst du in der Bahn wieder interessante Leute kennen. Vielleicht einen echten Henry diesmal», sagte sie mit einem Seitenblick auf mich, der nicht misszuverstehen war.

Elisabeth und ich würden nie Freunde werden, das stand fest. Doch sie kümmerte sich um Alice, daher konnte ich ihre plappernde Anwesenheit großmütig tolerieren.

Alice überhörte den Kommentar und sagte:

«Ja, ich denke, ich werde die Einladung annehmen. Es ist doch angenehmer, Weihnachten bei der Familie zu sein.»

Warum beschäftigte dieses sogenannte Weihnachten die Menschen so sehr, dass allerorten gefeiert wurde? Ich hoffte, Alice würde mir bald mehr darüber erzählen. Doch ich erfuhr nicht viel mehr als das, was ich bereits wusste.

«Dieses dumme Fest», sagte sie später zu mir. «Wie kann ich denn allein ein Fest der Liebe feiern?»

Ich fand, dass es sich gar nicht so schlecht anhörte, ein Fest der Liebe zu feiern – nach allem, was ich inzwischen von der Liebe wusste, könnte es doch eine schöne Angelegenheit sein, wenn Leute, die einander zugetan waren, zusammenkamen und feierten, dass sie sich mochten.

Hegt man als Jungbär nicht alberne Vorstellungen? Wie unterschiedlich dieses Fest begangen werden kann, ahnte ich damals wahrlich nicht. Ich erinnere mich an spätere Weihnachtsfeste, die mehr mit Krieg als mit Liebe zu tun hatten – ob es nun ein Krieg mit fliegenden Bomben oder fliegenden Tellern war …

Der Tag der Abreise nahte. Und was ich mir nur in meinen geheimsten Träumen gewünscht hatte, wurde wahr: Alice wollte mich mitnehmen. Zum ersten Mal würde ich das Haus verlassen und die Welt, die ich tagein, tagaus vom Fenster betrachtet hatte, endlich aus der Nähe sehen.

Alice hatte einen kleinen Koffer gepackt, eine Hutschachtel und einen Lederbeutel, in dem sie mich, einige Äpfel, ein Taschentuch, eine Geldbörse, einen Lippenstift, einen Taschenspiegel und ihren Hausschlüssel verstaute. Dann machten wir uns auf den Weg zum Bahnhof.

Ich wusste, wo der Bahnhof war. Vom Fenster aus hatte ich die Gleise sehen können, die ostwärts führten. Es war nicht weit. Nur ein paar Meter nach rechts die Manvers Street hinauf, und schon war man dort.

Wie oft hatte ich die riesigen schwarzen, dampfenden Züge ankommen und abfahren sehen. Ich konnte auch hören, wie vor der Abfahrt die Pfeife erklang, wie das Geräusch des Dampfkessels immer lauter wurde und die Lokomotive langsam Fahrt aufnahm, ehe das eiserne Ungetüm aus meinem Sichtfeld verschwand.

Viele Nachmittage hatte ich damit zugebracht, den Zügen hinterherzuschauen. Und immer hatte ich mich gefragt, wohin die Reise ging. Jetzt würde ich es endlich erfahren. Ich würde es zudem selbst erleben. Aufregung beschreibt den Zustand, in dem ich mich in den Stunden vor Reiseantritt befand, nur mangelhaft.

Als wir aus dem Haus traten, blieb Alice kurz stehen. Fast schien es mir, als sammle sie noch einmal Kraft für die bevorstehende Fahrt. Ich nutzte die Gelegenheit, mich umzuschauen. So also sah es draußen aus. Es war ein merkwürdiges Gefühl, nicht mehr hinter der sicheren Scheibe zu sitzen und den vertrauten Ausblick zu haben. Plötzlich sah ich, dass es links und rechts von meinem Ausschnitt der Welt noch mehr Häuser gab. Und Straßen. Und Bäume. Und Menschen.

Was hatte ich erwartet? Ich wusste ja, dass die Menschen, die an meinem Fenster vorüberliefen, immer irgendwo herkamen und irgendwo hingingen. Doch wie sich dieses Irgendwo schließlich darstellte, darauf war ich nicht gefasst gewesen.

Und da entdeckte ich etwas, das mich für einen kurzen Moment von meinem Reisefieber ablenkte. Ich sah das Schild, das an der Straßeneinmündung zu unserer Linken stand. Vom Fenster aus hatte ich diese Kreuzung nicht sehen können, ich schaute üblicherweise in die andere Richtung, weil Alice mich immer an den linken Rand des Fensters setzte. Auf diesem Straßenschild stand eindeutig mein Name. Ich schaute noch einmal hin. Es stimmte. Dort stand zweifelsfrei *Henry Street*, in klaren Lettern, deutlich lesbar. Ich war stolz. Die gute Alice, dachte ich. Sie hat sogar dafür gesorgt, dass eine Straße nach mir benannt wurde!

Am liebsten hätte ich das Schild noch ewig angesehen, doch Alice wandte sich abrupt ab und trug mich in Richtung Bahnhof davon. Ein Pferdefuhrwerk überholte uns. Der strenge Geruch von Pferdeschweiß und Leder drang mir in die Nase. Zum ersten Mal roch ich nun, was ich immer nur gesehen hatte. Nicht, dass mir der Geruch besonders zusagte, doch es war immer noch besser als die dunkle, stinkende Wolke, die der Bus hinterließ, der bimmelnd an uns vorüberfuhr.

Menschen mit Taschen und Koffern standen vor dem Bahnhofsgebäude. Die Frauen trugen aufwendige Reisekostüme und mit Federn geschmückte Hüte. Man sah junge Männer in Knickerbockers und Ballonmütze, die unbeschwert lachend in kleinen Gruppen zusammenstanden, die Herren in langem Mantel und Melone hielten sich im Hintergrund, ab und an zog einer wichtig eine Taschenuhr hervor und warf einen kritischen Blick darauf.

Das Gebäude des Bahnhofs Bath Spa Station war aus hellem Kalkstein gebaut. Über hohen Fenstern erhoben sich drei Giebel, die nach oben treppenförmig zuliefen. Im mittleren thronte eine Uhr, so groß, wie ich es noch nie gesehen hatte. Sie zeigte deutlich an, dass wir viel zu früh dran waren. Alice hatte es zu Hause nicht mehr ausgehalten. Ich hätte wetten mögen, dass sie ebenso nervös war wie ich. Sie war nämlich auch noch nie in London gewesen. Sie bemühte sich, ganz selbstverständlich und versiert auszusehen, doch ich spürte genau, dass sie sich zwischen diesen vielen Menschen unsicher fühlte.

Es war der 24. Dezember, viele Leute kamen an, und einige reisten ab, ganz England schien auf den Beinen zu sein. Grüße und gute Wünsche klangen durch die Luft: «Fröhliche Weihnachten», oder: «Ein frohes Fest wünsche ich. Empfehlungen an Ihren Gemahl.»

Ich mochte die Stimmung, es schien doch etwas dran zu sein an meiner Vorstellung vom Fest der Liebe, die Menschen waren heiter und freundlich.

«Alice», hörte ich plötzlich eine tiefe Stimme rufen.

Alice hatte es ebenfalls gehört, fast erschrocken drehte sie sich um. Vor uns stand ein großgewachsener Mann. Er war schlank und sportlich. Sein dunkelblondes Haar war etwas länger, als es modern war, und fiel wild in seine hohe Stirn. Darunter schauten ein Paar wache Augen hervor. Er trug ein dunkles Tweedjacket und hatte einen weißen Schal um den Hals geschlungen. Auf seinem Kopf saß eine braune Schiebermütze.

«Oh, Milton, hallo», sagte Alice verlegen.

«Sie fahren nach London, habe ich vernommen?»

«Ja», antwortete sie schüchtern und schaute zu ihrem Gegenüber auf. «Meine Schwester Patricia war so freundlich, mich einzuladen.»

«Ich hätte mich ebenfalls sehr gefreut, wenn Sie morgen mein Gast gewesen wären», erwiderte er mit einem breiten Lächeln. In seinen braunen Augen blitzte der Schalk. Ich mochte ihn auf Anhieb. Und er mochte Alice, das war nicht zu übersehen.

«Danke, es war sehr nett von Ihnen, mich einzuladen. Aber, es tut mir leid …»

«Sie müssen sich nicht entschuldigen. Ich verstehe, dass Sie lieber bei Ihrer Familie sind. Aber Sie müssen mir versprechen, dass wir uns nicht erst zur nächsten Gartengesellschaft in Conward House wiedersehen.»

Alice errötete und wechselte das Thema.

«Was tun Sie hier am Bahnhof?»

«Ich wollte Ihnen den Koffer zum Bahnsteig tragen.»

«Sie nehmen mich auf den Arm!»

«Nicht doch, da nehme ich lieber Ihren Koffer. Kommen Sie, ich helfe Ihnen. Und wenn es sich nicht vermeiden lässt, hole ich nebenbei meine kleine Schwester ab. Sie kommt aus Brighton.»

Alice lachte auf. Milton schob sich die Mütze in den Nacken und griff nach Alices Koffer und der Hutschachtel. Den Beutel, in dem ich saß, hielt sie fest in der Hand.

«Sieh einer an», sagte er. «Sie reisen in Begleitung?»

Alice schaute ihn verwundert an. «Nein», sagte sie. «Wie kommen Sie darauf? Ich reise allein.»

«Und wer ist das?», fragte er und zog mich sanft am Ohr.

He!

Wieder schlich sich ein zarter Rotton auf Alices Gesicht.

«Ach, das ist Henry. Für die Kinder, Sie wissen schon. Man kann ja nicht ohne Geschenk kommen.»

Für die Kinder? Was soll das heißen? Du willst mich doch nicht fortgeben?

Ich war ehrlich erschrocken. Der Gedanke, einmal bei jemand anderem als bei Alice zu sein, war mir noch nie gekommen.

«Die werden sich über so einen schönen Teddy sicher besonders freuen», sagte er. «Von einem solchen Freund hat doch jeder von uns als Kind geträumt.»

Nicht nur als Kind. Ich bin Alices bester Freund. Wir teilen alles.

«Ja, ist es nicht ein Jammer, dass wir zu alt dafür sind?», versuchte Alice zu scherzen.

Ich verstand die Welt nicht mehr. Was war denn mit ihr los? Wieso tat sie so, als wären wir nur entfernte Bekannte, als wäre ich nichts weiter als ein Kinderspielzeug? Nach allem, was ich für sie getan hatte! Es ist schwer, das einzugestehen, aber dieses Verhalten habe ich später noch oft erlebt. In ihrem Herzen sind alle Erwachsenen Kinder, das weiß ich genau. Die einen mehr, die anderen weniger deutlich. Aber kaum einer steht dazu. Fragen Sie mich nicht, warum.

«Ich würde ihn behalten», sagte Milton freundlich.

«Ich muss los», sagte Alice schnell. «Der Zug wartet nicht.»

Milton nickte und ging mit dem Gepäck voran.

Auf dem Bahnsteig herrschte dichtes Gedränge. Die aussteigenden Menschen reichten Taschen durch die Fenster hinaus, Kofferträger in Uniform versuchten sich ihren Weg zu bahnen und ein weihnachtliches Trinkgeld zu kassieren. Dicker weißer Rauch hüllte die monströse Lokomotive und den Bahnsteig ein.

Alice stieg hinter Milton ein, mich fest vor der Brust, und Milton suchte ein Abteil für uns.

«Hier ist es gut. Wenn Sie auf der linken Seite sitzen, können Sie den Avon länger sehen.»

«Danke, Milton», sagte Alice, «das ist überaus freundlich von Ihnen.»

«Ich wünsche Ihnen ein frohes Fest, Alice», sagte er mit leiser Stimme. «Und vergessen Sie nicht, was Sie versprochen haben», fügte er mit einem offenherzigen Lächeln hinzu. «Sie kommen mich besuchen.»

«Auf Wiedersehen», erwiderte Alice. «Und gesegnete Weihnachten.»

«Auf bald.»

Er wandte sich zum Gehen. Dann sagte er zu mir: «Und du pass gut auf die Dame auf. London ist ein gefährliches Pflaster.» Er rollte mit den Augen.

Alice lachte und schob ihn aus dem Abteil.

«Vergessen Sie Ihre Schwester nicht!»

Theatralisch schlug er die Hände vors Gesicht. «Ja, richtig, die Schwester aus Brighton. Mir fällt gerade ein, dass sie doch erst morgen kommt.»

Mit diesen Worten verließ er den Zug, von draußen winkte

er noch einmal, und dann verschwand er in der Menge. Alice sah ihm kopfschüttelnd nach.

Es machte nicht den Anschein, als hätte Miltons sichtliches Bemühen irgendeine Form der Rührung in ihr ausgelöst. In meiner Brust allerdings drückte es mich zum ersten Mal wehmütig, denn ich vermutete, dass der freundliche Milton für Alice niemals mehr sein würde als ein Freund.

Die Lok zischte und stampfte, ein greller Pfiff ertönte, dann gab es einen Ruck. Langsam und laut schnaufend setzte sich der Zug der Great Western Railway in Bewegung. Wir fuhren. Aus dem Fenster sah ich steinerne Brücken, die sich über den Avon spannten. An den großzügigen Häusern und Straßen war zu erkennen, dass hier einst das bunte Leben pulsiert hatte. Dies war eine Stadt, die vor gar nicht allzu langer Zeit noch Reiseziel zahlreicher Herren und Damen der Gesellschaft gewesen war, doch jetzt strahlte sie nur noch den Charme der Vergangenheit aus. Ich sah Bath. Zum ersten und zum letzten Mal.

Wir waren allein im Abteil.

«Schau, Henry», sagte Alice, die jetzt wieder mit mir sprach und sich kein bisschen anmerken ließ, dass sie mich noch vor einer Viertelstunde schamvoll verleugnet hatte.

«Dahinten liegt Bath Abbey mit ihren zehn schönen Glocken. Dort haben wir geheiratet. Schade, man kann sie gar nicht richtig sehen. Aber da vorne, siehst du, das sind die Sydney Gardens, der schönste Park der Welt. Wenn die Sonne schien, sind Will und ich manchmal durch das Labyrinth gelaufen und haben Verstecken gespielt. Es waren herrliche Tage.» Und nach einem Moment des Schweigens fügte sie hinzu: «Ich vermisse ihn so.»

Es schien, als gebe es kaum einen Gedanken, der nicht auf irgendeinem Weg zu William führte. Oft kam es mir vor, als würde ich ihn kennen, so viel wusste ich über ihn. Alices Liebe war unbeschreiblich groß, und manchmal befürchtete ich, dass sie vor lauter Entbehrung irgendwann den Verstand verlieren würde.

Die Fahrt verging mit Lauschen auf den Rhythmus der Räder, die gleichmäßig über die Schwellen ratterten. Vor dem Fenster zog die Landschaft vorüber und verwandelte sich zu einem Farbenspiel aus Braun und Grün, einem Grün, das irgendwann wie aus sich selbst heraus zu leuchten begann, als die Sonne tief unter den dunklen Wolken hervorstrahlte. Es war ein schöner Tag, und nichts daran ließ auf das bevorstehende Drama schließen.

Ich merkte, dass wir uns London näherten, weil Alice immer unruhiger wurde. Tausendmal machte sie den Beutel auf und schaute hinein. Sie holte ihren Lippenstift hervor und steckte ihn wieder ein, nachdem sie in einem Taschenspiegel kontrolliert hatte, ob ihr Gesicht noch da war, wo sie es zuletzt gesehen hatte. Tasche auf, Tasche zu. Ich war kurz davor, verrückt zu werden, als endlich der Schaffner den Gang entlangkam und verkündete, wir würden in zehn Minuten Paddington Station erreichen.

Alice verstaute mich wieder im Beutel und zog ihren Mantel an. Auf ihrem Kopf drapierte sie einen schwarzen Glockenhut, den vorne eine große anliegende Schleife zierte. Sie verließ das Abteil und trat hinaus in den Gang.

Paddington Station war riesig. Hoch über uns spannte sich in einem atemberaubenden Bogen ein Dach aus Metall und Glas. An den Seiten erhoben sich im Abstand von vielleicht zwanzig Metern dicke Säulen, die die zahlreichen Trägerstreben stützten. Dämmeriges Licht, das durch das Dach hereinfiel, ließ die Halle unwirklich erscheinen, und wenn nicht am Bahnsteig ein unglaubliches Gewimmel aus Pferdewagen und Menschen, Koffern und Kisten geherrscht hätte, wäre es mir gespenstisch vorgekommen, dort aussteigen zu müssen.

Ich spürte, wie nervös Alice war. Sie drückte das Gesicht ans Fenster und versuchte Patricia zu erspähen, die versprochen hatte, uns abzuholen. Wie wollte sie zwischen all diesen Leuten ihre Schwester ausfindig machen? Das sah Alice ähnlich: Wir würden in der Großstadt ankommen und als Erstes verlorengehen, weil sie ihrer Schwester auf die Einladung leichthin geantwortet hatte: «Es ist lieb, dass du mich abholen willst. Der Zug erreicht Paddington um siebzehn Uhr vierzig. Wir sehen uns dort, Schwestern finden einander bekanntlich überall.»

Jetzt schien Alice selbst zu merken, dass der kleine Bahnhof Bath Spa Station nichts weiter mit London Paddington gemein hatte, als dass Gleise hinein- und herausführten.

«Na, das kann ja heiter werden», sagte sie leise vor sich hin. «Wollen wir hoffen, dass Pat noch immer durch ihren scheußlichen Hutgeschmack auffällt.»

Ich lachte in mich hinein. Alice und die Hüte, das war wahrhaftig ein Thema für sich.

Die Lokomotive schnaufte, die Bremsen quietschten laut und schrill, es zischte und qualmte, und der Bahnsteig verschwand im dichten Nebel. Von draußen wurden die Türen geöffnet, und ein kaum sichtbarer Bahnsteigwärter streckte Alice die Hand entgegen, um ihr beim Aussteigen behilflich zu sein. Sie warf noch einmal einen suchenden Blick auf die Menge, um Pat auszumachen. Da erstarrte sie.

«Das ist Will», flüsterte sie erst kaum hörbar. Dann lauter: «William!»

Sie ließ die Hand des Bahnsteigwärters fahren, vergaß Gepäck und Schicklichkeit und sprang aus dem Zug.

«Will!», schrie sie aus Leibeskräften. «Will!»

Sie rannte los in die Richtung, in der sie meinte, William gesehen zu haben. Ein Mann kam ihr in die Quere, und sie rempelte ihn an, machte sich jedoch nicht die Mühe, sich zu entschuldigen. In wilden Haken versuchte sie Menschen und Hindernisse zu umgehen, strauchelte, fiel fast und rappelte sich wieder auf. Der Beutel, in dem ich saß, schlenkerte an ihrer Hand vor und zurück.

«Will!», rief sie wieder. «Warte, William! William!»

Der Männerkopf, den sie im Visier hatte, verschwand in der Menschenmenge und schien schon fast verloren, da tauchte er wieder auf. Alice lief, so schnell ihre Füße sie trugen und wie die Umstände es zuließen.

Da schoss plötzlich wie aus dem Nichts ein kleines Mädchen hervor und lief ihr direkt zwischen die Beine. Alice fiel. Ihre Tasche flog. Ich flog. In hohem Bogen trennte ich mich von der warmen Sicherheit, die Alices Handtasche mir geboten hatte. Ich segelte über zwei oder drei Leute hinweg und landete schließlich unsanft auf dem Pflaster. Aus dem Augenwinkel sah ich, wie jemand Alice ihren Beutel reichte, wie sie ihren Rock raffte und versuchte, auf die Füße zu kommen. Wie sie sich umschaute.

Hier bin ich. Alice! Hier. Nimm mich mit!

Doch natürlich hörte sie mich auch dieses Mal nicht. Und ich war auch nicht der, den sie suchte. Sie hatte William gesehen. Sie glaubte, sie hätte ihn gesehen. Wer kann schon mit Sicherheit sagen, ob er es nicht wirklich war.

Alice stellte sich auf die Zehen, um einen besseren Überblick zu haben.

Ich bin hier unten. Hier unten, siehst du nicht?

Dann lief sie wieder los.

Plötzlich spürte ich, wie mich eine Hand ergriff. Ich wurde in die Luft gehoben, weit über die Köpfe der Leute. Die Hand gehörte zu einer jungen Frau. Sie war mollig und hatte ein rundes Gesicht. Ihr braunes Haar war geflochten. Sie sah gemütlich aus.

«Hallo!», rief sie. «Warten Sie doch, Miss! Sie haben Ihren Teddy verloren! Miss! Warten Sie.»

Nun begann auch sie zu laufen. Ihre linke Hand umschloss mich. Sie drückte vor Anspannung und Anstrengung viel zu fest zu. Mir wurde eng in der Brust. Ich spürte, wie die Liebe sich schmerzhaft bemerkbar machte. Ich hatte Angst, Alice zu verlieren.

Alice, bitte warte auf mich.

Von ferne hörte ich Alices Stimme:

«Will! Will, bitte warte auf mich!»

Irgendwann blieb das Mädchen stehen. Völlig außer Puste, beugte sie sich vornüber und stemmte die Hände auf die Knie. Ihr Gesicht war hochrot, eine Haarsträhne hatte sich gelöst.

«Die erwische ich nicht mehr», keuchte sie, während sie sich langsam wieder aufrichtete. Sie sah sich noch einmal um, dann nahm sie mich zum ersten Mal näher in Augenschein.

«Dann nehme ich dich eben selbst mit», sagte sie schließlich. «Lili und Leo werden sich freuen.»

Mit diesen Worten klemmte sie mich unter den Arm.

Das Durcheinander am Bahnsteig hatte sich ein wenig

gelichtet. Das Mädchen steuerte auf den Ausgang zu und blieb dann noch ein letztes Mal stehen.

Da entdeckte ich sie. Alice stand gar nicht weit entfernt. Ich sah, wie sie in ihre Tasche schaute. Ich sah, wie sie den Boden absuchte. Ich sah die Verzweiflung in ihrem Gesicht. Sie war allein. Ohne William. Ohne mich.

Ich steuerte unter dem Arm einer Fremden auf den Ausgang zu und war machtlos.

2

Wie ungerecht das Leben sein kann, wird einem erst in vollem Umfang bewusst, wenn man sich in einer Situation befindet, an der man nichts ändern kann. Nun, das ist für mich zwar seit über achtzig Jahren Alltag, und man sollte meinen, ich hätte mich inzwischen irgendwie damit arrangiert – über weite Strecken gelingt es mir ja auch – aber manchmal fällt das selbst mir schwer. So wie zum Beispiel heute.

Ich habe mir nun wirklich rein gar nichts vorzuwerfen. Es gibt keinen Grund, mich wie einen Verbrecher hier in einem muffigen Büro einzusperren. Es scheint sich um ein riesiges Missverständnis zu handeln, das aufzuklären ich unglücklicherweise nicht in der Lage bin. Sollte es wahrlich verboten sein, in seinem Inneren ein Geheimnis zu bewahren? All die Jahre hat es doch niemanden gestört.

Die Schriftstellerin ist noch nicht wieder aufgetaucht, ebenso wenig wie der Beamte oder Dorle, die Durchleuchterin, und auch von einem Polizisten ist bislang noch nichts zu sehen gewesen. Zum Glück. Ich bin keineswegs erpicht darauf, dass er mit seinem Messer anrückt. Solange niemand kommt, besteht immer noch Hoffnung.

Es ist ruhig. Fliege und Neonröhre brummen im Chor,

ansonsten ist kein Geräusch zu vernehmen. Ich kenne einsame Dachböden, auf denen es lebendiger zuging als auf diesem schrecklichen Flughafen.

Mir behagt diese Ruhe nicht, denn sie zwingt mich dazu, mir Gedanken zu machen. Gedanken, die ich mir nicht unbedingt machen will, weil sie einerseits Wehmut und andererseits Angst verursachen. Wehmütig denke ich an die Momente in meinem Leben, wo alles zum Besten stand: Alice und ich gemütlich im Salon; die friedlichen Abende am Kamin, bei Victor und Emily; die warmen Nachmittage in Paris mit Robert und der Prinzessin; Julchen, die Liebe meines Lebens; die aufregenden Tage in Florenz mit Isabelle, und sogar mit der kleinen Nina in Budapest gab es Tage, an denen Lachen und Zuversicht das Haus erfüllten.

Und die Angst? Die Angst keimt in der Machtlosigkeit, die man fühlt, wenn einem Unrecht widerfährt. Ich habe so viel Unrecht geschehen sehen. Menschen, die keine Chance hatten und der Willkür anderer ausgeliefert waren, weil sie zur falschen Klasse, zur falschen Rasse oder zur falschen Familie gehörten, weil sie im falschen Land lebten. Oder einfach, weil sie Kinder waren, oder schwach. Wirklich verstanden habe ich nie, wie die Menschen es geschafft haben, dass manche von ihnen glauben, sie seien mehr wert als andere. Irgendein Philosoph (ich kann mich an seinen Namen nicht erinnern, Victor hat den Kindern immer von ihm erzählt, weil er genau wie Victor ein Verfechter der Pünktlichkeit und der frühen Nachtruhe war, so viel weiß ich noch) hat mal gesagt, dass man immer in dem Bewusstsein handeln soll, dass die eigenen Regeln für alle als Gesetz gelten könnten. Ich kann mir nicht vorstellen, dass sich alle an diesen Grundsatz halten. So viel habe ich über die Menschen gelernt: Die meisten denken zuerst an sich selbst und finden für alles, was sie tun, eine Rechtfertigung, und die ist *nicht* immer zum Besten aller. Vielleicht bin ich deshalb so anfällig, wenn es an mein Gerechtigkeitsempfinden geht, gleich, ob es mich betrifft oder die Menschen, die um mich herum sind.

Fest steht, dass die Schriftstellerin und ich eine Menge überflüssigen Ärger haben und für etwas verdächtigt werden, dessen wir völlig unschuldig sind. Und ich werde das Gefühl nicht los, dass auch wir Opfer einer maßlosen Ungerechtigkeit werden. Oder besser gesagt *ich*. Denn heute weiß ich, dass die Welt so viel mehr ist als gut und ein Ort voller Liebe. Und diesmal scheint es keinen Ausweg zu geben.

Die Welt ist mehr

Nein, gib ihn her! Cathy hat ihn mir geschenkt!», schrie Leo.

«Das ist nicht wahr! Du lügst! Mum, Cathy hat ihn uns beiden geschenkt, nicht wahr? Du bist gemein!», schrie Lili zurück.

«Du lügst ja selber! Daddy! Sag ihr, sie soll den Teddy loslassen!» Die Stimme des Jungen hob sich ins Falsett.

«Nein!»

«Doch!»

«Lügner!»

«Dumme Gans!»

Die Situation war grotesk.

Ich tanzte zwischen den beiden in der Luft, wie ein Ballon im Wind: willenlos, machtlos; ich wusste nicht mehr, wo oben und unten war, so drehte sich alles um mich herum. An jedem meiner Arme zog und zerrte ein mir zu diesem Zeitpunkt noch fremdes, zorniges Kind – mit aller Kraft und ohne Rücksicht auf Verluste (die natürlich meinerseits zu beklagen waren).

«Victor, bitte sprich ein Machtwort», erklang die schwache Stimme einer Frau.

«Leolili!», übertönte eine tiefe Männerstimme das Gezeter,

die offenbar dem Vater der beiden Zankhähne gehörte. «Ich kann nicht glauben, dass ihr euch am Weihnachtsabend so schrecklich aufführt. Ihr treibt eure Mutter noch in den Wahnsinn.»

Für einen kurzen Augenblick hielten die beiden Kinder inne, und ich bekam die Gelegenheit, meine Peiniger anzusehen. Sie waren vornehm gekleidet. Der Junge sah aus wie ein zu klein geratener Bankier, in Anzug und weißem Hemd. Der blonde Haarschopf war in einen Seitenscheitel gezwungen, der, wie ich später merkte, nie länger hielt als eine halbe Stunde. Aus dem runden Gesicht starrten wütende blaue Augen, darunter hob sich eine kleine Nase mit bebenden Flügeln gen Himmel.

Das Mädchen trug ein roséfarbenes Kleid, in dem es aussah wie eines der Sahnetörtchen, die Elizabeth Newman immer zum Tee mitgebracht hatte. Das ganze Ensemble wurde von einer großen Schleife auf dem Rücken gekrönt. Ihr Haar war dunkler als das ihres Bruders und in ebenfalls roséfarbenen Schleifen zu zwei kleinen Zöpfchen zusammengebunden. Sie trug weiße Kniestrümpfe, von denen einer hartnäckig rutschte. Ihre Augen konnte ich nicht erkennen, sie waren schmal, und aus den Schlitzen blitzte blanke Entrüstung. Ihr kleiner Mund war vor Zorn verzerrt.

Die beiden mochten vielleicht zehn oder elf Jahre alt sein, ich konnte das nicht genau abschätzen, denn mit Kindern hatte ich damals noch so gut wie keine Erfahrung. Und ehrlich gesagt war ich spontan bereit, sie zu verabscheuen. Sie hatten offenbar vor, mich in Stücke zu reißen, und so etwas tut man einfach nicht.

Überhaupt wollte das Benehmen der beiden rein gar nicht zu dem passen, was sie darstellen sollten: kleine Erwachsene, beherrscht, anständig und gesittet.

Sie schauten ihre Mutter an, die sich matt den Handrücken an die Stirn presste und zu einem Mann in schwarzer Livree sagte:

«James, Sie können abräumen, es isst ja doch niemand mehr.»

«Sehr wohl, Ma'am», sagte der Mann, der bisher so gut wie unbeweglich neben der Tür gestanden hatte, und belud das Tablett mit dem Crown-Derby-Porzellan. Er war noch nicht an der Tür, da brach der Streit von neuem los.

«Ich hatte ihn zuerst», schimpfte Leo und zog in einem Überraschungsangriff an meinem linken Arm. Doch seine Schwester ließ sich so schnell nicht übertölpeln. Sie hielt dagegen.

«Ich will ihn aber auch mal halten! Gib ihn mir!», heulte sie und riss ebenso kräftig an meinem rechten Arm. Es knirschte.

Meine Schulter!

Seit mir am Nachmittag in Paddington Station der Schreck in die Glieder gefahren war, fühlte ich mich wie gelähmt. Die Ereignisse dieses Tages überstiegen mein Fassungsvermögen um ein Vielfaches. Meine erste Begegnung mit London war in einem dicken Nebel aus Verwirrung untergegangen. Von der Fahrt mit einem Zug, der sich unter der Erde durch einen stinkenden Tunnel quälte, von den weiten Straßenzügen Camdens, die von Menschen, Automobilen, von Geschäften und Straßenhunden bevölkert waren, hatte ich so gut wie nichts mitbekommen. Meine Gedanken hatten sich stundenlang wie wild im Kreis gedreht, und ich konnte keinen Ausweg aus diesem fürchterlichen Karussell finden. Alice ist weg, hämmerte es in meinem Kopf. Ich werde sie nie wiedersehen. Ich bin allein. Ich bin auf sie angewiesen. Sie ist die Einzige, die mich versteht. Was wird mit mir geschehen? Und dann begann der Reigen von vorn: Alice ist weg. Ich werde sie nie wiedersehen … Es war schrecklich.

Erst als ich im Lichterschein des Weihnachtsbaums plötzlich fühlte, wie alle Nähte, die Alice liebevoll und mit großer Sorgfalt vernäht hatte, spannten, knirschten und zu bersten drohten, weil die beiden Kinder so unnachgiebig an meinen Armen zerrten, kam das Karussell in meinem Kopf zum Stehen. Plötzlich nahm ich meine Umgebung wahr und erkannte, dass dieser Tag kein schlechter Traum gewesen war. Ich fühlte, wie ich mich weiter dehnte und streckte, als ich aushalten konnte. Es fühlte sich nicht gut an. Nichts fühlte sich mehr gut an, seit ich Alice verloren hatte. Meine Bärenseele war ein Scherbenhaufen, und jetzt würde auch noch mein Körper in Stücke gehen.

Hört auf, ihr macht mich kaputt. Ich bin doch nur ein Bär.

«Nun hört schon auf», sagte Victor. «Ihr macht ihn noch kaputt!»

«Dann soll Lili loslassen. Cathy hat ihn mir geschenkt!»

«Kinder! Es ist doch nur ein Teddybär», sagte Emily, die Mutter dieser schrecklichen Ungeheuer.

Sie hatte an diesem Tag ohnehin einen schlimmen Anfall von Kopfschmerzen, wie sie in den vergangenen zehn Minuten immer wieder betont hatte. Wenn die Kinder nicht bald von mir ließen, würde ich ebenfalls Kopfschmerzen oder vermutlich noch weitaus Schlimmeres bekommen, dessen war ich mir sicher. Obwohl ich mich ernstlich fragte, wie viel schlimmer es eigentlich noch werden konnte.

Cathy stand in der Tür. Das rundliche, weiche Mädchen sah ganz anders aus als am Nachmittag, als sie mich in Paddington vom Boden aufgelesen hatte. Sie trug eine schwarze Bluse und einen schwarzen Rock, den eine kleine, weiße Schürze zierte. Auf ihrem Kopf thronte ein weißes Häubchen. Doch der Ausdruck auf ihrem Gesicht hatte sich nicht verändert, sondern war gleichbleibend freundlich und offen. Sie hielt sich dezent im Hintergrund, und die Art, wie sie den Kopf senkte, sagte mir, dass sie, genau wie James, der das Geschirr abgeräumt hatte, nicht zur Familie gehörte.

«Da haben Sie ja etwas Feines angerichtet, Cathy», sagte Emily kopfschüttelnd.

«Verzeihen Sie, Ma'am, ich dachte ...», sagte Cathy leise.

«Ich bitte dich, Emy, es war doch sehr freundlich von Cathy, die Kinder zu beschenken», besänftigte Victor, und an Cathy gewandt: «Es ist schon in Ordnung, Cathy. Sie haben den Kindern eine große Freude gemacht, das ist ja nicht zu übersehen.»

Er musste lächeln, denn genau in diesem Moment ließ Lili meinen Arm los und griff stattdessen entschlossen nach Leos Haaren, um kräftig daran zu ziehen. Ich ging polternd zu Boden, als der Junge sich mit beiden Fäusten und lautem Kreischen zur Wehr setzte.

«Verzeihen Sie, Sir, es war wirklich nicht meine Absicht, Unfrieden zu säen ...»

«Mein Kopf», stöhnte Emily. «Ich wünschte, es würde friedlicher bei uns zugehen.»

Plötzlich beachtete mich niemand mehr. Zwischen den Füßen der Kinder rutschte ich hilflos über das gebohnerte Parkett. Milton hatte recht gehabt, London war wirklich ein gefährliches Pflaster. Nur hätte Alice besser auf mich aufpassen müssen und nicht umgekehrt. Und überhaupt: Weihnachten! Von wegen Fest der Liebe! Ich musste gegen meinen Willen lachen. Mit der Liebe, von der Alice gesprochen hatte, hatte dieses Gezeter und Geschimpfe wahrlich wenig zu tun.

Ich fing Cathys Blick auf, als ich durch einen Kinderlackschuh vom Bauch auf den Rücken gedreht wurde.

Hilf mir doch! Du hast mich immerhin in diesen Schlamassel gebracht!

Und als hätte sie mich gehört, kam sie tatsächlich auf mich zu und rettete mich zum zweiten Mal an diesem Tag vor achtlosen Tritten.

Warum hast du mich nicht einfach bei dir behalten, anstatt mich diesen zwei verwöhnten Gören zum Fraß vorzuwerfen?

In Anbetracht der neuen Umstände hätte ich mich sicher schnell an Cathy gewöhnt. Womöglich wäre sie nach einer Weile auch eine gute Freundin geworden. Natürlich nicht so eine gute wie Alice. Es verstand sich von selbst, dass niemand Alice würde ersetzen können. Keinesfalls. Sie war einzigartig.

Wenn ich heute auf die lange Reihe meiner Besitzer zurückschaue, weiß ich, dass jeder von ihnen einzigartig war. Jeder hatte gute und schlechte Seiten, jeder hatte seine eigene Geschichte, und jeder bereicherte mein Leben, das mit jedem neuen Besitzer von vorn begann, auf eigene Weise. Ich habe viele Leben gelebt, und manch eines war schöner als das andere, aber missen möchte ich keines.

Cathy nahm mich in den Arm und sah die Kinder strafend an. Doch sie sagte nichts. Ich wusste nicht, dass es ihr nicht zustand, die Kinder in Gegenwart der Eltern zu tadeln. Ihr Blick sprach allerdings Bände.

Lili und Leo hielten in ihrem Kampf inne, als sie erkannten, dass ihr Streitobjekt plötzlich in die Hände eines Erwachsenen geraten war.

Ich hörte, wie Cathys Herz klopfte, als sie mich an sich drückte. Ich verspürte etwas, das Erleichterung gleichkam. Ich war in Sicherheit. Jetzt würde sie mich mit zurück in ihre kleine Kammer nehmen, in der wir schon am frühen Abend gewesen waren, als sie sich für ihren Dienst umkleidete und mir den Bahnhofsstaub aus dem Fell bürstete. Sie hatte mich mit ein paar Tropfen Eau de Cologne besprenkelt und mir eine rote Schleife um den Hals gebunden. In meiner Schreckstarre hatte ich alles über mich ergehen lassen. Nicht, dass ich mich hätte widersetzen können, aber ich hatte nicht einmal wehrhafte Gedanken – selbst als sie das Parfum über mich kippte nicht. Dabei hasse ich Parfum. Vermutlich wegen Elizabeth Newman, die immer zu viel aufgetragen hatte.

Cathys Behausung war viel kleiner und karger eingerichtet als die Räume ihrer Herrschaft. Es gab in ihrer Kemenate ein winziges Fenster, unter dem ein Tisch stand, aber ich war nicht einmal neugierig gewesen, welche Aussicht man von dort hatte. Doch jetzt, nach dieser entsetzlichen Begegnung mit den beiden Kindern, erschien mir Cathys Zimmer plötzlich wie der schönste Ort auf Erden. Wenn ich doch nur aus diesem Fenster schauen könnte!

Bitte, nimm mich wieder mit. Ich möchte diesen groben Händen nicht ausgeliefert sein!

Doch Cathy schien für mein weiteres Flehen kein Ohr mehr zu haben. Jedenfalls nahm sie mich nicht mit, sondern setzte mich stattdessen entschlossen auf den einzig freien Stuhl am unteren Ende der festlich gedeckten Weihnachtstafel. Mir gegenüber am Kopfende saß Victor und schaute mich prüfend und doch amüsiert über seine Brille hinweg an. Emily saß zu seiner Linken, zu seiner Rechten zeigten zwei Schlachtfelder deutlich an, wo die Kinder gegessen hatten.

«Sieh einer an», sagte Victor. «Endlich sitzt mal jemand Vernünftiges auf diesem Platz, und ich muss nicht immer nur einen leeren Stuhl ansehen. Es scheint eben nicht *nur* ein Bär zu sein, Emy, mein Schatz.»

«Victor, bitte!», seufzte Emily und wandte den Blick zum Himmel.

«Ich denke, wir lösen das Problem auf ganz einfache Weise», fuhr er fort, ohne den Einwand seiner Frau zu beachten. «Dieser Bär gehört weder Lili noch Leo. Er gehört niemandem.»

«Aber Daddy!», rief Leo aus. «Cathy hat ihn uns geschenkt! Das ist ungerecht!»

Lili sah ihren Vater aus großen Augen an, die sich langsam mit Tränen füllten.

«Nein», erwiderte Victor und tat, als habe er nicht gehört, dass Leo gerade ganz von selbst *uns* gesagt hatte, «das ist es keineswegs. Ein Bär wie dieser kann niemandem gehören, genauso wenig, wie man andere Menschen besitzen kann. Dieser Bär ist sein eigener Herr, das ist wohl nicht zu übersehen. Ich denke, wir sollten ihn als neues Familienmitglied willkommen heißen», er schaute über seine Brille hinweg, «und was haben wir über Familienmitglieder gelernt, Lili?»

«Dass wir einander respektieren und achten», betete das Mädchen herunter und wischte sich mit dem Handrücken eine Träne aus dem Augenwinkel.

«Und was haben wir noch über den Umgang mit Menschen gelernt, Leo?»

«Dass jeder sein eigener Herr ist und Verantwortung übernimmt.»

«Bitte. Es geht doch. Sind Sie einverstanden, Cathy? Die Zeiten der Leibeigenschaft haben wir ja Gott sei Dank hinter uns gelassen, nicht wahr, wir sind ja nicht in Indien.»

Cathy wurde knallrot und nickte bloß.

Außer mir wusste jeder der Anwesenden, dass Victor, dessen Vater sich in Indien in einen Kolonialwahn gesteigert hatte und auf verachtungswürdige Weise ganze Landstriche ausbeutete, nichts mehr verabscheute als Ungerechtigkeit, Unaufrichtigkeit und Sklaverei. Ich wusste auch nicht, dass Moralphilosophie zu seinen liebsten Themen zählte, ebenso wenig wusste ich, dass er in der Gesellschaft als integrer Verleger großer und kleiner Literatur bekannt und in dieser Funktion hochgeschätzt war, geschweige denn, was genau das bedeutete. Ich wusste nicht, dass man munkelte, er ginge mit seinen Autoren zu gut und mit seinem Personal zu nachsichtig um. All das erfuhr ich später aus den Gesprächen, die Victor mit Lord Malcolm Forsythe und Leonard Woolf – beides regelmäßige Besucher in unserem Hause – vor dem Kamin im Herrenzimmer führte.

An diesem Abend war ich die personifizierte Ahnungslosigkeit, ich wusste ja nicht einmal, wo genau ich gelandet war. Diese Familie kam so plötzlich in mein Leben wie ein Schneeschauer in den Bergen von Hadanger (ich weiß aus eigener Erfahrung, dass in Norwegen sogar im Sommer plötzlich Schnee fallen kann).

Am Weihnachtsabend 1921 im Salon des Fitzroy Square 34 hatte Victor meinen neuen Lebensabschnitt eingeläutet, der nicht der schlechteste werden sollte.

Nachdem Cathy mich aus dem Staub gefischt hatte, war Victor derjenige, der mich schließlich vor dem untröstlichen Dasein eines Spielzeugs in Lilis und Leos Kinderzimmer rettete. Nicht auszudenken, wie mein Leben dort verlaufen wäre. Sie hätten sich wahrscheinlich noch zwei- oder dreimal um mich gezankt, dann wäre mir der Arm abgerissen worden, und sie hätten das Interesse verloren. Victor hingegen hatte mit seinem Trick dafür gesorgt, dass die Kinder sorgsam mit mir umgehen würden. Und das taten sie auch. Meistens jedenfalls.

Ich schaute in das Gesicht dieses hochgewachsenen Mannes und verspürte eine große Zuneigung, auch wenn ich so gut wie gar nichts Vertrautes in seinem Wesen fand. Er war eben ein Mann. Und was wusste ich schon über Männer? Mit ihnen kannte ich mich zu diesem Zeitpunkt ebenso wenig aus wie mit Kindern, bislang hatte ich so gesehen nur Erfahrung mit Frauen (wenn man von der kurzen Begegnung mit Milton einmal absieht).

Ich studierte Victor. Er musste die vierzig soeben hinter sich gelassen haben. Ebenso wie Leo hatte er blaue Augen, eine unauffällige Nase und einen breiten Mund. Über die Oberlippe zog sich ein schmaler, fein getrimmter, heller Schnurbart, der die häufig nach oben gezogenen Mundwinkel noch betonte. Sein Haar war mit Brillantine zurückgekämmt, und er machte einen überaus korrekten Eindruck.

An besagtem Weihnachtsabend war ich jedoch zu verwirrt von den plötzlichen Richtungswechseln meines Lebens, um mir weiter Gedanken zu machen. Victor hatte mir mit einer nahezu staatstragenden Verlautbarung ein neues Zuhause geboten und deutlich gezeigt, wer der ruhende Pol in dieser Familie war. Ich beschloss, mich vorerst an ihn zu halten. Er schaute in die Runde, und es hatte den Anschein, als wolle er die Familie noch die Nationalhymne singen lassen, doch das geschah glücklicherweise nicht.

Lili und Leo hatten ihren Streit bereits vergessen. Sie wussten, dass es keinen Sinn hatte, ihrem Vater zu widersprechen – was Victor beschloss, galt in der Familie als Gesetz.

Allein Emily hatte das Privileg, Einwände zu erheben, die dann auch Gehör fanden, doch sie nutzte es selten. Und es dauerte nur wenige Tage, bis ich erkannte, weshalb es sich so verhielt: Victor besaß die Gabe, jede Situation mit Ruhe und Gelassenheit zu bestehen. Er war ein wandelndes Lexikon, hatte für jeden ein Ohr und auf alles eine Antwort. Ob man wollte oder nicht.

«Und wo wird der Bär schlafen?», fragte Lili ihren Vater. Und ich war froh, dass sich noch jemand außer mir diese Frage gestellt hatte.

«Nun, ich denke, er wird seinen Platz hier im Salon finden. Dort verpasst er dann auch nichts.»

Mit dem Salon konnte ich mich bestens anfreunden. Es war ein großes Zimmer mit vielen Fenstern. Die Decken waren hoch, viel höher als in Alices Stadthaus in Bath, und es war gut geheizt. Es gab einen offenen Kamin, in dem ein freundliches Feuer prasselte und Wärme verströmte, davor stand ein bestickter Ofenschirm, der verhindern sollte, dass die Funken des verbrennenden Geschenkpapiers auf den großen Aubussonteppich flogen. Eine Ecke des Raumes zierte ein riesiger Weihnachtsbaum. Er reichte fast bis an die Decke, hatte ausladende Arme und war schwer behängt mit roten polierten Äpfeln, Glaskugeln und allerlei anderem glitzernden Schmuck. Am meisten aber faszinierten mich die unzähligen Kerzen. Es schimmerte und leuchtete, und ich meinte, noch nie etwas so Schönes gesehen zu haben. Erst jetzt, als ich am Tisch saß und nicht mehr akut um mein Leben fürchten musste, konnte ich ihn in seiner ganzen Pracht bewundern.

«Wir müssen ein Bett für ihn besorgen», fuhr Lili fort, die

sich ernstlich Sorgen um mein Wohlergehen machte. «Ich kann ihm eins von den Puppen abgeben.»

«Das ist eine hervorragende Idee, mein Schatz», sagte Emily und strich ihrer Tochter über den Kopf, die jetzt an den Tisch gekommen war und mich von ihrem Platz aus teilnahmsvoll ansah.

Es war deutlich erkennbar, dass es Leo ganz und gar nicht passte, kein Puppenbett zur Verfügung stellen zu können. Plötzlich wollten alle nur mein Bestes. Was für eine Veränderung!

«Er kann den Piratenanzug von Bad John haben», bot er an. «Dann ist er wenigstens nicht so nackt.»

Was heißt hier nackt? Ich habe immerhin ein echtes braunes Fell.

«Da wird er sich sicher freuen», sagte Emily. «Obwohl er ja nicht ganz nackt ist. Er hat ja immerhin –»

«Eine Schleife um den Hals», vollendete Victor den Satz seiner Frau und lächelte sie an. Sie erwiderte seinen Blick, tiefgründig und mit einer kleinen Andeutung von Schalk, und ich merkte eindeutig, dass diese Art, sich anzusehen, etwas mit der Liebe zu tun haben musste, von der Alice gesprochen hatte. Stilles Einverständnis. Ruhige Gewissheit.

Die Kinder rannten davon. Lili verbrachte eine halbe Stunde damit, das richtige Bettchen für mich zu suchen, mit dem traurigen Erfolg, dass ich nicht hineinpasste, als es endlich gefunden war. Auch Bad Johns Piratenanzug spannte über den Schultern so sehr, dass er sich vorn nicht schließen ließ, und der Hut hielt nicht auf meinem Kopf.

«Wir kümmern uns morgen darum, Kinder. Jetzt ist es erst mal Zeit fürs Bett», sagte Emily.

«Diese eine Nacht wird unser kleiner Freund sicher auch mit dem Sofa vorliebnehmen können», fügte Victor hinzu und ließ seine beiden Sprösslinge zum Gutenachtkuss an seinen Sessel antreten, wo er saß und mit Gemütsruhe ein Cognacglas schwenkte.

«So, und nun träumt etwas Schönes. Frohe Weihnachten, ihr zwei.»

Als dann jeder unter Quieken einen Klaps auf den Po bekommen hatte, galoppierten sie davon.

Der Rest des Weihnachtsabends verlief ruhiger. Cathy fragte, ob die Herrschaften noch etwas wünschten, doch Emily und Victor lehnten ab und erlaubten ihr, zu Bett zu gehen. Cathy sagte gute Nacht. Ich sah ihr mit einem wehmütigen Blick nach. Doch mich erwartete ein anderer Platz.

Auch Emily zog sich recht bald zurück, ihre Kopfschmerzen waren offenbar nicht besser geworden. Die Arme, sie hatte es auch wirklich nicht immer leicht. Die Exzentrik ihres Mannes stürzte sie zuweilen in Sorge um ihr gesellschaftliches Ansehen. Ich weiß es nicht genau, aber ich glaube, manchmal wäre es ihr lieber gewesen, etwas weniger aufzufallen. Sie hätte gerne ein normaleres Leben geführt, wie alle ihre Freundinnen der besseren Gesellschaft. Doch Emily war schwer zu durchschauen. Es dauerte lange, bis ich lernte, sie besser einzuschätzen. Ihre Erscheinung war respekteinflößend: Sie war schlank und groß und hielt sich sehr gerade. Ihr Haar war zu einer perfekten Frisur auf dem Kopf aufgetürmt, die irgendwie Ähnlichkeit mit einem Vogelnest hatte. Noch heute denke ich, dass es gut zu ihr gepasst hätte, wenn sie Lehrerin gewesen wäre, denn ihr Wesen vereinte Güte und Strenge. Sie war eher zurückhaltend, doch nicht scheu. Und was mir anfangs wie Unfreundlichkeit erschien, stellte sich bald als ihre eigene Art der Bestimmtheit heraus, die durchaus nicht schlechtgemeint war. Die liebe

Emily, sie hatte ein großes Herz, nur leider ein bisschen zu häufig Kopfschmerzen.

Als auch seine Pfeife ausgegangen und das Feuer im Kamin niedergebrannt war, klappte Victor sein Buch zu, und ich blieb allein zurück. Von der Straße fiel das gelbe Licht der Straßenlaternen herein, und ich saß auf einem Brokatkissen in einer Sofaecke und kam endlich dazu, ein wenig nachzudenken.

Was für ein Tag, welch eine Aufregung! War es wirklich erst heute Morgen gewesen, dass Alice und ich die Tür unserer Wohnung in der Manvers Street in Bath hinter uns verschlossen hatten? Nur ein Tag – und doch fühlte er sich an wie eine ganze Woche. Ich hatte mir bislang noch nicht viele Gedanken über Zeit gemacht. Warum auch? Die Tage begannen, wenn Alice die Treppe hinunterkam, um Tee zu kochen, und endeten, wenn sie das Licht ausdrehte, um zu Bett zu gehen. Dazwischen lagen Stunden des Nachdenkens und der Gespräche, ich schaute aus dem Fenster und betrachtete das Leben. Gelegentlich war Besuch gekommen, der Postbote oder eine Aufwartefrau oder manchmal der Tierarzt, wenn der grässliche Tiger sich mal wieder ein Barthaar verstaucht hatte – doch mir dämmerte langsam, dass unser Leben tatsächlich ziemlich ereignislos gewesen sein musste, wenn man in der gleichen Zeit so viel erleben konnte. Zum ersten Mal beschlich mich dieses merkwürdige Empfinden, dass Zeit durchaus relativ sein könnte.

Die Nacht senkte sich herab, auch auf der Straße kehrte Ruhe ein.

Was Alice jetzt wohl machte? Ob sie traurig darüber war, dass sie mich verloren hatte? Sicher hatte sie den ganzen Bahnsteig nach mir abgesucht. Die gute Alice mit ihrer großen einsamen Liebe im Herzen und ihrer überwältigenden Sehnsucht. Ich durfte gar nicht daran denken, dann wurde mir ganz beklommen zumute. Zäh kam mir zu Bewusstsein, dass Alice wirklich aus meinem Leben verschwunden war. Ich hatte sie am Bahnhof hinter mir gelassen, an einem Ort, wo vieles endet und vieles beginnt. Vielleicht war es ja richtig so, vielleicht sollte es so sein. Doch es fiel mir schwer, das zu akzeptieren.

Das Letzte, was ich spürte, bevor mich die Erschöpfung überkam, war ein dumpfer Schmerz in meiner Brust.

Es muss noch mitten in der Nacht gewesen sein, als die Kinder in ihren Schlafanzügen auf Zehenspitzen in den ausgekühlten Salon geschlichen kamen. Die Tür knarrte, ein Luftzug fuhr herein, und zwei kleine Gestalten drückten sich eilig ins Zimmer.

Ich kann sie verstehen. Es geht eine ganz eigenwillige Magie von Weihnachtszimmern aus. Der Duft nach Kerzen und Zimtgebäck und eine feierliche Stimmung hängen in der Luft.

Sie kamen zum Sofa und bauten sich vor mir auf. Ich stellte mich schlafend. Irgendwie hatte ich immer noch ein bisschen Angst vor ihnen. Sie waren zwar klein, schienen aber trotzdem über viel Kraft zu verfügen. Außerdem hatte ich den Eindruck, sie seien unberechenbar.

Ein Eindruck, der nicht trog.

Wenn ich eines gelernt habe, dann, dass man sich besser nicht darauf verlässt, dass ein Wort von gestern heute noch gilt. Kinder funktionieren nach ihren eigenen Regeln. Und das nicht aus Trotz, scheint mir, sondern weil die Glücklichen noch frei sind von äußeren Zwängen. Eigentlich so wie ich.

«Er sieht aus, als ob er schläft», sagte Lili.

«Bären schlafen nicht», sagte Leo.

«Sie schlafen sogar sehr viel», sagte Lili, «sie halten Winterschlaf.»

«Aber das ist ein Teddybär, der braucht keinen Winterschlaf.»

«Was weißt du denn über Teddybären? Wir hatten doch noch nie einen.»

Lili sah mich noch einmal prüfend an, dann nahm Leo mich in die Hand, und wir ließen uns in stiller Eintracht auf dem Teppich vor dem Kamin nieder, in dem nur noch die Asche vom Vorabend lag. Die beiden widmeten sich ihren Geschenken, und ich schaute ihnen dabei zu.

Leo drehte mit den Fingerspitzen langsam an einer großen blauen Kugel mit braunen und grünen Flecken darauf. Versonnen betrachtete er die einzelnen Stellen.

«Das ist Amerika», sagte er und zeigte auf einen großen Fleck. «Und das ist Afrika. Und das ist Indien. Und das gehört alles zu England.»

«Stimmt ja gar nicht», erwiderte Lili, ohne von ihrem Buch aufzusehen. «Amerika nicht.»

«Aber Afrika.»

«Ist doch langweilig, so ein Klobus», ärgerte Lili. «Klo-Bus.»

«Das heißt Globus, du dumme Pute. Außerdem ist er immer noch besser als dein blödes Buch», ärgerte Leo zurück.

«Ich werde wenigstens schlau. Außerdem sollst du nicht immer fluchen, hat Mum gesagt.»

«Ich bin schon schlau. Ätsch!»

«Ach ja? Wer dachte denn gerade noch, dass Amerika zum Empire gehört?»

Leo streckte Lili die Zunge raus. Lili ignorierte ihn und steckte die Nase noch tiefer in ihr Buch.

Ich war noch gar nicht richtig wach, da hatten die beiden es schon wieder geschafft, sich in den Haaren zu liegen. Ich ahnte ja nicht, dass kaum ein Tag, was sage ich, kaum je eine Stunde vergehen würde, ohne dass sie sich stritten.

Dieses kleine unbedeutende Gezänk am Weihnachtsmorgen war exemplarisch für das Verhältnis der beiden. Leo war zwar der Ältere, doch nur um ein Jahr, und seine Schwester, man kann es nicht anders sagen, war einfach klüger als er. Was er ihr an Stärke voraushatte, machte sie mit Pfiffigkeit tausendmal wett. Sie schaffte es immer, ihn zu provozieren, und ließ selten eine Gelegenheit aus – und er war fast nie geistesgegenwärtig genug, sich *nicht* darauf einzulassen. Dafür war er auf eine Weise stur und beharrlich, die Lili häufig veranlasste nachzugeben, einfach, weil ihr die Puste ausging.

Ich sah manchmal, wie Victor sich im Stillen über die «Diskussionsfreude», wie er es nannte, seiner Kinder amüsierte. Und ich glaube, er bewunderte Lili, genau wie ich. Ich hielt immer zu ihr. Nein, nicht immer, eigentlich erst nach Leos Sündenfall. Anfangs, nachdem ich meine erste Furcht vor ihnen überwunden hatte, liebte ich sie noch beide.

Beim Frühstück war es amtlich. Ich war Mitglied der Familie. Leo nahm mich mit an den Tisch, wo ich auf denselben Stuhl wie am Abend zuvor gesetzt wurde. Lili stellte einen Teller und eine Tasse ihres Puppengeschirrs an meinen Platz und setzte sich neben mich.

James trug Tee und warme Scones auf, Orangenmarmelade und Porridge und heiße Schokolade für die Kinder. Dann sprach Emily ein kurzes Tischgebet.

Ich muss sagen, es war ein unerwarteter Moment des Glücks, der mich so unvermittelt ereilte, dass ich ihn einfach genoss. Hinterher stach ein wenig das schlechte Gewissen wegen Alice. Es schien mir nicht recht, dass ich kaum einen halben Tag nach unserer Trennung schon so zufrieden in meiner neuen Umgebung war. Um ihretwillen hätte ich wohl noch ein bisschen unglücklich sein können, doch ich beruhigte mich mit dem Gedanken, dass ich sie keineswegs weniger vermissen würde, nur weil es mir jetzt gutging.

Ist es nicht seltsam? Noch vor einem Tag hatte ich kaum eine Vorstellung davon gehabt, was eine Familie war, und plötzlich war ich ganz selbstverständlich ein Teil davon geworden. Bislang war Alice meine Familie gewesen, Mutter und Schwester in einer Person, und doch merkte ich schnell, dass dies hier etwas anderes war. Mehr.

Das Schicksal hatte mir diese Familie auf den Leib geschneidert – falls man das so sagen kann. Ich passte einfach perfekt zu ihnen.

Während des Frühstücks erschien Cathy im Salon.

«Mister Brown? Sie werden am Telefon verlangt, Sir.»

Es ist vielleicht ein wenig peinlich, das einzugestehen, doch ich will hier nichts verheimlichen. Für eine Sekunde glaubte ich wirklich, sie hätte mich gemeint.

«Ich komme, danke, Cathy», sagte Victor und erhob sich von der Tafel. Er wischte sich mit der Stoffserviette über den Mund und brummte: «Wehe, es ist nichts Lebensbedrohliches», und ging in sein Büro.

Ich konnte kaum fassen, was ich da gerade gehört hatte. Ich war bei meinesgleichen gelandet! Sie hießen Brown, allesamt. Victor und Emily, Lilian und Leonard Brown. Ich war begeistert. Wie gut, dass Alice damals darauf bestanden hatte, mich Henry Brown zu nennen, fast als hätte sie geahnt, dass mein Weg in dieses Haus in Bloomsbury führen würde. Warme Dankbarkeit erfüllte mein Herz. Alice hatte gewusst, was richtig war.

«Und? Wie lebensbedrohlich war es denn?», fragte Emily, als Victor zurückkam. Sie sah ihren Mann forschend an.

«Das war Leonard», sagte Victor, als er sich wieder auf dem Stuhl mir gegenüber niederließ. Eine tiefe Falte zog sich über seine Stirn.

«Er kommt morgen aus Richmond. Es gibt ein paar Probleme bei Hogarth's Press. Außerdem hat Virginia offenbar wieder eine Krise. Er sagt, sie schriebe wie besessen und sei kaum ansprechbar. Gestern hat sie sich einfach aus dem Haus geschlichen, und er musste sie am Bahnhof wieder auflesen. Sie hatte nicht einmal einen Mantel angezogen. Er macht sich Sorgen, der Gute. Verständlicherweise.»

«Virginia ist seltsam», sagte Lili.

«Sie ist einfach ein wenig nervös», sagte Emily. «So sind Schriftsteller manchmal, das weißt du doch.»

«Sie ist verrückt», sagte Leo. «Das hat Lord Malcolm gesagt.»

«Ich glaube nicht, dass es dir zusteht, so über andere Leute zu sprechen», sagte Emily und richtete sich mit einer energischen Geste die Frisur. «Du solltest dich schämen!»

«Wieso darf Lord Malcolm dann so etwas sagen?», fragte Leo trotzig zurück.

«Er weiß es nicht besser. Es ist keine Heldentat, ihm nach dem Mund zu reden», antwortete Emily.

Victor, der seinen alten Schulfreund zwar sehr schätzte, jedoch nicht unbedingt aufgrund seines Feinsinns im Zwischenmenschlichen, erwiderte schlapp: «Lord Malcolm ist gar nicht so übel.»

«Aber von Literatur hat er keine Ahnung, oder Daddy?», bohrte Leo nach.

«Er ist ein Angeber», ging Lili dazwischen.

«Lili, so etwas darfst du nicht sagen», ermahnte Emily ihre Tochter.

«Sagen nicht, aber denken wohl.»

Lili schien nie um eine Antwort verlegen zu sein. Ich gewann zusehends Spaß an diesem familiären Wortgefecht.

«Er ist einfach manchmal ein wenig plump», versuchte Victor schließlich das Thema zu beenden. Doch Lili nagelte ihn fest:

«Jetzt sprichst du selber schlecht über andere, und sogar über einen Freund der Familie», wandte sie ein und sah ihren Vater herausfordernd an.

Wer würde das letzte Wort behalten? Ich war gespannt.

«Es besteht kein Grund, diese Diskussion weiter zu vertiefen», sagte Victor streng, und ich bemerkte, dass es ihm nicht behagte, wenn seine Kinder ihn mit seinen eigenen Waffen schlugen. Emilys hintergründiges Lächeln verschwand in ihrer Serviette, und Victor sah sie indigniert an. Ich musste ebenfalls lächeln. Lili hätte beste Anlagen für das Amt der Königin gehabt, wenn dieser Posten noch zu haben gewesen wäre.

«Habt ihr euch eigentlich schon Gedanken über einen Namen für den neuen Mister Brown gemacht? Solange der Bär keinen Namen hat, ist er noch kein vollwertiges Familienmitglied», wechselte Victor abrupt das Thema.

Ich bekam einen riesigen Schreck. Dieser Gedanke war mir noch gar nicht gekommen. Sie wussten ja nicht, dass sie es mit einem der ihren zu tun hatten. Sie hatten keine Ahnung, dass mein Name Henry N. Brown lautete und dass ich keinen gesteigerten Wert darauf legte, daran etwas zu ändern.

Ich heiße Henry Brown, also genauer gesagt Henry N. Brown,
aber das N. ist nicht so wichtig. Henry. Bitte.

«Wie wäre es mit Tiny Tim?», schlug Lili vor, «so wie in
der Weihnachtsgeschichte, die uns Daddy gestern vorgelesen
hat.»

«Der ist doch krank und muss sterben. Das ist zu traurig»,
wandte Leo ein. «Dann schon lieber Scrooge.»

Scrooge? Was ist denn in dich gefahren?

«Was? Nein, auf keinen Fall. Scrooge ist doch so böse.» Lili
war entsetzt.

«Wie wäre es mit einem schönen englischen Namen?», fragte
Emily. «Vielleicht Miles?»

Das wurde ja immer schlimmer.

«Das ist langweilig, Mum», erwiderte Leo nicht zu Unrecht.

Ich war erleichtert.

«Wie wäre es mit Paddington? Hat Cathy nicht gesagt, sie
habe ihn dort von einem Händler gekauft?», schlug Victor vor.

*Gekauft? Ach, Cathy, was hast du denn da erzählt? Bin ich
als Findelbär nicht gut genug?*

«Wie ein Bahnhof? Nein, das geht nun wirklich nicht. Ich
finde nicht, dass wir seine Herkunft auch noch betonen sollten», tat Emily den Vorschlag ab. Wäre ich nicht ganz so grün
hinter den Ohren gewesen, hätte ich ihrer Antwort entnehmen
können, welche Rolle materielle Werte und gesellschaftliche
Stellung in dieser Zeit spielten, Liberalität hin oder her.

Ich folgte meiner Namensfindung mit großen Augen und
Ohren. Was soll ich sagen? Victor war in dieser Familie derjenige mit der Nase für erfolgversprechende Geschichten. Wer
weiß, was aus mir geworden wäre, wenn sie mich Paddington
genannt hätten? Vielleicht wäre *ich* der bekannteste Bär der
Kinderliteratur geworden und nicht dieser andere Kollege aus

Peru mit seinem Regenmantel und dem Schlapphut, von dem ich noch in diversen Kinderzimmern hören sollte. Ein merkwürdiger Zufall auch, dass er am selben Bahnhof gefunden wurde wie ich, von seinem Nachnamen ganz zu schweigen. Man könnte meinen, da hätte jemand in meiner Biographie geklaut. Manchmal frage ich mich, ob bei dieser Geschichte nicht Lili ihre Finger im Spiel hatte, es ist schade, dass ich niemals herausfinden werde, ob sie diesem Schriftsteller vielleicht von mir erzählt hat. Doch bis zu Paddingtons Auftritt auf der Bühne der Welt war es noch viele Jahre hin. An diesem Morgen ahnte jedenfalls noch keiner etwas davon.

Sie einigten sich schließlich auf Puddly.

Sagen wir so: Es ist kein Wunder, dass mit diesem Namen nichts Berühmtes aus mir wurde. Aber was sollte ich tun? Wehren konnte ich mich nicht, und sosehr ich mich auch bemühte, den Namen Henry im Raum zu materialisieren, so wenig kamen sie auf die Idee, mich Henry zu nennen.

Letztendlich waren sie eben doch wieder bei der Literatur gelandet. Wie hätte es auch anders sein können, in einem Haushalt, in dem es – wie ich bald herausfand – mehr Bücher als Staubkörner gab. Wenn ich es richtig verstanden habe, gab ein gewisser Doktor Doolittle den Anstoß dafür. Victor hatte dieses Buch mit nach Hause gebracht und den Kindern in der Vorweihnachtszeit allabendlich daraus vorgelesen. Ja, denn auch die Kinder waren vom Lesevirus infiziert, Lili noch mehr als Leo. Wenn Victor seine Familie abends vor dem Kamin versammelte und aus einem der neuesten Bücher vorlas, waren alle ganz Ohr. Emily eingeschlossen. Und wenn Cathy neben Servieren, Bügeln und Putzen Zeit fand, suchte sie sich heimlich ein Plätzchen im Nebenraum, lehnte die Tür an und lauschte mit verträumtem Blick, das habe ich selbst gesehen.

Ich lebte mich schnell bei den Browns ein. Sie machten es mir allerdings auch leicht, mich wohl zu fühlen. Zum einen hatten sie keine Katze, was ich wohlwollend zur Kenntnis nahm. Zum anderen war es ein Haus voller Leben, und es wurde selten langweilig. Lange Vormittage auf der Fensterbank erlebte ich in diesen Jahren nur wenige. Selbst wenn Emily bei Treffen der Frauenvereinigung oder beim Bridge, Victor im Büro und die Kinder in der Schule waren, kehrte im Haus am Fitzroy Square keine Ruhe ein. Den strengen Augen der Hausherrin entronnen, nutzte das Dienstpersonal diese Stunden, seiner Arbeit frei und unbeschwert nachzukommen. Mit einem Liedchen auf den Lippen fegte Cathy durch den Salon, den Staubwedel in der einen, den Lappen in der anderen Hand.

In meinem Leben gab es ein paar Menschen, die sich meine Liebe nicht erwarben, sondern denen ich mein Herz schenkte, ohne dass sie je darum hätten bitten müssen. Cathy war eine von ihnen. Sie war vielleicht ein wenig naiv, die Schule hatte sie nie besucht, doch sie war ein durch und durch guter Mensch, aufrichtig, ehrlich und ihrer Herrschaft treu ergeben. Sie hätte sich niemals etwas zuschulden kommen lassen. Niemals. Ich liebte ihre fröhliche Leichtigkeit, mit der sie jeden Tag ihres Lebens zu begehen schien und für die sie alle im Haus schätzten.

Erst mit der Zeit verstand ich, wie viele Menschen an diesem Haushalt beteiligt waren. Neben James und Cathy gab es noch Mary Jane, die Köchin, und Rusty, den Gehilfen. Ihnen allen stand Miss Hold, die Hausdame, vor. Sie hatte die Aufgabe, dafür zu sorgen, dass die vier anderen keinen Unsinn machten und der Spaß *downstairs* nicht überhandnahm.

Wir lebten im Obergeschoss, *upstairs*, wie es hieß. Dass es überhaupt ein Untergeschoss gab, erfuhr ich eigentlich nur, weil Lili eine enge Freundschaft mit Mary Jane pflegte und mich gelegentlich bei ihren Ausflügen in die große Küche unter den Arm klemmte.

Es war herrlich dort unten. Die Küche war voller Gerüche, es herrschte immer ein reges Treiben. In satten Schwaden zog der Duft von frisch gebackenem Brot durch den warmen Raum und mischte sich mit Zwiebelwolken, die zischend von der gusseisernen Pfanne aufstiegen, dass einem das Wasser im Mund zusammenlief. Kein Wunder, dass Lili sich dort unten so wohl fühlte. Mary Jane war eine gemütliche, dicke Frau, deren Lachen aus der Küche oft bis nach oben drang. Und wenn wir kamen, gab es immer ein Biskuit, ein Glas Saft oder eine andere Nascherei. Doch deswegen suchte Lili die Gesellschaft von Mary Jane nicht. Es waren die Geschichten, die sie zu erzählen hatte. Kein Tratsch entging ihr, auch wenn ihr selber nie ein Sterbenswörtchen über das Leben bei den Browns über die Lippen kam. Sie erzählte dem Mädchen von der Queen und von Afrika, wo die Buschmänner ganz ohne Kleider durch den Wald tobten, von Indien, wo alles viel bunter ist als in London, und von Lilis Großvater, dem herrischen Mann mit seinem riesigen Haus und mindestens zwanzig Boys, die rund um die Uhr mit Palmwedeln neben ihm standen und ihm Luft zufächelten. Und sie erzählte von der Zeit, als die Kinder noch nicht geboren waren, lange vor dem Krieg. Sie berichtete von den Anfängen in Victors Verlag, als er noch jedes Buch selbst mit der Hand setzte und abends immer mit pechschwarzen Händen die frisch geschrubbten Waschbecken verdarb. Und während sie das tat, knetete sie mit roten Wangen den Brotteig, rührte unverdrossen in Suppentöpfen und anderen Gefäßen. Ich saß derweil auf Lilis Schoß und war verzückt von dieser

Welt, die so voll Abenteuer war. Von all diesen Orten, diesen Menschen und Ereignissen hatte ich noch nie etwas gehört. Doch, vom Krieg hatte ich viel gehört. Der schlimme Krieg, der Will genommen, der so viel Schaden angerichtet hatte und so viel Trauer hinterlassen. Aber Indien? Afrika? Mit der Zeit begriff ich, dass ich nur einen winzigen Teil der Welt kannte. Eigentlich so gut wie gar nichts. Und je umfassender mir dies zu Bewusstsein kam, umso größer wurde meine Neugier. Ich wünschte, Mary Jane würde nie aufhören zu erzählen, doch wenn sie hörte, dass Emily das Haus betrat, schickte sie uns mit einem ruppigen «Husch und jetzt nach oben, ihr stehlt mir die Zeit» aus der Küche.

Upstairs verbrachte ich meine Zeit meist im Herrenzimmer oder im Damensalon. Wobei ich gestehen muss, dass mir das Herrenzimmer wesentlich lieber war, denn im Damensalon ereignete sich recht wenig. Emily saß gelegentlich auf ihrer kleinen Chaiselongue und las ein Buch, doch meist erst gegen Abend. Mittags nahm sie ihren Tee dort ein oder ging einer Handarbeit nach, doch das war neben den anderen Abenteuern, die es in diesem Haus zu erleben gab, vergleichsweise langweilig.

Wenn die Herrschaften länger weg waren, duldete Miss Hold es manchmal, dass Musik gemacht wurde. In der Bibliothek, diesem dunklen, kühlen Raum mit Wänden aus Buchrücken, stand ein eigentümliches Gerät, das man dazu bringen konnte, von schwarzen Platten Lieder abzuspielen. Es hatte eine mächtige Kurbel an der Seite und einen Trichter, der sich wie ein riesiges Elefantenohr in die Höhe reckte. An diesen Tagen bot Cathy das beste Unterhaltungsprogramm. Sie putzte und wirbelte, flog mit frischen Sträußen von Lilien und Hortensien von Zimmer zu Zimmer, und manchmal hob sie mich von dem Kissen, auf dem ich gerade saß, und hielt mich am ausgestreckten Arm von sich.

«Ob ich tanzen will? Aber gerne, der Herr!», rief sie, und dann drehten wir uns, dass ihre Röcke flogen.

Halt, mir wird schwindelig! Nicht so schnell!

Wir wirbelten weiter, schneller und schneller, die Beine in der Luft, das Grammophon krächzte und knisterte.

«Sie sind aber stürmisch, Mister Puddly, mir wird ja ganz schwindelig», sagte sie völlig außer Puste und mit roten Wangen.

So lernte ich Charleston tanzen. Mit Cathy. In der Bibliothek.

Es ist merkwürdig: Ich schätzte Victor sehr, ich liebte es, ihm zuzuhören, wenn er über Dinge sprach, die ihm wichtig waren, wenn er seine Scherze machte oder den Kindern vorlas. Leo und Lili dachten sich verrückte Spiele mit mir aus, die ich mit Freuden mitspielte, vor allem, weil wir meist Expeditionen in entfernte Länder unternahmen, wo wir mit Schlangen, Tigern und Hugahugas kämpften – und doch habe ich damals den meisten Spaß immer mit Cathy gehabt. Sie hatte manchmal ein wenig Ähnlichkeit mit Alice, nicht so sehr äußerlich, sondern vielmehr in ihrer Art, sich über Dinge zu freuen. Es war eine Freude, die von innen kam. Ehrlich und anspruchslos. Sie strahlte so wunderschön, wenn wir tanzten. Ich wünschte, sie würde immer lachen und so fröhlich sein. Doch die Wünsche eines Bären scheinen an der entscheidenden Stelle nicht bevorzugt behandelt zu werden.

Emily empfing nur gelegentlich Freundinnen. Meistens luden die Browns zum Dinner oder zu geselligen Zusammenkünften ein, und dann kamen Schriftsteller und Schriftstellerinnen und allerhand Leute mit anderen verrückten Berufen: Künstler, Maler, Bildhauer, die meisten von ihnen kannten sich aus Studienzeiten, waren schon in Cambridge Mitglieder des gleichen Zirkels gewesen. Aus guter Tradition trafen sie sich meist an Donnerstagen, und dann wurde debattiert. Bald füllte sich der Salon mit Stimmen und Leben. Die Luft wurde schwer und immer schwerer, geschwängert von Rauch und großen Gedanken.

Die Gespräche waren an diesen Abenden ganz anders als das fröhliche Geschichtenerzählen, das ich aus der Küche kannte. Vieles verstand ich nicht. Sie benutzten Begriffe, mit denen ich nichts verband, redeten über abstrakte Dinge, die mir fremd waren. Gesellschaft, Rechte, Befreiung, Kolonialismus – was sollte ein Neuling auf dieser Erde, wie ich einer war, davon halten?

Was meinte die nervöse Virginia, wenn sie, langsam an ihrer Zigarette ziehend, von Selbstbestimmung sprach?

Was meinte Strachey, wenn er, sich den langen Bart streichend und die Brille auf die Nase schiebend, die verkommene viktorianische Moral beklagte?

Ich wusste es nicht.

Aber auch sie gaben sich dem Klatsch hin, kein bisschen besser als das Personal *downstairs*:

«Hast du schon gehört, E. M. ist zurück nach Indien gefahren. Zum Maharadscha …»

«Na, wenn der Gute meint, dass das seiner Kreativität nützt.»

Dann fragte ein anderer dazwischen: «Hat jemand den neusten Roman von Milne gelesen? Ich war so abgrundtief enttäuscht …»

«Was denn? *Mr. Pim*? Also ich fand es großartig erzählt.»

Und ein Dritter warf ein: «In der Zeitung schreiben sie jetzt fast jeden Tag über diesen indischen Anwalt. Ist es nicht vorbildlich, wie er sich für sein Volk einsetzt? Seit einigen Tagen ist er sogar in Hungerstreik getreten. Die Leute hierzulande sind so träge, sie wissen wahrhaftig nicht, wie man für eine Sache kämpft.»

In diesem Stil wurde bis spät in die Nacht über Kollegen und Freunde, Feinde und Bekannte geredet und diskutiert.

Tagsüber wurde schon dafür gesorgt, dass am Abend Essen und Getränke nicht ausgingen. Dann übertraf Mary Jane sich selbst, und Miss Hold achtete darauf, dass nirgendwo ein Stäubchen zu sehen war.

Von mir aus hätte es ewig so weitergehen können. Mit dem Klingeln des Milchmannes am Morgen begann der Tag, und er endete mit dem leisen Knistern des erlöschenden Kamins. Dazwischen lagen ereignisreiche Stunden, die mich mehr über das Leben lehrten, als Alice mir je hätte zeigen können. Dieses Haus war für einen wissbegierigen Bären wie mich das Paradies.

Doch wo das Paradies ist, ist leider auch der Sündenfall nicht weit.

Wie bereits angedeutet, war es Leo, der mein gesamtes Bild vom perfekten Glück ins Wanken brachte. Es war an einem Mittwoch im Sommer 1923.

Die Sonne schien für Londoner Verhältnisse ungewöhnlich warm. Es war ein herrlicher Tag. Vielleicht nicht unbedingt der richtige Tag, um Fenster zu putzen (von Marga Möhrchen lernte ich später, dass Fenster nicht bei Sonnenschein zu putzen sind, weil es dann Streifen gibt), doch Cathy nahm sich einen Eimer mit Seifenlauge, einen Stapel alter Zeitungen und stieg auf die Leiter. «Um den Browns wieder einen klaren Durchblick zu verschaffen», wie sie James lachend mitteilte.

Ich saß ausnahmsweise im Salon und konnte von dort aus herrlich zusehen, wie sie mit gleichmäßigen Bewegungen die Scheiben polierte, auf und ab, nie im Kreis. James stand hinter ihr und hielt die Leiter, obwohl sie eigentlich, soweit ich sehen konnte, recht sicher stand. Aber ich will mir nicht anmaßen, das zu beurteilen.

Es war still im Haus. Die friedliche summende Stille eines Sommernachmittags. Von unten war leise Mary Janes Gesang zu hören. Sie trällerte ein Liebeslied: «*Daisy, Daisy, give me your answer do …*»

«*I'm half crazy just for the love of you*», stimmte Cathy in die Strophe ein und schrubbte mit der Zeitung über das Glas, bis es glänzte.

James lachte.

«Ist das so, meine Daisy? Willst du mich auch?», fragte er und fasste von hinten um ihre Taille.

Ich sperrte die Ohren auf. Irgendetwas in der Atmosphäre hatte sich verändert. Die Luft schien zu knistern.

Cathy fuhr herum. Die Wangen rot, Schweiß glänzte auf ihrer Stirn.

«James. Lass das. Wenn das jemand sieht!»

Und sie hatte es kaum ausgesprochen, da flog die Tür auf. Leo kam hereingestürzt. James und Cathy fuhren auseinander, als hätte der Blitz zwischen ihnen eingeschlagen.

Leo stand atemlos vor ihnen und sah von einem zum anderen.

«Haben Sie sich die Füße abgetreten?», fragte James geistesgegenwärtig, doch Leo antwortete ihm nicht.

«Cathy, ich brauche unbedingt meinen Tennisschläger, weißt

du, wo er ist?», schnaufte er. Das blonde Haar stand in allen Richtungen von seinem Kopf ab.

«Er ist sicher oben in Ihrem Zimmer», antwortete Cathy, ohne ihn anzusehen. Sie tat so, als wäre sie intensiv mit den Fenstern beschäftigt.

«Nein, da ist er nicht, ich habe schon geschaut. Such ihn mir.»

«Ich muss erst die Fenster fertig putzen, sonst gibt es Streifen, ich komme in fünf Minuten.»

«Nein, ich will ihn jetzt haben. Missy und George warten schon.»

«Es geht ganz schnell, nur noch einen Moment.»

Plötzlich blitzte es in Leos Augen, ich sah es genau. Das Gesicht des Jungen verwandelte sich in diesem Moment, die Augen bekamen einen harten Glanz und schienen sich ärgerlich zusammenzuziehen. Dieser Zug verschwand auch später nicht wieder. Leo blieb ein zorniger Junge.

«Wenn du nicht sofort kommst, sage ich Daddy, dass du und James euch geküsst habt.»

«Leo!»

«Du weißt genau, dass das verboten ist.»

«Und Sie wissen genau, dass das nicht wahr ist», flüsterte Cathy.

«Das ist mir egal. Was meinst du wohl, wem Daddy glaubt?»

Langsam, schweigend und ohne Leo eines Blickes zu würdigen, stieg Cathy von der Leiter. Sie drückte James die zerknüllte Zeitung in die Hand, strich sich die Schürze glatt und ging aus dem Zimmer. James verschwand nach unten. Leo blieb zurück und ließ sich aufs Sofa fallen. Zwei Zentimeter neben mich. Ich hüpfte ein wenig nach oben und landete auf der Seite.

Er nahm mich in die Hand und hielt mich von sich.

Hätte ich gekonnt, ich hätte den Blick abgewendet. Ehrlich. Ich war angewidert vom Verhalten dieses Jungen, den ich so gut zu kennen glaubte, den ich in mein Herz geschlossen hatte.

«Das hat sie davon», sagte er und starrte mir in die Augen. Spucke flog mir ins Gesicht, so wütend sprach er die Worte aus.

Ich war entsetzt.

Was hast du angerichtet, du kleiner Teufel? Hast du vergessen, dass Cathy alles für dich tut? Du hast sie erpresst. So etwas tun nur Schurken.

Er starrte mich hasserfüllt an.

Seit ich Alice verloren hatte – und das war inzwischen eine Weile her –, hatte ich die Liebe nicht mehr so sehr gespürt wie in jenem Moment. Meine Cathy! Mit welchem Recht kommandierte der Junge sie auf diese Weise herum? Ausgerechnet Leo, der sonst immer als Erster darauf pochte, wenn etwas ungerecht war, benahm sich schlicht und ergreifend gemein. Ich war mir sicher, dass so ein Verhalten von seinen Eltern niemals toleriert worden wäre. So hatten sie ihre Kinder nicht erzogen.

Der kleine Leo war in die Falle getappt, die ihm von Geburt an gestellt war. Es war Victor nicht gelungen, den Jungen davon zu überzeugen, dass alle Menschen gleich sind, denn das Leben führte ihm tagtäglich das Gegenteil vor. Es gab sehr wohl einen Unterschied! Er durfte bestimmen, und andere hatten seinen Befehlen zu gehorchen. Plötzlich schien er diese Regelung gar nicht mehr so schlecht zu finden. Ich glaube, für ihn war es glasklar: Cathy gehörte nach unten, Leo nach oben. So waren sie eben geboren – die eine unten, der andere oben.

Im Gegensatz zu Leo begriff ich damals den Unterschied nicht. Ich dachte, Cathy *wolle downstairs* leben. Ich dachte, sie hätte es sich so ausgesucht. Mir war nicht klar, dass es Menschen gab, die keine Wahl hatten, und dass Cathy eine von ihnen war. Alle Menschen hatten doch zwei Arme, zwei Beine, einen Kopf und eine Nase im Gesicht. Ich weiß bis heute nicht, woran man da erkennen soll, ob einer besser oder schlechter als der andere ist. Heute ahne ich es (was allerdings nicht heißt, dass ich die Gründe dafür verstehe, noch dass ich es gutheiße). Es scheint etwas zu sein, das ich nicht sehen kann. Etwas in den Köpfen der Menschen. Die meisten Dinge, die mir auch nach über achtzig Jahren noch schleierhaft sind, finden in den Köpfen der Menschen statt.

Als Cathy nach weniger als zwei Minuten mit dem Tennisschläger in der Hand zurückkam, saß Leo unverändert da. Die große Standuhr tickte, von draußen drang das aufgeregte Geschrei der Spatzen herein. Ansonsten herrschte Stille. Aufgeladene Stille. Sie legte den Schläger auf den Tisch.

«Bitte schön. Er lag neben dem Bett.»

«Ich brauch ihn nicht mehr. Keine Lust», sagte er.

«Bin ich umsonst gegangen?»

«Sieht so aus.»

Cathy senkte den Kopf. Ich sah, wie die Wut in ihr hochstieg. Doch sie verbiss sich jeden Kommentar und ließ sich die Demütigung durch den Zehnjährigen widerspruchslos gefallen.

Was ist denn? Wehr dich doch! Du wirst doch nicht zulassen, dass dir so eine halbe Portion auf der Nase herumtanzt.

«Dann bringe ich ihn jetzt wieder nach oben», sagte sie still.

«Nein.»

«Doch, das werde ich. Ich habe den Auftrag, den Salon aufzuräumen. Sie wissen, dass Ihre Eltern Gäste erwarten.»

«Wenn du das tust, dann ...» In Leo kochte der Zorn erneut hoch.

Bis heute frage ich mich, was an diesem Nachmittag in den Jungen gefahren ist. Er liebte Cathy, ich wusste das ganz genau. Sie sorgte für ihn, half ihm mit kleinen Notlügen aus der Patsche, zwinkerte ihm verschwörerisch zu, wenn sie mal wieder heimlich eine kaputte Hose gerettet hatte, und opferte manchmal sogar ihre spärliche Freizeit, um mit ihm Werfen zu üben. Es sah dem Leo, den ich kannte, nicht ähnlich, ihr auf diese Weise wehzutun. Bis jetzt hatte er noch immer im entscheidenden Moment zurückgerudert.

Nicht so an diesem Tag.

«Was *dann*?», fragte sie. Offenbar hatte sie sich entschlossen, ihn nicht weiter gewähren zu lassen.

«Ich sag es!», drohte Leo.

Cathy nahm den Schläger vom Tisch und machte auf dem Absatz kehrt.

Wie stolz ich auf sie war. Sie hatte sich nicht kleinmachen lassen.

Sie öffnete die große Flügeltür zum Entree, ging hinaus und ließ die Tür absichtlich offen stehen.

«Ich hasse dich!», schrie Leo hinter ihr her. «Du dicke Kuh!»

Und dann spürte ich seine heißen Finger um meinem Arm, blitzschnell holte er aus und schleuderte mich hinter ihr her.

Wie soll ich die unglückselige Flugbahn beschreiben, die ich nahm? Sie war kurz. Doch der Wurf erfolgte mit Wucht, er trieb mir Tränen in die Augen. Vom Fahrtwind? Oder vor Enttäuschung, dass dieser Junge mich so missbrauchte? Leo hatte mit Cathy geübt, Ironie des Schicksals. Er war gut in den Ballsportarten und wusste nur zu genau, wie man werfen musste, um zu treffen. Er war ja nicht umsonst im Cricketclub.

Seine Worte verfehlten ihr Ziel sicher nicht. Doch seine Wut beeinträchtigte sein Wurfvermögen, und ich krachte direkt gegen die Vase, die auf dem Sideboard links neben der Tür stand. Sie geriet ins Wackeln, und eine schreckliche Sekunde lang drehte sie sich langsam auf ihrem hauchdünnen Porzellanfuß.

Bitte, nicht fallen. Nicht fallen!

Dann kippte sie polternd um und stürzte zu Boden.

Mir stockte der Atem. Diese Vase war Emilys ganzer Stolz. Niemand ging daran vorüber, ohne sie zu bestaunen. Niemand. Kein Besucher, der nicht die lange und gefahrvolle Reise dieses Stücks erzählt bekam.

«Ming», sagte sie dann immer, «ganz erlesene Qualität und nachweisbar aus dem Kaiserhaus.»

Nicht auszudenken, wie Emily reagieren würde, wenn sie von diesem Malheur erfuhr.

Wenn Scherben Glück bringen, muss dieses Glück weit außerhalb unseres Hauses stattgefunden haben. Uns brachten sie nur Unglück. Großes Unglück. Tausend Splitter blauweißen Porzellans spritzten durch den Raum. Von der Vase war nichts mehr übrig als ein Haufen Scherben. Ich lag mittendrin und spürte, wie sich einzelne Bruchstücke in mein Fell bohrten. Der Schmerz war symbolisch für die ganze Szene.

Leo saß vor Schreck erstarrt auf dem Sofa. Mit großen Augen schaute er mich und die Überreste der Vase an. Dann sprang er auf und stürmte aus dem Zimmer, die Treppe hinunter und aus dem Haus.

Ich hörte Cathys Schritte auf dem Flur. Der Krach war auch ihr nicht entgangen. Sie blieb neben mir stehen, hob mich auf und klopfte mir das Fell aus, wie sie es schon einmal getan hatte, im vergangenen Jahr, als sie mich in Paddington Station aus dem Staub auf dem Bahnsteig rettete. Dann sah ich, wie Tränen über ihre Wangen rannen. Still und ohne ein Geräusch.

Ahnte sie bereits, dass sie verloren war?

Bis zu diesem Tag liebte ich sie beide. Leo und Lili. Ich hatte die kleinen Wirbelwinde schnell in mein Herz geschlossen, es ließ sich gar nicht vermeiden. Denn auch wenn sie wild und unzähmbar schienen, so fühlte ich doch eine enge Verwandtschaft mit ihnen. Sie waren so direkt und klar und ehrlich – und sie sagten ihre Meinung unverblümt heraus, womit sie mir nicht selten aus dem Herzen sprachen. Sie stellten jene Fragen, die mich schon lange bewegten. Und spielten. Und lachten. Sie waren meine Gefährten und ich der ihre. Wir vertrauten einander.

Ach, Leo. Wieso setzt du all das aufs Spiel?

Arme Cathy.

Der letzte Akt des Dramas ereignete sich am späten Nachmittag.

Die Fenster leuchteten blitzsauber in der Sonne, die über den Fitzroy Square in die Zimmer des ersten Stocks fielen. Doch dafür hatte Emily Brown keine Augen, als sie den Salon betrat.

Sie sah sofort, dass die Vase fehlte. Dort, wo sie gestanden hatte, saß ich Unglücklicher und wurde zum zweiten Mal an diesem Tag völlig unfreiwillig Zeuge blanker Verzweiflung.

Emily wurde blass, und ihre Haut wurde durchsichtig wie Pergament. Ihre Turmfrisur wackelte bedenklich, als ihr die Knie weich wurden. Sie strauchelte kurz, fing sich dann aber wieder, indem sie sich an dem Mahagoni-Sideboard festhielt. Sie atmete tief durch. Zweimal, dreimal. Dann griff sie mit bebenden Fingern zur Glocke und läutete.

«Miss Hold!», rief sie, und ihre Stimme hatte einen hysterischen Klang, als sie sich überschlug. «Miss Hold.»

Am nächsten Tag war Cathy weg, und ich verstand die Welt nicht mehr.

Beim Frühstück herrschte eine eisige Atmosphäre. Lili hielt mich fest im Arm, boykottierte ihr Porridge und kniff die kleinen Kinderlippen fest zusammen. Leo fehlte. Emily machte ihr Kopfschmerzgesicht, und Victor verschanzte sich hinter der Zeitung.

«Liebes, iss dein Porridge», sagte Emily und sah Lili bittend an.

«Ich bin im Hungerstreik. Ich esse erst wieder etwas, wenn Cathy Gerechtigkeit widerfährt», antwortete Lili.

«Schatz, du weißt, dass es nicht anders ging. Sie hätte den Schaden nie bezahlen können. Sie kann froh sein, dass ich sie mit einem guten Zeugnis entlassen habe.»

Du hast sie entlassen? Warum? Sie ist unschuldig. Ich bin Zeuge!

«Du weißt genau, dass sie es nicht war», sagte Lili.

«Leo hat gesagt, dass sie es war. Und sie hat es zugegeben.»

«Leo lügt. Außerdem hättest du sie auch entlassen, wenn sie gesagt hätte, dass es Leo war.»

«Einem Dienstboten steht es nun einmal nicht zu, die Herrschaft zu beschuldigen.»

«Das ist so ungerecht! Ich will keine Herrschaft mehr sein. Ich will Cathy zurück.»

«Victor», Emily sah ihren Mann bittend an.

Er ließ die Zeitung sinken und warf Emily einen müden Blick zu. Ich bangte. Ich hoffte. Ich betete, dass er die erlösenden Worte sprechen würde.

Sag, dass Cathy zurückkommt.

Doch er sagte nur: «Lili. Iss dein Porridge.»

«Diese dumme Vase. Ich hasse Leo», schimpfte Lili. Ihre Haare flogen, als sie vom Tisch aufsprang. Sie ließ mich fallen (ich fiel häufiger in jenen Tagen), ihr Stuhl kippte krachend hinter ihr um, doch sie machte sich nicht die Mühe, ihn wieder aufzuheben, sondern rannte aus dem Zimmer.

Es gelang Victor nicht, zu verbergen, was er über diese Situation dachte. Das konnte selbst ich erkennen. Seine Augen waren traurig, und es war unübersehbar, dass er in diesem Moment lieber ein Familienvater gewesen wäre, der seinen Sohn was hinter die Ohren gegeben und sein Hausmädchen um des lieben Frieden willens getadelt hätte, weil sie eine fremde Schuld auf sich genommen hatte.

Er wäre so gerne seinen Prinzipien treu geblieben, nach denen alle Menschen gleich waren. Doch er tat es nicht. Er drückte sich und überließ es Emily, den Kampf mit ihrer Tochter auszufechten.

So also funktionierte Macht. Alle wussten, dass Cathy unschuldig war, und doch wurde sie geopfert. Ich verstand sie nicht, diese von mir so geliebte Familie. Ich war zwar noch jung und mit dem Leben noch ziemlich unerfahren. Aber daran lag es nicht.

Es macht mich noch heute traurig, wenn ich an diesen Moment denke. Es macht mich traurig, weil ich Cathy liebte.

Weil ich Leo liebte. Weil es Emily wichtiger war, ihr Personal korrekt zu behandeln als richtig. Weil Victor zu schwach war, sich tatsächlich über die Unterschiede hinwegzusetzen, die er tagein, tagaus so bitter beklagte.

«Musstest du so hart sein?», hörte ich ihn fragen, während ich auf dem Boden liegend seine schwarzglänzenden Schuhe betrachtete und darauf wartete, dass jemand mich aufheben würde.

«Ich weiß es nicht, Victor», flüsterte Emily. «Ich weiß es nicht.»

Sie ließen mich liegen.

Ein neues Dienstmädchen kam. Doch ich kann mich nicht mal mehr an ihren Namen erinnern, so egal war sie mir. Auch Lili und Leo machten keine Anstalten, sich mit ihr anzufreunden. Sie war einfach nur da und verrichtete ihre Arbeit.

In der Küche herrschte nach dem Vasenfall wochenlang Trauerstimmung. Mary Jane war das Singen vergangen.

Lilis Hungerstreik dauerte vier Tage.

«Andere haben damit auch Erfolg», sagte sie auf Victors verzweifeltes Flehen. Sie zog sich Sandalen und einen weißen Umhang an, bastelte sich aus Draht eine runde Brille und verweigerte das Essen – bis Mary Jane ihren eisernen Willen schließlich mit Pfannkuchen brach.

Der Zorn in Leos Augen wich nicht. Obwohl er sich, wie ich glaube, seiner Schuld bewusst war, beharrte er auf seiner Version der Dinge. Dieser Vorfall veränderte den Jungen für immer, er pflanzte die Wut in sein Herz.

Es dauerte eine Weile, bis wieder Normalität einkehren konnte. Irgendwann saßen wieder alle am Frühstückstisch. Irgendwann sagte Lili nicht mehr «Lügner» vor jedem Satz, den sie an Leo richtete. Irgendwann hielt sich Leo nicht mehr die Ohren zu, wenn Cathys Name fiel. Irgendwann lachten sie wieder gemeinsam über Lord Malcolm Forsythe. Irgendwann waren Emilys Kopfschmerzen vergangen. Irgendwann war scheinbar alles wieder gut. Nur war es eben nicht mehr wie früher. Denn meine Zuneigung zu Leo war versiegt. Und als klebte an mir das Pech seiner Tat, mied auch er mich. Schweigend ließ er Lili den Vortritt, die mich mit Freuden unter ihre Fittiche nahm. Ich hasste Leo nicht. Doch verzeihen konnte ich ihm auch nicht. Damals nicht. Das Herz eines Bären ist eben doch größer als sein Verstand.

Victors zweite große Leidenschaft neben Büchern galt der Ingenieurskunst. Im Jahr 1923 zog er sich fast jeden Abend in sein Arbeitszimmer zurück, um an einer Biographie über Englands großen Pionier Isambard Kingdom Brunel zu schreiben.

«Ihr glaubt gar nicht, was Brunel alles vollbracht hat!», konnte er beim Essen unvermittelt herausplatzen. «Eisenbahnen, Schiffe, alles, was für uns selbstverständlich ist, hat er gebaut. Er war ein Visionär. Wie ich – nur viel kleiner.»

Emily musste lächeln über so viel Übermut.

Schiffe kannte ich lediglich aus Büchern und dem Kinderzimmer. Ich wusste, dass sie dazu dienten, die großen blauen Flächen auf dem Globus zu überqueren. Sie schwammen auf dem Meer.

Bei unseren Expeditionen hatten Leo, Lili und ich in selbstgebauten Segelschiffen zahlreiche Ozeane überquert und ferne Inseln angesteuert.

«Ich bin Magellan!», rief Leo dann. «Leinen los für den Entdecker!»

«Können wir nicht lieber Kolumbus sein?», fragte Lili. «Der ist wenigstens nach Amerika gefahren.»

«Aber nur aus Versehen», wandte Leo ein. «Magellan wusste immerhin, was er tat.»

Dann war er Magellan, und sie war Kolumbus, und ich war Smutje auf dem einen, Steuermann auf dem anderen Schiff, während wir im Wettrennen und in den tollsten Fahrzeugen die Welt entdeckten. Doch wie so ein Ozeanriese in Wirklichkeit aussah, konnte ich mir kaum vorstellen.

Es muss irgendwann im Oktober gewesen sein, lange nach dem großen Krach, dass Victor eines Abends ein feierliches Gesicht aufsetzte, den Rücken streckte und sagte:

«Leo, Lili, ich habe eine Mitteilung zu machen. Wir werden auf Brunels Spuren wandeln!», verkündete er, und seine Augen leuchteten, als er den Satz ausgesprochen hatte.

«Wir folgen der Great Eastern.»

«Australien?», hauchte Leo. «Die Strafkolonien?»

«Wie du weißt, mein Sohn, hat die Great Eastern es nie nach Australien geschafft, da die Häfen zu klein waren für dieses vollkommene Schiff. Nein. Wir fahren nach New York!»

Lili und ich diskutierten nächtelang über das uns bevorstehende Abenteuer.

«Weißt du, Puddly, New York ist riesig. Noch größer als London, und die Häuser sind viel höher», versuchte sie mich neugierig zu machen.

Hm.

«Wir werden bei Onkel Max und Tante Frances wohnen. Ihre Dienstboten sind Neger!»

Was sind denn Neger?

«Wir werden fünf, vielleicht sogar sechs Tage über das Meer fahren. Immer nach Westen. Zwischen Southampton und New York gibt es nur Wasser. Sonst nichts!»

Haben wir denn alle Platz auf diesem Schiff?

Ich sah sie mit großen Augen an. Unglaublich, dass wir so einen irrsinnigen Plan wahrhaftig in die Tat umsetzen wollten. Es erschien mir geradezu verrückt.

Immer wieder hatten wir in Reiseberichten gelesen, wie beengt die Verhältnisse auf den Expeditionsschiffen gewesen waren. In Hängekojen hatten die Männer abwechselnd geschlafen, weil es nicht genug Platz für alle gab. Doch es stellte sich bald heraus, dass meine Sorge unbegründet war.

«Wir fahren mit der RMS Majestic», erklärte Victor am Abend. «Ein Schiff der Imperatorklasse, ist das nicht phantastisch?»

«Das hört sich an, als sei es ein Kriegsschiff», erwiderte Emily, die der Reise als Einzige mit Zweifeln entgegensah.

«Mitnichten, mein Liebes, mitnichten. Es ist das größte Luxuspassagierschiff der Welt.»

«Haben sie das über die Titanic nicht auch gesagt?», fragte sie besorgt.

«Ich bitte dich, die Titanic ist doch Schnee von gestern. Du glaubst nicht, wie sich die Schifffahrt in den letzten zehn Jahren entwickelt hat! Noch so ein schlechtes Schiff würde die White Star Line gar nicht verkraften.»

«Wie bitte? Es gehört zur selben Flotte? Victor, ich bin mir nicht sicher, ob das wirklich eine gute Idee ist …»

Doch wir waren der Ansicht, dass es eine besonders gute Idee war.

Leo war Feuer und Flamme. Er hatte alles über das Schiff in Erfahrung gebracht, fast hätte ich mich dazu hinreißen lassen, ihn wieder ein kleines bisschen mehr zu mögen, so gut stand ihm der Eifer, mit dem er sich auf die Reise vorbereitete.

«Stell dir vor, Mum: Viertausend Passagiere und eintausendzweihundert Mann Besatzung haben auf der Majestic Platz. Umwerfend, oder? Sie ist so groß wie eine ganze Stadt!»

Emily sah beunruhigt vom einen zum anderen.

«Es ist mir unerklärlich, wie eine solche Stadt schwimmen soll. Wirklich.»

Insgeheim hatte ich mir diese Frage ja auch schon gestellt, aber ich hätte es natürlich nie laut gesagt – dazu war meine Neugier dann doch viel zu groß.

Weihnachten verging in diesem Jahr nahezu unbeachtet. Jeder bekam etwas Nützliches für die Reise, und, man glaube es oder nicht, ich erhielt einen Regenmantel.

Am 30. Dezember 1923 machten sich schließlich fünf Menschen und ein Bär auf den Weg nach Southampton. James begleitete uns, darauf hatte Emily bestanden. Außer James begleiteten uns drei große Überseekoffer, unzählige Hutschachteln, ein Koffer aus Krokodilleder, in dem Victor seine Bücher transportierte (natürlich nur die wichtigsten), ein Koffer aus braunem Rindsleder, in dem die Kinder ihre Spielsachen transportierten (natürlich auch nur die wichtigsten), eine Leinentasche mit Lederhandgriffen und ein Köcher für Tennisschläger. James trug einen kleinen, alten Koffer, den er sich eigens für die Reise von Mary Jane geliehen hatte, die vor acht Jahren einmal nach Frankreich gefahren war, weil sie dort an der Front als Krankenschwester Dienst tat.

Ich reiste ohne Gepäck, mein einziges Kleidungsstück, den Regenmantel, trug ich bereits, mehr brauchte ich ja auch nicht.

Es war ein kalter Tag. Der Wind blies heftig von See, als wir in Southampton aus dem Wagen stiegen. Mein Fell sträubte sich in der nasskalten Luft, und ich muss sagen, der Mantel war nicht überflüssig. Unter Regenschirme gedrängelt, warteten wir, bis der Fahrer das Gepäck ausgeladen hatte. Ein Bediensteter der White Star Line eilte mit einer Karre herbei und nahm sich unserer Sachen an.

Aber wir alle kümmerten uns wenig um das Wetter, denn vor unseren Augen erhob sich mächtig und äußerst beeindruckend die RMS Majestic und machte ihrem Namen alle Ehre. Was für ein Schiff! Es war so groß, dass man von der Spitze aus sein hinteres Ende nicht sehen konnte.

Am Pier herrschte emsige Geschäftigkeit. Das Treiben in Paddington Station schien lächerlich im Vergleich zu den Menschenmengen, die hier durcheinanderliefen. Kofferträger, Chauffeure, Familien, die Abschied nahmen. Matrosen, Hafenarbeiter, Offiziere – es war alles vertreten. Überall flatterten rote Fahnen mit weißem Stern. Laut kreischten die Hupen der Automobile, gerufene Befehle übertönten das Stimmengewirr der Passagiere, da erschallte plötzlich dröhnend und alldurchdringend das Horn des Schiffes. Es klang wie der langgezogene Ruf eines Giganten. Die Nervosität stieg, die Passagiere drängelten sich den Landungssteg hinauf, schlängelten sich zwischen Koffern und Stewards hindurch an Bord dieses riesigen Schiffes.

Doch Lili hielt mich fest im Arm, und ich wusste, dass ich dieses Mal keine Angst haben musste, verlorenzugehen. Sie würde darauf achten, dass ich stets an ihrer Seite war. Und daran, wie wild ihr kleines Herz klopfte, wie eisern sie mich umklammerte, merkte ich, dass meine Gegenwart ihr ebenso viel Halt gab wie umgekehrt.

Ehrfurchtsvoll, mit gebührendem Respekt in den Knochen und klein wie die Ameisen, stand die ganze Familie Brown am Pier und schaute noch einmal hinauf. Der eiserne schwarze

Rumpf des Schiffes erhob sich vor uns wie der mächtige Körper eines Hochhauses, und irgendwo, weit oben, fast in den Wolken, thronten die weißen Aufbauten. Wir sahen die Leute, die bereits an Bord gegangen waren, wie kleine Punkte auf den oberen Decks, und noch höher, über ihren Köpfen, ragten drei riesige Schornsteine in die Luft. Schwarzer Qualm stieg aus ihnen auf und zog nach Osten.

Wir waren starr vor Erstaunen. Auch Victor. Emily fand als Erste die Sprache wieder.

«Leo, mein Engel, über wie viele Rettungsboote verfügt diese schwimmende Stadt noch gleich?», fragte sie und versuchte dabei ganz unbesorgt auszusehen.

«Liebes», ging Victor dazwischen, ehe Leo sein Wissen anbringen konnte, «selbst wenn wir einen Eisberg rammen sollten, was wir natürlich nicht tun werden, musst du dir keine Sorgen machen. Uns steht ein Platz im Rettungsboot zu. Wir reisen Erster Klasse.»

Lili kicherte ungehörig, und ihr Vater zwinkerte ihr verschwörerisch zu.

«So», sagte er, «und nun trödeln wir nicht länger und gehen an Bord. Wir wollen doch Onkel Max keinen Ärger machen und das Schiff verpassen. James, seien Sie so gut, nehmen Sie meiner Frau die Tasche ab. Darf ich dir meinen Arm anbieten, Emily?»

Sie hakte sich bei ihm unter, und wir stiegen die Gangway hinauf. Die beiden vorweg, Emily links von Victor, in der linken Hand den Regenschirm, dahinter Lili, ich und Leo und als Schlusslicht James, der aufpasste, dass nichts und niemand verlorenging.

Wir bezogen zwei Kabinen Erster Klasse, vier von vierhundertachtzig First-Class-Passagieren und meine Wenigkeit als

blinder Passagier. James wurde in der Zweiten Klasse unterge-
bracht, ein paar Decks tiefer und weiter achtern. Wir haben
ihn dort allerdings nie besucht, ich kann also nicht sagen, wie
es dort aussah.

Seit der Sache mit Cathy wunderten mich solche Ungleich-
heiten nicht mehr. Ich hatte verstanden, dass es mir unerklär-
liche Regeln gab, die dafür sorgten, dass nicht jeder Mensch
die gleichen Rechte genießen durfte. Ich schien allerdings
nicht der Einzige zu sein, dem diese Regeln missfielen.

Als Lili mit ihrer Mutter eine Diskussion darüber anfangen
wollte, warum James nicht mit uns in der Ersten Klasse reiste,
wurde Emily ärgerlich und schnappte kurz angebunden:

«Er kann froh sein, dass er nicht nach unten in den Maschi-
nenraum muss. Dort hat er nämlich keine Chance, wenn wir
untergehen.»

Anschließend zog sie sich zurück und hatte Migräne. Aber
nur bis zum Dinner.

Unter dem lauten Tuten der Schiffssirenen wurden die
Leinen gelöst, winzig kleine Schlepper stampften uns voran
und zogen das majestätische Ungetüm aus dem Hafen. Am
Kai standen die Menschen und winkten, Hüte flogen in die
Luft, die der Wind in Böen frech davontrug.

Als die schweren Trosse ins Wasser klatschten und sich das
Schiff langsam in Bewegung setzte, hatte ich das Gefühl, als
müsste etwas in mir zerspringen vor Freude. Vielleicht lag
es an der Erhabenheit und dieser unbändigen Kraft, die ich
unter mir spürte, dass ich für einen Moment lang meinte, an
dem Ort angekommen zu sein, an den ich gehörte: ein hei-
matloses Zuhause, ein Ort der Begegnung und der ständigen
Veränderung, ein Ort der Bewegung und doch der Kraft des
Unveränderlichen. Ich stellte mir vor, dass so mein Leben

aussehen könnte. Immer neu und immer gleich. Hätte das nicht gut zu mir gepasst? Doch es sollte noch über fünfzig Jahre dauern, ehe ich in Fiesole bei den Simonis eine ähnliche Heimat finden würde. Und bis dahin standen mir noch viele Reisen bevor. Doch keine, das muss ich ehrlich sagen, hat mich so beeindruckt wie die Überfahrt nach New York in jenem Winter 1923.

Victor versuchte zwar, die beiden Kinder zu bändigen, die unnachgiebig an seinen Jackenärmeln zerrten, doch schließlich siegte auch sein Entdeckergeist, und wir nutzten den Nachmittag, um das Schiff zu erkunden. Lili nahm sich vor, vom Bug bis zum Heck zu laufen und zu zählen, wie viele Schritte das waren, doch vor lauter Staunen vergaß sie ihr Vorhaben wieder und hatte bald die Lust verloren, immer wieder von vorn zu beginnen. Während wir in Salons und Lounges spähten, referierten Leo und Victor abwechselnd technische Details über Bruttoregistertonnen und Schubkraft und was weiß ich nicht alles, doch ich hörte gar nicht hin.

Hatte ich gestaunt, als ich nach Bath an den Bahnhof gekommen war? Hatte ich mich über die U-Bahn in London gewundert? Über den Reichtum bei den Browns? Das alles war nichts im Vergleich zu diesem Schiff. *Peanuts*, wie Victor zu sagen pflegte (wofür Emily ihn unter Hinweis auf seine Ausdrucksweise häufig tadelte).

Die Eingangshalle der Ersten Klasse war so groß, wie ich mir das Entree des englischen Schlosses Windsor Castle vorstellte. In der Mitte lag ein riesiger Gobelinteppich, über den wir vorsichtig schritten, um in die Lounge zu gelangen. Vor uns öffnete sich wie von Geisterhand eine hohe Flügeltür aus Glas, mit floralen Jugendstilmustern verziert, und wir betraten den Aufenthaltsraum der edlen Herrschaften. Und wie edel es hier zuging.

Wir waren kaum zwei Stunden auf See, da hatten sich hier schon Herren und Damen zum Bridge zusammengefunden. Die Herren genossen irischen Whiskey, die Damen Champagner, wie sie betonten. Auf niedrigen Sesseln, die mit ihren kurzen, gebogenen Beinen und hohen Lehnen aus Samt jeder für sich aussahen wie ein kleiner Thron, saßen sie und gaben sich mit Freuden der Dekadenz hin.

Victor beäugte das Geschehen mit einer Mischung aus Belustigung und Neugier.

Na, ist es nicht eigentlich genau das, was du immer kritisierst?

Die Kinder waren restlos begeistert. Sie drängten sich zwischen den Tischen hindurch an die großen Fenster, die noch höher waren als zu Hause, und schauten dem immer kleiner werdenden England nach. Die Möwen hoben sich gen Himmel und segelten still neben uns her. Rauchschwaden von vereinzelten Zigarren zogen durch den Salon, hängten sich in die schweren Brokatvorhänge.

Zu all der Pracht, die Lili immer wieder den Ausruf: «Das sieht aus wie bei den Royals» entlockte, kam noch etwas, das mir die Sinne benebelte. Der Geruch des Meeres. Salzwasser.

Es roch nach Unendlichkeit und Unergründlichkeit. Nach Leben und Tod gleichzeitig. In all meiner Eingeschränktheit, meiner Stummheit und meiner Bewegungslosigkeit habe ich mich nie wieder so frei und so lebendig gefühlt wie in den Tagen an Bord der RMS Majestic, wenn Lili und ich an der Reling standen, dem Stampfen des Schiffes lauschten, dem Kreischen der Möwen und dem Rollen der Wellen. Bis heute habe ich diesen Geruch und auch das damit verbundene

Gefühl nicht vergessen, und nicht selten habe ich in Stunden der Beklemmung und Enge die Erinnerung daran hervorgekramt wie einen kostbaren Schatz. Ich bemühe sie nicht oft, denn ich habe Angst, dass sie sich abnutzt.

Die Verzückung der Browns nahm kein Ende, vor allem, als Lili das Schwimmbad entdeckte. Natürlich hatten auch hier nur Gäste der Ersten Klasse Zutritt. Umgeben von zehn hohen Marmorsäulen, lag der Pool noch völlig friedlich da. Von oben fiel durch die bleiverglaste Decke sanftes Licht herein und spiegelte sich auf dem Wasser, das im Rhythmus des Schiffes sanft wogte.

Ein Pool auf dem Meer? Wozu das gut sein sollte, war mir schleierhaft. War man nicht auf dem Schiff, gerade weil man nicht selbst nass werden wollte?

Ein Mann in einem rot-weiß gestreiften Badeanzug belehrte mich eines Besseren. Ein Handtuch über dem Arm, ging er an der Balustrade im zweiten Stock der Schwimmhalle entlang und kam festen Schrittes die Marmortreppe hinunter. Er stellte sich an eine der Leitern, hielt prüfend einen Zeh ins Wasser und streckte anschließend tiefernst zweimal die Arme in die Höhe. Dann vollführte er einen Kopfsprung und spritzte Lili und mich nass. Wir kamen aus unserem Versteck hinter der Säule hervor und schlichen uns nach draußen, wo Leo und Victor einen Offizier in die Finger bekommen und in eine Fachdiskussion über Dampfmaschinen verwickelt hatten.

«Was ist euch denn passiert?», fragte Victor, als er Lilis nassgespritztes Kleid sah. Ich war dank des Regenmantels trocken geblieben.

«Eine Welle ist über uns zusammengeschlagen, als sie das Achterdeck überspülte», antwortete sie ernsthaft.

«Ist jemand über Bord gegangen?», fragte Victor ebenso ernsthaft.

«Drei oder vier alte Frauen und ein Hund», entgegnete Lili.

«Der arme Hund», sagte Victor.

Der Offizier schaute hilflos von einem zum anderen. Als niemand Anstalten machte, ihn aufzuklären, ging er ohne ein weiteres Wort davon.

«Schade, der Mann hat keinen Humor», sagte Victor.

«Dabei schien er sonst ganz nett zu sein», sagte Leo.

Wir gingen zurück zur Kabine, um nach Emily zu sehen. Vielleicht brauchte sie ja ihr Riechsalz. Doch sie war bereits auf dem Wege der Besserung und hatte angefangen, sich für das Dinner herzurichten.

Im Gegensatz zu Mortimer Wright konnte einem Augusta Hobhouse wahrhaftig auf die Nerven gehen. Sie saßen beide an unserem Tisch im Restaurant. Die Dame war noch schlimmer als Elizabeth Newman. Sie plapperte wie ein Wasserfall, verfügte über reichlich ererbtes Geld und gab sich keine Mühe, das zu verheimlichen. Mister Wright hingegen war sehr verschwiegen. Mit leiser Stimme hatte er sich vorgestellt, Emily und Lili die Hand geküsst, «Es freut mich» gesagt und Platz genommen. Lili sagte:

«Sie haben mich heute Nachmittag nass gespritzt.»

«Habe ich das, junge Dame? Das täte mir leid.»

«Lili!», ermahnte Emily und setzte an Mister Wright gewandt hinzu: «Bitte verzeihen Sie …»

«Ich habe niemanden gesehen, das Bad war doch leer», sagte er. Sein blasses, hageres Gesicht wirkte ehrlich vergrämt.

«Wir standen hinter einer Säule.»

«Wir?»

«Puddly und ich», erklärte Lili und deutete auf mich.

Und Mortimer Wright lächelte still und nickte.

Ich hatte im Restaurant keinen eigenen Platz bekommen, doch Lili hatte gegen den Widerstand ihrer Mutter durchgesetzt, dass ich mit in den Speisesaal kam.

«Ich habe mich ohnehin schon gefragt, was dieser ramponierte Bär hier im Restaurant zu suchen hat», ging Miss Augusta Hobhouse dazwischen.

Von meiner Seite aus war damit der Fall erledigt. Augusta Hobhouse war bei mir unten durch, ehe die Vorspeisenteller abgeräumt waren. Doch Emily fühlte sich natürlich durch Miss Hobhouse bestätigt und schämte sich jetzt vollends ihrer Kinder. Verzweifelt sah sie ihren Mann an.

«Verehrteste, ich hoffe, Sie können in diesem Fall ein Auge zudrücken», übernahm Victor daraufhin charmant die Gesprächsführung und sagte mit einem besonderen Ton der Besorgnis in der Stimme: «Der Bär muss dabei sein. Er ist Teil eines sozialwissenschaftlichen Experiments, über das demnächst ein sehr wichtiges Buch erscheinen wird. Ich könnte dafür sorgen, dass man Sie für Ihre Unterstützung lobend erwähnt, Miss ... äh ... Miss Hobster.»

Emily hob die Hand an die Stirn. Die Kinder schwiegen. Mister Wright lehnte sich zu Lili hinüber und sagte leise:

«Es war wirklich nicht meine Absicht, Sie nass zu spritzen, verehrtes Fräulein.»

«Schon gut», antwortete sie und zwinkerte ihm zu. Er lächelte zu traurig für einen Mann, dem gerade von einem kleinen naseweisen Mädchen aus schönen braunen Augen zugeblinzelt wurde.

«Hob*house*, Augusta Hobhouse», sagte Augusta schnell, und

ihre Stimme hob sich bei jeder Silbe, als sie fortfuhr: «Aber lieber Mister Brown! Das würden Sie für mich tun? Es wäre unserer Sache sicher dienlich.»

Welche Sache? Welches Experiment?

Victor beging im Gegensatz zu mir nicht den Fehler, nach «der Sache» zu fragen, dafür tat Emily ihr den Gefallen.

«Ich sage nur ‹Taten statt Worte›!» Augusta Hobhouse geriet in Rage. Mich, den ramponierten Bären, schien sie längst vergessen zu haben. Sie fuhr fort: «Wir Frauen müssen für unsere Sache kämpfen, nicht wahr Emily. Ich war beim Sturm auf das Unterhaus dabei, ich weiß, wovon ich rede.»

«Sie waren bei den Suffragetten?», fragte Emily erstaunt. «Kennen Sie Emmeline Pankhurst persönlich?»

Sie konnte ihre Neugier nicht bezwingen, die Schriften der Frauenrechtlerin waren auch in den Donnerstagsrunden zu Hause in Bloomsbury immer wieder Thema gewesen. Von Emmeline Pankhurst hatte selbst ich gehört, obwohl die Frauenfrage, sagen wir, nicht mein vordringlichstes Interesse war.

«Selbstverständlich! Ich habe Seite an Seite mit Emmeline gekämpft. Aber das ist ja schon lange her, über zehn Jahre. Doch ich habe nicht aufgegeben. Wir Frauen brauchen unsere Rechte! Ich leiste jetzt auf andere Art Widerstand», sagte Augusta und lehnte sich verschwörerisch zu Emily hinüber.

«Ich schreibe!», flüsterte sie so laut, dass es alle am Tisch hören konnten.

Victor verschluckte sich beinahe an seinem Perlhuhn in Rotwein, Mister Wright sah nicht einmal von seinem Teller auf.

In dem Moment war ich sicher, dass die einzige Sache, für die sich Augusta Hobhouse einsetzen würde, Augusta Hobhouse hieße, so selbstverliebt tat sie ihre Berufung kund.

«Ich gehe nach New York, um mich inspirieren zu lassen. Sie sind ja so viel moderner, die Amerikaner. So viel fortschrittlicher», setzte sie noch hinzu.

«Ich habe Mrs Pankhurst immer sehr bewundert», sagte Emily ernst und überging die Hustenattacke ihres Mannes.

«Ja, sie war großartig. Wie schade, dass sie verrückt geworden ist», sagte Augusta mit falscher Anteilnahme und fuhr mit gesenkter Stimme fort: «Aber ich sage Ihnen, die Stimme unserer Zukunft heißt Virginia Woolf. Ich habe ihr neuestes Buch dabei: ‹Jacob's Room›. Hervorragend, wirklich her-vor-ra-gend.»

Es freute mich dann doch, dass Augusta Hobhouse die Bücher von Virginia schätzte. Ich konnte zwar nicht lesen und wusste auch nicht, wovon ihre Bücher handelten, aber ich mochte ihre Art, über Literatur zu sprechen, ich mochte es, wie sie bei uns in Bloomsbury auf dem Sofa lümmelte, sich Zigaretten drehte und Whiskey trank, den sie nicht besonders gut vertrug, und ich mochte ihre Art. Zart und hart zugleich.

Ich erwartete schon Leos Ausruf: «Was? Virginia Woolf? Sie ist meine Patentante und spinnt auf jeden Fall auch», oder etwas in der Art. Ich sah, wie Victor sich aufsetzte, wahrscheinlich befürchtete er dasselbe. Dann sandte er zwei Blicke in Richtung der Kinder, ein kaum sichtbares Kopfschütteln in Emilys Richtung, und das Thema wurde sanft, aber bestimmt gewechselt. Virginia wurde mit keinem weiteren Wort erwähnt.

Wie immer, wenn solche aufdringlichen Menschen in mein Leben traten, wurde ich innerlich immer stiller. Ich genoss in diesem Augenblick zum ersten Mal, nicht sprechen zu können, dass von mir keine Antwort und keine Meinung erwartet wurden und dass ich mich ganz nach Belieben meinen schlechten

Gedanken über unsere Tischgesellschaft hingeben konnte, ohne ein Blatt vor den Mund nehmen zu müssen. Gelegentlich kommt mir jetzt der Verdacht, dass ewiges Alleinsein mit sich selbst sarkastisch machen könnte. Aber dann denke ich: Na und?

Mortimer Wright, der augenscheinlich eine Vorliebe für Rosenkohl hatte – er nahm sich schon zum dritten Mal nach, sein Perlhuhn hatte er jedoch noch nicht angerührt –, war mir wesentlich lieber. Er blieb still und bescheiden, antwortete leise, wenn man ihm eine Frage stellte, begann aber kein Gespräch von sich aus.

Was ist los mit dir? Sahen die anderen denn nicht, dass irgendetwas mit ihm nicht stimmte? Ich hatte zwar noch nie Rosenkohl gegessen, aber ich wusste, was die Kinder davon hielten, und konnte nicht glauben, dass jemand, der glücklich und zufrieden war, freiwillig dreimal Rosenkohl nahm und ein Perlhuhn verschmähte.

Ich wünschte, ich hätte mich getäuscht.

Augusta Hobhouse wurden wir in den kommenden vier Tagen nicht mehr los. Das heißt, Emily wurde sie nicht mehr los. Doch ich glaube, sie genoss die Gesellschaft dieser Frau auch ein wenig. Die beiden schlenderten gemeinsam durch das Schiff, machten Bekanntschaft mit anderen Damen der Gesellschaft, spielten hier und da eine Partie Bridge und gaben sich im Großen und Ganzen dem Müßiggang hin.

Lili und ich verbrachten den zweiten Tag der Überfahrt mit Seekrankheit. Ich wusste erst gar nicht, was mit ihr los war, als sie plötzlich grau im Gesicht wurde. Erst dachten wir, sie hätte das Essen nicht vertragen, vielleicht auch die Eisbombe, die es zum Dessert gegeben hatte, doch es stellte sich heraus, dass es am Wellengang lag. Unter den schrecklichsten Geräuschen übergab sie sich, und ich war der festen Überzeugung, sie würde sterben. Sie wurde immer bleicher, bald war sie kreideweiß.

Ich wusste damals noch nicht, wie Menschen sterben; wie es aussieht, wenn das Leben langsam aus ihnen weicht und nur noch ihre Augen und ihr Mund zarte Regung zeigen. Ich kannte die Stille vor dem Tod noch nicht.

Ich dachte, dass ein Mensch, der solche Geräusche machte, auf keinen Fall überleben könnte. Wenn auf unseren Expeditionen zu Hause ein Entdecker mal wieder von einem Löwen gebissen oder von einem Eingeborenen malträtiert wurde, wurde ungefähr in dieser Lautstärke gestorben.

Angst stieg in mir auf.

Kleine, liebe Lili. In ihrem weißen Nachthemd sah sie noch verletzlicher aus. Ihr Haar klebte in Strähnen an der Stirn, und Tränen der Erschöpfung liefen über ihr Gesicht.

Lili, du darfst nicht sterben. Ich tröste dich! Ich bin bei dir.

Vielleicht half es, dass ich es wieder und wieder dachte. In den Pausen, in denen das kleine Geschöpf nicht von fürchterlichen Krämpfen geschüttelt wurde, drückte sie mich fest an sich.

Im Halbschlaf lag sie da, dämmerte vor sich hin und fuhr unablässig über meinen Bauch. Immer wieder bewegte sich ihr kleiner Daumen über mein Fell, wie eine kleine Maschine rieb sie stundenlang über dieselbe Stelle.

Sie ist noch da, diese Stelle, ich nenne sie den Trostpunkt. Nicht von diesen paar Stunden Seekrankheit, nein, sondern von den vielen Kinderdaumen, die sich alle diesen Punkt auf meinem Bauch suchten, wenn es ihnen nicht gutging, wenn ihnen Krankheit oder Angst in die Glieder kroch, oder wenn sie einfach nur müde waren und einschlafen wollten. Aber Lili war die Erste in der Reihe, und das Reiben war mir fremd und vertraut zugleich. In jedem Fall aber fühlte es sich gut an, denn ich merkte, ich spendete Trost.

Nachdem wir einige schreckliche Stunden in der Kabine verbracht hatten, während deren Leo unablässig schimpfte: «Sie soll aufhören zu kotzen, es stinkt», beschloss Victor, dass es das Beste sei, wenn Lili ein wenig Zwieback essen würde und dann an die frische Luft kam, das hätte noch niemandem geschadet.

James, der sich um das Leeren des Eimers gekümmert hatte, war dankbar, Lili nach draußen begleiten zu können. Er war so grün, dass er womöglich bald selbst angefangen hätte, die Fische zu füttern.

Sie zog erst sich an, dann mich, dann schlichen wir an Deck. Dort standen wir an die Reling geklammert, Wind und Wellen trotzend. Es war herrlich, und jedenfalls mir war kein bisschen übel.

Lily ließ sich in einen Deckchair sinken, wickelte die Wolldecken um sich, die der Steward brachte, und jammerte leise, bis irgendwann Erschöpfung und frische Luft sie einschlafen ließen.

An diesem Abend vergaß sie mich zum allerersten Mal. Sie ließ mich zurück, als sie in ihre Kabine ging. Unter den gegebenen Umständen sehe ich es ihr nach. Außerdem muss ich zugeben, dass ich die Nacht an Deck genoss. Es war eine merkwürdige Nacht.

Der Wind hatte sich gelegt und die Wolken mit sich genommen. In der Schwärze der Nacht leuchteten die Sterne hell vom Winterhimmel. Ich war wie berauscht von der Vielzahl der blinkenden Punkte – Victor hatte den Kindern die Sternbilder erklärt und erzählt, dass jeder dieser Punkte so groß sei wie die Erde oder noch größer. Diese Vorstellung geht bis heute über meinen Verstand, umso faszinierender finde ich sie jedoch.

Aus dem Dunkel trat eine schattenhafte Gestalt. Ein Mann. Er trat an die Reling und blieb lange regungslos dort stehen. Er trug keinen Mantel, sein weißes Hemd flatterte, und seine Haare wehten ihm ins Gesicht. Ihm musste furchtbar kalt sein, doch er schien die Kälte nicht zu spüren.

Auf dem Schiff war Ruhe eingekehrt, die meisten Leute waren ins Bett gegangen, es war nichts weiter zu hören als das dumpfe Stampfen der Schiffsmotoren und das Rauschen der Wellen, weit unter uns.

Erst als der Mann sich umdrehte und auf mich zukam, erkannte ich, dass es Mortimer Wright war. Müde ließ er sich auf den Deckchair sinken, in dem ich saß, und sprang rasch wieder auf, als er merkte, dass er sich auf meinen Kopf gesetzt hatte.

Er hob mich auf.

«Ach, du bist es, Bär», sagte er. «Du hast mich erschreckt.»

Ich lag auf seinem Schoß, und wir schauten in den Himmel.

«Ist das nicht ein unfassbarer Sternenhimmel?»

Sprach er mit mir?

«Wenn ich diese Millionen von Lichtern sehe, wird mir bewusst, wie bedeutungslos ein Menschenleben ist.»

Es ist nicht bedeutungslos. Niemand lebt, ohne Spuren zu hinterlassen.

«Es sind die einzigen Momente, die mir das Dasein erträglich machen.»

Was ist so schlimm an deinem Leben, dass du dich bedeutungslos fühlst? Wieso bist du so traurig?

«Ich habe auf dieser Erde nichts verloren», sprach er weiter. «Die Menschen sind mir fremd. Ihre Gedanken, ihre Gefühle – ich verstehe sie einfach nicht. Aber was rede ich hier? Du verstehst mich sicher auch nicht.»

Doch. Ich verstehe dich ganz genau. Leider. Mir geht es nämlich ähnlich.

Mister Wright schwieg eine Weile und lehnte sich zurück. Ich hörte seinen Atem. Er schniefte.

«Ich habe gedacht, wenn ich erst mal unter Menschen bin, dann würde alles anders, aber Tatsache ist, dass es nur noch schlimmer wird. Solche Leute wie Augusta Hobhouse – die machen mich verrückt. Ihr Geschwätz macht mich verrückt. Selbst so eine dumme Person kommt mit dem Leben zurecht. Und ich fühle mich wie ein Fremder, als käme ich von einem dieser Sterne da oben. Ich verstehe mich selbst nicht. Das macht mir Angst. Ich wünschte, dieses Gefühl würde verschwinden. Ich bin in mir selbst gefangen.»

Warum befreist du dich nicht?

«Ich brauche Frieden. In meinem Kopf muss endlich Ruhe herrschen! All diese Gedanken. Ich wünschte, jemand würde mich verstehen.»

Er raufte sich die Haare, rieb sich über das Gesicht und schüttelte den Kopf, als könnte er auf diese Weise Ordnung darin schaffen.

Ich verstehe dich. Du bist nicht allein, hörst du? Wir sitzen buchstäblich im selben Boot. Ich kann auch nicht handeln, wie ich will, kann nicht sprechen. Ich bin ebenso ausgeliefert.

«Es tut gut, das noch gesagt zu haben.»

Ich weiß nicht, ob er diesen Satz zu sich selbst sagte oder zu mir. Doch ich war auch froh, dass er es gesagt hatte. Es setzte auch mein Dasein in ein neues Licht, denn bisher war ich nicht davon ausgegangen, dass es auch Menschen gab, die sich in ihrem Innersten so einsam fühlten, wie ich es manchmal tat. In mir wuchs das Gefühl, in Mortimer Wright eine verwandte Seele gefunden zu haben.

Wir schwiegen in die Dunkelheit und hingen unseren Gedanken nach. Erst als der Morgen bereits dämmerte, erhob sich Mister Wright. Er nahm mich unter den Arm und setzte mich vor Lili und Leos Kabinentür ab.

«Danke, Bär», sagte er, und ich sah ihm nach, wie er den Gang entlangging, ein wenig taumelnd, ein wenig müde. Allein.

Die Kapelle spielte einen Tusch, und die Passagiere erhoben sich von ihren Plätzen. Es war kurz vor zwölf. Silvester.

In den vergangenen zwei Jahren hatte ich festgestellt, dass es Brauch war, eine Woche nach dem Fest der Liebe ein Feuerwerk zu entzünden, Champagnerflaschen zu öffnen, sich um den Hals zu fallen und ein gutes neues Jahr zu wünschen. Bald würde also auch dieses Jahr enden und ein neues beginnen. Schade, ich hatte mich gerade dran gewöhnt. Auf dieser Welt schien nichts von Dauer. Auch Jahre durften nicht ewig bleiben.

Manche der Gäste ließen sich ihre Mäntel bringen und gingen an Deck, doch wir blieben im Restaurant. Augusta bat darum, sie vertrug die kalte Nachtluft nicht so gut. Ausnahmsweise war ich mit ihr einer Meinung, denn ich konnte mir nicht vorstellen, was es dort draußen zu sehen geben könnte. Wir hatten schon seit gestern kein Land mehr gesehen, nicht ein Stückchen, und nun, in der Nacht, waren Meer und Himmel von derselben unergründlichen schwarzen Farbe, die wenig Hoffnung verhieß. Der Mond, der noch in der Nacht zuvor wie ein Ei am Himmel gehangen hatte, war von einer dicken Wolkenschicht verdeckt. Aber die Kinder wurden ungeduldig, und schließlich erlaubte Emily, dass sie in Begleitung von James nach draußen gingen, um das Feuerwerk anzusehen.

Ich blieb bei den Erwachsenen, wahrscheinlich, weil ich nicht entsprechend gekleidet war, mein Regenmantel war in der Kabine geblieben, und Lili hatte mir stattdessen zur Feier des Tages eine weiße Schleife um den Hals gebunden. Von meinem Platz auf Lilis Stuhl konnte ich nur knapp über die Tischkante sehen, also keine Gesichter ausmachen, aber ich sah wohl, dass sich nur drei Paar Hände aus der Etagere mit Obst bedienten.

«Wo ist denn der liebe Mister Wright?», fragte Augusta.

«Er wird wohl nach draußen gegangen sein», sagte Emily. «Vielleicht mag er das Feuerwerk. Männer sind da ja ein wenig anders …»

Ich hörte sie kichern. Der Champagner hatte ihre Migräne vertrieben, was ihre Laune eindeutig steigerte.

«Er war beim Essen so still», sagte sie dann ernster. «Ich glaube, er hat Kummer.»

«Aber aus ihm ist ja nichts herauszubekommen», rief Augusta aus. «Wie habe ich auf ihn eingeredet! Aber er sagt ja nichts!»

Kein Wunder. Du lässt ja niemanden zu Wort kommen. Außerdem wärst du die letzte Person, der er sich anvertrauen würde …

«Ich finde ihn sehr sympathisch», erwiderte Emily. «Er hat so etwas … Tiefgründiges.»

«Hört, hört», sagte Victor.

Ich war sicher, dass er grinste. Und ich war sicher, dass Emily die Augen verdrehte. So war es immer.

«Vielleicht hat er eine Krankheit», mutmaßte Augusta Hobhouse weiter. «Ich finde, er sieht irgendwie, nun ja, schwindsüchtig aus.»

«Ach, nein …», sagte Emily. Ich hörte, wie Victor kicherte.

Zwar zielten Augusta Hobhouses Mutmaßungen in die falsche Richtung, doch dank ihrer Beobachtungsgabe hatte sie zumindest festgestellt, dass mit Mister Wright etwas nicht in Ordnung war.

Beim Abendessen war er mir so vorgekommen, als hätte ich unsere nächtliche Begegnung nur geträumt. Er sah mich nicht an, ja, er sah gar niemanden an. Seine feingliedrigen Finger krallten sich um Messer und Gabel. Er hielt das Gesicht gesenkt, wenn er aß, und öffnete den Mund nur, um einen winzigen Happen darin verschwinden zu lassen. Wurde er angesprochen, sah er jedes Mal so überrascht aus, als hätte er gar nicht bemerkt, dass außer ihm noch andere Menschen am Tisch saßen. Nur Lili gelang es manchmal, ihm ein kleines Lächeln zu entlocken.

Als Emily und Augusta zum wiederholten Male das fehlende Frauenwahlrecht beklagten und darüber in eine Erörterung über Ungerechtigkeit im Allgemeinen, Männer und Frauen sowie Kindererziehung (Mrs Hobhouse war kinderlos) abschweiften, hörte ich, wie Lili ihm altklug zuflüsterte:

«Ich finde das Leben sehr kompliziert. Finden Sie es nicht auch merkwürdig, Mister Wright?»

«Doch, da haben Sie wahrlich recht, Fräulein Lili», antwortete er daraufhin. «Ich finde es sogar höchst merkwürdig.» Er schwieg und lächelte gequält.

In meinen Ohren klangen seine Worte von der vergangenen Nacht, und mein Herz wurde mir schwer. Mortimer Wright teilte niemandem mit, wie er sich fühlte, oder besser gesagt tat er es erst, als es bereits zu spät war.

1924. Das neue Jahr begann mit Tanz und Fröhlichkeit. Unzählige Male wurden die Gläser erhoben, ein Toast nach dem anderen wurde ausgebracht, und die Leute wurden zunehmend lustiger.

Es war eine entzückende Nacht. Ich blieb auf Lilis Stuhl sitzen und sah dem Treiben zu. Ich freute mich über die gute Laune meiner Familie, über das Strahlen auf ihren Gesichtern, über die Eintracht und das Verständnis, das zwischen ihnen herrschte. Es sind diese Momente, die einen Bären am glücklichsten machen.

Niemand, und ich muss zu meiner Schande gestehen, auch ich nicht, vermisste Mortimer Wright im Verlauf dieser Nacht. Ich dachte über ihn nach, doch nach dem, was er gesagt hatte, wunderte es mich nicht, dass er sich entschied, die Neujahrsnacht ohne Augusta zu begehen. Emily und Augusta vergaßen ihn, kaum, dass sie seine Tiefgründigkeit beschlossen hatten, und gaben sich dem Fest hin. Erst als sie am nächsten Morgen zum Brunch zusammenkamen – früher schafften sie es nicht aus den Kojen – und in großen Mengen Kaffee zu sich nahmen, fragte Leo:

«Wo ist eigentlich Mister Wright?»

«Er wird sich sicher ein wenig ausschlafen, Schatz», sagte Emily und rieb sich müde die Augen.

Beim Fünf-Uhr-Tee war er immer noch nicht aufgetaucht.

«Mum, darf ich bei Mister Wright klopfen und ihm ein gutes neues Jahr wünschen?»

«Nein, Liebes. Er möchte sicher nicht gestört werden», sagte Emily bestimmt, aber auf ihrer Stirn zeichnete sich eine Sorgenfalte ab.

Die gute Emily brauchte sich später keine Vorwürfe machen. Auch wenn sie schon vor dem Frühstück in seine Kabine eingedrungen wären, hätten sie Mortimer Wright nicht mehr retten können. Er war bereits in der Nacht ins Meer gesprungen. Heimlich, leise hatte er sich das Leben genommen.

«Vermutlich ist er von achtern gesprungen», sagte der Erste Offizier. «Das tun die meisten.»

Augusta wurde blass. Lili presste mich an die Brust. Das Mädchen war starr vor Schreck, vor Unverständnis, vor Angst.

Zu Victor gebeugt, fuhr der Offizier jetzt so leise fort, dass nur noch meine scharfen Bärenohren es hören konnten:

«Dann erwischt sie die Schraube, ehe sie ertrinken können. Geht am schnellsten.»

Emily hielt noch immer den Zettel in der zitternden Hand, den Lili auf Mister Wrights Kopfkissen gefunden und uns allen mit sorgloser Stimme vorgetragen hatte:

«Es ist, als könnte ich nicht sprechen, nichts tun ...»

Lili stockte. Sie begriff, dass dies kein freundlicher Gruß an gute Freunde war. Langsamer fuhr sie fort:

«Die Welt stürzt auf mich ein, und ich bin ihr schutzlos ausgeliefert. Ich muss mich retten. Niemand wird mich vermissen.»

Nein. Das hast du ihnen nicht angetan. Das darfst du nicht. DAS habe ich nicht gemeint, als ich sagte, du solltest dich befreien!

Mit großen Augen hatte Lili vom einen zum anderen geblickt. Sie hatte ihre Mum angesehen, ihren Daddy, ihren Bruder, und nur langsam schien allen ins Bewusstsein zu dringen, was diese Botschaft bedeutete. Lili war verstört.

«Mum, was heißt das?», fragte sie. Ich spürte, wie ihr kleines Herz klopfte, wie eine Dampfmaschine. Immer schneller, immer lauter.

«Was heißt das, ‹er will sich retten›? Was hat er gemacht?»

«Weißt du, Kleines», sagte Victor und zog mich und seine Tochter fest an sich. «Er wollte wohl lieber alleine reisen.»

«Nein!», rief sie und machte sich los. «Ich habe ihm doch noch kein gutes neues Jahr gewünscht. Wieso ist er nicht mehr hier?»

Schweigen breitete sich aus, so schwer und dicht und schmerzvoll, wie ich es zuvor noch nie erlebt hatte, und keiner wollte es brechen. Nicht einmal Augusta.

Noch einmal überdachte ich Mortimer Wrights Worte. Er hatte es mir bereits anvertraut, doch ich hatte nicht geahnt, dass seine Kraft erschöpft war. Er wollte nicht mehr kämpfen.

Nicht sprechen, nicht handeln, nichts tun, schutzlos.

Mortimer Wright hatte das Gefühl benannt, das mein Leben bestimmte. Er hatte es aufgeschrieben und sich dann das Leben genommen. Er war ins Meer gesprungen, weil er die innere Einsamkeit nicht aushielt. Eine Einsamkeit, die mir für immer zugedacht ist.

Hatte mein Credo bei Alice noch «Zuhören und Trösten» gelautet, könnte man die Jahre bei den Browns wohl unter der Überschrift «Leben lernen» fassen, und damit meine ich nicht «Leben wie die Menschen», sondern «Leben mit den Menschen». Wo da der Unterschied liegt? Das ist sehr einfach: Ich musste nicht ihre Fehler machen, aber mit ihren Fehlern leben.

Auch heute kann ich kaum daran denken, ohne wieder diese Ohnmacht zu verspüren, die mich damals überkam. Er war nicht allein gewesen. Ich war nicht allein gewesen. Doch wir hatten einander nicht rechtzeitig erkannt.

An diesem Tag verstand ich einen weiteren gravierenden

Unterschied zwischen Bär und Mensch: Der Mensch flieht, der Bär lernt.

Der Rest der Überfahrt ging still und ereignislos vonstatten, überschattet von dem schrecklichen Erlebnis am Neujahrsmorgen. Am fünften Tag erreichten wir New York.

Und, was soll ich sagen? Dass New York für mich keine Enttäuschung wurde, verdanke ich erstens der Tatsache, dass ich keinerlei Erwartungen hegte, und zweitens der Bekanntschaft mit Grandpa Gregory.

Was interessierten mich Städte? Bath, London, New York City – ich konnte keine Unterschiede erkennen. Straßen gab es allenthalben, Häuser, Automobile, Menschen, Pferdefuhrwerke. Regen und Sonne. Lärm und Gestank. In der einen gab es davon mehr, in der anderen weniger.

«Museen in Mengen», hatte Lili erklärt, «Hochhäuser, sogenannte Wolkenkratzer. Flatiron Building und Woolworth Building. Die Brooklyn Bridge und der Hudson River. Und vor allem die Freiheitsstatue. Es gibt so viel zu sehen!»

Hochhäuser? Hudson River? Brooklyn Bridge? Ich kannte Big Ben, das Parlament und die Themse. Ich kannte die Tower Bridge. So leicht war ich nicht zu beeindrucken. Ich war eben ein Bär. Für mich waren die Menschen in den Häusern wichtiger als die Bauwerke, die sie umgaben.

Doch ich gebe zu: Die Freiheitsstatue beeindruckte mich schon.

Am Morgen unserer Ankunft standen wir dichtgedrängt an der Reling, um die Ankunft in Amerika keinesfalls zu verpassen. Der Himmel war klar, die Luft kalt und der Wind schneidend, doch die Passagiere harrten aus. Die Kleider der Damen flatterten, so mancher Nerz wurde eng um den Hals geschlungen, und so mancher Hut musste festgehalten werden.

Als die Skyline von Manhattan sich schon vom Horizont abhob, türmte sich auf einer kleinen Insel zuvor plötzlich eine riesenhafte Frau auf. Grün und mächtig, erhaben und stolz, reckte sie in der rechten Hand eine Fackel gen Himmel. Das Kinn erhoben, der Blick entschlossen.

Für mich hat sich dieser Anblick auf immer mit meinen Gedanken über Freiheit verbunden. Ich würde durchhalten. Innerlich nahm ich ihre Haltung an. Es machte nichts, dass es niemand sah.

Wir blieben fast vier Monate.

Das Haus von Victors Onkel Maximilian war groß genug für alle, das war ungefähr das Erste, was er uns mitteilte, als er uns in seinem schwarzen Automobil am Hafen abholte. Aufrecht, mit glänzendem Zylinder auf dem Kopf, einen schwarzen Gehstock in der rechten Hand schwingend, stand er hinter der Zollabfertigung und nahm uns in Empfang. Sein Mantel spannte vor dem Bauch, doch er streckte ihn stolz vor, als trüge er dort seinen Wohlstand spazieren. Denn Wohlstand war ihm das Liebste.

Er hatte von allem im Überfluss: Platz, Geld, Personal, Drinks (dabei zwinkerte er Victor vielsagend zu), Spaß (dabei zwinkerte er noch einmal) und Verbindungen – nur Zeit hatte er keine.

«Time is money», pflegte er zu sagen. «And money, you can't buy.»

Mit diesen Worten, deren Vokale er auf eine uns unbekannte Weise in die Breite und in die Länge zog, stürmte er morgens aus dem Haus in Brooklyn Heights, in dem wir residierten.

Anders kann man es nicht nennen. Das Haus war kein einfaches Haus, und auch wenn wir Großzügigkeit durchaus gewohnt waren, ließ sich nicht leugnen, dass dies eine Villa war – im viktorianischen Stil gebaut. Das sagte jedenfalls Emily zwischen zwei Kieksern der Wonne. Ich habe ja keine Ahnung von Architektur.

Max war Bauunternehmer, stattlich und eigentlich, glaube ich, ganz freundlich, aber er war ein Angeber, und das konnte keiner von uns recht gut leiden. Max' Frau Frances war in erster Linie gut frisiert, ansonsten jedoch eher langweilig. Ein ganz anderes Kaliber als Augusta Hobhouse, was ich zunächst einmal als erholsam empfand. Schüchtern regierte sie das Hauspersonal, das zu meiner Überraschung bunter war als bei uns. Ich hatte noch nie Menschen mit so dunkler Haut gesehen. Ihr Sohn Christopher kam im Temperament eher nach seiner Mutter, doch Lili und Leo brachten ihm recht schnell bei, wie man Unsinn macht, was mich freute und Emily ärgerte.

Christopher hatte ein ganzes Zimmer voll Spielsachen. Mich bedachte er lediglich mit einem abschätzigen Blick, dann führte er Lili und Leo einen Teddy vor, der ungefähr das Vierfache meiner Körpergröße maß.

«Das ist mein Bär», sagte er und sah die beiden herausfordernd an.

Lasst euch von dem Aufschneider nicht beeindrucken! Die Liebe habe nur ich allein!

«Na und?», fragte Lili.

«Er ist größer, und er ist aus Amerikas größter Teddy-Fabrik», sagte er stolz.

«Na und?», fragte sie wieder. «Unserer ist einzigartig und deshalb viel mehr wert, oder Leo?»

Ihr scharfer Ton war nicht zu überhören. Leo, der kleine Opportunist, ließ den fremden Bären, dem er gerade bewundernd über den flauschigen Kopf strich, fallen wie eine heiße Kartoffel.

Christopher wusste nichts zu erwidern, solche Schlagfertigkeit war er nicht gewohnt, und ich war zufrieden. Weitere Diskussionen um meine Person gab es nicht. Und doch hatte ich bemerkt, dass aller Loyalität zum Trotz eine Spur Neid in Lilis Stimme gelegen hatte. Kann man es ihr verdenken? Sie war ja noch ein Kind. Und doch glaube ich, dass auch unser Verhältnis an diesem Tag den ersten feinen Haarriss bekam. Nicht, dass ich es in diesem Moment bemerkt hätte. Wir entfremdeten uns langsam, Schritt für Schritt.

Die Browns entdeckten Amerika, und sie taten es ohne mich. Das begann schon auf der Fahrt vom Hafen nach Brooklyn, die ich in der Nachtschwärze von Emilys Handtasche verbrachte, eingezwängt zwischen Riechsalz, Taschentüchern, Pillendöschen und allem anderen, was eine Damenhandtasche ausmachte.

Einmal angekommen, verließ ich das Haus in Heights nur noch für einen kleinen Spaziergang durch die Straßen Brooklyns. Freudig registrierte ich, dass es auch hier in Brooklyn unweit des East River eine Henry Street gab (und mir schwante, dass die Namengebung diesmal nichts mit mir zu tun hatte). Links und rechts säumten Brownstone-Häuser die Straße, dazwischen immer wieder extravagante Bauten mit Türmchen und Erkern. Doch ich sah keinen einzigen Wolkenkratzer – stattdessen aber den nahe gelegenen Prospect Park.

Es ist nicht übertrieben, wenn ich sage, dass ich aufgebracht war. Da hatte ich die weite Reise auf mich genommen, mich durch Seekrankheit, Wind und Wetter gequält, einen Seelenverwandten verloren, ehe ich ihn richtig gefunden hatte, und dann ließ man mich schlicht und ergreifend zu Hause. Die Gründe dafür waren fadenscheinig. Ich glaube, dass sich Lili und Leo nach der Episode mit Christopher doch ein bisschen für mich schämten. Wahrscheinlich war ich für die schöne Neue Welt einfach nicht gut genug.

Ich war zu einem Leben hinter den Fenstern zurückgekehrt. Es ist merkwürdig, aber ich hatte schon fast vergessen, wie es war, das Leben nur von ferne zu betrachten und nicht mittendrin zu sein.

Wie gut, dass es Grandpa Gregory gab. Sonst wäre ich vermutlich vor Langweile eingegangen.

Während die Familie von Party zu Party, von Tanzabend zu Literaturzirkel zog, verbrachte ich die Tage in *God's own Country* überwiegend in der Bibliothek mit Grandpa Greg. Er war mit Abstand der älteste Mensch, den ich bis dahin zu Gesicht bekommen hatte. Er hatte einen krummen Rücken, der es ihm versagte, aufrecht zu stehen, und dazu auffällige O-Beine, die das ihrige taten, um ihn oft bedenklich wackeln zu lassen. Sein weißes Haar stand in alle Richtungen, und er weigerte sich konsequent, es kämmen zu lassen.

Gregory war Max' Vater. Er tat so, als sei er zerstreut, und machte allen das Leben schwer. Max schämte sich für seinen vergreisten Vater, weshalb Frances, als gottesfürchtige Christin, sich für ihren Mann schämte, was wiederum Christopher unendlich peinlich war. Nur Grandpa Greg schämte sich nicht, sondern machte genau das, worauf er Lust hatte. Er saß stundenlang über dicken alten Folianten, redete halblaut vor sich hin, murmelte unablässig Jahreszahlen und Namen und ließ immer mal wieder geräuschvoll ein Windchen fahren. Hätte man mich gefragt, so hätte ich gesagt, er sei der normalste der ganzen Familie, aber man fragte mich nicht, und daher hielten ihn weiterhin alle für einen alten Spinner.

Es muss ungefähr Anfang Februar gewesen sein. Ich saß schon fast seit zwei Wochen in einem Regal in der Bibliothek fest, da das Dienstmädchen mich beim Aufräumen dort liegengelassen hatte.

Offenbar vermisste mich niemand. Das schmerzte.

Hatte Lili mich so einfach vergessen? Hatte ihr New York das Hirn derart vernebelt?

Grandpa Greg beachtete mich nicht. Dies war sein Reich. Bis jetzt hatte er keines der «Bleichgesichter», wie er den englischen Besuch abfällig nannte, in sein Heiligtum vorgelassen. Nicht einmal Victor, der darauf brannte, die alten Schinken in Augenschein zu nehmen. Grandpa Greg war einst ein großer Ingenieur gewesen, Victor erhoffte sich viel von einer Entdeckungsreise durch seine Bibliothek. Doch Greg lehnte sein Gesuch ab. Umso überraschter war ich, als er plötzlich mit mir sprach. In seiner undeutlichen Sprechweise nuschelte er mich an:

«Und du, Bär? Ist ihnen nichts Besseres eingefallen, als dich Puddly zu nennen, he? Kann mir keiner erzählen, dass man mit so einem Namen berühmt wird.»

Wenn du wüsstest, wie recht du hast!

Er schlurfte auf unsicheren Beinen zum Regal herüber. Seine knorrige Hand umschloss mein rechtes Bein, und er zog mich herunter. Er pausierte einen Augenblick, versuchte sich aufzurichten und hob den Kopf, so weit es ging. Dann nahm er Kurs auf seinen Lesesessel.

«Aber wozu auch berühmt werden?», fuhr er fort und fiel mit einem lauten Seufzen in die Polster. «Ich hätte so oft in meinem Leben berühmt werden können. Und hab dann doch im richtigen Moment den Mund gehalten, weißt du. Darauf kommt es nämlich an. Im richtigen Moment die Klappe halten, verstehst du?»

Wem sagst du das?

«Aber wem sag ich das? Du gefällst mir, Kleiner. Hast das Herz am rechten Fleck. Gibst keine Widerworte. Lässt Grandpa Greg mal ausreden. Die anderen denken, ich hätte sie nicht alle.»

Ich schwieg gespannt. Er holte rasselnd Atem und lachte trocken.

«Gut so. Dann lassen sie mich wenigstens in Ruhe.»

Nach einer langen Pause, die sich anfühlte wie Stunden, aber wahrscheinlich waren es nur ein paar Minuten, fuhr er plötzlich fort:

«Damals zum Beispiel, '83, als wir endlich diese verdammte Brücke fertig gebaut hatten. Da hätte ich berühmt werden können. Die größte Brücke der Welt war das damals. Ohne mich wäre aus der Brooklyn Bridge nie was geworden. Ganz ohne schlaue Köpfe geht's eben doch nicht. Roebling, der alte Haudegen, ich mochte ihn, auch wenn er aus Deutschland kam. Der hatte Visionen. Die Brücke war sein Traum. Aber leider hat sie ihn das Leben gekostet. So schnell kann's gehen: Fuß ab, tot. Sein Sohn, Washington, sollte dann die Arbeiten zu Ende führen. Aber der war ja auch nicht viel stabiler als sein alter Herr. Wenn ich nicht gewesen wäre … Na ja. Was hatten die Leute für eine Angst, diese Brücke zu überqueren! Keinen Fuß wollten sie daraufsetzen. Kann man ihnen ja nicht übelnehmen, so viele Leute, wie bei den Bauarbeiten gestorben sind. Da ist mir zum Glück die Sache mit dem Zirkus eingefallen ...»

Er räusperte sich, hustete und schwieg, während er versunken aus dem Fenster sah. Die Brücke war von hier aus gut zu erkennen. Sie führte nach Manhattan, die Insel der Hochhäuser. Und dort, das hatte selbst ich Stubenhocker begriffen, spielte sich das wahre Leben ab. Hoch über dem East River spannten sich die dicken Drahtseile. In Sandstein und Granit thronten die beiden Pfeiler wie riesige Tore im Wasser. Und die hatte Grandpa Greg gebaut?

Erzähl weiter! Was war mit dem Zirkus?

«Wir haben die Brücke eröffnet, und dann kam niemand. Sie sind einfach nicht rübergegangen. Der Bürgermeister hat überall verkündet: ‹Diese Brücke hält zwanzig Elefanten aus!›, aber es hat nicht geholfen. Ich wusste, dass er recht hatte. Hundert Elefanten hätte die Brücke ausgehalten. Ich bin Ingenieur, ich weiß so etwas. Darum dachte ich: Das können wir doch beweisen. Dann schicken wir eben zwanzig Elefanten drüber. Wenn sie es dann noch immer nicht glauben ... Und dann ist der Zirkus mit all seinen Tieren gekommen. Elefanten, aber auch Rhinozerosse, Pferde und alles was Beine hatte, inklusive siamesischer Zwillinge, einer Meerjungfrau und einer dreiköpfigen Schlange. In einer langen Parade sind sie über die Brücke marschiert. Als sie die Mitte erreichten, sind die Elefanten Seil gesprungen. Mit den Clowns auf dem Rücken. Dazu hat die Blaskapelle gespielt. Diesen Marsch. Sie haben diesen Marsch gespielt. Wie heißt er noch gleich ...»

Er summte eine Marschmelodie vor sich hin.

«Wie heißt noch gleich dieser Zirkusmarsch?», fragte er in die Stille der Bibliothek.

Ich hätte es ihm nicht sagen können. Von Musik verstand ich genauso wenig wie von Architektur.

Grandpa Greg verlor sich in Gedanken, er tauchte an diesem Nachmittag auch nicht wieder daraus auf. Doch ich war zufrieden, wie immer, wenn jemand Geschichten erzählte.

Von diesem Tag an wünschte ich mir, einmal einen Zirkus zu besuchen. Zu gern hätte ich all diese Kuriositäten gesehen. Doch das blieb mein Leben lang eine Phantasie.

Kurz musste ich an Mary Jane denken, die jetzt allein in unserem Haus in Bloomsbury war und außer ihrem Gehilfen Rusty niemanden hatte, der ihr zuhörte.

Wie sich herausstellte, war Grandpa Greg zwar nicht täglich, aber doch häufig zum Erzählen aufgelegt. Ich freute mich, wenn er kam. Und das war, ehrlich gesagt, auch das einzig Erfreuliche an dieser ganzen verdorbenen New-York-Reise.

Die Geschichten, die Greg mir im Laufe der Wochen erzählte, waren besser als jeder Ausflug ins Museum. Wenn er mir keine Märchen aufgetischt hatte, musste es in New York von den unglaublichsten Leuten und Orten wimmeln, und damit waren nicht Schriftsteller und Theater gemeint. Von einem Gangster berichtete er, der die ganze Stadt in Angst und Schrecken versetzte.

«Der olle Italiener», sagte er, «der macht mir keine Angst. Ich hab ihn gesehen. Hässlich ist er, hässlich wie die Nacht, mit einer langen Narbe quer über dem Gesicht. Ich war auf der Lower Eastside unterwegs. Kein gutes Pflaster, jedenfalls nicht nachts. Aber ich wollte mal wieder Pasta bei Mama Angelica essen, dafür nimmt man einiges in Kauf. Da hockte er. Ein Schlag, und Scarface Capone wäre für immer dahin gewesen. Verdammtes Gangsterschwein. Aber Greg schlägt nicht. Hat er nie getan. Greg schlägt niemanden, nicht mal Max, und der hätte es verdient …»

Aber fluchen konnte Grandpa Greg, das muss man ihm lassen. Wenn Leo das gewusst hätte, wäre er sicher lieber bei ihm in die Schule gegangen als bei Rusty, unserem Gehilfen daheim, der ihm gegen das Entgelt von zwei Penny nur langweilige Wörter wie Gans, Pute und Kuh beigebracht hatte.

Bald war von Mafia die Rede, bald von geheimen Speakeasys, wo der Alkohol in Strömen floss, obwohl er verboten war; ein anderes Mal von einer Stadt in der Stadt, wo nur Chinesen lebten, von Filmstudios mit Lampen so groß wie Häuser und magischen Augen, die alles behielten, was sie sahen; dann erzählte er von einer Straße, wo täglich das Geld aus dem Fenster geworfen wurde und anschließend der Bürgersteig damit gepflastert wurde, weil es Dollars im Überfluss gab. Alles schien möglich zu sein in diesem verrückten New York.

Es war mir egal, ob seine Geschichten stimmten, ich glaube, in jeder steckte ein Funken Wahrheit. In bunten Bildern erstand ein New York vor meinem inneren Auge, das mit Sicherheit viel schillernder war als alles, was man wirklich hätte sehen können. Ich bin froh, dass mir das Woolworth Building erspart blieb. Die Brooklyn Bridge habe ich gesehen, und in meiner Phantasie habe ich gesehen, wie Elefanten darüberliefen und Meerjungfrauen Seil sprangen. Oder war es umgekehrt? Ich weiß es nicht mehr.

Es ist ja kein Geheimnis, dass der beste Ort für Phantasie der Kopf eines Bären ist. Wer immer mit seinen Gedanken allein ist, lernt, sich selbst Geschichten zu erzählen. Und Stoff dafür gibt es wahrlich genug. Denn niemand sonst hat so vielen Herzschlägen gelauscht, so viele Tränen getrocknet, so viel

Schönes und Schlimmes gesehen, so viel gewartet, beobachtet und gehört.

Lili tauchte erst nach über einem Monat auf, und ich war tödlich beleidigt, dass sie mich nicht vorher gesucht hatte.

«Puddly!», schrie sie, als Grandpa Greg die Familie schließlich doch einmal in die Bibliothek ließ. «Hier bist du!»

Ich bin nicht schwerhörig.

«Ich habe dich überall gesucht!»

Ach ja? Hier nicht.

«Grandpa. Hat Puddly die ganze Zeit hier gesessen?»

«Wer? Was? Kenn ich nicht.»

«Unser Bär! Hat er die ganze Zeit hier gesessen?», wiederholte Lili und betonte jede Silbe laut und deutlich.

«Ich bin nicht schwerhörig», brummte er nur.

Ich musste fast lachen, obwohl ich doch wütend sein wollte. Aber ich freute mich sehr, Lili wiederzuhaben. Wie sehr ich aber Grandpa Gregs Geschichten genossen hatte, wurde mir klar, als ich merkte, wie Lilis Geschichten über Museen und Gesellschaften mich langweilten.

«Mum ist ganz außer sich, weißt du, hier in Amerika dürfen die Frauen nämlich schon wählen. Wir haben Augusta Hobhouse wiedergetroffen, die hat es uns erzählt. Du hättest sie mal sehen sollen. Überall brüstet sie sich mit ihrem großen Befreiungsroman. Sogar Mum war skeptisch, sie sagt, Augusta sei der Dekadenz anheimgefallen. Sie will nach Amerika ziehen, kannst du dir das vorstellen? Nur um alle vier Jahre wählen zu gehen? Außerdem hätte sie hier sowieso keinen Spaß. Man darf nämlich keinen Alkohol trinken, ist das nicht verrückt?», und so plapperte der unbeschwerte Kindermund dahin, und ich dachte nur:

Wenn du wüsstest, was ich weiß!

Von der Prohibition hatte Grandpa Greg mir längst erzählt, als er aus einem Geheimfach zwischen Schiller und Shakespeare eine Flasche Whiskey holte. Wie sich herausstellte, verfügte er über einen großen Vorrat – von dem allerdings niemand etwas wusste.

Ich versprach artig, das Versteck nicht zu verraten. Wie auch?

«Vermaledeite amerikanische Doppelmoral!», fluchte er. «Saufen wollen sie, alle, wie sie dastehen. Aber sehen soll's keiner. Ich bin auch schon so geworden. Verstecke mich in meinem eigenen Haus. Hol doch der Teufel Max und seine Einwandererschnepfe. Vorne hui und hinten pfui, ja, ja!» Er lachte schmutzig. «Charleston tanzen sie, dass die Röcke fliegen, die jungen Dinger.»

Charleston. Das Wort versetzte mir einen Stich in der Brust. Cathy. Die Bibliothek. Ach, wie lange war das schon her?

«Prohibition, dass ich nicht lache», grunzte er weiter. «Wo soll denn sonst der Spaß im Leben herkommen?»

Ja, wo sollte im Leben der Spaß herkommen?

Das habe ich mich in der Zeit in Amerika oft gefragt, wenn Greg verstummt und in seinen schmatzenden Mittagsschlaf gefallen war und ich mit dem Knacken der Holzwürmer allein blieb. Ich ertappte mich sogar bei dem Gedanken, dass eine Katze nicht schlecht wäre, nur so, um jemanden zu haben, über den man sich ärgern könnte, aber eigentlich hatte ich wohl einfach Sehnsucht.

Amerika in allen Ehren und kein schlechtes Wort über Grandpa Greg, aber ich sehnte mich nach London und unseren guten alten Gewohnheiten, nach Mary Janes Gesang, dem

Park am Fitzroy Square, dem Sofa und dem Kaminsims. Ich hatte Sehnsucht nach der frischen Luft, die durch die Wohnung wehte, wenn geputzt wurde, nach dem Gelächter der Kinder und nach den gemeinsamen Mahlzeiten, nach Victors Späßen und Emilys Blick auf die Uhr, wenn sie fand, es sei an der Zeit, den Sundowner zu nehmen. Ich hatte Sehnsucht nach all dieser Vertrautheit. Ich glaube, ich hatte Heimweh.

Und seltsamerweise blieb es, auch nachdem Lili mich wieder in ihre Arme geschlossen und mich mit auf ihr Zimmer genommen hatte. Und auch, als wir wieder in London waren – ja, an manchen Tagen habe ich es heute noch.

Amerika geht an niemandem spurlos vorüber, hat Grandpa Greg einmal gesagt. Spätestens dieser Ausspruch beweist, dass er kein Spinner war, denn er irrte sich nicht. Auch die Browns traten mit leichten Blessuren ideologischer Art die Heimreise an. Keine schlimmen, aber doch spürbar: Leo übernahm den breiten Akzent und sagte fürderhin Tomäidos statt Tomatos, Victor äugte neidisch auf die unbegrenzten Möglichkeiten, Träume zu verwirklichen, Emily verspürte eine plötzliche Berufung zur Politikerin, und Lili solidarisierte sich mit einem zwölfjährigen Schuhputzer, der ihr schließlich ihre Geldbörse abnahm. Und ich?

Ich versank langsam, aber sicher in Vergessenheit.

3

*V*or zwei Minuten kam ein Mann herein. Ein Soldat. Das habe ich am Schritt erkannt. Er ist noch da.

Es macht keinen Unterschied, ich weiß, aber ich versuche, die Luft anzuhalten, kein Geräusch zu machen. Aber er weiß, dass ich hier bin. Er ist wegen mir gekommen. Er soll mich holen. Mich aufschneiden.

Wo bleibt die Schriftstellerin? Wieso lässt sie mich hier allein?

Über der grauen Wanne, in der ich noch immer liege, taucht ein Gesicht auf. Ich hatte recht. Er ist Soldat, vermutlich Grenzschutz. Auf seinem Kopf sitzt eine Uniformmütze.

Wie sehr hatte ich mich gefreut, als nach dem Krieg die Uniformen verschwanden. Damals habe ich gebetet, sie würden nie wiederkommen. Es scheint, als werden Gebete von Bären nicht erhört. Warum auch?

Ich hasse Uniformen. Ich hasse sie, weil alles an ihnen Leid und Unglück bedeutet. Sie bedeuten Krieg und Gewalt. Sie bedeuten Macht und Gehorsam – ob aus Prinzip oder Hörigkeit, aus Angst oder Überzeugung, das sei einmal dahingestellt. Sagte ich bereits, dass ich Uniformen hasse? Nun, ich kann es nicht oft genug wiederholen.

Ich merke, wie sich mir alle Haare sträuben. Der Mann sieht mich an. Nicht freundlich, nicht unfreundlich. Er sieht mich einfach nur an. Dann verschwindet sein Gesicht wieder, und ich schaue an die Decke, wie ich es die Stunden vorher getan habe.

Es passiert nichts. Ich höre, wie er sich hinsetzt. Etwas klappert. Es macht mich fast verrückt, dass ich nicht sehen kann, was er tut. Sonst stört mich das nur selten, denn ich bin im Laufe der Jahre ein Ass darin geworden, Geräusche zu erkennen, fast wie ein Blinder kann ich Klänge zuordnen. Aber jetzt rauscht die Aufregung so laut in meinen Ohren, dass ich nichts erkennen kann.

Plötzlich spricht er. Er telefoniert also.

«Haubenwaller hier. Sagen Sie, Bichler, is des Ihr Ernst?»

Kurzes Schweigen.

«Und wer hat das veranlasst? … Geh, bitte, is der noch g'scheit? … Ja … Is recht … ja … bitt schön … ja … ich hab ja sonst nichts zu tun … ja, eh … Servus.»

Er legt auf.

«Befehl ist Befehl», sagt er dann in die Stille des Raumes.

Nein! Ich will diese Worte nie wieder hören.

Wieder erscheint sein Gesicht. Seine Hand greift nach mir, er hebt mich aus der Wanne, schüttelt mich, hält sein Ohr an mich.

Ich kann nicht mehr. Die Angst bringt mich fast um den Verstand.

Dann legt er mich zurück. Geht. Schließt ab.

Ich atme aus.

Befehl ist Befehl. Was habe ich gesagt? In Uniformen lebt der Gehorsam, wie die Läuse im Pelz einer Katze.

Wenn einer mein Alter erreicht hat, ist es wohl keine Frage, woher dieser Widerwille gegen Uniformen kommt. Ich habe sie alle gesehen. Die französischen, die deutschen, die amerikanischen, die russischen, die italienischen, die norwegischen, die finnischen, die englischen – alle. Und es waren nicht die Menschen, die sie trugen, die ich hasste, sondern das, was die Uniformen aus ihnen machten. Befehlsgeber. Befehlsempfänger.

Nichts für Freiheitskämpfer wie mich.

Zu viel Leid ist geschehen. Und für mich nahm es seinen Anfang in Paris.

DIE GEWITTERWOLKE

Robert und ich lagen zwischen Kohlköpfen und Wassermelonen im Dunkel des Vorratsraums. Durch die dicken Wände drang keine Wärme herein, es war angenehm kühl. Hier würden sie uns niemals finden. Wir waren in Sicherheit. Und wir hatten Prinzessin Zazie gerettet. Wieder einmal.

Robert und ich retten Prinzessin Zazie mindestens einmal täglich, und zwar vor den Rächern Samir-Unkas. Er war ein schlimmer Bösewicht, der in seinem dunklen Schattenreich alle Menschen, die ein Herz hatten, in einen Turm sperrte. Dort lagen sie in Ketten geschlagen und bekamen nur Steine zu essen, bis ihr Herz selbst zu Stein geworden war. Einmal für immer zum Bösen bekehrt, wurden sie als Rächer entsandt, um neue Herzen zu finden.

Prinzessin Zazie war von umwerfender Schönheit. Sie strahlte heller als die Sonne, ihre Haut war glatter als Seide, ihr Haar weicher als ein Sommerregen. Ihr Herz schlug kräftig und war das begehrteste der ganzen Welt, denn sie hatte verkünden lassen, dass sie es dem Menschen schenken würde, der Samir-Unka besiegte. Mit anderen Worten: Alles, was Beine hatte, war auf der Jagd nach Samir-Unka. Nur wir, selbstlos und edel, beschützten die Prinzessin vor den Schergen des herzlosen Ungeheuers. Niemand wusste, wie lange diese Jagd andauern würde, denn niemand hatte den steinernen König je zu Gesicht bekommen. Doch seine Rächer waren überall. Sie waren so gut wie unverwundbar – nur eine Schwachstelle hatten sie: Sie konnten nicht schwimmen, denn ihr Herz war so schwer, dass es sie erbarmungslos unter Wasser zog und nie wieder auftauchen ließ.

Robert und ich konnten auch nicht schwimmen, obwohl Nadine, Roberts Mutter, ihn immer wieder in das nahe gelegene Schwimmbad von Butte aux Cailles schleppte, damit er vor den anderen Kindern nicht wie ein Feigling dastand. Aber Robert wollte nicht schwimmen, die anderen Kinder waren ihm egal, und er war trotzdem kein Feigling.

Ich finde, unsere Kämpfe gegen Samir-Unka lassen daran keinen Zweifel.

«Robert? Robert, *chéri*, wo steckst du schon wieder. *Allez*, es ist Zeit, nach Hause zu gehen.»

«Da ist sie», flüsterte Robert mir ins Ohr. «Die Hexe, sie ist die Schlimmste von allen. Was sollen wir tun, Doudou?»

Ich versuchte, mir einen Plan auszudenken, aber mir war klar, dass wir der Hexe Nadine nie im Leben entwischen konnten. Sie schaffte es jeden Abend, uns einzufangen, in ihr Haus zu schleppen und uns dort einzusperren. Robert musste unter ihrer strengen Aufsicht viel essen, und genau wie bei Hänsel und Gretel fühlte sie jeden Morgen, ob der Junge zugenommen hatte.

Robert hielt die Luft an und presste seine Nase in mein Fell. Die Tür ging auf, und der lange Schatten der bösen Hexe fiel über uns. Es gab kein Entrinnen mehr.

Insgeheim waren wir allerdings dankbar, wenn Nadine kam, denn oft waren unsere Verstecke unbequem und kalt, und manchmal dauerte selbst Robert das Warten auf die Rächer zu lang. Und eigentlich – ganz unter uns – war die Hexe sogar ganz nett.

Ich hieß jetzt Doudou. Ein Name von vielen – besser als Claire, als Mimi, als Bear und sogar als Puddly, finde ich. Die Hoffnung, irgendwann einmal wieder Henry zu heißen, hatte ich auf unbestimmte Zeit begraben. So hieß ich nur noch in Alices Erinnerung und in meiner eigenen. Doudou also. Robert hatte mich so genannt, als ich vor sechs Jahren zu ihm nach Paris kam, 1934.

Die zehn Jahre, die zwischen meiner Rückkehr aus Amerika und meiner Ankunft in Paris vergangen waren, hatten aus mir einen bescheideneren und demütigeren Bären gemacht.

Ich hatte gelernt, dass Kinder nicht immer Kinder bleiben, als Lili und Leo, kaum dass wir zurück in England waren, das Interesse an mir verloren. Sie mussten sich wichtigeren, erwachseneren Dingen widmen, und Victor bestand nicht darauf, dass ich weiter am Tisch saß. Ich blieb bei ihnen, im Hause der Browns, doch ich blieb als Zuschauer. Ich bekam einen Platz in der Salonvitrine, und zwischen mir und dem Leben, das ich einst mit ihnen geteilt hatte, lag eine Glastür, die einmal wöchentlich poliert wurde. Als sie 1928 tatsächlich ihre Sachen packten, um nach Amerika zu ziehen, weil für Victor dort gute Geschäfte warteten (er ahnte nichts vom bevorstehenden Börsenkrach), war Leo bereits zum Studium in Oxford und Lili verliebt in einen Schriftsteller namens Evelyn, der es nach langem Hin und Her jedoch vorzog, eine Frau mit demselben Vornamen zu heiraten, daher folgte Lili ihren Eltern in die Staaten.

Das Packen zog sich über Wochen. Emily sortierte und ordnete und ließ schließlich von James eine Kiste anlegen, in der

Sachen gesammelt wurden, die zu verschenken waren. Mit einem mitleidigen Blick hatte James mich aus der Vitrine genommen und gefragt:

«Puddly auch, Ma'am?»

«Herrgott ja, was sollen wir noch damit? Lili hat wahrhaft andere Sorgen, und irgendwelche armen Kinder haben sicher Freude daran», sagte sie in ihrer wohltätigen Art und ahnte nicht, was sie mir damit antat.

James schenkte mich seinem Enkel, Frederic Fairlie, der mich nie besonders mochte, geschweige denn liebte. Er vergaß mich noch im selben Jahr bei einem Ferienaufenthalt an der See in Brighton. Auf der Fahrt dorthin hielt der Zug in Bath. Ich sah den Bahnsteig, der sich überhaupt nicht verändert hatte, es war alles noch wie vor acht Jahren. Es zerriss mich beinahe vor Sehnsucht nach Alice. Wäre es nicht traumhaft gewesen, wenn wir uns hier wiedergefunden hätten?

Ein kleines französisches Mädchen mit wunderhübschen Zöpfen fand mich am Strand, nahm sich meiner an und schmuggelte mich in ihrem Koffer über den Ärmelkanal und weiter bis nach Orléans, wo ich jedoch unter Protestgeheul ihrer überreinlichen Mutter in der Nähe der Jeanne d'Arc ausgesetzt wurde, noch ehe ich wusste, wie die Kleine hieß.

Ich wurde wieder gefunden, wieder verloren, verstaut und verschenkt, doch niemand hängte sein Herz an mich, niemand machte mich zu seinem Vertrauten, und ich wurde mehr und mehr zu einem Gegenstand, den man weiterreichte wie ein seelenloses Ding.

Frankreich schien riesig, ich gab es auf, die Orte zu zählen, die Häuser, in denen ich schlief. Ich bemühte mich nicht mehr, mir Namen zu merken, Gesichter oder Geschichten.

Mein Herz hatte geschlossen.

In diesen Tagen lebte ich von den Erinnerungen an die guten Zeiten. Die Gegenwart rauschte unbeachtet an mir vorüber – bis Robert in mein Leben trat.

Mit ihm ging die Sonne wieder auf. Ich tauchte auf aus einer sechs Jahre andauernden Starre, aus einer unfreiwilligen Pause im Leben, das für mich doch eigentlich noch recht neu war.

Ich war in einem Gemüseladen in Paris sitzengelassen worden, genauer gesagt auf einem Stapel grüner Salatgurken. Neben mir lag eine kleine Schiefertafel, auf der mit Kreide geschrieben stand: *Concombre 25 cts/pièce*. Irgendeines dieser namenlosen Kinder mit schmutzigen Fingern und rotzverklebten Nasen hatte lieber ein Bonbon haben wollen als mich, und so wurde ich vor lauter Gezeter wieder einmal vergessen. Es machte mir nichts aus. Schon lange nicht mehr. Ich hatte begriffen, dass ich mich fügen musste. Mein anfänglicher Widerstand, meine haltlosen Versuche, die Herzen der Kinder zu erreichen, hatten mich müde und traurig gemacht. Und dann stand plötzlich ein kleiner, fünfjähriger Junge vor mir, nahm mich am Arm und schleppte mich zur Verkaufstheke, über die er kaum gucken konnte. Robert war ein schmächtiges Kind.

«*Bonjour*», sagte er höflich.

«*Bonjour, Monsieur*», antwortete der Mann hinter der Theke. «Was darf es heute sein, Monsieur Bouvier? Vielleicht ein Kilo Karotten, die sind heute im Angebot.»

«Nein. Ich nehme lieber diesen Bären.»

«Aha! Es ist mir neu, dass wir auch Bären verkaufen. Da muss ich leider erst die Chefin fragen.»

Der Mann wandte sich um und rief in den hinteren Teil des Ladens:

«Nadine! Nadine! Hörst du nicht? Woher kommt dieser Teddybär?»

«Schrei doch nicht so!», sagte eine Frau, die unmittelbar hinter ihm den Kopf zwischen den Regalen hervorstreckte. «Welcher Bär?»

«Na, dieser Teddy, den Robert da angeschleppt hat. Ist das vielleicht kein Teddy?»

«Den habe ich noch nie gesehen», antwortete Nadine und schob sich das Haarband auf dem Kopf zurecht. Es war grün mit weißen Punkten, das weiß ich noch genau. Sie beugte sich über mich und sagte zu Robert:

«Lass Maman mal schauen, ja?»

«Ich will ihn kaufen.»

«Ja, gleich, mein Schatz, aber erst muss Maman wissen, wie viel er wert ist. Ich glaube, er ist sehr teuer.»

«Oh», machte Robert. «Schade.»

Seine großen graugrünen Augen wurden rund, und sein kleiner Mund verzog sich zu einem enttäuschten Schmollen.

«Wir wollen mal sehen, vielleicht können wir für Monsieur Bouvier ja einen Sonderpreis machen», sagte der Mann und zwinkerte dem Jungen zu. Nadine nahm mich in die Hände. Das war der Moment, in dem mein Herz wieder zu schlagen begann. Sanft strich sie mir über den Kopf. Sie sah mir in die Augen und sagte:

«Wo kommst du denn her?»

Ich kann mich nicht erinnern. Ich bin obdachlos.

«Ganz neu ist der nicht mehr», sagte sie zu ihrem Mann. «Aber schön. Mit viel Liebe gemacht, das sieht man an den Nähten.»

Oh, wie mir bei diesen Worten die Freude in die Glieder schoss. Ja. Ich war mit viel Liebe gemacht. Mit sehr viel Liebe. Ich trug die Liebe in mir, und sie hatte lange geschlummert, weil keiner sie haben wollte. Hoffnung keimte in mir auf. Hier war jemand, der dieses Wort kannte. Der wusste, was Liebe ist. Vielleicht würde hier endlich, endlich wieder ein Zuhause für mich sein?

«Heute kostet der Bär drei Franc. Das ist sehr viel Geld. Aber übermorgen haben wir ihn im Sonderangebot», sagte Nadine. «Dann bekommen Sie ihn so gut wie geschenkt, Monsieur Bouvier. Wollen Sie vielleicht lieber so lange warten?»

Robert überlegte einen Moment. Nachdenklich legte er die Stirn in Falten und sah prüfend von seiner Mutter zu seinem Vater. Dann nahm er mich noch einmal in Augenschein und nickte schließlich ernst. Der kleine Wirbel auf seinem Hinterkopf wippte eifrig. Nadine strich ihm über das widerspenstige dunkelblonde Haar.

«Wir setzen ihn direkt neben die Kasse, nicht wahr, Nicolas?», sagte sie an ihren Mann gewandt.

«Dort wartet er auf Sie, Monsieur», sagte er und drückte mich in eine bequeme Sitzhaltung.

Robert war längst nach draußen gelaufen, als Nicolas Bouvier seine Frau Nadine um die Taille fasste, sie an sich zog und ihr einen Kuss auf den Mund drückte. Er stieß mit seiner Nase an ihre und lächelte.

«Wollen wir hoffen, dass keiner kommt, um ihn abzuholen», sagte er. «Wäre doch zu schade um diesen Bären.»

Es kam niemand. Ich bin sicher, das Kind hat mich noch nicht einmal vermisst, aber Robert schloss mich dankbar in die Arme, als die zwei Tage um waren, und ließ mich fortan nicht mehr los. Wie froh war ich, endlich wieder einen Gefährten zu haben. Einen Freund. Einen Vertrauten.

Wir spielten und spielten und spielten. Nie wieder habe ich so viel gespielt wie in den Jahren mit Robert. Der kleine dünne Junge wuchs nur langsam, sehr zur Sorge seiner Mutter, und manchmal kam mir der Verdacht, dass alle Kraft, über die er verfügte, in seine Phantasie floss, die die wildesten Blüten trieb.

Robert langweilte sich nie. Ihm fiel immer wieder etwas Neues ein. Bald verfügten wir über ein großes Arsenal verschiedener Szenerien, die sich teilweise über Jahre weiterentwickelten. Die Personage veränderte sich gelegentlich, aber die Hauptrollen waren immer dieselben: Robert und Doudou.

Wir waren Cowboys und Drachenjäger, Zirkusdirektoren, und manchmal war er der große und ich der kleine Riese.

Mein Lieblingsspiel war die Zeitreise. Wir konnten mit unserer Zeitmaschine problemlos durch die Jahrhunderte sausen, doch es war immer eine ganz bestimmte Zeitreise, die wir vornahmen. Wir landeten im November 1783, gerade rechtzeitig zur Landung der Mongolfière in der Rue Bobillot.

Ein Bild dieses Ballonflugs, der billige Druck eines alten Gemäldes, hing bei uns zu Hause zwischen den Fotografien über dem Kamin. Es zeigte viel blauen Himmel, einen riesigen Ballon im Vordergrund und unten, winzig klein, die Häuser von Paris. Nicolas hatte dieses Bild dort aufgehängt. Es bedeutete ihm viel.

Nicolas, der ein einfacher Gemüsehändler war und nicht über ein hohes Maß an Bildung verfügte (jedenfalls nicht, wenn man ihn mit Victor vergleicht), hatte dennoch in der Volksschule gut aufgepasst, als es um die Geschichte von

Paris ging. Wie alle guten Franzosen liebte er die Stadt an der Seine, sie war sein Zuhause. Er war in Butte aux Cailles geboren, damals, als der Hügel noch grün und unbebaut war. Als die Lehrerin vom Luftfahrtpionier de Rozier und seinem Begleiter d'Arlandes erzählte, die in einem halsbrecherischen Unterfangen den ersten freien Flug in einem Heißluftballon unternommen hatten, war der kleine Nicolas begeistert gewesen. Fasziniert. Er hatte, mit dem Zeigefinger über die Zeilen rutschend, Buchstabe für Buchstabe alles gelesen, was über diese Ballonfahrt geschrieben stand. Das Größte war dabei für ihn, dass der Ballon vor mehr als hundertfünfzig Jahren hier im 13. Arrondissement, irgendwo zwischen der Rue Bobillot und der Rue Vandrezanne, gelandet war.

Diese Geschichte hatte ihn nie losgelassen. Nicht als er älter wurde und von anderen großartigen Ereignissen in der Welt hörte, nicht als der Erste Weltkrieg kam, nicht als dieser Hüne von einem Mann, der inzwischen aus ihm geworden war, sich in die zarte Nadine verliebte, und nicht als ihm die Arbeit die Zeit zum Träumen stahl. Als dann der kleine Robert auf die Welt kam, hatte er endlich einen Zuhörer gefunden.

Immer wieder wollte Robert diese Geschichte von seinem Vater hören, und Nicolas erzählte sie unermüdlich. Dazu setzte er sich an das Bett seines Sohnes, nahm die kleine Jungenhand in seine große, von der Arbeit ganz rissige Pranke und begann:

«Als ich ein kleiner Junge war, lernte ich in der Schule lesen, schreiben und rechnen. Und eines Tages erzählte die Lehrerin uns eine abenteuerliche Geschichte, die sich vor langer Zeit hier bei uns im Quartier zugetragen hatte …»

Manchmal kamen Details dazu, manchmal fielen Details weg, doch der letzte Satz lautete immer gleich: «Ich wünschte, wir könnten eine Zeitreise machen.»

Wir konnten, wenn auch ohne Nicolas.

Robert und ich schwebten über Paris, kamen manchmal nur mit Ach und Krach um die Spitze des Eiffelturms herum, die im dichten Schneegestöber des kalten Dezembersturms nicht zu sehen war, und spuckten von weit oben in die Seine, ehe wir Kurs auf die Place d'Italie nahmen, um dort zu landen, im Jubelgeschrei der Menge. Robert und Doudou waren die Himmelsstürmer und Entdecker der Wolken.

Robert wurde dieses Spiels nicht müde, wie er überhaupt selten des Spielens müde wurde.

Am häufigsten begaben wir uns aber in den Kampf gegen Samir-Unka. Unsere unsichtbare Gefährtin Zazie beschützend, zogen wir durch die Straßen und Hinterhöfe unseres Viertels. Wir entfernten uns jedoch nie weit vom Gemüseladen an der Place d'Italie und dem Haus in der Rue Bobillot, wo wir eine kleine Wohnung im dritten Stock bewohnten.

Um das Schwimmbad an der Place Verlaine machte Robert immer einen großen Bogen. Er war inzwischen zwölf, aber gleichwohl überzeugt, dass die zwei runden Fenster in der Mitte der Vorderseite des Backsteinbaus Augen waren, die nur darauf warteten, ihn zu entdecken.

«Ich bin sicher, da drinnen wimmelt es nur so von Rächern, meinst du nicht auch, Doudou?», flüsterte er mir dann ins Ohr. «Ein Hort des Bösen. Ich weiß gar nicht, warum Maman immer dorthin will!»

Da wir dem Bösen lieber nicht zu nahe kommen wollten, schlichen wir auf die andere Straßenseite. Wir spähten in die Rue de Butte aux Cailles, steuerten zielsicher die Brasserie von Monsieur Mouton an. Er war ein Verbündeter, dort waren wir vorübergehend gut aufgehoben, denn die Hexe hatte selten Zeit, so weit zu laufen, um uns zu suchen.

Unter einer roten Markise standen drei kleine runde Tischchen und ein paar alte Stühle. In der Eingangstür, unter dem Schild *Chez Maurice*, thronte rahmenfüllend Maurice Mouton persönlich.

«Hallo, kleiner Robert!», sagte der dicke gemütliche Mann und ließ seine Zigarre auf magische Weise von einem Mundwinkel in den anderen wandern, ohne dabei die Finger zu Hilfe zu nehmen und ohne sich den schwarzen Schnäuzer zu verbrennen. Ich fragte mich jedes Mal, wie er das wohl machte. Vielleicht traf Roberts Verdacht, dass Maurice Mouton einer der guten Zauberer war, wirklich zu. Von ihnen gab es nur sehr wenige, denn Samir-Unkas Leute hatten es vor allem auf sie abgesehen.

Es sollte nicht mehr lange dauern, bis noch gefährlichere Mächte als die Schergen Samir-Unkas Jagd auf viele Menschen machten, die wir für die Guten hielten. Sie kamen zu Tausenden und verbreiteten Angst und Schrecken. Sie wurden «Die Deutschen» genannt. Überall wurde über sie geredet, selbst im Rundfunk sprach man über sie. Wir alle hatten von ihnen gehört. An diesem Tag im April 1940 waren sie auf dem Weg zu uns. Ihre Kanonen ließen bereits die Erde erzittern. Doch das war noch weit entfernt.

«Bonjour, Monsieur Mouton.»

«Na, seid ihr wieder auf Gangsterjagd?»

«Nein», antwortete Robert ernsthaft. «Wir sind auf der Flucht.»

«Das ist schlimm», antwortete Maurice ebenso ernst. «Würde euch ein Schluck Zaubertrank helfen?», fragte er und fuhr sich mit seinen schweren Händen über den mächtigen Bauch. Über dem Bauchnabel fehlte dem rot-weiß karierten Hemd ein Knopf. Ich spürte genau, dass Robert hart gegen die

Versuchung kämpfte, seinen kleinen Zeigefinger dort hinein-
zubohren. Doch er war gut erzogen.

«Das halte ich für eine gute Idee», erwiderte Robert artig.
«Was meinst du, Doudou?»

Ich war natürlich seiner Meinung.

Maurice Mouton verschwand in seiner Brasserie und kam
kurz darauf mit einer kleinen Flasche Orangeade zurück.

Robert bedankte sich höflich und nahm auf einem der
geflochtenen Stühle Platz. Ich wurde auf den Tisch gelegt,
jedoch nicht, ohne dass Robert sich zuvor vergewissert hatte,
dass keine Kaffeepfützen oder Croissantkrümel zu sehen
waren. Robert trank langsam, in kleinen Schlucken, und sah
dabei sehr konzentriert aus.

Wie sehr ich diesen Jungen liebte.

Es war eine andere Art der Zuneigung als die, die ich für Lili
empfunden hatte. Unmittelbarer, direkter. Wenn ich heute
darüber nachdenke, scheint mir das Leben, das ich in Frankreich kennenlernte, viel natürlicher gewesen zu sein als das
englische. Lag es an der Zeit, die den Menschen Formen und
Regeln wie einen Stempel in ihr Leben gedrückt hatte? Lag es
daran, dass die Bouviers viel ärmer waren als die Browns? Ich
weiß es nicht. Ich bin nur ein Beobachter, ein Wanderer durch
Länder und Zeiten, Krieg und Frieden.

In seiner stillen Art saß Robert da. Aus der kurzen Hose, die
er sommers wie winters trug, staken seine dünnen Jungenbeine
hervor, die Knie dunkel vor Schorf, die einst weißen Socken
hingen grau um seine Knöchel, und der große Zeh des linken
Fußes wuchs über die Spitze der Sandale hinaus. Gedanken-
verloren schob er den Hosenträger hoch, der ihm zum drei-
ßigsten Mal an diesem Tag über die Schulter gerutscht war,
und stellte seine Flasche neben mich.

«Hilft Ihr Zaubertrank auch gegen die Deutschen?», fragte er dann und schaute zu Maurice auf.

«Das hoffe ich sehr, mein Kleiner, sonst werde ich es schwer haben.»

«Dann hoffe ich es auch», sagte Robert und bedankte sich für die Stärkung.

Wir setzten unseren Streifzug durch das 13. Arrondissement fort. Robert genoss viele Freiheiten. Jeder im Viertel kannte ihn, den kleinen Bouvier vom Gemüseladen. Und nur aus diesem Grund machte sich Nadine, die Hexe, keine Sorgen, wenn wir uns um Häuserecken drückten und über Hofmauern kletterten. Es gab eine unumstößliche Regel, an die sich Robert treu hielt, die lautete: Niemals südlich der Avenue de Tolibac. Doch dorthin zog es uns ohnehin nicht, denn die engsten Straßen und kleinsten Winkel gab es rund um unser Zuhause. Dort wussten wir genau, wo es etwas Spannendes zu sehen gab.

In der Rue Simonet wohnte die alte Dame, die den ganzen Tag am Fenster saß. Sie war gespenstisch, denn sie bewegte sich nie. Ein einziges Mal nur sahen wir, dass sie blinzelte. Das war, als Robert einen Kiesel gegen die Scheibe warf, um zu sehen, ob sie lebendig war.

«Sie ist eine Spionin», sagte er danach im Brustton der Überzeugung. «Ich weiß es genau. Ihr entgeht nichts. Wahrscheinlich darf sie nie schlafen und hat bestimmt schon längst ein Herz aus Stein.»

Vielleicht hatte sie ein Herz aus Stein. Vielleicht wartete sie aber auch bloß auf Nachricht von der Front. Wer kann das mit Genauigkeit sagen?

In der Rue Samson gab es einen Metzger. Er hatte immer einen hochroten Kopf, und die Leute munkelten, er schlüge seine Frau. Seine Schürze war stets blutverschmiert, seine

Arme rosig und weich und ein wenig zu fett. Robert war faszininiert von diesem Mann und hatte gleichzeitig fürchterliche Angst vor ihm. Manchmal drückten wir uns nachmittags an einem kleinen Eck des Schaufensters die Nasen platt und sahen zu, wie er sein riesiges Beil auf blutige Stücke von geschlachteten Tieren niedersausen ließ. Mir drehte es den Magen um. An seine arme Frau mochte ich gar nicht denken. Doch merkwürdigerweise war er immer freundlich zu Robert und schenkte ihm gelegentlich ein Stückchen Wurst, wenn er ihn entdeckte.

Auf der Rue de la Butte aux Cailles kannten wir jeden Stein. Das Kopfsteinpflaster war uneben und von den vielen Rädern, die seit hundert Jahren darüberholperten, schon ganz löchrig. Wir sprangen immer an denselben Stellen über den Rinnstein, galoppierten im Eiltempo an den Häusern der Schwestern mit dem bösen Blick vorbei, denn dahinter wartete die sichere Oase von Maurice Mouton.

Der Rückweg nach Hause führte manchmal durch die Rue Boiton über die Rue Bobillot hinüber und weiter in die Rue du Moulinet. Dort befand sich die Stiftung zur moralischen Aufrichtung gefallener Mädchen, dort befand sich der Bäcker, und vor allem befand sich dort der große verwilderte Garten von Madame Denis. Kirschbäume und Birnbäume verstreuten dort ihre weißen Blüten über die Wiese, auf der Klatschmohn und Butterblumen wuchsen. Ein umgestürzter Pflaumenbaum lag quer über dem Trampelpfad, der sich zwischen wuchernden Brombeeren und Unkraut in den hinteren Teil des Gartens zur Laube schlängelte. Und von irgendwoher kam ein kleiner Bach geflossen, der am Ende der Wiese in einem Rohr unter der Erde verschwand. Ich weiß nicht, wie viele Nachmittage wir in dem baufälligen Häuschen am Rande der Rosenbeete verbracht haben. Unzählige. Die Laube war unser einziges wirkliches Geheimnis.

Weder Nadine noch Nicolas wussten, dass wir uns in diese Gegend wagten. Nadine hatte die Avenue de Tolibac verboten, von der Rue du Moulinet war jedoch nie die Rede gewesen. Frei nach dem Motto, was nicht verboten ist, ist erlaubt, gingen wir im Garten von Madame Denis auf Entdeckungsreise.

Manchmal sah ich ihren grauen Kopf am Fenster. Sie wusste, dass wir da waren, doch sie kam nie herunter. Ich sah ihren Blick. Er war nachsichtig und freundlich. Andere Kinder kamen nie hierher zum Spielen, denn sie glaubten fest, Madame Denis sei verrückt und würde sie alle umbringen, sollten sie auch nur einen Fuß in den Garten setzen. Uns war das nur recht, denn so hatten wir unsere Ruhe. Anfangs sah ich noch, wie Robert gelegentlich besorgte Blicke auf das dunkle Haus warf, doch als nichts geschah, schien er das Gerede der anderen Kinder zu vergessen.

Ich glaube nicht, dass Madame Denis wirklich verrückt war. Ich hatte begriffen, dass Menschen meistens dann als verrückt bezeichnet wurden, wenn sie anders waren, wenn sie ihren eigenen Weg gingen und sich nicht den Regeln der Allgemeinheit beugten. Unter diesen Gesichtspunkten wäre ich mit Freuden verrückt.

Robert und ich bauten Hütten und Mauern, Straßen und Unterschlupfe. Der umgestürzte Pflaumenbaum war die Grenze, die kein Rächer je freiwillig überquerte, denn dahinter lag der Bach, der sie mit ihren Steinherzen alle verschlingen würde. Für uns war der Bach natürlich kein Problem. Robert musste nur einen großen Schritt machen, um ihn zu überqueren. Und ich, ich flog fröhlich in seinem Arm mit hinüber.

Wenn der Abend dämmerte und die Sonne hinter dem

Haus verschwand, machten wir uns auf den Heimweg. Es war nicht weit, zehn Minuten vielleicht, die Robert meist hüpfend zurücklegte. Zwei Beine – hops – linkes Bein hops – zwei Beine – hops – rechtes Bein – hops – zwei Beine – hops und so fort. Ich wurde dabei kräftig durchgeschüttelt, aber was macht schon ein bisschen Schüttelei, wenn man glücklich ist?

Ich hatte mich in den Bouviers nicht getäuscht. Sie waren mir eine gute Familie, denn sie waren gut zueinander. Die Unannehmlichkeiten der Jahre nach den Browns verblassten zusehends.

Die Wohnung in der Rue Bobillot war klein, doch Nadine hatte sich bemüht, sie gemütlich einzurichten. Wenn ich an das Haus der Browns dachte, war ich fast ein wenig beschämt. Allein der Damensalon, den Emily so gut wie nie genutzt hatte, war größer gewesen als Salle und Küche der Bouviers zusammen. Und dennoch fühlte ich mich dort auf Anhieb wohl. Vermutlich lag das nicht so sehr an den geblümten Vorhängen, an dem kleinen Kanapee oder den vielen Fotografien, die liebevoll gerahmt die Wand über dem Kamin zierten, sondern eher an der Atmosphäre, denn Nadine und Nicolas liebten sich.

Emily und Victor hatten sich auch geliebt, das weiß ich genau, aber es war eher eine sachliche Angelegenheit gewesen – ganz ihrem Status entsprechend. Hatte Victor gesagt: «Darf ich dir meinen Arm anbieten, Liebes», sagte Nicolas: «Und wenn du nicht mehr laufen könntest, ich trüge dich bis ans Ende der Welt.»

Der Alltag der Bouviers war von der schweren Arbeit im Laden geprägt. Ihnen fiel nichts in den Schoß, doch sie klagten nicht. Ob es regnete oder stürmte, Nicolas kämpfte sich noch vor dem ersten Hahnenschrei aus dem Bett, um zum Großmarkt zu gehen. Und während er mit halb geschlossenen Augen am Waschbecken in der Küche stand und sich die Zähne putzte, sich mit einer Hand am Po kratzte und vielleicht vergaß, sich den Schaum vom Mund abzuwischen, stand Nadine in Nachthemd und auf dicken Wollsocken am Gasherd und bereitete eine Thermoskanne mit Kaffee vor. Sie legte ihrem Mann ein Stück Baguette mit gesalzener Butter hin, strich ihm übers Haar, sagte: «Ich liebe dich», und wischte den Zahnpastarest aus seinem Mundwinkel.

«Ich dich auch, *Princesse*», sagte er dann. «Leg dich noch ein bisschen hin.»

Das tat sie auch, aber nur noch eine Stunde, dann stand auch sie auf und erledigte den Haushalt, kochte das Essen für den Tag vor, räumte und putzte und war rosig und wach, wenn sie vorsichtig Roberts Nase küsste und sagte:

«Aufwachen, Schlafmütze! Abenteuer warten nicht.»

Dann zog sie sanft, aber bestimmt die Decke zurück, während er mich fest an sich drückte und verschlafen murmelte, es sei doch noch mitten in der Nacht.

Es war schön. Einfach, aber schön. Und ich wusste, ich war am richtigen Ort.

Um acht Uhr ging Nadine in den kleinen Laden an der Place d'Italie, wo Nicolas meist schon dabei war, unter ohrenbetäubendem Scheppern die metallenen Rollläden vor dem Schaufenster hochzuschieben. Dann baute er die Auslagen auf und stapelte liebevoll Äpfel und Birnen, Kohl und Salat, Zwiebeln und Kartoffeln. Wenn alles ordentlich drapiert war, ging er hinein, zählte sein Wechselgeld in die Kasse und kochte sich eine Tasse starken Kaffee, dessen Duft allein Tote wecken konnte.

Nadine und ich brachten Robert zur Schule. Der Abschied

fiel jeden Morgen gleich schwer. Mit hinein durfte ich nicht, da dem kleinen Träumer sonst Stockschläge auf die Handflächen drohten. Das hatte er einmal erlitten, und das war genug. Mit gesenktem Kopf stand er vor uns, und anfangs musste er sich mannhaft die Tränen verbeißen, wenn er mich feierlich an Nadine überreichte.

«Pass gut auf Doudou auf, Maman», sagte er.

«Wird gemacht», antworte sie und lächelte ihren Sohn an. «Und jetzt ab mit dir!»

Sei nicht traurig. Es sind nur ein paar Stunden!

Wenn wir ihn an der Stätte der Bildung abgeliefert hatten, gingen wir zurück in den Laden. Nadine setzte mich neben die Kasse, und dort wartete ich, bis Robert, kaum dass die letzte Stunde vorbei war, angaloppiert kam, als seien ganze Horden Rächer hinter ihm her. Wenn er dann in der Ladentür sein Pferd zügelte und «Ho, Brauner, ho» sagte und sich lässig aus dem Sattel schwang, um seinen Freund und Begleiter Doudou abzuholen, schien die Welt mehr als in Ordnung.

Doch Nadine schien Roberts Entwicklung zu bekümmern. Er wollte nie mit anderen Kindern spielen. Er war zufrieden mit mir und Prinzessin Zazie. Er wollte keine neuen Spielsachen und keine Süßigkeiten. Er wollte einfach nur spielen und Geschichten hören, und als der Lehrer, Monsieur Trinac, ihn lange genug mit Schlägen gequält und Robert zunächst widerwillig lesen gelernt hatte, wollte er Bücher. Sonst nichts.

Eines Morgens standen Nicolas und Nadine vor dem Laden. Nadine polierte Äpfel, und Nicolas fegte Salatblätter zusammen, die Sonne war gerade über die Häuser geklettert und schickte erste warme Frühlingsstrahlen durch die Straße.

Nadine hielt inne, stellte sich neben ihren Mann und legte einen Arm um seine Hüfte.

«*Chéri*», sagte sie, «ich mache mir Sorgen um Robert. Er ist ein Träumer. Das hat er von dir.»

«Was ist daran verkehrt?», erwiderte Nicolas und drückte sie vorsichtig. «Du liebst einen Träumer. Und ich habe es sogar geschafft, das Herz der schönsten Prinzessin der Welt zu erobern!»

Nadine musste lachen. Ihr herrlich sanfter Mund öffnete sich, ihre braunen Augen verengten sich zu leuchtenden Schlitzen, und auf ihren Wangen bildeten sich kleine Grübchen.

«Schmeichler», sagte sie und boxte ihren Mann in die Seite. «Ich finde, er denkt sich zu viele Geschichten aus. Monsieur Trinac sagt, er würde den ganzen Tag träumen. Er bekommt ja gar nicht mit, was wirklich passiert!»

Vielleicht war es besser so. Robert war noch glücklich, als der Rest der Welt bereits die Waffen aufeinander richtete.

Wenn ich heute an diese Zeit zurückdenke, an die sechs Jahre, die Robert und ich in freier Wildbahn verbringen durften, die sechs sonnendurchfluteten und liebeserwärmten Jahre, bevor der Krieg auch uns erreichte, dann spüre ich das Glück schöner Kindertage.

Ich wünsche mir so sehr, dass Robert überlebt hat. Ich wünsche mir, dass er ein langes Leben hatte, dass er vielleicht sogar noch immer lebt, als alter Mann, kaum acht Jahre jünger als ich. Ich wünsche mir, dass er Kinder bekommen und ihnen von diesen Tagen in Paris erzählt hat, dass sie, genau wie ich, fest an Prinzessin Zazie und Samir-Unka geglaubt haben, weil er an sie glaubte. Und dass sie ein wenig von dem Glück spüren konnten, das in diesem unbeschwerten Spiel lag.

Für uns änderte sich alles im Sommer 1940.

Nadine hatte recht, Robert sah die Gewitterwolke nicht, die auf Paris zuschwebte. Wenn es an seinem Himmel ein wenig dunkler wurde, suchte er sich einen Flecken, auf den die Sonne schien, und war zufrieden. So einfach war das.

Im Gegensatz zu Robert hatte ich die Wolke zeitig entdeckt. Sie war langsam näher gekommen und immer schwärzer geworden. Die Mienen der Menschen hatten sich verdunkelt, ein Schatten fiel über Paris. Krieg. Ich hatte bemerkt, dass dieses Wort immer häufiger fiel. Häufiger, als mir lieb war.

Ich wusste nicht, wie man sich einen Krieg vorzustellen hatte, wenn ich es genau bedachte, wusste ich nicht einmal genau, was ein Krieg eigentlich war. Welchen Zweck verfolgte er?

Von Alice hatte ich gelernt, dass Krieg Leid und Elend, Trauer und einsame Liebe hinterließ. Die Erinnerung allein reichte aus, um mir zu wünschen, dass diese Gewitterwolke an uns vorüberziehen möge, ohne sich zu entladen.

Ich sah Nicolas' und Nadines besorgte Gesichter, wenn sie abends vor dem Rundfunkgerät saßen und der Stimme des Kommentators lauschten, und versuchte mir einen Reim auf das zu machen, was ich hörte.

Es gab Krieg. Er hatte längst begonnen. In einem Land namens Deutschland, in dem ich noch nie gewesen war, von dem ich aber viel gehört hatte (Victor schätzte die Philosophen und Schriftsteller dieses Landes, er sagte, es sei eine Nation von Dichtern und Denkern), regierte ein kleiner Mann mit einem großen Plan. Er hatte beschlossen, sich die Welt untertan zu machen, und war deshalb in den Krieg gezogen. Offenbar tat er das aber nicht allein, sondern mit Tausenden Soldaten, und die anderen Länder versuchten, sich mit ebenso vielen Soldaten gegen ihn zu wehren. Auch die Franzosen.

So weit, so schlecht. Auf eine Weise schien mir diese Geschichte verdächtige Ähnlichkeit mit Roberts Samir-Unka-Märchen zu haben. Die Prinzessin passte nicht ganz ins Bild, aber der Rest …

Der gravierende Unterschied war allerdings, dass es sich hierbei nicht um ein Spiel handelte. Es war das wirkliche Leben. Das Leben der Menschen. Und obwohl sie alle nur dieses eine hatten, verwendeten sie es auf eine Sache, die nichts anderes zum Ziel zu haben schien, als Leben zu vernichten.

Ich begriff das einfach nicht.

Je weiter dieser Krieg voranschritt, je mehr Angst und Schrecken ich erlebte, je mehr Zerstörung ich sah, Tod und Leid, je mehr Unbedachtheit ich erlebte und je weniger Toleranz und Mitgefühl, umso größer wurden meine Zweifel an den Menschen. Ich glaube, ich habe sie nie weniger verstanden als in den Zeiten des Krieges.

Bereits im Mai 1940 war abzusehen, dass dieses Gewitter nicht an uns vorüberziehen würde. Die Wolken warfen ihre Schatten voraus, inzwischen sogar bis in Roberts Phantasiewelten.

Es war gespenstisch. Denn obwohl alle ahnten, dass die deutschen Truppen nicht vor den Toren von Paris haltmachen würden, änderte sich am Leben zunächst nur wenig.

Noch gab es alles zu kaufen. Noch hatte der Krieg es nicht bis nach Butte aux Cailles geschafft. Noch war Paris eine freie Stadt, niemand dort wollte sich vorstellen, dass sich das einmal ändern könnte. Die Läden hatten geöffnet, der Verkehr donnerte durch die Stadt wie eh und je, die Bars quollen über, die feinen Herrschaften gingen ihren Vergnügungen nach.

«Die einzige Sorge, die sie haben, ist der Nachschub an Pommery und Kaviar», sagte Maurice Mouton abfällig, als er wie jeden Morgen kam, um frischen Salat zu kaufen, und mit Nicolas die Lage erörterte.

Und Nicolas nickte nur und sagte: «Wenn es doch nur so bliebe.»

Doch die Zeichen standen auf Sturm, und das war bald nicht mehr zu übersehen. Die Leute wurden unruhig, denn immer mehr Bewohner entschieden sich, die Stadt zu verlassen.

«Den *Boches* in die Hände fallen? Bei aller Liebe, nein! Schlimm genug, dass unsere Männer an der Front das erleiden müssen. Wir müssen unserem Land auf andere Weise dienen und am Leben bleiben. *Vive la France!*», sagten sie, wenn sie ein letztes Mal kamen, um Obst und Gemüse für die Reise zu kaufen. «Leben Sie wohl, Monsieur Bouvier.»

Bald hatten die Lieferanten Schwierigkeiten, die bestellten Waren zu liefern. Die Geschäfte liefen immer schlechter, Nicolas fuhr Nadine unbegründet an, und sie schimpfte lauter zurück, als es nötig war.

Ich sah mir das Ganze mit wachsender Sorge an.

Die wenigen Kunden, die stur an ihren Gewohnheiten festhielten, kamen oft mit den neuesten Informationen. Madame Leroc, deren Sohn an der Front war, verfolgte jede Truppenbewegung, und sie behielt ihre Angst und ihre Befürchtungen nicht für sich.

«Ich sage es Ihnen, Monsieur Bouvier, das dauert nicht mehr lange. Bald sind wir alle dran. Wir sollten unsere Sachen packen, solange es noch geht. Mein armer Junge, Gott gebe ihm Kraft, schrieb, die Deutschen seien Bestien, sie mögen Menschenfleisch, verstehen Sie, Monsieur Bouvier. Die *Boches* kennen keine Gnade …» Sie machte eine ausladende Armbewegung und verließ den Laden unter Wehklagen.

«*Au revoir*», sagte Nicolas. Doch sie hörte ihn nicht.

Er sah seine Frau an. Ein Blick, der nichts Gutes verhieß.

Maurice kam nur noch alle drei Tage. Auch bei ihm blieben die Gäste aus, er brauchte kaum noch Salat.

«Vielleicht sollten wir auch zusammenpacken, Nicolas …», sagte er. «Meine jüdische Großmutter sieht mir doch sogar ein Blinder an.»

Er versuchte zu lachen und rieb sich die große Nase.

«Ich habe kein gutes Gefühl», fuhr er dann ernsthaft fort und murmelte im Gehen: «Nein, wirklich nicht …»

Und als Robert und ich an diesem Nachmittag zu ihm kamen, war er zu zerstreut, um uns mit Zaubertrank auszuhelfen.

«*Salut*», sagte Robert. «Wie geht's?»

«Gut, gut …», antwortete Maurice und sah an uns vorbei, die Straße hinunter, als gäbe es dort etwas zu entdecken.

Robert schaute ihn in einer Mischung aus Vorwurf und Beharrlichkeit so lange still an, bis Maurice wortlos eine Limonade vor uns hinstellte. Dann kratzte er sich am Kopf und verschanzte sich hinter seiner Theke.

Zumindest in Teilen behielt Madame Leroc recht. Es dauerte nicht mehr lange, und bald heulten nachts regelmäßig die Sirenen. Eine Ausgangssperre wurde verhängt, und es war verboten, Licht zu machen.

Die Menschen verschlossen die Fensterläden, und in der Wohnung in der Rue Bobillot war die Luft stickig und heiß. Der Sommer hatte Einzug gehalten, doch niemand wagte es, den lauen Nachtwind hereinzulassen. Flugzeuge donnerten immer häufiger bedrohlich durch die Dunkelheit.

«Sie bringen die Bomben», erklärte Nicolas und zog Robert

schnell vom Fenster weg, als er neugierig hinausschauen wollte.

Die Bomben. Ich hatte ja keine Ahnung, wie schlimm Bomben waren. Noch nicht.

Als der Fliegeralarm zum ersten Mal ertönte, fuhr Robert aus dem Schlaf hoch und fing völlig verwirrt an zu weinen. Ich war sofort hellwach.

Halt dich an mich, Robert. Ich bin bei dir.

Schon kam Nadine ins Zimmer gestürzt, wickelte uns in eine Wolldecke und flüsterte:

«Es ist alles gut, *chéri*, alles ist gut. Sch … sch … sch. Wir müssen nur in den Keller.»

Und dann stolperten wir die Treppen hinunter, Nadine im Schlafrock, Nicolas mit seinem braunen Jackett über dem Pyjama und der kleine Robert, greinend im Halbschlaf. Erschöpft drängten wir uns mit den Nachbarn zusammen, es wurde leise geredet, um sich zu beruhigen, doch bald wusste niemand mehr etwas zu sagen, und alle lauschten auf das Dröhnen der herannahenden Flugzeuge. In dieser Nacht kamen sie nicht bis zu uns.

Bald gehörte der Alarm in die Geräuschkulisse der Nacht wie andernorts das Zirpen der Grillen. Wir gewöhnten uns fast daran. Die Sirene ertönte, das durchdringende Heulen riss die Menschen aus ihrem leichten Schlaf, sie schlüpften in die Kleidung, die sie eigens bereitgelegt hatten, und begaben sich in den vermeintlichen Schutz des Kellers. Es ist erstaunlich, wie schnell sie diese Ausnahmezustände akzeptiert und sich darin eingerichtet hatten.

Doch mir leuchtete noch immer nicht ein, was diese Deutschen eigentlich von uns wollten. Was hatten wir, Nicolas, Nadine, Robert und ich, Madame Leroc und ihr Sohn und auch Maurice Mouton ihnen denn getan, dass sie meinten, auf uns schießen zu müssen?

Tagsüber herrschte trügerische Ruhe, und manchmal war es fast, als gäbe es diesen Krieg nicht. Zu gerne gab ich mich dann dem Spiel mit Robert hin, vergaß für eine Weile ebenso wie er, dass jederzeit ein Unwetter losbrechen konnte, schlimmer, als wir es uns vorstellten.

Nadine verbot uns, weiter von zu Hause fortzugehen als bis zu Maurice.

«Ich muss wissen, wo du bist», erklärte sie Robert. «Du musst mir immer sagen, wo du hingehst, hörst du.»

Doch nachdem es zwei Nächte lang ruhig gewesen war, vergaß Robert die Ermahnungen seiner Mutter. Es zog ihn mehr denn je in Madame Denis' Garten.

Wir stahlen uns also über bewährte Geheimpfade davon. Doch an diesem Tag war etwas anders. Robert war anders. Er war nicht bei der Sache. Das Spiel kam nur halbherzig in Gang, ich war allein damit beschäftigt, Prinzessin Zazie zu verteidigen und uns die Rächer vom Leib zu halten.

Robert schlug abwesend mit einem Stecken die hohen Brennnesseln ab, die um uns herum wucherten, und kickte lustlos kleine Steinchen vor sich her.

Was ist denn nun mit Prinzessin Zazie? Du willst sie doch wohl nicht alleinlassen?

Anscheinend doch. Aber ich verstand ihn. Dieses Spiel machte keinen Spaß mehr, denn ganz unmerklich hatte unsere Phantasiewelt immer größere Ähnlichkeit mit der Wirklichkeit bekommen. Die Rächer hatten plötzlich die Züge der Deutschen angenommen, Gefangene wurden nicht mehr zu Bäumen verzaubert, sondern gequält, bis sie ihre Geheimnisse preisgaben.

Mir gefiel das nicht. Ich mochte nicht, dass Robert in herrischem Ton Befehle gab. Es missfiel mir, dass ich derjenige sein sollte, der sie ausführte. Es war nicht meine Art, Leute zu quälen.

Robert, was ist denn los? Wie lange soll ich denn den Gefangenen noch mit dem Kopf unter Wasser halten?

Doch Robert hatte schon vergessen, dass wir einen Gefangenen hatten. Etwas anderes hatte sein Interesse geweckt. Etwas, das nichts mit Samir-Unka und Zazie zu tun hatte und ausnahmsweise auch nicht mit den Deutschen.

«Doudou», sagte er, «du bleibst hier und bewachst das Tor. Wenn jemand kommt, pfeifst du!»

Mit diesen Worten setzte er mich auf einen großen Stein neben dem Gartentor.

Ich kann gar nicht pfeifen, Witzbold!

Ungeachtet dessen, blieb ich auf dem Stein zurück und sah, wie Robert sich dem hohen Bretterzaun näherte, der Madame Denis' Garten vom Hinterhof des Mädchenheims trennte.

Was hatte er denn nun vor?

An den Zaun hatten wir uns noch nie gewagt, denn das Heim wie auch die Mädchen hatten einen zweifelhaften Ruf, das wusste Robert sehr genau. Madame Leroc behielt nämlich auch ihre Ansichten zu dieser Einrichtung nicht für sich.

Manchmal, wenn wir im Garten spielten, war von der anderen Seite des Zaunes helles Gelächter zu uns herübergedrungen, doch wir hatten nie eines der Mädchen gesehen. Sie lebten in einer anderen Welt als wir, einer Welt, von der wir nichts ahnten.

Robert drehte sich noch einmal zu mir um, fast, als wolle er sich von mir die Bestätigung holen, dass ich sein Vorhaben unterstützte. Doch ich kannte sein Vorhaben nicht. Zudem hatte ich keine Lust, allein hier zu hocken, während er offenbar ein neues Abenteuer in Angriff nahm. Verwundert sah ich, wie er einen spitzen Stein aufhob und begann, in eines der morschen Holzbretter ein Loch zu bohren. Man mag mich naiv nennen, aber ich hatte keine Ahnung, was er plante.

Nach ein paar Minuten war das Loch so groß, dass sein freches Jungenauge hindurchspähen konnte. Mir verschlug es glatt die Sprache. Nicht nur, dass wir uns unerlaubt viel zu weit von zu Hause entfernt hatten, jetzt spionierte er auch noch die gefallenen Mädchen aus. Mit Robert war man wirklich nie vor Überraschungen sicher.

Er kniete sich vor das Guckloch und versuchte zu erspähen, was auf der anderen Seite vor sich ging. Ich weiß nicht, wie lange er dort so hockte, eine halbe Stunde vielleicht, möglicherweise auch länger. Dann erhob er sich plötzlich, sammelte mich im Vorbeigehen auf, und wir verließen den Garten, ohne auch nur einen weiteren Gedanken an Zazie zu verschwenden.

Abends, als wir im Bett lagen, schien diese Episode wie nie geschehen. Wie immer vor dem Einschlafen schmiedeten wir Pläne für den nächsten Tag.

«Morgen nehmen wir Samir-Unka in die Zange», sagte er in seiner neuen Kriegsstimme. «Wir werden ihm zeigen, dass unsere Männer kämpfen können.»

Aus ihm sprach die Stimme des Rundfunks, die Stimme der Erwachsenen, die Stimme der Politik. An die Stelle der aufgeregten Vorfreude war eine Spur von Verbissenheit getreten, die ich mit Argwohn und Unbehagen wahrnahm. Auch wenn der Krieg uns noch nicht erreicht hatte, so hielt er uns doch bereits fest in Händen.

Wenige Tage später gingen wir erneut zu Madame Denis. Diesmal steuerte Robert ohne den Umweg über die Zauberlaube oder den Bach der steineren Herzen direkt sein Guckloch am Bretterzaun an. Ich machte mir gar nicht erst die Mühe zu protestieren.

Von der Seite der verruchten Mädchen waren Gekicher und Gekreisch zu hören. Sie waren im Hof. Ein leichter Duft nach frischer Wäsche wehte herüber.

Robert drückte sein rechtes Auge an den Zaun. Wie gebannt saß er am Zaun, unbeweglich und still. Doch plötzlich veränderten sich die Geräusche. Erschrocken fuhr Robert zurück. Er drückte sich mit dem Rücken gegen das Holz und hielt die Luft an, dabei setzte er sich beinahe auf mich. Er war entdeckt worden. Das Gekreisch wurde immer lauter und kam deutlich näher, ich hörte das Scharren von Füßen, die sich auf der anderen Seite der Bretterwand aneinanderdrängten.

Robert! Lass uns abhauen. Die führen etwas im Schilde!

Doch Robert, Unschuld und Arglosigkeit in Person, blieb so lange hocken, bis sich der nasse Inhalt eines Zehn-Liter-Eimers von oben über uns ergoss. Er war so überrascht, dass er mit einem Schrei aufsprang, mich an sich raffte und davonstürzte. Er stolperte über einen Brombeerstrauch, der sich in seinen Strümpfen verfing, schlug der Länge nach hin und riss auf der Flucht vor den gefallenen Mädchen und ihren gemeinen Ideen das halbe Gebüsch mit sich. Tropfnass rannte er aus dem Garten auf die Straße. Obwohl ich Wasser abbekommen hatte, was ich überhaupt nicht leiden kann, musste ich innerlich lachen. Roberts aufkeimende Neugier auf das weibliche Geschlecht war mit der ersten kalten Dusche seines Lebens belohnt worden. Doch daran würde er sicher keinen Schaden nehmen. Daran nicht.

Nass, wie er war, traute er sich nicht nach Hause. Wir trieben uns also noch eine Weile in den Straßen herum. Immer häufiger sah man Leute, die damit beschäftigt waren, ihre Autos zu beladen. Monsieur Brendacier, der bei den Bouviers mit Vorliebe Artischocken kaufte, schleppte gerade eine Matratze aus dem Haus in der Rue du Samson, als wir vorbeikamen.

«*Bonjour*, Monsieur Brendacier», sagte Robert und strich sich das feuchte Haar aus dem Gesicht.

«*Bonjour, petit Robert*», antwortete der Mann. «Warst du baden?»

«Ja», log Robert. «Wollen Sie verreisen?»

«So kann man es auch nennen», sagte Monsieur Brendacier.

«Mit Ihren Möbeln?»

«Man weiß ja nie, wie man es antrifft, nicht wahr?»

Robert schwieg und sah Monsieur Brendacier zu, wie er sich abmühte, die dicke Sprungfedermatratze auf dem Dach des Wagens festzuzurren.

«Richte deinen Eltern herzliche Grüße aus», sagte er, als er so weit war. «Und sag ihnen, dass ihre Artischocken immer die besten der Stadt waren.»

«Wird gemacht», sagte Robert. «*Au revoir!*» Und schlenderte weiter.

Ach Robert. Merkst du denn noch immer nicht, was um dich herum passiert? Die Ratten verlassen das sinkende Schiff!

Er merkte es nicht. Und ich dachte zum ersten Mal, dass es nicht schlecht wäre, wenn wir auch bald Ferien von Paris machten und an einen Ort fuhren, wo nicht so bald Deutsch gesprochen würde.

Wir bogen in die Rue Butte aux Cailles ein, ein wenig trockener inzwischen, ein guter Zeitpunkt, erlaubtes Terrain zu betreten und Maurice einen Besuch abzustatten. In bewährter Hopsmanier bewegten wir uns die Straße hinunter. Zwei Beine – hops – linkes Bein – hops – zwei Beine – hops – rechtes Bein – hops. Erst an der Rinne, die sich wenige Meter von Maurices Bistro über den Bürgersteig zog, hob Robert den Kopf. Dann ging er mit langsamen Schritten weiter, den Blick unverwandt auf das *Chez Maurice*-Schild gewandt, das leise quietschend im Wind schwang. Vor der Tür blieb er kurz stehen. Den Rest des Weges nach Hause rannte er.

«Maman», schrie er noch in der Tür. «Maman! Maurice ist fort!»

Und niemand fragte, warum seine Schuhe in der Diele nasse Spuren hinterließen.

An diesem Abend saßen Nicolas und Nadine noch lange beisammen und diskutierten. Sie klangen besorgt. Ich hörte ihre Stimmen durch die Schlafzimmertür, während Robert sich neben mir hin und her wälzte. Ich spitzte die Ohren.

«Ich halte es wirklich für das Beste», sagte Nadine eindringlich. «Ich habe Angst.»

«Aber was soll denn aus dem Laden werden?», wandte Nicolas ein. «Alles, wofür wir so hart gearbeitet haben, sollen wir einfach den Deutschen überlassen?»

«Was haben wir denn von dem Laden, wenn unser Leben auf dem Spiel steht?»

«Steht unser Leben nicht immer auf dem Spiel? Wir könnten genauso gut von einem dieser neumodischen Automobile überfahren werden.»

«Bitte, Nicolas!» Nadines Stimme hatte einen flehenden Ton. «Du weißt so gut wie ich, dass sie uns alles nehmen werden. Du hast doch gehört, wie die Deutschen hausen!»

«Vielleicht gelingt es unseren Jungs ja noch, sie aufzuhalten», wandte Nicolas halbherzig ein.

«Die armen Männer an der Front. Was sage ich, Männer? Es sind ja noch Kinder. Kanonenfutter, das sind sie. Wie sollen sie das schaffen?»

«1914 hat es auch geklappt.»

«Aber dies ist ein neuer Krieg.»

«Und wo sollen wir denn deiner Ansicht nach hin? Unser Zuhause ist doch hier!»

«Wir fahren zu meiner Tante ins Burgund. Ich schreibe ihr gleich morgen eine Depesche. Sie wird uns nicht abweisen.»

«Deine Tante ist ein Drachen.»

«Aber sie hat wenigstens ein sicheres Haus. Und für Robert wäre es auch das Beste.»

«Ich will das nicht», sagte Nicolas trotzig. «Ich will diesen ganzen Krieg nicht.»

«Niemand will diesen Krieg. Aber wir können es doch nicht ändern.»

«Nein, ändern können wir es wohl nicht. Aber wir können Widerstand leisten.»

«Mach mir keine Angst. Du warst noch nie ein guter Kämpfer.»

«Die Résistance braucht jeden Mann.»

«Aber nicht *meinen* Mann, das erlaube ich nicht.»

Ich verfolgte das Gespräch mit angehaltenem Atem. Nadine wollte, dass wir Paris verließen. Sie war vernünftig, die einzige Vernünftige in einer glücklichen Familie von Träumern und Idealisten.

Bitte, Nicolas, du musst auf deine Frau hören! Wir müssen hier weg.

«Tante Margot ist gar nicht so schlimm. Und sie kann unsere

Hilfe auf dem Hof sicher gut gebrauchen», fuhr Nadine unbeirrt fort.

«Sie hat keine Ahnung von Gemüse.»

«Umso mehr braucht sie unsere Unterstützung. Sie wird uns dankbar sein. Und wir wären in Sicherheit.»

Es wurde still. Ich konnte vor mir sehen, wie sie dort saßen und sich grämten. Sicher hatte Nicolas den Kopf in die großen Hände gestützt. Sicher fuhr sich Nadine nervös über die Schläfen. Sie taten mir leid. Und ich fragte mich, was dieser Krieg noch für Kummer über uns bringen würde. Schließlich sagte er:

«Du hast recht. Es hat keinen Sinn, den Kopf noch länger in den Sand zu stecken. Wenn selbst Maurice die Stadt verlässt, sollten wir nicht mehr zögern.»

«Ich bin froh, dass du so denkst», sagte sie leise. «Ich liebe dich. Ich würde es mir nie verzeihen, wenn dir etwas geschähe.»

«Ich liebe dich auch, *Princesse*. Morgen kümmern wir uns um eine Fahrgelegenheit. Und du schreibst dem Drachen im Burgund. Wir werden seine Höhle stürmen …»

«Ja, das werden wir. Drachen kann man besiegen, du wirst sehen.»

Als ihre Stimmen verklungen waren und die rastlose Ruhe einer Kriegsnacht sich breitmachte, lag ich noch lange wach. Der kleine Robert drehte sich und murmelte unverständlich. Ich konnte nichts tun, außer mich weich in seinen Arm zu kuscheln, wenn er nach mir griff.

In den nächsten Tagen begann Nadine bedacht und so ruhig wie möglich Vorbereitungen für die Abreise zu treffen, doch die Anspannung stieg mit jeder Minute, die verstrich. Mehrmals täglich schaltete sie unser Rundfunkgerät ein, um die neuesten Meldungen von der Front zu hören. Es war nicht mehr zu leugnen: Die Franzosen würden ihre Hauptstadt nicht mehr lange verteidigen können. Die Deutschen kamen mit Macht heran.

Ich fragte mich, wie alle anderen auch, was passieren würde, wenn sie über die Seine kämen. Wer waren diese Deutschen? Und was würden sie tun?

Der Gedanke, dass wir nicht mehr hier sein würden, um diese Frage genauer zu klären, beruhigte mich. Wenn man den Reden der Leute Glauben schenken durfte, konnte ein Drachen unmöglich schlimmer sein als die fremden Soldaten. Robert und ich hatten ja schon einige Drachen besiegt.

Nicolas bereitete die Schließung des Ladens vor. Es war ein Trauerspiel. Unglücklich saß ich auf der Theke und sah zu, wie er Regale ausräumte, die wichtigsten Dinge in eine Kiste packte und den Rest zu Schleuderpreisen verkaufte. Er wollte lieber Verluste machen, als den Deutschen auch nur eine Gurke zu überlassen.

Jean-Louis, der Schalterbeamte der Bank, der bisher jeden Morgen bei uns vorbeikam, um sich Obst für die Mittagspause zu kaufen, hatte sich bereit erklärt, uns aus Paris mitzunehmen. Er hatte ebenfalls Verwandtschaft im Burgund.

«Aber wir müssen bald los», hatte Jean-Louis dem Gemüsehändler eingeschärft, «sonst wird die Reise für Marie zu schwer. Mein Kind soll in Frieden geboren werden, nicht in einem Fluchtauto.»

Nicolas hatte matt genickt und sich darangemacht, die letzten Kohlköpfe zu verkaufen.

Wir würden nur wenig mitnehmen können. Jean-Louis'

Wagen, mit dem wir Paris verlassen wollten, war mit fünf Leuten schon so voll besetzt, dass für Gepäck kaum noch Platz sein würde. Ich dachte an Monsieur Brendacier, der sogar versuchte, seine Matratze zu retten. Das würde uns nicht gelingen, bei uns ging es wohl hauptsächlich um unser Leben.

Die Anspannung stieg. Ich mag nicht behaupten, ich hätte ein ähnliches Reisefieber verspürt wie damals, als wir nach Amerika aufbrachen. Aber ich sehnte die Abreise herbei. Sicher würden wir es auf dem Land besser haben. Tante Margot freute sich auf unser Kommen. Eigentlich lief alles bestens.

Nur Robert machte Schwierigkeiten.

Es war am 3. Juni, gegen Mittag, als er sich das erste Mal richtig mit Nadine stritt.

«Aber ich will nicht aus Paris fort», sagte er aufmüpfig, als Nadine sorgsam seine Kleider faltete und in den Koffer legte.

«Von Wollen kann auch keine Rede sein, mein Schatz, aber wir haben keine andere Wahl.»

«Doch. Wir können hierbleiben.»

«Nein, das können wir nicht, und das werden wir auch nicht tun.»

Ich hätte mir am liebsten die Ohren zugehalten. Sie sollten nicht streiten. Dieser schreckliche Krieg säte selbst in den besten Familien Zwistigkeiten. Es war furchtbar.

«Aber was soll denn aus Prinzessin Zazie werden?», beharrte Robert.

«Ich bin sicher, Prinzessin Zazie findet einen Weg nach Burgund.»

«Das glaube ich nicht.»

«Darüber diskutiere ich jetzt ganz sicher nicht mit dir. Es

ist mir ehrlich gesagt auch egal, Robert. Sei jetzt lieb und hilf mir.» Sie sah ihn streng an. «Bitte», setzte sie scharf hinzu.

Sie verlor die Nerven.

«Du bist eine alte Hexe», rief der Junge verzweifelt. «Eine schreckliche alte Hexe!» Dann schnappte er mich vom Regal und stürmte aus dem Zimmer.

«Robert, wo willst du hin? Du kommst zurück! Sofort!», rief Nadine hinter uns her.

Robert, ich finde, wir sollten ausnahmsweise bei der Hexe bleiben ...

Doch Robert antwortete ihr ebenso wenig, wie er auf mich hörte.

Alles in mir sträubte sich. Ich hatte die Angst in Nadines Augen gesehen, ich spürte seit Tagen die unterschwellige Panik, die in allem lag, was sie tat.

Niemand wusste, was auf uns zukam. Niemand wusste, ob oder wann wir nach Paris zurückkehren und was wir dann dort vorfinden würden.

Sie waren dabei, ihr Leben in einen Koffer zu packen und irgendwo ganz von vorn zu beginnen. (Ich kenne dieses Gefühl, nur, dass ich vor einem Neuanfang selten meinen Koffer packe.) War es ihr da zu verdenken, dass sie ihrem Sohn gegenüber die Geduld verlor?

Robert und ich liefen ziellos durch die Straßen. Überall waren Menschen im Aufbruch. Überladene Autos, die bis unters Dach mit Koffern, Kisten, Omas und Kanarienvögeln bepackt waren, schoben sich durch die Straßen. Es war viel Verkehr. Mehr als sonst.

Als die Sirene ertönte, die feindliche Flieger meldete, waren wir weit von zu Hause entfernt.

Ich mag mir nicht ausmalen, welche Sorgen Nadine in dem Augenblick ausgestanden hat, als der Alarm ertönte. Ich möchte auch gar nicht versuchen, mir vorzustellen, wie sie die zwei Stunden verbracht hat, die vergingen, bis es Entwarnung gab und die donnernden deutschen Jagdbomber ihr Werk vollendet hatten. Sie muss schreckliche Angst gehabt haben. Vielleicht ist sie auf die Straße gelaufen und hat uns gesucht? Vielleicht ist sie rufend und weinend zur Place d'Italie gerannt, in der Hoffnung, uns dort zu finden? Ich werde es nie erfahren.

Robert und ich waren wie immer in brenzligen Momenten in Madame Denis' Garten. Dort hockte er in der Laube, aus den in Furcht weit aufgerissenen Augen rollten ihm die Tränen über die Wangen. Wie ein Gebet wiederholte er unablässig dieses eine Wort: «Maman, Maman, Maman.»

Ich lag auf dem Boden neben ihm, denn er brauchte beide Hände, um sich die Ohren zuzuhalten.

In ohrenbetäubendem Krach dröhnte ein Geschwader heran. Sie flogen dicht über unsere Köpfe hinweg. So nah waren sie noch nie gewesen. In allen Nächten, die wir im Keller verbracht hatten, waren sie nie so bedrohlich gewesen wie an diesem sonnigen Tag im Juni. Ich hörte das Kreischen der Bomben, ich hörte das Donnern der Detonationen, ich roch Feuer.

Der Krieg war da. Jetzt hatte er uns erreicht.

Bebend vor Angst blieb Robert sitzen, still weinend. Es wurde ruhig. Langsam ließ er die Hände sinken. Lauschend richtete er sich auf und griff vorsichtig nach mir, als erneutes Donnern weitere Flugzeuge ankündigte. Kaum hatten wir sie wahrgenommen, knallte es erneut. Panisch drückte Robert mich ans Gesicht und schrie in einem hohen, mich durchdringenden Ton die Furcht vor dem Krieg in die Welt hinaus.

Uns passierte nichts. Doch als wir den Garten verließen, sahen wir, dass wenige Kilometer entfernt dicke Rauchschwaden aufstiegen.

Auf der Straße liefen die Menschen wie kopflose Hühner durcheinander.

«Sie haben Citroën getroffen!», rief ein Mann. «Sie haben die Autofabrik bombardiert.»

«Mein Mann!», schrie eine Frau hysterisch. «Mein Mann, er arbeitet doch dort!»

«*Merde, les Boches!*», rief ein anderer, und dann rannten sie los, um zu helfen und um zu retten, was zu retten war.

Ich nehme an, dass es die durchstandene Angst war, die Robert umgehend nach Hause trieb. Das schlimmste Donnerwetter seiner Mutter konnte nicht schlimmer sein als das Detonieren der Bomben, die soeben Roberts unschuldiges Herz getroffen hatten.

Nadine war außer sich. So aufgelöst hatte ich sie noch nie gesehen. Als wir die Wohnung betraten, saß sie weinend in der Küche auf dem Fußboden. Sie hielt ihre Knie fest umschlungen, wiegte sich sachte vor und zurück und schluchzte.

«Maman», schrie Robert. «Maman!»

Nadine blickte auf, und der Junge ließ mich fallen, um sich in die Arme seiner Mutter zu werfen.

«Du darfst nie wieder einfach davonlaufen», sagte sie. «Hörst du, Robert? Nie wieder!»

Robert nickte still an ihrer Brust, und so hielten die beiden sich lange Zeit, während ich auf den kalten Steinfliesen lag und die weißen und schwarzen Steinchen vor meinen Augen tanzten.

Mir war noch immer schwindelig von dem eben Erlebten.

Langsam begriff ich, dass wir nur knapp den Angriffen der deutschen Luftwaffe entronnen waren. Große schwarze Flugzeuge am Himmel hatten einfach todbringende Bomben auf uns fallen lassen.

Ich fror. Ob es am Steinboden lag oder ob die Kälte von innen herauskam, kann ich nicht sagen. Doch weder Robert noch Nadine rührten sich, bis Nicolas kam und seine starken Arme um die beiden liebsten Menschen schloss, die er hatte. Erst da wurde auch mir wieder ein wenig wärmer.

Eine Woche später klingelte es abends an der Tür. Nicolas öffnete und ließ Jean-Louis und Marie herein. Marie hatte einen unglaublich dicken Bauch, so eine dicke Frau hatte ich noch nie gesehen.

«Setzt euch doch einen Moment», sagte Nadine herzlich und bat das Paar ins Wohnzimmer.

«Nein, danke», sagte Marie. «Wir wollen nicht lange bleiben.»

«Wir kommen nur, um Bescheid zu sagen», ergänzte Jean-Louis.

Robert und ich drückten uns in der Tür zum Flur herum. Wir wollten nichts verpassen. Ich sah, wie fasziniert auch Robert Maries Bauch betrachtete. Ihre linke Hand ruhte still auf dieser Kugel, die rechte stemmte sich stützend in den Rücken. Es schien ihr nicht gutzugehen, Erschöpfung stand ihr ins Gesicht geschrieben.

Ich wusste es, bevor Jean-Louis den Mund aufmachte: Es ging los.

«Wir können nicht länger warten», sagte er. «Der Angriff auf Citroën letzte Woche drüben im 15. war erst der Anfang. Als Nächstes sind zivile Ziele dran.»

«Eine Nachbarin war heute am Gare d'Austerlitz», sagte Marie. «Der Bahnhof muss völlig überfüllt gewesen sein. Sie sagte, die Leute hätten sich geprügelt, um in die Züge zu kommen. Schrecklich. Als Nächstes werden die Bahnhöfe abgeriegelt. Der Verkehr auf den Straßen nach Süden wird auch immer schlimmer ...»

Sie sah ihren Mann an. Er legte ihr den Arm um die Schultern.

Nicolas nickte schwer, und Nadine sagte:

«Wir sind bereit, die Koffer sind längst gepackt.»

«Gut.» Marie schien erleichtert. Sie trat neben Nadine und drückte ihre Hand.

«Ich bin froh, dass Sie bei mir sind», fuhr sie leise fort. «Ich habe fürchterliche Angst.»

«Alles wird gut», antwortete Nadine. «Machen Sie sich keine Sorgen.»

Marie wischte sich eine Träne aus dem Augenwinkel, Jean-Louis sah verzweifelt vom einen zum anderen.

«Also dann, morgen früh halb sieben. Wir kommen Sie abholen.»

Der Laut der zuschlagenden Tür war das einzige Geräusch, das das schwere Schweigen durchbrach.

Ich erschrak, als Robert plötzlich mitten in der Nacht aus dem Bett stieg.

Ist es schon so weit? Fahren wir?

Er zog sich leise an: die kurze Hose, sein blaues Hemd, das er am liebsten trug, die alten Socken vom Vortag, obwohl sein linker großer Zeh inzwischen bestens frische Luft bekam.

War es schon halb sieben? Ich hatte nichts gehört, keine Geräusche des Aufbruchs, nicht, dass Nadine Kaffee kochte.

Außerdem drang Nicolas' Schnarchen noch durch die dünnen Wände.

Dass Nadine bei diesem Krach schlafen kann, dachte ich kurz und musste lächeln. Doch jede Nacht lag sie zufrieden mit dem Kopf in Nicolas' Arm, während seine Brust sich geräuschvoll hob und senkte. Vor ein oder zwei Jahren noch waren Robert und ich gerne nachts in ihr Bett gekrochen. Dann hatten wir uns zwischen Armen und Beinen einen Platz gesucht und es uns gemütlich gemacht. Nicolas' Schnarchen mag laut gewesen sein, aber für uns war es das sichere Signal, dass alles seine Ordnung hatte. Auch jetzt ließ sein Atem die Wände beben, doch ich wurde das Gefühl nicht los, dass keineswegs alles in Ordnung war.

Mein Gefühl trog mich nicht.

Auf Zehenspitzen schlich Robert durch sein Zimmer zum Regal. Eine Weile blieb er unschlüssig davor stehen. Zögernd wanderte seine Hand über die unterschiedlichen Spielzeuge. Den Kreisel mit der Peitsche, das bunte Glasstück, das wir in Madame Denis' Garten gefunden hatten, den kleinen roten Ball, das Feuerwehrauto, das Maurice ihm zur Kommunion geschenkt hatte, das alte Pferd, dem der Schweif abgegangen war. Schließlich suchte er den Holzindianer heraus und ließ ihn in der Hosentasche verschwinden.

Plötzlich ging er vor dem Bett auf die Knie und holte seinen Tornister darunter hervor. Ich konnte erkennen, dass darin weder seine Tafel noch seine Bücher waren, sondern eine Flasche Limonade und ein Halstuch. Jetzt stopfte er das Buch über die wilden Tiere dazu, nahm die Steinschleuder vom Nachttisch, wo sie immer bereitlag, dann verschloss er seinen Ranzen sorgfältig. Ohne Zweifel bereitete er die Abreise vor. Aber wieso tat er das mitten in der Nacht?

«Komm, Doudou», flüsterte er.

Wohin denn?

«Wir bleiben in Paris. In unserem Versteck wird uns niemand finden.»

Nein! Ich will nicht in Paris bleiben! Denk doch daran, was du deiner Mutter versprochen hast. Du wolltest nie wieder fortlaufen. Wir können jetzt nicht weg! Morgen fahren wir doch alle zusammen auf Drachenjagd ins Burgund.

Er hörte nicht auf mich. Mit einem leisen Quietschen glitt die Tür auf, er schlich aus dem Zimmer wie ein Indianer auf Spähpfad.

Ich sage bewusst, «er» schlich hinaus. Denn in diesem Fall möchte ich mich deutlich von seinem Handeln distanzieren. Meistens war es, als wären Robert und ich ein Herz und eine Seele, als wären wir eine Person. Was er tat, tat auch ich. Hatte er Kummer, war auch ich unglücklich. Wir waren ein unverbrüchliches Team. Doch in diesem Fall verstand ich meinen besten Freund nicht mehr. Ich war nicht damit einverstanden, dass er sich bei Nacht und Nebel davonmachte und damit womöglich seine ganze Familie ins Unglück stürzte. Sie würden niemals ohne ihn fahren. Sie würden ihn suchen, verzweifelt und vergeblich, und sie würden es nicht schaffen, die Stadt zu verlassen, bevor die Deutschen – ja, was würden sie tun? Diese Frage beschäftigte nicht nur mich in diesen Tagen.

Doch Robert hatte sich entschieden. Ich weiß nicht, was in diesem kleinen Kopf vor sich ging. Ich weiß nicht, welche Hoffnung, welche Ängste und welche irrsinnigen Pläne darin waren. Aber ich war sicher, dass er auf bestem Wege war, eine fürchterliche Dummheit zu begehen. Und ich hatte keine Mittel, ihn aufzuhalten.

Das sind die schwersten Momente in einem Bärenleben:

den Menschen, den man liebt, frei in sein Unglück laufen zu lassen, sehenden Auges und unfähig einzugreifen. Das lernt man nie, und wenn man es noch so häufig tun muss.

Viele Jahre später, als ich mit Isabelle nach Florenz aufbrach, um Dummheiten zu machen, wie ihre Mutter Hélène lautstark befürchtete, sagte sie: «Maman, du kannst mich nicht immer vor allem beschützen, ich muss meine eigenen Erfahrungen machen.»

Und Hélène antwortete: «Ich weiß, mein Schatz, aber wenn du auf die Herdplatte fasst, brennt es in meinem Herzen.»

Ich konnte sie beide so gut verstehen. Die eine wie die andere. Und besser, als Hélène es damals formulierte, kann ich auch heute nicht beschreiben, wie es sich anfühlt, wenn in Tagen des Krieges ein kleiner Junge nachts aus dem Haus schleicht, weil er seine Heimat nicht verlassen will, während über ihm die deutsche Gewitterwolke hängt und kurz vor dem Bersten steht.

Ich hoffte so sehr, dass er ein verräterisches Geräusch machen würde, dass er mich fallen ließ (ja, so selbstlos war ich), dass die Dielen knackten oder dass ein Fliegeralarm ihn aufhalten würde. Doch nichts dergleichen geschah. Vorsichtig drehte er den Schlüssel in der Wohnungstür und zog sie auf. Und ich atmete zum letzten Mal den vertrauten Geruch dieser Wohnung. Hörte ein letztes Mal das Schnarchen von Nicolas.

Draußen war es noch dämmrig, und auch in dieser Nacht waren die Straßenlaternen wegen der allgemeinen Verdunklung ausgeschaltet. Es gab überhaupt kein Licht, außer dem des bleichen Mondes. Über Nacht hatte es abgekühlt. Ich spürte Roberts Gänsehaut, während er durch die dunklen Straßen ging. Kein Mensch war unterwegs, und doch fühlte es sich so an, als herrsche hinter den geschlossenen Fensterläden der Häuser rege Aktivität. Nicolas hatte gehört, dass zahlreiche andere ebenfalls entschlossen waren, Paris doch noch zu verlassen. Sicher wurde überall geräumt, gepackt, geweint, ebenso wie bei uns. Es war gespenstisch, und ich bin sicher, dass Robert es ebenso empfand. Doch er war nicht aufzuhalten. In seinem Kopf hatte sich eine Idee festgesetzt, die er mit allem ihm zur Verfügung stehenden Starrsinn verfolgen würde. Wie es schien, setzte diese Zielstrebigkeit zeitweise sogar seine Angst außer Gefecht.

Er wusste genau, wohin er wollte, und ich dachte erst, ich wüsste es auch. Aber er schlug nicht den Weg zu Madame Denis' Gartenlaube ein, sondern ging geradewegs die Rue Bobillot hinunter zur Place d'Italie. Die Häuser und Geschäfte dort waren verrammelt. Nicolas war einer der Letzten gewesen, die das metallene Rollgitter auf unbestimmte Zeit heruntergelassen hatten. Seine Kollegen und Freunde, seine Konkurrenten und Geschäftspartner hatten bereits unmittelbar nach dem Angriff auf die Autofabrik das Weite gesucht, denn den meisten war ihr Leben lieber als ihr Geschäft.

Wo willst du hin, Robert? Wir müssen nach Hause!

Robert trat an die Mauer, die den Hinterhof des Ladens von der Straße trennte. Er warf erst den Ranzen, dann mich hinüber, und während ich noch versuchte, mich von dem unerwarteten Flug zu erholen, kam er schon hinterhergeklettert.

Wollte er in den Laden? Nicolas hatte doch am Vorabend alles zugesperrt, das hatte er selbst gesagt! Aber der kleine Robert, Träumer und heimlicher Mädchenspion, hatte an alles gedacht. Er schlich an den Mülltonnen vorbei zur Treppe, die in den Vorratskeller führte, und rüttelte versuchsweise an der Tür. Sie war natürlich abgeschlossen.

*Siehst du? Es hat gar keinen Zweck. Können wir jetzt bitte
nach Hause gehen?*

Er schien jedoch nicht sonderlich überrascht zu sein und
ging zu dem kleinen Fensterchen, das in die Waschküche
führte.

Ich hätte es wissen müssen.

Mehr als einmal waren wir durch dieses Fenster in die
Waschküche geklettert und von dort aus durch den Vorratskeller in den Laden gelangt.

Ich hatte zwar keine Ahnung, wie die Deutschen aussahen,
aber wenn sie solche Ungeheuer waren, wie alle sagten, dann
würden sie ganz sicher nie durch dieses Fenster passen, beruhigte ich mich. Selbst Robert bereitete es seit einigen Monaten Schwierigkeiten, sich durchzuquetschen, er war zwar
immer noch schmächtig, doch er war gewachsen, und seine
Schultern würden auch bald zu breit für diese Öffnung sein.
Er streckte die Hand durch den Lüftungsspalt, schob mühelos
von innen den Riegel zur Seite und drückte das Fenster auf.
Es war eine Sache von wenigen Sekunden, und schon waren
wir drin. Ausnahmsweise ging er vor und holte mich und den
Ranzen nach. Eine weitere Wurfreise blieb mir so wenigstens
erspart.

Der Vorratsraum war leer, und es roch modrig. Robert tastete
sich durch das ihm wohlbekannte Halbdunkel. Der Boden war
von alten Kohlkopfblättern übersät, ein paar einzelne Kartoffeln waren liegengeblieben und trieben bereits aus. Tausendmal hatten wir uns hier vor den Rächern Samir-Unkas versteckt. Tausendmal hatten sie uns nicht gefunden. Ich begriff,
warum wir hier waren, dies war der Ort, an dem Robert sich
am sichersten fühlte. Sicherer als irgendwo sonst.

Ich hörte ein Rascheln in einer der hinteren Ecken, wo

immer die Äpfel gelagert wurden, als es noch welche gab. Erschreckt hielt Robert inne.

«Es ist nur die Maus, Doudou, habe ich recht?», flüsterte er. Und das verräterische Piepsen, das bald darauf folgte, schien seine Vermutung zu bestätigen.

Robert suchte kurz nach einer geeigneten Ecke, um sich niederzulassen, dann holte er etwas aus seinem Tornister und setzte sich.

Du willst doch nicht hier in diesem dunklen Keller bleiben?

Ich war entsetzt, doch die zahlreichen Fliegeralarm-Nächte hatten Robert anscheinend auch die letzten Vorurteile bezüglich dunkler Kellerräume genommen.

«Hier werden uns die Deutschen nicht finden. Ich will nicht fort aus Paris», sagte er in die Dunkelheit. «Niemals.»

Er nahm mich fest in den Arm, hielt mich vor der Brust an sich gedrückt und versenkte seine Nase in meinem Nackenfell. Ich spürte seinen Atem, der immer gleichmäßiger wurde. Es würde nicht mehr lange dauern, dann wäre er eingeschlafen. Ich kannte die Geräusche, die er machte, wenn der erste Traum in sein Unterbewusstsein schlich. Ich kannte dieses leise Schmatzen und dieses friedliche nasale Atmen. Manchmal fiel es mir schwer, zwischen ihm und mir zu unterscheiden, so verbunden war ich mit diesem Jungen, so nah war er mir.

Er schlief schnell ein, müde von den nächtlichen Anstrengungen, doch anscheinend ohne schlechtes Gewissen, und ich blieb mit meinen Gedanken allein.

Ich war hin und her gerissen. Einerseits bewunderte ich Roberts Mut und seine Entschlossenheit, andererseits hätte ich ihm am liebsten ellenlange Strafpredigten gehalten. Ob Nadine und Nicolas schon wach waren? Ob sie schon bemerkt hatten, dass wir nicht mehr da waren? Was sollte jetzt werden?

Wie hatte dieser kleine Dummkopf sich das vorgestellt? Wie lange sollten wir denn hier unten bleiben?

Es war keine Maus, sondern, schlimmer noch, eine Ratte, die an Roberts Bein hochlief, sie schnupperte an meinem Fuß. Ich fühlte ihre spitze Nase, die langen Barthaare, den schnellen Atem und die kleinen Krallen.

Geh weg. Lass uns in Ruhe. Wir wollen schlafen.

Sie stellte sich auf die Hinterbeine, schnüffelte an meinem linken Arm, dann fühlte ich ihre Nase plötzlich an meinem Fuß.

Wenn du nicht gehst, freunde ich mich mit der nächstbesten Katze an.

Die Quittung für diese Drohung kam postwendend. Ich schrie innerlich auf, als ein scharfer Rattenzahn durch mein Fell drang.

Vielleicht hat Robert es ja gespürt, dass ich in akuter Lebensgefahr schwebte, denn plötzlich wurde er unruhig und bewegte sich im Schlaf, und die Ratte verschwand.

Für einen kurzen Moment war ich vollkommen mit dem Angriff auf meine Person beschäftigt. Um ein Haar wäre ich das Opfer von Rattenzähnen geworden. Winzige, kleine Zähne eines Tierchens, das nur den Trieb kennt, sich zu ernähren und zu vermehren. Es hätte mein Ende sein können. Wie grotesk war diese Welt, dass man sterben konnte, während man versuchte, um jeden Preis sein Überleben zu sichern? Machte es einen Unterschied, ob man durch eine Ratte oder ein deutsches Monster zu Tode kam? Ich wusste es nicht.

Immer wieder fragte ich mich, wer diese «Deutschen» eigentlich waren. Sie mussten schlimm und grausam sein, das hatten die Menschen in Paris immer wieder gesagt. Der Feind, der uns nach dem Leben trachtete. Riesige Armeen unter

Leitung eines Mannes, den sie den Führer nannten. Maurice hatte sich manchmal über diesen Führer lustig gemacht, hatte seine schnarrende Art zu sprechen so perfekt nachgeahmt, bis Nadine und Nicolas vor Lachen Tränen in den Augen hatten. Dennoch war er vor ihm geflohen. Und nicht nur er.

Bilder entstanden in meinem Kopf, die ich nach so vielen Jahren nur noch schwer beschreiben kann. Es waren Bilder der Angst, sie wuchsen in der Dunkelheit des Vorratskellers, bliesen sich auf zu riesenhaften bedrohlichen Schreckgespenstern: Ich sah vor mir, wie sich eine Welle aus großen, grauen Gestalten die Rue de Butte aux Cailles entlangschob. Sie schlugen Fensterscheiben ein, rissen das Schild von Maurices Laden herunter und spuckten Feuer. Sie hatten langes, zotteliges Fell, gigantische Köpfe, aus denen glühende Augen starrten. Sie hatten Reißzähne, die schlimmer waren als die des Königstigers (und der hatte enorme Reißzähne, das hatte Robert mir in seinem Buch über die wilden Tiere gezeigt).

Ich stellte mir vor, wie die Monster Nadine und Nicolas gefangen nahmen, die hilflos als Einzige im ganzen Viertel geblieben waren, weil Robert und ich nicht auffindbar gewesen waren. Sie verschlangen die beiden mit einem einzigen Bissen und stampften dann weiter, direkt auf den Laden zu, den Vorratskeller ...

Es war schrecklich. Ich weiß nicht, wie lange ich mich diesen Schreckensphantasien hingab. War es immer noch Nacht? Waren Jean-Louis und Marie bereits ohne uns abgefahren? Robert wachte auf.

Na endlich! Gehen wir jetzt nach Hause?

Verschlafen rieb er sich die Augen, setzte mich neben sich (auf den kalten schmutzigen Boden) und zog den Indianer aus der Hosentasche. Er machte keine Anstalten aufzubrechen.

Robert, es reicht jetzt. Du hast lange genug protestiert. Wir müssen nach Hause.

Doch Robert rührte sich nicht vom Fleck.

Plötzlich hörten wir ein Geräusch. Gleichzeitig schreckten wir hoch, hielten die Luft an, um besser hören zu können. Was war das? Erst dachte ich, die Ratte wäre zurück, doch es waren Geräusche von oben, von draußen. Mir schlug das Herz bis zum Hals. Robert drückte mich und den Indianer fest an sich. Wir hörten noch einmal ein Scharren, dann war es wieder still.

Die Deutschen. Jetzt gab es kein Entkommen.

Eine Weile blieb es ruhig, dann flog plötzlich mit einem Krachen die Tür zum Vorratsraum auf, in der Sekunde darauf ging das Licht an. Robert fuhr vor Schreck zusammen, er hielt sich die Arme vor die Augen, so blendete ihn das grelle Licht der Lampe nach den langen Stunden im Dunkeln.

Als er an der Hand hochgerissen wurde, ließ er mich fallen. Ich landete auf dem Rücken und sah, wie sein kleines Gesicht fast völlig von der Hand verdeckt wurde, die ihm jetzt eine schallende Ohrfeige versetzte.

«Robert, was fällt dir eigentlich ein?», schrie Nadine. Ihre Stimme überschlug sich. Sie hatte Robert noch nie geschlagen. Nie. Ich war wie gelähmt. Doch sie brüllte weiter, hysterisch, panisch, die nackte Angst in der Stimme.

«Bist du eigentlich von allen guten Geistern verlassen? Wir haben dich überall gesucht! Hast du noch immer nicht begriffen, dass das hier keine deiner Geschichten ist? Komm jetzt, komm endlich!»

Sie riss an seinem Arm. Unwillkürlich kam mir die Erinnerung an das Gefühl, als Lili und Leo so an mir gerissen hatten, an diesem Weihnachtsabend vor so vielen Jahren. Damals, in einem anderen Leben. Armer kleiner Robert. Er fing an zu weinen.

«Los jetzt. Jean-Louis ist unsere letzte Hoffnung. Verstehst du denn gar nichts? Wir werden alle sterben, wenn du jetzt nicht kommst!»

Von oben war Nicolas' Stimme zu hören.

«Nadine? Nadine?»

«Ich habe ihn!», rief sie ihrem Mann zu.

«Beeilt euch!», kam es von oben zurück. «Die Straßen sind schon dicht. Wir müssen los!»

«Maman», weinte Robert. «Maman, ich will hierbleiben. Ich will nicht sterben. Ich habe Angst.»

Nadine reagierte nicht mehr auf das Weinen ihres Sohnes. Schwer wie ein nasser Sack hing er an ihrer Hand, sie zerrte ihn durch den Dreck hinter sich her, und das Letzte, was ich von den Bouviers sah, waren Roberts dürre Knie, die über den Boden schlitterten und rutschten, ich sah sie neben mir, sah die Haut reißen, dann verschwanden sie durch die Tür.

Von draußen, durch das Fenster der Waschküche hörte ich Roberts Heulen: «Maman, ich habe Doudou vergessen! Maman! Doudou!»

Es war nicht zu überhören, dass er versuchte, sich loszumachen. Füße traten wild um sich.

«Dafür ist jetzt keine Zeit!», hörte ich Nicolas' Stimme, die den Geräuschen ein jähes Ende machte. Und dann dehnte sich das Weinen zu einem langgezogenen Heulen aus.

«Doudou!», hörte ich noch ein letztes Mal.

Und dann wusste ich, dass sie mich zurückgelassen hatten.

4

Jetzt ist es sicher schon eine halbe Stunde her, dass der Mann vom Grenzschutz hier war, und nichts ist passiert. Ich warte.

Ich war nicht oft im Theater in meinem Leben, denn Teddys haben im Theater nicht viel verloren (dazu ist es zu ernst), daher beschränkt sich meine Schauspielkenntnis auf drei Stücke: «Die Wildente», «Hurvineks Schneemann» und «Warten auf Godot». Ich hoffe inständig, dass ich hier auch auf jemanden wie diesen Godot warte. Jemanden, der nie kommt.

Das Licht im Raum hat sich verändert. Draußen vor dem Fenster scheint sich etwas zusammenzubrauen. Es ist dunkler geworden. Vielleicht gibt es ja ein Gewitter. Es wäre passend.

In der vergangenen halben Stunde habe ich immer wieder Revue passieren lassen, was der Uniformierte am Telefon gesagt hat. Es scheint mir fast so, als fände er es ebenso überflüssig wie ich, dass ich hier eingesperrt bin. Ich habe den Eindruck, dass er zunächst dachte, jemand hätte sich einen Spaß mit ihm erlaubt. Er scheint nicht davon überzeugt zu sein, dass ich wirklich gefährlich bin.

Einen kleinen Augenblick war da am Telefon der Mensch zum Vorschein gekommen – mit Fragen und Gefühlen, und ich hatte schon Hoffnung. Doch dann hat er sich erinnert, dass er Uniform trägt. Soldat Haubenwaller. Und für Soldaten ist Befehl Befehl.

Wer gut oder böse, Freund oder Feind ist, das entscheiden andere. So viel habe ich begriffen.

Obwohl mir diese abstrakte Einteilung in Freund und Feind wahrlich Probleme bereitet, denn sie befiehlt dem Verstand oft etwas anderes, als das Herz verlangt.

Bei mir ist der Fall ganz einfach gelagert: Das Herz entscheidet, wer mein Freund ist, Landes- und Standesgrenzen sowie Kriegsschauplätze spielen dabei keine Rolle.

Wahrscheinlich bin ich genau deshalb in Kriegstagen von einer Verwirrung in die nächste gestürzt.

Zwischen den Fronten

*B*allhaus, Meier, Hänsgen, Sie gehen in den Keller. Sehen Sie nach, ob Sie etwas finden», befahl eine Stimme laut und keinen Widerspruch duldend.

«Jawohl, Herr Oberleutnant!», riefen drei andere Stimmen im Chor.

Und es kamen Schritte.

Als ich das vertraute Geräusch des Rollgitters gehört hatte, war in mir für einen Moment die Hoffnung aufgekeimt, dass Nadine, Nicolas und Robert zurück waren. Dass der Krieg vorüber war. Dass die Deutschen zurück in ihre Monsterheimat gegangen waren. Dass alles wieder so würde wie früher. Doch natürlich wusste ich es besser. Es war in meinem ganzen Leben noch niemals etwas wieder so wie früher geworden. Die Zeit lässt sich nur in Kinderspielen zurückdrehen. Doch wenn man zehn Tage in Dunkelheit auf dem kalten Boden eines Vorratskellers gesessen hat, erlaubt man sich schon mal eine kleine Illusion.

Aber schon die Art, wie das Gitter aufging, war falsch. Niemals hätte Nicolas es mit solcher Wucht nach oben rattern lassen. Er war immer vorsichtig gewesen, denn er wusste, dass ein neuer Rollladen ihn einen Wochenlohn kostete.

Dann die Schritte – fremd und laut. Nie im Leben waren das die Bouviers. Und als die Stimmen erklangen, war jede Hoffnung dahin. Sie sprachen anders als wir, eine Sprache, die ich noch nie gehört hatte.

Die Deutschen. Jetzt waren sie wirklich da. Und ich war allein.

Schwer donnerten Stiefel die wenigen Stufen zum Keller hinunter. Die Tür stand nach Nadines überhastetem Abgang noch offen, das Licht war allerdings bei einem Fliegerangriff letzte Woche ausgegangen. Seither saß ich im Dunkeln. Wie gebannt starrte ich auf das helle Rechteck, das der Türrahmen bildete. Wie soll ich beschreiben, wie ich mich fühlte? Ich glaube, sogar meine Gedanken waren gelähmt.

Der Lichtschein einer Taschenlampe flackerte durch den Gang. Dann wieder eine Stimme:

«Siehst du hier nach, Fritz? Wir gehen noch weiter nach hinten.»

Fritz oder *Boche*, so hatte Nicolas die Deutschen immer genannt. Dies war offenkundig ein *Fritz*, auch der letzte Hoffnungsschimmer war dahin.

Ich wusste nicht, was ich noch denken sollte. Es hatte ohnehin keinen Zweck, sich irgendetwas zu überlegen, denn ich war wie immer zu Tatenlosigkeit verdammt. Dieser Fritz würde über mein Schicksal entscheiden. Bestenfalls würde er mich einfach übersehen. Aber konnte man in einem fast leeren Keller einen Teddy übersehen, der in der Mitte auf dem Boden lag?

Der Lichtkegel einer Stablampe zuckte über die Wände. Im Gegenlicht hoben sich die Umrisse einer Gestalt ab.

Die Lampe leuchtete ein Wandregal nach dem anderen ab. Das Licht fiel auf Roberts Steinschleuder und den Tornister.

Armer Robert. Er hatte die Steinschleuder liegenlassen. Womit würde er sich jetzt verteidigen?

Ich hörte das Monster enttäuscht seufzen. Es klang wie das Seufzen eines Mannes. Es war ein Mann.

So. Hier ist nichts, das siehst du doch. Du kannst dich verziehen.

Er wandte sich zum Gehen und schaltete die Taschenlampe aus.

Gut. Au revoir. Oder besser: Auf Nimmerwiedersehen.

Ich atmete auf.

Er war schon so gut wie weg, da trat er plötzlich auf meinen Fuß. Ein schwerer Soldatenstiefel drückte mich zusammen. Schwerer als dieser Fuß wog nie wieder etwas auf mir. Unter dieser Last verlor ich stellvertretend für alle meine französischen Freunde den Krieg.

Es war zu spät. Ich war entdeckt. Ich war gefunden. Ich war dem Feind in die Hände gefallen. Ich konnte nicht umhin, für das Aufblitzen einer Sekunde zu denken: Und das ist deine Schuld, Robert. Doch dieser Gedanke verschwand so schnell, wie er gekommen war. Die Lampe ging wieder an, der Lichtkegel erfasste mich, und die Feindeshände griffen nach mir und hoben mich auf. Sie waren warm und fest. Kleiner als die von Nicolas und doch kräftig.

Die Lampe blendete mir unerbittlich ins Gesicht.

«Na, wen haben wir denn da?», sagte der Mann. «Du hast es wohl nicht rechtzeitig in den Koffer geschafft, was?»

Wie bitte? Soll das ein Witz sein?

Die Stimme lachte trocken auf, das Licht erlosch, und ehe ich noch einmal tief Luft holen konnte, wurde ich in die beklemmende Enge unter der Uniformjacke dieses Fritz gedrückt. Eingezwängt zwischen Jacke und Hemd, atmete ich den Geruch dieses Fremden. Ich hörte sein Herz schlagen, kräftig und ohne die geringste Unsicherheit. Ich war angewidert. Ich hatte Angst. Ich wäre am liebsten von mir aus gestorben, bevor dieser Deutsche mir etwas antun konnte.

«Hier ist nichts», rief er dann seinen Kameraden zu, und seine Stimme dröhnte an meinem Ohr. «Der Vogel ist ausgeflogen.»

Still und ohne Zögern hatte er mich an sich genommen. Paris war besetzt. Der Laden der Bouviers war annektiert. Und ich war in Kriegsgefangenschaft.

Mein neuer Besitzer hieß Friedrich Ballhaus. Er war Gefreiter der deutschen Wehrmacht, und ich hasste ihn, so gut ich konnte. Das tat ich im muffigen Dunkel seines Rucksacks, in den er mich gesteckt hatte und in dem ich blieb, bis er mich im März 1941 wieder hervorholte, als er einen Bleistift suchte.

Neun Monate waren vergangen, seit er mich im Laden der Bouviers geklaut hatte. Neun Monate, in denen ich viel Zeit zum Nachdenken hatte. Zu viel. Während um mich herum Krieg war, passierte in meinem Leben nichts.

Ich verbrachte die Stunden mit der quälenden Frage, ob die Bouviers es geschafft hatten, Paris rechtzeitig zu verlassen, bevor Friedrich und die anderen *Boches* gekommen waren. Ich fragte mich, ob Marie ihr Kind auf der Flucht bekommen hatte, ob es Robert und Nicolas gemeinsam gelungen war, den Drachen im Burgund zu besiegen. Inzwischen wusste ich, dass neben Frankreich und Deutschland auch die Engländer am Krieg beteiligt waren. Was war mit Alice, die jetzt bereits den zweiten Krieg erlebte, wo ihr doch schon der erste alles genommen hatte? Wie es ihr wohl ergangen war? Und die Browns? Ob sie drüben in New York von diesem Krieg gehört hatten, der hier so viele Menschenleben durcheinanderwarf? Und der wütende Leo? Er war doch inzwischen auch in dem Alter, in dem junge Männer in den Krieg ziehen mussten, Kanonenfutter, wie Nadine es genannt hatte. Was war wohl aus ihm geworden? Was hatte der Krieg mit den Menschen gemacht, die ich liebte?

Ich würde es nie erfahren. Dies war die einzige Gewissheit, die ich hatte, und sie erleichterte mir meine Gefangenschaft nicht.

Zwar gewöhnte ich mich an die Einsamkeit – hatte ich eine Wahl? –, doch es war nicht die ruhige Einsamkeit eines Dachbodens, nicht die stille Einsamkeit einer Büchervitrine. Es war eine Einsamkeit, in der beständig Unruhe mitschwang, denn ich konnte genau hören, was um mich herum vor sich ging. Und was ich hörte, gefiel mir nicht.

Ich lernte, die Gebräuche in der Heeresunterkunft an den Geräuschen zu erkennen, die Trillerpfeife zum Wecken, Melden, Antreten, Stubenappell, Zapfenstreich. Ich lernte die Befehle zu unterscheiden, ebenso wie die Stimmen jener, die sie in einer Lautstärke brüllten, die die Vermutung nahelegte, dass alle Deutschen schwerhörig waren. Dieser Ton, der jegliche Vertrautheit, jegliche Menschlichkeit im Keim erstickte und die Soldaten dazu zwang, wie Maschinen zu funktionieren, war mir so fremd und zuwider, dass mir allemal lieber war, unbeachtet im Dunkeln zu sitzen, als mir dieses freudlose, kalte Dasein auch noch aus der Nähe anzusehen.

Wenn die Soldaten unter sich waren, wurde gescherzt und gelacht. Auch das befremdete mich. Was konnten das für Menschen sein, die in ein fremdes Land reisten, dort eine Schneise der Verwüstung hinterließen und dabei so fröhlich waren?

Friedrich teilte sich die Bude mit elf anderen Soldaten.

Nach Abenden, an denen sie Ausgang hatten, schwangen sie angeberische Reden. Sie würden es dem Tommy schon zeigen, sagten sie dann, und auch der Russe würde sein Fett weg-kriegen. Ich wusste zu diesem Zeitpunkt weder, wer besagter Tommy war, noch was es mit dem Russen auf sich hatte, aber mir gefiel der Ton dieser Prahlereien überhaupt nicht.

Während dieser ganzen Zeit hatte ich Friedrich vielleicht zweimal zu Gesicht bekommen. Ich kannte von ihm nichts weiter als seinen Geruch und seine Stimme, und ich weiß, dass man sich kein vorschnelles Urteil über Menschen bilden soll. Aber ich konnte ihn nicht leiden. Ich wollte ihn nicht leiden können.

Es war genau so gekommen, wie die Bouviers und alle ande-ren befürchtet hatten: Die Deutschen hatten alles erobert und sich nach Lust und Laune an Frankreich bedient, ohne zu fra-gen oder zu bezahlen. Friedrich war gekommen und hatte sich bedient, ohne zu fragen oder zu bezahlen. Und wahrscheinlich tat er auch jetzt jeden Tag das Gleiche, in anderen Läden und anderen Häusern. Ich konnte mir das lebhaft vorstellen.

Friedrich verkörperte all das Schlimme, was meine franzö-sischen Freunde so geängstigt hatte. Er war einer von vielen grau-grünen Soldaten, ein Teil eines vielköpfigen, hirnlosen und gefährlichen Gebildes, und verhielt sich entsprechend: Wenn er vor seinem Offizier salutierte, schrie er in einer ent-menschlichten Stimme laut den einzig geltenden Gruß: «Heil-ittla!» – Was auch immer das heißen sollte.

Ich hoffte inständig, dass sich irgendetwas ereignen würde, das mich aus meiner Zwangslage befreite. Eine Verlegung, eine Truppenbewegung, ein Unfall – irgendetwas. Es war eine schlimme Vorstellung, dass ein Deutscher mein Besitzer war.

Friedrich öffnete den Rucksack, in den er schon seit Monaten nicht mehr hineingeschaut hatte, und streckte tastend seine Hand hinein:

«Wo ist denn dieser dumme Bleistift …», murmelte er, und seine Hand erwischte mein linkes Ohr. Verwundert hielt er inne, tastete erneut und zog mich dann ans Tageslicht. Es blendete. Ich sah in Friedrichs Gesicht.

«Ach, du bist ja auch noch da!», sagte er.

In der Tat. Ich habe nicht die Angewohnheit davonzulaufen.

«Dich hatte ich ja ganz vergessen.»

Er legte mich neben sich aufs Bett und kramte weiter.

«Irgendwo muss doch dieser vermaledeite Stift sein!», schimpfte er leise.

Ich habe die ganze Zeit drauf gesessen.

«Ach, da haben wir ihn ja.»

Friedrich ließ sich aufs Bett fallen.

«Jetzt schreiben wir nach Hause, mein Freund», sagte er. «Meine Marlene wird Augen machen!»

Ich bin nicht dein Freund. Und mein Zuhause gibt es nicht mehr. Du hast es kaputtgemacht.

«Wir schreiben ihr einen Liebesbrief.»

Ich horchte auf.

Einen Liebesbrief? Dass ich nicht lache. Was soll denn da drinstehen?

«Und wir schreiben ihr, dass sie schon mal das Bettchen vorwärmen soll», fuhr er fort, und seine Stimme klang dabei richtig fröhlich.

Merkwürdig. Der Gedanke, dass Deutsche Liebesbriefe schrieben, war mir bislang nicht gekommen. Mir war nicht mal in den Sinn gekommen, dass diese Männer Frauen und Familie haben könnten, dass sie ein Zuhause hatten, geschweige denn, dass sie auch nur ahnten, was Liebe war. Das Leben, das wir hier führten, war so entartet – für Liebe war hier kein Platz.

Ich nutzte die Gelegenheit, mich umzuschauen. Friedrich bewohnte ein schmales Feldbett, auf der grauen Decke lagen seine Uniformjacke und seine Schiffchenmütze und neben dem Kopfkissen eine Fotografie. Marlene, schloss ich messerscharf. Sie sah zugegebenermaßen recht ansprechend aus. Hübsch eigentlich.

Jetzt hatte ich auch Gelegenheit, mir diesen Fritz mal anzusehen. Er war kein blonder Hüne, eher klein, mit Ansatz zum Bauch. Seine Augen waren grün und verschwanden hinter dichten Wimpern. Auf der rechten Wange hatte er ein Grübchen. Wie ein Monster sah er nicht aus, das musste ich zugeben.

Friedrich schob mich zur Seite, legte sich auf dem Bauch zurecht und setzte den Bleistift an. Leise wisperte er jedes Wort, das er in seiner krakeligen Handschrift aufs Papier brachte.

Marlene, mein Liebchen. Lies und staune! Ich komme!

Mein Liebchen? Ich war skeptisch.

Wir werden abgezogen, schon übermorgen verlässt unsere Einheit Paris. Mein Urlaub ist außerdem schon jetzt genehmigt worden, obwohl ich in dieser Urlaubsrate erst auf Nummer 117 gesetzt war. Acht Tage ab dem zehnten. Ich kann Dir gar nicht beschreiben, wie sehr ich mich freue, Dich endlich wieder in die Arme zu schließen. Hier in Paris habe ich nicht viel zu tun. Es wird schön sein, wieder in Bewegung zu kommen. Wie sieht es denn bei Euch in Köln aus? Kommt der Tommy oft zu Besuch? Vermisst Du mich auch tüchtig? Wie geht es Tante Lottchen, und siehst Du Franziska? Ich mache mir manchmal Sorgen um mein liebes Schwesterlein. Nun, Du wirst mir alles haarklein erzählen, wenn ich erst bei Dir bin. Ach, wie ich mich freue. Es werden acht herrliche Tage werden. Ich sehe zu, dass ich etwas von den französischen Spezialitäten kaufen kann, damit wir es recht feierlich haben. Eine besondere Überraschung habe ich jetzt schon für Dich: Ole. Er freut sich doll, Dich kennenzulernen und sendet Dir schon jetzt einen lieben Gruß. Ich gebe Dir, mein Goldengel, einen leckeren Kuss auf Deinen schönen roten Mund.

Er hielt einen Augenblick inne, dann fügte er entschlossen hinzu:

In Liebe Dein Männi

Er rollte auf den Rücken, nahm mich in beide Hände und hielt mich in die Höhe.

«Dieser schöne rote Mund. Auf den freue ich mich am meisten, Ole!»

Und dann drückte er mir vor lauter Übermut einen Kuss mitten auf die Nase.

Das war mir zu viel.

Erst musste ich monatelang im Dunkeln sitzen, in einem muffigen Rucksack, und nun plötzlich küsste mich dieser wildfremde Mann mitten ins Gesicht. Mein Feind, der Bärendieb, der Mann, vor dem die liebste Familie, die ich kannte, geflohen war, der Mann mit der Metallstimme, schlug plötzlich eine ganz andere Tonart an. Er sprach von Liebe. Dieses Wort in seinem Mund? Es kam mir vor wie Frevel. Und überhaupt – seit wann hieß ich eigentlich Ole? Ich konnte mich nicht daran erinnern, dass wir uns bis zur Namensfindung angenähert hatten.

«Ab jetzt heißt du nämlich Ole. Ole Olé!»

Er lachte übermütig, seine blassgrünen Augen verengten sich und seine Wangen hoben sich.

Ich war restlos verwirrt, und so blieb es auch noch eine ganze Weile.

Wer war dieser Friedrich?

Wenige Wochen später trat das ein, was noch vor einem Jahr jenseits jeglicher Vorstellungskraft gelegen hatte: Ich reiste nach Deutschland. Nach Nazi-Deutschland, das Land, in dem das Böse wohnte – und Marlene.

Ich weiß nicht, wie ich mir Deutschland vorgestellt hatte. Wahrscheinlich als ein Land, in dem sich Bombenfabriken aneinanderreihten, in dem es mehr Jagdflugzeuge und Panzer als Menschen gab, alles grau und kalt. Ich war auf das Schlimmste gefasst und bereit, es ebenso schrecklich zu finden wie die Tatsache, dass ich ins Feindesland entführt wurde. Mit Marlene und dem, was dann kam, hatte ich jedenfalls nicht gerechnet.

Marlene war viel schöner als auf der Fotografie. Vielleicht lag es aber auch daran, dass sie vor Freude strahlte, als ich sie zum ersten Mal sah. Friedrich packte mich umständlich aus dem Rucksack. Als er mich überreichen wollte, lag sie auf dem Sofa. Ihr Haar war zerzaust, ihre Lippen rotgeküsst, die Bluse in Unordnung, die Naht ihrer Seidenstrumpfhose verrutscht. Gegen meinen Willen musste ich lächeln. Das ganze Persönchen bot ein herrliches Bild der Wiedersehensfreude.

«Gott, wie froh ich bin, dass du da bist!», sagte sie bestimmt schon zum zehnten Mal und strahlte Friedrich aus glänzenden Augen an. Ich sah ihr an, dass sie die Wahrheit sagte.

Ihr Blick fiel auf mich.

«Wer ist denn das?»

«Ich bin Ole», sagte Friedrich und verstellte dabei seine Stimme, sodass sie ganz brummig klang. «Olé!»

Er war wie ein kleiner Junge. Von dem Soldaten Ballhaus war in diesem Moment nichts zu spüren.

«Du lieber Himmel, *das* ist Ole? Ich habe mich schon gefragt, welche Flausen du im Kopf hattest, als du deinen letzten Brief geschrieben hast.»

«Ich will mit dir kuscheln», sprach er mit seiner Ole-Stimme weiter und drückte meine Nase an ihren Hals.

«Du bist ja ein ganz stürmischer!», lachte sie und nahm mich entgegen.

Ich bin eigentlich eher zurückhaltend.

«Er ist Franzose», sagte Friedrich.

Ich bin Engländer.

«Wo hast du den denn her?»

«Kriegsbeute. Alles andere hatte der Franzos' mitgenommen.»

«Was? Du hast ihn geklaut? Das kann doch nicht dein Ernst sein! Sicher ist jetzt ein armes kleines Mädchen ganz furchtbar unglücklich!»

Es ist ein Junge.

Marlene machte ein entsetztes Gesicht, was mich insgeheim sehr freute.

«Sie haben ihn zurückgelassen. Die Familie war längst weg. Sonst wäre er auf dem Müll gelandet», sagte Friedrich. «Gefällt er dir nicht?»

«Doch», sagte Marlene. «Ich finde ihn sehr niedlich. Aber es ist so traurig.»

«Es ist Krieg. Das gehört wohl dazu.»

«Traurig finde ich es trotzdem. Aber bei uns wird er es gut haben.»

Es entstand eine Stille, und mein Herz geriet ins Wanken.

Plötzlich war es, als gäbe es zwei Friedrichs. Friedrich, den gehorsamen deutschen Soldaten, der Dienst für sein Vaterland tat, der keine Fragen stellte und nicht merken wollte, welchen Schrecken er verbreitete. Und Friedrich, den Rheinländer mit dem sonnigen Gemüt, der die Tage an der Seite seiner Marlene genoss, der das Essen liebte und Blumen pflückte.

Zweifel waren mir bereits gekommen, als Friedrich diesen Brief schrieb. Aber nun wusste ich gar nicht mehr, was ich denken und was ich fühlen sollte, denn Marlene war mir auf den ersten Blick sympathisch gewesen. Und den anderen, bisher unbekannten Friedrich fand ich auch nicht verkehrt.

Dilemma ist noch vorsichtig ausgedrückt für den Zustand, in dem ich mich befand.

Ich beobachtete die beiden, suchte in ihrem Verhalten und ihren Aussagen nach Beweisen für ihre Fehlbarkeit und fand doch nur heraus, dass ihr größter Fehler war, dass sie Menschen waren.

Ich fühlte mich wie ein Verräter, als ich mir nach drei oder vier Tagen endlich eingestand, dass ich Marlene und Friedrich mochte. Ich mochte also zwei Deutsche. Zu sagen, ich mochte die Deutschen, wäre eine unpassende Vereinfachung, und außerdem stimmte es nicht. Ich fand nämlich ziemlich bald heraus, dass Deutscher längst nicht gleich Deutscher war. Es gab tatsächlich entscheidende Unterschiede. Das begriff ich erst, als unser Nachbar Karl Freiberg eines Nachmittags plötzlich bei uns im Flur stand und ich Zeuge eines merkwürdigen Gesprächs wurde:

«Karl», sagte Marlene kurz, als sie die Tür öffnete. «Friedrich ist nicht zu Hause.»

«Dann warte ich gern einen Moment.»

«Es dauert noch …»

«Ach, wir beide können doch auch ein Schnäpschen zusammen trinken, oder?»

Ohne ein weiteres Wort bat Marlene ihn herein.

Er nahm im Wohnzimmer Platz und ließ sich mit Calvados bedienen, den Friedrich aus Frankreich mitgebracht hatte. In freundschaftlichem Ton plauderte er drauflos, doch die sonst so redselige Marlene antwortete nur einsilbig. Plötzlich senkte Freiberg die Stimme:

«Ich bin noch aus einem anderen Grund gekommen.»

Sie sah ihn fragend an.

«Friedrich ist ein treuer Diener für das Vaterland», fuhr Freiberg jovial fort und hob sein Glas. «Aber du hast auch Pflichten. Prost.»

«Ich kenne meine Pflichten», sagte Marlene.

«Ehrlichkeit gehört auch dazu», sagte Karl Freiberg mit leiser Stimme.

Marlene schwieg. Etwas an Karls Tonfall ließ mich misstrauisch werden. Es klang falsch, berechnend und – auch wenn es sich pathetisch anhört – irgendwie böse.

«Uns ist bekannt, dass du Kontakt zu einer Jüdin namens Sarah Rosenberg unterhalten hast. Ich würde ihr gerne ein paar Fragen stellen, aber Frau Rosenberg ist seit einigen Wochen nicht auffindbar. Kannst du mir das erklären?»

«Den Namen habe ich noch nie gehört», sagte Marlene ruhig. «Du musst dich irren.»

«Die Gestapo hat nicht die Angewohnheit, sich zu irren», erwiderte er.

«Ich weiß», sagte Marlene. «Aber ich kenne keine Sarah Rosenkranz.»

«Berg.»

«Berg, Entschuldigung.»

«Du bist eine kluge Frau, Marlene. Aber ich rate dir eines, treib es nicht zu weit. Du willst doch deinen Friedrich nicht an der Ostfront haben ...»

Eiskalte Stille machte sich breit, Freiberg erhob sich und ging zur Tür.

«Erwarte nicht von mir, dass ich euch schütze», sagte er drohend, bevor er hinaustrat. «Deutschland ist ein Land, in dem Verräter keinen Platz haben.»

«Ich bin ganz deiner Meinung, Karl», sagte Marlene langsam. «Danke, dass du gekommen bist.»

Ich hörte, wie die Wohnungstür ins Schloss fiel.

«Widerlicher Kerl», sagte sie laut.

Ich saß mit gesträubtem Nackenfell auf dem Sofa und versuchte zu verstehen, warum mir dieses kurze Gespräch so gegen den Strich gegangen war.

Allein die Stimme dieses Karl Freiberg hatte ausgereicht, um sämtliche Ängste und Vorurteile, die ich Deutschen gegenüber gepflegt hatte, wiederzubeleben.

Es dauerte noch zwei Tage, ein Kaffeekränzchen mit Tante Lottchen, Friedrichs Schwester Franziska und Schwägerin Fritzi sowie drei Flaschen Rotwein, dann war ich zu folgender Theorie gelangt:

Es schien in diesem Land hauptsächlich drei Gruppen zu geben. «Das Volk», die Nazis und die Juden – «Das Volk» waren Leute wie Marlene, Franziska und Tante Lottchen. Der Führer und Karl Freiberg, unser Nachbar, waren Nazis, und Sarah, Marlenes beste Freundin, war Jüdin.

Wenn ich es richtig verstand, sollte «Das Volk» im Großen und Ganzen alles tun und glauben, was der Führer sagte, und ansonsten keine Fragen stellen. Währenddessen sorgten berufene Scheusale wie Karl Freiberg, die sich für die Diamanten in der Krone der Schöpfung hielten, dafür, dass Juden wie Sarah einen gelben Stern auf der Brust trugen und dann von der Bildfläche verschwanden, denn laut Führermeinung waren sie eine minderwertige Rasse. Und weil dies die Führermeinung war, musste «Das Volk» zumindest so tun, als glaubte es dasselbe, denn alle wussten: Zuwiderhandlung wurde schwer bestraft.

Ich konnte das kaum glauben. Waren denn hier alle verrückt geworden? Ich hätte viel darum gegeben, Victors Meinung zu diesem Unsinn zu hören.

Wem sollte man denn noch trauen? Man konnte ja kaum noch dem eigenen Urteil glauben.

Ich meinte zu wissen, dass Friedrich ein einfach gestrickter Soldat war. Aber wie weit würde er in der Ausübung seiner Pflicht gehen? Wäre er in der Lage, einen Menschen zu töten? Hatte er das womöglich sogar schon getan? Ich konnte es ihm nicht ansehen. Genauso wenig, wie ich Karl Freiberg angesehen hatte, dass er bei der Gestapo war und harmlose Leute verfolgte, weil in ihren Adern nicht das vermeintlich richtige Blut floss.

Mal ehrlich: Hat sich eigentlich mal irgendjemand gefragt, wie es ist, wenn man als Teddybär in einen Krieg gerät? Vermutlich nicht. Ich kann nur sagen: Es ist furchtbar. Ich hatte die Nase voll davon.

Meine Natur sieht Kriege nicht vor. Ich bin nicht zum Hassen gemacht.

Was Menschen dazu bringt, aufeinander zu schießen, ist für ein Bärenherz unbegreiflich. Ich bin nicht Kinderfreund, nicht Frauen- oder Männerfreund, nicht Soldatenfreund, nicht Widerständlerfreund – ich bin Menschenfreund, das ist meine Bestimmung. In meiner Brust ist doch die Liebe, sonst nichts.

Und es war Liebe, die ich in diesen acht Tagen Heimaturlaub spürte. Marlene und Friedrich genossen jede Minute. Doch acht Tage sind acht Tage und nicht neun oder zehn oder gar ein Jahr. In den stillen Momenten, kurz vor dem Einschlafen, wenn Marlene sich dicht an Friedrich kuschelte, blitzte in der Dunkelheit manchmal das Damoklesschwert seiner drohenden Abberufung auf. Niemand wusste, wohin er versetzt werden würde. Sein Schicksal war ungewiss.

Am Vorabend von Friedrichs Abreise zeigte sich der April von seiner launischen Seite. Tagsüber war es herrlich warm gewesen. Marlene und Friedrich waren lange fort, sie waren durch die Rheinauen spaziert, sicher hatten sie einander an den Händen gehalten und sich viele liebe Dinge gesagt, wahrscheinlich hatten sie im Gras gelegen und den stillen Tag genossen, und sicher hatten sie nach Kräften versucht, die bangen Gedanken an die kommende Einsamkeit aus ihren Köpfen und Gesprächen zu verbannen. Abends zog plötzlich ein Unwetter auf.

Es war nicht länger aufzuschieben. Friedrich musste packen.

Ich saß auf dem Ehebett in Köln und sah dabei zu, wie Marlene sorgsam Unterwäsche und Friedrichs Hemden faltete. Sie packte Stopfgarn ein und ein Paar dicke, wollene Socken.

«Es kann ja nochmal kalt werden», sagte sie leichthin.

Doch wir wussten alle, dass sie befürchtete, er würde nach Osten geschickt.

«Viel passt da wirklich nicht rein», fuhr sie schnell fort und drückte noch einmal nach.

«Wer nicht lang fortbleibt, muss auch nicht viel einpacken», sagte Friedrich und umfasste von hinten ihre Taille. «Ich bin schon bald wieder bei dir, du wirst sehen!»

«Wenn der Herrgott doch nur seine Ohren solchen Wünschen nicht verschließen würde», sagte sie.

«Ich bin eines seiner liebsten Kinder, glaub mir», sagte Friedrich, und mit diesen Worten verschnürte er sein Marschgepäck.

Ich sah ihm mit gemischten Gefühlen dabei zu. Dieser Friedrich war mir irgendwie lieb geworden, ich mochte seine kleinen Gesten, sein Lächeln und die Art, wie er seiner Marlene mit dem Daumen über die Augenbrauen strich. Ich hatte verstanden, dass er diesen Krieg als unvermeidliche Tatsache akzeptiert hatte. Er war keiner, der sich auflehnte, aber auch keiner, der nach mehr schrie. Eigentlich wollte er am liebsten einen Stammhalter kriegen und seine Ruhe haben. Doch der Führer hatte entschieden: Friedrich musste weiterkämpfen fürs Vaterland. Marlene und ich würden hier auf ihn warten. So wie Alice auf William gewartet hatte, damals, in einem anderen Krieg.

Doch so leicht sollte ich nicht davonkommen, denn Marlene liebte nicht nur Friedrich, sie liebte auch Überraschungen und hielt mich für eine geeignete. Auf Zehenspitzen schlich sie in der letzten Nacht aus dem Bett, nahm mich vom Sessel und drückte mich obenauf ins Marschgepäck.

Was machst du denn da? Das kannst du doch nicht tun!

Der vertraute Geruch des Rucksacks schlug mir mit Macht entgegen. Die Erinnerung an die Monate der Dunkelheit waren noch frisch und meine Freundschaft mit Marlene und Friedrich noch jung. Der alte Widerwille wallte in mir auf. Die ganze Nacht rang ich mit mir.

Doch als Friedrich sich am nächsten Morgen in aller Frühe auf den Weg nach Bielefeld machte, um zu seiner neuen Division zu stoßen, war ich bereit. Ich würde Friedrich dabei helfen, ein Mensch zu bleiben, würde die Brücke sein zwischen seinem Kopf und seinem Herzen. Diese Kluft kann nämlich manchmal schier unüberwindbar sein. Ich war bei ihm. Nur wusste er nichts davon. Ich war ein blinder Passagier.

Im Dunkel seines Gepäcks wartete ich geduldig darauf, dass er mich entdeckte. Zum ersten Mal war ich froh, in diesem Rucksack zu sein, weil ich nicht mit ansehen musste, wie der Abschied diesen beiden Menschen das Herz zerriss. Marlenes tränenüberströmtes Gesicht, ihr tapferes Lächeln und ihr einsamer Blick – all das sah ich an diesem Tag noch nicht.

Als sie sich zum Abschied umarmten, hörte ich ihre Stimme ganz nah.

«Komm gesund zurück, mein liebster Fritz. Ich werde den Herrgott darum bitten, jeden Tag. Dein kleines Frauchen braucht dich hier, vergiss das nicht. Bitte, bitte bleib am Leben.»

Und Friedrich schwieg und drückte sie fest an sich, so fest er konnte.

Alles, was ich über die Liebe gelernt hatte, lag in dieser Umarmung. Mir war, als könnte ich die beiden Herzen schlagen hören, im Takt, wie eines, und hätte ich weinen können, ich hätte es getan.

Gol empfing uns in Stille.

Keine Schüsse, keine Jagdflugzeuge. Ich hörte ein weit entferntes Bimmeln, ein Hund bellte, anschließend ein Offizier. Doch ansonsten waren nur die üblichen Geräusche zu hören, die Menschen, insbesondere Soldaten machen. Nichts Ungewöhnliches. Durch den groben Stoff drangen fremde Gerüche an meine Nase. Es roch nicht nach Straße, nicht nach Abgasen, nicht nach Kohlekaminen. Ich witterte einen Anflug von Frische. Die Wiese in Madame Denis' Garten erblühte vor meinem inneren Auge.

Wo waren wir gelandet?

Wir waren fünf Tage unterwegs gewesen. Mit dem Truppentransporterschiff von Dänemark nach Oslo in Norwegen – ich kann nur sagen: Mit der First-Class-Überfahrt auf der RMS Majestic hatte diese Seereise so viel gemein wie Granatäpfel mit Erdäpfeln. Von Oslo aus zog die Einheit nach Norden, erst mit der Bahn und dann zu Fuß, und die Soldaten waren dabei bester Laune – was in mir wieder den alten Abscheu aufkommen ließ. Worüber konnte man sich denn freuen?

Als sie unterwegs Rast machten, ihr schweres Gepäck neben sich abstellten und mit ihren Metallbechern Wasser aus einem Bach schöpften, sagte Rudi, der auch schon in Paris dabei gewesen war:

«Mensch, Fritz, was haben wir ein Glück! Norwegen. Besser kann unsereiner es doch kaum treffen.»

Er stieß seinen Becher gegen Friedrichs.

«Prost, alter Junge!», sagte Friedrich. «Trinken wir darauf, dass der Norweger friedlich bleibt und nicht auf dumme Ideen kommt.»

«Das glaube ich nicht. Der Führer hat schon recht: Sie sind eben auch Germanen. Wie wir. Die wissen, was gut für sie ist. Und den Rest bringen wir ihnen schon bei.»

Sie waren tatsächlich der Ansicht, sie hätten es gut getroffen. Ich fand allein die Vorstellung absurd. Erst vier Jahre später, als alles vorbei war und ich mehr Zerstörung und Leid erlebt hatte, als für Mensch oder Bär gut sein kann, begriff ich, dass ein Soldat in diesem Krieg durchaus der Ansicht sein konnte, er hätte es gut getroffen, wenn er nach Norwegen geschickt wurde. Denn eigentlich standen die Chancen, mit dem Leben davonzukommen, gut. Und das war für die meisten das Einzige, was zählte.

Eine laute Stimme durchschnitt die Ruhe und brüllte einen Befehl.

«Antreten zum Appell!»

Bewegung kam auf, ich spürte, wie Friedrich seinen Rucksack erneut schulterte, sicher schon zum zehnten Mal an diesem Tag, doch er murrte nicht.

«Welkomen in Norge!», schrie eine Männerstimme, die dem Befehlston nach mindestens dem Spieß gehören musste, in falschem Norwegisch. «Welkomen tüske kamerater!»

Ein Raunen ging durch die Menge, das sofort erstarb, als der Mann zu einer langen Rede anhob, in der er die neu angekommenen Kameraden im Schulhaus des Ortes überschwänglich begrüßte und sie ermahnte, sich den norwegischen Bürgern gegenüber korrekt zu verhalten und ihre geistige wie moralische Überlegenheit nicht zu demonstrieren, sondern vielmehr ganz im Gegenteil bescheiden aufzutreten. Anschließend rief er die Männer einzeln zum Vortreten auf.

Schmitz, Hänsgen und Meier traten vor, dann rief der Spieß:

«Gefreiter Ballhaus!»

Sofort war der Friedrich aus Paris zurück. Während der Urlaubstage in Köln war er völlig verschwunden gewesen, doch nun tauchte er wieder auf. Gefreiter Ballhaus, 69. Infanteriedivision der deutschen Wehrmacht mit Uniform und unbedingtem Gehorsam. Es fiel mir inzwischen ein wenig leichter, das auszuhalten. Aber nur ein wenig. Er salutierte in seiner metallenen «Heilittla»-Stimme.

«Ballhaus. Sie kommen zum Haugom-Gård. Zwei Kilometer von hier, immer den Berg rauf, der zweite Hof auf der linken Seite. Dunkles Haupthaus, nicht zu übersehen. Abtreten.»

«Jawoll, Herr Kompaniefeldwebel.»

«Heilittla!»

«Heilittla, Herr Kompaniefeldwebel.»

Ich sehnte mich nach etwas, um mir die Ohren zu verstopfen. Ich konnte dieses Gebrüll nicht ertragen. Immer der gleiche Übelkeit erregende Ton.

Kaum eine halbe Stunde später, Friedrich hatte sich dem Schnaufen nach ziemlich bergauf gequält, hörte ich, wie er an eine Tür klopfte. Dann war eine Weile nichts weiter zu hören, außer Friedrichs rasselndem Atem, plötzlich der Schrei eines Vogels, dann wieder Stille. Friedrich klopfte noch einmal.

Da erklang von hinten die Stimme einer Frau:

«Værsågod?»

Friedrich fuhr herum.

«Guten Tag», sagte er und zog rasch seine Mütze vom Kopf. «Ich bin Gefreiter Friedrich Ballhaus. Ich habe bei Ihnen Quartier.»

Überrascht horchte ich auf. Was hatte das zu bedeuten?

«Ich verstehe nicht Deutsch», sagte die Frau.

«Ich bin Friedrich.»

«Ah. Ich Ingvild.»

«Ingvild», wiederholte er.

«Diese Haus», sagte sie. «Befehl von Deutsche.»

«Ja. Ich habe bei Ihnen Quartier.»

«Diese Haus», wiederholte sie.

«Danke, das ist sehr freundlich von Ihnen. Wirklich. Tausend Dank.»

«Ich verstehe nicht», sagte die Frau.

«Danke», wiederholte Friedrich.

Ich hörte, wie er in einem Buch blätterte. Vermutlich der Baedeker, den er, seit wir Oslo erreichten, nicht mehr aus der Hand gelegt hatte.

«*Takk*», sagte er dann nach einer Weile.

Die Frau schwieg.

Friedrich bezog das Gesindehaus auf dem Hof der Familie Haugom. Nachdem Ingvild ihm den Weg gewiesen und die Tür geöffnet hatte, war sie wortlos verschwunden.

Friedrich packte aus. Ich saß zuoberst.

Natürlich hatte er mich längst gefunden. Und er hatte sich sehr gefreut, mich zu sehen.

Schon im Zug hatte er den Rucksack aufgeschnürt, um das Foto von Marlene hervorzuholen, das sie vor seiner Abreise noch schnell hatte machen lassen.

«Du kannst doch nicht mit dem ollen Bild reisen», hatte sie gesagt, als sie ihm eine blaue Klappkarte mit ovalem Bildausschnitt überreichte. «Sonst erkennst du mich ja gar nicht mehr, wenn du wiederkommst, und wir müssen Sie zueinander sagen.»

«Ach, mein Liebchen», hatte Friedrich geantwortet und ihr über das Haar gestrichen. «Mein Liebchen.»

Und Marlene hatte tief Luft geholt und gesagt: «Nicht doch, meine Frisur wird ja ganz ruiniert. Und wenn du nicht aufhörst, geht meine Schminke auch dahin.»

Auf dem Bild sah sie makellos aus. Ihre Augen leuchteten hoffnungsfroh.

Doch anstelle seines Tagebuchs, in das er die Karte gewissenhaft gelegt hatte, hatte Friedrich zuoberst im Rucksack mich gefunden.

«Mensch, Ole!», entfuhr es ihm. Schnell schaute er sich um, ob ihn jemand gehört hatte. Dann sagte er leise: «Ole. Wie schön.»

Spätestens in diesem Moment habe ich mich wirklich dazu entschieden, Friedrich meinen Freund zu nennen. Es war eben Liebe auf den dritten oder vierten Blick. Gibt es doch auch.

Ich wünschte, Marlene hätte dieses Strahlen auf seinem Gesicht sehen können. Und ich wünschte, er hätte das Strahlen auf meinem Gesicht sehen können. Es fühlt sich nicht schlecht an, eine gelungene Überraschung zu sein, sogar unter diesen Umständen.

Natürlich hatte er auch gleich den kleinen Brief entdeckt, den sie an dem Band befestigt hatte, das meinen Bauch zierte, wie eine Banderole eine teure Havanna. Vorsichtig hatte er ihn gelöst, kleingefaltet und war auf die Toilette verschwunden. Ich habe nie erfahren, welche Botschaft Marlene mir mitgegeben hatte, aber es muss eine gute gewesen sein, denn Friedrich las sie in den folgenden Monaten immer und immer wieder – und jedes Mal legte sich eine stille, friedliche Miene auf sein Gesicht.

«So, Ole», sagte Friedrich und sah sich in seiner neuen Behausung um. «Da wären wir. Hätte schlimmer sein können.»

Das stimmte. Das Zimmer war groß und freundlich. Es hatte einen hellblauen Dielenfußboden, der unter Friedrichs schweren Stiefeln knarrte. Die Wände waren moosfarben gestrichen, es roch nach Schmierseife und Wachs. Auf das Bett fielen lange Sonnenstrahlen, in denen man den Staub tanzen sehen konnte. Unter dem Bett schaute eine weiße Emaille-Schüssel hervor. In einer Zimmerecke stand ein kleiner Kanonenofen, und an die gegenüberliegende Wand war ein Tisch gerückt worden, darauf thronte eine Petroleumlampe mit grünem Glas.

«Ein Tisch, ein Bett, ein Pisspott», sagte Friedrich gutgelaunt. «Was will man mehr?»

Er setzte mich so auf den Schreibtisch, dass ich aus dem Fenster sehen konnte, und zum ersten Mal zeigte sich mir unsere Umgebung. Ich konnte kaum glauben, was ich sah.

Auf der anderen Seite des Hofes lag das Bauernhaus. Es war aus dicken Holzstämmen gebaut und dunkel geteert. Auf dem Dach wuchs tatsächlich Gras. Es sah anheimelnd aus, wie aus dem Schornstein leise der Rauch stieg, sicher war es dort drüben schön warm und gemütlich. Links vom Haus ging es hinunter ins Tal, wo sich ein Fluss brausend seinen Weg suchte. Obstbäume standen an den Ufern in weißer Blüte, und weiter hinten war der Ort Gol zu erkennen, der friedlich in der Nachmittagssonne schlummerte. Auf der anderen Seite des Tals zogen sich gelb gesprenkelte Wiesen und dichte Wälder grün die Hänge hinauf. Und ganz oben krönte blendend weißer Schnee wie Zuckerguss die Berggipfel ringsum.

Vom Hof aus schlängelte sich ein Karrenpfad den Hügel hinab, ich sah Hühner, die flatternd über den Weg rannten auf der Flucht vor einem riesigen Gockel. Weit entfernt hörte man Kuhglocken, und das Einzige, was an diesem verschlafenen Fleckchen Erde an den Krieg erinnerte, war die unübersehbare Anwesenheit der deutschen Soldaten. Auf dem Schulhaus wehte die deutsche Fahne: rot, mit einem weißen Kreis darauf, in dem ein schiefes Kreuz mit überflüssigen Haken an den Enden hing. Friedrichs Landsleute hatten ganze Arbeit geleistet, als sie im Jahr zuvor dieses Land überfallen und die Menschen innerhalb kürzester Zeit zur Kapitulation gezwungen hatten – sie hatten Wachposten errichtet und kontrollierten in ihren Militärautos die Umgebung. Und sie passten wirklich überhaupt nicht hierher.

Friedrich, hier haben wir nichts verloren. Dies ist kein Ort für Krieg.

Ich merkte, dass Friedrich von dem Panorama ebenso ergriffen war wie ich. So eine Landschaft hatten wir beide noch nie gesehen.

«Sieh sich das einer an. So stellt man sich doch das Paradies vor. Ach, wenn das meine Marlene sehen könnte.»

Ich schwieg. Was soll man angesichts solchen naturmächtigen Friedens denn auch sagen?

Friedrich hatte begonnen, seine wenigen Habseligkeiten in den Schrank im Flur zu räumen. Er richtete sich ein, und ich sah noch ein wenig hinaus. Ich konnte mir nicht vorstellen, dass ich dieses Ausblicks jemals überdrüssig werden könnte.

Ich spürte die Blicke, ehe ich sie sah. Drei Augenpaare schauten aus einem Fenster vom Hof herüber. Mit unverblümter Neugier beobachteten sie den Fremden. Erst da wurde mir klar, dass wir nicht in einer Heeresunterkunft, nicht in einem Gasthaus oder in einer Pension wohnten, sondern bei einer norwegischen Familie. Sie starrten herüber aus der Dunkelheit ihres Hauses.

Wir waren keine Gäste. Wir waren Eindringlinge – mehr als je zuvor.

Friedrich war einer der grauen Soldaten, die ihr Land besetzt hatten. Einer von denen, gegen die sie sich nicht hatten wehren können, als im vergangenen April ihre Landesgrenzen einfach überrannt worden waren. Friedrich war einer, der die Macht hatte, sich von ihnen zu nehmen, was er für nötig befand, einer, der Widerstand mit Todesstrafe vergelten würde, der sie überwachen würde und es ihnen verbot, auch nur zu denken, was sie wollten. Er war ihr Feind. Sie hatten den Feind nicht nur im Land, sondern sogar auf ihrem eigenen Hof!

Friedrich verließ das Zimmer. Aus dem Fenster sah ich, wie er den Hof zum Haupthaus überquerte. Er zog seine Uniformjacke zurecht, kontrollierte den obersten Knopf, der den dunklen, verzierten Kragen eng an den Hals legte. Er strich prüfend mit der Hand über die beiden Brusttaschen. Über der rechten thronte ein Abzeichen: ein Adler mit ausgebreiteten Schwingen, der in seinen Krallen dieses Hakenkreuz hielt, das die deutschen Soldaten überall hinterließen wie Kater ihre Reviermarkierung. Friedrich tastete die Knopfleiste ab, der Gürtel saß gerade, dann schob er mit einer schnellen Bewegung seine Mütze in die Mitte und schlug sich zum Abschluss noch einmal den Reisestaub aus der Hose. Als er vor der Haustür stand, nahm er Haltung an und klopfte.

Er sprang zur Seite, als der Hofhund Fips laut kläffend aus seiner Hütte schoss, so weit es seine Kette zuließ. Er wusste ja nicht, dass Fips niemals beißen würde. Das erfuhren wir erst später.

Die Tür öffnete sich. Doch niemand bat Friedrich herein. Sie ließen ihn draußen stehen.

Er gestikulierte, er sprach, blätterte in seinem Buch, er hörte zu, er nickte. Er war schüchtern und unsicher, das konnte ich sehen. Ich kannte Friedrich.

Da tauchten am Tor zwei weitere Deutsche auf, eine Ordonnanz und ein Offizier, den ich noch nie gesehen hatte. Sie blieben am Zaun stehen und warteten.

Dann sah ich, wie Friedrich die Hacken zusammenschlug und sich verabschiedete. Er hatte sich noch nicht umgedreht, da war die Haustür bereits schwer ins Schloss gefallen.

Bestimmt bemerkten seine Kameraden es nicht, doch ich sah, wie mein Freund einen Augenblick schwankte, wie er sich für einen winzigen Moment der Absurdität der Situation bewusst zu werden schien.

Dann drehte er sich um, reckte seinen rechten Arm im fünfunddreißig Grad Winkel zum Gruß in die Höhe und machte sich mit seinen Kameraden auf den Weg hinunter ins Dorf. Ich sah seine Gestalt in der goldenen Abendsonne verschwinden.

Friedrich musste zum Dienst. Er hatte hier, an diesem gottvergessenen Plätzchen, weit entfernt vom Rest der Welt einen Krieg zu führen, von dem ich nun gar nichts mehr verstand.

Ich blieb allein, aber das machte mir gar nichts aus. Ich hatte einen hervorragenden Platz bekommen, ich saß nicht in einer muffigen Unterkunft, sondern in einem Bauernhaus, und ich konnte bestens beobachten, was geschah.

Kurz nachdem Friedrich gegangen war, öffnete sich die Tür des Bauernhauses, und ein Mann kam heraus. Er war groß und sah sehr kräftig aus. Seine Statur erinnerte mich an Nicolas, aufrecht und doch schwer. Er trug eine dunkle Wollhose, die von Hosenträgern über einem Leinenhemd gehalten wurde. An seinen Füßen hatte er grobe Holzschuhe. Das war ja interessant. Ich hatte nun schon einige Länder und viele Menschen gesehen, aber Holzschuhe hatte noch nie einer getragen. Sie schienen ein eigenwilliges Volk zu sein, diese Norweger. Der Mann verschwand hinter dem Haus. Mit einem Eimer in der Hand schlurfte er um die Ecke, und es wurde wieder still.

Ich weiß nicht, wie lange ich so dasaß und ins Tal schaute.

Ich verfolgte, wie sich das Licht veränderte, wie die Wolkenschatten über die Wiesen zogen und wie ein Huhn lange Regenwürmer aus der Erde zog.

Obwohl ich nur aus einem winzigen Fenster guckte, sah ich so viel Landschaft wie noch nie zuvor. Keine Häuserreihen begrenzten meinen Blick, keine hohen Wände, keine Straßen, keine vorübereilenden Fußgänger. Und doch wurde es nicht langweilig, hinauszuschauen.

Plötzlich spürte ich einen Luftzug. Er kam von der Tür. Ich konnte mich ja nicht umdrehen, um nachzusehen, wer oder was die Tür aufgedrückt hatte, aber ich ahnte, dass ich Besuch bekommen würde.

Die Angeln knarrten, und ich hörte das Tapsen von leichten Schritten. So hörten sich nur Kinderfüße an. So vorsichtig tastend, schleichend und dennoch neugierig. *Robert*, dachte ich für den Bruchteil einer Sekunde. Mir wurde fast schwarz vor Augen, so sehr schoss mir die Sehnsucht in die Glieder, als ich diese Schritte hörte. Wie sehr ich ihn vermisste, diesen sanften, blassen Jungen!

Es wurde still, und außer einem leisen, aufgeregten Kinderatem war nichts zu hören. Mein kleiner Besucher sah sich um. Sicher war die Neugier auf diesen Fremden übermächtig gewesen.

Ich spürte die Nähe einer kleinen Gestalt, die zögernd herankam, und dann umschlossen mich zum ersten Mal seit einem Jahr sanfte Kinderfinger. Sie hielten mich fest umschlungen, und ich wurde gedreht.

Es war ein Mädchen. Ein kleines Mädchen, mit dunkelblondem langem Haar, mit wassergrünen Augen und einem naseweisen Blick.

Sie hielt mich ganz still, und wir sahen einander lange an.

Dann drehte sie mich und betrachtete mich von allen Seiten, hob mich an ihre Nase und schnüffelte an mir.

Wie mochte ich riechen? Ich weiß es nicht. Nach Reise und Rucksack, nach Seeluft und Gras, nach Tränen und Marmelade, nach Rasierwasser und Laub?

Sie atmete leise in mein Fell über der Schulter, dann drückte sie mich an ihre kleine Brust. Sie mag sechs, vielleicht sieben Jahre alt gewesen sein. Genau das Alter, in dem Kinder genug vom Leben verstehen, um die Freundschaft eines Bären zu schätzen.

«Wie heißt du?», fragte sie mich in ihrer eigentümlichen Sprache.

Jetzt hatte ich mich doch gerade an Deutsch gewöhnt!

«Bist du auch ein Deutscher, wie der Mann?»

Nein! Ich bin …

Ja, was war ich? Allmählich wusste ich es selbst nicht mehr. Engländer? Franzose? Oder doch Deutscher? Oder von allem ein wenig?

«Hast du einen Namen? Bestimmt hast du einen Namen. Mutter sagt, die Deutschen sind so genau.»

Henry. Henry N. Brown.

Ich konnte es nicht lassen, ich versuchte es nochmal mit meinem Namen. Vielleicht half es ja.

«Du bist aber ein sehr schöner Bär. Und ganz weich …»

Danke, du auch.

«Fast so weich wie Skulla. Skulla ist meine Katze, willst du sie kennenlernen?»

Ach nein, lieber nicht.

Sie schwieg wieder und strich mir über den Rücken, verlor sich in Kinderträumen und schien völlig vergessen zu haben, wo sie sich befand.

Friedrich stand so unvermittelt im Zimmer, dass selbst ich erschrak. Ich hatte ihn nicht kommen hören. Das Mädchen fuhr verängstigt herum.

Der Gefreite Ballhaus stand so bedrohlich im Türrahmen, dass selbst mir bange wurde.

Friedrich, tu jetzt bloß nichts Falsches. Dies ist ein sehr liebes kleines Mädchen, und sie kann überhaupt nichts für deinen dummen Krieg.

Er sah uns an. Das Mädchen und mich. Und überraschenderweise war sie es, die das Schweigen brach.

«Hei», sagte sie.

«Hei», antwortete Friedrich, und ich erkannte den Anflug eines Lächelns.

Aha, so viel konnte er also schon. Gut, sehr gut.

«Hva heter han?», fragte sie.

Friedrich machte ein hilfloses Gesicht. Er zuckte die Schultern und hob entschuldigend die Hände.

Ich war amüsiert. So weit war es also her mit der Bedrohlichkeit meines Fritz.

«Wie bitte?», sagte er.

Sie will wissen, wie ich heiße, du Einfaltspinsel!

«Bjørnen. Hva heter han?»

«Ich verstehe dich nicht, meine Kleine, es tut mir leid.»

Das Mädchen ließ sich nicht aus der Ruhe bringen. Geduldig tippte sie sich mit ihrem kleinen Zeigefinger auf die Brust.

«Jeg heter Guri.»

Dann deutete sie auf ihn und nickte: «Du heter Friedrich.»

Friedrich nickte ebenfalls. Er hatte sie verstanden.

«Guri», sagte er. «Du bist die kleine Guri.» Und dabei bemühte er sich, ihren Namen richtig auszusprechen: «Güri. Wie Gürkchen.»

Sie strahlte ihn an. Da stand er, der fremde Wehrmachtssoldat, und hatte kapituliert. Wie entwaffnend ein Kinderlachen sein kann.

Jetzt deutete sie auf mich und fragte noch einmal: «*Hva heter Bjørnen?*»

«Ole», sagte Friedrich leise. «Mein Bär heißt Ole.»

«Ole», wiederholte Guri, und wie sie es sagte, hörte es sich an wie Ule.

Sie sahen einander schweigend an.

Dies ist mein Friedrich, Marlenes Friedrich, und der liebt Kinder und mag die Menschen, dachte ich erleichtert.

Doch die kleine Guri schien sich plötzlich bewusst zu werden, dass sie sich auf verbotenes Terrain gewagt hatte. Sicher hatten ihre Eltern ihr deutlich zu verstehen gegeben, dass sie in der Nähe des Deutschen nichts verloren hatte.

«Wenn wir ihn in Ruhe lassen, lässt er uns vielleicht auch in Ruhe», hörte ich Torleif, den Bauern, einmal sagen, und ich verstand sehr gut, was er meinte.

Guri sah mich noch einmal an, dann ließ sie mich unvermittelt fallen und schoss wie der Blitz an Friedrich vorbei und aus dem Zimmer. Er sah ihr nach und schüttelte den Kopf. Dann hob er mich langsam auf.

«Nun, Ole», sagte er. «Vielleicht haben wir ja eine neue Freundin gefunden. Guri. Was die Leute hier für merkwürdige Namen haben. Ingvild. Guri. Bin gespannt, wie der Mann heißt. «Ule», sagte er. «*Du heter Ule.* Ich kann Norwegisch!»

Und er lächelte stolz.

Wir ließen uns aufs Bett fallen und unterhielten uns ein wenig mit Marlenes Fotografie, während in Gol die Nacht hereinbrach.

Nach der ersten Begegnung in unserer Behausung waren Guris leise Schritte immer öfter zu vernehmen. Anfangs spähte sie vorsichtig durch den Spalt zwischen der schiefen Tür und ihrem Rahmen, durch den immer ein Hauch kalte Bergluft hereinströmte. Zwei Tage später stand sie bereits halb im Zimmer, und am dritten Tag saß sie auf Friedrichs Bett und sah ihn aus großen Augen an. Minuten vergingen.

«Willst du Ole *god dag* sagen?», fragte er.

Sie nickte.

«Ole, willst du Guri hallo sagen?», fragte er mich und sah mich an.

Was für eine Frage!

«O ja, *takk!*», antwortete er mit brummiger Ole-Stimme.

Guri musste lachen.

«Hallo, kleine Guri», fuhr er in gleicher Stimmlage fort. «Nimmst du mich in den Arm?»

Sie schaute ihn fragend an, doch als er sich neben sie auf das Bett setzte und mich in ihre Arme drückte, strahlte sie.

«*Hei*, Ole!», sagte sie und streichelte vorsichtig mein Fell.

Ach, wie ich diese Berührung genoss. Ich wünschte, sie würde nie aufhören.

Es mag vieles geschehen im Leben eines Bären, vieles mag sich richtig und manches falsch anfühlen. Doch letzten Endes ist es immer am schönsten im Arm eines kleinen Mädchens. So ist es einfach, ich weiß nicht, warum.

Guri begann fremdsprachig über dies und das zu dozieren, und Friedrich lauschte ihr belustigt. Nicht, dass er – im Gegensatz zu mir – verstanden hätte, wovon die Rede war, doch es schien ihm zu gefallen, dass es in diesem fremden Land wenigstens einen Menschen gab, der ihm ohne Angst und Vorbehalt begegnete.

Nur Kinder können so vertrauensvoll in der Stube des Feindes sitzen.

Guri war wie Robert. In ihrem Leben hatte der Krieg bislang keine Rolle gespielt, weshalb sollte sie also Angst haben?

Dieses kleine Mädchen nahm keinen Umweg: Sie eroberte unsere Herzen im Sturm und verband mit ihrem glucksenden Lachen und Selbstverständlichkeit, was eigentlich unvereinbar sein sollte.

Ein Ruf ließ sie auffahren, als sie uns gerade erzählte, dass sie elf Hühner und zweiundzwanzig Kühe hätten und dass es bald ein Kälbchen von der dicken Lina geben würde.

«Guri! Wo steckst du nur wieder? Guri!»

Friedrich sah sie an. Sie legte den Zeigefinger auf die Lippen und schüttelte den Kopf. Das Rufen kam näher.

«Guri! Du kommst sofort her. Du störst doch wohl den Fremden nicht!»

Es klopfte zaghaft an der Eingangstür.

«Herein», rief Friedrich.

Langsam öffnete sich die Tür, und Torleif Haugom steckte unsicher den Kopf herein. Als er seine Tochter auf Friedrichs Bett sitzen sah, stürzte er quer durchs Zimmer und riss das Mädchen am Arm hoch.

«Was tust du denn hier?», fragte er scharf. «Hab ich dir nicht verboten, zu diesem Nazi zu gehen. Leg den Bären weg. Leg ihn hin, hab ich gesagt. Du Unglückskind.»

Guri hielt mich eisern fest.

Friedrich hatte sich vom Stuhl erhoben und legte dem zornigen Bauern von hinten beschwichtigend die Hand auf die Schulter.

Torleif schnellte herum, Wut und Angst standen in seinem Gesicht.

«Entschuldigung», sagte er auf Deutsch. «Bitte, Entschuldigung.»

Seine Wangen waren rot, und er schob ein weiteres «Entschuldigung, Herr Friedrich» hinterher.

Friedrich musste lächeln. Torleif erstarrte.

Ich weiß nicht, was er in diesem Moment erwartete, aber er schien auf alles gefasst. Er konnte Friedrichs Lächeln nicht deuten. Für ihn war es das kühle Lächeln der Besatzer, der Nazis, nicht das Lächeln eines normalen Mannes.

«Es ist schön, wenn Guri mich besucht», sagte Friedrich ruhig. «Wirklich. Ole freut sich auch, nicht wahr, Guri?»

Guri sah ihren Vater trotzig an.

«Das ist Ole», erklärte sie ihm und hielt mich in die Höhe.

«*Jeg heter* übrigens Fritz», sagte Friedrich stolz. «Bitte nennen Sie mich einfach Fritz. Nicht Herr Friedrich. Fritz.»

Torleif sah Friedrich zweifelnd an.

«Fritz sagt, ich darf kommen und mit Ole spielen. Und außerdem bringe ich ihm Norwegisch bei», erklärte Guri aufmüpfig.

«Das lässt du hübsch bleiben, hast du verstanden. Du störst Herrn Friedrich nicht», wies Torleif seine Tochter zurecht.

«Er heißt Fritz. Und er hat es erlaubt.»

«Es ist mir egal, was dieser Mann dir erlaubt. Es ist schon schlimm genug, dass er hier ist, um uns alles Mögliche zu verbieten, verstehst du das denn nicht?»

«Er hat mir nichts verboten!», maulte Guri.

«Kein Problem», sagte Friedrich in dem Versuch, den Streit zu schlichten, obwohl er kein Wort von dem verstand, was Guri oder ihr Vater sagten. «Guri darf gerne hier spielen. Ich freue mich.»

«Komm jetzt!», sagte Torleif ein wenig verunsichert und

zog das Mädchen hinter sich her. «Und gib den Bären zurück.»

Er duldete keinen Widerspruch, und Guri fügte sich. Für heute.

«Tschüss, Fritz», sagte sie und drückte mich in Friedrichs Hand. «Tschüss, Ole.»

«Bis bald, kleine Guri», sagte Friedrich und an Torleif gewandt: «Sie ist sehr lieb. Sie stört mich nicht. Kein Problem.»

Einen kurzen Moment sahen die beiden Männer einander in die Augen. In diesen Blicken lagen alle Fragen und Antworten, alle nie ausgesprochenen Entschuldigungen, aller Stolz, alles Unverständnis. Es war der Blick zweier Menschen, die vor ihrem Schicksal standen und sich fragten, was es mit ihnen vorhatte.

Es ist gut, dass sie es nicht wussten.

Es dauerte eine Weile, bis sich alle auf dem Haugom-Gård an das neue Leben mit einem Besatzungssoldaten gewöhnt hatten. Und es war letztendlich Guri zu verdanken, dass die merkwürdige Zwangsgemeinschaft bald nicht mehr nur noch von Argwohn und Furcht bestimmt war.

Wann immer Friedrich dienstfrei hatte und zu Hause war, dauerte es nicht lang, bis Guri uns abholte. Dann nahm sie mit der größten Selbstverständlichkeit Friedrich an der einen, mich an der anderen Hand und führte uns durch die Stallungen und den Schuppen. Dabei zeigte sie auf Dinge und nannte sie bei ihrem Namen. Sie redete ununterbrochen auf Friedrich ein. Wenn er zu lange schwieg, schaute sie ihn herausfordernd an und sagte:

«Forstår du?»

Und dann rang er sich das Eingeständnis ab, dass er nichts verstand:

«*Jeg forstår ikke*», sagte er unsicher, und sie begann einfach nochmal von vorn. Sie war eine unermüdliche Lehrerin, und es bereitete ihr das größte Vergnügen, wenn er Fehler machte. Sie lachte ihn lauthals aus, und er lachte mit. So einfach war das.

Täglich ging Friedrich zum Dienst, er kletterte auf Telegraphenmasten, zählte auf der Waffenausgabe Gewehre und Pistolen und kontrollierte die Autos, die Gol auf der Reise durchquerten.

Ingvild und Torleif gingen ihrer Arbeit auf dem Hof nach und hatten sich bisher von Friedrich ferngehalten, auch wenn sie es aufgegeben hatten, Guri einzureden, dass Friedrich nichts mit ihnen zu tun haben wollte. Das kleine Mädchen wusste es besser.

«Sie sind dumm», erklärte sie uns eines Tages. «Sie glauben, du bist böse. Aber ich habe ihnen gesagt, dass du nett bist und eine Frau hast.»

Friedrich musste lachen.

Marlene. Er schrieb ihr fast jeden Tag.

«Und jetzt wollen sie, dass du zum Mittagessen zu uns kommst», fuhr sie fort. «Mama sagt, es macht keinen Sinn, so zu tun, als wärst du nicht hier. Also, was ist, kommst du?»

«Heute?», fragte Friedrich ungläubig.

«Ja.»

«Aber ich habe heute Dienst.»

«Auch heute Abend?»

«Nein, heute Abend nicht.»

«Dann kannst du doch kommen.»

«Aber hast du nicht gesagt, deine Eltern haben mich zum Mittagessen eingeladen?»

«Doch.»

«Aber mittags habe ich Dienst.»

«Das macht nichts. Du sollst ja auch heute Abend bei uns mittagessen.»

Friedrich sah Guri verwirrt an.

«Ich glaube, du willst mich auf den Arm nehmen!», sagte er dann.

«Nein, das will ich nicht», antwortete Guri beleidigt.

«Ich soll also zum Abendessen kommen.»

«Abendessen? Nein, das gibt es bei uns nicht. Bei uns gibt es jeden Tag um sechs Uhr Mittagessen.»

«Na, wenn das so ist», sagte Friedrich. «Dann komme ich gerne.»

Als Guri davongerauscht war, um ihrer Mutter die Zusage zu überbringen, blieb Friedrich noch eine Weile auf dem Bett sitzen. Er schüttelte den Kopf.

«Versteh einer die Norweger, Ole. Sie nennen ihr Abendessen Middag», sagte er. «Da sind sie schon vom gleichen Schlag wie wir, und dann ticken sie doch ganz anders.»

Gegen sechs Uhr polierte er schnell noch einmal seine Stiefel.

«So», sagte er. «Dann wollen wir mal.»

Ich merkte genau, dass er nervös war. Er war noch nie bei Ingvild und Torleif in der Stube gewesen. Er schien wirklich gespannt zu sein.

«Du kommst mit», sagte er zu mir. «Für den Fall, dass ich Schützenhilfe brauche.»

Haha.

Er klemmte mich unter den Arm, und wir machten unseren ersten Besuch.

Friedrich klopfte. Guri öffnete die Tür.

«*Hei*, Fritz», sagte sie und strahlte uns an. «Oh, und du hast Ole mitgebracht! Ole besucht mich. Mama!», rief sie dann. «Fritz und Ole sind da!»

Friedrich überreichte mich und brummte in Ole-Stimme: «Willst du mit mir spielen, kleine Guri?»

Das Mädchen juchzte, und wir stoben davon, um das zu tun, was Kinder und Bären tun, wenn sie allein sind. Wir hatten uns viel zu sagen.

«Guri!», ertönte Torleifs Stimme eine Weile später aus der Stube. «Essen kommen!»

Zum Essen hatten Haugoms das gute Geschirr eingedeckt und eine Tischdecke aufgelegt. Obwohl es eine einfache Bauernstube war, zweckmäßig eingerichtet und ohne den ganzen plüschigen Firlefanz, den es beispielsweise in England gegeben hatte, sah es feierlich aus.

Torleif und Friedrich wussten nicht richtig, wie man sich in dieser Situation verhalten sollte. Befangenheit lag in der Luft. Friedrich drückte sich ein wenig unbeholfen in der Stube herum, so gut, dass er unbeschwert über das Wetter hätte plaudern können, waren seine Sprachkenntnisse nicht. Nach der Begegnung in Friedrichs Zimmer hatten die beiden Männer einander höflich zugenickt, und Friedrich hatte bemüht auf Norwegisch gegrüßt, doch weiter hatten sie bislang kaum ein Wort gewechselt.

Torleif war kein Mann vieler Worte. Er wirkte wie einer dieser Berge, die uns umgaben: schweigsam und unbeugsam.

Erleichtert sahen sie auf, als Ingvild das Essen auftrug,

Hammel mit Kohl, es dampfte aus zahlreichen Schüsseln, und ich konnte sehen, wie Friedrich sich darauf freute.

«Bitte», sagte sie und forderte ihn auf, sich zu setzen.

Im Gegensatz zu Torleif schwieg Guri allerdings kaum eine Minute. Als sie ins Zimmer wirbelte, sah sie Friedrich herausfordernd an und sagte in ihrem strengen Lehrerinnenton:

«Fritz. Du musst hier drinnen deine Schuhe ausziehen. Der Dreck bleibt draußen!» Und dann imitierte sie auf Deutsch: «*Das ist ein Befehl! – sagt Mama immer.*»

«Also, Guri, das ist jetzt aber unhöflich. Herr Friedrich ist doch unser Gast», ermahnte Ingvild ihre Tochter und schaute hilflos ihren Mann an, der mit unbewegter Miene seinen Löffel in der Hand drehte.

«Es tut mir leid, das wusste ich nicht», sagte Friedrich. Peinlich berührt sah er an sich hinunter.

«Befehl ist Befehl», sagte er dann und verschwand in der Diele. Wenig später kam er auf Socken zurück. Es waren die warmen Wollsocken, die Marlene ihm eingepackt hatte.

«So», sagte Guri. «Jetzt bist du norwegisch.»

«Können wir dann endlich essen?», fragte Torleif und grinste Friedrich an.

«*Velbekomme*», sagte Ingvild.

Mein Herz machte einen Satz. Die Liebe in mir sagte, dass der Krieg nicht überall Platz hatte.

«Das müssen wir Marlene schreiben», sagte Friedrich, als wir spät am Abend den Hof überquerten und uns zu unserer Unterkunft begaben. Es war kalt geworden, der Nachtfrost hatte sich noch immer nicht endgültig verabschiedet. Friedrich setzte mich auf den Tisch, zündete die Lampe an und versuchte den Ofen anzuheizen. Dann ließ er sich neben mir nieder, und wir schrieben an Marlene, wie wir es auch schon in Frankreich getan hatten: Leise flüsternd ließ er den Stift über das Papier rutschen.

Meine liebe Marlene, mein innig geliebtes Frauchen,

ich schicke Dir heute Abend noch einen lieben Gruß, morgen früh geht die Post erst um sieben, und sie soll doch nicht ohne einen Kuss an meinen Schatz abgehen.

Friedrich seufzte. Sah zu Marlenes Fotografie hinüber und fuhr dann fort.

Heute Abend war ich bei meiner Wirtsfamilie zum Mittagessen eingeladen – Du staunst? – Ja, das wusste ich vorher auch nicht: Der Norweger isst abends Middag. Aber das war nicht das Einzige, was ich nicht wusste. Ich habe die Stube in Stiefeln betreten. Ein riesiger Fehler. Das tut man hier einfach nicht. Jetzt weiß ich also schon wieder viel mehr über die Sitten hierzulande. Ich mag diese Leute, sie sind nett und begegnen mir inzwischen freundlich.

Die kleine Guri ist ein herziges Kind. Sie hat Ole und mich richtig gern und bringt mir doll Norwegisch bei.

Hier in Gol haben wir es fabelhaft. Wie gut habe ich es hier getroffen, in dieser herrlichen Natur, bei diesen netten Menschen. Hier ist es wie das Paradies, vom Krieg kriegt man nur wenig mit. Wir sind als Störungstrupp und gleichzeitig zur Erholung hier. Vorerst zwei Monate. Dienst haben wir nur, wenn Störungen an der Leitung sind, und dies wird wohl kaum vorkommen, denn der Winter scheint endgültig vorbei zu sein. Herrliches Wetter haben wir angetroffen, auf den Bergen liegt noch Schnee, aber die Sonne scheint schon warm.

Heute Nachmittag war ich auf Störungssuche im Ort, bei

schönem Wetter macht es auch Spaß, auf den Masten herumzuklettern. Es war aber keine Störung in der Leitung, bei der Heeresunterkunft hatte nur jemand den Apparat falsch angeschlossen.

Sonntag war hier Tag der Wehrmacht, und unsere Kompanie hatte dafür allerlei geboten. Es gab nachmittags echten Bohnenkaffee, die Tasse für 25 Øre, nach deutschem Geld kannst Du ungefähr die Hälfte rechnen, dazu Kuchen für wenig Geld, abends kam unsere Feldküche mit prima Erbsensuppe für 50 Øre der Teller. Habe mir zwei Kochgeschirre einverleibt. Dann stieg das Wunschkonzert, Norweger waren auch mit ungefähr 100 Personen anwesend. Wir Kameraden aus Bielefeld hatten uns für 28 Kronen mein Lieblingslied gewünscht ‹Mädel, ich bin dir so gut›. Natürlich habe ich dabei an Dich gedacht, als es gespielt wurde. Ich wünschte, ich könnte bei Dir sein. Denke bitte nicht, dass mir mein Herz durchgebrannt ist und ich Heimweh hätte, nicht die Bohne, nur jetzt, wo mir die Heimat so nahe gerückt ist, gibt es nur eines, Du meine süße Frau, Du bist meine Heimat, wo ich mich drauf freue, wenn dieser Krieg einmal ein Ende findet.

Nun muss ich schließen, meine Augen fallen mir zu. Nur eines noch: Schicke mir doch bitte bald Zigarettentabak und Zigarillos. Sieh aber bitte zu, dass Du nur das Beste kaufst, das andere Zeug, das kann man kaum mehr rauchen.

Die Pralinen von Stollwerck waren noch sehr gut, also süße Sachen sind immer willkommen, sicher würde sich auch die kleine Guri sehr darüber freuen. Für Dich sind Schokolade und Pralinen aber auch sehr wichtig, da sind gute Aufbaustoffe und sehr viel Fett drin, die Du jetzt in der mageren Zeit nötig hast.

Sei unverzagt, tapfere kleine Soldatenfrau, ich denke immer

an Dich und behalte Dich lieb und küsse Dich heute von Her-
zen auf Deinen roten Mund.
  In Liebe Dein Friedrich.
  PS: Ole lässt ganz herzlich grüßen!

Friedrich legte den Stift zur Seite und ließ sich aufs Bett fallen. Und während er seine Soldatenträume träumte, versuchte
ich mir vorzustellen, wie es wäre, wenn sie alle zu einem Volk
gehörten und sich nicht bekämpfen müssten.

Der Frühling kam mit aller Macht, und auf dem Hof gab es
immer genug zu tun. Immer häufiger kam es vor, dass Friedrich seine Freizeit nicht im Soldatenheim in Gol verbrachte,
sondern «zu Hause» blieb. Er half bei kleineren Arbeiten im
Haus, und Ingvild stellte ihm dafür gerne ein extra Glas Milch
oder frische Eier hin. Ich merkte, wie sie aller Freundlichkeit zum Trotz immer die nötige Distanz wahrte, und Friedrich akzeptierte das still. Waffenstillstand mit Familienan-
schluss.
  Guri spielte jetzt auch mit mir, wenn Friedrich Dienst hatte.
Wen würde es wundern, wenn ich sage, dass ich diese Zeit
genoss? Die kleine Guri schleppte mich mit in den Stall und in
die Scheune. Sie nahm mich mit auf die Wiese und sang mir
Lieder vor, während sie kleine Kränzchen aus Gänseblümchen
wand, die sie mir dann zwischen die Ohren setzte. Am liebsten
aber saß ich mit ihr im Haupthaus in der gemütlichen Stube,
wenn Ingvild und Torleif dabei waren. Manchmal, in den all-
täglichsten Momenten, war es fast so wie früher bei den Bouviers.
  Sie unterhielten sich über das Wetter. Das Wetter war hier
oben in den Bergen noch wichtiger als der Krieg. Über den

Krieg sprachen sie auch, aber nicht oft. Eigentlich nur, wenn Magnus zu Besuch kam.

Magnus war Ingvilds Bruder. Er war ein schlanker, drahtiger Mann mit einem hitzigen Charakter, jung und ungestüm. Magnus, der Große, brachte immer alles durcheinander. Ich mochte ihn, wie ich immer Menschen mag, die sich nicht alles gefallen lassen, die mit entschlossener Falte auf der Stirn für ihre Meinung kämpfen. Das war ein Charakterzug, den ich an Friedrich schmerzlich vermisste, nur erkannte ich bald, dass in diesem Fall das Durcheinander, das Magnus anrichtete, gefährlich war. Das Leben war nämlich schon durcheinander genug.

Es war an einem jener friedlichen Frühsommerabende, wir waren ungefähr seit acht Wochen in Gol. Ingvild und Torleif saßen auf ihrer Holzbank und schwiegen einträchtig in die Stille. Die Hühner versteckten ihre Eier irgendwo auf der Wiese, und ich wusste schon jetzt, dass Ingvild am nächsten Tag wieder leise vor sich hin schimpfen würde, wenn sie versuchte, sie zu finden.

Der Sommer hatte schließlich doch die Oberhand gewonnen und ließ die Sonne fast rund um die Uhr scheinen. Nachts legte sich ein unwirkliches Zwielicht über Haus und Hof, ein Licht, das die Konturen von Menschen, Dingen und Gedanken verwischte. Guri wollte jetzt abends kaum müde werden, so sehr genoss sie die hellen, lauen Nächte. Manchmal schlief sie dann auf dem Schoß ihrer Mutter ein, wenn sie abends noch eine Weile auf der Bank vor dem Haus saßen.

An diesem Abend war Guri jedoch im Stall verschwunden, vermutlich um irgendeinen Streich auszuhecken, und hatte mich auf der Bank liegenlassen.

Geistesabwesend fuhr Ingvilds Hand durch mein Fell, sie

zupfte ein paar Grashalme von meinem Bauch, und ich genoss diese stille Art der Körperpflege. Torleif paffte an seiner Pfeife und schaute den Schwalben hinterher, die über unseren Köpfen Flugkunststücke veranstalteten.

«Da kommt Magnus», sagte Ingvild, als sie auf dem Pfad, der vom Tal heraufführte, die wohlbekannte Gestalt ihres Bruders entdeckte.

«Das gibt doch wieder Unfrieden», brummte Torleif.

«Magnus hat eben einen Hitzkopf», erwiderte Ingvild.

«Ja, der ihm nur Ärger einbringt.»

«Aber er hat ein gutes Herz.»

Sie schwiegen und sahen Magnus entgegen.

«*Hei*, Magnus», sagte Torleif.

«Torleif», sagte Magnus und nickte seinem Schwager zu. «Was machen die Kühe?»

«Muuuuh», rief Guri dazwischen, die im selben Moment mit ausgebreiteten Armen wie ein Flugzeug um die Hausecke sauste. Sie sprang ihrem Onkel in die Arme. «*Hei*, Onkel Magnus.»

Er hob sie hoch und drehte sich mit ihr im Kreis, dass sie nur so juchzte.

«Na, mein kleiner Wirbelwind. Und was machen die Hühner?»

«Putt-putt-putt.»

«Genau. Genau das machen sie.»

«Wir werden Mulla schlachten müssen», sagte Torleif plötzlich. «Sie erholt sich nicht.»

Magnus stellte Guri wieder auf die Füße und sah seinen Schwager fragend an. Torleif zuckte die Achseln.

«Nein!», schrie Guri laut dazwischen. «Das dürft ihr nicht. Sie wird bestimmt wieder gesund.»

«Guri, komm her, Schatz», sagte Ingvild und zog ihre Tochter zu sich heran. «Du weißt, dass das der Lauf der Dinge ist. Menschen und Tiere werden geboren, und irgendwann müssen sie sterben.»

«Aber nicht Mulla!»

«Doch, auch Mulla.»

Guri riss mich aus der Hand ihrer Mutter und drückte ihre Nase in mein Fell. «Nicht Mulla», flüsterte sie in mein Ohr. «Nicht Mulla.»

Ich versuchte mich weich und anschmiegsam zu machen. Ihr Atem kitzelte.

«Ich sehe sie mir noch einmal an, bevor ich gehe», sagte Magnus. «Versprochen.»

«Danke», sagte Ingvild. «Das ist lieb.»

«Und, was macht euer … Gast?», fragte Magnus. Das Wort Gast betonte er nach einer kleinen theatralischen Pause ironisch.

Er meinte Friedrich, das wusste ich wohl. Ich wusste auch, dass Magnus auf die Deutschen nicht gut zu sprechen war, wen wunderte es? In seinen Äußerungen erkannte ich Nicolas und Maurice wieder – Sätze, durchdrungen von Unsicherheit und Wut, vom Wunsch nach Auflehnung, von Hilflosigkeit und mir eigentlich wie aus dem Herzen gesprochen. Friedrich, der Wehrmachtssoldat, war hier, um den Menschen den deutschen Willen aufzuzwingen, als Gast konnte man ihn wohl kaum bezeichnen.

Magnus wollte seinem Ärger Luft machen. Torleif sagte: «Ich mach noch den hinteren Stall», und trat den Rückzug an.

«Unser Gast heißt Friedrich», sagte Ingvild leise.

«Friedrich der Große. Wie passend.»

«Magnus. Was soll das?»

«Sie wollen uns die Radios wegnehmen.»

Ingvild schwieg.

«Verstehst du denn nicht? Sie wollen uns entmündigen. Wir sollen nicht mehr mitbekommen, was in der Welt passiert. Wir sollen dumm bleiben. Dein Friedrich will, dass du dumm bleibst.»

«Er befolgt doch nur seine Befehle ...»

«Und das nimmst du einfach so hin? Auf wessen Seite stehst du eigentlich?»

«Du weißt genau, auf wessen Seite ich stehe. Aber Friedrich ist nun mal bei uns einquartiert worden. Und wir brauchen das Geld.»

«Was du da sagst, grenzt an Landesverrat. Ich werde nicht zulassen, dass meine eigene Schwester gemeinsame Sache mit dem Feind macht.»

«Ich mache keine gemeinsame Sache. Ich lebe hier und Friedrich auch – vorübergehend. Das ist nun mal nicht zu ändern.»

«Er heißt Fritz», sagte Guri dazwischen.

«Dein Fritz verdient eine Kugel durch den Kopf. Genau wie alle anderen Nazis auch», polterte Magnus.

«Magnus. Ich verbiete dir, so vor meinem Kind zu sprechen. Was ist denn in dich gefahren?»

Ingvild strich sich energisch eine Strähne aus dem Gesicht und wandte sich an Guri.

«Geh und hilf deinem Vater, los jetzt.»

«Aber ...»

«Nichts aber! Ab mit dir, ich habe mit Onkel Magnus ein Hühnchen zu rupfen.»

Guri ließ mich zurück auf die Bank fallen und trollte sich mit vorgeschobener Unterlippe und unter stetigem Protest.

Magnus hatte keinerlei Veranlassung, Friedrich, den Menschen, irgendwie von Friedrich, dem Besatzungssoldaten, zu trennen, doch Ingvild hatte ein wenig davon durchscheinen sehen. Sie hätte nie mit den Deutschen gemeinsame Sache gemacht. Die Haugoms hatten die Einquartierung Friedrichs hingenommen und waren berechtigterweise froh darüber, dass man ihnen keinen tiefbraunen Nazi ins Gesindehaus gesetzt hatte, sondern lediglich einen freundlichen Soldaten. Sie waren sich durchaus im Klaren, dass diese Freundlichkeit eher heute als morgen in schrecklichste Bestrafungen umschlagen konnte, wenn sie nur einen falschen Satz sagten. Ingvild mochte Friedrich, den Menschen, aber der Soldat folgte ihm wie sein eigener Schatten. Und der machte ihr Angst. Immer noch. Natürlich.

«Warum hörst du nicht einfach auf, Magnus?»

«Aufhören? Ich fange gerade erst an. Wir haben uns organisiert.»

Mein Herz setzte aus. Sie hatten sich organisiert. Was bedeutete das? War er bei den Partisanen?

«Das ist nicht dein Ernst!», rief Ingvild entsetzt aus.

«Mein voller Ernst», erwiderte er.

«Nicht so laut.» Ingvild sah sich erschrocken um.

«Wo ist euer Fritz jetzt?», fragte Magnus.

«Beim Dienst.»

«Dann kann uns ja keiner hören.»

«Das weiß man nie.»

Das stimmt. Ich höre sehr gut.

«Wir müssen Widerstand leisten. Das ist unsere verdammte Pflicht als Bürger dieses Landes», fuhr Magnus hitzig fort.

«Du hast ja recht», sagte Ingvild. «Aber du weißt doch selbst, was darauf für Strafen stehen.»

«Vor zwei Wochen haben die Nazis drei Männer hingerichtet, als Racheakt. Die Männer hatten noch nicht einmal etwas getan», sagte Magnus leise. «Wir dürfen uns nicht in diese Schreckensherrschaft fügen.»

Mir wurde heiß und kalt. Ich bekam hier auf dem Hof eindeutig zu wenig mit. Ich wusste, dass Magnus sich nicht verhört hatte. Zwar waren die Soldaten dazu angehalten, sich friedlich und ruhig zu verhalten, doch die Männer von der Waffen-SS und die ranghöheren Offiziere verfolgten auch hier in Norwegen den bestialischen Plan ihres Führers, sich die Erde untertan zu machen – mit welchen Mitteln auch immer. Ich hätte an Magnus' Stelle ebenfalls rebelliert.

«Vielleicht hat dein Friedrich sie exekutiert», sagte Magnus hart.

Ingvild schwieg. Ich konnte ihr Gesicht nicht sehen.

Alles in mir sträubte sich. Ich wusste es, ich hatte es immer gewusst. Soldaten schossen auf Menschen. Zu hoffen, dass ein anderer diesen Befehl ausgeführt hatte, war absurd. Es änderte nichts: Befehl ist Befehl – so ist der Krieg.

«Sollen wir uns so kleinmachen lassen?», fragte Magnus weiter.

«Was willst du tun?», fragte Ingvild.

«Das wirst du früh genug erfahren.»

«Du bringst uns alle in Gefahr.»

«Aber wir brauchen deine Hilfe», sagte er und sah sie bittend an.

«Wie denn?» Ingvild klang entsetzt.

«Du verstehst dich doch so gut mit deinem Fritz. Du musst ihn aushorchen.»

«Das kann ich nicht. Das geht nicht. Das ist … Er ist …»

«Ingvild, wach auf. Du musst uns helfen. Willst du nach diesem Krieg dastehen und dich deinem Volk gegenüber schuldig gemacht haben?»

Schweigen.

«Nein», sagte Ingvild langsam. «Das will ich nicht.»

«Hast du gehört, dass die Lehrer streiken? Sie wehren sich dagegen, dass die Deutschen unsere Kinder verderben und sie mit ihrem Nazi-Geschwätz vollpumpen. Du willst doch auch nicht, dass aus Guri so ein Kind wird?»

«Fritz mag Guri», wandte Ingvild leise ein und nahm mich auf den Arm. Sie hielt mich vor sich wie einen Schutzschild. «Und sie mag ihn.»

«Er ist einer von ihnen. Und die Deutschen mögen keine Kinder. Sie sind für sie nur Mittel zum Zweck.»

Magnus brach abrupt ab, als er Friedrich entdeckte, der im Laufschritt den Weg hochkam.

Sein Kopf war rot vor Anstrengung, und seine Mütze war verrutscht.

«Wir müssen etwas tun», sagte Magnus noch, und Friedrich rief schon von weitem:

«Guri! Ingvild, Torleif!»

Im Laufen schwenkte er einen Brief hoch über dem Kopf.

«Kommt alle her! Hört, was meine Marlene mir geschrieben hat! Stellt euch vor: Ich werde Vater! Ich kriege einen kleinen Stammhalter. Ist das nicht toll? Marlene und ich kriegen ein Kind!»

«Ich schaue nach Mulla», sagte Magnus und ging in den Stall.

Friedrich war außer sich vor Freude, und ich war außer mir vor Angst. Magnus hatte recht, die Norweger mussten sich wehren, genau wie sich die Franzosen gewehrt hatten und wie jedes Volk es in dieser Situation tun würde. Es ging um ihre Ehre, um ihre Selbstbestimmung und um ihre Freiheit. Niemand darf über andere bestimmen. Ob du ein Mensch bist oder ein Bär: Über deine Gedanken herrschst nur du allein.

Aber Magnus hatte auch unrecht, es gab Deutsche, die Kinder liebten, und Friedrich war einer davon. Er freute sich so unbändig und hatte gar nicht bemerkt, in welch aufgeladenen Moment er mit seiner Neuigkeit geplatzt war.

Er hatte Guri und Ingvild bei den Händen gefasst und war mit ihnen über den Hof getanzt. Lauthals hatte er dabei sein Lieblingslied gesungen:

«*Mädel, ich bin dir so gut,*
Mädel für dich all mein Blut.
Wenn alles vergehet, dies Herze bleibt dein,
denn du bist mein Leben, du Mädel am Rhein.»

Freudentränen waren ihm über die Wangen gelaufen, und für einen Moment war Frieden gewesen.

Torleif hatte gutmütig den Kopf geschüttelt und zur Feier des Tages eine Flasche Gammel Dansk aus einem Versteck geholt. Nur Magnus war über die Wiesen verschwunden, ohne sich zu verabschieden. Ich hielt die Spannung kaum aus. Die Freude über unseren Familienzuwachs wurde von der Angst, es könnte etwas Schreckliches geschehen, völlig überlagert. Ein Bärenherz ist eigentlich nicht so leicht in Aufruhr zu versetzen. Doch ich begriff, dass Gefahr im Verzug war.

Egal wie Ingvild sich verhielt: Die Katastrophe war bereits vorprogrammiert. Ich fürchtete, dass Magnus etwas Gefährliches plante, und fürchtete noch mehr, dass Friedrich davon Wind bekäme.

Was würde dann passieren?

Täte Friedrich seine Pflicht und schwärzte er die Familie

bei seinem Spieß an, bedeutete das die Höchststrafe. Für Widerstand und Mithilfe zum Widerstand wurde die Todesstrafe verhängt, das hatte inzwischen selbst ich verstanden. Verschwieg er es, machte er sich der Mitwisserschaft schuldig und würde seinerseits des Hochverrats angeklagt. Wie man es auch drehte, Magnus' Plan war für alle auf unterschiedlichste Weise lebensgefährlich.

Es war grauenvoll.

Jeden Tag hoffte ich, Friedrich würde spät nach Hause kommen und keine Gelegenheit finden, mit Ingvild zu sprechen. Wäre das nicht am besten für beide? Er würde nichts ahnen, und sie würde nichts wissen, was sie weitergeben könnte.

Jeden Tag hoffte ich, Magnus möge kommen und verkünden, er habe es sich anders überlegt.

Doch meine Hoffnungen blieben unerfüllt.

Magnus kam regelmäßig. Seine Besuche waren für die deutschen Soldaten unauffällig, denn nie kam er ohne Grund: eine Kuh, die kalbte, eine Egge, die klemmte, ein Esel, der sich widersetzte. Doch er versäumte nie, seiner Schwester einen vielsagenden Blick zuzuwerfen, den sie mit einem Nicken quittierte. Ich bin dabei, hieß das, du kannst auf mich zählen.

Trotzdem gerieten die Geschwister immer wieder in Streit, denn der Druck war für beide unerträglich, und nicht selten war ich Zeuge dieser Auseinandersetzungen. Dann standen sie in der dunklen Küche, in der es nach Feuer und Reisbrei roch, und sahen einander aus wütenden Augen an.

«Was planen sie?», fragte er.

«Ich weiß es nicht.»

«Du willst es nicht sagen.»

«Magnus, ich weiß es nicht. Wir haben kaum Gelegenheit

zu sprechen. Vielleicht ahnt Fritz ja auch irgendwas. Ich habe nichts mitbekommen.»

«Hast du gefragt?»

«Was soll ich denn fragen: Entschuldige, Fritz, welches Aufwieglernest wollt ihr als Nächstes hochgehen lassen? Und um wie viel Uhr, wenn ich fragen darf, nur so, rein interessehalber? Fritz hat sowieso keine Ahnung. Er ist beim Störungstrupp, nicht bei der Gestapo.»

«Du willst nicht helfen. Du hast Angst.»

«Ja, ich habe Angst. Willst du mir das verbieten? Ich versuche zu helfen, so gut ich kann.»

«Lass uns nicht im Stich, Schwesterlein», sagte Magnus. «Wir müssen doch zusammenhalten.»

«Ich würde meine Familie niemals im Stich lassen.»

«Ich weiß. Entschuldige. Meine Nerven liegen blank.»

«Meine auch.»

Er umarmte sie zum Abschied und verschwand über den Hof.

«Was war denn los?», fragte Friedrich, der völlig unbemerkt in der Küchentür erschienen war.

Ingvild und ich fuhren erschreckt auf.

Gebt mir einen Wunsch, nur einen Wunsch, und alles wird gut.

«Ach, nichts», sagte sie und wischte sich mit dem Handrücken über die Stirn. «Es ging mal wieder um unsere Mutter.»

«Aha», sagte Friedrich und sah Ingvild forschend an. Lange.

Sie wandte sich ab und machte sich am Butterfass zu schaffen.

«Ich nehme Ole mit, ja?», sagte Friedrich und nahm mich

von der Küchenbank. Er war schon fast draußen, da drehte er sich noch einmal zu Ingvild um.

«Ich habe schlechte Nachrichten für euch.»

Ingvild sah auf. Ihre Augen waren ausdruckslos.

Nein. Bitte nicht.

Friedrich schlug den Blick nieder.

«Ich muss euer Radio beschlagnahmen. Es hat einen Zwischenfall gegeben, nicht weit von hier. Nach sechs Uhr abends dürfen norwegische Männer von nun an nicht mehr allein auf die Straße. Morgen wird es eine offizielle Verlautbarung geben. Warum fordert ihr uns so heraus? Ihr lasst uns ja keine Wahl.»

Verstehst du das wirklich nicht?

Ingvild schwieg, und Friedrich drückte mich so fest zwischen seinen Händen, dass mir ganz schlecht wurde.

Was machte dieser Krieg nur aus ihm?

«Befehl ist Befehl», sagte Ingvild und lächelte gequält.

«Ja», sagte Friedrich. «Befehl ist Befehl.»

War es nicht merkwürdig? Nun waren wir so weit weg von Kanonen und Fliegerangriffen, und dennoch war die Bedrohlichkeit dieses Krieges näher als je zuvor. Sie hatte sich in die Herzen der Menschen geschlichen und warf dort lange Schatten, die bis in die sonst so gemütliche Küche der Haugoms reichten.

Die Radios wurden eingesammelt, Magnus kam nun immer am Nachmittag, und der Sommer ging in Stille dahin. Für wenige Wochen strahlte die Sonne Tag und Nacht, und dann kam plötzlich die Dunkelheit zurück. Die Bäume färbten sich rot und gelb und orange, und es sah aus, als hätte es Farben geregnet. Bald darauf kam der erste Frost.

Ingvild wurde blass und immer stiller, sie bekam einen schlimmen Husten, der sie tagelang außer Gefecht setzte. Man konnte ihr ansehen, dass die Situation sie quälte. Sie wollte zu ihrem Bruder halten und zu ihrem Land stehen, sie wollte Radio hören, sie wollte das Leben ihrer Familie beschützen, sie wollte Friedrich nicht ausspionieren. Sie befand sich in einer schrecklichen Zwickmühle und war damit ganz allein.

Nun, sie war nicht ganz allein. Ich teilte ihre Sorgen.

Ich war Doppelagent ohne die Möglichkeit zu handeln. Mein Wissen brachte mich fast um den Verstand, und mehr als alles andere wünschte ich mir, dass sich meine Ohren für immer verschlössen. Ich wollte nichts mehr hören – weder von geheimen Plänen noch von offiziellen Verlautbarungen.

Friedrich machte die Sache nur noch schlimmer: Er kümmerte sich rührend um Ingvild und brachte Medizin mit, die für die Norweger so gut wie gar nicht zu bekommen war. Er bat Marlene in seinen Briefen immer wieder darum, Schokolade und andere Dinge zu schicken, damit er den Haugoms seine Dankbarkeit zeigen könne. Er bemühte sich. Friedrich. Er war nicht der Große. Er war der Naive mit dem großen Herzen – und das kämpfte in diesem Krieg auf verlorenem Posten.

Ich schaute in jenen Tagen nur hilflos von einem zum anderen und bat einen Gott, von dem ich keine Ahnung hatte, darum, uns zu verschonen.

Ich hatte wirklich keine Ahnung. Denn so ein Gott, der kann anscheinend noch ganz anders.

Friedrich bemerkte nichts. Er dachte nur noch an seinen Stammhalter, an seinen Urlaub und daran, dass dieser lästige Krieg endlich ein Ende finden möge.

Marlene schrieb uns. Die Angriffe der Engländer auf Köln

würden jetzt immer stärker, ganze Viertel seien in Rauch aufgegangen. Sarah R. sei fort, vermutlich wegen K. F. Und sie
habe noch eine traurige Nachricht, Hänschen, Franziskas
Mann, sei gefallen, als er gegen England flog, doch Franziska
trage es erstaunlich tapfer. Tante Lottchen habe eine Lungenentzündung, und Fritzi sei ins Spital nach Bergisch Gladbach
versetzt.

Ist es nicht grotesk? Während Friedrich in einem unbeteilig-
ten Land im Namen Deutschlands Unheil verbreitete, bekam
seine Familie daheim die Quittung dafür.

Fast beruhigte mich Friedrichs Arglosigkeit. Manchmal
schien er fast vergessen zu haben, dass er hier ein Feind war.

Vergessen? Konnte man das wirklich vergessen? Oder wollte
er es einfach nicht wahrhaben?

Ich weiß nicht, wie oft mir in diesen Monaten das Herz ver-
rutschte, wenn Friedrich mal wieder völlig harmlos in eine pre-
käre Situation hereinplatzte. Spürte er denn die angespannte
Stimmung nicht? Merkte er nicht, wie viel Angst und unaus-
gesprochene Feindseligkeit hier noch immer zu Hause waren?
Es richtete sich nicht gegen ihn persönlich, das verstand ich
wohl, aber es richtete sich gegen sein Volk, gegen seinen Führer und dessen Wahnsinn.

Es war im November, die Dunkelheit und der Schnee hatten
längst Einzug gehalten, als endlich die befreiende Nachricht
kam. Friedrichs Urlaub war genehmigt worden.

«Ole. Wir fahren nach Hause, ist das nicht schön?»

*Ja. Das ist sehr schön. Du glaubst gar nicht, wie erleichtert
ich bin.*

«Du glaubst nicht, wie froh ich bin! Ich hatte solche Sorge
dass man mir den Urlaub sperren würde.»

Er nahm mich in die Hände, sah mir in die Augen und sagte:

«Wie gut, dass du mit mir gekommen bist. Du warst eine große Hilfe.»

Danke. Ein Bär, ein Wort. Das weißt du doch.

«Ich möchte einfach nur normal leben, weißt du. Ist das zu viel verlangt?»

Sieht fast so aus.

«Es wird so schön, wenn wir erst wieder alle beisammen sind.»

Ja. Das wird es.

«Und jetzt schreiben wir an Marlene und verkünden die guten Nachrichten.»

Mein Liebchen,
schrieb Friedrich schnell. Seine Zungenspitze wanderte dabei in den rechten Mundwinkel.

Ich komme, ich komme. Schon bald liegen wir uns in den Armen, und ich kann Deinen runden Bauch streicheln und Dir beistehen. Am 5. Dezember bin ich bei Dir. Wenn alles glattgeht, kann ich zehn Tage bleiben. Am 3. 12. fahre ich in Oslo ab.

Hier ist das ganze Land auf Winter eingestellt. Die ganze Bevölkerung auf Skiern, Hundeschlitten, Pferdeschlitten und Tretschlitten – ganz tolle Dinger, die sehr schnell sind. Da kommen die Kinder mit, da werden Einkäufe in der Stadt mit gemacht, da fährt Jung und Alt mit, es ist eine Art Stuhlschlitten, sogar alte Leutchen kommen damit dahergesaust.

Abends ist es jetzt bei Mondlicht ganz hell, und wie es in den letzten Tagen nicht so kalt war, waren die Leute mit den Kindern bis nachts 1 Uhr unterwegs, die Straßen waren bevölkert.

Die Leute nutzen die hellen Nächte aus, die ganz kleinen Kinder von ein paar Monaten werden auf den Schlitten gepackt und mitgenommen. Schnee und Eis ist das Element für sie. Du würdest staunen.

Arenz und den Eltern schicke ich auch mit gleicher Post ein paar Bilder, sie werden sich sicher freuen. Grüße bitte alle, ganz besonders die arme Franziska und Tante Lottchen, ich hoffe, dass sie wohlauf sind.

Ein ganz leckerer Kuss für Dich in Liebe und Treue, mein Mädel am Rhein.

Ich bin Dir so gut,

Dein Friedrich

Am nächsten Tag saß ich neben Guri auf der Küchenbank und genoss den Geruch frischer Waffeln. Guri konnte es kaum erwarten, bis sie die erste auf dem Teller hatte.

«Niemals sollst du zwei Herzen trennen», trällerte sie, während sie zwei Waffelherzen auseinanderriss.

Ingvild musste lachen. «Wo hast du das denn her?», fragte sie.

«Von Fritz.»

«Von wem auch sonst?», sagte Ingvild und versetzte ihrer Tochter einen spielerischen Klaps.

Das Geräusch von schweren Stiefeln ließ uns aufhorchen. Ich wusste sofort, dass es Magnus war. Die Stiefel der deutschen Soldaten hatten einen anderen Klang.

«Jemand zu Hause?», rief Magnus von der Diele aus.

«Wir sind in der Küche!»

Ein Schwall kalter Luft kam mit ihm herein.

«Oh, das riecht aber lecker!», sagte er.

Ingvild drehte das Eisen im Feuer.

«Gibt's was Neues?», fragte Magnus leichthin.

«Fritz hat Urlaub bekommen. Er kann nach Hause zu seiner Frau», trompetete Guri.

«Na, so was, wann fährt er denn?»

«Am 2. Dezember von hier», sagte Ingvild leise. «Dann haben wir es hoffentlich ein wenig einfacher.»

«Aber vorher feiert er noch ein Fest», erklärte Guri eifrig. «Mit allen anderen Soldaten.»

«Doch wohl nicht hier auf dem Haugom-Gård?», fragte Magnus an Ingvild gewandt.

«Nein. Es ist eine Feier im Soldatenheim.»

«Eine Feier, ja?»

«Ja, und alle Soldaten ...»

Ingvild unterbrach ihre Tochter. «Guri. Iss deine Waffel. Sie wird sonst ganz kalt.»

Magnus sah seine Schwester scharf an. Die erwiderte seinen Blick, und sie wechselten das Gesprächsthema.

In mir echote immer nur dieser eine Satz: «Dann haben wir es hoffentlich ein wenig einfacher.»

Das hatten sie verdient. Es wurde Zeit, dass wir von hier wegkamen, damit alle endlich wieder in Ruhe ihr Leben führen konnten. Weiter dachte ich nicht.

Der Nachmittag vor der Abreise war ein strahlender Wintertag. Der Himmel war blau, und der Schnee blitzte im Sonnenlicht. Friedrich war in seiner Kammer und packte sein Marschgepäck. Leise klopfte es an der Tür.

«Nur herein, kleine Guri, nur herein.»

«Fritz ...»

«Ja?»

«Nimmst du Ole mit?»

«Ja, das muss ich wohl.»

«Warum?»

«Weil meine Marlene ihn mir geschenkt hat, er ist mein Talisman gegen den Krieg.»

«Schade, dass Krieg ist», sagte sie ernst und sah sich im Zimmer um, als wäre sie noch nie hier gewesen.

«Ja. Das finde ich auch.»

«Kommt ihr wieder?»

Das will ich hoffen!

«Bestimmt», sagte Friedrich. «Wir müssen doch weiter Norwegisch zusammen üben.»

«Ja. Du machst noch ganz viele Fehler.»

«Das glaube ich dir.»

«Du musst noch viel lernen.»

Friedrich musste lächeln.

«Willst du noch ein bisschen mit Ole spielen? Dann packe ich ihn erst morgen ein.»

Guri nickte still und hob mich vom Schreibtisch. Sie musste sich auf die Zehen stellen, um an mich heranzukommen.

Wir gingen hinaus in den Schnee. Ins freundliche Licht dieses Tages.

Es fiel mir schwer, an den Abschied zu denken, und dennoch war ich unendlich erleichtert, dass wir die Zeit überstanden hatten, ohne dass Friedrich von Magnus' Partisanen etwas mitbekommen hatte. Es war noch einmal alles gutgegangen.

Es würde ein weiterer Abschied auf einer langen Liste von Abschieden werden, es würde in meiner Erinnerung ein neues Eckchen geben, in dem sich Bilder, Gedanken, Gerüche und Erlebnisse sammelten.

Ich würde nichts vergessen. Denn ein Bär vergisst nichts, was sein Herz einmal erreicht hat.

Es war schon dunkel, als Friedrich von einer Ordonnanz zum großen Fest im Soldatenheim abgeholt wurde, doch der Mond leuchtete hell und tauchte die Gegend in blaues Licht. Beschwingter als ich ihn je gesehen habe, sprang Friedrich die drei Treppenstufen vom Gesindehaus hinunter, grüßte zackig und verschwand in der Dunkelheit.

Ich blieb allein zurück. Jedoch nicht in der guten Stube, sondern draußen auf der Bank. Guri hatte mich sitzen lassen, nachdem ich beim Schneemannbauen nur wenig zur Hand gehen konnte. Sie war so versunken in ihr Werk gewesen, dass sie mich einfach vergaß. Als Ingvild zum Essen rief, fügte ich mich in das Schicksal einer kalten Nacht, ich übernachtete ja nicht zum ersten Mal im Freien, und erfrieren konnte ich glücklicherweise nicht. Ich wusste, dass Friedrich mich nicht vergessen würde. Morgen würde er mich einpacken. Morgen fuhren wir nach Hause.

Es muss schon spät gewesen sein, als ich plötzlich Schritte hörte. Der Schnee knirschte trocken, und ich sah kurz den Schein einer Lampe aufleuchten. Dann war es wieder dunkel. Ich hörte das Scheunentor.

Was war hier los? Wer schlich denn mitten in der Nacht über den Hof? Ich spitzte die Ohren. Was sollte ich auch sonst tun? Bellen konnte ich ja schlecht – außerdem war das eigentlich Fips' Aufgabe als Hofhund. Warum schlug er nicht an?

Hörte denn Torleif die Geräusche nicht? Wenn Elche, Bären oder Schakale dem Hof zu nahe kamen, wachte er doch auch sofort auf. Ich hörte wieder Schritte, diesmal aus einer anderen Richtung. Da war noch eine zweite Person. Was in aller Welt taten diese Leute hier? Wieder das leise Quietschen des Scheunentors, das Torleif regelmäßig ölen musste. Dann kam eine schwarzgekleidete Gestalt um die Ecke.

Magnus.

Ich erkannte ihn sofort. Der zielstrebige Gang, die schnellen Bewegungen.

Was hatte er mitten in der Nacht hier zu suchen? Und wer war die andere Person, die ich gehört hatte? Ingvild? Oder ein Fremder?

Plötzlich dämmerte mir Fürchterliches: das Fest im Soldatenheim. Alle Soldaten ausgelassen auf einem Haufen. Kaum Wachen. Wenn man die Deutschen treffen wollte, bestanden dort die besten Erfolgsaussichten. Diese Gelegenheit würde sich kein Partisan entgehen lassen. Wieso war ich nicht vorher darauf gekommen?

Mir stand das Fell zu Berge.

Jetzt erst erkannte ich, dass Magnus ein Gewehr in der Hand hielt. Wo hatte er das denn her? Die Norweger hatten schon vor langer Zeit ihre Waffen abgeben müssen. Es war unter Androhung der Todesstrafe verboten, Waffen zu besitzen.

Ich dachte an Friedrich, der feierte, dass er morgen nach Hause durfte, und bekam schreckliche Angst um ihn.

Wieder hörte ich Schritte, doch diesmal kamen sie vom Tor.

Wer kam jetzt noch?

Magnus schien nichts zu hören, er hatte seine Mütze weit über die Ohren gezogen.

Um Himmels willen, das war Friedrich!

Warum war er denn schon zurück?

Bereits am Klang seiner Schritte konnte man merken, dass er guter Laune war, vielleicht hatte er ein oder zwei Bier getrunken. Als er um die Ecke bog, war sein leises Pfeifen zu hören. Es war das Lied vom Mädel am Rhein.

Ich werde dieses Lied nie vergessen, das Friedrich so unentwegt an seine Marlene erinnerte, das ihn tröstete, wenn er sich einsam fühlte, das ihm Hoffnung gab und ihn freute. Ein dummes, einfaches Lied. Und wenn ich heute an ihn denke, dann klingt es immer noch in meinem Kopf, und ich sehe ihn vor mir, wie er mit Ingvild und Guri an den Händen über den Hof tanzte und aus voller Kehle sang.

Magnus erstarrte. Friedrich erstarrte.

Die beiden Männer standen einander gegenüber und sahen sich an. Der Mond zeichnete ihre Konturen schwarz in den Schnee.

Ich bebte. Ich wünschte mir, ich könnte die Augen schließen. Doch ich musste hinsehen, hatte keine Wahl.

Marlene, dachte ich. Marlene. Ingvild. Guri. Torleif. Marlene. Franziska. Tante Lottchen. Friedrich. Magnus.

Magnus hob sein Gewehr. Friedrich bewegte sich nicht. Sie ließen den Blick nicht voneinander. Langsam bewegte sich Magnus rückwärts, die Flinte hoch erhoben. Ein Schritt. Noch ein Schritt. Die Waffe auf den gebannten Friedrich gerichtet.

Friedrich schüttelte langsam den Kopf. Sehr langsam.

Dann drehte Magnus sich um. Er sprang mit einem Satz über den Zaun und verschwand nach rechts im Wald zwischen den langen Schatten der Bäume.

Ich weiß nicht, wie lange Friedrich noch so stehen blieb und der Gestalt nachsah. Eine Minute. Vielleicht auch zwei. Dann ließ er sich schwer auf die Bank fallen. Er entdeckte mich. Hob mich bedächtig auf und sah mich an.

«Morgen. Morgen mein Freund, fahren wir nach Hause», sagte er leise. «Dann geht uns das alles hier nichts mehr an.»

So war Friedrich: in den Gedanken schon zu Hause.

Er lächelte.

Und er lächelte auch noch, als die Kugel, die von links aus Richtung der Scheune kam, seine Brust durchschlug.

Ich rutschte langsam aus seinen Händen und fiel geräuschlos in den kalten Schnee.

5

Die Hoffnung stirbt zuletzt.

Was für eine Aussage. Doch zumindest für mich trifft sie zu.

Ich hätte viele Gelegenheiten in meinem Leben gehabt, die Hoffnung endgültig sterben zu lassen. Aber, o Wunder, sie lebt noch immer.

Und ehrlich gesagt, glaube ich, dass ich das Alice zu verdanken habe, denn irgendwie scheinen mir Hoffnung und Liebe eng miteinander verbunden zu sein.

Welche Ironie des Schicksals, dass nun wegen der Liebe mein letztes Stündchen geschlagen haben soll. Das kann ich nicht einfach so hinnehmen. Ich glaube das einfach nicht.

Die Schriftstellerin wird wiederkommen.

Sie ist nicht der Typ, der aufgibt. Auf mich hat sie den Eindruck gemacht, als ließe sie sich nicht alles gefallen. Sie wird kämpfen und gewinnen.

Sie wird mich mitnehmen, und wir werden nach Hause fahren. Morgen werden wir über diesen Tag lachen.

Ich bin noch immer gerettet worden.

Wo wären wir in diesem Krieg hingekommen, wenn nicht die Hoffnung uns weitergetragen hätte in den nächsten Tag, ins nächste Jahr?

WER HOFFEN DARF

Ein warmer Sommerwind wehte über den winzigen Ort Dreihausen und trug die Klänge von Musik zu uns herüber. Sie kamen vom Nachbarhaus. Marga Möhrchen hatte ihrer Tochter Julchen zum sechzehnten Geburtstag das heißersehnte Transistorradio geschenkt. Das Geld dazu hatte sie sich vom Munde abgespart, und die fehlenden zehn Mark hatte Onkel Albert ihr unter dem Siegel der Verschwiegenheit auf unbestimmte Zeit geliehen. Nun dudelte das Radio unablässig die neusten Schlager aus dem In- und Ausland.

Ich fand das herrlich. Ich liebte Radiomusik.

Wenn Viktoria Rosner Einwände erhob, weil sie «nur ein Mal» mittags ungestört auf der Gartenliege ein Schläfchen machen wollte, ließ Julchen ihr rotgepunktetes Kleid um die Knie schwingen und antwortete leichthin:

«Aber, Tante Vicky. Ich will doch Sängerin werden und berühmt, da wird man doch wohl noch üben dürfen.» Und dann sang sie zum Beweis aus voller Kehle: «Ich fahr mit meiner Lisa zum Schiefen Turm von Pisa.»

An diesem Tag hatte sich Viktoria die Ohren mit Watte verstopft und machte auf diese Weise ihr ungestörtes Schläfchen. Ihr Bruder, der knurrige Onkel Albert, war im Haus verschwunden, um für den Abend Kalte Ente anzusetzen und vermutlich um nebenbei noch ein heimliches Gläschen zu trinken.

Melanie und ich saßen auf den warmen Steinplatten der Terrasse. Sie sah den Ameisen dabei zu, wie sie versuchten, ein halbes Stück Würfelzucker abzutransportieren. Manchmal legte sie ihnen ein Stöckchen in den Weg und beobachtete, wie sie das Hindernis umgingen. Manchmal zerdrückte sie einfach ein paar von ihnen und schaute dann zu, wie die anderen Ameisen sich um die Opfer des Anschlages kümmerten.

Melanie war zwölf und ein eigenartiges Mädchen. Doch das machte mir schon lange nichts mehr aus.

Ich genoss die wärmende Sonne auf dem Pelz und lauschte verträumt Julchen, die in der Hängematte lag und mit Verve in der Stimme «Bella, bella, bella Marie, bleib mir treu, ich komm zurück morgen früh, bella, bella, bella Marie, vergiss mich nie», sang, wobei sie das «nie» fast schon ungebührlich in die Länge zog.

«Ach, Capri», seufzte sie theatralisch, als Rudi Schurickes Lied verklang. «Das klingt so schön. Ich frage mich, ob ich diese rote Sonne jemals zu sehen kriege.»

«Es ist dieselbe Sonne wie bei uns», sagte Melanie leise und wischte sich eine Ameise vom nackten Unterschenkel.

«Du hast wirklich keinen Sinn für Romantik!», beschwerte sich Julchen. «Aber woher auch, du bist ja auch noch ein Kind.»

Aber ich! Ich verstehe genau, was du meinst.

Melanie schwieg, und Julchen sang fröhlich: «Hei, wir tummeln uns im Wasser, wie die Fischlein, das ist fein, und nur deine kleine Schwester, ja, die traut sich gar nicht rein ...»

Ich wusste genau, dass auf der anderen Seite der Hecke Dr. Caspar M. B. Wippchen auf der Bank unter seinem Birnbaum saß und ebenfalls lauschte – vermutlich mit ebenso viel Sinn für Romantik wie ich. Ich meine, sogar ein leises Lachen gehört zu haben. Der Rauch seiner Zigarre wehte in Schwaden herüber und verriet ihn. Er genoss solche Nachmittage.

Julchen war der Farbtupfer von Dreihausen. Sie brachte Leben in das kleine Dorf. Und von Farbe und Leben konnte damals wirklich niemand genug bekommen.

Plötzlich ertönte durch den gemütlichen Frieden des Nachmittags ein quäkendes Hupen. Es klang ein wenig wie die alten Autohupen damals in London. Viktoria schlug verwirrt die Augen auf und zupfte sich die Watte aus den Ohren. Onkel Albert schaute aus dem Küchenfenster. Melanie sprang auf, griff mich am Arm und lief ums Haus.

«Sie sind da! Sie sind da!», rief sie aufgeregt. «Onkel Albert, sie kommen!»

Auf dem Kopfsteinpflaster der Dreihausener Hauptstraße kam ein knallroter Motorroller zum Stehen. Darauf saßen Fritzi und Franziska Rosner und strahlten.

«Was sagt ihr nun, Kinder?», rief Fritzi, die den Lenker hielt, stolz.

«Dürfen Frauen heutzutage so ein Gefährt benutzen?», fragte Onkel Albert.

«Also, Onkel Albert!», rief Fritzi vorwurfsvoll aus.

«Das ist ja riesig entzückend!», sagte Julchen und klatschte in die Hände. Ihr dunkelbrauner Pferdeschwanz wippte vor Begeisterung auf und ab. «Darf ich auch mal mitfahren?»

«Klar, du bist ja auch schon bald erwachsen», sagte Fritzi.

Unter Applaus stiegen die beiden von ihrem Gefährt.

«Sie heißt Bella», erklärte Franziska, und ihr Gesicht leuchtete vor Freude und Zuversicht.

Es war so schön, sie glücklich zu sehen.

Es war das Jahr 1951, und alle wollten glücklich sein. Die Hoffnung ruhte auf der Zukunft, und die war vielversprechend. Keiner mochte mehr daran denken, was hinter uns lag. Niemand wollte noch an die Qual erinnert werden. Ein Mantel des Schweigens lag schwer darüber in der Hoffnung, die Schmerzen erträglicher zu machen.

Ich konnte sie verstehen. Selbst wenn ich hätte reden können – auch ich hätte nichts zu sagen gehabt. Worüber sollte man sprechen, wenn man alles verloren hatte.

Nach dieser eisigen Nacht in Gol, in der alle Hoffnung, die Friedrich im Herzen trug, von einer einzigen Kugel zerfetzt worden war, hatten sich die Ereignisse überschlagen.

Blind und taub vor Trauer, wurde ich nach Deutschland zurückgeschickt. Ich wagte nicht daran zu denken, was mich dort erwartete.

Man hatte Friedrichs persönliche Gegenstände in einen Pappkarton packen lassen, um sie an Marlene zu schicken. Mich eingeschlossen.

Ingvild hatte stumm und sorgfältig alles gefaltet, fast so, wie Marlene es getan hatte, als wir vor einer halben Ewigkeit in Köln aufgebrochen waren. Als Letztes hatte sie mich obenauf gelegt. Dann hatte sie einem wartenden Wehrmachtsoffizier Friedrichs Sachen ausgehändigt.

«Dieser Teddy war wichtig», hatte sie dem Offizier in gebrochenem Deutsch erklärt. «Seine Frau muss ihn haben.»

Ich hörte Guri schluchzen.

Dann schloss sich der Deckel des Kartons über mir, und es wurde endlich dunkel. Ich wollte nichts mehr sehen.

Ein Bär weint nach innen.

Es war Fritzi Rosner gewesen, die den Deckel wieder öffnete. Im Gegensatz zu Marlene oder Franziska hatte sie die Kraft dazu, die Sachen ihres Schwippschwagers auszupacken, sie hatte auch die Sachen ihres Bruders Hänschen ausgepackt. Sie tat es, um zu verstehen und um den Verlust besser ertragen zu können.

«Ach, Ole», sagte sie und seufzte, als sie mich in die Hand nahm. «Konntest du Friedrich nicht besser beschützen?»

Nein! Ich kann doch nichts dafür! Was sollte ich denn tun, ich bin doch nur ein Bär!

Sie nahm die Hemden und Socken aus dem Karton und den Umschlag mit seinen Papieren. Schwer fiel die kleine goldene Schildkröte, die auf seiner Erkennungsmarke gesessen hatte, auf den Tisch. Fritzi hielt mich im Arm und rieb mit dem Daumen über das kleine Schmuckstück, das ein Talisman von Tante Lottchen gewesen war. Dann brachte sie mich zu Marlene, die in ihrem Bett lag und schlief. Auf dem Nachttisch standen zwei Bilder. Ein gerahmtes Foto, das Friedrich zeigte, wie er an den Pollerwiesen einen Blumenstrauß pflückt und glücklich in die Kamera winkt. Daneben stand ein Bild von Ingvild, Guri und mir auf der Bank. Eine Welle der Wehmut erfasste mich.

Als Marlene aufwachte, lag ich neben ihr. Sie drehte den Kopf und sah mich. Stumm nahm sie mich in beide Hände und drückte mich ans Gesicht. Ihre Tränen verschwanden in meinem Fell.

Ich fühlte ihre Trauer, ihre Einsamkeit und ihre Verzweiflung. Jedes Gefühl, das in ihr lebte, durchströmte mich mit einer Macht, die kaum zu beschreiben ist.

Es gab nur noch uns.

Nein.

Es gab noch jemanden. Und dieser Jemand meldete sich mit einem durchdringenden Schrei.

Marlene hatte wenige Wochen zuvor ihr Kind geboren. Friedrichs Stammhalterin. Das kleine Mädchen hieß Charlotte und war gerade mal so groß wie ich. Es lag in einer Wiege neben dem Bett und forderte volle Aufmerksamkeit.

So verzweifelt Marlene auch war, so dankbar war sie für dieses kleine Wesen, in dem Friedrich weiterlebte. Es hielt sie zusammen. Es gab ihr einen Sinn. In diesem Krieg, der so viele Leben nahm, konnte trotzdem noch neues entstehen. Ich war fast erleichtert, als ich das erkannte.

Ich hatte noch nie ein so kleines Kind gesehen. Mir fiel Marie ein, die Frau von Jean-Louis, die hochschwanger gewesen war, als sie aus Paris flohen. So also sahen die Kinder aus, wenn sie frisch waren. Trotz der Trauer um meinen Freund war ich eigentümlich berührt und glücklich, als ich dieses rosige Bündel sah.

Glück und Trauer schienen einander nicht auszuschließen, bemerkte ich erlöst.

Charlotte konnte nicht sprechen und nicht laufen. Sie konnte mit den Armen und den Beinen rudern und gurgelnde, glucksende Geräusche machen und sonst eigentlich nichts. Äußerlich unterschied uns also genau genommen nicht sehr viel. Dennoch hatte ich das Gefühl, sie beschützen zu müssen. Ich wollte bei ihr sein, wenn sie weinte, wollte keinen Augenblick verpassen, in dem sie lachte und krähte. Es war, als sei ich es Friedrich schuldig. Ihn hatte ich nicht beschützen können. Doch seine Tochter sollte in mir wenigstens einen weichen Vertrauten finden.

Es ist schwer zu beschreiben, wie ich mich in dieser Zeit fühlte. Ich vermisste Friedrich. Auch wenn er nur einer in der langen Reihe meiner Besitzer war, unterschied sich dieser Abschied von allen anderen, die ich bis zu diesem Tag erlebt hatte. Und ich kann wohl von Glück sagen, dass ich der meisten Besitzer auf andere Art verlustig ging als ihm.

«Tiere und Menschen werden geboren, und irgendwann sterben sie», hatte Ingvild der kleinen Guri erklärt, als die Kuh Mulla geschlachtet wurde. Das musste man wohl einfach akzeptieren. Aber ich verstand es nicht. Ich lebte weiter, und Friedrich war tot. Er war einfach fort. Ich konnte mir nicht, wie ich es sonst getan hatte, ausmalen, dass er andernorts sein Leben genoss, während das Schicksal mich zu einem neuen Abenteuer geführt hatte. Es dauerte lange, bis mir bewusst wurde, was das wirklich bedeutete. Und manchmal frage ich mich noch heute, ob man es wirklich begreifen kann.

Man ließ uns keine Zeit zum Trauern.

Die Engländer jagten jede Nacht über Köln hinweg und säten Bombenteppiche, die so dicht waren, dass kaum eine Maus entkommen konnte.

Jede Nacht rannten wir in den Bunker um die Ecke. Marlene hielt Charlotte und mich in eine Decke gewickelt fest im Arm und lief durch Nippes. Im Eiltempo ging es die Neusser Straße hinunter zum Luftschutzraum, wo wir Frau Schmitz und Herrn Ploemacher trafen und all die anderen Leute aus der Nachbarschaft. So ging es Nacht für Nacht, zwei Jahre lang, während Köln um uns herum zerfiel.

Es fühlt sich unwirklich an, das zu sagen. Meine Erinnerung an diese Zeit ist undefinierbares Durcheinander, aus dem nur ein Gefühl klar heraussticht: die Hoffnung, dass es das letzte Mal war, dass der Fliegeralarm erklang. Dass wir nie wieder aus dem Schlaf geschreckt würden. Dass der Krieg ein Ende hatte. Doch die Sirenen heulten wieder und wieder.

Charlotte war mir bald über den Kopf gewachsen, jeden Tag war sie ein Stückchen größer. Im Gegensatz zu mir lernte sie laufen und konnte irgendwann einzelne Wörter sagen, zugegeben, manchmal stach mich der Neid, doch deshalb liebte ich sie nicht weniger. Marlene sorgte dafür, dass ich immer in Charlottes Bett schlief und immer in Reichweite war, wenn die Kleine schrie und sich nicht beruhigen ließ.

Denn das kann ich! Bis heute sind meine Fähigkeiten, Säuglinge zu beruhigen, unerreicht! Kaum lag ich bei Charlotte, angelte sie nach meinem rechten Ohr und rieb es so lange zwischen den Fingern, bis sie einschlief. Leise und friedlich und voll Vertrauen.

Ich verlor die beiden am 27. April 1944.

Es war ein Uhr morgens, und am Abend zuvor war es spät gewesen. Franziska und Fritzi waren bei uns gewesen, sie hatten Bezugsmarken ausgetauscht und einander mit verschiedenen Lebensmitteln ausgeholfen. Marlene war schläfrig, als der Alarm losbrüllte. Zum hundertsten Mal trieb er uns aus dem Bett. Doch in dieser Nacht waren die Flugzeuge der Royal Air Force schneller als sonst. Sie ließen uns kaum fünf Minuten Zeit, in den Luftschutzkeller zu kommen.

Leo, dachte ich. Hoffentlich ist er nicht dabei. Ich sah sein zorniges Kindergesicht vor mir und dachte, hoffentlich ist er nicht dabei. Diesen Gedanken hatte ich jede Nacht.

Es war sternenklar. Schon von weitem hörten wir das bedrohliche Donnern der herannahenden Flugzeuge. Die Flak ließ den Himmel in grellen Blitzen aufleuchten, und dann fielen die ersten Sprengbomben. Eine davon traf den Bunker in der

Neusser Straße. Unseren Bunker, den wir aufsuchten, weil er der einzige Ort war, an dem wir uns sicher fühlten.

Ich erinnere mich noch an den lauten Knall, die Erde bebte, und die Menschen im Schutzraum riefen laut durcheinander. Glas zerbarst. Ganz in meiner Nähe hörte ich Frau Schmitz vor Schmerz aufschreien. Steine fielen herab. Ich fiel zu Boden und spürte, wie der Schutt über mich rutschte. Ich sah im Staubnebel nicht, wo Marlene und Charlotte waren. Ich hörte nur Charlottes Weinen und die Detonation weiterer Bomben. Und dann war es irgendwann still.

Als ich viele Wochen später gefunden wurde, hatte ich jeden denkbaren Gedanken gedacht, mein Kopf war leer und mein Herz voll.

Es hatte geregnet und wieder aufgehört. Ich war nass geworden und wieder getrocknet.

Nächtelang hatte es Bomben gehagelt, aber ich hatte keine Angst. Nicht um mich. Doch Marlene und Charlotte fehlten mir fürchterlich. Die Ungewissheit über ihren Verbleib machte mich ganz krank.

Warum musste es so viel Leid geben? Ich verstand es einfach nicht.

Ich hatte schon häufiger Stimmen gehört, Menschen, die gekommen waren, um die Trümmer des Bunkers zu beseitigen. Kinder, die zwischen den Mauerresten spielten und Flaksplitter sammelten. Doch niemand hatte mich gefunden.

Bis eines Tages der Stein, der seit einer Ewigkeit mein Bein zerdrückte, einfach aufgehoben wurde.

Licht. Luft. Die Sonne schien. Ich musste blinzeln.

«Ach, du dickes Ei», rief eine Frauenstimme und griff nach meinem Arm.

Voooorsichtig!

Die Stimme fuhr fort: «Hab ich einen Schreck gekriegt! Ich dachte schon, da liegt ein Mensch.» Eine Hand klopfte mir auf den Rücken, und eine Staubwolke umgab mich. Jemand blies mir ins Gesicht.

«Na, wenn das nicht der kleine Ole ist! Es geschehen ja doch noch Zeichen und Wunder!»

Ole?

Da kannte jemand meinen Namen. Ich sah genauer hin. Es war Fritzi Rosner, der Schutzengel der Familie, zu der ich ja im weitesten Sinne auch zählte.

Der Stein war nicht nur von meinem Bein, sondern auch von meinem Herzen genommen. Es tat so gut, ein bekanntes Gesicht zu sehen.

Dass ausgerechnet sie mich fand, war ein echtes Wunder, das sah selbst Fritzi ein, die doch sonst immer mit beiden Beinen auf der Erde stand.

«Du bist ja ziemlich mitgenommen, kleiner Bär. Aber immerhin ist noch alles dran. Und die paar Schrammen kriegen wir auch noch geflickt. Wozu bin ich Krankenschwester.»

Sie lachte, und ich war glücklich.

Fritzi würde mich nach Hause bringen, zu Marlene und Charlotte. Wir würden in die Wohnung nach Nippes gehen, es würde nach Muckefuck und Kartoffeln riechen, und die beiden würden über das Wiedersehen mindestens ebenso erfreut sein wie ich. Alles wäre gut. So gut, wie es unter diesen Umständen eben geht.

Ach, Träumen ist so schön. Wenn nur das Aufwachen nicht so schrecklich wäre.

Die Wohnung in Nippes gab es nicht mehr. Überhaupt gab es ganze Häuser und Straßenzeilen nicht mehr. Ruinen ragten mahnend in den Himmel, halbe Gebäude, die auf merkwürdige Weise Einblicke in Wohnungen und Leben freigaben. Sessel hingen mit zwei Beinen in der Luft, Teppiche, Bilder lagen im Freien. Ich hatte Mühe, überhaupt wiederzuerkennen, wo wir uns befanden.

Ein Militär-Konvoi fuhr an uns vorüber, die Wagen hielten vor einem Haus in der Nähe. Zehn Soldaten verschwanden im Eilschritt im Eingang, die anderen nahmen Haltung an. Ein weiterer Wagen kam um die Ecke. Ein Offizier öffnete den Wagenschlag. «Heilittla», schrien die Soldaten und salutierten. Der Mann hob kurz den rechten Arm und beugte sich hinunter zum Wagen.

«Steigen Sie schon aus, Speer, das sollten Sie sich ansehen.»

Ein weiterer Mann stieg aus, und ich sah noch aus dem Augenwinkel, wie die beiden sich vor einem mageren Mann aufbauten, der in Handschellen aus dem Haus geführt wurde.

So sah der Krieg in Deutschland aus, wenn man mittendrin steckte. Niemand konnte sich hier sicher fühlen.

Während Fritzi und ich durch die Trümmer stiegen, murmelte sie vor sich hin: «Dann hatte Franziska also doch recht. Marlene und Charlotte müssen bei dem Angriff im Bunker gewesen sein. Ach, Ole, wenn du doch sprechen könntest! Du weißt bestimmt, was aus den beiden geworden ist.»

Der Schreck fuhr mir in die Glieder, als sie das sagte.

Wisst ihr es denn nicht? Ihr wisst nicht, wo meine Familie ist?

«Na, wenn wir dich gefunden haben, werden wir die anderen beiden doch auch aufstöbern, meinst du nicht?»

Zumindest schien Fritzi überzeugt zu sein, dass Marlene und Charlotte beim Einsturz des Bunkers nicht ums Leben gekommen waren. Aber wo waren sie? Wo war die rosige Charlotte mit ihren kleinen Zähnchen? Wo war Marlene?

Vielleicht waren sie entkommen, vielleicht hatten sie überlebt, vielleicht gab es doch noch Hoffnung.

Vielleicht aber auch nicht.

Mein Herz war schwer.

Henry N. Brown, Optimist der ersten Stunde, war an seinem Tiefpunkt angelangt.

Fritzi reparierte meine kleinen Blessuren noch am Abend meiner Heimkehr. Viel war mir nicht geschehen: Ein kleiner Riss am Arm, und das Ohr, das Charlotte immer gerieben hatte, war ein wenig lose gewesen. Doch die Liebe war noch an ihrem Platz, das spürte ich genau, auch wenn ich mich fragte, was ich damit noch sollte. Jetzt, wo alle, die ich liebte, fort waren.

Franziska hatte mich stumm in die Arme geschlossen, als Fritzi mit mir im Schlepptau nach Hause gekommen war. Sie hatte mich an sich gedrückt und tief eingeatmet. Und ich sah in ihren Augen die Sehnsucht nach ihrem Bruder, nach ihrer Schwägerin, nach ihrer Nichte und nach Frieden.

Ich erinnerte mich daran, wie besorgt Friedrich immer um seine Schwester gewesen war, Franziska mit dem zarten Gemüt, hatte er sie genannt und dabei sorgenvoll gelächelt. Doch sie war zäh und hielt durch.

«Ich repariere ihn», hatte Fritzi zu ihrer Schwägerin gesagt.

Und die hatte genickt und gelächelt.

Melanie, die kleine Tochter von Franziska und des aus der Luft geschossenen Hänschen, wartete geduldig, bis Fritzi den letzten braunen Faden vernäht und abgebissen hatte, dann nahm sie mich entschlossen in ihre linke Hand, umfasste mit ihrer kleinen, schwitzigen Kinderfaust meinen rechten Arm und drehte ihn nach oben.

Ach, bitte nicht so …

Alice hatte meine Schultern zwar mit Gelenken versehen, doch mir behagte diese Position nicht besonders. Ich geriet in dieser Haltung leichter aus dem Gleichgewicht, wenn ich saß, außerdem kippte mein Kopf jedes Mal ein wenig nach links. Doch das kümmerte Melanie nicht. Sie ließ mich einfach nicht mehr los.

Sie war ein scheues Kind, blass und still. Mit großen Augen schaute sie in die Welt. Sie wollte nicht mit mir spielen. Sie wollte nicht mit mir sprechen. Sie wollte mir keine Geschichten erzählen und keine Sorgen anvertrauen. Sie wollte mich nicht zum Kapitän auf einem Schiff machen oder zum Gefährten ihrer Puppen. Sie wollte mich einfach nur herumtragen. Es war, als sei ich an ihrer Hand festgewachsen. So etwas war mir vorher noch nicht untergekommen.

Häufig dachte ich, dass sie in der Stille ihrer Seele ein besseres Leben gefunden hatte. Ich war für sie kein Teddy, ich war ihr Anker in die Realität.

Ich tat mich anfangs schwer in dieser Rolle. Ich gebe zu, ich hätte auch ein wenig Ansprache gebrauchen können. Ich hätte mich gern verloren in unbeschwerten Spielen – nur, um nicht immer an das denken zu müssen, was mir so sehr fehlte.

Ich fühlte mich einsam an Melanies Arm, ich fühlte mich auf merkwürdige Weise alleingelassen, wenn ich Schritt für Schritt mit meinem Kopf gegen ihre Knie donnerte. Doch so war Melanie, und sie brauchte mich, wenn auch anders, als ich es gewohnt war. Und wie immer war es müßig, sich zu bemitleiden. Ein Bär tut, was ein Bär tun muss.

Köln lag in Schutt und Asche, und trotzdem war noch immer kein Ende der Angriffe abzusehen. Auch das Haus in der Schillingstraße, wo Fritzi, Franziska und Melanie untergekommen waren, war dem Erdboden gleichgemacht – wie alles in Bahnhofsnähe (dass der riesige Dom noch immer einigermaßen unbeschadet stand, grenzte an ein Wunder). Die Rosner-Mädchen, wie sie von den Leuten liebevoll genannt wurden, hatten keine feste Bleibe, und außer einem nasskalten Herbst drohte zudem der Einmarsch fremder Mächte.

Ich weiß nichts von Politik, von taktischer Kriegsführung und von Schwächung der zivilen Moral. Ich weiß nur, dass die Bedrohung übermächtig wurde. Von allen Seiten rückten Armeen von Soldaten an. Westlich von Köln, in Jülich, bebte bereits die Erde unter den taktfesten Schritten der amerikanischen Soldaten. Lange Flüchtlingstrecks kamen aus dieser Richtung.

Nur ein Gedanke trieb jetzt die Menschen voran: Nicht dem Feind in die Hände fallen! Ich konnte sie verstehen. Ich war einmal dem Feind in die Hände gefallen und war nur deshalb so glimpflich davongekommen, weil ich ein Bär war und weil Friedrich eine Schwäche für mich gehabt hatte.

Es war ein *Déjà-vu*.

Ich habe diesen Ausdruck damals in England gelernt. Von Virginia.

«Es ist, als hätte ich das alles schon einmal erlebt», hatte sie bei einem der Donnerstagstreffen erklärt, «wie Bilder, die man schon mal gesehen hat.»

Das hatte ich mir gemerkt, denn ich verstand nur zu gut, was sie meinte. Im Leben eines Bären sind *Déja-vus* an der Tagesordnung. Vieles wiederholt sich, Gutes und Schlechtes.

Im Herbst 1944 wiederholte sich die Angst vor dem Feind.

Es war wie damals in Paris. Nur, dass jemand die Vorzeichen verkehrt hatte. Jetzt fürchteten die Deutschen die fremden Soldaten. Deutsche Gemüsehändler, Lehrer, Kneipenbesitzer, Mütter, Kinder – ihre Angst unterschied sich nicht von der der Franzosen. Und wie Jahre zuvor die Bouviers mussten nun auch die restlichen Mitglieder der Familie Rosner ihre Siebensachen packen. Viel zum Mitnehmen gab es nicht. Es bedurfte keiner Worte, um sich einig zu werden. Die beiden Frauen lächelten einander an. Sie hielten zusammen. Sie sorgten füreinander. Sie würden gemeinsam fliehen.

«Und was ist mit Marlene?», fragte Franziska, während sie ihr Familienalbum in ihren Rucksack presste.

«Wir finden sie», antwortete Fritzi. «Vielleicht nicht sofort. Aber wir werden sie finden, wenn wir überleben.»

Ihr müsst sie finden. Sie sind doch alles, was ich habe.

Waren sie wirklich alles, was ich hatte? Ich hatte doch eine Ersatzfamilie bekommen. Ich war ein Findelkind, von den Rosners fürsorglich aufgenommen und fraglos akzeptiert. Doch solange alle glaubten, dass Marlene und Charlotte lebten, war auch ich sicher, eines Tages wieder bei ihnen sein zu können.

Eines Tages würde mich Charlotte in den Arm nehmen, sie würde meinen Geruch wiedererkennen, und sie würde mich drücken.

Ich ahnte nicht, wie lange sich diese Suche hinziehen würde.

Wir landeten in dem winzigen Dorf Dreihausen. Es war von Bomben verschont geblieben. Alle vier Häuser standen noch.

Wir klopften bei Hausnummer 1. Viktoria Rosner war unbeschreiblich froh, als diese dreckige Reisegruppe aus zwei Frauen, einem Kind und einem Bären vor ihrer Tür stand. Sie schaute fassungslos von einem zum anderen, schlug sich die Hände vor den Mund und rief nach ihrem Bruder. Dann, endlich, fiel sie ihrer Tochter Fritzi um den Hals.

Auch Franziska wurde umarmt und gedrückt. Fest.

Melanie und ich standen ein wenig abseits. Stumm schaute die Fünfjährige zu, wie sich die Frauen in den Armen lagen. Und mir wurde wieder einmal schmerzlich bewusst, wie sehr Hänschen und Friedrich, Marlene und Charlotte fehlten, um die beiden Familien komplett zu machen. Es war ein trauriges freudiges Wiedersehen.

Wir fanden bei Viktoria und Albert ein Zuhause, wo endlich ein wenig Frieden einkehrte – auch wenn das Kriegsende noch auf sich warten ließ. Die Familie hatte immer zusammengehalten. Krieg, Armut, Kindersegen – alles hatten die Geschwister gemeinsam durchgestanden. Nun wurden sie langsam alt. Sie freuten sich über den unerwarteten Familienzuwachs.

Viktoria war eine kleine stämmige Frau, die resolut darauf bedacht war, das Heft in der Hand zu behalten. Bald war mir auch klar, von wem Fritzi ihre entschlossene Art geerbt hatte. Sie glich ihrer Mutter nicht nur äußerlich.

Onkel Albert ordnete sich schweigend unter und gab nur gelegentlich Widerworte, wenn seine Schwester ihm das Rauchen oder Trinken verbieten wollte. Dann konnte es vorkommen, dass er seinen gebeugten Rücken streckte und sich zu seinen vollen hundertachtundsiebzig Zentimetern aufrichtete. Wenn er wütend war, wurde seine Nase merkwürdig spitz, und seine buschigen Augenbrauen zogen sich darüber wie eine Gewitterwolke zusammen. Doch meist war er nicht wütend, sondern auf seine eigenbrötlerische Weise mit seiner

Schmetterlingssammlung beschäftigt. Dann saß er an seinem alten Sekretär mit den vielen kleinen Schubladen und hantierte mit Lupen und Nadeln.

Sie hatten das Haus unter sich aufgeteilt. In der Küche hatte Albert nur in Ausnahmefällen etwas verloren, dafür hielt Viktoria sich von seiner «Junggesellenbude» fern, wie sie sein Zimmer nannte. Das Wohnzimmer und die Stube waren neutrale Zone, und im Bad hatte er zu tun, was sie befahl. Sie ließ keinen Zweifel daran, dass auch alle Neuankömmlinge sich ihren Regeln würden fügen müssen, doch das störte wahrlich niemanden. Wir hatten endlich wieder ein Dach über dem Kopf, das war zunächst die Hauptsache.

Eine ruhigere Zeit brach an.

Die Jagdflugzeuge donnerten zwar auch hier über uns hinweg, doch das unheilverkündende Kreischen der Sirenen blieb aus. Die Nächte blieben oftmals ungestört, und die Tage waren erfüllt mit dem Beschaffen von Nahrungsmitteln für die fünf Mäuler, die es nun zu stopfen galt.

Das Leben im Dorf, die weiten Wiesen ringsum, die Geräusche der Natur und auch der vermeintliche Frieden, der hier herrschte, erinnerten mich häufig an Gol. Doch ich wusste ja, dass die Entfernung zum Kriegsgeschehen trügerisch sein konnte, und hatte nicht den Mut, diesem Idyll zu trauen. Der Krieg hatte sich tief in mein Herz gegraben.

Doch der Alltag holte die Menschen um mich herum rasch ein. Es dauerte nicht lange, und wir waren mit den restlichen Bewohnern von Dreihausen bekannt.

Im Nachbarhaus mit der Nummer 2 lebten Marga Möhrchen und ihre Tochter Julchen. Vom Fenster in Melanies und Franziskas Schlafzimmer aus, wo ich meist saß, wenn Melanie mich nicht herumtrug, konnte man das kleine Fachwerkhaus gut sehen. Es lag, von Birken umstanden, ein Stück von der Straße entfernt. Der Garten war ein wildwüchsiges Paradies für Vögel, Schnecken und Frösche, und nicht selten kam mir der Gedanke, dass Robert dort seine helle Freude gehabt hätte. Madame Denis' Garten schien dagegen wie eine aufgeräumte Parkanlage.

Marga Möhrchen und Julchen lebten allein. Es gab, wie in so vielen Familien in dieser Zeit, keinen Mann im Haus mehr, eigentlich nichts Besonderes also. Doch dieser Fall war anders gelagert.

In Viktorias großer Wohnküche, ihrem Reich, wie sie es nannte, erfuhren wir noch am ersten Abend, was es mit den Nachbarn auf sich hatte.

«Marga hat ihn einfach vor die Tür gesetzt», erzählte Viktoria mit gesenkter Stimme, als wir nach dem Abendessen auf der Eckbank zusammensaßen.

«Er war ein echter Säufer, müsst ihr wissen. Das war eine Geschichte, kann ich euch sagen. Die kleine Julitschka war gerade mal zwei Jahre alt damals, siebenunddreißig muss das gewesen sein. Als er eines Abends nach Hause kam, wieder voll wie eine Strandhaubitze natürlich, machte Marga einfach die Tür nicht auf. Er schrie und brüllte die ganze Nacht. Kinder, hat der Mann getobt. Dann ist er zu uns gekommen. ‹Vicky! Mach die verdammte Tür auf. Ich mach euch allen die Hölle heiß, ihr elenden Weibsbilder!›, hat er geschrien. Weibsbilder hat er uns genannt, das muss man sich mal vorstellen! Natürlich habe ich nicht aufgemacht. ‹Albert›, habe ich gesagt, Albert, wenn du auch nur in die Nähe der Tür gehst, sind wir geschiedene Leute. Wir müssen jetzt zu Marga halten, sie hat es wahrlich schwer genug mit diesem Trunkenbold.› Und wisst ihr, was Albert gemacht hat? Er hat sich erst einmal einen Korn eingeschenkt. Nun, das ist eine andere Geschichte. Marga hat ihr Haus komplett verbarrikadiert. Die Fenster, die Türen, ja sogar den Schornstein hat sie verstopft. Dann hat sie sich die kleine Julitschka ins Bett geholt und sich die Decke über den Kopf gezogen. Drei Nächte lang hat er uns den Schlaf geraubt. Erst hat er damit gedroht, sie umzubringen. Ich habe gedacht, mich trifft der Schlag, der war ja zu allem fähig, wisst ihr. Dann hat er damit gedroht, die Polizei zu holen, und schließlich hat er damit gedroht, sich selbst umzubringen. Nichts von alledem hat er getan. Am vierten Tag war er einfach weg. Wir hatten uns ja schon auf Gott weiß was eingestellt. Aber er ist nie wiedergekommen. Futsch, aus. So kann man Männer auch loswerden …»

Melanie sah mit großen Augen von einem zum anderen. Ich glaube, sie hatte noch nie jemanden so viel reden hören. Ich hatte ihr da einiges voraus, ich erinnere nur an Elizabeth. Franziska legte den Arm um ihre Tochter und drückte sie fest an sich. Sie lächelte. Ich lag zwischen ihnen und fühlte mich zum ersten Mal seit langer Zeit wieder lebendig.

Im Haus mit der Nummer 3 lebte Familie Finster. Ich fand von Anfang an, dass der Name nicht zu diesen Leuten passte. In den langen Stunden der Grübelei dachte ich manchmal, dass sie diesen Namen sicher auch einfach bekommen hatten, ohne je danach gefragt zu werden, ob er ihnen gefiel oder nicht. Ihnen ging es in diesem Punkt kaum anders als mir.

Die Finsters waren nämlich überhaupt nicht finster. Frau Finster war eine sanfte Frau, sie spielte Klavier und las gerne Bücher. Sie hatte eine blasse Haut und Augen in der Farbe von Haselnüssen. Herr Finster war Büroangestellter in der Stadt und sehr korrekt. Er trug immer einen Anzug, nur abends zog er den Schlips aus und wechselte in bequemere Schuhe. Er hatte eine dicke Brille und hinkte ein wenig mit dem linken Bein, doch niemand wusste, warum.

Sie waren unauffällig. So unauffällig, dass man sie kaum wahrnahm. Und doch sollte es Frau Finster sein, die eines Tages in unserer Küche stand und noch einmal daran erinnerte, dass man die Hoffnung nicht aufgab, bevor sie wirklich verloren war.

Sie kam selten zu Besuch, ich vermute, dass sie Angst vor Viktoria hatte. Was ich auch gut verstehen würde, denn Viktoria war laut und direkt, während Frau Finster eher leise und zurückhaltend war.

Trotz ihrer Unauffälligkeit gehörten die Finsters zu Dreihausen wie die große Kastanie am Dorfplatz. Marga Möhrchen hatte ein besseres Talent, mit Frau Finster zurechtzukommen, als Viktoria. Die Frauen tauschten Romane und tranken gerne eine Tasse Kaffee zusammen, wenn es welchen gab. Doch das war selten.

Der Sonderling des Ortes hieß Dr. Caspar M. B. Wippchen. Zumindest beschrieb Viktoria ihn als Sonderling, ich kann nicht behaupten, dass ich ihn so merkwürdig fand. Er war einfach er selbst. Doch das gab für Viktoria Anlass zu zahlreichen Spekulationen:

«Der Wippchen ist ein ganz schräger Vogel», erzählte sie, nachdem Franziska und Fritzi alles Wissenswerte über Marga und Julchen erfahren hatten. «Er hat einen Doktor, stellt euch das vor. Steht sogar auf seinem Klingelschild. Keiner weiß genau, woher er kommt. Dem Akzent nach zu urteilen, irgendwo aus dem Westen. Vielleicht Rheinland oder Eifel. Aber er wohnt ja schon seit Ewigkeiten hier, und ich kann wahrlich nichts Schlechtes über ihn sagen. Er ist immer sehr zuvorkommend, wenn man ihm begegnet. Julchen hat aus irgendeinem Grunde einen wahren Narren an ihm gefressen. Aber ich weiß nicht. Er erzählt so wenig von sich. Wenn er Arzt wäre, könnte er das doch einfach sagen, oder nicht? Wirklich. Man könnte ja mal in Not geraten. Julchen meint, er wäre so ein Sterngucker. Astro-irgendwas. Aber wozu braucht man denn da einen Doktor? Das versteh ich nicht …»

«Mama, ich bin sicher …», begann Fritzi, wurde jedoch von ihrer Mutter unterbrochen.

«Also, insgesamt sind das hier fürchterlich nette Menschen. Wir halten alle fest zusammen. Auch Wippchen. Ich frage mich manchmal, wie alt der eigentlich ist …»

«Mama, ich bin sicher, wir werden sie alle bald kennenlernen.»

«Ja, da hast du recht, mein Kind. Vielleicht sollten wir sie einladen. Wir könnten …»

«Mama, ich glaube, wir müssen uns jetzt erst einmal ausschlafen.»

Franziska gähnte zur Unterstützung, und Melanie murmelte schlaftrunken, als ihre Mutter sich aufrichtete.

«Soll Oma dich ins Bett bringen?», fragte Viktoria und strich Melanie über den Kopf. Ich spürte, wie das Mädchen starr wurde. Hilflos sah sie ihre Mutter an.

«Das wär' doch schön, nicht?», sagte Franziska und lächelte Melanie aufmunternd an.

«Nein», sagte Melanie und wandte den Kopf ab.

Ähnlich wie Frau Finster hatte auch Melanie Angst vor ihrer Großmutter. Sie war ihr fremd, und Fremde mochte Melanie nicht. Das war mir nicht neu.

Ist es nicht seltsam? Auch wenn ich in all den Jahren, die ich in Melanies Hand verbrachte, nie das Gefühl hatte, dass

Melanie mich überhaupt wahrnahm, also mich als Persönlichkeit (die ja so unübersehbar auch nicht ist), so wusste ich doch immer, dass ich eine wichtige Rolle in ihrem Leben spielte. Ich lernte ihre Gefühlsregungen zu deuten, ich wusste, wann sie Angst hatte und wann sie sich freute, wann sie Hunger hatte, wann sie sich einsam fühlte und wann sie die Menschen um sich herum nicht aushielt. Auch wenn sie mich nie an sich drückte, nie ihre Nase in meinem Fell vergrub, sondern mich nur wie eine Verlängerung ihrer linken Hand durch die Gegend trug – ich war ihre Stütze und tat mein Bestes, sie in dieser Welt zu halten.

Franziska mag eine zarte Seele gewesen sein, aber sie war unverwüstlich. Melanies Seele schien mir um ein Tausendfaches verletzlicher.

Obwohl Julchen nur dreieinhalb Jahre älter war als Melanie, lagen zwischen diesen beiden Mädchen ganze Kontinente von Unterschieden. Die einzige Gemeinsamkeit war, dass beide Zöpfe trugen, aber selbst die hatten nicht die gleiche Farbe. Julchens Haar war dunkelbraun und dick, Melanies hellblond und dünn.

Julchen war anfangs sehr bemüht um Melanie. Die Aussicht, endlich eine Freundin im Dorf zu haben, spornte sie ungemein an.

«Willst du meine Puppe haben?», hatte sie gefragt, als sie Melanie zum ersten Mal gegenüberstand. «Ich schenke sie dir.»

«Nein», hatte Melanie gesagt. «Ich brauche keine Puppe.»

«Willst du mal ihre Kleider sehen? Mama hat sie gemacht. Vielleicht kann sie für deinen Bären auch ein Kleid machen.»

«Nein. Ole braucht kein Kleid.»

Da hatte sie wahrlich recht. Ein Kleid hätte mir gerade noch gefehlt.

«Kann deine Mama auch nähen?», bohrte Julchen weiter.

«Ja.»

«Und wo ist dein Papa?»

«In England.»

«Mein Papa ist auch weg. Zum Glück, sagt Mama immer. Ist deine Mutter auch froh, dass dein Papa weg ist?»

«Nein.»

«Wollen wir spielen, dass ich die Mutter bin? Dann könntest du der Papa sein und dein Bär unser Kind.»

«Nein», sagte Melanie und sah Julchen aus ihren großen blauen Augen ernst an. Dann nahm sie mich am Arm und ließ Julchen stehen.

So schnell kann Hoffnung aufkeimen und vergehen.

Es hatte so gut angefangen. Ich hatte Julchens Augen gesehen und sie in mein Herz geschlossen. Ich wollte so gern mit ihr spielen, endlich wieder spielen. Doch mein Kopf wummerte weiter gegen Melanies Knie, und wir verschwanden im Wohnzimmer.

Warum willst du nicht spielen? Julchen ist doch ein nettes Mädchen! Du bist wirklich stur. Ich will aber mit ihr spielen!

«Nein», sagte Melanie so leise, dass nur ich es hören konnte, und kroch in die Ecke hinter dem Sofa. «Nein.»

Sie hatte ihren eigenen Kopf und in ihrem Kopf ihre eigene Welt. Und darin hatten nur die Menschen Platz, die sie sich aussuchte. Im Herbst 1944, wenige Wochen nach unserer Ankunft, suchte sie sich Onkel Albert aus. Sie stellte sich einfach neben ihn, als er einem Flugzeug in der Abenddämmerung hinterherstarrte. Sie schob ihre kleine rechte Hand still in seine große linke (an der anderen hing ich) und wandte den Blick ebenfalls zum Himmel.

«Das war bestimmt die VI», sagte er. «Goebbels' Wunderwaffe gegen den Tommy.»

«Frau Eins», sagte Melanie nachdenklich und sah zu ihm auf. Albert nickte.

Die beiden schwiegen einträchtig und waren Freunde.

Genau wie sie sprach er nur wenig. Er stellte keine Fragen und wollte sie nicht zum Spielen zwingen. Er ließ das Mädchen einfach in Ruhe. Sie war die Einzige, die ihm zusehen durfte, wenn er an seiner Schmetterlingsammlung arbeitete. Melanie liebte es, ganz ruhig neben ihm zu sitzen, und ich war froh zu spüren, dass in diesem kleinen Kinderherzen neben der schweren Stille auch Glück und Zufriedenheit zu Hause waren.

Ich hatte zum ersten Mal seit langer Zeit das Gefühl, angekommen zu sein. Irgendwo. An einem Ort, wo der Krieg weit weg war und es keine Soldaten gab. Doch wie befürchtet, trog das Idyll. Die Soldaten kamen wieder. Kaum ein halbes Jahr später erreichten sie unser Dorf, und Melanie und ich sahen sie als Erste.

Der Frühling hatte sich noch nicht richtig breitgemacht, aber tagsüber war es schon warm. Die Birken strahlten zartgrün, und die große Kastanie, unter der Melanie und Julchen im vergangenen Herbst die braun glänzenden Früchte aufgesammelt hatten, streckte auch schon wieder ihre siebenfingrigen Blätter aus. Melanie streifte durch den Garten und sammelte Käfer.

Sie kamen im Konvoi, und irgendetwas an ihnen war anders, auch wenn ich nicht benennen könnte, was es war. Melanie duckte sich hinter den Gartenzaun, doch es war zu spät, ein Soldat im letzten Wagen hatte sie entdeckt. Er hielt an.

«*Hello, little girl*», rief er. «*How are you?*»

Melanie war vor Schreck wie erstarrt. Sie rührte sich nicht, umklammerte einfach nur meinen Arm und sah den fremden Mann an.

Das waren keine deutschen Soldaten. Es waren auch keine englischen Soldaten. Dieser breite Akzent erinnerte mich sofort an Onkel Max in Brooklyn. Es waren Amerikaner, das hörte ich schon am ersten Satz.

«*Do you want some chocolate?*», fragte der Soldat. «Schokolade?»

«Nein», brachte Melanie hervor. «Nein.»

Ich glaube, wir verstanden beide die Welt nicht mehr. Ich vermutlich noch weniger als sie. So benahmen sich doch keine Soldaten, wenn sie ein Dorf besetzten. Die Amerikaner mochten vielleicht von Natur aus freundlich sein, dennoch schien mir, kriegserfahren, wie ich inzwischen war, dieses Verhalten höchst merkwürdig.

Wut kochte in mir hoch.

Was wollt ihr hier? Könnt ihr uns nicht einfach in Ruhe lassen? Wir haben alles verloren, was wir geliebt haben. Was wollt ihr uns denn noch nehmen?

Der Wagen fuhr weiter bis vor unser Haus. Der junge Soldat sprang heraus und riss mit seinem lauten Klopfen Großmutter Vicky aus ihrem heiligen Mittagsschläfchen. Alle versammelten sich an der Tür, Julchen und Marga Möhrchen kamen an den Zaun. Frau Finster stand auf der Veranda und sah herüber.

«*I have to make an announcement*», sagte der Soldat feierlich.

«*The german governement has declared their unconditional surrender.*»

Viktoria sah ihn fragend an. Sie verstand kein Englisch. Außer mir verstand hier niemand Englisch. Und so kam es, dass ich vor allen anderen wusste, dass der Krieg zu Ende war. Deutschland hatte kapituliert. Es war vorbei.

Während ich vor Erleichterung beinahe in meine Einzelteile zerfiel, schaute Viktoria verloren zu Fritzi, die wiederum Franziska ansah, die ihrerseits mit den Schultern zuckte.

«*Germany has lost the war*. Krieg vorbei», sagte der Soldat mit einem breiten Grinsen. «*You want some chocolate now?*», fragte er Melanie noch einmal.

«Nein», sagte Melanie und versteckte sich hinter Franziska.

«Aber ich!», rief Julchen begeistert. «Ich liebe *chocolate*.»

Die Jahre vergingen.

Die Dreihausener waren damit beschäftigt, ihr Leben in Ordnung zu bringen.

Es wurde geplant und gearbeitet, gelebt, den Blick starr nach vorn gerichtet. Die Sehnsucht nach einer heilen Welt war unbändig.

Franziska arbeitete als Schreibkraft in einem großen Büro. Morgens zog sie ein graues Kostüm an, sorgte dafür, dass die Naht ihrer Strumpfhose gerade verlief, setzte ein rundes Hütchen auf und ging zur Bushaltestelle an der großen Überlandstraße. Abends erzählte sie, dass sie zusammen mit fünfzig Frauen in einem riesigen Raum saß und dass alle im Takt auf ihre Schreibmaschinen einhackten.

Fritzi hatte in einer kleinen Landarztpraxis eine Stelle als Sprechstundenhilfe gefunden, und Julchen hatte einen Platz in der Hauswirtschaftsschule in Marburg bekommen, damit etwas Anständiges aus ihr würde. Marga Möhrchen wollte nur das Beste für ihre Tochter.

An jenem Sommertag 1951, als Fritzi und Franziska, die auch hier von allen nur die Rosner-Mädchen genannt wurden, obwohl sie doch inzwischen beide über vierzig waren, mit ihrem roten Motorroller Bella um die Ecke bogen, hatten wir uns langsam daran gewöhnt, dass Frieden herrschte. Zumindest taten wir so.

Wir versuchten so zu tun, als hätten wir uns dran gewöhnt, dass dieser Krieg Friedrich und Hänschen das Leben gekostet hatte.

Wir versuchten, so zu tun, als könnten wir ohne sie leben.

Wir versuchten so zu tun, als würden wir uns nicht andauernd im Stillen fragen, was aus Marlene und Charlotte geworden war.

Wir hatten uns daran gewöhnt, dass keine Bomben mehr fielen, auch wenn jeder Knall einer Fehlzündung Entsetzen auf die Gesichter rief.

Wir hatten uns schließlich auch daran gewöhnt, dass die Amerikaner immer in unserer Nähe waren und jetzt das Sagen hatten. Die Amerikaner, die Männer aus dem Land der unbegrenzten Möglichkeiten. Sie brachten mehr als nur Schokolade – Kaugummi zum Beispiel.

Nachdem Melanie sich einmal überwunden hatte, ein «Tschuingam» anzunehmen, konnte sie davon gar nicht genug kriegen. Wenn sie abends ins Bett ging, klebte sie die graue Masse an den Bettpfosten und steckte sie am nächsten Morgen gleich wieder in den Mund. Auf diese Weise hielt ein Kaugummi fast eine Woche.

«Sie sind wirklich wenig hilfreich, diese Amerikaner», sagte

Viktoria, als sich eines Abends alle zur Bowle, die sie «Kalte Ente» nannten, versammelt hatten und Melanie schweigend, aber mit offenem Mund kauend dabeisaß. «So ein Unsinn, den Kindern solche schrecklichen Sachen zu geben.»

Ich war vollkommen ihrer Meinung. Kaugummi war der Feind eines jeden Teddybärfells.

«Und nicht nur den Kindern», fügte Viktoria mit einem strengen Blick auf Albert hinzu, der sich tags zuvor von einem GI eine Schachtel Lucky Strike hatte schenken lassen, weil er endlich wieder richtige Zigaretten rauchen wollte.

«Also, ich finde sie super», sagte Julchen, biss sich auf die Unterlippe und schaute unschuldig drein. «Sie sind doch sehr nett …»

«Super», sagte Marga Möhrchen und warf Viktoria einen vielsagenden Blick zu. «Ist das auch so ein amerikanisches Wort?»

«Keine Ahnung. Aber ich finde es super.»

Viktoria seufzte. Doch eigentlich schien sie ganz zufrieden an diesem lauen Sommerabend. Die Amsel sang ihr Abendlied, Onkel Albert schenkte Bowle ein, alles war endlich mal wieder in schönster Ordnung.

Sie schwiegen.

Keiner schaute in dieser Zeit zurück. Sie waren froh, dass es vorbei war. Doch die Vergangenheit wollte nicht unter den Teppich gekehrt werden und forderte ihr Recht auf ihre Weise.

Frau Finster klopfte zart an die Küchentür, als Franziska und Melanie Kartoffeln für das Mittagessen schrubbten. Es sollte Pellkartoffeln mit Quark und Leinöl geben. Ich saß auf der Eckbank und sah ihnen zu.

«Entschuldigen Sie die Störung», sagte Frau Finster.

«Sie stören doch nicht», sagte Franziska. «Wir sind nur dabei, das Mittagessen vorzubereiten.»

«Ich habe da etwas in der Zeitung gelesen, das Sie vielleicht interessiert.»

Franziska blickte von den Kartoffeln auf.

«Ein Inserat», fuhr Frau Finster fort und richtete ihre Frisur.

«Für eine Stelle?», fragte Franziska. «Ich habe schon eine Arbeit gefunden.»

«Nein. Es ist eine Suchanzeige.» Frau Finster zog umständlich die Zeitung aus ihrer Tasche und faltete sie auf.

«Hier. Sehen Sie. Vom Deutschen Roten Kreuz. Sie haben einen Suchdienst eingerichtet, damit man Menschen wiederfinden kann, die man während des Krieges verloren hat. Sind Sie nicht auch von ihrer Schwägerin getrennt worden?»

Franziska trocknete sich die Hände an der Schürze ab und schaute in die Zeitung.

«Hier sucht jemand eine Familie Rosner aus Köln. Ich dachte, das wäre vielleicht etwas für Sie …»

Ich spürte, wie die Luft im Raum knapp wurde. Ich sah, wie Franziska sich duckte unter dem Schmerz, der an diesem Spätsommertag so plötzlich und unvermittelt in ihr aufstieg, nachdem sie ihn so lange vergraben hatte.

Ich hielt die Luft an.

Wer könnte das sein? War es wohlmöglich Marlene, die uns suchte?

Frau Finster sah Franziska unsicher an.

«Ist alles in Ordnung? Ich dachte ja nur, es muss ja nichts zu bedeuten haben … es gibt sicher viele Rosners, aber vielleicht also, die Hoffnung besteht doch …»

Die Hoffnung. Die Hoffnung stirbt zuletzt.

Sofort war alles wieder da.

Ich sah Marlene vor mir, wie sie Charlotte im Arm hielt und fütterte. Wie sie sich die Haarsträhnen aus dem Gesicht strich und «Schschsch» machte, um das Kind zu beruhigen. Das Gefühl, wenn die Kleine mein Ohr zwischen den Fingern rieb und in mein Fell atmete. Der vertraute Geruch nach Mucke-fuck. Die Momente, wenn Marlene Friedrichs Bild anschaute und zärtlich mit dem Zeigefinger darüberstrich.

Ich hätte alles dafür gegeben, wieder bei ihnen sein zu dürfen.

Auch in Franziska hatte die Hoffnung überlebt. Tief unten, unter den Trümmern des Krieges, über die inzwischen Gras gewachsen war.

«Ja, doch, es ist alles in Ordnung», sagte sie und sah Frau Finster an. «Es ist nur … es kommt so überraschend. Jetzt muss ich mich erst mal setzen.»

Ich sah, wie ihre Hände zitterten.

«Ich lasse Sie dann mal allein. Sie können die Zeitung ruhig behalten», sagte Frau Finster und fügte leise hinzu: «Ich wünsche Ihnen Glück. Dann wäre hier wenigstens eine Familie wieder komplett …»

«Das ist lieb, danke», murmelte Franziska abwesend und strich die Seiten glatt.

Ich war Frau Finster unendlich dankbar. Sie hatte getan, was ich nicht vermocht hatte. Sie hatte die Vergangenheit in die Gegenwart geholt. In den letzten Jahren hatte ich mich immer wieder gefragt, wann sie endlich richtig anfangen wür-den, nach Marlene und Charlotte zu suchen. Sie hatten es doch versprochen.

In dunklen Stunden hatte ich unterstellt, dass sie Marlene und Charlotte vergessen hatten. Doch eigentlich wusste ich es besser. Franziska hatte ein paar Versuche unternommen, bei Bekannten aus Köln etwas in Erfahrung zu bringen, war jedoch kläglich gescheitert. Das Chaos war einfach zu groß gewesen und die Kraft zu gering. Oder der Mut. Jetzt hatte Frau Finster den Ball ins Rollen gebracht.

Am Abend herrschten tumultartige Zustände im Hause Rosner. Alle redeten durcheinander. Schließlich ergriff Fritzi das Wort.

«Wir werden natürlich antworten!», sagte sie energisch. «Ich mache das.»

Das Schreiben war schnell aufgesetzt. Franziska klebte den Umschlag zu und schrieb die Adresse des DRK-Suchdiensts in München darauf. Sie drückte einen Kuss auf das Kuvert.

«Marlene. Ich hoffe, du bist es. Ich hoffe es so sehr.»

Was sollte ich denn sagen?

Die Zeit des Wartens begann.

Doch es war kein stilles Abwarten. Frau Finster hatte das Schweigen gebrochen. Die Hoffnung, Marlene und Charlotte auf so einfache Weise wiederzufinden, machte die Rosners euphorisch. Sie fingen an von früher zu erzählen und merkten schnell, wie gut es tat. Das Schweigen hatte sie einsam gemacht.

Nach einer Woche klopfte es an der Tür. Ich saß allein in der Küche und hörte das ungeduldige Pochen. Stille, dann noch einmal lautes Klopfen.

Wer war das? Warum machte niemand auf?

«Fritzi! Franziska! Ist keiner da?», rief eine laute Männerstimme.

«Du musst schon mit mir vorliebnehmen, Wippchen», vernahm ich da Viktorias Stimme aus der Diele. «Die Damen sind mit Arbeiten beschäftigt.»

«Ein Anruf für euch! Ferngespräch.»

Ein Schauer lief mir über den Rücken. Ein Anruf. Caspar Wippchen war der Einzige im Dorf mit Telefon. Wir bekamen so gut wie nie Anrufe. Ein- oder zweimal waren Fritzi oder Franziska am Telefon verlangt worden, als es um ihre Arbeit ging. Jetzt rief jemand von weit entfernt an.

«Ein Ferngespräch? Um Himmels willen, wer war es denn? Was mache ich denn jetzt bloß?»

«Ich würde sagen, du kommst mit rüber und sprichst mit der Frau», sagte Wippchen trocken.

«Was? Ist sie noch dran? Oh, mein Gott. Ja. Ich komme. Bin schon unterwegs.»

Viktoria war völlig außer sich. Ich hörte, wie die Tür ins Schloss fiel. Dann kehrte Stille ein. Doch in mir herrschte wilder Aufruhr. Vielleicht war es Marlene. Vielleicht hatte sie unseren Brief bekommen. Vielleicht kündigte sie ihren Besuch an? Mit bangem Herzen lauschte ich auf jedes Geräusch von draußen und erschrak fast zu Tode, als plötzlich Albert in die Küche kam. Er öffnete den nagelneuen Kühlschrank und nahm eine Flasche Schnaps heraus, dann schob er die Türen des Hängeschranks zur Seite und holte zwei kleine Gläschen hervor. Mit einem trockenen Laut stellte er alles auf den Tisch und setzte sich. Die Kuckucksuhr über der Tür tickte laut.

«Egal, wie die Sache ausgeht. Einen Korn braucht sie in jedem Fall», sagte er. Dann lehnte er sich zurück und wartete.

Es beruhigte mich ungemein, dass Albert da war. Einen Korn hätte ich sicher auch gut vertragen, auch wenn ich eigentlich nicht genau weiß, wie er wirkt. Wir hörten die Tür. Viktoria kam herein, sie war blass. Ich hielt die Luft an.

«Ich weiß nicht, wie wir das den Kindern beibringen sollen», sagte sie.

Albert schenkte ihr ein. Ohne zu zögern, trank sie das Gläschen in einem Zug aus. Tränen stiegen ihr in die Augen.

«Wir sind nicht die Richtigen», hauchte sie.

«Es ist ein seltener Zufall, der Richtige zu sein», erwiderte Albert.

Sie schwiegen, und vor meinem inneren Auge löste sich das Bild von Marlene und Charlotte in eine hellblaue Wolke auf und verschwand.

Zum ersten Mal verfluchte ich die Liebe in meiner Brust. Ich hätte nie gedacht, dass sie so wehtun könnte.

Fritzi ließ jedoch keine Enttäuschung aufkommen.

«Seht es doch mal so, jetzt wissen wir wenigstens, wie es geht. Wir geben selbst eine Suchanzeige auf. Ich habe mich informiert. Der DRK-Suchdienst hat schon so viele Familien zusammengeführt. Über hunderttausend. Sie hängen überall Plakate auf, es gibt Zeitungsinserate, und im Radio bringen sie die Suchmeldungen auch. Warum sollten wir Marlene also nicht wiederfinden? Sicher sucht sie uns auch.»

Franziska sah sie zweifelnd an.

«Ich weiß nicht, wie viele Enttäuschungen ich noch verkrafte …»

«Das muss erst mal bewiesen werden!», rief Fritzi. «Willst du einfach so tun, als hätte es sie nie gegeben?»

Franziska schaute betrübt zu Boden.

«Nein», sagte sie leise. «Aber, wenn wir sie nun nicht finden …»

«Dann haben wir es wenigstens versucht», erwiderte Fritzi.

Sie hatte entschieden, nicht aufzugeben, und das war eine Haltung, der ich mich mit Freuden anschloss. Wir würden Marlene und Charlotte wiederfinden. Irgendwie und irgendwo.

Es war beschlossene Sache. Die Unterlagen wurden nach München geschickt.

Doch es kam keine Antwort.

Eine Woche verging, dann zwei, dann ein Monat. Sie fanden einfache Erklärungen: Sicher hat die Post gebummelt, sicher ist der Suchdienst völlig überlastet, vielleicht ist der Brief verlorengegangen. Habt ihr denn auch wirklich den Absender richtig draufgeschrieben? Marga Möhrchen kam jeden Tag herüber:

«Habt ihr was gehört?», fragte sie immer. Und wenn wieder alle stumm den Kopf schüttelten, sagte sie: «Es wird schon gutgehen, ihr werdet sehen.»

Dieser Satz wurde wie ein Zauberspruch. «Es wird schon gutgehen, ihr werdet sehen.»

Ich wollte ihr so gerne glauben, vielleicht mehr als alle anderen.

Und während wir warteten, Monat für Monat, ging das Leben weiter.

Onkel Albert bekam Rheuma. Eines Morgens kam er nicht mehr aus dem Bett. Er weigerte sich, einen Arzt kommen zu lassen. Als Viktorias Hausmittel allesamt versagten, ging sie schließlich hinüber zu Caspar Wippchen und bat ihn um Hilfe. Dank seines Ratschlags schaffte Albert es wenigstens, wieder aufzustehen, auch wenn die Schmerzen blieben. Doch was für ein Doktor Wippchen war, hatte Viktoria noch immer nicht erfahren.

Fritzi überfuhr mit dem Roller Bella beinahe einen Polizisten, der ihr seither gelegentlich Blumen und nette Karten schickte. Er lud sie ins Kino ein und schaute mit ihr *Casablanca*, er führte sie aus in die Milchbar, die in der Stadt eröffnet hatte.

Fritzi nahm seine Einladungen an, doch den Heiratsantrag, den er ihr bei einer Ruderpartie machte, lehnte sie ab.

Franziska musste neben Schreibmaschineschreiben nun auch noch Stenographie lernen, wobei ich bis heute nicht begriffen habe, was das eigentlich ist. Es muss etwas Schreckliches sein, denn sie fluchte ganz fürchterlich darüber.

Melanie nahm schon seit Jahren bei Frau Finster Klavierunterricht und stellte sich inzwischen richtig geschickt an. Sie entwickelte eine Vorliebe für Mendelssohn und Beethoven. Wie besessen übte sie die Waldsteinsonate und geriet jedes Mal in Rage, wenn Fritzi sie aufzog und nach ihren Fortschritten mit der Wildschweinsonate fragte.

Marga Möhrchen und Viktoria hatten eine Auseinandersetzung über das sachgemäße Putzen von Fensterscheiben, die darin gipfelte, dass sie drei Tage nicht miteinander sprachen.

Und schließlich – das war am schlimmsten – stand Julchens Abreise zur Hauswirtschaftsschule bevor. Ein Tag, dem ich mit Wehmut entgegensah.

Es ist mir ehrlich gesagt ein wenig unangenehm, und lange war es mir auch peinlich, doch jetzt nach all den Jahren kann ich es wohl zugeben, ohne rot zu werden: Ich glaube, ich war in Julchen verliebt. Sie strahlte so viel Leichtigkeit und Lebenslust aus. Ihr hatte sich die Schwere des Krieges nicht so tief eingegraben wie den anderen. Sie war neugierig und wollte die Welt erobern. Um Regeln und Konventionen kümmerte sie sich dabei nicht. Sie schwang frech ihren Pferdeschwanz lachte, dass ihre weißen Zähne nur so blitzten, und überging alle Einwände und Sorgen.

Der Gegensatz zwischen Julchen und Melanie war mit den Jahren immer größer geworden. Julchen sog alles, was die Welt ihr zu bieten hatte, in vollen Zügen auf und konnte nich genug kriegen von Musik und Kinofilmen und Mode. Melanie hingegen war auf ihre eigentümlich in sich gekehrte Art zufrieden.

«Sie ist eben nicht so gesprächig», sagte Franziska, als sich eine Lehrerin am Telefon über Melanies mangelnde Beteiligung am Unterricht beschwerte. «Seien Sie doch froh, dass sie nicht stört.»

Damit war das Thema für sie erledigt. Melanie war nicht dumm, das bewiesen ihre schriftlichen Noten, es gab also nichts zu diskutieren. Sie war nur gern allein.

Oft sah ich sehnsuchtsvoll hinterher, wenn Julchen mit unbeschwerten Hüpfern Caspar Wippchen einen Besuch abstattete, während ich an Melanies einsame Stille gekettet war. Ich war frustriert.

Warum gehst du nicht mit? Lass uns doch auch mal einen Besuch machen!

Doch wir blieben auf unserer Seite der Hecke.

Weißt du, mir wäre es am liebsten, mein Arm fiele einfach ab. Sicher würdest du nicht mal merken, wenn ich nicht mehr dranhänge.

Als hätte sie mich gehört, umfasste Melanie meinen Arm noch fester.

Ich konnte hören, wie mein Julchen Wippchen unbeschwert begrüßte:

«Hallo, Onkel Caspar», flötete sie. «Ist das nicht ein herrlicher Tag?»

Eine Rauchwolke zog zu uns herüber, und er sagte:

«Ja, mein Augenstern, wunderschön. Fast so schön wie du.»

«Also, Onkel Caspar. Jetzt musst du aber aufhören. Ich werde ja ganz verlegen», protestierte sie. «Du kannst doch einer jungen Dame nicht so schmeicheln!»

«O doch, das kann ich», hörte ich Wippchens Stimme. «Sehr gut sogar.»

Dann mussten sie lachen.

In leisem vertrautem Tonfall erzählte Julchen von ihren Plänen und Träumen, und Caspar Wippchen brummelte hin und wieder eine Antwort.

Wie gern hätte ich bei ihnen gesessen. Wie gern hätte ich Julchen als meine Besitzerin gehabt. Wenn schon Marlene und Charlotte nicht auftauchten, wäre es dann nicht herrlich gewesen, mit Julchen nach Marburg zu ziehen? Ich sehnte mich nach Wärme. Doch Julchen verließ Dreihausen ohne mich. Stattdessen nahm sie ihr Radio mit.

Der Brief kam nach fast einem Jahr an einem Samstag.

Richtig daran geglaubt hatte inzwischen niemand mehr.

Franziska stand in der Stube auf einem Stuhl und versuchte mit dem Besen, die Spinnweben von der Gardinenstange zu kehren. Sie trug eine hellblaue Schürze über ihrem leichten Sommerkleid. Ein Kopftuch hielt ihre Haare zusammen, darunter trat ihr der Schweiß auf die Stirn.

Ich saß auf dem Sofa, wo Melanie mich am Vortag liegengelassen hatte.

Wir hörten das Klappern des Briefkastendeckels beide. Franziska hielt einen Moment inne, dann wischte sie weiter über die Gardinenstange.

Was ist? Willst du nicht nachschauen?

Als sie fertig war, schob sie den Stuhl zurück an seinen Platz. Sie wischte sich mit dem Arm den Schweiß von der Stirn und zog das Kopftuch ab. Dann verließ sie den Raum.

Ich betete. Zum hundertsten Mal. Marlene, Marlene, Marlene.

Mit einem Umschlag in der Hand kam sie wieder herein. Ich wusste sofort, dass es der Brief war, auf den wir seit über einem Jahr warteten. Als bräuchte sie Unterstützung, kam sie herüber und nahm mich vom Sofa.

Mach ihn auf! Los!

Sie setzte sich an den Esstisch und platzierte mich neben der Obstschale. Dann drehte sie das Kuvert unschlüssig zwischen den Fingern, legte es vor sich auf die braune Platte und stützte den Kopf in die Hände.

Worauf wartete sie denn noch? Traute sie sich nicht?

Schließlich erhob sie sich noch einmal und holte ein Messer aus der Besteckschublade. Vorsichtig schlitzte sie den Umschlag auf und entnahm ein einzelnes Blatt Papier.

Als Melanie nach der Klavierstunde bei Frau Finster nach Hause kam, lag ich mit dem Gesicht nach unten auf dem Esstisch, mit der Nase auf dem Papier, das nach Büro und nach Schreibmaschine roch.

Wie gewohnt ergriff Melanie meinen rechten Arm. Mit der anderen Hand hob sie den Brief auf und las laut vor, was ihre Mutter zuvor nur stumm überflogen hatte:

Sehr geehrte Familie Rosner,

wir bestätigen den Eingang Ihrer Anfrage. Unter den uns vorliegenden namentlichen Meldungen ist der Name Ihrer Angehörigen nicht enthalten gewesen. Trotz Prüfung aller Schreibvarianten und unter Einbeziehung möglicher Übermittlungsfehler fand sich kein Hinweis, dem wir noch hätten nachgehen können. Marlene Ballhaus und ihre Tochter Charlotte gehören nach wie vor zu jenen Menschen, die verschollen sind, deren Schicksal ungeklärt ist. Grundsätzlich möchten wir nicht nochmals Hoffnungen wecken, doch haben die dramatischen Ereignisse der letzten Jahre sukzessive neue Informationsquellen erschlossen.

Ihr Suchantrag bleibt hier so lange offen, bis wir eine endgültige Aussage zum Schicksal der Verschollenen geben können beziehungsweise keine Möglichkeit mehr besteht, eine Schicksalsklärung herbeizuführen.

Die Stille dröhnte, das Zimmer drehte sich. Sie waren nicht auffindbar. Marlene und Charlotte waren verschollen. Mir wurde schwarz vor Augen, als die Tragweite dieser Aussage mein Bewusstsein erreichte.

Melanie lief nach draußen.

«Mama! Mama, wo bist du?», rief sie. «Mama!»

Sie hielt inne und schaute sich um. Da entdeckte sie ihre Mutter. Sie saß unter dem Birnbaum, den Blick zum Himmel gewandt. Langsam ging Melanie über die Wiese und sank still neben Franziska auf die Knie.

Sie ließ mich fallen, um ihrer Mutter, der leise Tränen über die Wangen rollten, tröstend übers Haar zu streichen.

Die Hoffnung stirbt zuletzt. Doch wenn sie stirbt, ist nicht mehr viel übrig.

6

*I*ch frage mich, wie lange ich in diesem unseligen Zustand der Ungewissheit verharren soll. Es muss schon Stunden her sein, dass ich hier eingeschlossen wurde.

Nach meinen bisherigen Erfahrungswerten deutet alles auf den klassischen Fall des Zurücklassens hin. Ich kenne das. Wenn der Aufwand zu groß wird, wenn die Mühe den Wert des Resultats übersteigt, wählen die meisten Menschen lieber den einfachen Weg. Und ist es nicht oft einfacher, einen neuen Regenschirm zu kaufen, als die drei Straßen zum Café zurückzugehen, wo man den alten liegengelassen hat? Der Besitzer zuckt kurz zusammen, wenn er den Verlust bemerkt, rechnet und geht weiter. Leider, leider denken viele Menschen über Bären auch nicht anders als über Regenschirme.

Die Chancen stehen also nicht schlecht, dass die Schriftstellerin mich zugunsten ihrer Freiheit geopfert hat. Traurig wäre es schon, denn ich mochte sie. Ich mache auch keinen Hehl daraus, dass ich mir von der Begegnung einiges erhofft hatte. Wäre es nicht herrlich gewesen, nach diesen Jahren der Ereignis- und Heimatlosigkeit einen Altersruhesitz gefunden zu haben? Ein gemütliches Plätzchen für einen Bären, der das Spielzeugverfallsdatum längst erreicht hat? Von jemandem gefunden worden zu sein, der mich um meinetwillen schätzte, der meinen Wert erkannte? Ach, ich will nicht über mein Unglück lamentieren, dazu habe ich zu viel davon gesehen. Obwohl es, genau betrachtet, meist das Unglück der anderen war. Ich bin in der Regel immer mit heiler Haut davongekommen, wenn man mal von einigen Rissen und Fellabschürfungen und Tiefschlägen absieht. Ich habe Glück gehabt.

Doch das Glück hat viele Gesichter und geht verschlungene Pfade. Es zeigt sich jedem in anderer Gestalt. Ein Universal-Glück, fix und fertig in Flaschen abgefüllt, gibt es nicht. Und manchmal liegt es beim Unglück gleich nebenan. So war es jedenfalls bei mir. Mein größtes Glück war Isabelle.

Feuer und Blut

D ie Gardinen hatten schon Feuer gefangen. Sie brannten lichterloh. Als Nächstes barsten die Fensterscheiben in lautem Klirren. Und dann ging alles sehr schnell. Innerhalb von Sekunden hatten die Flammen die Couch aufgefressen, es sich auf dem Sessel bequem gemacht und den alten Flickenteppich verschluckt.

Es dauerte eine Weile, bis ich begriff, was hier vor sich ging. Zunächst war ich von dem Schauspiel der Flammen so fasziniert gewesen, dass mir gar nicht klar wurde, in welcher Gefahr ich schwebte.

Die Vitrine, in der ich saß, stand auf der anderen Seite des Wohnzimmers, gleich neben dem Aufgang in den ersten Stock. Ich hatte eine Glastür zwischen mir und dem wütenden Feuer und dachte nicht im Traum daran, dass etwas passieren könnte. Meine Neugier war schon immer größer gewesen als meine Angst.

Doch als plötzlich eine Wand aus heißer Luft jedes einzelne meiner Haare erfasste, weil die Vitrinentür ebenfalls in unzählige Splitter zerfiel, wurde mir doch mulmig.

Ich wusste, dass Madame Brioche und Lucille nach Lyon gefahren waren, aber wo war der Alte? Bemerkte er denn nicht, dass sein Haus in Flammen stand? Sicher hatte er wieder den ganzen Vormittag in seinem Keller verbracht und Wein gekostet und schlief auf der Pritsche zwischen seinen Fässern den Probierrausch aus.

Das tat er fast jeden Tag. Aber jetzt war wirklich nicht der richtige Zeitpunkt, sich auszuruhen.

Hilfe, dachte ich probehalber. Hilfe.

Aber wer sollte mich hören? Es war ja niemand da. Und selbst wenn, hätten sie sicher etwas anders zu tun, als einen Bären aus der Vitrine zu retten.

Die Hitze nahm zu, und parallel wuchs auch das Unbehagen.

Ich hatte keine Erfahrung mit Feuer, aber was sich da im Wohnzimmer abspielte, ließ wahrlich keinen Zweifel an seiner alles vernichtenden Kraft. Wenn es sich weiter in diesem Tempo ausbreitete, würde spätestens in zehn Minuten nichts mehr von mir übrig sein.

Wie begegnet man dieser Erkenntnis? Wenn man sein Leben lang gewohnt ist, sich nicht selbst retten zu können, wird man erstaunlich ruhig. Ich fragte mich lediglich, was ich eigentlich verbrochen hatte, dass in diesem Jahr alles derartig schieflief. So schief, dass ich jetzt sogar mit dem Leben zu bezahlen schien.

Die Zeit der Wunder war für mich vorüber gewesen, als ich aus Deutschland weggeschickt wurde. Das war 1954, im Herbst des vergangenen Jahres.

Dort hatte es in den Nachkriegsjahren von Wundern angeblich nur so gewimmelt, jedenfalls waren sie in aller Munde. Das große Wunder war, dass es ihnen nach dem Krieg endlich wieder gutging, dass sie elektrische Küchenmaschinen, Zigarettenspender, Barschränke, runde Autos, Plattenspieler, Petti coats und Rockmusik hatten und endlich nach Capri reisen durften, um die rote Sonne zu sehen (ich bin sicher, Julchen ist sofort dorthin gesaust, sobald sie die Fahrerlaubnis hatte). Die Menschen genossen ihre privaten kleinen Wunder, ob sie nun in Form eines Fernsehers, eines Telefons oder eines Kriegsheimkehrers daherkamen. Letzteres trat bei den Finsters ein.

Eines Tages, es muss kurz nach unserer Niederlage im Fall «Wir finden Marlene und Charlotte» gewesen sein, kurz nach jenem schicksalsträchtigen Tag, an dem Melanie mich auf der Wiese hatte fallen lassen (für immer, wie sich rausstellte, sie fasste mich nie wieder an), im Herbst 1951 also, tauchte plötzlich ein fremder Mann im Dorf auf. Er klopfte bei uns.

Viktoria wurde nicht müde, immer und immer wieder zu erzählen, wie ausgemergelt er aussah, als er vor unserer Tür stand, wie ermattet und wie abgekämpft.

«Er fragte: ‹Wohnt hier Familie Finster?› Und ich sagte: ‹Nein, die wohnen zwei Häuser weiter.› Und dann fiel er mir einfach um den Hals, sank auf die Knie und fing an zu weinen. So was hab ich noch nie erlebt, ehrlich. Ich wusste ja gar nicht, was ich machen sollte mit dem armen Kerl», erzählte sie, und jedes Mal stiegen ihr die Tränen in die Augen.

«Wisst ihr, als er da so stand, dachte ich für einen winzigen Moment, es sei Hänschen …»

Doch dieses Wunder geschah nicht. Hänschen blieb tot.

Aber Frau Finster bekam ihren jüngeren Bruder wieder, der nach sechs Jahren russischer Kriegsgefangenschaft den langen Fußmarsch nach Dreihausen geschafft hatte. Niemand hatte gewusst, dass die stille, lächelnde Frau einen Bruder hatte, der zudem als vermisst galt. In ihrer unauffälligen Art hatte sie lautlos gelitten, allein zu Hause hinter verschlossener Tür.

«Es ist mir so unendlich peinlich», sagte Franziska. «Wir waren so mit unserer eigenen Suche beschäftigt ... Dabei hat sie es sogar angedeutet, als sie mir damals die Suchanzeige brachte. ‹Dann ist wenigstens eine Familie hier wieder komplett›, hat sie gesagt. Ich habe überhaupt nicht darauf reagiert ... Wir konnten ja nicht ahnen ...»

«Sie hat mir von ihm erzählt», sagte Melanie. «Er liebt die Waldsteinsonate.»

Alle sahen sie schweigend an. So war sie.

Es hatte eine Weile gedauert, bis wir uns von der Enttäuschung erholt hatten, dass die Suche nach Marlene und Charlotte erfolglos geblieben war. Ich glaube, nach der Heimkehr von Paulchen Finster keimte auch bei uns noch einmal die Hoffnung auf, dass Marlene vielleicht doch eines schönen Tages einfach im Garten stünde. Doch das Pflänzchen war zu zart, um lange zu überleben. Wir versuchten uns damit abzufinden.

Ich erlitt einen schweren Einbruch. Melanie war in dem Moment erwachsen geworden, als sie ihre Mutter weinend im Garten fand. Sie brauchte mich nicht mehr. Julchen war nach Marburg abgereist. Charlotte unauffindbar. Was sollte ich noch hier? Welchen Zweck erfüllte ich denn noch?

Erst im August 1954 stellte sich diese Frage noch jemand anderes außer mir. Bis dahin saß ich als hauptberufliche Küchendekoration und Staubfänger über der Rosner'schen Eckbank und verfolgte das Geschehen. Akzeptiert und geduldet, jedoch ohne Aufgabe.

Wer aber denkt, das sei eine langweilige Angelegenheit gewesen, täuscht sich zumindest in Teilen, denn es passierten mitunter aufregende Dinge. Und noch wenigstens ein Wunder das ich hautnah miterlebte.

Nach Julchens Weggang, und damit auch nach dem Verschwinden des einzigen Radios im Dorf, ermannte sich Onkel Albert und erstand einen Transistor für uns. Ich glaube nicht, dass er das getan hätte, wenn nicht ein wirklich großes Ereignis angestanden hätte – dafür war der Kampf mit Viktoria zu hart.

«Es ist nur alle vier Jahre WM», erklärte er an einem kühlen Tag im Mai 1954, «da brauchen wir doch wohl ein Radio im Dorf.»

Ich horchte auf. Die Musik fehlte. Natürlich längst nicht so sehr wie Julchen, aber trotzdem – es wäre schön gewesen, wenn ab und zu mal wieder jemand gesungen hätte. Und sicher hörte sich eine WM besonders schön an, wenn sogar der sparsame Albert diese Ausgaben dafür tätigen wollte. Mit der Zeit erfuhr ich dann auch, was es mit dieser sogenannten WM auf sich hatte. Es ging nicht um Musik. Es ging um Fußball.

«Wozu brauchst du denn ein Radio? Da kannst du auch nicht besser sehen», wandte Viktoria ein, die nicht besonders traurig darüber war, dass Julchen inzwischen andernorts die Begleitung zu Radiomusik intonierte.

«Es reicht mir immerhin zu hören, was passiert», wandte Albert ein. «Einen Fernseher wirst du mir ja kaum erlauben.»

«Wie recht du hast. Aber wenn du unbedingt hören musst, wie zweiundzwanzig Männer einem Ball hinterherrennen, dann bitte, geh und kauf dir dein Radio. Aber bild dir bloß nicht ein, dass du es in meine Küche stellen kannst.»

Ich versuchte, mir so ein Fußballspiel vorzustellen. Die Menschen kamen wirklich auf die merkwürdigsten Ideen, aber das war mir ja eigentlich nicht neu. Offensichtlich hatten sie vom Kämpfen die Nase noch immer nicht voll. Nachdem die Länder endlich aufgehört hatten, einander mit Kanonen zu beschießen, taten sie es nun also mit Bällen. Land gegen Land. Wie im Krieg.

Das Radio stand zunächst im Wohnzimmer, doch nachdem die deutsche Mannschaft es bis ins Halbfinale geschafft hatte, gestattete Viktoria großmütig, dass in der Küche zugehört wurde. Sogar Wippchen und Herr Finster kamen zu Besuch, wenn ein Spiel übertragen wurde, und als am 4. Juli das Endspiel anstand und Deutschland gegen Ungarn antreten sollte, erschienen auch Paulchen, Marga Möhrchen und Frau Finster. Das Dorf war komplett. Und ich hatte auf der Eckbank den Königsplatz inne. Mitten im Geschehen – so wie es mir am liebsten ist.

Albert drehte das Radio an. Es rauschte und knisterte.

«Seid doch mal leise, ich höre ja nichts», sagte er, und alle verstummten.

Es rauschte und knatterte weiter, dann plötzlich hörte man eine klare Männerstimme sagen:

«Hier sind alle Sender in der Bundesrepublik Deutschland und Westberlin, angeschlossen Radio Saarbrücken. Wir übertragen aus dem Wankdorf-Stadion in Bern das Endspiel um die Fußballweltmeisterschaft zwischen Deutschland und Ungarn. Reporter ist Herbert Zimmermann.»

«Das ist es, das ist es», rief Wippchen aufgeregt und zog an seiner Zigarre. Sogar Rauchen war zur Feier des Tages erlaubt. Albert stellte Bier auf den Tisch.

«Geht das nicht lauter?», fragte Marga, die inzwischen ein bisschen schlechter hörte als früher.

«Noch lauter?», versuchte Viktoria einen Einwand. «Wir werden ja noch taub.»

«Wir wollen doch nichts verpassen, oder?», sagte Herr Finster leise, und Albert drehte auf.

Nach nur zehn Minuten schien in der Küche ein kollektiver Selbstmord unmittelbar bevorzustehen. Deutschland lag im Rückstand. Null zu zwei. Wippchen hielt sich die Ohren zu, Viktoria rief immerzu: «Nun schießt doch endlich!», und Marga fragte: «Wie lange noch? Wie lange denn noch?» Und sie ergriff mich und umklammerte mich mit eiserner Hand.

He, nicht so fest. Es ist doch nur ein Spiel.

Ich fragte mich ernstlich, was passieren würde, wenn die Deutschen jetzt schon wieder verlören.

Doch nach weiteren zehn Minuten hatte sich Dreihausen wieder beruhigt. Offenbar waren die elf Deutschen erfolgreich zum Gegenangriff übergegangen und hatten den Ausgleich erzielt. Ehrlich gesagt hatte ich noch nie zuvor erlebt, wie sehr Menschen mitfiebern können, wenn es um sportliche Ereignisse geht. Es war ungemein spannend. Selbst ich war vor Aufregung völlig aus dem Häuschen, obwohl ich in meinem Leben noch keinen Fußball, geschweige denn ein Fußballspiel gesehen hatte.

Als der Reporter aus dem Lautsprecher schrie: «Sechs Minuten noch im Wankdorf-Stadion in Bern», schwiegen sie alle vor Aufregung. Es war mucksmäuschenstill. Die Kuckucksuhr über der Tür tickte vernehmlich, der Kühlschrank sprang polternd an. Zehn Menschen atmeten angestrengt durch den Mund, die Ohren aufgesperrt, die Augen ebenfalls – auch wenn es nichts zu sehen gab. Der Reporter redete sich in Rage. Die Worte sprudelten aus ihm hervor, er sprach schneller, als Elizabeth Newman es je vermocht hätte. Er rief:

«Jetzt Deutschland am linken Flügel durch Schäfer, Schäfers Zuspiel zu Morlock wird von den Ungarn abgewehrt, und Bozsik, immer wieder Bozsik, der rechte Läufer der Ungarn, am Ball. Er hat den Ball – verloren diesmal, gegen Schäfer,

Schäfer nach innen geflankt – Kopfball – abgewehrt – aus dem Hintergrund müsste Rahn schießen – Rahn schießt! – Tooooor! Tooooor! Tooooor! Tooooor …!»

Marga schleuderte mich in die Luft, sie warf die Arme in die Höhe, und alle anderen jubelten und schrien. Im Fallen sah ich, wie Wippchen Frau Finster um den Hals fiel, Albert sprang auf, und Viktoria und Franziska lagen einander in den Armen. Selbst Melanie tanzte mit. Der Reporter versuchte, den Jubel zu übertönen. Seine Stimme ging beinahe unter im Geschrei der Dreihausener. Es war noch nicht vorbei. Noch hatte Deutschland nicht gewonnen. Herbert Zimmermann schrie weiter:

«Deutschland führt drei zu zwei im Endspiel der Fußballweltmeisterschaft, aber es droht Gefahr, die Ungarn auf dem rechten Flügel – jetzt hat Fritz Walter den Ball über die Außenlinie ins Aus geschlagen. Wer will ihm das verdenken? Die Ungarn erhalten einen Einwurf zugesprochen, der ist ausgeführt, kommt zu Bozsik – Aus! Aus! Aus! – Aus! – Das Spiel ist aus! Deutschland ist Weltmeister, schlägt Ungarn mit drei zu zwo Toren im Finale in Bern!»

Ich landete auf dem Küchenboden, und sie feierten endlich das Wunder, auf das sie so lange gewartet hatte.

Bis heute weiß ich nicht, wie es dazu kam, dass Marga Möhrchen mich nach dem Fußballspiel mit nach Hause nahm und mein Schultergelenk reparierte. Ich kehrte danach jedenfalls nicht wieder in das Haus mit der Nummer 1 zurück. Anscheinend reklamierte niemand mein Fehlen. Auch aus dem Leben der Familie Rosner war ich einfach verschwunden.

Was hätte ich noch vor einem Jahr gegeben, hier unter diesem Dach zu leben – in Julchens Nähe. Doch jetzt war

Julchen weg und lächelte nur von einem Foto von der Wand. Ich sah es an und träumte mich zu ihr, träumte von einem Leben an ihrer Seite in Marburg, von ihrer fröhlichen Stimme und ihren fliegenden Röcken. Ansonsten passierte nichts. Bis plötzlich dieser Brief aus Frankreich kam. Marga erzählte Frau Finster beim nächsten Kaffeeklatsch ganz aufgeregt davon.

«Sieh mal», sagte sie und hielt der Nachbarin das Blatt unter die Nase, «ich habe Post von einer alten Freundin aus Frankreich bekommen. Mensch, ist das lange her, dass wir zuletzt voneinander gehört haben.» Sie senkte die Stimme und flüsterte vertraulich: «In meinen wilden Jahren, weißt du, hab ich mal ein Jahr als Kindermädchen in Paris gearbeitet. Marie und ich hatten viel Spaß damals! Die verrückten Zwanziger, du weißt schon … Das waren noch Zeiten.» Sie zwinkerte Frau Finster zu und verdrehte schwärmerisch die Augen.

Ich horchte auf. Sie war in Paris gewesen?

«Ich hatte ja keine Ahnung, was aus Marie geworden ist!», fuhr Marga fort. «Sie schreibt, sie ist mit einem Winzer verheiratet. Weiß der Himmel, wie sie an den geraten ist.»

«Das hört sich doch sehr romantisch an», sagte Frau Finster verträumt. «Sicher hat sie ein herrliches Leben auf einem alten Weingut, irgendwo in einer traumhaften Landschaft. Ich kann mir das richtig vorstellen!»

«Ich weiß nicht. Ich finde, sie hört sich irgendwie nicht glücklich an. Aber vielleicht ist mein Französisch inzwischen einfach zu schlecht.»

«Du musst ihr schreiben, sicher freut sie sich riesig, und vielleicht kannst du sie ja auch mal besuchen – jetzt wo Julchen weg ist …»

«Du hast recht. Ich schreibe ihr gleich. Und dann packe ich ihr ein kleines Päckchen, mir scheint, sie kann eine Aufmunterung gut gebrauchen.»

Ich ahnte ja nicht, dass ich Teil dieser Aufmunterung sein sollte. Ich habe bis heute keine Ahnung, wieso sie mich zu Landschinken, Wollsocken, Himbeergelee und einem Liebesroman packte. Sie erklärte es mir nicht.

Marga, Marga. Eigentlich gab sie den Startschuss zu meinem Unglücksjahr.

Ehrlich gesagt, erinnere ich mich nicht gerne an dieses Jahr. Ich spreche auch nicht gern darüber. In jedem Leben gibt es Tiefpunkte, die man lieber in seiner Seele vergräbt. Darum mache ich es kurz:

Die Reise im Paket dauerte zwei Wochen. Ich wurde hin und her geworfen. Es war heiß und stickig, und ich konnte nichts sehen. Es war nicht schlimm, aber auch nicht spektakulär. Heutzutage steigt man hier in ein Flugzeug, dort wieder aus, und dann ist drum herum alles anders. In einem Paket ist es ganz ähnlich, man hat ebenfalls wenig Platz, und die Luft ist schlecht.

Anfangs war ich auch recht froh, wieder dort zu sein. Aber schon bald wurde mir klar, dass über diesem Weingut im Beaujoulais, wo man mich hinexpediert hatte, kein guter Stern stand. Es gab keine Liebe. Und wenn jemand in diesem Punkt ein Experte ist, dann ich.

Die Familie, bei der ich gelandet war, hieß Brioche, und man hätte meinen können, sie wollten mir ans Leder: Die kleine Lucille, Tochter von Margas Freundin Marie, ließ mich gleich am dritten Tag in ein Fass Beaujoulais fallen, in dem ich be nahe ertrank, wenn nicht meine Sägespäne für einen guten Auftrieb gesorgt hätten. Ich stieg wieder an die Oberfläche, nachdem ich ein ausführliches Bad in der dunkelroten Brühe genommen hatte. Sagte ich übrigens, wie sehr ich Bäder verabscheue?

Der alte Brioche, der eigentlich gar nicht so alt war (ungefähr meine Kragenweite, vielleicht drei oder vier Jahre älter), sondern nur so aussah, weil er so viel von seinem Wein probierte und das Leben ansonsten nicht besonders mochte, fischte mich heraus, warf mich seiner kleinen Lucille mit einem Platsch vor die Füße und sagte:

«Im Keller wird nicht gespielt, wie oft soll ich das noch sagen?»

«Ja, Papa», flüsterte die Kleine.

Um seiner Aussage Nachdruck zu verleihen, verpasste er ihr noch eine Ohrfeige, dass ihre kleinen Zöpfchen flogen und sie mich fast noch einmal fallen ließ. Dann wurde ich gewaschen – in kaltem Wasser und Seifenlauge. Doch der Geruch des Rotweins hing mir im Fell und der Hieb von Brioche in den Knochen. Wie konnte er sein Kind schlagen? Dieses kleine Wesen, das ihm nicht mal bis zum Bauchnabel reichte? Das Bild brannte in meinen Augen.

Ich sah noch viel mehr in diesen Monaten. Mehr als ich wollte.

Mein Fell wollte nicht trocknen. Der Wein hatte sich bis in die letzte meiner Fasern gedrängt und sich dort festgesetzt. Ich fing an zu riechen. So sehr, dass ich aus Lucilles Zimmer verbannt und in die Vitrine gesetzt wurde.

Vielleicht können nicht viele Bären von sich behaupten, in einem Weinfass gebadet zu haben. Aber, um ehrlich zu sein, ich hätte lieber darauf verzichtet und weiterhin neben Lucilles Bett gesessen. Sie war nämlich ein Mädchen, das einen Begleiter wie mich durchaus nötig gehabt hätte. Doch das merkte außer mir niemand.

Der alte Brioche hatte nur eine einzige Leidenschaft: seinen Wein. Er pflegte seine Reben mit Sorgsamkeit und ließ niemand anderen in die Nähe der Weinstöcke. Hatten sie eine Krankheit, erkannte er sie, lange bevor sie Schaden anrichten konnte; drohte ein Unwetter, konnte er vor Sorge um die Ernte kaum schlafen; zur Lese liebkoste er jede Traube einzeln zwischen seinen großen Fingern, um ihre Unversehrtheit zu prüfen. Doch wenn seine Tochter krank war, sagte er einfach, sie solle sich nicht so anstellen; wenn der Familie wieder einmal der finanzielle Ruin drohte, schlief er tief und fest, und seine Frau liebkoste er, soweit ich das beurteilen kann, überhaupt nie.

Ich konnte diese Lieblosigkeit kaum aushalten. Es zerriss mir schier das Herz, wenn ich sah, wie sich Marie Brioche die Tränen verbiss, sobald ihr Mann sich wieder über das Essen beschwerte, und wie sich Lucille duckte, wenn ihr Vater eine plötzliche Bewegung machte. Beide waren unendlich bemüht, es ihm recht zu machen, und ernteten dafür nichts als Ablehnung.

Heute denke ich manchmal, dass er einfach nicht anders konnte. Vielleicht wusste er nicht, wie sich Liebe anfühlt, vielleicht hatte er nie gelernt, nett zu sein. Doch das half Marie und Lucille wenig, die sich beide ohne Murren in ihr Schicksal fügten. Und auch da ist mir im Laufe der Jahre der Verdacht gekommen, dass sie möglicherweise gar nicht mehr von ihrem Leben erwartet haben. Vielleicht dachten auch sie, es müsste so sein.

Lucille war ein liebes Mädchen, sie streichelte mich und

flüsterte mir Geheimnisse ins Ohr. Sie nannte mich «Teddy» und liebte mich.

«Weißt du, Teddy, ich habe dich so lieb», sagte sie eines Abends und sah mich mit großen Augen an. «Viel lieber als Papa oder Maman.»

Das hatte mir noch niemand gesagt. Erst wurde ich verlegen, dann traurig. War es nicht schade, dass es in ihrem Leben keine größere Liebe gab als mich?

Ich war vierunddreißig Jahre alt und erlebte in diesem Jahr eine heftige Sinnkrise. Nicht die erste, wie ich zugeben muss; während meiner Jahre andauernden Odyssee von England nach Paris damals in den Dreißigern hatte ich mich schon einmal gefragt, warum mich nicht irgendjemand endgültig entsorgte, dass dieses sinnlose Herumreichen endlich ein Ende hätte. Doch mit Robert hatten sich diese Gedanken in Luft aufgelöst.

Damals hatte ich mich sinnlos und überflüssig gefühlt, doch nun, nach all dem, was ich erlebt hatte, verspürte ich eher Resignation und Machtlosigkeit.

Ich konnte nicht vermeiden, dass der Alte die kleine Lucille schlug, und nicht die Sehnsucht stillen, die in jeder Minute aus dem Mädchen sprach.

Ich war eben nur ein Bär. Ein Spielzeug. Ein schlechter Ersatz.

Und nachdem ich in der Vitrine gelandet war, nicht mal mehr das.

Als das Feuer um mich herum tobte, meldete sich jedoch der Überlebenswille. Und zwar deutlich. Ich wollte nicht verbrennen.

Plötzlich hörte ich eine Stimme.

«Monsieur Brioche! Monsieur Brioche! Wo sind Sie? Es brennt!»

Es war ein Mädchen, das dort rief, eindeutig. Doch ich kannte die Stimme nicht.

«Hallo, Monsieur Brioche! Sie müssen die Feuerwehr rufen! Der Wald brennt!»

Keine Antwort. Die Tür flog auf, und dort stand sie: ein Meter sechsundfünfzig groß. Die Beine steckten in einer kurzen, weißen Hose, darüber trug sie ein blaues Blüschen mit Puffärmeln, und die glatten, dunklen Haare waren in einer runden Linie geschnitten, als hätte jemand dem armen Kind einen Topf auf den Kopf gesetzt und rundherum gekürzt. Doch in ihrem Gesicht lag Unerschrockenheit und Mut. Die blauen Augen waren entschlossen, der kleine Mund ebenso.

Dieses Mädchen war eine Heldin, das erkannte ich sofort. Aber würde sie auch meine Heldin werden? Das war die Frage. Die Hitze nahm zu, jede Sekunde zählte – und das nicht nur für mich, sondern auch für diese kleine Fremde.

Du, beeil dich! Hol mich hier raus, und dann nichts wie weg!

Sie hob ihre dünne Bluse und hielt sie sich vor Mund und Nase. Rauch füllte den ganzen Raum. Sie schaute sich rasch um. Da entdeckte sie das Telefon. Es stand nicht weit von mir entfernt. Sie rief noch einmal:

«Monsieur Brioche! Lucille!»

Dann holte sie tief Luft, rannte durch den Raum und hob den Hörer ab. Hektisch wählte sie.

«Papa! Papa!», schrie sie in den Hörer. «Das Gut von Monsieur Brioche brennt. Es ist keiner da!»

Dem armen Jules Marionnaud muss der Schreck ordentlich in die Glieder gefahren sein, als er begriff, dass seine kleine

Tochter sich mitten in einem flammenden Inferno aufhielt. Isabelle warf den Hörer auf die Gabel, und im gleichen Moment hielt das Schicksal mal wieder seine Hand schützend über mich. Die Vitrine hatte Feuer gefangen und neigte sich unendlich langsam zur Seite, während sich die wenigen Bücher, die auf dem Regalbrett unter mir standen, in Asche verwandelten.

Ich gebe es zu: Ich hatte Angst. Einen nicht weiter definierbaren Widerwillen, hier und jetzt die Lichter auszuknipsen. Eine Art Trotz.

Vielleicht verlor ich deshalb das Gleichgewicht. Ausschließen möchte ich das nicht. Als die Vitrine krachend zusammenbrach, polterte ich direkt vor Isabelles Füße.

Heb mich auf! Los, kleines Mädchen, heb mich auf.

Sie hob mich auf – ohne nachzudenken. Dann rannte sie hinaus und lief so schnell sie ihre kurzen Beine trugen den Hügel hinunter, den Pfad zwischen den Reben entlang zurück in ihr Heimatdorf, den kleinen Ort Fleurie, und blieb erst stehen, als sie ihren Vater entdeckte, der ihr mit den anderen Männern der freiwilligen Feuerwehr im Löschwagen entgegenkam.

Es mag zynisch klingen, aber der Brand auf dem Weingut Brioche (für den der Alte übrigens nichts konnte, in der Zeitung stand, ein Waldbrand habe unerbittlich das gesamte Gut verschlungen), war für mich der größte Glücksfall der Geschichte. Meiner Geschichte. Meines Lebens. Ich kam zu Isabelle.

Isabelle. Wenn ich an sie denke, ergreift mich eine Welle von Wärme und Zärtlichkeit.

Sie hat länger zu mir gehalten als irgendein anderer Mensch. Zweiundzwanzig Jahre, um genau zu sein. Ich kannte sie als Kind, als Jugendliche und als Erwachsene, als Tochter und als

Mutter. Ich wünschte, ich hätte mit ihr alt werden können. Zu gerne wüsste ich, wie sie heute aussieht, über sechzig. Sicher ist ihr Haar grau geworden. Vielleicht hat sie auch etwas von ihrem Übermut eingebüßt, doch ihre wilde Entschlossenheit wird ihr nicht abhandengekommen sein. Diese Entschlossenheit, die ihr so manches Mal trefflich im Weg stand und sie doch immer an ihr Ziel brachte.

Ziele hatte sie einige, und schon von klein auf hatte sie keine Probleme, sie zu benennen. Jedes einzelne wurde mir erklärt, detailreich auseinandergesetzt und mit mir abgestimmt, auch wenn ich, wie immer, keinen Einspruch erhob.

«Ich werde die Beste im Rechnen», sagte sie, als sie elf war, und zählte beim Hüpfekästchen laut zusammen, was ihr in die Quere kam. Doch das Teilen lag ihr nicht.

«Ich werde so gut wie Margot Fonteyn», sagte sie, als sie sechzehn war, und übte bis spät in die Nacht Ballettpositionen, doch die Tutus gefielen ihr nicht.

«Ich werde als erste den Mond betreten», erklärte sie, als Juri Gagarin in den Weltraum flog, doch andere kamen ihr zuvor.

«Ich werde Friseurin», erklärte sie und schnitt ihrer Puppe Annabelle so oft die Haare, bis kaum noch welche übrig waren.

«Ich werde wie van Gogh», sagte sie und malte ebenfalls Sonnenblumen – nur schöner.

Ich liebte Isabelle vom ersten Augenblick. Wegen ihres Mutes, wegen ihrer Frechheit und ihrer guten Laune und noch aus tausend anderen Gründen. Anfangs dachte ich noch manchmal wehmütig an Julchen, mit dem leisen Gefühl, dass es mit ihr genauso schön hätte werden können, wären wir uns nur früher begegnet. Doch diese Wehmut verflog rasch, denn mit Isabelle war es viel schöner.

Ist es nicht merkwürdig? Ich war inzwischen Mitte dreißig und erlebte zum ersten Mal in meinem Leben eine wirklich unbeschwerte Kindheit – frei von den gesellschaftlichen Zwängen, wie sie in England geherrscht hatten, frei von der Bedrohung von Krieg und Bomben und ohne Angst vor fremden Mächten.

Die ersten Jahre waren ein wahres Fest.

Schon bei meinem Einzug in Isabelles Kinderzimmer stach ich alle anderen Konkurrenzspielzeuge aus. Das darf beileibe nicht unerwähnt bleiben, denn inzwischen nahm die Auswahl an Puppen, Tieren, Autos und Bauklötzen stetig zu. Doch das beeindruckte Isabelle nicht. Am Abend des Brandes, nachdem sie mich aus den Flammen gerettet hatte, nahm sie ihre Puppe Annabelle zur Hand und sah sie ein wenig mitleidig an.

«Du musst das verstehen, Annabelle. Dieser Bär ist jetzt mein Freund. Er braucht mich nötiger als du.»

Und sie legte Annabelle in den Schrank, wo sie von nun an nur noch darauf wartete, gelegentlich frisiert zu werden.

Ich wurde nie frisiert, ich durfte genau so bleiben, wie ich war. Auch wenn es ein harter Kampf war, denn Isabelles Mutter, Hélène Marionnaud, war von meinem Einzug ins saubere Familienheim zunächst überhaupt nicht begeistert. Sie beäugte mich kritisch, drehte und wendete mich, und als sie mich an die Nase hob, brach jegliches Wohlwollen mir gegenüber zusammen.

«Isabelle, nun schau doch mal her, *ma petite*. Dieser Bär ist schmutzig und alt. Er riecht. Wir sollten ihn wegwerfen.»

«Dieser Bär, Maman, ist mein Freund. *Mon ami*, verstehst du?»

«Ja, Schatz, das verstehe ich, aber wer weiß, wo dein Freund schon überall herumgelegen hat ...»

*Das kann ich dir sagen. Ich bin schon ziemlich viel herumge-
kommen. Aber bislang war das noch nie ein Grund, mich weg-
zuwerfen!*

«Mon ami bleibt, wo er ist. Wie kannst du nur so gemein
sein, Maman? Ich soll ihn wegwerfen? Würdest du mich auch
wegwerfen, nur weil ich ein bisschen ungewaschen bin?»

«Also gut», lenkte Hélène ein. «Aber du musst deinen Mon
ami waschen, sonst tu ich es.»

Bitte nicht, kein Wasser!

«Nein! Das darfst du nicht! Er hat auch Rechte, verstehst
du?»

Genau!

«Nein, Isabelle, die hat er nicht. Er ist ein Stofftier. Und ich
lasse nicht zu, dass du uns Ungeziefer ins Haus bringst. Das
ist mein letztes Wort.»

«Mon ami hat kein Ungeziefer. Und das ist mein letztes
Wort.»

Isabelle drehte sich auf dem Absatz um und ließ ihre ver-
dutzte Mutter stehen. Niemand durfte ihren neuen Freund
ungefragt anfassen. Ach, wie stolz ich war. Endlich eine
Freundin, die mich verstand. Spätestens in diesem Augenblick
war ich in heißer Liebe zu Isabelle entbrannt.

Es blieb bei diesem Namen «Mon ami», der eigentlich kein
Name war. Aber ich konnte gut damit leben, denn er beschrieb,
was ich für Isabelle war: ihr Freund.

Selbst Hélène Marionnaud konnte zunächst nicht anders,
als sich dem Dickkopf ihrer Tochter zu fügen. Sie verlor jeden
argumentativen Zweikampf, und Isabelle wusste genau, dass
Autorität nicht gerade eine Stärke ihrer Mutter war. Doch
Hélène war eine kluge Frau und fand andere Wege, sich
durchzusetzen.

Eines Morgens, als Isabelle in aller Hektik aufgebrochen war, um den Schulbus nicht zu verpassen, vergaß sie, mich im Schrank bei Annabelle zu verstecken. Das tat sie sonst jeden Morgen, denn offenbar wusste sie nur zu gut, dass ihre Mutter geduldig wie eine Spinne im Netz auf die Gelegenheit lauerte, in Ruhe tun zu können, was *sie* für richtig hielt.

Als Isabelle mit dem roten Ledertornister auf dem Rücken davongerannt war, blieb ich völlig ahnungslos, müde und verwirrt auf dem Bett sitzen, in Gedanken noch beim vorherigen Abend.

Wir hatten an diesem Morgen verschlafen, weil Isabelle mir bis spät in die Nacht von einem Mann namens James Dean erzählt hatte, der ein paar Tage zuvor bei einem Autounfall in Amerika ums Leben gekommen war. Isabelles ältere Schwester Marilou hatte sich am Nachmittag weinend in ihrem Zimmer eingeschlossen und verkündet, sie wolle nicht mehr leben, wenn James wirklich tot sei. Ich weiß nicht, was es mit diesem James auf sich hatte. Er scheint ein Filmstar gewesen sein, den Marilou anbetete, denn das war zu jener Zeit ihre Hauptbeschäftigung. Sie betete Filmstars an, blätterte mit verträumtem Blick in Modeblättern aus Paris, in denen Petticoats und andere Kleider abgebildet waren, und schwärmte von Pierre, dem Sohn des Bürgermeisters.

«Du spinnst ja», sagte Michel, der älteste Spross von Jules und Hélène, zu seiner zwei Jahre jüngeren Schwester. «So ein Drama zu veranstalten wegen diesem Spinner. Guck dir doch mal seine Frisur an. Elvis, das ist der einzig wahre Star!»

«Sei still, du hast doch gar keine Ahnung. Wer will denn diese komische Musik hören? So ein albernes Rumgehopse. James hatte Klasse. Er hatte Tiefgang und echte Gefühle! Das wirst du natürlich niemals verstehen. Ich wünschte, ich wäre tot, dann wäre ich an seiner Seite und müsste mich nicht mit solchen oberflächlichen Idioten wie dir abgeben.»

«Kinder, jetzt reicht es! Rede nicht so einen Unsinn, Marilou. Und du, Michel, lass deine Schwester in Ruhe!», fuhr Hélène dazwischen.

Isabelle und ich saßen auf dem Sofa und sahen von einem zum anderen. Wir interessierten uns weder für diesen James noch für diesen Elvis, doch es war immer wieder lehrreich, den beiden älteren Geschwistern beim Streiten zuzusehen. Anfangs war mir das sehr unangenehm, denn ich verabscheute Streit (und tue es bis heute), doch mit der Zeit erkannte ich den Unterhaltungswert dieser Auseinandersetzungen.

«Werde erst mal erwachsen, Schwesterchen, dann unterhalten wir uns über echte Gefühle», stichelte Michel weiter.

«Wenn ich erwachsen bin, sitzt du schon längst im Rollstuhl!»

Das saß.

Marilou wusste genau, dass sie in die richtige Kerbe getroffen hatte. Hélène hatte jedes Mal fürchterliche Angst, wenn Michel seine Vespa bestieg. Es war eine Menge Überzeugungsarbeit nötig gewesen, ehe er sein Erspartes in den Kauf eines Rollers investieren durfte.

«Das sagt Maman auch», schob Marilou noch triumphierend hinterher.

Gequält sah Hélène ihren Sohn an.

Michel ging auf seine Schwester los.

«Du gemeines Stück», rief er zornig und ergriff ihren Zopf.

«Ach, und das nennst du erwachsen?», kreischte Marilou. «Seit wann verprügeln erwachsene Männer ihre kleine Schwester?»

Dann nahm sie Reißaus, und Michel rannte ihr nach.

Isabelle war von dem Verhalten ihrer Geschwister nicht im mindesten beeindruckt.

«Sie stellt sich immer so an. Marilou geht sicher selbst einmal zum Film, so theatralisch, wie sie sich benimmt. Weißt du, Mon ami, Papa sagt, so sind Mädchen mit sechzehn. Aber ich will so nicht werden, wirklich nicht.»

Keine Sorge, du wirst sicher nicht so ein Filmsternchen.

Diesen Ausdruck hatte ich aufgeschnappt, als Hélène sich am Gartenzaun bei der Nachbarin das Herz ausgeschüttet hatte, und er hatte mir sofort gefallen. Marilou war flatterhaft wie ein Filmsternchen, sehr zum Leidwesen ihrer Mutter. Hélène hatte ein ausgeprägtes Talent, die Dinge beim Namen zu nennen, was mir an sich gefiel. Doch es hätte mir besser zu denken geben sollen, denn sie hatte ebenso ausdrücklich gesagt, ich röche. Daran war eigentlich so gut wie nichts misszuverstehen.

Am Tag also nach Marilous verzweifeltem Wunsch zu sterben kam Hélène in Isabelles Zimmer, um das Bett zu machen, und entdeckte mich sofort. Sie zögerte keinen Moment, ihren perfiden Plan in die Tat umzusetzen.

«So, Mon ami, jetzt bist du fällig», sagte sie und hob mich vom Kopfkissen. «Du stinkst ja wirklich wie ein ganzes Weinfass. Was haben sie denn mit dir gemacht? Hat der alte Brioche versucht, dich in Beaujoulais zu ertränken?»

Sie lachte.

Das ist nicht komisch.

Sie trug mich ins Badezimmer und ließ einen Waschzuber volllaufen. Mir schwante Schreckliches.

«Wollen wir doch mal sehen, ob wir dich nicht sauber kriegen.»

Nein!

Als sie meinen Kopf unter Wasser drückte, stiegen Luftblasen an die Oberfläche. Ich sah es genau. Ich würde ertrinken.

Vor meinem inneren Auge zog in schnellen Bildern mein Leben vorüber, doch ehe ich sterben konnte, war ich wieder an der Luft. Muss ich noch deutlicher werden? Ich bin traumatisiert, schlicht und ergreifend.

Hélène schäumte mir das Fell ein.

Oh, bitte nicht!

Die Seife brannte nicht in den Augen, und auch sonst passierte recht wenig, nur wurde ich zusehends schwerer und plumper und dicker. Ich sog mich voll. Die Seifenlauge erreichte mein Innerstes, sie umspülte die Liebe. Jetzt fehlt nur noch, dass sie mich an den Ohren aufhängt, dachte ich. Und tatsächlich, genau das tat sie. Sie klemmte meine Ohren mit Wäscheklammern an eine Leine, und ich schwang hilflos im Wind. Fritzi hatte sie damals so liebevoll repariert, und nun wurden meine Ohren einer solchen Belastungsprobe unterzogen! Ich fand das unerhört und freute mich innerlich schon auf Isabelles bevorstehenden Wutausbruch.

Es tropfte von meinen Füßen und Armen. Plopp, plopp, plopp – immer auf dieselbe Stelle auf dem Rasen. Unter mir bildete sich eine Pfütze.

Als Jules Marionnaud mittags seine Weinhandlung abgeschlossen hatte und zum Essen nach Hause kam, bemerkte er den entwürdigenden Anblick sofort. Er lachte.

«Wenn das Isabelle sieht», sagte er an seine Frau gewandt, «das gibt ein Theater! Dagegen ist Hamlet ein Kinderspiel!»

«Sie muss eben lernen, dass es nicht immer nach ihrem Kopf geht», sagte Hélène und deckte den Tisch auf der Terrasse. «Da kam vielleicht ein Dreck raus, das glaubst du nicht. Als hätte Brioche ihn jeden Tag in Wein getunkt.»

Jules nickte und sagte: «Ich habe heute die letzte Flasche von Brioche verkauft. Eine Cuvée von 1943. Es ist doch wirklich zu traurig. Er hat so guten Wein gemacht.»

«Er hat seine Frau und seine Tochter geschlagen. *Das ist traurig.*»

«Das hat den Wein nicht schlechter gemacht.»

«Jules, ich bitte dich.»

Monsieur Brioche hatte das Feuer nicht überlebt. Seine Frau und Lucille hatten das Dorf verlassen, ohne jemals zu erfahren, dass ich als Einziger den Brand überstanden hatte. Doch darum war ich nicht böse. Ich hatte es gut. Endlich.

Wie erwartet tobte und zürnte Isabelle, als sie mich an der Wäscheleine baumeln sah. Ich war hochzufrieden mit ihrem Auftritt. Weniger wäre für diesen Anschlag auf meine Integrität nicht angemessen gewesen.

«Entschuldige, Mon ami», sagte sie und nahm mich von der Leine. «Sie wissen nicht, was sie tun.»

Vorsichtig rieb sie die Stellen, an denen die Wäscheklammern ihre Abdrücke hinterlassen hatten, sie trocknete mich liebevoll, flüsterte sanfte Worte in mein Ohr und war sehr lieb. Ich sonnte mich in dem Trost, der mir einen Nachmittag lang zuteil wurde. Es war herrlich, getröstet zu werden, und ich verstand plötzlich, warum es für die Menschen so wichtig war, jemanden wie mich zu haben – für jene Momente, wenn das Leben nicht mehr auszuhalten ist. Nach diesem Erlebnis tröstete ich nebenbei bemerkt mit noch mehr Inbrunst als zuvor.

Ich war glücklich. Und es war ziemlich anstrengend, glücklich zu sein, denn prompt bekam ich Angst, dieses Glück könnte enden. So ist das mit dem Glück, es ist eine flüchtige Angelegenheit. Ich fürchtete, wieder einmal unfreiwillig den Besitzer wechseln zu müssen. Wenn Isabelle mich mit zum Baden nahm, hatte ich Angst, sie würde mich am See liegenlassen; fuhren wir mit dem Fahrrad, befürchtete ich, aus dem Korb zu fallen. Doch nichts dergleichen geschah. Isabelle hütete mich wie ihren Augapfel. Mehr noch, als Robert auf seinen Doudou aufgepasst hatte, sorgte Isabelle für ihren Mon ami. Irgendwann begriff ich, dass sie mich niemals aus Unachtsamkeit verlieren würde, und beruhigte mich.

Ich war angekommen, hatte ein echtes Zuhause und war der engste Vertraute eines Mädchens, das nicht weniger vom Leben wollte als das Beste und das immer auf der Suche nach einem neuen Abenteuer war. So konnte es von mir aus immer bleiben.

Isabelle ließ mich nicht fallen. Nicht, als sie Brüste bekam und eines Morgens kein kleines Mädchen, sondern eine junge Frau war. Nicht, als sie die Volksschule hinter sich ließ und eine vornehme Dame des Lyzeums wurde. Nicht, als sie sich zum ersten Mal verliebte und es nichts anderes mehr auf der Welt gab als André.

Es war an einem grauen Novembertag 1960, als sie strahlend wie die Julisonne ins Zimmer wirbelte und sich aufs Bett fallen ließ. Ich lag unter ihrer rechten Schulter eingeklemmt und war völlig überrascht von diesem Überfall.

«Mon ami», sagte sie, während sie sich zur Seite wälzte und mich neben sich setzte. «Stell dir vor, ich bin verliebt.»

Ach.

«Ist das nicht herrlich? André und ich gehören zusammen, auf immer und ewig. Er ist der tollste Junge weit und breit.

Du müsstest seine Augen sehen, so hat mich noch keiner angesehen.»

Schwärmerisch verdrehte sie die Augen.

Ich gebe zu, dass ich nicht unbedingt euphorisch wurde, als sie mir dieses Geheimnis anvertraute. Würde ich sie nun teilen müssen? Würde ein anderer der Vertraute ihres Herzens werden? Wieder keimte die Angst in mir auf, dass Isabelle mich fallenlassen würde. Ich war eifersüchtig. Zum ersten Mal in meinem Leben. Doch Isabelle war wie ein Schmetterling, der von Blüte zu Blüte flog und nirgends lange verweilte, sie war zu neugierig. Dass sie André allerdings so rasch verließ, lag eher daran, dass er auch noch zwei weiteren hübschen Mädchen diese schönen Augen machte. Für zwei oder drei Stunden war Isabelle richtig verzweifelt.

«Dieser gemeine Kerl», schimpfte sie zwei Tage später und schlug auf ihr Kopfkissen ein. «Er hat gesagt, er mag mich, und dann bezirzt er parallel auch noch Colette und Jeanne. Und ich habe ihm geglaubt. Ich dachte, er liebt mich!»

Tränen der Wut traten in ihren Augenwinkeln zum Vorschein.

Ach, kleine Isabelle, die Liebe sieht anders aus. Das wirst auch du noch lernen. Die Liebe kommt aus dem Herzen.

Es klopfte an der Tür. Hélène kam herein.

«Wie sieht es denn hier aus?», rief sie. «Du könntest wenigstens deine Uniform aufhängen … Was ist denn los?»

«Nichts! Nichts ist los! Geh raus. Lass mich in Ruhe.»

«Ist etwas passiert? Ist in der Schule etwas nicht in Ordnung?», fragte Hélène weiter.

«Nein! Lass mich. Geh.»

«Aber, *ma belle*, vielleicht kann ich dir ja irgendwie …»

«Nein!»

Hélène ging still hinaus.

«Ich hasse sie alle!», schrie Isabelle wütend. «Alle!»

Mich auch?

«Nur dich nicht, Mon ami. Auf dich ist immer Verlass. Du bist der einzig normale Mensch hier.»

Danke, das hört man gern.

Ich schäme mich zu sagen, dass ich froh war, dass diese Verliebtheit so schnell verschwand, wie sie gekommen war. Meine Alleinstellung war unangefochten. Heute frage ich mich manchmal, was ich mir eigentlich vorstellte. Glaubte ich wirklich, dass Isabelle ihr Leben lang nur mich lieben würde? Träume eines Bären.

Bald schon war sie von neuem erfüllt von diesem eindeutigen Strahlen. Jetzt ist es ernst, dachte ich. Aber auch diese Verliebtheit ging schnell vorüber.

«Er war nicht der Richtige, Mon ami», sagte Isabelle. «Der Mann, den ich mir wünsche, muss mir die Welt zu Füßen legen. Er muss mit mir auf Abenteuerjagd gehen. Er muss sich mit mir Audrey-Hepburn-Filme ansehen, ohne zu murren. Er muss mir Blumen klauen und die schönen Künste lieben. Wer das nicht tut, ist nicht der Richtige. François hat die Blumen in einem Laden gekauft. Ist das nicht unromantisch? Und außerdem hat er im Kino gar nicht den Film ansehen wollen. Er wollte nur Händchen halten und mich küssen.»

Isabelle war unermüdlich. Immer und immer wieder war sie bereit, ihr Herz zu öffnen, und fand dann doch stets einen Makel an dem neuen Kandidaten.

«Er bringt mein Herz nicht zum Klopfen», sagte sie über Patric, den Schreinerlehrling.

«Ich habe keine Gänsehaut, wenn er mir die Hand reicht» sagte sie über Pierre, ihren Tanzkurspartner.

«Er hat mein Fahrrad nicht reparieren können», sagte sie nach einem missglückten Ausflug über Jacques.

«Seine Zunge war eklig», sagte sie, nachdem sie Marcel geküsst hatte.

«Mir wurde nicht schwarz vor Augen», sagte sie, nachdem sie Claude in sein Bett gefolgt war.

Als ich all diese Bedingungen hörte, die sie an einen Partner stellte, beruhigte ich mich. Erst jetzt verstand ich in vollem Umfang, was Albert gemeint hatte, als er sagte: «Es ist ein seltener Zufall, der Richtige zu sein.»

Doch sie wurde nicht vorsichtiger, nicht zurückhaltender, nicht ängstlicher. Sie wollte die Liebe spüren. Und sie hatte eine sehr genaue Vorstellung davon, wie sie sich anzufühlen hatte.

Nach jeder Enttäuschung spendete ich Trost, bestärkt in meiner Rolle als verständnisvoller Freund. Heute nennt man solche wie mich Frauenversteher. Bitte schön, dann bin ich eben ein Frauenversteher. Darüber hat sich noch nie jemand beschwert.

Fasziniert verfolgte ich Isabelles Suche nach der wahren Liebe, sah, wie sich tastend voranbewegte, jede Erfahrung analysierte und beherzt den nächsten Versuch startete.

So vergingen die Jahre. Und ich gewöhnte mich so sehr daran, an Isabelles Seite zu sein, dass ich irgendwann nicht mehr an die Vergangenheit dachte. Ich hörte einfach auf, an Namen, Menschen und Ereignisse zu denken. Ich sehnte mich nicht mehr in alte Hände zurück. Ich wollte einfach nur bei Isabelle sein, ihr Mon ami. Wer war schon Henry N. Brown? Ich konnte mich kaum erinnern. Ich lebte im Hier und Jetzt. Das reichte mir.

Isabelle bekam einen kleinen Schminktisch, vor dem sie viele Stunden verbrachte. Doch sie schminkte sich nie. Sie bürstete in schnellen, entschlossenen Strichen ihr braunes Haar, das inzwischen in eine schicke Kurzhaarfrisur mit kleinen Herrenwinkern gebracht war.

«Schneid mir die Haare, Maman», hatte sie eines Tages mutig gesagt und ihrer Mutter eine zerknitterte Seite aus einer Illustrierten hingehalten. «So will ich aussehen.»

«Um Himmels willen. Das ist doch kein Haarschnitt für Mädchen. Wer ist denn diese abgemagerte Frau?»

«Diese Frau heißt Jean Seberg, und ich will genau so aussehen wie sie in *Außer Atem*», erklärte Isabelle und betonte dabei jede Silbe. «Bitte», fügte sie dann noch hinzu. Hélène ließ mit schmerzverzerrtem Gesicht die Schere klappern und musste hinterher zugeben, dass Isabelle wunderschön aussah.

Manchmal färbte Isabelle sich die Lippen ein wenig rot. Doch meistens saß sie einfach vor ihrem Schminktisch und betrachtete ihr Spiegelbild. Sie streckte die Zunge raus, schnitt sich Grimassen und versuchte in ihr Inneres zu schauen. Oft nahm sie einen Stift zur Hand und zeichnete sich selbst. Zuerst unbeholfen mit wackeligen Strichen, doch bald immer besser. Irgendwann hatten die Gesichter auf dem Papier wirklich Ähnlichkeit, und sie hatten noch mehr, sie schauten den Betrachter an. Die Papier-Isabelle schien von einem weit entfernten Ort herüberzuschauen, weise und doch ein wenig fragend. War nicht eines ihrer Ziele gewesen, wie van Gogh zu werden? Nun, sie hatte es immerhin zu Isabelle Marionnaud gebracht, und die konnte sehr gut zeichnen.

Die Kinderzimmermöbel um uns herum verschwanden Annabelle landete in einer Kiste, die auf dem Dachboden ver staut wurde, ein Transistor und ein Schallplattenspieler hiel ten Einzug in Isabelles kleines Reich. Stundenlang hörte sie mit ihren Freundinnen Bob Dylan und Jacques Brel.

Ich durfte bleiben. Was heißt, ich durfte bleiben – ich *musste* bleiben. Isabelle brauchte mich, auch wenn ich langsam Verschleißspuren aufwies und in ihrem Spiegel deutlich erkennen konnte, dass ich meine Jugend ebenfalls hinter mir gelassen hatte. Es war das erste Mal, dass ich mir Gedanken um mein Aussehen machte. Glücklicherweise waren die Jahre, in welchen anderes Spielzeug mir den Rang hätte ablaufen können, endgültig vorbei. Ich hatte als Einziger die Kindheit überdauert und war mehr als ein Spielzeug. Wir waren gemeinsam erwachsen geworden.

«Maman, ich will studieren», sagte Isabelle eines Tages zu ihrer Mutter.

«Ich habe es befürchtet», antwortete Hélène.

Michel war schon vor langer Zeit in den Weinhandel seines Vaters eingestiegen und hatte sich ein richtiges Motorrad gekauft. Er schien keine Augen für Frauen zu haben, wohl aber für Patric, den Schreinerlehrling, der zwar Isabelles Herz nicht zum Klopfen gebracht hatte, seines hingegen schon. Die anderen bemerkten davon nichts, doch einem Bären entgeht die Regung eines Herzens nicht.

Nachdem in Amerika Marilyn Monroe «Happy Birthday, Mister President» ins Mikrophon gehaucht hatte, versuchte Marilou eine zweite Marilyn aus sich zu machen. Als die jedoch auf so mysteriöse und jener Mister President auf so unfassbare Weise starb, begrub sie all ihre hochfliegenden Träume und heiratete einen Mann, der keinerlei Ähnlichkeit mit ihrem einst angebeteten James hatte. Sie selbst hatte inzwischen eher Ähnlichkeit mit Doris Day als mit Marilyn Monroe.

Hélène hatte sich das Leben ihrer Kinder anders vorgestellt. Und jetzt wollte ihre Jüngste studieren, das Heim verlassen und in die Großstadt ziehen. Noch kein Marionnaud hatte es auf die Universität geschafft. Doch wenn nicht Isabelle, wer dann? Sie war zwanzig und hatte vor, die Welt zu erobern. Und so kehrte ich in Begleitung einer nervösen, aufgekratzten und vor Neugier platzenden Isabelle nach fünfundzwanzig Jahren Abwesenheit nach Paris zurück.

Sie immatrikulierte sich für Kunstgeschichte und wurde eine emsige Studentin, und es dauerte nicht lange, da verliebte sie sich aufs Neue. Diesmal in einen älteren Mann, seines Zeichens Professor für Literatur. Drei Nächte hintereinander kam sie nicht nach Hause. Er hieß Robert.

Wer jetzt klopfenden Herzens da sitzt und glaubt, ich hätte an der Sorbonne durch einen wundersamen Zufall Robert Bouvier wiedergefunden, den muss ich enttäuschen. Ich gebe zu, diese Hoffnung keimte auch in mir, als der Name Robert zum ersten Mal fiel. Doch leider stieß Isabelle nie mit ihm vor einem Vorlesungssaal zusammen, sie ließ niemals ihre Unterlagen fallen, sodass er sie aufheben und ihr tief in die Augen blicken konnte. Sie lernten einander nicht kennen.

Mein Robert musste inzwischen siebenunddreißig sein, vielleicht war er Professor für Phantasie geworden oder etwas Ähnliches. Sicher hätte er mit seinem stillen und ein wenig unbeholfenen Wesen Isabelles Herz wie wild zum Klopfen gebracht. Und sicher hätte er auch Blumen für sie geklaut. Sie erfuhr nie, dass es einen Robert gab, der bestimmt all das gekonnt hätte, was sie von dem «Richtigen» erwartete. Doch das ist ohnehin nur meine bescheidene Meinung, und wen interessiert die schon?

Ich fühlte mich plötzlich müde. Zum ersten Mal seit langer Zeit meldete sich wieder einmal die Unzufriedenheit über meine sämtlichen Handicaps. Wie gerne hätte ich Isabelle von dem kleinen Gemüseladen an der Place d'Italie erzählt und sie gefragt, ob er noch existierte, ob sie vielleicht herausfinden könnte, was aus Robert geworden war. Vielleicht war er ja wirklich ganz in der Nähe.

Isabelle aber hielt sich lieber an den Literaturprofessor, der ihr nach einer Party unbedingt noch eine Originalausgabe von was weiß ich für einem Buch zeigen wollte («Ist das nicht unendlich platt, Mon ami?»). Doch auch er war schnell aus dem Rennen, als Isabelle erfuhr, dass er noch ein kleines bisschen verheiratet war («So etwas Hinterhältiges, und ich bin auch noch drauf reingefallen!»).

Wie gut, dass ich mit nach Paris gezogen war – die Krise dauerte diesmal länger als sonst, sie litt fast zwei Wochen.

«Ich glaube, ich habe von der Liebe erst mal die Nase voll, Mon ami», sagte sie, als sie sich wieder gefangen hatte. «Dieser dumme Professor hätte es um ein Haar geschafft, mir mein Herz zu brechen. Das soll mir nicht noch einmal passieren. Jetzt werde ich mich erst einmal schlau studieren, und wenn das Schicksal es will, wird es mir schon den Richtigen vorbeischicken.»

Aber das Schicksal hatte zunächst etwas anderes für Isabelle vorgesehen. Nichts Geringeres nämlich als eine regelrechte Katastrophe. Sie ereignete sich am 4. November 1966, und ich bekam nichts davon mit – kein Wunder, denn die aktuellen Ereignisse diskutierte Isabelle lieber mit ihren Kommilitonen als mit mir.

«Mon ami, wir müssen nach Florenz», war das Einzige, was sie mir am 8. November mitteilte, ehe sie mich in die Reisetasche packte. Des Weiteren nahm sie eine Regenjacke mit, Gummistiefel, einen Schal, zwei Wollpullover, zwei Strumpfhosen, drei Jeanshosen und allerhand warme Kleidung. Die Röcke und der Schmuck blieben im Schrank, ebenso die Baumwolltücher und die schicken Blusen. Sie schien sich auf eine Polarexpedition vorzubreiten. Aber lag Florenz nicht in Italien?

Victor hat immer sehr von dieser Stadt geschwärmt, von den Bauwerken, den Kunstsammlungen und der riesigen Bibliothek. Die Literaten von Bloomsbury hatten damals wochenlang über einen Roman diskutiert, den ihr nach Indien ausgewanderter Kollege E. M. Forster über Florenz geschrieben hatte. Viele fanden das Buch zu seicht. Es war eine gesellschaftskritische Geschichte über ein Mädchen, das mit seiner schrecklichen Cousine nach Florenz fährt, in einer Pension ein Zimmer ohne Aussicht bekommt und sich unstandesgemäß verliebt. Und ich erinnere mich, dass Victor verteidigend sagte:

«Ja, aber Florenz kann einen schon ein wenig gefühlsselig werden lassen.»

Ich hatte mir Italien im Allgemeinen immer warm vorgestellt und, Victor sei Dank, Florenz im Besonderen als eine wunderschöne Stadt.

Wie man sich täuschen kann.

Florenz stank. Es stank zum Himmel und versank im Schlamm. Wir waren mitten in eine Flutkatastrophe geraten, die unvorstellbaren Schaden angerichtet hatte. Und genau deshalb waren wir gekommen. Nicht, um die Schönheiten dieser Stadt zu bewundern, sondern um sie zu retten.

So war Isabelle. Sie konnte nicht still sitzen und wollte unbedingt helfen. Und dabei vielleicht noch ein klitzekleines Abenteuer erleben. Sie redete nicht lange drum herum, sondern packte ihre Koffer. Ich glaube, sie hatte keine Ahnung auf was sie sich einließ, als sie mit ihren fünf Studienkollegen (und mir) den Zug nach Florenz bestieg.

Wir fuhren mit dem Zug! Herrlich. Ich liebte das Zugfahren noch immer. Es war mir die liebste Art der Fortbewegung. Es schenkte einem Zeit.

Unterwegs hatte es kein anderes Gesprächsthema gegeben als die Flut. Alle redeten durcheinander, und ich versuchte verzweifelt, mir einen Reim darauf zu machen.

Hatten sie auch alles Wichtige mitgenommen? Brauchten sie wirklich einen Schlafsack? Würden sie tatsächlich helfen können? Was würden ihre Aufgaben sein? Was erwartete sie? Verstand wohl irgendjemand Französisch? Wo war der Schaden am schlimmsten? Langsam schien ihnen zu dämmern, wie unvorbereitet sie in ihrem Enthusiasmus aufgebrochen waren. Sie waren nervös.

Ich war sehr dankbar, als einer der Jungen das Wort ergriff und ein wenig Licht ins Dunkel brachte.

«Hört mal, was die Zeitung schreibt», sagte er, und seine Stimme übertönte das rhythmische Rattern des Zuges:

«Bis zu sechs Meter hoch stand das Wasser in den Straßen, als in der Nacht zum 4. November der Arno über seine Ufer trat. Das Land war in Feierstimmung, denn der 4. November ist für die Italiener der Tag des Sieges. 1918 endete an diesem Tag für Italien der Erste Weltkrieg. Doch bald war in Florenz niemandem mehr nach Feiern zumute. In der Nacht gegen halb drei überflutete der Arno das Stadtviertel Nave ı Rovezzano. Eine drei Meter hohe Flutwelle ließ zunächst das Viertel Gavinana, kurz darauf auch San Niccolò im Wasser versinken. Am Morgen des 4. November um halb sieben erreichte der Arno Santa Croce und richtete auch dort verheerenden Schaden an. Privathäuser, Geschäfte, Museen, Kir-

chen und Bibliotheken hielten dem Wasser nicht stand. Eine Stunde später – Punkt 7.26 Uhr – fiel der Strom aus, noch Tage später zeigten alle elektrischen Uhren die gleiche Uhrzeit an. Es ist die größte Katastrophe seit Hunderten von Jahren, die Florenz am 4. November rammte. Wirtschaftlich sind die Konsequenzen für Italien vermutlich kaum tragbar – ganz abgesehen von dem Sachschaden, der für Kunst und Kultur entstanden ist.

Die Florentiner Zeitung ‹La Nazione› meldet, dass sich 45 bis 50 Millionen Kubikmeter Wasser über die Stadt ergossen haben. Zahlreiche Geschäfte stehen vor dem Ruin, und Privathäuser sind unbewohnbar geworden. Die Ladeninhaber auf dem Ponte Vecchio können ihre Waren nur noch irgendwo in den Fluten vermuten – ganze Schränke, Regale und sogar Tresore sind einfach fortgespült worden. Vor allem aber sind die Museen und Bibliotheken betroffen. Der Schaden, den Schlamm, Wasser und Öl angerichtet haben, ist noch nicht zu beziffern. Nach ersten Erkenntnissen sind zwei der weltweit berühmtesten Kunstschätze schwer in Mitleidenschaft gezogen: Das ‹Abendmahl› von Taddeo Gaddi ist schwer beschädigt, ebenso das über vier Meter große Kruzifix von Cimabue aus dem 13. Jahrhundert. Doch das sind nur Beispiele für die Verwüstung, die die Wasser des Arno angerichtet haben. Bislang ist unklar, wie die Stadt dieser Katastrophe Herr werden soll. ‹Es herrscht Ausnahmezustand›, sagt ein Sprecher der Stadtverwaltung. ‹Die Versorgungslage ist angespannt, das Trinkwasser ist in hohem Maße verunreinigt, und die Kanalisation ist dem Druck nicht gewachsen. Kadaver von ertrunkenen Tieren verbreiten zudem Seuchengefahr. Wir sind für jede helfende Hand dankbar und nehmen Spenden sowie Unterstützung gerne an. Es ist eine Schande mit anzusehen

wie das Erbe der europäischen Kultur unrettbar im Schlamm
zu verschwinden droht.›»

Die jungen Leute schwiegen. Ich war ebenfalls sprachlos. Dies schien wirklich eine verheerende Katastrophe zu sein, und sie war augenscheinlich aus der Natur entstanden. Die Menschen schienen diesmal nicht dafür verantwortlich zu sein.

«Es ist richtig, dass wir fahren», sagte ein Mädchen mit hoher Stimme. «Es ist unsere Aufgabe als Kunsthistoriker, unsere Forschungsobjekte zu retten. Worüber sollen wir denn promovieren, wenn nicht über die großen Meister?»

Beifälliges Gemurmel ertönte.

«Endlich macht unser Studium einen Sinn», sagte Isabelle. «Ich bin ein Mensch der Praxis. Jetzt kann man wenigstens mal was Richtiges tun.»

Schon am Bahnhof hatten sie ihre Gummistiefel ausgepackt. Im Rucksack hockend hörte ich Isabelles Stimme. Sie schien zu wissen, wo es langging.

«Wir müssen hier entlang, runter zum Fluss. Ich finde, wir sollten unbedingt den Ponte Vecchio ansehen, bevor wir zur Biblioteca Nazionale gehen.»

«Kann man da denn einfach so hin?», fragte das Mädchen mit der hohen Stimme jetzt ängstlich. «Ist das nicht gefährlich?»

«Das werden wir ja sehen», antwortete Isabelle. «Wir müssen sowieso dort vorbei. Es liegt sozusagen auf dem Weg.»

Die Gruppe machte sich auf den Weg. Es wurde wenig gesprochen, manchmal sagte jemand: «Schaut euch das an.» Und: «Ach du lieber Himmel.» Das Einzige, was ich wahrnehmen konnte, war der zunehmende Gestank. Je näher wir dem Fluss kamen, umso schlimmer wurde es.

«O Gott, da schwimmt ein totes Pferd», rief plötzlich eines der Mädchen erschrocken aus. «Das ist ja ekelhaft. Bah, wie das stinkt!»

Sie blieben stehen. Ich hörte das wilde Rauschen von Wasser. Wir schienen den Arno erreicht zu haben.

«Unfassbar», sagte ein Junge. «Guckt mal, die kleinen Läden auf der Brücke, die haben gar keine Wände mehr. Alles einfach weggespült.»

Laute italienische Stimmen drangen an mein Ohr. Menschen riefen durcheinander, und die Verzweiflung in ihren Stimmen glich jener, die ich aus Kriegstagen kannte, wenn die Menschen nach einem Bombenangriff ihr Haus nicht wiederfanden.

An Isabelles Schritten merkte ich, wie fassungslos sie sein musste. Sie zögerte immer wieder, ging drei Meter, blieb erneut stehen. Ich brannte darauf, mir selbst ein Bild davon zu machen, wie es um uns herum aussah.

Wir bezogen Quartier im zweiten Stock der Biblioteca Nazionale Centrale. Unser Lager war ein Feldbett. Isabelle setzte mich auf das kleine Kissen, das sie mitgenommen hatte, und rollte ihren Schlafsack aus. Ich schaute mich um. Der Raum war unendlich hoch, die Fenster ebenso, es war ein Bibliothekssaal, zweckentfremdet und vollgestellt. Betten, so weit das Auge reichte, Taschen, Gerümpel, Flaschen, Dosen, alles lag durcheinander. Isabelle hatte sich ein Bett in einer der hinteren Ecken ausgesucht. Ich wusste genau, dass sie nicht gut schlief, wenn viele Menschen um sie herum waren. Sie hatte einen leichten Schlaf. Überall saßen Gruppen von Frauen und Männern, ein babylonisches Stimmengewirr hallte von der Marmorwänden wider.

Ich hörte Französisch, Deutsch, Italienisch, Englisch, Holländisch und sogar Norwegisch. Ich horchte auf. Die Stimme gehörte einer jungen Frau Ende zwanzig. Vielleicht knapp dreißig. Guri, dachte ich. Guri. Das würde zu ihr passen, hier in Italien zu sein. Es würde zu ihr passen, mich wiederzufinden. Ich versuchte, sie genauer zu erkennen, doch sie wandte mir den Rücken zu. Ich konnte nichts sehen. An diesem Tag nicht und auch nicht am nächsten. Am dritten Tag war sie plötzlich weg.

Während mich noch die Stimme der Norwegerin beschäftigte, zog Isabelle ihre Wollsocken an, ihre alte Jeans, den dicken Pullover und dann wieder die Gummistiefel. Sie lehnte sich zu mir herüber und sagte leise:

«Mon ami, es sieht aus, als wären wir mal wieder schneller als die Feuerwehr. Hier werden wir gebraucht.» Mit diesen Worten stand sie auf und schloss sich ihrer Gruppe an, die von einem Herrn in Latzhose und Regenmantel begrüßt wurde. Er versuchte es international.

«*Buongiorno, hello.* Meine Name ist Ugo Procacci, ich bin die Generaldirektor von Uffizien, und es ist mein Aufgabe, ein wenig Ordnung in diese Chaos zu bringen. Ich möchte nur sagen Ihnen, wie froh und dankbar ich bin, dass Sie auf sich genommen haben diese Reise, um die Kunst zu retten. Es ist viel schwere Arbeit. Meine Kollege von Bibliothek wird genau erklären, was Sie müssen tun. Ich danke Ihnen. Wirklich. Sie sind für uns rettende Engel. *Angeli del fango.* Danke, *grazie.*»

Die Gruppe klatschte, und ein anderer Mann trat vor, er sah müde aus.

«Guten Tag, ich bin Direktor Emanuele Casamassima. Diese Bibliothek ist eine der wichtigsten in Italien. Sie ist mein

Leben. Ich habe viele Jahre in den Aufbau unserer Sammlung investiert, und ich werde nicht eher ruhen, als ich die unermesslichen Werte, die sich hier versammeln, einigermaßen in Sicherheit weiß. Jedem Einzelnen von Ihnen werde ich bis an mein Lebensende dankbar sein, für Ihren Einsatz und Ihre Bereitwilligkeit zu helfen. Das Erdgeschoss von über dreitausend Quadratmetern ist bei der Flut komplett überschwemmt worden, der erste Stock stand noch bis vor wenigen Tagen eineinhalb Meter unter Wasser. Grob geschätzt sind ungefähr 1,2 Millionen Bände beschädigt, darunter hunderttausend Bände der wertvollen Magliabecchi-Sammlung. Unser Katalog mit fast acht Millionen Karteikarten ist so gut wie unleserlich. Dazu kommen unsere Zeitungssammlung mit über vierhunderttausend Zeitungen und fünfzigtausend Folio-Bände der Palatina …» Er holte Atem.

Ich hatte keine Vorstellung vom Ausmaß des Schadens, die Zahlen sagten mir nichts, außer, dass sie unglaublich hoch erschienen. Doch die bebende Stimme dieses Mannes unterstrich die Ernsthaftigkeit der Lage.

Selbst wenn Isabelle nur ein Abenteuer gesucht hatte, wartete hier doch eine echte Herausforderung auf sie.

Casamassima sprach weiter: «Schreibmaschinen, Stromversorgung, Aufzüge – alles ist kaputt. Ihre Aufgabe wird zunächst darin bestehen, den Schlamm zu entfernen, der sich wirklich bis in die hintersten Winkel unseres Gebäudes gedrückt hat. Nur damit Sie sich eine Vorstellung machen können: Auf einen Einwohner von Florenz entfällt dieser Tage ungefähr eine Tonne Schlamm. Feuchtigkeit ist der größte Feind von Papier, deshalb müssen die Räume so schnell wie möglich trockengelegt werden. Fragen Sie mich nicht, wie lange das dauern wird – ich weiß es nicht. Wir werden Schritt für Schritt vorgehen. Die Räume müssen desinfiziert, die Bücher gereinigt, die Signaturen entziffert werden. Es ist kein Ende abzusehen.»

Er holte tief Luft. Die Gruppe schwieg ergriffen.

«Gehen wir an die Arbeit», sagt er. «Florenz wird es Ihnen danken.»

Eimer und Schaufeln wurden verteilt, und die jungen Leute machten sich ans Werk. Den Rest des Tages bekam ich Isabelle nicht mehr zu Gesicht.

Ich war beeindruckt. Diese Katastrophe war anders als der Krieg. Ausnahmsweise waren die Menschen unschuldig an dem Unglück, das ihnen widerfahren war. Und es freute mein kleines Bärenherz zu sehen, dass Engländer und Deutsche, Italiener und Franzosen Seite an Seite standen und einander wortlos halfen.

Als Isabelle wieder auftauchte, war sie schmutzig und stank. Wäre ich nicht so ein massiver Gegner von Duschen und Baden gewesen, ich hätte vielleicht vorgeschlagen, sie solle sich säubern. Doch es gab kein sauberes Wasser in der Stadt, die Dreckbrühe aus dem Fluss hatte auch die Wasserversorgung lahmgelegt.

«Wenn Maman das wüsste», sagte Isabelle und kicherte leise. «Die würde glatt in Ohnmacht fallen.»

Man kann bei deinem Geruch aber auch ohnmächtig werden …

Ich ahnte ja nicht, dass es noch viel schlimmer werden würde. Isabelle schrubbelte sich den getrockneten Schlamm aus dem Gesicht und ließ sich müde aufs Bett fallen.

«Mann, tut mein Rücken weh. Ich weiß nicht, wie lange ich das aushalten kann. Ich bin fix und fertig.»

Ohne ein weiteres Wort, ohne Abendessen und ohne Zähne zu putzen kroch sie in den Schlafsack, nahm mich in den Arm und war innerhalb von Sekunden eingeschlafen. Ich passte auf sie auf, überwachte ihre unruhigen Träume und versuchte, ihr Kraft für den nächsten Tag zu geben.

Graues Sonnenlicht fiel durch die von Dreck und Regen blinden Fenster der Bibliothek. Langsam erwachte das Helferheer um uns herum zu einem neuen Tag mit vollen Eimern und müden Armen. Schneller als ich es von Isabelle gewohnt war, schwang sie sich von ihrem Feldbett.

«Mon ami», flüsterte sie mir ins Ohr, «das ist das größte Abenteuer, an dem ich je teilgenommen habe.»

Das kann ich mir vorstellen.

«Es ist so spannend, als wäre ich Schatzgräberin. Diese Bücher, weißt du, sie sind einmalig und unglaublich wertvoll. Man schaufelt, und plötzlich ist da ein schwerer Ledereinband, der so geheimnisvoll aussieht.»

Sie steckte mich in den noch bettwarmen Schlafsack, so dass gerade noch meine Nase herausschaute – vielen Dank auch –, schlüpfte dann in ihre Stiefel und gesellte sich zu ihren Freunden aus Paris.

Ich konnte sehen, wie sie am anderen Ende des Saals um einen kleinen Gasofen herumstanden, Konservendosen wurden erwärmt und Wein eingeschenkt.

Ich hörte die hohe Stimme des stets Bedenken tragenden Mädchens aus Paris:

«Gibt es keinen Kaffee? Ich kann doch so früh am Morgen keinen Wein trinken!»

«Ich fürchte, nein», sagte ein junger Italiener. «Wir haben kein Trinkwasser. Aber du musst dir keine Sorgen machen, ein

Schlückchen am Morgen vertreibt Kummer und Sorgen – und Rückenschmerzen.»

Die Umstehenden lachten.

Ich dachte an den alten Brioche. Sicher hatte er das auch so gesehen. Vielleicht war an dieser Theorie ja etwas dran.

Isabelle schenkte sich beherzt ein und ließ ihre Tasse gegen die des jungen Italieners klingen.

«Na, darauf trinke ich», hörte ich sie sagen.

Ich musste lächeln. Sie brauchte nie lange, sich an die Gegebenheiten anzupassen. Wie gut, dass sie es von zu Hause gewohnt war, zum Essen Wein zu trinken.

«*Chin chin*», sagte der Italiener und fragte: «Wie heißt du, schöne Göttin des Weines?»

Ich sah, wie sie ihn anschaute. Erst jetzt schien sie ihn richtig wahrzunehmen. Sein dunkles, gelocktes Haar, seine gerade Nase und seinen römisch geschwungenen Mund. Sie legte den Kopf ein wenig schräg.

O nein, das war kein gutes Zeichen!

«Isabelle», sagte sie kokett, «und du, Casanova?»

«Stefano. Erster Märtyrer und Held. Hast du Lust, mal eine Pizza essen zu gehen?»

«Ja, warum nicht?», antwortete Isabelle unbedarft.

«Fein. Dann bringe ich dir ein bisschen Italienisch bei …»

«Oh, das kann ich gebrauchen!», sagte sie begeistert und biss von dem trockenen Brot ab, das ihr jemand gereicht hatte. Mein Italienisch ist grottenschlecht.»

Ich musste die Augen verdrehen. Erster Märtyrer und Held! Es war doch nicht zu überhören, dass er selbstgefällig und arrogant war – und Isabelle fiel glatt auf seine plumpen Kommentare herein. Die Eifersucht in mir sprang an und lief wie ein brummender Motor. Doch nicht *so* einer, dachte ich.

Aber er wickelte sie jeden Tag ein Stückchen weiter um den Finger und sagte ihr mit verschwörerischem Augenzwinkern lauter Zweideutigkeiten, die sie nicht verstand. Ob das nun an ihren schlechten Italienischkenntnissen lag oder daran, dass sie sich von seinem perfekten Äußeren blenden ließ, weiß ich nicht. Doch es war eindeutig, dass sie ihm gefallen wollte. Ihre Gestik veränderte sich, ihre Haltung und sogar ihre Stimmlage. Ich erkannte sie gar nicht wieder. Doch sie steuerte unbeeindruckt auf das Unvermeidliche zu.

«Stefano ist ein schicker Typ, meinst du nicht, Mon ami?», fragte sie mich eines Abends. «Er sieht unheimlich gut aus.»

Ja, das kann man nicht bestreiten. Aber sonst?

«Und er ist lustig.»

Wirklich?

«Also, ich mag ihn.»

Welchen Sinn hatte es, sich querzustellen? Isabelle mochte diesen Aufschneider, und wer weiß, vielleicht hatte ich mich ja getäuscht, und hinter seiner oberflächlichen Masche verbarg sich ein feinfühliger Mensch.

Am dritten Abend zog Isabelle eine frische Jeans an, fuhr sich durch das kurze Haar und kniff zweimal in jede Wange um nicht ganz so winterblass zu wirken. Mit einem kleinen Taschenspiegel schminkte sie sich die Lippen dunkelrot.

«Mon ami», sagte sie. «Ich habe eine Verabredung mit Stefano, was sagst du dazu?»

Was soll ich dazu sagen? Ich weiß.

«Mal sehen, was dran ist an diesem Gerücht über die schönen Italiener.»

Ich räusperte mich. Es lohnte ja nicht, sich aufzuregen. Außerdem bist du nicht ihre Mutter, ermahnte ich mich, sondern ein Bär. Beschwingten Schrittes und ihre schwarz

Tasche schwingend verschwand sie und freute sich auf den Abend.

Mitten in der Nacht fiel etwas neben unserem Bett polternd zu Boden.

«Ruhe!», rief jemand.

Ich konnte nichts erkennen. Es war dunkel, und von draußen fiel kaum Licht ins Gebäude, denn die Stromversorgung war noch immer nicht komplett wiederhergestellt. Wieder rumpelte es.

Isabelle.

Sie ist angetrunken, dachte ich. Jetzt legt sie sich gleich ins Bett, und dann kommt wieder dieser Satz: «Mon ami, ich glaube, ich bin verliebt.» Gleich fängt der ganze Kummer wieder von vorn an. Wo wir doch gerade den Professor vergessen hatten und nicht mehr nur Joan Baez hören mussten, sondern auch wieder die Beatles im Programm hatten. Ich machte mich innerlich bereit.

«Komm, meine *topolina*. Nur noch ein bisschen kuscheln.»

Was?

«Nein», hörte ich Isabelles Stimme. «Lass mich. Mir ist schlecht.»

«Ach, dir ist schlecht. Eben ging es dir aber noch ganz gut.»

Stefano. Dieser widerliche Typ.

«Ich vertrage diese Haschzigaretten nicht. Mir ist schlecht davon geworden.»

Ich hatte sie ab und an rauchen gesehen, aber abgesehen davon, dass sie dann immer fremd roch, hatte ich noch nie bemerkt, dass ihr das Rauchen schlecht bekam.

«Von dem kleinen Joint? Warum kiffst du dann?»

«Ich wollte es eben auch mal ausprobieren.»

«Und zum Dank lässt du mich jetzt abblitzen? Komm schon, stell dich nicht so an.»

Lass die Finger von Isabelle!

«Hör auf, du tust mir weh. Du bist ja vollkommen daneben.»

Es klang nach einem Handgemenge. Jemand fiel auf das Bett. Es rumpelte noch einmal. Isabelle. Ich spürte ihren vertrauten Körper.

«Jetzt ziert sich die Kleine», sagte Stefano höhnisch. «Ist doch immer dasselbe mit euch verklemmten Franzschößchen. *Porca miseria!*»

«Lass mich in Ruhe, du *stronzo*. Rauch deine Joints doch mit einer anderen.»

Ich hatte nicht gewusst, dass Isabelle italienische Schimpfwörter beherrschte. Bravo! Bravo!

Er beugte sich über sie. Ich hörte ihre Stimmen ganz nah.

«Du hast mir die Tour vermasselt», sagte er leise und drohend. «Tu so was nicht noch einmal, das rate ich dir.»

Ich hörte den heftigen Atem der beiden. Isabelle hatte Angst, das spürte ich genau. Warum haute er nicht endlich ab?

«Dabei hast du so süße kleine Brüstchen», fuhr er zischend fort. «Viel zu niedlich eigentlich, um nicht …»

Ich hörte, wie er sich an Isabelles Kleidung zu schaffen machte.

«Nein, nicht!», hörte ich ihre erstickte Stimme. «Lass das!»

«*Vaffanculo!*», rief plötzlich eine Stimme aus der Nähe dazwischen. «*Lascia la ragazza in pace!*»

«Scheiße», zischte Stefano und ließ von Isabelle ab «Scheiße.» Und er schubste sie hart zurück, als sie sich auf setzen wollte. «*Putana!*»

Als er im Dunkeln verschwunden war, richtete sie sich lang

sam auf und starrte in die Finsternis hinter ihm her. Dann ließ sie sich aufs Bett sinken, nahm mich in den Arm und begann tonlos zu weinen.

«Nichts ist dran an diesen Machos. Rein gar nichts», schniefte sie in mein Ohr. «Ich wollte doch nur mit ihm essen gehen.»

Du liebes Lämmchen.

«Und überhaupt. Wir sind doch alle hier, um zu helfen. Wer erwartet denn so einen?»

Ich konnte ihr darauf keine Antwort geben. Niemand erwartet je, dass ihm Böses angetan werden könnte, und doch geschieht so viel. Nicht alle tragen Gutes im Herzen, das wusste ich spätestens, seit ich Brioche kennengelernt hatte.

Erschöpft schlief Isabelle ein, ohne sich zuzudecken. Ich versuchte sie warmzuhalten, so gut es ging.

Versteh einer die Menschen, dachte ich. Das hat doch alles mit Liebe nichts zu tun.

Am nächsten Morgen quälte sich Isabelle aus dem Bett. Ihre Lider waren geschwollen, und ich merkte, dass ihr sämtlicher Elan abhandengekommen war. Lustlos zog sie sich an. Meine kleine Isabelle, sie hielt sich tapfer.

Vom Bett aus beobachtete ich das Geschehen in der provisorischen Küche. Stefano hielt ein Glas Wein in der Hand und lachte laut über einen Witz, den er selbst gemacht hatte. Er würdigte Isabelle keines Blickes, kniff eine andere in den Po und versprühte seinen öligen Charme.

Isabelle drückte sich schnell an ihm vorbei. Aus der Hosentasche nestelte sie eine Schachtel Zigaretten und zündete sich eine an. Entsetzt sah ich ihr nach. Und ich wurde das Gefühl nicht los, dass ihr außer mir noch jemand hinterherblickte.

Mir kam es vor, als lebten wir schon ewig in dieser merkwürdigen Welt aus Dreck und kalter Luft. In einer Atmosphäre, die aufgeladen war von Euphorie, von Entschlossenheit und Kampfgeist.

Die «Engel des Schlamms» wurden eine eingeschworene Gemeinschaft. Sie aßen und tranken zusammen, sie schliefen in einem Raum und lebten nach ihren eigenen Regeln. Es schien, als fühlten sie sich wirklich wie Engel. Sie schwebten über den Dingen und über ihnen der Heiligenschein des freiwilligen Helfers. Florenz lag ihnen zu Füßen.

Isabelle hatte sich dank der engen Gemeinschaft schnell wieder gefangen. Sie behandelte Stefano wie Luft und ging stolz und mit erhobenem Haupt an ihm vorüber. Sie ignorierte ihn, ehe er sie ignorieren konnte. So leicht ließ sich Mademoiselle Marionnaud nicht demütigen. Nicht von so einem … na ja. Mit den anderen Helfern diskutierte sie nächtelang darüber, ob die Rolling Stones oder die Beatles bessere Musik machten (wir waren für die Beatles) und ob Truffauts Filme sehenswert oder unsinnig seien (wir fanden sie sehenswert). Gemeinsam wetterten sie gegen Kapitalismus und den Vietnamkrieg (von Kapitalismus verstand ich nichts, und ich hatte keine Ahnung, wo Vietnam war. Ich weiß es, ehrlich gesagt, bis heute nicht genau, aber ich hätte nie erwartet, dass nach den schrecklichen vierziger Jahren noch irgendein Land jemals wieder freiwillig in den Krieg ziehen würde – ist mein Bärenhirn so einfältig, oder sind es die Menschen?) Die Themen gingen diesen jungen Leuten in diesen kalten Florentiner Winternächten nie aus, und ich lauschte mit offenen Ohren. Ich bewunderte sie. Sie hatten so viel Kraft und Energie.

Unermüdlich schaufelten sie Schlamm. Aus dem Erd

geschoss drangen ihre lauten Rufe herauf zu mir, während ich dieses Meer aus verlassenen Betten überwachte.

«Wir bilden eine Kette», rief jemand. «Reicht die Eimer durch. *Hey you, send the bucket over here! Move on, move on!*»

«Nicht so schnell!», rief ein anderer. «Die Mädels können nicht so schnell.»

«Was? Sag das noch einmal!», rief ein Mädchen empört.

«Das schwache Geschlecht kann nicht so schnell!»

«Hier kannst du mal sehen, wer das schwache Geschlecht ist!»

Lachen ertönte, dann ein Schrei und bald darauf ein wildes Durcheinander aus Stimmen – sie kreischten und lachten.

Was machten sie denn da? Es hörte sich wirklich so an, als bewarfen sie sich mit Schlamm.

«Pfui, nicht ins Gesicht, du Ferkel!», hörte ich die Fistelstimme.

Dann Isabelle: «Das wirst du mir büßen! Da!»

Ob das an Stefano gerichtet war? Ich hoffte es. Dreck sollst du fressen, der du es wagst, dich an meiner Isabelle zu vergreifen.

Die Stimme von Direktor Casamassima machte dem Spuk ein Ende.

«Bitte, bitte, Signori, meine Herrschaften, bitte», rief er. «Es geht um die Literatur. Bitte!»

Das Lachen erstarb. Schade, es hatte so ausgelassen geklungen. Doch der Direktor war streng. Bald war das kratzende Geräusch der Schaufeln wieder zu hören. Sie waren zurück an die Arbeit gegangen.

«Wir sind die Helden von Florenz, ohne uns wären sie doch

vollkommen aufgeschmissen», meuterte ein Engländer mit tiefer Stimme. «Da wird man doch wohl mal ein bisschen Spaß haben dürfen!»

So schnell wird aus Hilfsbereitschaft Überheblichkeit, dachte ich.

«Ich finde, er hat recht. Wir sind ja nicht im Arbeitslager», schloss sich ein Mädchen an.

Gemurmel wurde laut.

«Nein. Wir tun das freiwillig», sagte ein Italiener. «Und wer keine Lust mehr hat, kann ja gehen.»

«Dann los, Batman», erwiderte der Engländer trocken. «Es gibt noch einen Haufen Bücher zu retten.»

Was war passiert? War ihnen der Ruhm zu Kopf gestiegen? Ich fragte mich, wie Isabelle, die Abenteurerin, die Sache sah. Doch die hatte schon etwas ganz anderes im Kopf.

Wenn Zeit und Kraft es irgendwie zuließen, nahm Isabelle ihren kleinen Block und ihren Bleistift hervor und zeichnete. Sie hatte alle wichtigen Ereignisse in ihrem Leben aufs Papier gebannt, in kräftigen Farben oder leichten Schraffuren. Mit hochgezogenen Knien saß sie dann auf ihrem Bett und warf in schnellen Strichen Skizzen auf den Block. Florenz hatte viele Eindrücke zu bieten.

Sie zeichnete einen Holzstuhl, der einsam in den riesigen spiegelnden Pfützen auf der Piazza dei Cavalleggeri stand, und betitelte das Bild «Atempause». Sie zeichnete einen VW Käfer, der sich um den Fuß einer großen Marmorstatue wand, die Kofferraumklappe offen stehend wie ein Fischmaul, das Reserverad wie dicke Beute darin. «Verkehrsfluss» schrieb sie darunter. Besonders aber beeindruckte mich das Bild von zwei Männern. Sie saßen mitten im Fluss unter einer Brücke. Der eine auf der Lehne eines halb ertrunkenen Stuhls, der andere auf einem schiefen Tisch. Sie trugen Taucherbrillen und Flossen und schienen etwas zu begutachten, was sie in den braunen Tiefen des Arnos gefunden hatten. «Perlentaucher», hatte Isabelle daruntergeschrieben.

An einem anderen Tag fertigte sie eine Skizze, die eine Brücke mit zahlreichen kleinen Häuschen zeigte. Die Fenster waren zerborsten. Stofffetzen hingen herunter, Teppiche und allerlei Einrichtungskrempel. «Hochwasserkonjunktur», stand daruntergeschrieben. Mich erinnerte es an die zerbombten Häuser in Köln.

Dann zeichnete sie eine Karikatur – mit wütenden schnellen Strichen, knapp und sicher. Es war der schöne Stefano. Sein lockiges Haar sah klebrig aus, seine Nase viel zu lang, und aus seinem Mund hing lechzend die Zunge. Das war Isabelles Art, mit den Dingen fertig zu werden. Stefano bekam sein Fett weg – auch ohne dass sie ihn öffentlich an den Pranger stellte.

Das letzte Bild war ein richtiges Porträt. Ich war überrascht. Das Gesicht war mir bekannt. Es gehörte diesem jungen Italiener, der zwei Tage nach uns gekommen war und ein Bett drei Reihen weiter bezogen hatte. Seine feinen Züge versteckten sich hinter einer schwarzen Brille und kamen nur zum Vorschein, wenn er zu Bett ging und die Brille sorgsam zusammenklappte, ehe er sie neben sein Kopfkissen legte. Seine Nase war schmal, die Wangenknochen waren hoch und seine Lippen fast mädchenhaft geschwungen.

Isabelle hatte ihn mit Brille gezeichnet, dennoch war es ihr gelungen, seinen Gesichtsausdruck einzufangen. Das Haar hing ihm in langen Fransen bis über die Augen, die den Betrachter nachdenklich ansahen. «Gianni» war der Titel. Sonst nichts.

Sicher hatte sie ihn nicht ohne Grund gezeichnet. Sie bannte nur auf Papier, was ihr bedeutsam erschien.

Offenbar war mir etwas entgangen. Isabelles Herz hatte klammheimlich und im Stillen eine Kurskorrektur vorgenommen, und ich hatte es nicht bemerkt.

Es gehört sich nicht, Geheimnisse vor deinem Bären zu haben! Ich bin schließlich dein Vertrauter. War er es, der dir neulich Morgen nachgeschaut hat? Ich habe doch einen Blick bemerkt. War er es, der Stefano vertrieben hat?

Isabelle verriet mir nichts. Doch dieser neue Kurs schien so geheim, dass sogar Isabelle selbst erst bemerkte, wohin sie steuerte, als sie schon längst auf dem Weg war.

Vielleicht hatte die Episode mit Stefano sie vorsichtiger werden lassen. Möglicherweise traute sie ihren Gefühlen nicht mehr. Mich beschlich der Verdacht, dass ihr Herz den Plan, die Liebe vorläufig an den Nagel zu hängen, bereits wieder aufgegeben hatte. Jetzt musste nur noch ihr Verstand überzeugt werden.

Meinetwegen konnte sich ihr Verstand ruhig noch eine Weile Zeit lassen, doch sicherheitshalber richtete ich mich mit gemischten Gefühlen auf einen neuen Eindringling in meinem Revier ein.

Jeden Abend lag sie neben mir und fuhr mit dem Daumen über meinen Trostpunkt. Gleich sagt sie es, dachte ich dann Gleich sagt sie: «Mon ami, ich glaube, ich bin verliebt.»

Doch es passierte nichts. Sie schwieg, und ihr Verstand blieb alten Vorhaben treu. Unter Umständen war sie auch einfach zu erschöpft, um verliebt zu sein – falls so etwas möglich ist das kann ich natürlich nicht beurteilen.

Doch einmal wachsam geworden, entgeht einem Bären natürlich nichts.

Gianni sah manchmal zu Isabelle herüber, wenn abends alle todmüde und starrend vor Schmutz ins Bett kippten. Während ich verzweifelt nach frischer Luft schnappte und mit der Nase über dem Schlafsackrand versuchte, Isabelles zunehmendem Geruch zu entkommen, sah ich genau, wie sein müder Blick in unsere Richtung wanderte und auf Isabelles wirrem Haarschopf verweilte, bis schließlich auch ihm die Augen zufielen. Dabei blieb es.

Was war denn hier los? Was war denn aus der Isabelle geworden, die auf jedes Ziel, das sie sich gesteckt hatte, zurauschte wie eine Welle auf den Strand? Hatte ich mich getäuscht? Hatte die Bärenintuition versagt?

Und was war mit *mir* los? Ich ertappte mich dabei, dass ich hoffte, es möge sich etwas ereignen. Doch ich sah die beiden nie zusammen, keine langen Blicke über Alutöpfen mit Nudeln, keine zufälligen Berührungen beim Abendessen. Nichts. Nichts, was ein Bärenherz zum Klopfen gebracht hätte.

Irgendwann war der gröbste Schlamm beseitigt. Doch die Arbeit wurde dadurch nicht weniger. Die Wände waren feucht geworden, wie überhaupt alles feucht wurde. Selbst mein Fell fühlte sich klamm an, und ich wurde das Gefühl nicht los, dass auch mein Innerstes irgendwie muffig war. Sicher war dieses Klima meiner Lebensdauer nicht gerade zuträglich.

Isabelle wurde zum Trocknen eingeteilt. Die Wände wurden mit Talkum behandelt, das die Feuchtigkeit aufnehmen sollte. Statt schlammschwarz kam sie nun kalkweiß ins Bett. Es hing in allen Poren, Kleidern und in den Haaren. Sie sah aus wie ein Gespenst. Und erst da, als der Dezember schon in seine dritte Woche ging, flüsterte mir das Gespenst die schon lange erwarteten Worte ins Ohr.

«Mon ami, ich glaube, ich bin verliebt. Ich kann nichts dagegen tun. Ich habe versucht, mich zurückzuhalten, aber mein Herz macht einfach, was es will.»

Hab ich's doch gewusst.

«Es ist Gianni. Der Italiener aus Reihe 34.»

Wir schliefen Reihe 31.

«Was soll ich denn jetzt machen? Ich kann doch so schlecht Italienisch.»

Ich würde dir helfen, wenn ich nur könnte.

«Er ist so aufmerksam. Und ich glaube, er ist auch ein winziges bisschen verrückt.»

So wie du?

«So wie ich.»

Hm.

«Und außerdem glaube ich, dass er mich auch mag.»

Das kann ich dir schriftlich geben.

«Er hat ein so schönes Lächeln», sagte sie verträumt und schloss die Augen.

Sekunden später, als ich schon dachte, sie wäre eingeschlafen, öffnete sie die Augen noch einmal und murmelte: «Und wenn er nun ist wie Stefano?»

Nie im Leben. Bärenintuition.

«Aber das glaube ich nicht», versuchte sie ihre eigenen Bedenken zu zerstreuen, «wozu gibt es weibliche Intuition.»

Dann war sie eingeschlafen.

Ich wünschte ihr die schönsten Träume und passte auf, dass niemand sie störte.

In kleinen Gesten und wenigen Worten hatte Isabelle zu einem Gefühl gefunden, dem sie schon seit Jahren nachjagte, wie ein Hund seinem eigenen Schwanz. Ich freute mich.

Ich freute mich? Was war denn nun los? Isabelle verliebte sich, und in mir regte sich nicht ein Funken Sorge oder Eifersucht? Ich verstand mich selbst nicht mehr. Ich wartete einen Tag, zwei Tage, drei Tage, aber obwohl Isabelle inzwischen in einen Zustand von nahezu lebensgefährlicher Verträumtheit geraten war, stellten sich diese Gefühle nicht ein. Und plötzlich wusste ich, warum: Dieser Gianni war der Richtige.

Eines Abends, als Isabelle noch im Schein schwacher Lampen Signaturen reinigte, legte er ihr eine Blume aufs Kopfkissen. Direkt neben mich. Es war seit Wochen der erste Wohlgeruch in meiner Nähe, das sei nur nebenbei bemerkt. Die Blüte war orange mit einem dunkelbraunen Auge in der Mitte. Sie war einfach und eigentlich nichts Besonderes, aber sie war mit Sicherheit geklaut. Ich grinste zufrieden. Gianni bedachte mich mit einem halb interessierten, halb belustigten Blick, fasste mich jedoch nicht an, zog den Schlafsack so weit nach oben, dass er mich und die Blume verdeckte, und ging leise davon. Als sich Isabelle an diesem Abend neben mich fallen ließ, bemerkte sie die Blume nicht. Sie lag sie einfach platt. Ich hätte sie gerne darauf aufmerksam gemacht, aber was soll man tun? Das alte Lied.

Mit müder Hand tastete sie nach mir, stutzte, zögerte und regte sich, als sie statt meines Arms die Blüte zwischen den Fingern fühlte. Sie zog sie hervor, drückte sie an ihrer Brust noch platter und lächelte selig.

Am nächsten Abend nahm Gianni auf unserem Bett Platz.

So hatte ich es nicht gemeint. Er war vielleicht der Richtige, aber doch nicht auf unserem Bett!

Isabelle ignorierte meine Einwände. Sie rückte zur Seite, die beiden saßen sich im Schneidersitz gegenüber und unterhielten sich in einem Kauderwelsch aus Englisch, Französisch und Italienisch.

«Ich habe Herzklopfen», sagte Isabelle.

«Was?»

«Mein Herz klopft.»

«Das ist auch gut so», sagte er und lächelte.

«Ja», sagte sie und erwiderte seinen Blick, «das ist sozusagen eine Bedingung.»

«Eine der wichtigsten zum Leben.»

Sie schwieg. Er streckte den Arm aus und strich ihr mit einem Finger vorsichtig über die Wange. Ich sah, wie sie langsam die Augen schloss und die Berührung zu genießen schien. Ich räusperte mich innerlich.

Entschuldigung, ihr seid nicht allein. Könnt ihr nicht ein bisschen Rücksicht nehmen?

«Ich habe eine Gänsehaut», flüsterte sie.

«Was ist das?», flüsterte er zurück.

«Ein schönes Gefühl.»

«Gut», sagte er.

«Sehr gut», sagte sie.

Sie sahen einander an, dann lehnte er sich zu ihr hinüber und küsste sie auf den Mund.

Bitte, das ist mir zu privat!

Er nahm ihren Kopf in beide Hände und strich mit den Daumen vorsichtig über ihr Gesicht. Sie hob die Hände und tat es ihm gleich.

Ich wollte mich am liebsten in Luft auflösen. Zwar wusste ich alles über die Liebe im Herzen, aber was wusste ich schon über die Liebe der Körper? Nichts! Und ich war mir nicht sicher, dass ich in diesem Moment mehr darüber erfahren wollte. Ich konnte sehr wohl bestätigen, wie schön es ist wenn man gestreichelt wird. Sicher durchströmten Wellen des Wohlgefühls meine kleine Isabelle, wenn er sie so berührte. Und vermutlich erging es ihm nicht anders. Ich wusste, dass man eigentlich nicht genug davon bekommen kann, zärtlich berührt zu werden. Dass ein fremder Atem im Ohr bis in die Magengrube kitzeln kann. Ängstlich fragte ich mich, was ihnen als Nächstes einfallen würde.

Lange sagten sie nichts. Dann fragte sie:

«Kennst du Audrey Hepburn?»

«Sie hat mich fast mit dem Motorroller überfahren, am Kolosseum. In Rom …»

Isabelle sah ihn aus großen Augen an.

«Ich war acht Jahre alt und fand sie sehr mutig und wahnsinnig schön.»

«Du hast die Dreharbeiten von *Ein Herz und eine Krone* gesehen?»

«Ich war Statist.»

Ach, Isabelle. Wie findest du das?

«Unglaublich.»

«Wieso fragst du?»

«Weil ich, seit ich acht bin, glaube, dass Audrey Hepburn die Liebe in sich trägt», sagte sie leise, und fast schien mir, als schämte sie sich ein wenig für ihre kindliche Überzeugung.

Also, Moment mal, ich trage die Liebe in mir.

«Vielleicht tragen auch noch andere die Liebe in sich?», flüsterte er.

«Das hoffe ich» sagte sie und setzte ihre Inquisition fort: «Magst du Botticelli?»

«Ab heute nicht mehr», antwortete Gianni und strich sich den langen Pony aus der Stirn.

Isabelle sah ihn enttäuscht an.

«Du bist schöner als seine Venus.»

Sie wurde rot. Isabelle wurde rot. Das hatte ich noch nie gesehen.

«Auch wenn du rot bist.»

Sie wurde noch röter. Ich musste lachen. Wer viel fragt, kriegt viele Antworten.

«Du bist ein schlimmer Charmeur.»

«Aber auch ein sehr netter Charmeur.»

«Ja», sagte Isabelle langsam. «Sehr nett.»

«Darf ich dich auch etwas fragen?»

«Natürlich.»

«Warum bist du hier?»

Diese Frage überraschte Isabelle. Sie überlegte einen Moment. Sog die Unterlippe ein und biss darauf.

«Weil ich die Kunst fast ebenso sehr liebe wie das Abenteuer», sagte sie dann.

Er lächelte zur Antwort.

«Darf ich dich auch noch etwas fragen?», sagte sie.

«Das war schon eine Frage.»

«Dann noch eine.»

«Du darfst mir so viele Fragen stellen, wie du möchtest.»

«Kannst du Fahrräder reparieren?»

«Nein», erwiderte er.

«Nicht?»

«Nein.»

O weh. Ich dachte an den armen Jacques, der einst wegen mangelnder Reparaturkenntnisse in die Wüste geschickt worden war. Nach einer kurzen Pause sah Isabelle ihm in die Augen.

«Das macht nichts», sagte sie dann.

«Wenn du meinst», sagte er.

Sie sahen einander an, und er küsste sie noch einmal. Lange diesmal. Ich starrte Löcher in die Luft.

«Deine Zunge fühlt sich an wie ein Stück Pfirsich», sagte sie, als sie ein Stück von ihm abgerückt war, und sah ihn prüfend an.

«Magst du Pfirsich?», fragte er.

«Ich liebe Pfirsich.»

Es widerspricht meiner Diskretion, weiter ins Detail zu gehen. Ich versuchte so gut wie möglich, nicht hinzusehen und auch nicht weiter hinzuhören. Als sie sich schließlich eng aneinanderschmiegten und sich in Isabelles Schlafsack zwängten, fiel ich aus dem Bett. Und das war gut so.

Es war die erste Nacht seit langer Zeit, die ich allein auf einem kalten Boden verbrachte, unbeachtet und nicht vermisst. Aber auch das war gut so, denn ich wusste, dass Isabelle glücklich war. Und was gibt es Wichtigeres für einen Bären, bester Freund und Helfer?

Am nächsten Morgen hob Isabelle mich auf. Gianni schlief noch, hielt sie von hinten eng umschlungen und atmete in ihren Nacken.

«Mir ist heute Nacht fast schwarz vor Augen geworden, Mon ami», flüsterte sie. «Weißt du, was das heißt?»

Wenn er Fahrräder reparieren könnte, wäre er der Richtige.

«Ich glaube, er ist der Richtige», flüsterte sie weiter.

«Mit wem sprichst du denn da?», murmelte Gianni schlaftrunken.

«*Avec Mon ami*», antwortete sie leise.

«Ach so. Dein Bär.»

«Woher weißt du das?»

«Ich habe neulich bei ihm um deine Hand angehalten.»

Isabelle versuchte, sich zu Gianni umzudrehen.

«Keine Sorge, er hat zugestimmt», sagte er, mit noch immer geschlossenen Augen.

«Da bin ich aber froh. Das hat er noch nie getan.»

Sie kicherten und küssten sich den Schlaf aus den Gesichtern.

Diese beiden Notlügen ließ ich gerne gelten. Im Stillen gab ich ihnen meinen Segen.

In jener Nacht hatten die beiden Engel des Schlamms eine Wolke bestiegen und segelten nun davon. Ich konnte von Glück sagen, dass ich mit auf diese Reise durfte – als Einziger. Sie erhoben sich weit über die feuchte Kälte der alten Gemäuer, weit über das Chaos. Und ich bemerkte, dass sich Isabelles Abenteuerlust von der Rettung der Kultur mehr und mehr auf die Entdeckung von Gianni und Florenz verlagerte. In jeder freien Minute stahlen sich die beiden davon und verschwanden in den Straßen und Gassen, wo sich Abfall und Mobiliar türmte, wo Scherben herumlagen, wo Geschäftigkeit herrschte. Sie schienen dort eine andere Romantik zu finden, als man sie sonst in Florenz suchte. Sie bestaunten den morbiden Charme des Verfalls, sie bestaunten einander und schienen nicht genug davon zu bekommen, dem anderen in die Augen zu sehen, des anderen Hand zu fühlen, wenn sie gemeinsam die Hochwasserränder an Häuserwänden betrachteten, die umgeknickten Schilder an der Piazza dei Giudici oder den kleinen See, der sich zwischen den Uffizien und dem Palazzo Vecchio gebildet hatte.

«Es ist schade, dass wir keine Kamera haben», sagte Gianni eines Abends. «Es gäbe so viel zu fotografieren.»

«Ich habe gezeichnet, was ich gesehen habe», sagte Isabelle

«Zeigst du mir deine Bilder?»

«Sie sind nur für den privaten Gebrauch.»

«Bin ich nicht privat?»

«Doch, aber …»

«Bitte.»

Sie holte ihren Skizzenblock hervor, und er blätterte langsam von Bild zu Bild.

«Das bin ja ich», sagte er plötzlich überrascht.

«Sieht so aus.»

«Du steckst voller Überraschungen.»

«Du auch. Sieht man doch.»

Sie drückte seine Hand, und in mir wuchs die Liebe auf Maximalgröße an, ich hätte platzen können vor Glück. Doch Stefano verhinderte das. Er schlenderte an unserem Bett vorüber, wo Gianni und Isabelle nebeneinandersaßen.

«Na, sieh einer an», sagte er abfällig. «Das Franzschößchen und der Streber.»

«Mach die Mücke», sagte Gianni abweisend.

Isabelle senkte den Kopf.

«Eine nette kleine *putana* hast du dir da ausgesucht, Römer. Hat sie dir schon erzählt, dass sie es am liebsten mit verheirateten Männern treibt?»

Mädchen, was hast du ihm erzählt?

Isabelle schaute zu Boden. Ich sah, dass seine Worte direkt in ihr Herz trafen.

«Verpiss dich, Stefano. Bist du so erfolglos, dass du es anderen nicht gönnst?»

«Ich mag nur keine abgenutzten Frauen.»

Dieser Satz echote durch den ganzen Saal, prallte von den Wänden ab und kam mit doppelter Wucht zu uns zurück. Mir klangen die Ohren von dieser Beleidigung.

Da sprang Isabelle auf und knallte ihm eine Ohrfeige ins Gesicht, die den Abdruck aller fünf Finger auf seine Wange brannte.

«Du mieses Schwein!», schrie sie, und ihre Stimme überschlug sich vor Aufregung. «Du mieses Dreckschwein!»

Alle im Saal sahen herüber.

Ich war baff. Alle waren baff.

Direktor Casamassima löste sich aus der Gruppe, kam herüber und legte Isabelle die Hand auf die Schulter.

«Isabelle. Wir können hier keinen Ärger gebrauchen», sagte der Direktor bestimmt.

«Aber ich ... er ... er hat ...»

«Es ist mir egal, wer was getan hat. Ich will hier einfach keine Streitereien. Reißen Sie sich also bitte zusammen.»

Was bildete dieser Direktor sich ein? Isabelle war unschuldig. Stefano gehörte ermahnt und hinausgeworfen!

Isabelle hatte wieder den Kopf gesenkt.

Das darfst du dir nicht gefallen lassen. Wehr dich endlich. Los!

Als sie aufsah, war ihr Gesicht rot vor Wut und Scham. Ich wünschte, sie würde explodieren, ich wünschte, sie würde dem Direktor und diesem Stefano ins Gesicht springen. Ich wollte am liebsten schreien:

Das ist ungerecht, das ist gemein. Sie haben ja keine Ahnung!

«Es kommt nicht wieder vor. Verlassen Sie sich drauf», sagte Isabelle dann langsam und beherrscht. Ihre Wangen glühten, ihr entschlossener Mund war zu einem dünnen Strich geworden.

«In Ordnung», sagte Direktor Casamassima. «Vergessen wir die Sache. Wir haben genug zu tun.»

Stefano triumphierte. Doch sie ließ sich davon nicht ein-
schüchtern. Könnten Blicke töten, wäre er jedenfalls innerhalb von Sekunden umgefallen.

«Also dann», sagte der Direktor «enttäuschen Sie mich
nicht.»

Und er ging.

Zwei Sekunden starrte Stefano Isabelle noch aus wütenden
schwarzen Augen an, dann zischte er:

«Soweit ich weiß, ist Casamassima verheiratet. Wäre der
nichts für dich?»

Gianni hielt Isabelle eisern fest, und ich sah, wie sie seine
Hand in hilfloser Wut umklammerte.

Der schöne Stefano drehte sich auf dem Absatz um und verschwand zwischen den anderen Engeln des Schlamms.

Gianni sah Isabelle an und sagte:

«Also, das hast du mir nicht erzählt.»

«Du glaubst doch wohl nicht, was Stefano …», stotterte
Isabelle verzweifelt.

Er lächelte sie an.

«Du hast mir nicht erzählt, dass du Preisboxerin bist, meine
ich», sagte Gianni und küsste sie.

Heute weiß ich, dass Isabelle an diesem Nachmittag ein Stück
erwachsener geworden war. Viel erwachsener, als jede Aus-
bildung oder jedes Studium sie hätte werden lassen können.
Damals jedoch war ich erstaunt über ihre Beherrschung und
befand, dass ein wenig mehr der gewohnten Aufsässigkeit
durchaus angezeigt gewesen wäre. Nun, auch als Bär muss
man reifen – selbst wenn es keiner sieht.

Weihnachten näherte sich. Für mich zum fünfundvierzigsten Mal. Ich hatte aufgehört zu zählen, habe aber inzwischen nachgerechnet. Nur der Zahl wegen. Fünfundvierzig ist eine gute Zahl, finde ich.

Die Luft wurde kälter, der Winter hielt auch in Florenz Einzug, und die Feuchtigkeit wollte nicht aus Mauern und Kleidern verschwinden. Um sich aufzuwärmen, gingen Gianni und Isabelle immer in ein kleines Restaurant in der Via dei Neri, wo sie für wenig Geld Spaghetti mit Soße bekamen und ein Glas vom Hauswein gratis vom Wirt dazu.

Sie hatten inzwischen mit anderen die Betten getauscht und schliefen jetzt nebeneinander. Über dem kleinen Abgrund von fünfzehn Zentimetern hingen ihre Hände die ganze Nacht fest ineinander verflochten. Und ich hatte inzwischen auch wieder häufiger Platz im Bett. Da ich sozusagen Trauzeuge war, kam weder Gianni noch Isabelle auf die Idee, mich zu verbannen. Gianni sprach sogar manchmal mit mir.

«Du hast vielleicht eine verrückte Besitzerin», sagte er. «Heute Morgen hat sie mich einfach von der Arbeit entführt.»

Wieso das denn?

«Sie wollte unbedingt mit mir nach Fiesole. Das ist ein kleiner Vorort, oben in den Hügeln. Weil sie in einem alten Buch eine Liebesszene gelesen hat, die dort oben spielt. Sie wollte unbedingt nachsehen, ob es dort immer noch so romantisch ist wie damals, als das Buch geschrieben wurde – nach vierzig Jahren.»

«Na und», schaltete sich Isabelle in unser Gespräch ein «Stimmte doch, oder nicht?»

«Sie wollte, dass ich mich an den Rand einer Lichtung stelle und ‹Courage› hinunter ins Tal rufe. ‹Courage and love›. Wie der Mann in diesem englischen Buch. Sie ist verrückt, deine Besitzerin.»

Vierzig Jahre? Das englische Buch? Ich war sicher zu wissen, von welchem Buch die Rede war, und musste lächeln. Nun, Victor, da haben wir das romantische Florenz.

Sie lachten.

«Das ist eben das Wichtigste», sagte Isabelle.

«Das Wichtigste ist, dass wir zusammen sind», erwiderte Gianni leise und nahm seine Brille ab. «Ich muss dir was sagen, Isabelle», fuhr er dann fort.

Mir stockte der Atem. Solche Ankündigungen verhießen nichts Gutes. Ich sah, wie auch Isabelle überrascht aufschaute. Ängstlich.

Irgendwo stolperte jemand über einen Topf. Es schepperte.

«Ich kann über Weihnachten nicht hierbleiben.»

Ich atmete auf. Ach so. Ich hatte schon befürchtet, es wäre etwas Ernstes.

«Oh», machte Isabelle nur.

«Meiner Mutter geht es anscheinend nicht sehr gut. Sie hat sich gewünscht, dass ich die Feiertage bei ihr in Rom verbringe.»

«Ich werde hierbleiben, es ist zu weit nach Hause.»

«Ich wäre viel lieber mit dir zusammen. Aber ich kann meine Mutter nicht enttäuschen. Außer mir hat sie doch niemanden.»

«Das ist schon in Ordnung», sagte sie und schluckte. «Sicher bleiben auch noch ein paar von den anderen da. Stefano zum Beispiel.»

Sie grinste schief.

«Ach komm. Es sind nur ein paar Tage. Zu Silvester bin ich wieder da. Und dann beginnen wir das neue Jahr gemeinsam.»

«Ja», sagte sie. «Das machen wir.»

Sie rang um Fassung, das wusste ich genau. Ich kannte meine Isabelle. Sie schluckte schwer und bemühte sich, ihre Enttäuschung zu verbergen. Sicher hatte sie sich bereits vorgestellt, wie sie mit Gianni (und vielleicht ja auch mit mir – ein wenig Hoffnung sei erlaubt) eine Kerze anzünden und Weihnachten feiern würde.

«Wann wirst du abreisen?»

«Übermorgen.»

«Übermorgen schon?», rief sie aus und klang dabei erschrockener, als sie beabsichtigt hatte.

«Je eher daran, je eher davon», erwiderte er und lächelte sie traurig an.

Die Zeit verging im Flug. Die beiden schlichen sich immer häufiger aus der Bibliothek, doch das nahm ihnen niemand übel. So kurz vor Weihnachten wurde ein wenig Nachsicht geübt – aus Gründen der Nächstenliebe.

«Wir machen keinen langen Abschied draus», sagte Isabelle, als Gianni am 22. Dezember seine Sachen packte.

Ihr nehmt seit drei Tagen Abschied!

«Du hast recht. Es sind ja, wie gesagt, nur ein paar Tage.»

«Ja», antwortete sie und hustete. «Ich habe noch ein Geschenk für dich.»

«Ich auch für dich.»

Sie lächelten einander an.

«*Buon natale!*», sagte er.

«*Joyeux Noël!*», sagte sie.

«Aber erst zu Hause aufmachen», sagte Isabelle. «Sonst bringt das Unglück!»

«Ich dachte, das wäre nur bei Geburtstagsgeschenken so.»

«Nein, auch bei Weihnachtsgeschenken.»

«Gut, dann darfst du meines aber auch erst an Heiligabend öffnen.»

Sie nickte.

«Ich gehe jetzt.»

«Ist gut.»

«Bin gleich zurück.»

«Ja.»

Er umarmte Isabelle, und ich konnte nicht umhin, an den Abschied von Marlene und Friedrich zu denken. Mir wurde ganz kalt.

«*Ciao*», sagte er. «*Ciao.*»

«*Adieu.*»

Er drehte sich um und ging. Auf seinem Rücken hing sein grüner Rucksack und wippte bei jedem Schritt. An der Treppe blieb er noch einmal stehen und drehte sich um.

«*Courage*», rief er laut. «*Courage and love!*» Und dann hob er die Hand und winkte. Und Isabelle lachte durch die Tränen und winkte zurück.

Ihr Husten wurde schlimmer. Noch am selben Abend hörte sie sich an wie eine leere Blechdose. Am nächsten klang sie wie ein kaputtes Schiffshorn, doch sie arbeitete wie eine Besessene, um das einsame Loch zu füllen, das Giannis Abreise hinterlassen hatte.

Unter der Bettdecke wurde es unglaublich warm. Sie schwitzte und schwitzte. Ihre Zähne klapperten, und sie drückte mich immer fester an sich. Am Weihnachtsabend fühlte sie sich so elend, dass sie die in Florenz verbliebenen Freunde alleine in die Pizzeria ziehen ließ.

«Mir ist nicht nach Feiern zumute», sagte sie entschuldigend, als Philippe aus der Pariser Clique fragte, was mit ihr los sei.

«Du bist ja ganz blass», sagte der Junge. «Geht es dir nicht gut?»

«Nur ein bisschen Husten. War wohl ein bisschen kalt hier in der letzten Zeit.» Sie unterstrich ihren Satz mit dem Blecheimerhusten.

«Soll ich einen Arzt holen?», fragte Philippe. «Das hört sich ganz schön übel an.»

«Nein», antwortete Isabelle. «Ist nicht so schlimm. Ich muss mich einfach mal richtig ausschlafen.»

«Bist du sicher?»

Sie nickte. Hustete. Ich fand, sein Vorschlag hörte sich eigentlich ganz vernünftig an. Zwar hatte ich diverse Erkältungen an Isabelles Seite durchgestanden, fiebrige Nächte, Erschöpfung, aber so schlimm hatte sie sich dabei nie angehört. Vor allem hatte sie nie eine Party verpasst. Zu solchen Gelegenheiten hatte sie bislang immer eine wundersame Genesung erlebt.

Und nun wollte sie sogar das Weihnachtsfest ausfallen lassen? Fehlte ihr Gianni so sehr, dass sie vor Einsamkeit krank geworden war? Die Lage schien wirklich ernst zu sein. Und ich? Ich konnte mal wieder nicht helfen.

Philippe sah Isabelle zweifelnd an.

«Ich stelle dir eine Kanne Tee hin. Nur für den Fall.»

«Danke, das ist lieb.»

Schwerfällig drehte sie sich um und zog den durchgeschwitzten Schlafsack enger um sich und schlief ein.

Dunkelheit senkte sich über den Bibliothekssaal. Fröhlich und unbeschwert waren die anderen Engel des Schlamms davongezogen, um diesen Abend zu genießen und zu feiern was sie vollbracht hatten. Ich lauschte auf Isabelles Atemzüge. Rasselnd hob und senkte sich ihr Brustkorb. Manchmal ging ein Beben durch ihren Körper, und mit jeder Minute, die verging, wurde ich unruhiger. Isabelle hatte keine einfache Erkältung, das war mir jetzt klar. Isabelle war krank. Im Schlaf hielt sie mich fest umschlungen. Ihr Daumen rieb über den Trostpunkt an meinem Bauch, immer schwächer. Ich hatte das Gefühl, sie verschwand.

Isabelle! Bleib hier!

Ihr Atem ging langsamer. Ich geriet in Panik, als ihr Daumen sich nicht mehr bewegte.

Isabelle!

Sie rührte sich nicht mehr. Und als Philippe mitten in der Nacht neben dem Bett stand und versuchte, sie zu wecken, war Isabelle nicht wach zu kriegen.

Sie hielt die Augen fest geschlossen, ihr Kopf fiel willenlos auf die Seite, nur ihre Hände ließen nicht locker. Mit der einen umklammerte sie Giannis kleines Geschenk, mit der anderen mich.

Dann wurde ein Krankenwagen gerufen.

An die darauffolgenden Tage kann ich mich nicht mehr erinnern. Sie verschwimmen in einem Nebel aus Krankenhausluft, Ärzten in weißen Kitteln und Krankenschwestern. Hinter einem weißen Wandschirm lag Isabelle in einem weißen, sauberen Bett, und um uns herum waren weiße kahle Wände.

Und dann war plötzlich Jules da.

Gott, war ich froh, ihn zu sehen. Ich weiß nicht, wie lange ich die Moral noch allein hätte aufrecht halten können. Ich hatte mich so verloren gefühlt im Arm der reglosen Isabelle. Als ob sie mich hätte hören können, hatte ich ihr Geschichten erzählt, lustige Geschichten, Geschichten aus meinem Leben, ununterbrochen habe ich mit ihr gesprochen, auf sie eingeredet.

Ich glaube, ich habe es eher getan, um mich zu beruhigen. Sie konnte mich ja doch nicht hören. Und trotzdem dachte ich stur, dass Bewusstlosigkeit vielleicht ein Zustand sein könnte, in dem die Worte eines Bären an ein Menschenohr drangen, wenn sonst kein Lärm die Atmosphäre störte.

Jules sank auf den Stuhl neben dem Bett seiner Tochter, strich über ihr unordentliches Haar und flüsterte:

«Mein Mädchen, was machst du nur für Sachen?»

«Papa», flüsterte Isabelle müde zurück. «Was machst du denn hier?»

«Ich hole dich heim, *ma petite*.»

«Aber ich muss hier sein …» Ihre Stimme versagte.

«Sch … sch … sch, es ist alles gut. Jetzt musst du einfach gesund werden.»

«Welchen Tag haben wir …»

«Du warst lange bewusstlos, mein Schatz. Aber jetzt wird alles gut.»

«Ich muss warten …»

«Ja, es wird eine Weile dauern, bis du wieder gesund bist. Du hast eine schwere Lungenentzündung.»

Wie zur Antwort erklang der Blecheimerhusten.

«Aber ich …»

«Morgen fahren wir heim. Maman macht dir eine schöne Bouillon und Pfannkuchen, genau wie du es gerne magst» sagte Jules und wischte sich über die Augen.

Isabelle blinzelte müde.

«Wo ist sein Geschenk?», fragte sie. «Mein Geschenk.»

«Das finden wir wieder, keine Sorge.»

«Ist der Krieg vorbei?», fragte sie nach einer Weile kaum hörbar.

Jules sah sie hilflos an, und ich horchte überrascht auf.

«Sind die Kinder in Sicherheit?»

«Ja, mein Schatz, du musst dir keine Sorgen machen», sagte Jules beruhigend, und ich fragte mich, ob Isabelle mich vielleicht doch gehört hatte.

Jules fuhr uns in seinem grünen Peugeot nach Hause nach Fleurie. Am Autofenster flogen Städte und Landschaften vorüber, während Isabelle auf dem Rücksitz lag und schlief. Der Motor brummte, und die Berge ringsum wurden immer höher, die Luft immer kälter und der Schnee immer mehr. Ein paar Mal hielt Jules an, um zu tanken, und irgendwann rieb er sich die müden Augen und klingelte an der Tür eines Hotels, wo uns ein mürrischer Mann ein Zimmer zuwies. Skeptisch betrachtete er den Mann mit dem halbtoten Mädchen im Arm, widersprach jedoch nicht, als Jules nachdrücklich eine Kanne Tee und belegte Brote bestellte.

Es dauerte noch einen weiteren Tag, bis wir endlich angekommen waren, die Berge wurden wieder kleiner, der Schnee weniger und die Luft ein paar Grad wärmer, irgendwann kam Lyon in Sicht und schließlich auch das erste Schild, das den Weg ins vertraute Fleurie wies.

Es dauerte noch über eine Woche, bis Isabelle sich so weit erholt hatte, dass sie alleine essen und trinken konnte. Der Januar war schon zwei Wochen alt, als auch ihre Entschlusskraft und ihr sonst so unbeugsamer Wille wieder lebendig wurden.

«Maman, du verstehst das nicht!», protestierte sie. «Ich muss zurück nach Florenz. Gianni wartet auf mich.»

«Mein Liebes, ich weiß zwar nicht, wer dieser Gianni ist, aber es kommt nicht in Frage, dass du auch nur das Haus verlässt. Ich glaube, dir ist nicht klar, wie es um dich stand.»

«Aber ich liebe ihn. Er weiß doch gar nicht, was los ist.»

«Irgendjemand wird es ihm schon gesagt haben. Du wirst sehen, er wird sich melden.»

«Aber er weiß ja gar nicht, wo. Er hat doch unsere Adresse gar nicht.»

«Das kommt schon in Ordnung. Mach dir keine Sorgen.»

Aber Isabelle machte sich Sorgen. Sie verzehrte sich vor Sehnsucht.

«Ich halte das nicht aus, ich muss nach Florenz.»

«Heute Nachmittag kommt der Arzt, warten wir ab, was er sagt», wiegelte Hélène ab und wischte ihrer Tochter mit einem feuchten Lappen über das blasse Gesicht.

«Ihr habt ihm gesagt, dass er es mir verbieten soll!», wetterte Isabelle, kaum dass Doktor Maloncours aus der Tür war. «Das war doch eure Idee. Ihr wollt nicht, dass ich fahre. Ich bin doch schon fast gesund.»

«Isabelle. Doktor Maloncours hat dir das feuchte Klima verboten. Darüber diskutiere ich nicht mit dir. Du bleibst hier, *compris*», sagte Hélène entschlossen und überließ ihre Tochter ihrer Wut.

«Mon ami, was soll ich bloß machen? Was wird Gianni von mir denken? Ich weiß ja nicht einmal, wo er wohnt. Wie soll ich ihn denn finden?»

Ich musste an die langwierige Suche nach Marlene denken und fragte mich, ob es uns gelingen würde, Gianni wieder zufinden. Wie standen die Chancen?

«Wer denkt denn daran, Adressen auszutauschen, wenn man sich nur für ein paar Tage verabschiedet?»

Sie war verzweifelt, und ich konnte es besser als alle anderen verstehen. Ich kannte Gianni. Ich wusste, dass er der Richtige war. Wie grausam wollte das Schicksal sein? Wollte es mit einer müden Weihnachtslaune zwei Menschen, die zueinandergehörten, einfach so für immer auseinandertreiben?

Als nach zwei Monaten noch immer kein Lebenszeichen von Gianni gekommen war, und alle Briefe an die dreiundzwanzig Familien Bontempelli oder Bomtempelli (Isabelle hatte nie genau gewusst, wie Giannis Nachname lautete) abgeschickt worden waren und außer neun bedauernden Antwortschreiben nichts zurückkam, sah es fast so aus, als habe das Schicksal es so gewollt.

«Habe ich mich so getäuscht, Mon ami?», fragte sie fast jeden Abend. «Sucht er denn nicht nach mir?»

Ich weiß es nicht, aber wir sollten die Hoffnung nicht aufgeben.

Als auch der Sommer vergangen, der Wein gelesen und Isabelle längst wieder gesund war, waren alle Bemühungen ergebnislos geblieben. Gianni blieb wie vom Erdboden verschluckt.

Wie soll ich diese Veränderung beschreiben, die sich über Isabelles Gesicht legte? Sie war so winzig, dass man sie nur bemerkte, wenn man ihre Lachfältchen von den Weinfältchen unterscheiden konnte. Wenn man den Zug um ihren Mund kannte, der Glück oder Unglück anzeigte.

Das Unglück hatte sich um Isabelles Mund gelegt, um ihr Herz und ihre Seele. Daran hätte nur Gianni etwas ändern können, doch er tat es nicht.

7

*J*emand hat den Schlüssel ins Schloss gesteckt. Ich höre
Stimmen, mehr als eine. Eine Frau. Zwei Männer. Es ist
die Schriftstellerin! Endlich.

Sie kommen herein. Ich wünschte, ich könnte besser
sehen.

«Nehmen S' Platz, bitte», sagte die Männerstimme.

«Ich habe bereits genug herumgesessen. Ich würde gerne
einfach meinen Bären abholen und dann vielleicht den nächsten Flieger nach München nehmen.»

Sie hat mich noch nicht aufgegeben! Mir wird ganz schwindelig vor Freude.

«Sie müssen jetzt bitte hier quittieren, dass dieser Teddy Ihr
Eigentum ist.»

«Das habe ich doch nie bestritten.»

«Nein, aber Sie müssen das vor Zeugen tun, sonst können
Sie ja hinterher behaupten, er gehörte gar nicht Ihnen.»

«Und wie der mir gehört. Jetzt habe ich aber wirklich die
Faxen satt.»

«Haubenwaller, bitte, Sie müssen auch unterzeichnen.»

Haubenwaller! Der Mann vom Grenzschutz! Oh, Hoffnungsschimmer am Horizont!

«Hören Sie, Herr Haubenwaller», flüstert die Schriftstellerin
jetzt. «Vielleicht sind Sie ja ein bisschen weniger verbohrt als
Ihr Kollege. Finden Sie diese Angelegenheit nicht auch abso-
lut lächerlich?»

«Na ja», antwortet Haubenwaller. «Nach 9/11 haben alle nach neuen Sicherheitsvorkehrungen geschrien, und jetzt haben wir sie, und dann ist es auch nicht recht.»

«Man kann's auch übertreiben.»

«Wenn Sie bitte den Bären identifizieren würden und dann hier unterschreiben», sagt der Beamte dazwischen. «Sie sind nicht die Einzige, die diese Sache erledigt haben möchte.»

Ihr Gesicht taucht über mir auf. Erleichterung.

Ich bin so froh, dich zu sehen!

«Ja, das ist Henry», sagt sie dann.

Es rauscht in meinen Ohren.

Henry. Sie hat gesagt: «Ja, das ist Henry.» Sie weiß meinen Namen. Sie weiß, wer ich bin. Sie kennt mich. Sie darf nie wieder weggehen. Henry. Ja, das ist Henry. Ich bin Henry. Henry N. Brown. Henry. Nach so vielen Jahren.

Ich würde am liebsten aus der Kiste springen und vor Glück platzen. Da hätten sie dann ihre Explosion.

Der Beamte murmelt etwas Unverständliches, Haubenwaller räuspert sich und die Schriftstellerin fragt:

«Und jetzt?»

«Und jetzt gehen wir hinüber zu unserer Kollegin, die gibt Ihnen vielleicht eine Tasse Kaffee, und wir warten auf das Ergebnis der Untersuchung des verdächtigen Gegenstandes. Anschließend haben Sie entweder einen Haufen Probleme oder Anspruch auf eine Entschädigung – finanziell natürlich.»

«So etwas habe ich wirklich noch nie erlebt», murmelte die Schriftstellerin. «Wirklich, das ist … aber jetzt ziehen wir das auch durch. Eines sage Ihnen allerdings: Sie gehen heute nicht nach Hause, ehe ich meinen Bären zurückhabe.»

«Wollen Sie mir drohen?»

«Bewahre, nein. Wie kommen Sie denn darauf?», fährt sie auf und fügt dann trocken hinzu: «Ich bin Wahrsagerin, wissen Sie.»

«Bitte. Gehen wir», sagt der Beamte, um Fassung bemüht.

Haubenwaller lacht leise, das habe ich genau gehört.

Die Tür quietscht.

Nein! Bleib hier! Bitte, bleib hier!

Sie gehen.

Sie hat mich nicht aufgegeben. Gut. Sie kämpft für mich. Gut. Aber die Gefahr ist nicht gebannt.

Trotzdem tröstet mich ihre Aufsässigkeit. Ja, man lernt, sich mit wenig zufriedenzugeben. Richtig getröstet worden bin ich in meinem ganzen Leben vielleicht zwei- oder dreimal. In der Art: «Oh, armer Doudou, hast du die ganze Nacht allein hier draußen in der Kälte gelegen.» Oder: «Oh, armer Ole, dir fällt ja gleich das Ohr ab.» Aber sonst? Zu mir hat nie jemand gesagt: «Deine Situation ist wirklich schrecklich. Ich verstehe, dass du dich oft furchtbar fühlst, wenn du dich nicht bewegen kannst.» Oder: «Wie unsagbar traurig, dass du deine unendliche Weisheit nicht mit mir teilen kannst. Es muss furchtbar sein, andere Menschen nicht vor Dummheiten bewahren zu können.» Nichts dergleichen.

Aber so ist eben die Rollenverteilung:

Jedes Gefühl, das mir entgegengebracht wird, ist vorbehaltlos und ehrlich.

Jede Liebe ist aufrichtig und tief, solange sie währt, und von mir wird nicht weniger erwartet, als sie widerspruchslos zehnfach zurückzugeben.

Jede Angst, in der man mich drückt, ist so durchdringend wie Furcht nur sein kann. Und von mir wird nicht weniger erwartet, als sie augenblicklich zu lindern und zu trösten.

Mir hat niemand je Theater vorgespielt, niemand hat mir je gefallen wollen, niemand hat mich je belogen.

Man muss schon ein Bär sein, um ehrliche Antworten zu bekommen – aber getröstet wird man nie.

Zum Trost

*I*ch saß mit dem Rücken an den Messingfuß der Tischlampe gelehnt. Über mir erhob sich der gelbe Lampenschirm. Ich hielt Nachtwache.

Die meisten Gäste waren bereits zu Bett gegangen, nur draußen auf der Terrasse saß noch die alte Dame und schaute hinunter auf die Stadt. Tagsüber wie nachts war das ein herrlicher Anblick. Ich konnte verstehen, dass die Menschen hierherkamen, um Frieden zu finden, um dem Alltag zu entfliehen und sich verwöhnen zu lassen.

Es würde ruhig bleiben in dieser Nacht. Wie es eigentlich in jeder Nacht ruhig geblieben war, seit ich die Rezeption der kleinen Pensione Bencistà bewachte.

Signore Simoni hatte mir das Licht angelassen – vielleicht damit ich mich nicht so einsam fühlte, aber sicher auch, damit die Gäste im Dunkeln nicht über Läufer und Teppichränder fielen. Er hatte seinen Rundgang gemacht, hatte routiniert die Türen kontrolliert. Er hatte die Katze nach draußen gescheucht und dem Kanarienvogel Wasser gegeben, hatte den Finger in den Topf des Ficus am Fenster gehalten und geprüft, ob die Erde noch feucht genug war. Dann war er hinter den Rezeptionstisch aus schwerem Mahagoniholz getreten, hatte die Arbeitsfläche frei geräumt und einen prüfenden Blick übe den Schlüsselschrank hinter sich geworfen, wo sich unter kleinen weißen Nummernschildchen jeweils ein Fach für Nachrichten oder Post befand. Alle Fächer waren leer. Dann hatte er die anderen Lichter gelöscht.

«Ja, ja», hatte er gemurmelt. «Dann hätten wir so weit alles.»

Er ging hinaus auf die Terrasse. Ich hörte seine Stimme:

«*Buonasera*, Signora Bartoli, ist alles in Ordnung? Ist Ihnen nicht zu kalt?»

«Oh, Signore Simoni», sagte die alte Dame überrascht. «Nein, ich friere nicht. Es ist alles in Ordnung. Ich werde nur noch ein wenig hier sitzen bleiben.»

«Wie Sie wünschen. Ich lasse ein Licht für Sie an.»

«*Grazie.*»

«*Buonanotte.*»

Dann senkte sich die Stille über das große Haus. Durch die offenen Fenster hörte man die Grillen zirpen. Es war eine laue Nacht, in der kaum ein Wind ging. Der August neigte sich dem Ende zu.

Es passte, dass ich in diesem alten Haus in Fiesole, in diesen Gemäuern, die voller Geschichten steckten, das ruhige Leben eines Hotelteddys führte. Die wilden Zeiten schienen vorbei. Vor einem Monat war ich sechzig Jahre alt geworden. Innerlich hatte ich mir zugeprostet und auf die Schulter geklopft.

Sechzig – ob Alice noch lebte? Sie musste jetzt schon über achtzig sein. War es schon so lange her, dass wir in Bath zusammen auf dem Sessel saßen und über William redeten?

Sechzig – schon ein Grund, ein bisschen nostalgisch zu werden, und nicht gerade ein Alter, in dem man sich wünscht, immer wieder von vorn zu beginnen. Auch nicht als Bär. Man wünscht sich Beständigkeit, Übersichtlichkeit und ein wenig Ruhe, und trotzdem will man nicht zum Altenteil gehören, sondern eine Aufgabe haben.

Ich hatte eine Aufgabe. Sie bestand darin, die Gäste der Pensione Bencistà willkommen zu heißen, ihnen den Empfang so freundlich wie möglich zu gestalten und ihnen ein Lächeln zu entlocken, sobald sie unser Haus betraten. Mir war mit anderen Worten eine wichtige Aufgabe zuteil geworden, die mich einigermaßen darüber hinweggetröstet hatte, dass Isabelle vor inzwischen fünf Jahren endgültig beschlossen hatte, eigene Wege zu gehen – ohne mich.

Es war keine Überraschung gewesen. Wenn ich ehrlich bin, hatte es sich abgezeichnet. Dennoch hatte ich in all jener naiven Bärenhoffnung die Phantasie gehegt, ich könnte bis ans Ende meiner Tage Mon ami Marionnaud sein und Isabelle und ich würden zusammenbleiben, bis dass der Tod uns schied. Doch das hatte sie jemand anderem versprochen, und vielleicht kann so ein Satz auch nur einmal gelten. Ich weiß es nicht.

Isabelle war auf die Barrikaden gegangen, damals, nachdem Gianni aus ihrem Leben verschwunden war. Von Florenz war in ihrer Erinnerung nichts weiter geblieben als ein Scherbenhaufen. Die Lungenentzündung hatte jedoch ihre Spuren hinterlassen: Isabelle bekam Asthma. Doch das hinderte sie nicht daran, jetzt erst richtig Gas zu geben.

Ich war nicht der Einzige, der diese Entwicklung besorgt betrachtete. Auch Jules und Hélène warfen ihrem Nesthäkchen lange Blicke zu, die überflossen vor Sorge und Fürsorge. Doch Isabelle revoltierte. Gegen alles. Dass ich nicht ir

Ungnade fiel, ist einzig und allein dem Umstand zu schulden, dass ich mich nicht äußern konnte – so gesehen endlich mal ein Vorteil dieses ansonsten so nutzlosen Zustandes.

Ein Ruck war durch Isabelle gegangen. Eines Morgens war sie aufgewacht, und aus der Sehnsucht nach Gianni und der Traurigkeit, die um ihren Mund gelegen hatte, war wilde Wut geworden.

Früher als geplant, bereits im Oktober 1967, ging sie zurück nach Paris.

«Ich halte dieses spießbürgerliche Getue hier nicht mehr aus», warf sie ihrer Mutter an den Kopf, die sie verzweifelt ansah.

«Ich verstehe dich nicht. Wir wollen doch nur das Beste für dich!»

«Dann wählt einen anderen Präsidenten! Und sorgt dafür, dass es nie wieder Krieg gibt.»

«Ach, *ma belle*, du weißt genau, was ich meine!»

«Nein. Schluss mit *ma belle*. Ich fahre zurück nach Paris. Maman, ich bin erwachsen, ich weiß, was ich tue. Ich will mein Studium abschließen.»

Hélène schüttelte den Kopf, Jules starrte aus dem Fenster, und sie ließen uns ziehen.

Isabelle kämpfte.

Sie kämpfte gegen die Leere in ihrem Herzen, und es gab genug Mittel, diese Leere zu füllen. Das neue Jahr hielt ausreichend Gelegenheit bereit, seiner Seele Luft zu machen. Die große Revolution der Studenten an der Sorbonne kam Isabelle da gerade recht. Alles, was schon lange in ihr gebrodelt hatte, kochte jetzt über. Sie erkannte, dass sie nicht die einzige Wütende war. Sie stand mit ihrer Meinung nicht allein, Tausende andere waren ebenfalls bereit, gegen verknöcherte Strukturen und für mehr Freiheit auf die Straße zu gehen. Man konnte Parolen schreien, Pflastersteine werfen, demonstrieren und debattieren. Sie tat all das mit Leidenschaft.

Ob ich das gut fand? Was soll ich sagen? Ich saß in unserem Zimmerchen über der Papeterie in der Rue Racine, unweit der Place d'Odéon, und schaute ängstlich aus dem Fenster. Ich sah, wie Studenten aus Pflastersteinen und gefällten Bäumen Straßenbarrikaden errichteten und dafür von der Polizei mit Tränengas bestraft wurden. Ich sah, wie sie Autos anzündeten und Plakate an die Wände klebten und von Hundertschaften der Gendarmerie verfolgt wurden. Sie wollten sich ihren Willen nicht von der Obrigkeit brechen lassen.

Kann man das als friedliebender, einfacher Bär gut finden?

In diesen Tagen lag etwas Unbändiges in der Luft. Der Wille, sich aufzulehnen. Ich wusste nicht, woher das kam. Ich kannte die Zusammenhänge nicht und verstand nichts von der herrschenden Politik, doch ich spürte, dass die jungen Leute dabei waren, ihre Realität selbst zu bestimmen.

Um mich herum flogen die Schlagworte wie Kanonenkugeln, von den Häuserwänden hallten sie zu mir herauf. Revolution, Freiheit, Gemeinsamkeit, Kapitalismus, Anarchismus, Vietnam, Staatsmacht, links, rechts, Mao, Che. Alles Wörter, die die Menschen aufstachelten, sie aufrührerisch stimmten und sie die Fäuste ballen ließen.

Es machte wenig Sinn, sich nach den alten Zeiten zu sehnen, in denen Isabelle mich im Fahrradkorb durch die frische Mailuft gefahren hatte, nichts anderes im Sinn, als zu spielen.

Sie lud ihre Freundinnen auch nicht mehr zum Musikhören zu sich nach Hause ein, sondern um Transparente zu fertigen. Die Zeiten hatten sich geändert und wir uns mit ihnen.

«Hast du die Kundgebung gehört?», fragte Isabelle, während sie in roter Farbe *Unter dem Pflaster liegt der Strand* auf ein altes Betttuch malte.

«Natürlich. Dany le Rouge war phantastisch. Er bringt die Dinge immer auf den Punkt.»

«Ich fand es toll, wie er gesagt hat, dass wir den Bruch zwischen marxistischer Theorie und kommunistischer Praxis aufheben wollen», schwärmte Isabelle. «Besser kann man es nicht ausdrücken.»

«Genau. Ich finde es ungerecht, dass die Spießer ihn als Aufwiegler bezeichnen. Das hat doch alles Hand und Fuß», sagte die rothaarige Céline. Sie breitete unser einziges Tischtuch vor sich aus und fragte dann:

«Soll ich *Seid Realisten, verlangt das Unmögliche* schreiben, oder lieber *Es gibt keine Kunst, die Kunst bist du!?*»

«Lieber das mit den Realisten», antwortete Isabelle. «Das ist griffiger.»

Céline machte sich ans Werk.

Ich gebe zu, diese Parole gefiel mir auch. Unter diesem Gesichtspunkt bin ich bis heute Realist geblieben. Ich habe mich nie zufriedengegeben, sondern zumindest auf das Unmögliche gehofft, auch wenn es nur selten gefruchtet hat.

Isabelle war in diesen wilden Maiwochen nur selten zu Hause, manchmal kam sie, um sich einen Pullover zu holen oder um ihre Weste mit Fellbesatz gegen den Wollmantel auszutauschen, weil die Luft doch noch kühl war und ihr das Asthma mehr zusetzte als je. Sie hustete und rauchte, und ich sah zu, wie sie immer blasser und müder wurde. Doch ich bemerkte auch, dass die Traurigkeit verschwand. Es half ihr zu kämpfen. Es hatte ihr schon immer geholfen.

Als Ende Mai die Straßenschlachten vorüber waren, als der

Generalstreik aufgehoben war, wir schon längst wieder Strom hatten und im Radio die Nachricht kam, dass de Gaulle Neuwahlen ankündigte – was auch immer das für Folgen haben mochte –, kam auch Isabelle langsam wieder zur Ruhe. Der Sturm hatte sich gelegt, doch ihr Herz blieb verschlossen. Kein Einlass – für niemanden.

Es dauerte noch weitere zwei Jahre, bis ich den Satz «Mon ami, ich glaube, ich bin verliebt», wieder hörte. Zwei Jahre, in denen Isabelle ansonsten jedoch keinem Abenteuer aus dem Weg ging und das Leben fast mit Gewalt herausforderte. Sie ließ sich die Haare wachsen, trug bunte Schlaghosen und experimentierte mit merkwürdigen Substanzen herum, von denen sie entweder unerträglich fröhlich oder schrecklich niedergeschlagen wurde. Sie probierte alles aus. Nur von Männern hielt sie sich fern.

Ich saß auf dem Fensterbrett und beobachtete das Geschehen. Mit wachsendem Argwohn. Was war aus meiner kleinen Isabelle geworden? Aus der Heldin im Feuer, aus dem willensstarken Mädchen, aus der jungen Frau, die so entschlossen war, die Liebe zu finden?

«Weißt du, Mon ami», nuschelte sie mir einmal ins Ohr, nachdem sie eine Reihe selbstgebackene braune Kekse vertilgt hatte, «ich verstehe nicht, was das mit der freien Liebe überhaupt soll. Alle schreien nach freier Liebe. Ich brauche keine freie Liebe. Ich habe keine Liebe. Liebe ist was für Idealisten und Idioten. Wo ist denn die Liebe? Es gibt sie gar nicht. Ich weiß das, vertrau mir. Genau.»

Dann schlief sie ein.

Als sie zwei Tage später endlich wieder richtig wach war, quälte sie sich aus dem Bett. Nachdem sie zehn Minuten auf ihrem

Matratzenlager gesessen und ins Leere gestarrt hätte, erhob sie sich mühsam und ging unter die Dusche. Sie duschte lange. Dann stand sie mit dem Handtuch um die Brust geschlungen mitten im Zimmer, sah sich um und sagte laut:

«Jetzt ist aber Schluss.»

Sie hörte sich fast an wie Hélène.

Eine Weile später zogen wir nach Rom. Oder flohen wir? Ich weiß es nicht. Ich muss wohl kaum erwähnen, dass es gegen den Willen ihrer Eltern geschah, die noch lebhaft in Erinnerung hatten, wie der letzte Italienaufenthalt zu Ende gegangen war.

Isabelle lernte Italienisch, verfolgte ihr Studium mit eisernem Willen und meldete sich zum Examen. Mit zwei anderen Studentinnen teilten wir uns eine Wohnung in der Via Claudia, die Isabelle nur genommen hatte, weil sie vom Balkon aus (wenn sie sich streckte und auf Zehenspitzen stellte) das Kolosseum sehen konnte. Über ihr Bett hängte sie ein Fünfziger-Jahre-Poster, das ein Paar auf einem Motorroller zeigte.

Langsam erkannte ich ein wenig von der alten Isabelle wieder. Sie versuchte nicht mehr, jemand anders zu sein, sie vergrub sich nicht mehr in einem dunklen Zimmer und in dunkler Musik. Und sie stand nach wie vor zu mir.

«Das ist Mon ami», stellte sie mich Francesca und Madeleine vor, als wir eingezogen waren. Die beiden Mitbewohnerinnen standen in Isabelles Zimmer und schauten mich zweifelnd an. Madeleine kicherte.

«Er gehört zu mir. Es gibt keinen Grund, sich darüber lustig zu machen», sagte Isabelle streng und fuhr ohne Umschweife fort: «Wenn ihr mir jetzt bitte die Hausordnung erklären würdet, oder kann hier jeder machen, was er will?»

Ich musste lachen. Madeleine verstummte, und Francesca sagte:

«Wir kaufen reihum Milch, Kaffee und Brot ein. Geputzt wird einmal die Woche, Studieren nur im Notfall, Sex nur bei verschlossener Tür, Drogen nur gemeinsam, noch Fragen?»

Für eine Sekunde schien Isabelle verunsichert, dann fing Madeleine wieder an zu kichern.

«Alles klar», sagte Isabelle. «Erinnert mich daran, wenn ich vergesse, die Tür zuzumachen.»

Soweit ich es beurteilen kann, führten die drei Mädchen ein unbeschwertes Leben, dessen einziges Problem darin bestand, dass alle drei ständig knapp bei Kasse waren. Isabelle löste dieses Dilemma, indem sie sich einen Job im Museum suchte. Francesca suchte sich lieber Freunde, die sie aushielten, und hatte daher tatsächlich nur selten Mangel an Essenseinladungen. Manche der jungen Männer brachte sie mit nach Hause, dann war es etwas ernster. Madeleine machte es sich einfach und verschlief ganze Tage, wodurch sie kaum dazu kam, Geld auszugeben.

Nachdem mich Isabelle so nachdrücklich eingeführt hatte durfte ich in der Küche am Leben teilnehmen. Das fand ich natürlich sehr schön, denn ich hatte lange genug in Isabelles Zimmer in Paris gesessen und freute mich über die Abwechslung. Das Einzige, was mich störte, war der oft zum Schneiden dicke Zigarettenrauch, der in dicken blauen Schwaden durch die Küche zog und sich zielbewusst in meinem Fell einnistete. Als die Beatles sich trennten, rauchten die drei nicht nur wie die Schlote, sondern betranken sich auch noch. Der Abend endete eher unappetitlich. Es verwunderte mich immer wieder wie die Menschen in schweren Momenten zur Schnapsflasche griffen. Es schien nicht jedem gleichermaßen zu bekommen. Ich wünschte dennoch, ich könnte das auch einmal ausprobieren, anstatt immer alles ohne Hilfsmittel auszuhalten.

Ich saß im Regal an die fast immer leere Haushaltskasse gelehnt, die sich in einer alten Kaffeedose befand, und lauschte den Gesprächen, zufrieden, manchmal ein bisschen einsam, aber immer mit einem guten Überblick. Deshalb sah ich ihn auch zuerst.

Es war im Juni 1970, ein heißer Donnerstag, das weiß ich noch genau. Isabelle hatte morgens die Fensterläden geschlossen, damit sich die Wohnung nicht so sehr aufheizte, die hohen Räume blieben auf diese Weise lange angenehm kühl. Durch die Schlitze in den Blenden fiel in schmalen Streifen die Sonne herein und verursachte ein schläfriges Zwielicht. Von draußen war ab und zu eine Hupe zu hören, eine weit entfernte Polizeisirene, sonst herrschte nachmittägliche Stille. Madeleine hatte sich zur Siesta in ihr Zimmer verzogen, und Isabelle war im Museum, als ich die Eingangstür aufgehen hörte. Ein Schlüssel klimperte. Dann vernahm ich Francescas Stimme, die sagte:

«Hereinspaziert. Hier wohnen wir.»

Sie brachte neuen Besuch mit! Das war eine willkommene Unterbrechung an diesem trägen Nachmittag.

«Schöne Wohnung», sagte eine Männerstimme.

Ich erstarrte.

«Netter Besuch», erwiderte Francesca.

Ich sperrte die Ohren auf, um mehr zu hören, doch sie schwiegen. Francescas Tasche plumpste auf den Boden, dann Schritte.

Ich wartete mit bebendem Herzen auf die Gestalt, die jeden Moment zur Küchentür hereinkommen würde.

Er war es. Gianni. Ich hatte seine Stimme sofort erkannt.

«Kaffee?», fragte Francesca und bot ihm mit einer Geste an, sich zu setzen.

«Gern.»

«Zucker?»

Kein Zucker. Zwei Tropfen Milch.

«Kein Zucker. Aber wenn du Milch hast, nehme ich gern zwei Tropfen.»

«Zwei Tropfen?», fragte sie und lachte.

«Ja.» Er lächelte sie an.

Ich wusste vor Freude kaum, was ich denken sollte. Wir hatten Gianni wiedergefunden! Er war hier, bei uns zu Hause. Isabelle würde außer sich sein vor Glück! Ich fragte mich, wie Francesca ihn ausfindig gemacht hatte, nachdem so viele Versuche Isabelles gescheitert waren.

Ich betrachtete ihn. Er hatte sich kaum verändert. Sein Haar war noch etwas länger geworden und hing nicht nur in die Stirn, sondern hinten fast bis auf die Schultern. Man mag mich spießig nennen, aber ich war ganz Hélènes Meinung, die vehement dagegen war, dass Männer lange Haare hatten. Aber das ist ein anderes Thema. Gianni hatte noch immer dieselbe schwarze Brille. Er trug eine schwarze Cordhose mit ausgestellten Beinen und ein blaues Hemd mit langen Kragenspitzen. Wenn man Isabelle und den anderen Mädchen Glauben schenken durfte, war das jetzt modern. Ich konnte mir auf Kleidungsstile schon lange keinen Reim mehr machen. Wenn ich daran dachte, wie Leo und Lilli damals gekleidet waren oder Alice – das hatte mit dieser Art, sich anzuziehen fast nichts mehr gemein.

Francesca schraubte die Caffètiere zu und stellte sie auf den Gasherd. Es knackte ein paar Mal, als sie den Knopf betätigte dann rauschten die blauen Flammen hervor. Sie trat hinter Giannis Stuhl, und im Halbdunkeln sah ich, wie sie die Hand in seinen Nacken legte. Ihre Finger fuhren durch seine kleinen Locken. Sie hauchte ihm von hinten einen Kuss aufs Ohr.

Was machst du denn da?

«Du bist ein merkwürdiger Kerl», hörte ich sie flüstern.

He, das kann dir doch egal sein! Das ist Isabelles Mann! Finger weg!

Wie naiv ich gewesen war! Francesca hatte ihn keineswegs aus Edelmut hierhergebracht. Gianni war eine ihrer Eroberungen. Mir wurde heiß und kalt.

Gianni erhob sich und stellte sich vor sie. Er strich ihr eine Strähne aus der Stirn.

Moment mal!

«Wohnst du allein hier?», fragte er.

«Nein», antwortete sie und ging zum Herd, wo der Kaffee bereits leise blubberte. «Ich teile mir die Wohnung mit zwei anderen Mädchen.»

Er sah sich in der Küche um, berührte mit leichter Hand die vertrockneten Blumen in der Vase und kam zum Regal.

Er sah mich an.

Ich bin's!

Giannis Mund öffnete sich langsam. Seine Augen wurden größer, dunkler. Er warf einen schnellen Blick über die Schulter zu Francesca, doch die war mit den Tassen beschäftigt.

Sieh mich an, Gianni! Ich bin's, Henry Mon Ami Marionnaud. Du kennst mich.

Er hob die Hand und griff nach mir. Die Bücher, die sich von links an mich lehnten, rutschten polternd gegen die Kaffeedosenhaushaltskasse.

Francesca sah auf, Gianni starrte mich an. Sein Daumen

fuhr prüfend über meinen Bauch, den Trostpunkt, er befühlte mein Ohr.

Ja. Ich bin's, ich bin's. Sag, dass du mich kennst!

«Ach, der alte Bär», sagte Francesca leichthin. «Der passt auf unser nicht vorhandenes Geld auf.»

«Hat er einen Namen?», fragte Gianni leise, während sein Daumen pausenlos weiter über meinen Bauch rieb.

«Er gehört mir nicht. Aber Isabelle nennt ihn Mon ami.»

«Ah», sagte Gianni, und ich sah, wie hinter seiner Stirn ganze Gedankenwelten bebten.

Mehr hast du dazu nicht zu sagen?

«Kaffee ist fertig», sagte Francesca.

Gianni nickte. Er warf einen Blick auf seine Armbanduhr. Dann schlug er sich mit der flachen Hand vor die Stirn und sagte:

«Ich habe ganz vergessen, dass ich noch eine wichtige Verabredung habe. Entschuldige. Ich muss los. Wir sehen uns, ja?»

Gianni, du bist ein schlechter Schauspieler!

Er war völlig verwirrt, als er mich auf den Tisch setzte. Aus dem Flur rief er noch «Mach's gut!», dann floh er aus der Wohnung.

Francesca sah ihm überrumpelt nach, setzte sich an den Tisch und betrachtete mich.

«Versteh einer die Männer», sagte sie und nahm einen Schluck Kaffee.

Ich weiß nicht, wie er es anstellte. Vielleicht lauerte er ihr auf, vielleicht ließ er es wie eine zufällige Begegnung erscheinen, vielleicht bat er Francesca darum, ein Treffen zu vermitteln. Ich weiß es nicht. Eines aber weiß ich sicher: Isabelle erfuhr nicht, dass Gianni bei uns zu Hause gewesen war und mich wiedererkannt hatte, weder von ihm noch von Francesca. Sie glaubte an Schicksal und Fügung und an weiß der Himmel was sonst noch, als sie zwei Wochen später wieder in Giannis Armen lag. Sollte sie es ruhig glauben. Irgendwie stimmte es ja auch.

Als ich schon befürchtete, er würde nie wiederkommen, hätte vor der Vergangenheit, vor den dreieinhalb Jahren, die seit Florenz vergangen waren, vor dem Schweigen dieser Zeit endgültig die Flucht ergriffen, kam Isabelle doch noch mit ihm im Schlepptau zur Tür herein. Und am Abend flüsterte sie mir endlich wieder die lang vermissten Worte ins Ohr.

Es war ein Sommer, in dem der Himmel voll Geigen hing, die Vögel sangen Liebeslieder von den Dächern, Rom erblühte rosarot, und wir waren alle drei unendlich glücklich. Und ich gebe zu, ich war unglaublich stolz, klammheimlich die entscheidenden Fäden gezogen zu haben, ohne dass es jemand bemerkt hatte. Ich war eben Isabelles bester Freund. So einfach war das.

Damals wusste ich nicht, dass dies die letzte große Tat sein sollte, die ich für sie vollbrachte. Aber es war die entscheidende. Sie veränderte Isabelles Leben. Heute tröste ich mich damit, dass Isabelle mich niemals vergessen wird, auch wenn sich unsere Wege trennten. Und auch Gianni wird sich immer an das Gefühl erinnern, das in seiner Brust tobte, als er mich erkannte, damals in der kleinen Küche in der Via Claudia. Niemand, der geliebt wurde, wird vergessen, auch nicht ein Bär.

Der Rest ist schnell erzählt. Sie heirateten in einer kleinen Kirche in Rom, Isabelle war die schönste Braut der Welt, die strahlendste (auch wenn sie vor lauter Aufregung auf die

Frage des Priesters «*Nella salute come nella malattia fino a che morte non vi separi?*» «Wie bitte?» und nicht «*Lo voglio!*» antwortete, wie später immer wieder unter Lachtränen erzählt wurde), und Gianni war der glücklichste Bräutigam der Welt. Bis heute bedaure ich, dass ich die Trauungszeremonie verpasst habe, doch Hélène, die mich mit den Jahren nicht lieber mochte, hatte sich durchgesetzt, und ich musste zu Hause bleiben. Es wäre die einzige Gelegenheit in meinem Leben gewesen, an einer Hochzeit teilzunehmen, die einzige. Und die wichtigste. Aber es war mir nicht vergönnt.

«Irgendwann musst du wirklich erwachsen werden, *ma belle*», hatte Hélène gesagt und mich vom Schminktisch genommen, den Brautschleier zurechtgezupft und die Locken ihrer Tochter in die richtige Form gebracht.

«Dass du immer noch so an diesem alten Bären hängst!»

Dann rief sie in den Flur: «Wir sind fertig!», und Jules kam herein, um seine Tochter abzuholen. Er tupfte sich eine Träne aus dem Augenwinkel und führte sein Nesthäkchen am Arm hinaus. Ich sah ihnen hinterher und war mindestens so stolz und noch viel gerührter als er. Die Liebe in meiner Brust glühte.

Wir zogen in eine riesige Wohnung in der Via Pompeo Magno, unweit des Vatikans. Dort lebte Giannis uralte Großmutter Chiara, die aber von allen nur Nonna gerufen wurde (aber auch das ließen sie bald, denn Nonna Chiara hörte immer schlechter). Zur Hochzeit verließ sie das Haus zum letzten Mal.

«Was soll ich draußen? Es ist heiß und stickig, und die Autos würden mich überfahren. Vielleicht würde ich ausgeraubt. Nein, ich bin zu alt», sagte sie später und setzte sich auf die Häkeldecke auf ihrem Sofa, schaltete den Fernseher in voller Lautstärke an und war zufrieden. Morgens goss sie im Schneckentempo die Blumen, mittags überwachte sie die Produktion der Pasta («O Isabelle, mein Mädchen, du musst noch viel lernen!»), nachmittags hielt sie ein Nickerchen und schnarchte laut dabei, abends trank sie ein Gläschen Tokajer und ging nach den Spätnachrichten auf Rai Uno ins Bett. Wir hatten einen geregelten Tagesablauf.

Bis auf die Zeit der Schwangerschaft, in der sich Isabelles Verhältnis zu mir noch einmal intensivierte, weil ihr so entsetzlich elend war und sie altvertrauten Trost benötigte, wurde Nonna Chiara meine beste Gesellschafterin. Als dann die kleine Giulia geboren wurde, versuchte Isabelle, mich als Stofftier Nummer eins in der Wiege zu etablieren, doch das samtweiche Kuschelschaf, das ausgerechnet Hélène zur Geburt schickte, wurde von der feinen Signorina Bontempelli vorgezogen.

Ich gab alles, doch ich blieb erfolglos. Aus Gewohnheit wurde ich noch ein paar Jahre hierhin und dorthin mitgeschleppt, aber es war nicht zu übersehen, dass Isabelle endgültig andere Prioritäten setzte. Es gab Wichtigeres in ihrem Leben, und sie hatte einen anderen besten Freund gefunden. Langsam, aber sicher wurde aus Mon ami Marionnaud wieder ein Gegenstand. Ich verlor an Bedeutung, nicht auf einmal, sondern leise schleichend.

976, als die kleine Prinzessin Giulia drei Jahre alt war, fuhren wir aus Gründen der Nostalgie zunächst nach Florenz und dann weiter nach Fiesole. Sie buchten ein Zimmer in der verwunschenen Pensione Bencistà – Isabelle hatte schon immer eine romantische Ader gehabt.

Abends im Bett, als Giulia friedlich schlief, kuschelte Isabelle sich an Gianni und holte ein Buch aus ihrer Handtasche. «Ich lese dir etwas vor», sagte sie und küsste ihn auf die Wange, dann schlug sie eine Seite auf und sprach:

«Als er sie kommen hörte, drehte George sich um. Einen Moment ließ er versonnen den Blick auf ihr ruhen, gleichsam als wäre sie vom Himmel gefallen. Er sah strahlende Freude in ihrem Gesicht, er sah die Blüten in blauen Wogen ihr Kleid umfließen. Die Sträucher über ihnen schlossen sich. Rasch trat er vor und küsste sie.»

Sie verstummte.

«*Courage*», sagte Gianni leise. «*Courage and love.*»

Courage and love. Daran hatte sich nichts geändert. Das verband sie.

Alles war gut, so gut wie noch nie.

Am nächsten Morgen fuhren sie ohne mich ab.

Isabelle kam nicht zurück, um mich zu holen.

Nach drei Tagen bangen Hoffens und Wartens sah ich ein, dass ein neuer Lebensabschnitt vor mir lag. Da hatte ich bereits zwei Nächte an der Rezeption verbracht. Signora Simoni hatte nicht lange gezögert und mich gleich nachdem sie mich auf dem Louis-XV.-Sessel gefunden hatte dorthin gesetzt.

Ich habe viele Menschen kommen und gehen sehen. In meinem Leben, vor allem aber in der Pensione Bencistà.

Die meisten unserer Gäste kamen aus England, Schottland und Amerika. Viele von ihnen waren auf der Suche nach einem stillen Winkel dieser Welt. Nach Ruhe und Gelassenheit. Vor beidem gab es hier reichlich.

Signore und Signora Simoni waren ein Paar nach meinem Gusto. Er war ein hochgewachsener Mann mit einer großen

Nase und strapazierfähigem Gemüt, sie war eine kleine rundliche Frau mit hohem Durchsetzungsvermögen. Doch nicht selten gab ein Wort das andere, und wie es für die Italiener üblich war, ging es dabei nicht gerade leise zu. Sobald aber ein Gast in der Nähe war, versuchten sie sich gegenseitig dabei zu übertreffen, ihn zu verwöhnen.

Signore Simoni liebte es, Geschichten über das Haus zu erzählen.

«Dieses Gemäuer kennt unendlich viele Geschichten», hörte ich ihn oft sagen. «Es ist ein uraltes Haus, wissen Sie. Schon die Medici hatte hier ihre Finger im Spiel. Nur die edelsten Leute haben im fünfzehnten und sechzehnten Jahrhundert hier gelebt. Und was in den hundertfünfzig Jahren passiert ist, als sich die Nonnen von Sant'Anna al Prato hier verlustiert haben …» Er wedelte vielsagend mit der Hand und grinste verschlagen.

Ich liebte es, ihn erzählen zu hören. Ich liebte das geschäftige Geklapper aus der Küche und Signora Simonis fröhlichen Gesang. Ich mochte es, wenn der laue Sommerwind durch die offen stehende Haustür wehte, wenn einer der Hunde schnüffelnd hereinkam, die Nase hob und wieder ging. Ich mochte die Geräusche, die von der Terrasse heraufdrangen, Geräusche friedlichen Genießens, ab und zu unterbrochen von entzückten Ausrufen, wie schön der Blick sei, wie traumhaft die Aussicht, wie unglaublich das Panorama. Es war wirklich ein traumhafter Blick über die Stadt, die runde Kuppel des Doms, darum herum die roten verschachtelten Dächer und gelben Gemäuer der Florentiner Häuser. Ein großer Garten mit einer Pergola aus zartlila Flieder erstreckte sich unterhalb der Gebäude. Es gibt wahrlich schlechtere Orte für einen in die Jahre gekommenen Bären.

Niemand zog und zerrte an mir, niemand wollte getröstet werden. Ich war schon unzufriedener gewesen.

Aber meine Odyssee war noch nicht zu Ende. Es war noch nicht an der Zeit, den Dienst zu quittieren, und das bestimmte niemand Geringerer als Signora Simoni, die mich eines Tages einfach weiterverschenkte.

Kaum ein Gast übersah mich. Fast jeder hatte ein gutes Wort für mich, sah mich an und war bereits freudig gestimmt, noch ehe die Koffer ausgepackt waren.

Einmal betrat ein altes Ehepaar, das aus Massachusetts in Amerika angereist war (ich hörte an ihrem Akzent, dass sie Amerikaner waren), die Halle. Signore Simoni sah auf, um die Gäste zu begrüßen, doch sie standen einfach nur da und sahen mich an. Die alte Frau stützte sich auf einen Stock, ihr Kopf wackelte beständig leicht hin und her. Ihre violetten Haare waren toupiert.

«Erinnerst du dich an Davids Teddy, Honey?», fragte sie.

«Ja», antwortete er. «Wie hieß er noch gleich?»

«Er hieß Hobster.»

«Das ist lange her.»

«Ja, Honey, das ist lange her.»

«Was wohl aus dem Bären geworden ist? Haben wir ihn weg geworfen?», sagte er.

«Nein, das glaube ich nicht.»

«Nein, wahrscheinlich hast du recht.»

«Aber dieser hier ist auch schön.»

Sie nickte, fasste mir kurz an den Fuß und wandte sich dann abrupt an Signore Simoni, lächelte geübt und rief aus:

«Was für ein entzückendes Fleckchen Erde! *Beau-ti-ful!*»

Ich hatte dem Dialog ergriffen gelauscht. Vielleicht würde

Fritzi Rosner auch eines Tages so vor einem Schaufenster stehen und sagen:

«So einen hatten wir auch einmal, damals in den Fünfzigern.»

Auch an mich würde man sich erinnern. Und vielleicht würden sie auch ein wenig nachdenklich werden, so wie diese alten Leute.

Andere Gäste sagten nur Dinge wie: «Na, passt du auf, dass nichts passiert?» Oder: «Was für ein netter Bär, der ist aber schon alt, nicht wahr?» Oder: «Na, bist du der Bruder von Pu?»

Ich übte mich in Zurückhaltung, lernte, den einzelnen Kommentaren nicht zu viel Gewicht beizumessen. Ich wurde Beobachter und bekam viel von der Welt zu sehen. Ja, ich würde sogar wagen zu behaupten, dass ich in diesen Jahren, die ich neben der Messinglampe verbrachte, die Welt am besten kennenlernte.

Ich sah kleine Damen mit großen Gesten und einem kleinen Hündchen unter dem Arm; vornehme Herren mit lächerlichem Gehabe und glitzernder Geldklammer (in der sich unter vier oder fünf Scheinen blankes Papier versteckte). Ich sah Frauen mit dürren Händen und schlaflosem Blick, Männer mit Zuckungen im Augenwinkel und großem Durst. Ich machte die Bekanntschaft von alten Leuten, die einander mit Leidenschaft ansahen, und von jungen Leuten, die einander unsicher an den Händen hielten. Ich lernte graue Mäuse und Paradiesvögel kennen; eine Künstlerin, die jeden Morgen zum Frühstück vier Eier und eine Tomate aß, einen Schriftsteller, der nur mit Blick auf den Sonnenuntergang schreiben konnte, und einen anderen, der einen ungemütlichen Stuhl brauchte; eine gebrochene Tänzerin mit schmerzverzerrtem Gesicht, einen englischen Witwer, der sich in unsere Köchin verliebte und sie kurzerhand mit nach Brighton nahm, sowie eine australische Millionärin, die einen geeigneten Erben suchte.

Bald schon spielte ich im Stillen mein eigenes kleines Ratespiel, denn ich hatte herausgefunden, dass man Menschen ansehen konnte, wo sie herkamen. Nicht immer, aber doch mit erheblicher Treffsicherheit konnte ich bestimmen, woher unsere Gäste stammten: Amerikanische Frisuren waren meist hochtoupiert und mit Haarspray festzementiert. Italienerinnen trugen riesige Sonnenbrillen. Engländer trugen Tweedjacketts und Franzosen weiße Hemden mit offenem Kragen. Schwedinnen hatten blonde Zöpfe, spanische Männer ölten ihr Haar ein und ließen ihre Frau im Auto warten, deutsche Männer hingegen schickten ihre Frau voraus und warteten selbst im Wagen. Dänen waren bescheiden und Holländer braun gebrannt. Die Schweizer – ja, wie waren die Schweizer? Ich würde sagen, sie waren am meisten sie selbst.

Es war im Jahr 1981, als die Familie Hofmann in der Pensione Bencistà Quartier bezog, und ich konnte beim besten Willen nicht sagen, woher sie stammten. Sie sahen ein bisschen deutsch aus, waren aber zu mondän. Sie sahen ein wenig italienisch aus, waren aber zu beherrscht. Sie sahen ein wenig skandinavisch aus, waren jedoch zu langsam. Aber egal, woher sie kamen, eines war sofort klar. In dieser Familie hing der Haussegen mehr als schief.

«Guten Tag, wir haben reserviert», sagte die Frau.

«Auf den Namen Hofmann», sagte der Mann. «Mit einem f.»

«*Buongiorno, Signori*, herzlich willkommen, einen Moment bitte, ich bin gleich für Sie da», sagte Signore Simoni und verschwand.

«Das hatte ich mir aber ganz anders vorgestellt», sagte die Frau und sah ihren Mann herausfordernd an.

Jetzt wusste ich, dass sie aus der Schweiz kamen. Sie sprach eine Art Deutsch mit eigentümlichem Singsang, der immer wieder von kratzenden Halsgeräuschen unterbrochen wurde.

«Wir wollten doch etwas Modernes», fuhr sie fort.

«Ich dachte, es wäre doch schön, wenn wir es auch mal ein bisschen ruhig hätten», erwiderte er.

Ruhig ist es hier. Zumindest war es hier ruhig, bis ihr kamt.

«Ruhig. Laura wird sich zu Tode langweilen und mir den letzten Nerv rauben.»

«Warum sind wir überhaupt gefahren, wenn du alles so negativ siehst?»

«Ich wollte mit meiner Familie Urlaub machen, willst du mir das vorwerfen?»

«Du willst dein schlechtes Gewissen beruhigen. Wegen Laura. Sonst nichts.»

«Also, wer sieht denn alles so negativ?»

«Hör auf jetzt, nicht vor den Leuten.»

«Hier ist niemand.»

«Du kannst dir ja die Zimmer zeigen lassen. Wenn es dir nicht gefällt, gehen wir woandershin. Ich warte draußen.»

Er drehte sich um und verschwand.

Oje. Das sah nach Ärger aus.

«Was ist das hier – ein Wartezimmer?», rief die Frau und machte so ihrer Wut Luft.

«*No, Signora,* es ist eine mit *amore* geführte Pension. Wenn Sie mir folgen wollen. Wir haben das schönste Zimmer für Sie. Wo ist denn Ihr Mann?»

«Der kommt gleich. Wir gehen voraus.»

Ich sah, wie Signore Simoni ihr einen kurzen fragenden Blick zuwarf, dann führte er sie ins Nebengebäude.

Ein Mädchen tauchte in der Türöffnung auf. Vorsichtig steckte sie den Kopf herein, beugte sich dann zu Kater Neronimo hinunter, der ihr um die Beine strich. Sie streichelte ihm über den Kopf.

Katzen. Erst biedern sie sich an, und dann werden sie auch noch gestreichelt. Verdient haben sie es nicht. Ich sah skeptisch zu ihr hinüber.

«Mama?», rief das Mädchen. «Mama?»

Sie kam an die Rezeption, spähte über die Theke und ließ die Hand über das dunkle Holz wandern, bis sie mein Bein erreichte. Sie zog mich zu sich herunter und schaute mich prüfend an.

«*Come si chiama?*», fragte sie in angestrengtem Italienisch.

Wie hieß ich eigentlich? Ich war so lange Mon ami Marionnaud gewesen, dass Henry fast in Vergessenheit geraten war. Seit ich hier saß, hatte sich niemand die Mühe gemacht, mir einen Namen zu geben. Ich war da, das genügte.

«Paolo», hörte ich da die Stimme der Signora.

Paolo? Na ja. Das war weder besser noch schlechter als all die anderen Namen, die ich in den vergangenen sechzig Jahren geführt hatte.

Das Mädchen ließ mich vor Schreck fallen. Ich kann sie verstehen. Die Signora hatte ein Talent, plötzlich wie aus dem Nichts aufzutauchen. Das Mädchen drehte sich um und rannte hinaus.

«*Aspetta*», rief die Signora. «Wie heißt du denn?»

«Laura», rief das Mädchen und verschwand ins Freie.

Laura wählte mich als Freund, weil Neronimo zu unzuverlässig war, davon bin ich heute überzeugt. Und sie brauchte dringend einen Freund, der immer für sie da war, denn ihre Eltern waren, mit Verlaub, nicht zum Aushalten. Und das lag nicht daran, dass sie Schweizer waren, sondern daran, dass sie ununterbrochen stritten. Es war kein lautes Geschrei wie bei Michel und Marilou Marionnaud. Es gab keine Schläge wie bei den Brioches. Es waren kleine Sätze, manchmal nur Worte, die wie Pfeile direkt ins Herz des anderen zielten. Sätze wie:

«Was habe ich auch anderes von dir erwartet?»

«Typisch.»

«Wenn du meinst.»

«Dann geh doch.»

Noch schlimmer als die Pfeile aber war das Schweigen, das sie umgab wie eine Eiszeit. Sie strahlten eine solche Kälte aus, dass andere Gäste der Pension eine Gänsehaut bekamen, wenn sie in ihrer Nähe saßen. Das sagte jedenfalls die Signora, als sie kopfschüttelnd neben ihrem Mann stand und die drei Problemfälle beobachtete. Es war unmöglich zu übersehen, was sich zwischen Claire und Bernard Hofmann abspielte, und keinem entging, dass sie Laura als Alibi für eine heile Familie wie einen Schild vor sich herschoben.

Die Schönheit des Ausblicks, die Ruhe des Ortes und die Freundlichkeit der Simonis konnte die Hofmanns nicht beeindrucken. Als glaubten sie, man würde sich besser fühlen, wenn der andere sich schlechter fühlte, schoben sie sich den Schwarzen Peter hin und her. Es war wie dieses erbitterte Tennismatch zwischen John McEnroe und Bjørn Borg, das die Simonis am Fernseher verfolgt hatten: Mit enormer Schlagkraft wurde der Ball hin- und hergespielt. Keiner gab einen unnötigen Punkt verloren.

«Laura, schau, Papa und ich müssen noch etwas besprechen», sagte Mama Claire am zweiten Morgen. «Kannst du nicht ein wenig hinausgehen und spielen?»

«Ich dachte, wir machen Urlaub», maulte Laura.

«Ja, heute Nachmittag gehen wir ins Museum, versprochen», antwortete die Mutter.

«Urlaub, Mama. Ich will nicht ins Museum. Ich will schwimmen gehen.»

«Das sehen wir nachher, ja? Jetzt gib uns eine Stunde Zeit.»

«Für mich habt ihr nie Zeit.»

Laura ließ ihre Mutter stehen, lächelte Signora Simoni zu und fragte:

«Kann ich mit Paolo spielen?»

«*Si certo*, kleine Laura. Es ist gut, wenn er mal an die frische Luft kommt.»

Sie hatte recht, ich war schon lange nicht mehr draußen gewesen.

«Danke. *Mille grazie.*»

«Geh schon!», sagte Signora Simoni. «Viel Spaß!»

Sie sah uns mit gerunzelter Stirn hinterher.

«Ich glaube, Mama und Papa lassen sich scheiden», sagte Laura und sah mich aus ihren hellblauen Augen traurig an. Wir hatten uns einen schattigen Platz unter der Pergola gesucht. «Sie streiten ja nur noch. Und dann glauben sie, ich kriege nichts mit. Bei Janines Eltern war das genauso.»

Sie schüttelte mich.

«Sie sollen sich aber nicht scheiden lassen.»

Ich sah sie fest an. Die Lage war ernst.

Isabelle und Gianni hatten einander versprochen, zusammenzubleiben, bis dass der Tod sie schied. Marlene und Fried rich hatten einander dasselbe versprochen, und der Tod hatte kein Einsehen gehabt. Doch offenbar war dieses Versprechen nicht so leicht zu erfüllen. Es mag sich einfältig anhören und vielleicht auch naiv, aber der Gedanke, dass eine Familie, aus welchen Gründen auch immer, *nicht mehr* zusammen wollte, war mir in dieser Deutlichkeit noch nie gekommen. In meinem bisherigen Leben war es stets darum gegangen, die Familie zusammenzuhalten, die Menschen, die man liebte, wieder-zufinden und zusammen glücklich zu werden. Mir dämmerte, dass Liebe kein unveränderlicher Zustand war, keine Selbst-verständlichkeit. Eine aufrüttelnde Erkenntnis.

«Mama hat gesagt, sie muss hier raus, und sie weiß nicht mehr, wer sie ist, und dann hat Papa gesagt, wenn sie so auf dem Egotrip ist, kann sie ja gehen.»

Das hörte sich schlimm an.

«Sie reden und reden, aber irgendwie sagen sie dabei immer nur dasselbe.»

Liebe ist eine Sprache, in der ohne Worte alles gesagt wer-den kann, Laura. Sie haben diese Sprache verlernt, sie suchen danach. Das ist nicht einfach.

Signore Simoni trat aus dem Schatten. Er hielt eine Flasche Orangina in der Hand, ein blauer Strohhalm wippte einladend in der Öffnung auf und ab.

«*Ciao*, kleine Laura», sagte er. «Willst du etwas trinken?»

Laura nickte.

«Sprichst du mit Paolo?», fragte er.

Sie nickte wieder.

«Es ist gut, wenn man jemanden zum Reden hat», sagte er.

«Wissen Sie, was ein Egotrip ist?», fragte sie unvermittelt und schaute fragend zu ihm auf.

Er sah sie ratlos an.

«Mi dispiace», sagte er und zuckte bedauernd die Achseln. «Keine Ahnung.»

«Ist auch egal», sagte sie und schwieg.

Ich glaube, ich hörte aus Lauras Mund keinen Satz häufiger als «Mir doch egal».

«Willst du nach Hause?»

«Mir doch egal.»

«Willst du, dass ich dich ins Bett bringe?»

«Mir doch egal.»

«Willst du, dass ich aus dem Fenster springe?»

«Mir doch egal.»

Dabei war es ihr keineswegs egal. Aber sie wusste genau, dass ihre Eltern nicht fragten, weil sie wirklich an ihrer Meinung interessiert waren. Und ich konnte gut verstehen, dass man sich in solch einem Fall nicht die Mühe einer ernsthaften Antwort machte.

Laura war fast zwölf Jahre alt. Anfangs hatte ich Schwierigkeiten, das zu glauben. Isabelle war in diesem Alter so anders gewesen, viel kindlicher, viel naiver, ebenso wie Melanie. Laura war schon fast in der Pubertät. Auf ihrer Nase sprossen kleine Pickel, und unter ihrer Bluse zeichneten sich schon winzige Brüste ab, trotzdem war ihr Gesicht noch rund und ihr Körper irgendwie unproportioniert. Sie war ein merkwürdiges Mädchen. Nicht schüchtern, aber doch still. Nicht ernst, aber doch nicht albern. Nicht schön, aber hübsch und einnehmend. Nicht frech, aber schlagfertig. Nicht rebellisch aber trotzig.

Ich mochte Laura. Jedenfalls glaube ich, dass ich sie mochte. Vielleicht verwechsle ich auch Zuneigung mit Mitleid. Ich weiß es nicht. Ich mache Signora Simoni keinen Vorwurf, das sie mich an Laura verschenkte. Sie konnte ja nicht wissen, wie sich die Dinge entwickeln würden.

Als die Abreise bevorstand, der Urlaub endgültig in die Hose gegangen war und die Hofmanns sich auf den Weg nach Olten in der Schweiz machen wollten, befand die Signora Lauras Freundschaft zu mir als so «dick», dass sie mich an sie fortgab.

Im ersten Moment freute sich Laura, da bin ich mir sicher. Ich sah das Strahlen auf ihrem Gesicht, das Leuchten in ihren Augen. Und dennoch: Hätte ich mich nochmal eben entschuldigen können – ich wäre durch die Hintertür verschwunden (so, wie sie es in diesen Kriminalfilmen im Fernsehen immer tun). Ich ahnte, dass mich keine leichte Aufgabe erwartete.

Die Pensione Bencistà verschwand hinter der Straßenbiegung und damit auch die letzte Verbindung zu Isabelle, zu Gianni und Giulia – zu meinem alten Leben. Bis zum Schluss hatte ich tief im Inneren die Hoffnung gehegt, dass sie noch einmal zurückkehren würden, dass die Nostalgie sie wieder an diesen Ort zurückführen würde, wie es bei so vielen anderen Gästen der Fall gewesen war. Dass es ein freudiges Wiedersehen an der Rezeption geben würde. Doch sie waren nicht gekommen. Und jetzt reiste ich ab.

Ich kannte die Schweiz nur aus Erzählungen. Dort gibt es hohe Berge, mit Schnee bedeckte Gipfel, grüne Almen, viele Kühe und guten Käse, hatte Signore Simoni mal gesagt. Aber als wir ankamen, bezweifelte ich stark, dass Signore Simoni jemals in der Schweiz gewesen war.

Olten war ein kleines Städtchen, das aussah wie viele kleine Städtchen, durch die ich während all meiner Reisen gekommen war. Ich konnte keine Kühe ausmachen, und es war Hochsommer, von Schnee keine Spur.

Die Rückfahrt war überwiegend schweigend verlaufen, und es ist nett ausgedrückt, wenn man die Atmosphäre als sachlich beschreibt. Ab und an hatte Claire gefragt, ob jemand einen Apfel wolle, alle zweihundert Kilometer hatten sie angehalten, um auszutreten – die Gespräche waren allesamt rein pragmatischer Natur gewesen.

Ich saß auf dem Rücksitz neben Laura, die sich in einen Comic vertieft hatte, in dem lauter Enten die Hauptrolle spielten. Ich verstand nicht, was sie daran lustig finden konnte. Wieso las man Bücher, in denen sprechende Tiere die Hauptrolle spielten? Aber die Bilder waren bunt, und Laura amüsierte sich über die Tollpatschigkeit der Hauptente Donald.

Bernard steuerte den Wagen auf eine Brücke, die über einen glitzernden Fluss führte. Auf der linken Seite sah ich alte Häuser, die sich steil aus dem Uferfels erhoben, ein Kirchturm streckte sich mit seinem kupfergrünen Dach über die anderen Gebäude der Altstadt. Ein Stück dahinter überspannte eine weitere Brücke den Fluss. Sie sah anders aus als alle Brücken die ich bisher gesehen hatte: Sie schien ganz aus Holz zu sein und war komplett überdacht. Während ich noch staunte waren wir auch schon auf der anderen Seite, Bernard bog noch zweimal links ab und parkte den BMW vor einem großen Haus.

«Knotenpunkt Olten, Endstation Hüblistraße. Bitte alle aussteigen», rief er gewollt fröhlich, was Claire zu einem genervten Blick veranlasste.

Ich war neugierig. Was blieb mir auch anderes übrig? Ich hatte ein neues Zuhause, eine neue Besitzerin, eine neue Aufgabe. Aber Laura blieb sitzen, die Nase im Comic.

«Laura! Willst du nicht aussteigen?»

«Keine Lust.»

«Komm schon, wir wollen auspacken.»

«Dann macht doch.»

Claire verdrehte die Augen, und ich fand, dass Laura mir ruhig einmal das Haus zeigen könnte. Irgendwann raffte sie sich auf, griff ihren Comic und stieg aus. Ohne mich. Ich blieb auf dem dunkelblauen Sitz liegen. Die Sonne briet mir auf den Pelz. Nach einer halben Stunde, als alles ausgeladen und ins Haus getragen war, steckte Claire noch einmal den Kopf in den Fond des Wagens.

«Sie macht mich wahnsinnig. Alles muss man ihr hinterherräumen», murmelte sie und sammelte mich, zwei alte Bonbonpapiere und eine Bananenschale ein.

Ich zog in ein großes Mansardenzimmer. Als Claire mich hereinbrachte, traf mich fast der Schlag. Der Raum quoll über von Spielsachen. So viel Spielzeug hatte ich noch nie gesehen.

«Du hast deinen Bären im Auto vergessen.»

«Mir doch egal.»

«Und deinen Müll, mein Fräulein», sagte Claire und ließ mich und den Müll auf den blauen Teppich fallen. So weit war ich gesunken. Ich und der Müll. Ich holte tief Luft und versuchte, nicht entmutigt zu sein.

Laura wandte ihrer Mutter den Rücken zu. Sie saß auf dem Boden und spielte mit einer Puppe. So eine Puppe hatte ich noch nie gesehen. Annabelle hatte ausgesehen wie ein kleines Kind, doch dieses Exemplar sah aus wie eine erwachsene Frau. Sie hatte spitze Brüste und bemalte Lippen und erinnerte mich an eine dieser jungen Amerikanerinnen, die goldbehängt und täschchenschwingend das Leben der Simonis erschwert hatten, weil ihre Sonderwünsche nie ein Ende nahmen.

Als ich genauer hinsah, entdeckte ich, dass sie nicht nur eine dieser Puppen hatte, sondern gleich vier. Eine davon war dunkelbraun, während die anderen eher quietschrosa aussahen. Hingebungsvoll kämmte Laura das blonde Puppenhaar, zog ein glitzerndes Kleid über den unbiegsamen Körper und wiederholte dann die Prozedur bei den anderen drei Plastikdamen. Mich würdigte sie keines Blickes.

Ich sah ihr fasziniert zu, und gleichzeitig überkam mich die Erkenntnis, dass ich all diesen Spielsachen, die sich hier stapelten, nichts entgegenzusetzen hatte. Sie waren bunt und modern, die Stofftiere sahen weich und anschmiegsam aus – dieses Zimmer war ein Paradies für jedes Kind. Hier konnte tagelang gespielt werden, ohne dass auch nur ein Gegenstand zweimal benutzt wurde. Viele Sachen waren mir völlig fremd. Da gab es kleine blaue Männchen mit weißen Zipfelmützen, alle unterschiedlich geformt – der eine hatte einen Blumenstrauß, der andere eine Hacke, der dritte eine Bratpfanne in der Hand. Es gab Bausteine in allen Farben, die man aufeinanderstecken konnte. Pferde und Autos, die zu den Puppen passten, und viele Schachteln mit bunter Schrift darauf. Ich kam aus dem Staunen gar nicht mehr heraus.

«Mama!», rief Laura plötzlich und ließ die winzige Haarbürste fallen. «Mama!»

Nichts rührte sich.

«Ma-ma!», schrie sie jetzt nachdrücklicher.

Claire steckte den Kopf zur Tür herein.

«Was ist denn?»

«Mir ist langweilig!»

Was? Ihr war *langweilig*?

Laura war entschlossen, ihre Mutter auf die Palme zu treiben.

«Kann ich ein Eis haben?»

«Nein. Du hast die ganze Fahrt über nur Süßigkeiten gegessen. Was ist denn los mit dir? Eine Woche lang hast du genörgelt, weil du unbedingt nach Hause wolltest, und jetzt sind wir wieder da, und Madame ist immer noch unzufrieden. Warum rufst du nicht bei Sandra an?»

«Die ist noch in Ferien.»

«Und Janine?»

«Auch.»

«Bitte, Laura. Ich habe so viel zu waschen, morgen muss ich doch wieder in die Klinik.»

«Ihr seid blöd. Ihr habt nie Zeit», rief das Mädchen in einem plötzlichen Anfall von Zorn und schleuderte eine Puppe in Richtung ihrer Mutter, die es gerade noch rechtzeitig schaffte, die Tür zu schließen. Barbie fiel polternd zu Boden.

Aua.

Laura sprang auf und trat noch einmal dagegen, dann hob sie sich mich auf und schimpfte mich an:

«Nie haben sie Zeit. Entweder sie sind im Krankenhaus, oder sie sind müde und streiten.»

Das war es also: keine Langeweile, sondern Einsamkeit.

Es fiel mir schwer, zu begreifen, was hier vor sich ging. Eine Familie wie diese war mir noch nicht untergekommen. Die Hofmanns hatten alles, was das Herz begehrte. Ein großes Haus, ein großes Auto, einen großen Fernseher, einen großen Bekanntenkreis. Laura ertrank in Spielsachen, Claire in der Auswahl ihrer Kleider und Bernard in seiner Hausbar. Doch sosehr sie es auch glauben wollten – all das konnte sie nicht glücklich machen.

Wie ferngesteuert folgten Bernard und Claire ihren über

Jahre eingeübten Routinen und versuchten alles, um den Schein einer zufriedenen Familie aufrechtzuerhalten. Sie wies die Zugehfrau an, er kümmerte sich um die Stromrechnung. Sie räumte den Tisch ab, er die Spülmaschine ein. Wenn man nicht genau hinsah, hätte man glatt darauf reinfallen können, so geschickt versteckten sie ihre Verletzungen hinter Floskeln, ihre Ängste hinter leeren Phrasen und ihre Wünsche hinter blindem Aktionismus. Doch sie waren verlorener als alle Menschen, bei denen ich zuvor gelebt hatte.

Bernard suchte Zuflucht in seiner Arbeit im Kantonsspital. Er leitete die Pädiatrie. Das war die Station, auf der kranke Kinder behandelt wurden, erklärte er Laura. Tag und Nacht war er auf Abruf bereit, Menschenleben zu retten. Er war Arzt aus Leidenschaft, seine feingliedrigen Hände schnitten Kinderbäuche auf und nähten sie wieder zu, richteten abstehende Ohren, gebrochene Nasen und abgebissene Zungenspitzen. Er nahm sich für jeden seiner kleinen Patienten alle Zeit der Welt – vorausgesetzt, seine Vortragsreisen, Fortbildungen und Kongresse ließen das zu.

Claire war berühmt für ihre Fertigkeiten in der Chirurgie. Sie konnte alle Knochen, die es in einem menschlichen Körper gab, zusammenflicken. Das waren nicht wenige, wie mir Laura erläuterte, als wir mal wieder Krankenhaus spielten und ich das todkranke verwaiste Kind mimen musste.

In ihrer spärlichen Freizeit betätigte sich Claire als Vorsitzende eines Komitees für Humanitäre Hilfe und war Schriftführerin im Frauenverein für Friedensbewegung, außerdem leitete sie ehrenamtlich einen Dritte-Welt-Laden. Darunter konnte ich mir nichts vorstellen. Ich hatte immer gedacht, es gäbe nur diese eine Welt, und die schien mir schon unübersichtlich genug.

Die beiden wurden geehrt und belobigt für ihren Einsatz und ihre Arbeit. Vor ein paar Jahren noch hatten sie Seite an Seite gestanden, gelächelt und von ihrem Ideal gesprochen, die Welt ein kleines Stück lebenswerter zu machen und Kindern zu helfen. Was war aus diesem Ideal geworden? Während Laura immer verzweifelter um Aufmerksamkeit rang und wie ein Ertrinkender auf hoher See vergeblich rief und winkte, waren ihre Eltern nur noch damit beschäftigt, sich selbst zu retten.

Ob es schrecklich war? Man hätte genauso gut versuchen können, es sich in einem Eisschrank gemütlich zu machen. Es fühlte sich an, als säßen wir alle auf einer Zeitbombe, die laut unter uns tickte. Und es gab nur zwei Menschen, die sie entschärfen konnten.

Wenn sie abends alle ganz erschöpft waren vom beständigen Bemühen, die Fassade zu wahren, bröckelten manchmal kleine Stückchen aus dem perfekten Gemäuer und gaben den Blick frei auf das geballte Unglück, das sich dahinter verbarg.

«Wir können so nicht weitermachen, Bernard», sagte Claire dann leise. «Ich kann nicht mehr.»

Und er nickte und sah sie traurig an.

«Was ist bloß aus uns geworden?», fragte er dann.

«Ich weiß es nicht», sagte sie. «Ich weiß es wirklich nicht.»

Und sie sahen einander an, müde und unglücklich. Fassungslos betrachteten sie die Reste ihrer Ehe. Dann erhob sich Bernard und sagte:

«Lass uns ein anderes Mal drüber reden.»

Und sie verschoben die Entschärfung ihrer Bombe. Es schien ihnen wohl zu gefährlich.

Laura wurde zwölf und schnitt den Barbies die Haare ab, bohrte ihnen Löcher in den Kopf und sagte: «Ihr seid hässlich.»

Ich beobachtete das Geschehen mit wachsendem Entsetzen.

Ich fürchtete, sie würde auch mir zu Leibe rücken. Mein Alter machte sich bemerkbar – damals schon! Ich hatte ja keine Ahnung, was noch alles auf mich zukommen würde. Ich war sechzig und dachte, ich hätte eine Menge erlebt. Mein Leben bei den Simonis war abwechslungsreich und friedlich gewesen, und wäre es nach mir gegangen, hätte ich gerne noch ein paar Jahre die Gäste der Pension bestaunt. Doch anscheinend hält das Leben immer neue Überraschungen für mich bereit.

Laura las keine Comics mehr, sondern kaufte sich von ihren paar Franken Taschengeld Zeitschriften, die sie unter ihrer Matratze versteckte und nur hervorholte, wenn keiner zu Hause war. Die Drei-Fragezeichen-Kassetten, die Bernard pflichtschuldig nach jeder Vortragsreise ablieferte, wurden mit der Radiohitparade überspielt. Jeden Tag hörte Laura mindestens zehnmal hintereinander ein Lied, in dem eine Sängerin mit nasaler Stimme neunundneunzig Luftballons in den Himmel schickte, dabei lag Laura auf dem Bett und starrte aus dem schrägen Dachfenster.

Mit ihrer Freundin Janine, die schon dreizehn war, aber dieselbe Klasse in der Kantonsschule besuchte, schloss sie sich in ihr Zimmer ein. Sie setzten sich im Schneidersitz auf den blauen Teppichboden und machten ernste Gesichter. Ich sperrte die Ohren auf.

«Bist du sicher, dass sie sich scheiden lassen wollen?», fragte Janine.

«So sicher, wie der Becksteiner eine Glatze hat.»

«Hm. Hast du versucht, was dagegen zu unternehmen?»

«Wie denn, sie sind ja nie da.»

«Dann musst du dir etwas einfallen lassen, damit sie sich Sorgen machen. Eine Krankheit wäre nicht schlecht. Das hat damals bei mir auch geholfen. Jedenfalls vorübergehend.»

«Dann geben sie mir Antibiotika und gehen zurück ins Krankenhaus.»

«Dann was Schlimmeres, oder?»

«Aber was denn?»

«Selbstmord vielleicht.»

Bist du verrückt?

«Spinnst jetzt?»

«Na ja, du darfst natürlich nur so tun …»

«Das trau ich mich nicht.»

«Wir können es ja auf anderem Weg versuchen. Eltern machen sich über alles Mögliche Sorgen.»

«Ja, nur nicht über mich.»

«Das wollen wir erst mal sehen.»

Es ist erstaunlich, welche Kräfte Kinder mobilisieren können, wenn sie sich etwas in den Kopf gesetzt haben. Ich hatte mit Lilli und Leo, Robert, Melanie und Isabelle ausreichend Erfahrung gemacht – dachte ich. Doch Laura setzte neue Maßstäbe.

Als Claire an diesem Abend nach Hause kam, hing Laura betont gelangweilt auf dem riesigen weißen Ledersofa im Wohnzimmer. Der Fernseher brüllte. Sie schaute sich eine neue amerikanische Serie im Fernsehen an, in der Leute große Cowboyhüte trugen und eine Intrige nach der anderen spannen, dazu hatte sie sich eine Tüte Chips aus dem Vorratsschrank geholt und deren Inhalt großzügig über den Glastisch verteilt.

Ich war inzwischen fast dauerhaft ins Wohnzimmer umgezogen, nachdem ich im Kinderzimmer keinen rechten Platz gefunden hatte und keinen Zweck erfüllte – jedenfalls nicht zum Spielen. Laura benutzte mich vornehmlich, um ihre Wut an mir auszulassen, und dafür trug sie mich dann manchmal hin und her. Ich weiß nicht, warum ausgerechnet an mir. Aber wenn es darum ging, sich über ihre Eltern zu beschweren, über ihre Freundinnen oder über die Schule, dann musste ich herhalten. Mal ehrlich, ist das eine Art? Ich war gerne bereit, jeden zu trösten, der unglücklich war. Ich konnte viele Tränen aufnehmen, aber es war unbestreitbar besser gewesen, unbeachtet an Melanies Hand zu baumeln, als andauernd angemeckert zu werden. In mir kämpften Widerwille und Mitleid.

Claire entfuhr ein Schrei des Entsetzens, als sie das Wohnzimmer betrat. Ich konnte sie verstehen. Lauras schwarzgefärbte Haare waren gewöhnungsbedürftig, ebenso wie die dunkel umrandeten Augen und die Löcher, die sie in ihre Jeans geschnitten hatte. Sie war kaum wiederzuerkennen. Das Schlimmste hatte Claire noch gar nicht bemerkt, als sie schon schrie:

«Bist du jetzt komplett durchgedreht? Was fällt dir eigentlich ein?»

Laura schwieg.

«Willst du uns vorzeitig ins Grab bringen? Ist es das, was du willst? Dann mach nur weiter so. Herzlichen Dank auch.»

Laura schwieg weiter. Dann krabbelte die Ratte aus ihrem Pullover hervor.

Die arme Claire.

Ihre Gesichtszüge entgleisten. Sie erstarrte und rang nach Luft.

«Nimm das Vieh weg. Du nimmst sofort das Vieh weg. Raus damit, raus!»

Claires Stimme brach, und Laura ließ das kleine hässliche Tier mit dem langen nackten Schwanz in aller Seelenruhe in ihrem Ärmel verschwinden.

Laura machte es mir nicht leicht, zu ihr zu halten. Die Anschaffung der Ratte ging eindeutig zu weit. Mit Horror erinnerte ich mich an die schrecklichen Nächte im Vorratskeller der Bouviers, an die spitzen Zähne der Ratte, die sich in der Dunkelheit in mein Fell gebohrt hatten. Ich betete, sie würde das Tier weit von mir entfernt aufbewahren.

«Reg dich ab», sagte Laura trocken zu ihrer Mutter – sie hätte ebenso gut mich meinen können – und erhob sich. «Ich geh zu Janine. *Ciao.*»

«Du gehst nirgendwohin. Du erklärst mir jetzt erst mal, was dieses Affentheater soll.»

«Erklär du mir doch, was dein Affentheater soll», erwiderte Laura und ging mit festem Schritt aus dem Zimmer.

Ich bin sicher, dass ihre Gelassenheit nur vorgetäuscht war, mit Sicherheit klopfte ihr das Kinderherz vor Aufregung bis zum Hals. So etwas hatte sie noch nie gewagt.

Claire sank auf das Sofa und fegte mit der Hand geistesabwesend ein paar Chips zusammen. Ich sah sie an. Sie konnte einem leidtun. Sie versuchte so krampfhaft, alles richtig zu machen, und trotzdem ging einfach alles schief. In diesem Moment hätte sie meinen Trost gut gebrauchen können. Doch sie war keine, die sich einen Teddy an die Brust drückte, wenn sie verzweifelt war.

«Laura flippt aus», sagte sie, kaum dass Bernard nach Hause gekommen war.

«Was soll das heißen, sie flippt aus?»

«Sie hat sich völlig verunstaltet, hat ihre Kleider zerschnitten und sich eine Ratte besorgt.»

«Ich hoffe, du hast ihr die Meinung gesagt.»

«Wieso ich? Wieso soll immer ich Laura die Meinung sagen? Damit du wie der gute, liebe Vater dastehen kannst. Nein, mein Lieber. Sie ist auch deine Tochter.»

«Das ist mir sehr wohl bewusst. Ich bin ja auch nicht derjenige, der die Familie aufgeben will.»

«Ach, daran bin ich nun auch noch schuld? Du bist doch nie zu Hause!»

«Was soll ich auch hier? Mich ankeifen lassen?»

«Wenn du deine Frau schon nicht erträgst, könntest du dich zum Beispiel um deine Tochter kümmern, wie wär's damit?»

«*Du* erträgst mich nicht, so ist es doch. *Du* findest doch, dass ich alles falsch mache. Selbst, wenn ich eine Glühlampe einschraube, hast du noch was daran auszusetzen.»

«Du lenkst vom Thema ab. Aber das ist ja auch nichts Neues. Es geht hier um Laura.»

«Laura ist dir doch egal. Du hast nur Angst, dass sie etwas tut, das deinem Image schadet. Arzttochter mit Ratte – mein Gott, wie schrecklich.»

Sein Tonfall ging mir durch Mark und Bein.

«Du kannst nur noch zynisch sein. Zu anderen Gefühlen bist du gar nicht mehr fähig.»

«Jetzt lenkst *du* vom Thema ab. Wenn dich stört, dass Laura eine Ratte hat, dann kannst du es ihr ja verbieten. Mir macht es nichts aus.»

«So, von dir aus kann sie also verwahrlosen? Als Nächstes kaufst du ihr dann Drogen, ja?»

Das Telefon klingelte. Wie eine Alarmsirene übertönte das Signal den Streit der beiden. Wie eingefroren verharrten sie. Der letzte Satz hing noch in der Luft. Sie starrten einander an, als warteten beide darauf, wer sich als Erster rühren würde.

Ich war erleichtert, dass keiner mehr schrie. Merkten sie denn nicht, dass sie sich im Kreis drehten? Es ging immer nur darum, dem andern die Schuld zu geben. Konnte es denn einen Schuldigen geben? Sie hatten doch beide vergessen, wie sich Liebe anfühlt.

Claire ging zu dem grünen Telefonapparat, der auf einem kleinen runden Beistelltischchen neben der Tür stand, und hob ab.

«Hofmann», meldete sie sich und lauschte.

«Ja», sagte sie dann. «Danke. Danke für den Anruf … nein, das ist schon in Ordnung … Ja … Auf Wiederhören.»

Sie ließ den Hörer sinken und sah Bernard kalt an.

«Da hast du es», zischte sie. «Da hast du es, du scheißliberaler Vater.»

«Wer war das, was ist denn los?», fragte er nervös.

«Das war Frau Finkenthaler.»

«Ja und?»

«Deine Tochter macht Nägel mit Köpfen», sagte sie ruhig.

«Kannst du jetzt endlich sagen, was los ist!»

Er sah aus, als wäre er kurz davor, auf sie loszugehen. Ich drückte mich ins weiße Leder.

Claire setzte ein falsches Lächeln auf. Es schnitt mir ins Herz.

«Sie sitzt mit den Junkies auf der Kirchentreppe», sagte sie langsam. «Wahrscheinlich dröhnt sie sich gerade so richtig zu.»

«Ich frage mich nur, wer hier eigentlich zynisch ist!», schrie Bernard, schnappte sich im Rausgehen seinen Mantel und knallte die Tür hinter sich zu.

Der Motor des BMWs heulte auf. Dann brach Claire endgültig in Tränen aus.

Es war eine Qual, diesen drei Menschen dabei zuzusehen, wie sie in ihrem Ringen um Liebe nur Schmerz hinterließen. Zum ersten Mal begriff ich, welch ein Geschenk es ist, lieben zu können, und mir sank das Herz. Hier konnte selbst ich nichts mehr ausrichten.

Laura hielt durch.

Bald hatten alle Jeans Löcher, sie trug eine Sicherheitsnadel im Ohr und kaute mit offenem Mund Kaugummi. Larry, die Ratte, blieb. Nachts wohnte sie in einem kleinen Käfig im Kinderzimmer (dafür war ich sehr dankbar, immerhin musste ich auch noch gelegentlich dort übernachten). Tagsüber sah ich zu, wie Laura das Tier ununterbrochen fütterte, streichelte und ihm mit säuselnder Stimme alles Mögliche ins Ohr flüsterte, was vermutlich besser für meine Ohren bestimmt gewesen wäre. Ich war doch hier der Bär mit Trostauftrag. Was konnte dieses «Vieh» (wie Claire es nannte) schon tun? Es verstand ja nicht mal, was Laura sagte. Aber es blieb dabei: Die Ratte wurde verhätschelt, ich wurde verhauen. Gut, ich wurde nicht wirklich verhauen, aber es fühlte sich so an.

Janine kam alle paar Tage vorbei, um sich über Lauras Fortschritte zu informieren. Ich lag neben dem Bett, streckte die Beine in den Himmel und wartete auf Beachtung.

«Und, wie läuft es?», fragte sie.

«Ich weiß nicht», sagte Laura. «Ich habe Hausarrest.»

«Das ist gut. Dann machen sie sich Sorgen.»

«Ich weiß.»

«War doch geil, ein bisschen bei den Punks auf der Kirchentreppe rumzusitzen», sagte Janine.

«Also, mir waren die schon unheimlich.»

«Mir auch. Aber sie waren doch ganz nett.»

«Die Leute haben uns so komisch angeguckt.»

Laura waren Zweifel gekommen, das wusste ich jetzt sicher.

«Na und? Man wird seine Cola doch wohl noch trinken dürfen, wo man will, oder? Die Schweiz ist ein freies Land.»

«Papa sagt, wenn man ein Gummibärchen in Cola legt, dann wird es erst viermal so groß, und dann verschwindet es», sagte Laura und fischte ein paar Gummibärchen aus einer Tüte.

«Magst du lieber die roten oder die grünen?», fragte Janine.

«Die gelben», sagte Laura und musste lachen.

Auf einem Mini-Poster in ihrer Zeitschrift, von dem das Pop-Duo *Modern Talking* strahlte, sortierten sie die Bärchen nach Farben. Gelb und Rot und Grün auf das Gesicht des braungebrannten langhaarigen Mannes, dem eine Kette mit dem Namen Nora um den Hals hing. Weiß und Orange auf das Gesicht des braungebrannten Blonden mit Ananas-Frisur, der seine Gitarre falsch herum hielt.

«Guck mal, eigentlich sehen die genauso aus wie dein Bär», sagte Janine und hielt ein Gummibärchen vor mich.

«Er heißt Paolo», sagte Laura. «Aber die hier sind viel süßer.»

Sie kicherte.

Sehr witzig.

«Ob das mit Paolo auch funktioniert?» Laura kicherte wieder.

«Das mit der Cola? Dann kriegt er einen ganz dicken Bauch. So wie die Biafra-Kinder!»

«Ihh!», machte Janine. «Denen sitzen immer Fliegen in den Augen. Das ist so oberschrecklich.»

«Meine Mutter sagt, dass wir daran schuld sind, dass die Kinder dort verhungern», sagte Laura mit vollem Mund.

«Versteh ich nicht.»

«Nö. Ich auch nicht. Aber sie hat ja auch einen Helferkomplex.»

Die Themen wechselten schneller als das Wetter am Oltener Himmel. Und auch ohne dass ich wusste, was ein Biafra-Kind war, war ich froh, dass mir ein experimentelles Cola-Bad erspart blieb. Laura war inzwischen alles zuzutrauen. Sie hatte das traurige Mädchen, das ich in Fiesole kennengelernt hatte, sorgsam unter dem aufmüpfigen Gehabe eines Teenagers begraben.

«Papa muss nächsten Monat zum Wiederholungskurs», sagte Laura plötzlich. «Dann ist Mama vielleicht auch wieder ein bisschen besser drauf, wenn er weg ist.»

«Mein Vater ist immer total schlecht gelaunt, wenn er zum WK muss. Er sagt, dass sowieso niemand die schweizerische Armee ernst nimmt. Er hätte etwas Besseres zu tun, als alle zwei Jahre für ein paar Tage sinnlos in der Gegend rumzuballern.»

«Macht doch bestimmt Spaß.»

Vergiss es.

Janine zuckte die Schultern. «Keine Ahnung.»

«Sollen wir runter an die Brücke gehen?», fragte Laura. «Vielleicht ist Sandra ja da oder Lea oder Tom.»

«Ich denke, du hast Hausarrest», wandte Janine ein.

«Und wen soll das interessieren?»

Tom war Lauras erster Schwarm. Sie versuchte immer gleichgültig auszusehen, wenn sie ihn erwähnte, doch ich hatte gesehen, dass sie seinen Namen mit Herzchen versehen auf ihr Federmäppchen gemalt hatte. Doch wie ich sie einschätzte, würde sie sich eher die Zunge abbeißen, bevor sie irgendjemandem anvertrauen würde, dass sie verliebt war. Sie war wirklich ganz anders als Isabelle. Vor einer Weile hatte sie sogar ein Gedicht über Tom geschrieben. Sicher hundertmal hatte sie es sich (und mir) laut vorgelesen, dann hatte sie es in ein Kuvert gesteckt und zur Post gebracht. Zunächst dachte ich, sie hätte es an Tom geschickt. Ich war beeindruckt von ihrem Mut. Zwei Monate später kam jedoch heraus, dass sie ihr Werk an eine Zeitschrift geschickt hatte, wo es tatsächlich abgedruckt worden war. Diese Neuigkeit konnte sie dann doch nicht für sich behalten. Sie rief Janine an.

«Ich bin im Musenalp-Express!», rief sie. «Sie haben ein Gedicht von mir abgedruckt!»

Zehn Minuten später stand Janine im Zimmer. Mit Lesezeichen versehen, verwahrte Laura die Ausgabe der Zeitschrift wie einen Schatz unter ihrer Matratze. Janine las das Gedicht und sah Laura an.

«Ich hab's gewusst», sagte sie.

«Was?»

«Dass du in Tom verliebt bist.»

«Bin ich gar nicht.»

«Erzähl mir nichts. Du bist total verknallt. Warum heißt das Gedicht denn sonst ‹Major Tom›?»

Laura wurde rot. Es machte wirklich keinen Sinn, es abzustreiten.

«Für mich lebst du in einer anderen Galaxie. Auf einem fremden Stern. Ich erreiche dich nie und möchte es doch so gern. Zwischen uns liegt die Milchstraße wie eine Autobahn, und ich, ich kann kein Raumschiff fahren», las Janine vor und hob den Blick. «Das ist klasse.»

Das fand ich auch. Wie Laura allerdings ausgerechnet auf so eine Weltraum-Idee kam, wusste ich nicht, denn wenn *Star Trek* im Fernsehen kam, schaltete sie immer um.

Nach außen hin behielt Laura ihre unnahbare Strategie bei und tat alles Mögliche, um ihre Eltern aufzuregen. Sie ging aus dem Haus, obwohl Claire es verbot. Sie ging in den verruchtesten Jugendklub, obwohl Bernard es verbot. Sie gab keine Antworten, wenn sie etwas gefragt wurde, und lehnte alles ab, was ihr angeboten wurde. Die Uhr, die in der Zeitbombe «Hüblistraße 8» tickte, musste bald abgelaufen sein. Lange konnte das nicht mehr gutgehen. So etwas spüre ich. Bärenintuition.

«Papa und ich gehen heute Abend aus», sagte Claire eines Abends.

«Ach, tut ihr mal wieder so, als wärt ihr wohltätig?»

Claire holte tief Luft. Sie schluckte und fuhr fort:

«Nein. Wir müssen mal in Ruhe miteinander reden. Das ist hier ja leider nicht möglich.» Sie sah Laura scharf an.

Das war doch ein gutes Zeichen! Vielleicht würden sie endlich richtig miteinander reden, anstatt das Minenfeld immer weiter auszudehnen. Ich wünschte es mir so sehr. Nicht für mich, nein, ich spielte in dieser Familie nur die Rolle des Zuschauers. Nein, ich wünschte es mir für Laura. Ich wünschte ihr, dass sie wieder das Kind sein konnte, das sie eigentlich war, dass sie nicht mehr so unglaublich cool sein musste – wie sie es nannte – und nicht, um ihre Eltern zu schockieren, weiter Dinge tat, die sie selbst doch noch viel mehr schockierten.

«Schaffst du es, einmal kein Chaos zu veranstalten?»

Zur Antwort verdrehte Laura die Augen.

«Bitte.»

«Ja-ha.»

«Also, bis später.»

«*Ciao.*»

Claire sah richtig schön aus. Eigentlich bemerkte ich zum ersten Mal, seit ich sie kannte, wie hübsch sie war. Sie trug ein langes Kleid aus fließendem Stoff, hatte die Haare nicht so streng zusammengebunden wie sonst, und ihr Gesicht hatte fast etwas Weiches.

Die Tür fiel hinter ihr ins Schloss. Laura ließ sich aufs Sofa fallen, schwang die Füße auf den Tisch und starrte ins Leere. Nach einer Minute nahm sie die Füße wieder herunter.

«Jetzt heißt es Daumen drücken», sagte sie mehr zu sich selbst als zu mir, und zum ersten Mal seit langer Zeit schimmerte so etwas wie Sehnsucht durch ihre dunkle Fassade.

Es war spät, als Bernard und Claire heimkamen. Laura war längst ins Bett gegangen. Ich hockte auf dem Fernseher und hörte die bekannten Geräusche von Schlüsseln und Garderobenbügeln, dann die Kühlschranktür in der Küche, schließlich kamen sie ins Wohnzimmer. Sie machten kein Licht. Claire trat ans Fenster, in der Hand hielt sie ein Glas. Bernard stellte sich hinter sie und legte ihr eine Hand auf die Schulter.

«Du hast wundervoll ausgesehen heute Abend», sagte er mit leiser Stimme in die Dunkelheit.

Sie schwieg und wandte langsam den Kopf. Das Licht aus dem Flur fiel auf ihr Gesicht und tauchte es in einen warmen Schimmer.

«Es war ein schöner Abend», entgegnete sie.

Hoffnung durchströmte mich. Hatten sie es geschafft? Hatten sie einen Anfang gefunden, einen Weg entdeckt, der sie aufeinander zu und nicht voneinander wegführte? Laura, dachte ich, vielleicht hat dein Aufstand ja doch etwas bewirkt.

Sie sahen sich an.

«Ja, das stimmt», sagte er und lächelte. «Es hat sich gut angefühlt, fast wie früher.»

«Bernard», sagte sie, und zum ersten Mal klang der Name aus ihrem Mund nicht wie ein Vorwurf. «Mach es nicht kaputt.»

«Nein. Es bleibt dabei.» Er senkte den Kopf.

«Glaub mir. Es ist für uns alle am besten so.»

«Ich wünschte, du hättest recht.»

Was habt ihr vor? Wie ist es für alle am besten?

Sie hob die Arme und zog ihn an sich.

Während dieser Umarmung beschwor ich die Kraft der Liebe wie noch nie zuvor. Und doch wusste ich tief im Inneren, dass diese Umarmung ein Abschied war.

Plötzlich änderte sich die Stimmung in der Familie. Es war, als habe sich ein unsichtbarer Knoten gelöst. Als Bernard ein paar Tage später ins Manöver zog, hätte man die Situation beinahe als «normal» bezeichnen können. Claire kam abends ein wenig früher aus der Klinik und kochte seit langem wieder einmal selbst. Laura folgte dem Stimmungswandel ihrer Mutter dankbar und übte freiwillig für die Klassenarbeit in Mathematik, um den Tadel vom Becksteiner und die Scharte mit dem Dreier vom letzten Mal wieder auszuwetzen. Natürlich war die Entspannung nicht unbemerkt an ihr vorübergegangen.

Moment mal. Irgendetwas stimmte da doch nicht!

Die gute Stimmung war doch nichts anderes als ein Ausdruck für die Erleichterung, die zumindest Claire deutlich verspürte, die Erleichterung darüber, endlich nicht mehr wie das Kaninchen vor der Schlange zu sitzen, sondern handeln zu können.

Und Laura? Sie war ein Kind, ein aufsässiges zwar, aber doch ein Kind. Sie wollte nichts lieber tun, als zu glauben, dass alles wieder gut war.

Es war eine trügerische Heiterkeit. Claire ließ die Bombe am zweiten Abend hochgehen.

«Laura, ich muss dir etwas sagen.»

«Können wir nicht erst *Dallas* zu Ende gucken? Ich muss wissen, was mit Bobby passiert.»

«Nein. Ich möchte jetzt mit dir sprechen.»

Laura zwang sich, den Blick vom Bildschirm abzuwenden, und sah ihre Mutter an.

Mir schwante Schreckliches. Ich hielt die Luft an.

«Papa und ich …», begann Claire und hielt Lauras bohrendem Blick stand. Diese drei Worte ließen auch bei ihr alle Alarmglocken schrillen. «Also ich, ich habe mich auf eine Stelle beworben …»

Schweigen.

«Und ich habe sie bekommen.»

Sie atmete aus.

«Müssen wir umziehen?», fragte Laura.

«Nein. Das heißt, ich werde allein umziehen.»

«Was? Wieso denn? Wohin denn?»

«Ich habe für ein Jahr eine Stelle in Äthiopien angenommen. In Afrika.»

«Was hast du?»

«Ich werde in drei Wochen nach Äthiopien reisen. Du hast doch gesehen, wie dringend die Kinder dort unten Hilfe benötigen. Oder?»

Ich war fassungslos. Damit hatte ich nicht gerechnet. Mit allem anderen, aber nicht damit. Ich sah genau, dass Laura die Tragweite dessen, was Claire da sagte, gar nicht zu Bewusstsein kam. Sie hatten es nicht geschafft. Die Erkenntnis fiel mir wie ein Hammer auf den Kopf. Claire wollte kneifen. Sie wollte eine Lösung noch einmal aufschieben. Sie waren schwach geblieben, beide. Bernard und Claire hatten weder die Kraft gefunden, ihre Liebe gemeinsam auszugraben, noch den Mut, sie endgültig aufzugeben. Nun zwangen sie die Zeit, zu erledigen, was ihnen stetig misslang, und Laura musste ihre Feigheit ausbaden. Für wen, fragte ich mich, wurde hier eigentlich die Hoffnung am Leben gehalten?

Laura sah Claire wütend an.

«Haben die keine eigenen Mütter?», fuhr sie auf.

Claire schüttelte müde den Kopf.

«Ich muss dorthin. Sie brauchen mich. Und für Papa und mich ist es auch das Beste.»

«Und was ist mit mir?», flüsterte Laura leise, und die Tränen liefen ihr lautlos über die Wangen.

«Du bist doch schon ein großes Mädchen. Ich schreibe dir ganz oft», versprach Claire. «Jeden Tag, wenn du willst.»

«Ist es wegen mir?», fragte Laura. «Gehst du wegen mir, weil ich … weil ich so bin?»

Die Geräusche des Fernsehers füllten die Stille auf schmerzhafte Weise. Das Lachen der Menschen klang falsch und hohl.

«Wie kommst du denn auf die Idee?», erwiderte Claire und wischte sich mit dem Handrücken über die Augen.

«Komm her zu mir», sagte sie dann und nahm ihre Tochter in den Arm. «Komm her.»

Und so laut ich konnte schrie ich:

Halt sie fest! Sie ist dein Kind!

8

Wahrscheinlich ist jetzt nicht mehr viel zu erwarten. Die Schriftstellerin wird irgendwo sitzen, Kaffee trinken und warten, bis sie meine Überreste einsammeln kann. Vielleicht ist es richtig so. Vielleicht muss auch ein Bärenleben irgendwann zu Ende gehen. Und vielleicht auf ebendiese Weise.

Ich sterbe nicht wie ein Mensch. Ich tue nicht irgendwann meinen letzten Atemzug – glaube ich jedenfalls. Ich werde vermutlich einfach nur noch meine Einzelteile sein. Nicht besonders dramatisch eigentlich. Ein Glas, das herunterfällt, ist ja auch kein Glas mehr, sondern nur noch Scherben. In einer Sache ähnele ich den Menschen dennoch: Ich habe Spuren hinterlassen, in all jenen Leben, deren Wege ich gekreuzt habe, Erinnerungen, Gefühle, Vertrauen und Trost. Ich habe im Laufe der Jahre gelernt, dass wir Teddybären eine Sonderstellung unter den Spielzeugen innehaben. Das klingt möglicherweise eingebildet, aber es entbehrt nicht einer gewissen wissenschaftlichen Grundlage. Ich selbst habe diese Forschung vorgenommen und festgestellt, dass Teddys (ich bin ja nicht der einzige), länger als alle anderen Spielzeuge bei ihrem Besitzer bleiben – wenn man nicht gerade verlorengeht, das ist natürlich Pech.

Alice, Lili, Leo, Robert, Friedrich, Marlene, Charlotte, Franziska, Melanie, Julchen, Isabelle, Giulia, Laura, Nina – Ich habe ihnen allen gegeben, was sie von mir verlangten. Ich bin steinalt geworden und habe meinen Zweck erfüllt.

Ist es nicht verrückt? Ich verstehe so gut wie nichts von der Welt, aber doch eine Menge von den Menschen. Ich weiß bis heute nicht, was in ihren Köpfen vor sich geht, aber ich bin ein Kenner der Herzen.

Und mein eigenes Herz? Ich weiß nicht. Alice hat meine Bestimmung festgelegt. Sie hat mir die Liebe mitgegeben. Das habe ich immer gewusst und dementsprechend gehandelt. Doch was soll jetzt daraus werden?

Ich merke, wie ich ganz ruhig werde. Nach so vielen Jahren lässt mein innerer Widerstand nach, und ich bin bereit, mich in mein Schicksal zu fügen.

Still lausche ich auf die Geräusche um mich herum.

Die Neonröhre brummt. Die Fliege hat es aufgegeben, mit dem Kopf durchs Fenster zu wollen, und draußen hat nach dem Gewitter nun der Regen eingesetzt. Ich höre, wie die Tropfen in Böen gegen die Scheibe geschleudert werden. Es ist ein gutes Geräusch, ich mochte den Regen von klein auf.

Wenn ich an mir heruntersehe (was zunehmend schwerer fällt), erkenne ich, dass ich durch viele Hände gegangen bin. Mein Fell ist an vielen Stellen schon abgewetzt, meine Nähte sind morsch, meine Gelenke ein wenig locker, und auch die Beweglichkeit meiner Glieder geht mit Knacken und Knirschen einher. Jemand hat mal gesagt, ich sähe abgeliebt aus. Damals fand ich den Begriff nicht sehr passend. In diesem Wort schwingt etwas Endgültiges mit, es klingt wie fertiggeliebt, so als gäbe es keine Liebe mehr. So etwas über den Träger der Liebe zu sagen ist ein vernichtendes Urteil. So lang es mich gibt, habe ich Liebe zu geben. Ich fand vielmehr, ich sähe geliebt aus. Man sieht mir an, dass ich für viele Menschen ein Begleiter war – durch dick und dünn, durch Dreck und Sand, durchs Leben.

Doch hier und heute ist es also vorbei mit der Liebe. Nun bin ich also doch abgeliebt. So nennt man es wohl, wenn einem Bären die Liebe entfernt wird, weil er in einem Röntgentunnel ausgerechnet dadurch auffällig wird.

Es ist schwierig, sich mit dem Tod abzufinden, auch als Bär.

EIN ENGEL

*D*as blasse Novemberlicht fiel durch die hohen Fenster und erhellte den Raum spärlich. Von meinem Platz neben der Porzellanbüste von Puccini sah ich direkt auf die vielen gerahmten Fotografien, die an der Wand gegenüber hingen. In diesem Licht konnte man nicht so gut erkennen was darauf war, aber das musste ich auch nicht. Ich kannte diese Bilder auswendig, hatte in den vergangenen Jahren jedes kleinste Detail tausendmal betrachtet, und es war schon lange her, dass ich irgendetwas Neues darauf entdeckt hatte.

Voluminös und beinahe bildfüllend bildete Madame Feder spiel den Mittelpunkt aller Aufnahmen. Es gab ein paar alte Schwarz-Weiß-Bilder, auf denen noch zwei oder drei andere Leute Platz gefunden hatten, spätere Aufnahmen zeigten sie allein auf den Bühnen dieser Welt, hofiert, im Scheinwerfer licht, mit Blumen beschenkt und in ihrer Lieblingspose: leicht verneigt, die Hände flach aneinandergelegt und so weit vor Gesicht geführt, dass ihre knallroten Lippen die Spitzen de Zeigefinger berührten. Sie trug imposante Gewänder, in ju gen Jahren noch bunt, später einfach nur schlicht und schwar Sidonie Federspiel musste nicht mehr mit Kleidern auf sic aufmerksam machen, sie war eine Diva, sie war berühmt, s strahlte immer.

Ich weiß nicht, wie alt sie war, als ich zu ihr kam, aber ich schätze, sie musste auf die achtzig zugehen, genau wie ich. Sie war nicht besonders groß, aber auf ihren geschätzten hundertfünfundsechzig Zentimetern war eine Menge Gewicht verteilt. Sie hatte einen riesigen Busen, über den täglich dieselbe Perlenkette fiel, ihr Haar war grau mit einem leichten Stich ins Violette, und sie achtete peinlich genau darauf, immer perfekt frisiert und geschminkt zu sein. Um ihren Mund lagen winzige Falten, die besonders sichtbar wurden, wenn sie sich die Lippenstift auflegte. Überhaupt hatte sie unglaublich viele Falten, ihre Haut sah aus, als wäre sie darin geschrumpft. Doch ihre schwarzen Augen schauten immer so durchdringend, so messerscharf, dass es einem selbst als harmloser Bär kalt den Rücken herunterlaufen konnte. Ich musste oft an die Hexe in Roberts Kampf gegen Samir-Unka denken. Wahrlich, Madame Federspiel hätte eine würdige Hexe abgegeben.

Der Schallplattenspieler drehte knisternd seine Runden. Die Madame hatte eine Platte von 1969 aufgelegt, *Tosca*, dirigiert von irgendeinem berühmten Mann mit ihr in der Rolle der Floria. Ihr Vibrato von vor dreißig Jahren klang kräftig durch den grauen Nachmittag, während sie in sich und die Musik versunken in ihrem Sessel saß. Sie hielt die Augen geschlossen und träumte von den glanzvollen Zeiten. Lisette sprang auf ihren Schoß und rollte sich dort zusammen, Madames Hand legte sich auf den warmen Katzenkörper, und ich spürte neben unbändigem Abscheu diesem Vierbeiner gegenüber nur einen leichten Stich des Bedauerns, dass mich alten Bären schon lange niemand mehr so gestreichelt hatte.

Ich verbrachte ebenfalls viel Zeit damit, zu träumen, denn dieses museale Leben im neunten Wiener Bezirk hielt nur noch eine Herausforderung für mich bereit, und das war der tägliche Kampf gegen Ping, Pang und Pong, Mimi, Musetta, Rodolfo, Colline, Suzy, Lisette, Giorgetta, Talpa, Rombaldo, Liu und Tinca, Madame Federspiels vierzehn Katzen. Jede von ihnen war mehr als einmal auf mich losgegangen, hatte mich gekratzt, gejagt (so, wie sie es mit toten Mäusen tun: Sie schleudern sie in die Luft, tun dann ganz überrascht und stürzen sich darauf), und zu guter Letzt bin ich auch noch angepinkelt worden. Ja, angepinkelt. Das war bis gestern noch nie vorgekommen, und das Schlimmste daran war, ich wusste nicht einmal, wer es war, Ping, Pang oder Pong. Die drei Siamkater sahen einander zum Verwechseln ähnlich. Der beißende Geruch des Katzenurins hatte sich in mein Fell geätzt, und ich dachte fast sehnsüchtig an den Geruch von Brioches Rotwein, der mir im Verhältnis tausendmal besser gefallen hatte.

Wie nennt man so etwas? Vorhölle? Ich fragte mich in diesen Jahren immer wieder, was ich Unrechtes getan hatte, dass mich das Leben auf meine alten Tage so abstrafte. Ich hatte doch nicht verhindern können, was bei den Hofmanns geschah, und auch die traurigen Ereignisse in Budapest hatte ich nicht ändern können. Aber das war doch kein Grund, mich so zu traktieren!

Seit neuneinhalb Jahren lebte ich bei Sidonie Federspiel in der Döblinger Hauptstraße. In den ersten beiden Jahren kamen noch regelmäßig Schülerinnen zu ihr, denen sie Gesang beizubringen versuchte, doch ihre Geduld ließ nach, und zudem wurde sie immer wunderlicher. Während der Stunden redete sie vor sich hin, sie zwang die Kinder dazu, sich ihre alten Fotos anzusehen, und es kam vor, dass die Stunden vergingen ohne dass sie überhaupt mit ihnen sang. Eine Schülerin nach der anderen bekam Angst vor ihr und wollte nicht mehr zum Unterricht kommen. Und irgendwann blieben sie alle fort.

«Allesamt ohne Talent. Faules Pack, diese Jugend. Faul und untalentiert. Ich habe mir meinen Erfolg auch hart erarbeitet. Ich habe mich Stück für Stück hochgesungen. Nein, man fängt nicht gleich an der Scala an. Opern wollen sie singen, Opern! Und kriegen nicht mal das einfachste Schumann-Liedchen hin», schimpfte sie, als auch ihre letzte Schülerin das Weite gesucht hatte.

In den vergangenen sieben Jahren hatten wir achtmal von der Familie aus Budapest Besuch gehabt. Dreimal waren die Handwerker da, um den Wasserschaden zu reparieren, den Madame verursacht hatte, weil sie den Wasserhahn in der Küche nicht richtig zugedreht hatte. Zweimal klingelten Vertreter an der Tür, doch die beschimpfte Madame durch den Türspalt, und einmal brachte der Paketbote ein Päckchen, das jedoch ein Irrläufer und an die falsche Adresse gegangen war. Zu Weihnachten schrieb pflichtgemäß ihr Enkel Gyula aus Budapest, später aus New York, und er ließ mich, wie zu erwarten, nie grüßen. Sonst kam fast nie Post.

Im Gegensatz zu mir liebte Sidonie Federspiel die Einsamkeit. Sie hatte nichts dagegen, in ihrer riesigen Wohnung allein zu sein, Musik zu hören, mit ihren Katzen zu sprechen und in Erinnerungen zu schwelgen. Ich konnte es hingegen nur schwer aushalten, hier drinnen zu sitzen, während sich draußen die Welt weiterdrehte. Gut, ich hatte immer mal wieder ein paar Jahre in einem Regal verbracht und dem Leben zugesehen, aber es hatte immer ein Leben gegeben, dem ich hatte zuschauen können. Ich hatte immer mitbekommen, wie die Welt sich veränderte, wie die Menschen sich veränderten – doch hier, in dieser Wohnung, stand die Zeit still.

Madame Federspiel veränderte sich nicht besonders. Sie trug immer dieselben eleganten Kleider. Sie kaufte über Jahre wöchentlich die gleichen Lebensmittel ein – und schrieb trotzdem jeden Mittwoch einen neuen Einkaufszettel –, und sie hatte nicht mal einen Fernseher! Aber Madame Federspiel wollte keine Glotze haben, wie sie dem Vertreter an der Tür mitteilte, und damit war das Thema für uns gestorben.

Nachmittags gegen vier, wenn sie ihren Mittagsschlaf beendet hatte, goss sie sich gerne einen Piccolo ein – die kleinen Sektfläschchen fehlten nie auf ihrem Einkaufszettel – und legte eine Platte auf. Aus dem alten Schrank, der neben dem Regal stand, in dem ich saß, holte sie einen grauen Schuhkarton heraus, dann ließ sie sich ächzend in ihren Lieblingssessel fallen. Das Beistelltischchen neben ihrem Stuhl stand dicht genug, dass sie auch an ihr Glas herankam, wenn die Lehne zurückgestellt war. Ich wusste, was dann kam. Die Fotos. Madame Federspiel wollte nichts Neues mehr vom Leben, sie hatte genug erlebt, und das schaute sie sich fast täglich wieder an. Vielleicht, um nicht zu vergessen, wer sie war. Ich glaube, sie war nicht unglücklich, jedenfalls nicht so unglücklich wie ich.

Manchmal saß ich in diesem Erinnerungskabinett und dachte wehmütig an Isabelle. Ich glaube, es steht mir zu, zu sagen, dass die Jahre mit ihr die besten waren. Meine Isabelle was hatten wir nicht alles zusammen erlebt! Damals hatten wir einen Film angesehen, der den Titel *Endstation Sehnsucht* trug. Ich erinnere mich nur dunkel an die Handlung denn Isabelle schwärmte so lautstark für den Hauptdarsteller dass ich die Hälfte der Dialoge nicht mitbekommen hatte aber das Gefühl, das allein der Titel hinterließ, beschreib meine Situation im Hause Federspiel einigermaßen treffend Ich hatte es mir, wie immer, nicht aussuchen können und wa hierhergeraten, wie ich letztendlich überall in meinem Leben hingeraten war: auf Umwegen und mehr oder weniger durch Zufall.

Mit Heulen und Zähneklappern war 1983 der Kampf im Hause Hofmann in die letzte Runde gegangen.

Claire reiste ab. Ohne Laura, ohne Bernard und wahrscheinlich ohne das Gefühl, ihr Leben wirklich in Ordnung gebracht zu haben. Doch wer bin ich, dass ich mir ein Urteil anmaßen kann. Ich bekomme ja immer nur Ausschnitte aus Leben mit und kann nur ahnen, was die Menschen wirklich bewegt. Ich wusste nichts über die Liebe, die Claire und Bernard einmal verbunden hatte, und ich wusste nicht, wie sie verblüht war.

Den 11. Februar im Jahr 1983 wird Laura vermutlich für immer schwarz in ihrem Kalender anstreichen. Es war der Tag, an dem ihre Familie zerbrach. Ihre Verzweiflung war nicht zu überhören, als sie vom Flughafen in Zürich zurückkamen. Türen knallten, Dinge wurden geworfen (Laura liebte es, in Rage Dinge zu werfen), und Laura stürzte in ihr Zimmer. Ich saß zwischen *Ein Mann für Mama* und *Der Türkisvogel* im Bücherregal und stürzte herunter, als die Tür so heftig ins Schloss fiel, dass die Wände wackelten. Sie drehte den Schlüssel um. Es klopfte.

«Laura, ich bin's, Papa.»

Wer sonst? Es war ja kein anderer mehr da.

«Mach doch mal die Tür auf.»

«Geh weg.»

«Nein, ich möchte mit dir sprechen.»

«Ich aber nicht mit dir.»

«Laura, hör mir mal zu. Mama ist ja nicht für immer weg. Wir beide machen uns eine gute Zeit zusammen, und dann kommt sie auch schon bald wieder.»

«Ich will sie aber jetzt hier haben.»

«Mama braucht ein bisschen Zeit für sich. Dazu hat jeder Mensch das Recht, auch als Mama.»

«Sie hat uns nicht mehr lieb.»

«Doch», sagte Bernard durch die geschlossene Tür. «Sie hat dich sehr lieb.»

«Und dich?»

«Mich bestimmt auch.»

«Das stimmt ja gar nicht. Es ist deine Schuld, dass sie weg ist. Du interessierst dich ja mehr für das blöde Krankenhaus als für uns!», rief Laura aufgebracht.

«Nein, Schatz, Mama hat sich das so gewünscht. Sie ist sonst nicht glücklich.»

«Wegen uns?»

«Nein, weil sie hier nicht tun kann, was sie gerne tun möchte.»

Laura saß mit dem Rücken gegen die Tür gelehnt. Sie hatte die Knie bis unters Kinn gezogen und langte mit der linken Hand nach mir. Sie drückte mich fest an sich. Tränen liefen still über ihr Gesicht, verschmierten ihre schwarze Schminke und verschwanden in meinem Fell.

Es war lange her, dass ich Kindertränen aufgefangen hatte. Sehr lange. Sie tat mir leid.

«Laura?», rief Bernard. «Mach doch mal bitte die Tür auf, Laura?»

Sie drehte sich um und schloss auf. Dann ließ sie mich fallen und warf sich auf ihr Bett.

Bernard kam herein, hob mich auf und setzte sich zu Laura. Er hielt mich in der Hand, seine Finger umschlossen meine Schulter, und ich spürte, dass er auch sich selbst Mut zurede, als er sagte:

426

«Wir beide müssen jetzt fest zusammenhalten, ja?»

Er strich Laura über den Kopf, und sie nickte stumm.

Einmal in der Woche, sonntags, telefonierten sie mit Claire, gelegentlich kam ein Brief ins Haus geflattert, und alle gaben sich der Illusion hin, dass einzig Claires Fürsorge für afrikanische Kinder der Grund für ihre Abwesenheit sei.

Die Märzsonne schien blass durch das Wohnzimmerfenster herein. Es hatte getaut, und von den Bäumen tropfte das Wasser. Olten lag sonntagsruhig da, von irgendwo meldeten Kirchenglocken, dass es Zeit war, zum Gottesdienst zu gehen, doch Bernard und Laura waren keine Kirchgänger, sie waren Anruferwarter.

Laura rutschte unruhig auf dem Sofa hin und her. Bernard schaute auf die Uhr.

«Warum ruft sie denn nicht an? Es ist doch schon nach elf», sagte sie.

«Sie wird sich schon melden. Vielleicht klappt was mit der Leitung nicht. Mach doch den Fernseher an, dann vergeht die Zeit schneller.»

Im Fernsehen saßen fünf ernst aussehende Männer um einen runden Tisch und besprachen politische Themen, wobei sie sich fürchterlich in die Haare gerieten. Laura schaltete um. Im anderen Programm wurde ein Schwarz-Weiß-Film gezeigt. Wir schauten hin. Wir hatten ja sonst nichts zu tun.

«Sie heißen?», fragte ein alter Herr mit Schnauzbart und runder Brille.

«Johann Pfeiffer», antwortete ein kleiner Mann, dessen Stimme mich an Friedrich erinnerte.

Der streng blickende Lehrer zückte ein Büchlein. «Mit einem f oder mit zwei?», fragte er.

«Mit drei, Herr Professor.»

«Mit drei f?» Der Professor sah den Schüler skeptisch an.

«Eins vor dem ei, zwei hinter dem ei. Bitte.» Der kleine Mann grinste und setzte sich.

«Sie sind etwas albern», erwiderte der Professor.

Laura fing an zu lachen. Sie sah ihren Vater an und kicherte.

«Eins vor dem ei, zwei hinter dem ei», wiederholte sie mit verstellter Stimme.

«Sie sind etwas albern», sagte Bernard und versuchte streng zu gucken, was ihm jedoch trefflich misslang.

Es war schön, die beiden zusammen lachen zu sehen. Es kam selten vor. Überhaupt wurde in diesem Haus viel zu selten gelacht. Fast schienen sie für einen Moment vergessen zu haben, dass sie noch immer auf Claires Anruf warteten.

«Mit der Schule ist es wie mit der Medizin», sagte jetzt der Filmprofessor und schritt ans Fenster. «Sie muss bitter schmecken. Sonst wirkt sie nicht.»

«Da hast du es, du faules Mädchen», rief Bernard und kitzelte sie. Laura quietschte vor Lachen und strampelte mit den Beinen, sie rollten auf dem Sofa herum, bis Bernards Haar wild in alle Richtungen stand und Laura nur noch japste. Irgendwann saßen sie völlig außer Atem nebeneinander, Bernards Arm lag um Lauras Schultern, und ich sah, wie glücklich er war, wie sehr er diesen Moment der Nähe genoss. Unvermittelt fragte Laura:

«Warum ruft sie nicht an?»

Ich habe selten einen Augenblick erlebt, in dem die Stimmung so abrupt kippte wie in dieser Sekunde. Alle Fröhlichkeit, alle Leichtigkeit verpuffte wie in einer Explosion. Bernard sah seine Tochter an.

428

«Warten wir noch ein bisschen. Sie meldet sich sicher.»

Doch sie rief nicht an. Nicht an diesem Tag und nicht am nächsten.

Bernard und Laura kamen anfangs nur leidlich zurecht, was nicht weiter verwunderlich ist, befanden sie sich doch in einer Situation, die sie beide nicht gewollt hatten.

Ich befand mich im Übrigen auch in einer Situation, die ich nicht gewollt hatte, falls ich das nebenbei bemerken darf. Ich teilte mein Leben mit alten Puppen, in Ungnade gefallenem Spielzeug und einer vernachlässigten Ratte. Ich bewegte mich in Lauras Wertschätzung aus unerfindlichen Gründen irgendwo zwischen alldem. Als sie in einem Anfall von Pubertät viele Kartons mit altem Plunder füllte, wanderten auch Barbie eins bis vier auf den Dachboden. Lieber, als dass die Barbietruppe auszog, hätte ich die Verbannung der Ratte gehabt, doch Larry blieb, genau wie ich. Ich wunderte mich, dass ich nicht ins Exil geschickt wurde, viel Freude hatte Laura an mir nicht gehabt, und ich glaube, sie hat mich auch nie richtig geliebt. Was fand sie an mir? Welchen Zweck erfüllte ich für sie? Ich bekam nie eine Antwort auf diese Frage.

Claire kam nicht zurück.

Bernard, der gute, aber schwache Bernard, schien fast erleichtert, als Claire ihnen ihre Entscheidung mitteilte. Claire hatte für sie alle entschieden und so auf eine Weise recht behalten: Es war für sie alle am besten, dass sie nach Äthiopien gegangen war. Doch Laura vermisste ihre Mutter. Anfangs wütend und laut, später leise und irgendwann fast unhörbar. Aber das Vermissen hörte nie auf. Es grub sich in ihr Mädchenherz und strahlte immer aus ihren Augen, selbst wenn sie fröhlich war. Sie wollte sich nicht aus lauter Kummer das Leben nehmen, sie wurde auch nicht magersüchtig oder drogenabhängig, sie wurde ein ganz normales Mädchen. Nur dass ihr Herz eine Narbe trug, die ein Leben lang bleiben würde.

Claire hatte sie nicht festgehalten.

Nina hingegen hatte keine Narbe am Herzen.

Das war so ziemlich das Einzige, was Bernard ausschließen konnte, als er das kleine Mädchen untersuchte.

Wir waren mehr als tausend Kilometer gefahren, um Nina zu untersuchen, nachdem Maurus, ihr Vater, Bernard einen langen Brief geschrieben hatte.

«Laura, was hältst du davon, wenn wir in den Herbstferien nach Budapest fahren?», hatte Bernard gefragt, als Laura den Samstagabend ausnahmsweise mit ihm verbrachte, anstatt in die Jugenddisco in der Färbi zu gehen. Üblicherweise schauten Bernard und ich samstagabends allein Fernsehen. Er vom Sofa aus, ich von der Fensterbank, auf die ich dankbar umgezogen war, als Laura ihre Zimmerwände blau gestrichen, die Fenster mit Seidentüchern abgehängt und überall Räucherstäbchen verteilt hatte.

«Mir doch egal», hatte Laura gesagt.

«Ach, komm, aus dem Alter bist du doch wirklich raus. Das wäre doch mal eine schöne Abwechslung, findest du nicht? Wer weiß, ob du nächstes Jahr überhaupt noch mit mir irgend wohin willst.»

Der Einwand war berechtigt. Laura war bald achtzehn, sie hatte wieder ihre normale Haarfarbe und eine leichte Dauer welle, sie trug Jeans, Turnschuhe und Schlabberpullis, die sie in der Taille mit einem breiten Gürtel zusammenschnürte. Sie sah fast erwachsen aus, fand ich, auch wenn sie sich nicht immer so benahm.

«Und was sollen wir da?»

«Maurus hat uns eingeladen.»

«Wer ist Maurus?»

Von Maurus hatte ich auch noch nie gehört. Und ich passte immer sehr genau auf, wenn Namen fielen. In den vergangenen Jahren waren es hauptsächlich Frauennamen gewesen, und die meisten davon hatte man sich nicht merken müssen. Aber Maurus war neu.

«Ein Freund aus Budapest. Er ist Pianist.»

«Wieso kennst du denn Leute in Budapest?»

«Ich habe mal drei Semester an der Semmelweis-Universität studiert, wusstest du das nicht? Was dachtest du denn, wo ich deine Mutter kennengelernt habe?»

«Welche Mutter?», versetzte Laura trocken.

Bernard überging den Einwurf seiner Tochter. Ich sah genau, wie ihre Kälte ihm jedes Mal einen Stich versetzte.

«Jedenfalls hat er eine kleine Tochter, die seit Wochen krank ist. Die Ärzte in Budapest kommen nicht dahinter, was sie hat. Er bittet mich um Hilfe.»

«Aha, daher weht der Wind.»

«Ich möchte, dass du mit mir fährst. Es täte dir gut, mal hier rauszukommen. Vielleicht inspiriert dich das ja ein bisschen bezüglich deiner Studienwahl.»

«Erst mal muss ich das Abi schaffen.»

«Dann kannst du für den Politikunterricht ja mal den Sozialismus am lebenden Objekt studieren. Es geht nichts über die eigene Erfahrung, glaub mir.»

Laura verdrehte die Augen, aber eine Woche später saßen wir alle drei im Auto.

Wieso ich dabei war, nachdem man mich doch schon seit Jahren nur noch einmal wöchentlich abstaubte und ansonsten nichts weiter tat, als mich von einer Ecke in die andere zu setzen? Nun, Laura und Bernard hatten mich gemeinschaftlich als Gastgeschenk für die kleine Nina Andrássy auserkoren – natürlich ohne mich zu fragen. Warum auch? Aber hätten sie gefragt, ich hätte vor Freude gejubelt, ich hätte gesagt:

Ja, gebt mich ruhig weg, ihr braucht mich wirklich nicht mehr.

Sie hatten sich in ihrem Vater-Tochter-und-wechselnde-Freunde-und-Freundinnen-Leben gut eingerichtet, hatten sich auf Tiefkühlpizza im Not- und abwechselnd kochen im Regelfall geeinigt.

Bernard vertraute Laura, und sie versuchte, ihn nicht häufiger als nötig zu enttäuschen. Er durfte über Nacht manchmal fortbleiben, und sie durfte ihren ersten Freund zum Übernachten mit nach Hause bringen. Weihnachten und Geburtstage verbrachten sie in Zweisamkeit und ließen Claires Karten immer bis zum Schluss möglichst unbeachtet. Mit der Zeit hatten sie gelernt, über fast alles zu sprechen. Fast alles. Nur über Claire konnten sie nicht reden, ohne dass die Emotionen hochkochten – auch noch nach fünf Jahren –, weshalb das Thema «Mutter und Afrika» mehr oder weniger erfolgreich unter den Teppich gekehrt wurde. Sie kamen zurecht. Ich war in der Hüblistraße wirklich überflüssig.

Nina war neun, sie hatte unglaublich große braune Augen und war sehr, sehr dünn, als wir uns kennenlernten. Laura zog mich aus dem Rucksack, und ich erfasste mit einem Blick die neue Umgebung. In dem geräumigen, aber dunklen Wohnzimmer der Andrássys lag ein Kind unter einer braunen Wolldecke auf dem Sofa. An den hohen Wänden hingen Gemälde in schweren Rahmen, und die Möbel waren ebenfalls aus dunklem Holz. Neben dem Sofa standen ein Tisch und eine Lampe, die mich sehr an das Mobiliar erinnerte, das modern wurde, als ich bei den Rosners in Dreihausen lebte. Fünfziger-Jahre-Tütenlampen und -Nierentische. Ich fühlte mich gleich heimisch. Eine solche Einrichtung war mir lieber als das kalte Ledersofa-Monster in Olten.

Nina, das Mädchen auf dem Sofa, nahm mich mit ihren kleinen Händen von Laura entgegen und strahlte. Ich fühlte die Veränderung, als ich die Besitzerin wechselte, genau. Es war selten gewesen, dass ich so bewusst und gezielt weggegeben wurde, und mir war ganz feierlich zumute, als ich Lauras Hände verließ und Nina mich zum ersten Mal umfasste. Mir ging das Herz auf, als ich diese runden Augen leuchten sah. Dies ist ein Mädchen nach meinem Geschmack, dachte ich. In ihrer hellen, klaren Stimme sagte sie die einzigen deutschen Wörter, die sie kannte:

«Danke, Genossen.» Sie lächelte fast frech.

Bernard brach in lautes Lachen aus, strich Nina über den Kopf und sagte:

«Es ist uns eine Ehre!»

Ihre Augen lachten mit, doch ihr Mund hustete. Ich erschrak, als sie mich vor Anstrengung fest drückte. Aus ihrem Mund lief ein Speichelfaden, den sie verschämt fortwischte. Sie wollte nicht schwach erscheinen. Es war merkwürdig. Ich hatte doch gewusst, dass sie krank war, darum waren wir schließlich hier, doch ich hatte vergessen, wie es sich anfühlt, wenn so ein kleiner Körper vor Erschöpfung bebt.

Hinter Bernard standen ein kleiner, schmaler Mann um die vierzig und eine Frau, die mindestens einen Kopf größer war als er. Sie hatte ein offenes, freundliches Gesicht, eine dunkelblonde Lockenmähne und einen breiten Mund. Bei ihm fielen mir, neben seiner markanten Nase, seine intensiven Augen und seine langen, feingliedrigen Finger auf. Das mussten Maurus und Ilona sein. Sie beobachteten, wie Nina mich zärtlich an sich drückte.

«Du bist mein Mici Mackó», flüsterte sie in mein Ohr.

Ja, das bin ich wohl.

Ich fühlte mich warm und glücklich.

Das war am Tag nach unserer Ankunft – bevor Bernard Nina untersucht hatte.

Wir waren erst spät am Abend angekommen und hatten eine lange Autofahrt hinter uns. Da sich Laura bei Tempo 130 keine Fluchtmöglichkeit bot, nutzte Bernard die Gelegenheit, seiner Tochter Nachhilfe in politischer Bildung zu geben. Während sie schweigend aus dem Fenster starrte, erzählte er, dass Ungarn viel liberaler sei als die anderen sozialistischen Staaten.

Stellte sich die Frage, was ein sozialistischer Staat war. Deutschland? Irgendwas war doch da mit Sozialismus gewesen. Doch bevor ich weiter darüber nachgrübeln konnte, fuhr Bernard fort:

«Dieser Gulaschkommunismus hält sich doch auch nicht mehr lang. Die Ungarn sind viel zu clever, um weiter an dieser Bauernpolitik festzuhalten. Sie wollen eine Öffnung zum Westen, mehr noch als die Tschechoslowakei oder Rumänier oder Russland.»

Ich konnte mir darauf keinen Reim machen. Dunkel erinnerte ich mich, dass Isabelle während der Studentenrevolution die großen kommunistischen Geister beschwor, doch was sie eigentlich gefordert hatte, war mir immer unklar geblieben.

Um Gleichheit war es gegangen. War ich Kommunist, weil für mich alle Menschen gleich waren? Das war eine interessante Frage.

Bernard hatte seinen Vortrag abgeschlossen, als wir uns der Hauptstadt näherten. Er musste sich konzentrieren.

Im Regen fuhren wir kreuz und quer durch Budapests Straßen, auf der Suche nach Maurus' Adresse.

«Ich kenne Józsefváros wie meine Westentasche», behauptete Bernard. «Wir müssen nur nach Pest, dann finde ich den Weg in den Achten Bezirk wie im Schlaf.»

Ich hörte die Scheibenwischer schnell über die Scheibe rutschen, die Reifen durchschnitten Pfützen, und es spritzte. Wir fuhren dreimal über die Freiheitsbrücke, ehe Bernard sicher war, ob wir uns nun in Buda oder in Pest befanden. Laura stöhnte.

«Mensch, Papa, dann lass uns doch fragen.»

«Nein, die verstehen uns doch sowieso nicht», sagte er und fuhr immer weiter. «Und wir sie auch nicht.»

«Ich denke, du hast hier gewohnt!»

«Ja, aber die Leute haben alle Deutsch gesprochen. Versuch mal Ungarisch zu lernen, das ist eine Wissenschaft für sich!»

Sie schwiegen, und Bernards Fahrweise wurde immer ungeduldiger.

«Da», rief er mindestens viermal, «das ist die Universität, glaube ich.»

«Papa!», sagte Laura entnervt nach eineinhalb Stunden. «Halt doch mal an, ich frage jetzt.»

«Nein, siehst du, ich wusste es doch, hier ist die Üllöi út, jetzt kann es nicht mehr weit sein!»

Leider bekam ich außer den Kommentaren von der Stadtrundfahrt nichts mit, denn ich steckte in einer der drei großen

Reisetaschen, zwischen anderen merkwürdigen Mitbringseln wie Kaffee, Nutella, Gummibärchen, Olivenöl und Tampons und noch allerlei Büchern und Noten.

«Da, das muss die richtige Straße sein, guck doch mal auf das Schild.»

«Fahr mal langsam», sagte Laura und las: «Mátyás utca. Ist es das?»

«Ja», rief Bernard begeistert, «ich erkenne es genau wieder, da, das große Eckhaus. Und da, ja, dahinten ist es.»

«*Thank God*», sagte Laura.

«Was hast du denn, ist doch alles reibungslos gegangen. Und immerhin hast du jetzt auch schon einen Eindruck von Budapest gewonnen. Ist das nichts?»

«Ich finde, es ist unheimlich grau hier», sagte Laura. «Und die fahren alle so komische Autos, die sehen aus wie aus Plastik.»

«Nachts sind alle Städte grau. Morgen sieht das schon ganz anders aus! Du wirst Budapest lieben, die Donau ist ein herrlicher Fluss, und man hat Ausblicke ...», sagte Bernard begeistert.

«Papa», sagte Laura streng, «du bist echt schrecklich, wenn du so euphorisch bist.»

Nachdem er am nächsten Tag Nina untersucht hatte, legte sich Bernards Euphorie schnell wieder. Er hatte ein ernstes Gesicht, als er sie abhörte.

«Das machst du prima», sagte er und ließ sie tief ein- und ausatmen. Dieses Hörrohr am Schlauch kannte ich noch aus der Zeit von Isabelles Lungenentzündung. Es weckte keine guten Erinnerungen in mir.

Nina sah Bernard mit großen Augen an.

436

«Jetzt pikst es noch einmal kurz», sagte er, zwinkerte ihr zu und drückte eine Spritzennadel in ihren mageren Arm. Nina zuckte, gab aber keinen Ton von sich. Mir wurde beinahe schwarz vor Augen.

«So, und das war es erst mal», erklärte er und lächelte Nina an. «Du bist ja schon ein großes Mädchen, wie alt bist du denn?»

Nina sah ihren Vater fragend an.

«*Kilenc*», sagte Maurus, «neun. Sie wird im Juni zehn.»

«Na, das wird ein Fest, was?», sagte Bernard zu Nina. Maurus übersetzte, und das Mädchen nickte eifrig.

«*Igen!*», sagte sie. Und Maurus erklärte:

«Sie wünscht sich seit Monaten, dass wir an ihrem zehnten Geburtstag in den Zirkus gehen!»

Ich will auch sehr gerne in den Zirkus! Schon mein Leben lang!

«Gut, dann lassen wir die kleine Patientin mal ein bisschen in Ruhe, damit aus dem Plan etwas werden kann.»

In Bernards Stimme lag zu viel gewollte Fröhlichkeit. Ich kannte das bei ihm. So hatte er früher immer mit Laura gesprochen, wenn er selbst kreuzunglücklich war.

Während Nina mich in den Arm nahm und mir das bunte Pflaster, das Bernard ihr geschenkt hatte, sorgsam auf den Bauch klebte, sah ich noch aus dem Augenwinkel Bernards skeptisches Gesicht und seine in Falten gelegte Stirn. Ich fragte mich, was das zu bedeuten hatte.

Der Raum versank im Dämmerlicht. Nina hustete, und auch ihr Husten erinnerte mich an Isabelles Lungenentzündung, vielmehr an das Blecheimergeräusch, das damals aus ihrer Brust geklungen war. Es hörte sich nicht gut an.

«Weißt du, Mici Mackó», sagte sie, als wir alleine waren, und sie sprach meinen neuen Namen, kleiner Bär, zärtlich «Mitschi Motschko» aus, «Papa macht sich Sorgen um mich.»

Ich weiß. Das habe ich gesehen.

«Sie glauben, ich würde das nicht merken.»

Sie sah mich mit großen Augen an.

«Ich war schon bei ganz vielen Ärzten, und die haben alle so ein Gesicht gemacht wie Onkel Bernard», sagte sie tapfer. «Keiner weiß, was mit mir los ist.»

Aber Bernard ist ein toller Arzt. Er hat schon ganz viele Kinder gerettet!

«Papa sagt, dass Onkel Bernard unsere große Hoffnung ist.»

Bestimmt. Ganz bestimmt.

Ich fing ihren Blick auf. Sie sah mich aus ihren fiebrig glänzenden Augen ruhig an, bis ihre Lider immer schwerer wurden. Nina schlief ein, und zum ersten Mal seit langer Zeit hatte ich das Gefühl, dass mein Leben einen Sinn hatte. Ihre Finger drückten auf meinen Bauch, und ich spürte die Liebe in mir, so deutlich wie am Tag von Giannis und Isabelles Hochzeit.

Die Tür ging auf, und Ilona kam herein.

«Nina», sagte sie mit leiser Stimme. «Nina?»

Nina rührte sich nicht. Ilona trat ans Sofa und legte dem schlafenden Kind die Hand auf die Stirn.

«Wenn wir dir nur helfen könnten …», flüsterte sie und wiederholte leise: «Nina.»

Langsam öffnete das Mädchen die Augen.

«Möchtest du vielleicht eine Kleinigkeit essen? Es wäre sicher gut für dich. Laura hat für uns alle Palatschinken gemacht!»

Nina nickte müde.

«Willst du aufstehen?», fragte Ilona. «Oder soll ich dir etwas bringen?»

«Aufstehen.»

Ilona half Nina aus dem Bett. Sie waren schon an der Tür, da sagte Nina:

«Mici möchte auch mitessen.»

«So? Dann wollen wir ihm das nicht verwehren.» Ilona lachte. «Mici heißt du also?», fragte sie, als sie mich vom Sofa holte.

Na ja, eigentlich Henry. Aber Mici ist auch nicht so schlecht.

«Das ist aber ein schöner Teddy, den Bernard und Laura dir geschenkt haben. Als ich klein war, hatte ich auch mal einen, der sah ganz ähnlich aus.»

«Und wo ist er jetzt?», fragte Nina.

«Das weiß ich nicht», antwortete Ilona. «Vielleicht habe ich ihn kaputtgeliebt. Er war ein sehr treuer Bär, und ich habe ihn ganz schön strapaziert.»

Ich bin auch treu. Sehr. Und auch sehr strapaziert. Aber noch längst nicht kaputt.

«Mici ist noch ganz», sagte Nina, und wir gingen in die Küche.

Ich saß auf Ninas Schoß, bekam ein paar Mal eine Gabel voll Palatschinken vor die Nase gehalten, der erstaunlicherweise eher aussah wie Pfannkuchen und nicht wie Schinken, aber da ich ohnehin nicht probieren konnte, war mir das egal. Ich heuchelte professionell Interesse, und Nina lächelte.

«Ich glaube, Mici schmeckt es genauso gut wie mir», sagte sie.

Maurus übersetzte, und Laura zwinkerte dem Mädchen verschwörerisch zu. Doch mir entging nicht, dass Laura mich während des Essens ein paar Mal verstohlen ansah. Ihr Blick verriet nicht, was sie dachte. Doch es schien mir fast, als wäre sie neidisch. Nicht auf Ninas Krankheit, sondern vielmehr auf die innige Verbindung, die Nina und ich vom ersten Moment an gehabt hatten. So hatte sie mich nie geliebt. Vielleicht bemerkte sie das jetzt?

Als Nina sich am Abend übergeben musste, war Laura verzweifelt.

«Ich habe es genau nach Mamas Rezept gemacht, ehrlich!», hörte ich ihre unglückliche Stimme aus der Küche. «Ich habe es doch nicht absichtlich getan.»

«Nein, Laura. Du hast nichts verkehrt gemacht», sagte Bernard. «Nina ist einfach sehr schwach. Ihr Organismus kann nur noch wenig verkraften. Wenn ich nur wüsste, wo der Entzündungsherd sitzt, dann könnte ich ihr besser helfen.»

Was hatte das zu bedeuten? Wie krank war Nina denn? Und warum gab Bernard ihr nicht einfach eines von seinen schweizerischen Zaubermitteln?

Die Hofmanns blieben zehn Tage.

Laura verbrachte viel Zeit an Ninas Bett, spielte *Mensch ärgere dich nicht* und ärgerte sich doch – aber nur ganz wenig. Sie sahen sich im Fernsehen gemeinsam eine Zeichentrickserie an, die *Arthur der Engel* hieß, und Laura lernte, auf Ungarisch zu zählen. Doch das alles täuschte nicht darüber hinweg, dass Ninas Krankheit keine Anstalten machte zu verschwinden und sämtliche Untersuchungen, die Bernard vorgenommen hatte nicht die gewünschten Ergebnisse lieferten. Er kümmerte sich rührend um Nina und gab sich alle Mühe, gute Laune zu verbreiten. Doch nach vier Tagen bestand er schließlich darauf dass sie ins Krankenhaus gebracht würde.

Ich hörte, wie die Erwachsenen in der Küche darüber sprachen. Die Tür stand immer einen Spaltbreit offen, damit Nina sich im Wohnzimmer nicht einsam fühlte.

«Meinst du, dass das wirklich nötig ist?», hörte ich Ilona fragen.

«Mehr kann ich hier zu Hause nicht tun», antwortete Bernard.

«Du weißt ja, wir sind nicht gerade die beliebtesten Gäste auf Staatskosten …», zweifelte Ilona.

«Ich kenne da einen guten Kollegen im Szent János Hospital», erklärte er. «Ich habe schon mit ihm gesprochen, und er ist bereit, sich meine Ergebnisse anzusehen. Wir kriegen eure Nina schon wieder auf die Füße, du wirst sehen.»

«Dein Wort in Gottes Ohr», sagte Maurus, und er fügte leise hinzu: «Sie muss wieder gesund werden. Nochmal halte ich das nicht aus.»

Bernard nickte. «Wir tun unser Bestes.»

«Ja, ich weiß. Und ich weiß auch, dass das keine leere Phrase ist. Ich bin dir so dankbar. Du kannst dir vorstellen, wie schwierig es ist, hier die richtige Behandlung zu kriegen, wenn man nicht … na ja, wenn man nicht ins richtige Horn bläst.»

«Gibt es denn wirklich keine Möglichkeit, sie zum Beispiel nach Wien in die Klinik zu bringen? Die Versorgung im Westen klappt viel reibungsloser und schneller.»

«Mit unserer Familiengeschichte? Du machst Witze! Du glaubst nicht, wie viele Telefonate ich geführt habe. Ich habe wirklich alle Kontakte angezapft, die ich habe. Seit Wochen bin ich als Bittsteller unterwegs. Aber mir wurde ziemlich deutlich gemacht, dass ich froh sein kann, wenn wir in diesem Jahr einen Pass kriegen, um meine Mutter in Wien zu besuchen. Letztes Mal vor drei Jahren haben sie mich nicht rausgelassen. Ich hatte wohl in irgendeinem Interview etwas Falsches gesagt.»

Ich versuchte, besser zu hören, aber Nina hielt mich so fest, dass ich ihren Atem lauter vernahm als die Stimmen in der Küche. Dabei fand ich es durchaus interessant, was Maurus gerade erzählte. War das so zu verstehen, dass die Menschen hier in Budapest nicht einfach verreisen durften, wie sie wollten? Wer verbot es ihnen?

«Ist das wirklich so schlimm? Bei uns in der Schweiz wird über Ungarn immer nur als die lustigste Baracke im sozialistischen Lager berichtet. Die Medien tun fast so, als gäbe es hier kein repressives Regime.»

«Tja, das hängt ganz davon ab, mit wem man spricht», sagte Ilona ironisch. «Wer nur die Bücher lesen will, die erlaubt sind, erlebt natürlich auch keine Repressalien. Es lebe das System, hurra.»

Sie durften auch nicht lesen, was sie wollten? Das wurde ja immer merkwürdiger. In meinem Kopf fielen diese neuen Informationen wild durcheinander.

Ilona fuhr fort: «Das, was ihr da drüben im Westen als ‹liberalen Sozialismus› bezeichnet, haben wir mit unserem Blut bezahlt. Du glaubst doch nicht, dass wir diese Freiheiten hätten, wenn die Menschen 1956 nicht auf die Barrikaden gegangen wären. Aber es stimmt natürlich schon», räumte Ilona dann ein. «Wenn man es zum Beispiel mit der DDR vergleicht, geht es uns gar nicht so schlecht.»

Jetzt fiel es mir wieder ein: Die DDR, das war diese Sache in Deutschland gewesen. Ich erinnerte mich, dass kurz nach dem Krieg ein Teil von Deutschland abgespalten und dass Anfang der sechziger Jahre sogar eine Mauer gebaut worden war, um diese Teilung deutlich sichtbar zu machen. Der neue Teil wurde DDR genannt. Im französischen Fernsehen war damals darüber berichtet worden, dass an dieser Mauer sogar auf Leute geschossen werden dürfe, wenn sie versuchten, da

Land illegal zu verlassen, jetzt erinnerte ich mich wieder, wie entsetzt Hélène damals darüber gewesen war. Aber das war ja schon so lange her. Ich hatte nicht geglaubt, dass es diese Grenze noch immer gab, und vor allem hatte ich nicht gewusst, dass es noch mehr Länder gab, in denen die Menschen wie in einem großen Gefängnis lebten. Bären und Politik, das war noch nie eine glanzvolle Kombination.

Maurus mischte sich wütend ein: «Freiheiten, schön und gut, aber in den entscheidenden Moment lässt uns dieser feine Staat doch total hängen. Wenn ich denke, dass ich meinem Kind nicht die Hilfe geben kann, die es bräuchte und woanders auch haben könnte, wird mir speiübel vor Wut.»

«Mach dir keine Gedanken», erwiderte Bernard. «Wir kriegen das schon hin. Du hast mir damals geholfen, jetzt helfe ich dir.»

Ich fragte mich, wie Maurus ihm geholfen hatte, aber darüber schwiegen die Männer einvernehmlich. Und als die Stille zu laut wurde, sagte Bernard:

«So, und nun möchte ich gern mit meinem Freund Maurus ein Bier trinken gehen und über alte Zeiten sprechen. Soproni Ászok, bitte!»

Ich blieb hellwach in der Stille der Nacht zurück und fragte mich, was das für Menschen waren, die um ihrer Politik willen ein Kind leiden ließen.

Nina weinte leise im Schlaf.

Am nächsten Tag wurden Nina und ich ins Krankenhaus gebracht.

«Ich war schon mal im Krankenhaus», sagte Nina. «Du auch?»

Ja. Und ich fand es nicht besonders schön.

«Die Schwestern sind immer nett. Und die Ärzte eigentlich auch. Aber es ist ganz schön langweilig.»

Wenn's weiter nichts ist! Wir können gerne den ganzen Tag spielen.

«Aber jetzt bin ich ja nicht allein.»

Die Ruhe und Ergebenheit von Nina machte mich richtig beklommen. Nach all den Jahren an Lauras Seite, die von lautstarkem Protest geprägt waren, kam es mir fast falsch vor, dass Nina sich gar nicht auflehnte. Wieso tobte und schimpfte sie nicht, dass sie gesund werden wollte?

Ninas Bett stand hinter einem Wandschirm in einem großen Zimmer. Es war groß und weiß, und Nina sah darin noch kleiner aus, als sie ohnehin schon war. Sie hatte einen kleinen Nachttisch, und neben ihrem Bett stand ein gelber Hocker. Das Beste aber war das Fenster, das eine Aussicht auf den Wald hatte. Die Oktobersonne fiel durch die bunten Blätter an den Bäumen. Es war hell und luftig, ganz anders als in dem Krankenhaus in Florenz, doch der sterile Geruch, der durch die Gänge waberte, war derselbe. Ich erkannte ihn sofort.

Ein Mann kam herein und gab erst Nina, dann Maurus dann Bernard die Hand.

«Du musst Nina sein», sagte er. «Ich heiße Lajos Szabó.» Dann zeigte er auf mich. «Und wer ist das?»

«Mici», sagte Nina. «Er kommt aus der Schweiz.»

«Mici, aha», sagte der Doktor. «Ein Spion …»

«Ja», antwortete Nina und sah ihn herausfordernd an. «Sie müssen alles richtig machen!»

Szabó lächelte.

«Na, dann wollen wir mal keine Zeit verlieren.»

Er sah Bernard an, der nickte. Die Untersuchungen dauerten ewig. Ich fragte mich, wonach sie eigentlich suchten. Wa hatte sich denn so gut in Ninas Körper versteckt, dass sie es nicht fanden? Bernard fand doch sonst alles.

«Ihr müsst Geduld haben», sagte er immer wieder, wenn er Maurus' und Ilonas Blicke auffing. «Gebt uns noch ein bisschen Zeit.»

Sie legten dünne Schläuche, die in Ninas Armen verschwanden, sie gaben ihr Tabletten und Spritzen, und ich hatte das Gefühl, sie würde immer durchsichtiger, ihre Haut bekam eine pergamentene Blässe und dabei einen fast bläulichen Schimmer. Ich machte mir Sorgen, denn Bernard, in den alle so große Hoffnungen gesetzt hatten, schien keinen Erfolg zu haben.

Aber dann, eines Morgens, trat plötzlich eine Verbesserung ein. Nach ein paar Tagen in der Klinik ging es plötzlich mit Nina bergauf. Am vierten Morgen wachte Nina auf und verkündete:

«Ich habe Hunger.»

Doktor Szabó war begeistert.

Sie haben ein Mittel gefunden, das ihren Körper wieder zur Vernunft bringt, dachte ich und war bestimmt nicht der Einzige, der erleichtert war.

Maurus und Ilona waren richtig ausgelassen, so befreit waren sie. Ich hörte sie scherzen und lachen. Bernard gab ihnen Sicherheit und Zuversicht, zwei Dinge, die, wie ich gelernt habe, in dieser Welt schwer zu bekommen sind.

Als wir ankamen, waren die beiden so bedrückt gewesen, ihre Gesichter waren so grau gewesen, dass man sie kaum von den Wänden in ihrer dunklen Wohnung unterscheiden konnte, doch nun kehrte langsam die Farbe in das Leben der Andrássys und auf Ninas Wangen zurück.

Bernard und Laura kamen noch einmal ins Krankenhaus, um sich zu verabschieden.

«Bald geht es dir besser, kleine Nina», sagte Bernard. «Und wenn du ganz gesund bist, kommst du uns in der Schweiz besuchen!» Er kniff Nina in die Wange. «Bis bald, also.»

«Danke, Genossen», sagte Nina, und alle lachten.

«*Szia, Nina*», sagte Laura und hielt beide Daumen in die Luft. «Mach's gut.» Sie drehte sich zu ihrem Vater um und hakte sich bei ihm ein.

Ich sah sie an. Laura. Sie war so groß geworden, so erwachsen und eigentlich ein nettes Mädchen. Eine Welle später Sympathie durchfloss mich.

Bernard hatte die Klinke schon in der Hand, da hörte ich leise Lauras Stimme: «*Ciao, Paolo*», sagte sie, und ich war mir im ersten Moment nicht sicher, ob sie es wirklich gesagt hatte. Doch als ich ihren Blick auffing, wusste ich es genau. Ich werde ihr ewig dankbar sein, dass sie sich auch von mir verabschiedete. Endlich hatte alles seine Ordnung.

Zum ersten Mal, dachte ich, ist bei der Familie Hofmann so etwas wie Frieden eingekehrt.

Maurus und Ilona folgten den beiden zur Tür. Hinter dem Wandschirm klangen ihre Stimmen gedämpft. Ich sperrte die Ohren auf. Aus Erfahrung wusste ich, dass die wichtigsten Dinge oft in den Minuten des Abschieds gesagt werden. Viele Menschen schaffen es einfach nicht vorher.

«Sie ist jetzt stabil, aber ihr müsst sie im Auge behalten», sagte Bernard eindringlich. «Die Aufbaupräparate schlagen gut an, aber ihr Körper ist geschwächt. So ein Zusammenbruch des Immunsystems kann viele Gründe haben. Wir haben jetzt weiter nichts Auffälliges gefunden, aber wie gesagt: Es gibt viele Ursachen. Melde dich, ja?»

«Danke, Bernard. Ich halte dich auf dem Laufenden. Du weißt gar nicht, wie froh ich bin, dass ihr gekommen seid. Wir hatten ja schon so viel ausprobiert. Ohne dich hätte ich den Mut verloren.»

«Nun seht zu, dass ihr auf die Straße kommt», unterbrach Ilona die Abschiedsrede. «Maurus ist immer so pathetisch.» Sie lachte. «Aber sonst wäre er wahrscheinlich auch nicht so ein hervorragender Pianist.»

«Danke, Ilona, du bist zu gut», sagte Maurus. «Also, ihr zwei, keine langen Verabschiedungen – Befehl von oben. Gute Fahrt.»

Ich hörte die Tür. Dann erschien Maurus' Kopf hinter dem Wandschirm. Er sah müde aus.

«Na, mein Stern, ist alles in Ordnung?»

Nina nickte.

«Dann gehen wir jetzt auch.»

«Ist gut.»

«Bis morgen, Prinzessin. Schlaf dich gesund.»

Sie küssten Nina, der eine rechts, der andre links, und sie bohrte ihre Nase in mein Nackenfell.

Ilona und Maurus kamen jeden Tag ins Szent János Hospital. Sie fuhren quer durch die Stadt, um Nina und mich in der Klinik am Stadtrand zu besuchen, und bald sah selbst ich, dass Nina Fortschritte machte. Sie musste sich nicht mehr übergeben, und auch der Husten ließ nach, nur die Blässe verschwand nicht aus ihrem Gesicht.

«Ich habe dir Túró Rudis mitgebracht. Drei Stück», sagte Ilona, als sie ins Zimmer kam. Nina liebte diese Schokoriegel, die Quarkfüllung mochte sie lieber als alles andere. «Einen für jetzt, einen für nachher und einen für die Heimfahrt.»

«Für die Heimfahrt?», fragte Nina.

Durften wir nach Hause?

«Doktor Szabó sagt, dass du so weit stabil bist, dass du nach Hause kannst.»

«Hast du das gehört, Mici? Wir dürfen nach Hause!»

Und wie ich das gehört habe!

Nina blühte auf.

Das Leben in der Wohnung in der Mátyás utca war neu für mich. Es war ungewohnt, ohne Bernard und Laura zu sein, doch ich fühlte, dass ich an Ninas Seite gehörte, und dachte bald kaum noch an sie.

Ich hatte inzwischen begriffen, dass Budapest in einem Land lag, in dem das Leben nach anderen Regeln verlief, als ich es gewohnt war. Doch im Alltag zu Hause merkte ich nur, dass die Menschen weniger hatten, es erinnerte mich ein bisschen an die Zeiten nach dem Krieg, als nicht alles zu bekommen war. Mir war schon immer klar gewesen, dass die Hofmanns keine Not gelitten hatten, doch wie reich sie waren, wurde mir erst hier richtig deutlich. Der Fernseher der Andrássys war ein altes Schwarz-Weiß-Modell, ungefähr so, wie die alte Flimmerkiste der Brioches in den Fünfzigern. Maurus hatte kein Auto. Der Kühlschrank quoll nicht gerade über, und Weihnachten fiel eher spärlich aus. Alles, was auch nur irgendwie an einen Luxusartikel erinnerte, hatte trotzdem höchstens den Charme der frühen siebziger Jahre. Ich hatte all diese Epochen erlebt und erkannte vieles wieder. Wie kam es, dass in diesem Land das Jahr 1989 so anders aussah als in der Schweiz? Ich begriff das nicht. Leider war auch nicht zu erwarten, von Nina darüber Aufklärung zu erhalten. Wenn sie sich nicht ausruhte, war sie hauptsächlich damit beschäftigt, sich Geschichten aus zudenken. Geschichten über andere Kinder, über Tiere und Arthur, den kleinen dicken Engel aus der Zeichentrickserie, der in Notsituationen mit seinem Regenschirm vom Himmel geschwebt kam und dann allerhand anstellte.

Der Alltag hielt Einzug, und schon nach ein paar Tagen kannte ich die Abläufe und ihre Geräusche.

Morgens um halb sechs klingelte nebenan ein Wecker, dann waren die Schritte von Ilonas nackten Füßen auf dem Parkett zu hören und wenig später die Haustür. Sie ging zu ihrer Schicht als Tram-Schaffnerin auf der Linie 4. Beim Abendessen erzählte sie oft Geschichten aus der Straßenbahn, von vergessenen Hunden, Koffern und Kindern, von Verrückten und Betrunkenen.

Maurus übte viele Stunden am Tag auf seinem riesigen Flügel, Stunden, in denen Nina schlief und ich zufrieden lauschte.

«Wenn Papa spielt, kann ich so schön träumen», sagte Nina. «Er spielt Bilder für mich. Wenn er Grieg spielt, die Klaviersonate in C, dann träume ich immer von ganz viel Wasser. Und wenn er Beethoven spielt, die Pathétique, dann träume ich vom Sommer.»

Ich konnte sie gut verstehen. Maurus hatte eine Art, das Klavier zum Klingen zu bringen, dass die Welt sich nach seinen Tönen zu richten schien.

Ich mochte diese Tage, an denen nichts Außergewöhnliches passierte, an denen das Leben leise dahinplätscherte und die Sorgen, die anfangs wie eine schwere Hand auf allen gelastet hatte, immer weniger Gewicht hatten. Ich fühlte mich zu Hause.

Es dauerte eine Weile, bis ich herausbekam, dass Ilona gar nicht Ninas Mutter war, denn zumindest ich merkte keiner

von beiden etwas an. Und dass Ilona nicht denselben Nachnamen trug wie Nina und Maurus, erfuhr ich sogar erst an
diesem unglückseligen Tag kurz vor Ostern. Die drei wirkten
so harmonisch und normal, dass ich überhaupt nicht auf die
Idee gekommen war, dass sie keine gewöhnliche Familie waren.
Mir war zwar nicht entgangen, dass Maurus ein besonders
enges Verhältnis zu Nina hatte, aber so ungewöhnlich war ein
liebevoller Vater nun auch nicht, dass man hätte nachdenklich werden müssen. Bis Anfang März lebte ich zufrieden in
meinem Irrglauben.

Nina hustete wenig und war, wenn auch nur langsam, wieder
ein wenig zu Kräften gekommen. Sie durfte noch nicht in die
Schule, dazu war sie noch zu wackelig auf den Beinen, aber
im neuen Schuljahr, das hatte Maurus versprochen, könnte
man darüber nachdenken, wenn sie weiter solche Fortschritte
machte. Wir vertrieben uns die Zeit mit Spielen. Memory
war eines unser Lieblingsspiele, was so viel heißt, dass Nina
Memory spielte und ich im Stillen gegen sie antrat. Sie sah
mich an und sagte:

«Soll ich für dich aufdecken, Mici?»

Ja, bitte.

«Also gut. Bist du sicher, dass ich diese Karte nehmen soll?»

Nein, nicht die. Die rechts daneben.

«Tja, du hast es so gewollt. Aber ich hätte dir gleich sagen
können, dass die Frösche unter der Karte rechts daneben lie
gen.»

Ich bekam kein Paar und seufzte.

«Ich bin dran», plapperte sie weiter. «Ich suche mir die
Enten.»

*In der untersten Reihe. Am Rand rechts und die dritte vo
links.*

Sie deckte zwei Karten auf. Eine davon war falsch.

«Oh, da habe ich mich vertan, ich wollte eigentlich die Karte daneben», sagte sie und nahm sich das Paar, obwohl sie zuerst falschgelegen hatte.

Du beschummelst dich selbst.

«Na, spielst du Memory gegen dich selbst?», fragte Maurus plötzlich. Er hatte schon eine Weile in der Tür gestanden und uns zugesehen, doch Nina war so vertieft in unser Spiel gewesen, dass sie ihn nicht bemerkt hatte. Sie sah zu ihm auf.

«Nein, gegen Mici. Aber ich gewinne.»

Kunststück.

«Hast du deine Tabletten schon genommen?», fragte er.

«Ja, zum Mittagessen.»

«Was hast du denn gegessen?»

«Ilona hat Letscho gemacht. War lecker.»

«Gut.» Maurus lächelte. «Glaubst du, wir beide könnten am Samstag einen kleinen Ausflug unternehmen?», fragte er dann.

Nina sah zu ihm auf. «Nur wir beide?»

«Nur wir beide.»

«Au ja. Gehen wir endlich in den Zirkus?»

«Nein. Ich dachte, wir gehen zu Ruszwurm …» Er verstummte.

Wer oder was war Ruszwurm? Der Name hörte sich nicht besonders vertrauenerweckend an.

Die Stille, die im Raum hing, war eigentümlich, ich spürte, dass es um mehr ging als um einen einfachen Ausflug.

«Es ist wegen Mama.» Nina senkte den Kopf.

«Ja, das ist es. Am Samstag ist es fünf Jahre her. Und Mama ist doch immer so gerne bei Ruszwurm Kaffee trinken gegangen.»

«Ist gut», sagte Nina und kletterte vom Stuhl.

«Es ist doch schön, auf diese Weise an sie zu denken, oder? Sicher sieht sie uns vom Himmel aus zu und freut sich, wenn wir beide mal richtig Kuchen essen.»

«Ist Ilona nicht traurig, wenn wir allein gehen?», fragte sie.

«Nein. Ilona weiß, dass dieser Tag nur dir und mir und Mama gehört.» Seine Stimme wurde immer leiser.

«Aber du bist dann auch immer so traurig.»

«Ich verspreche dir, kein langes Gesicht zu machen. Ich habe ja dich, und das ist für mich das größte Geschenk.»

Nina sah ihren Vater streng an.

«Nicht traurig werden!», sagte sie nachdrücklich.

Maurus nickte lächelnd. Kurz darauf erklang aus dem Musikzimmer Klaviermusik. Maurus spielte den Sommer herbei, und ich dachte über Ninas Mutter nach, von der ich bis vor fünf Minuten nichts gewusst hatte. Mein Leben war wie ein Puzzlespiel, nur dass ich vorher nicht wusste, welches Bild am Ende entstehen sollte. Immer konnte plötzlich aus heiterem Himmel ein neues Teil dazukommen und alles ver ändern. Ich ärgerte mich, dass ich Nina nicht fragen konnte. Ich ärgerte mich, dass ich mich nicht weiter aus dem kleinen Fenster, das den Ausschnitt meines Blicks bestimmte, hinaus lehnen konnte, um ein wenig nach links und rechts zu schauen. Ich war dem Anschein aufgesessen und hatte eine Regel ver gessen, die mir eigentlich in Fleisch und Blut übergegangen war: Nichts ist so, wie es scheint. Alles und jeder hat eine eigene Geschichte, und was man kennenlernt, ist immer das Ergebnis dieser Geschichte. Und meistens musste ich mir die Details teilweise über Jahre sehr mühsam zusammenreimen. An manchen Stellen aber blieben für immer weiße Flecken, die ich nicht zu füllen vermochte.

Ich durfte mit ins Café Ruszwurm – ich durfte eigentlich überallhin mit –, und es war wie eine Zeitreise. Wir nahmen an dem kleinen Tischchen Platz, das am dichtesten an dem runden, weißen Kachelofen stand. Nina und ich rückten nah an den bullernden Ofen heran. Vom schiefen, überlasteten Garderobenständer neben uns zog mir der Geruch feuchter Jacken in die Nase. Der Winter war noch einmal zurückgekommen, und es hatte begonnen zu schneien. Dicke weiße Flocken fielen vom Himmel, was es drinnen umso gemütlicher machte. An den hellen Wänden der Konditorei hingen alte Fotografien, die davon erzählten, wie viel in diesen Räumen schon passiert war. Wir saßen auf einem der niedrigen Sofas, die mit grün-weiß gestreiftem Samt bezogen waren, und man konnte deutlich die Sprungfedern erkennen, die versuchten, sich von unten durch den Stoff zu drängen. Als die Tür geöffnet wurde, klimperte das Kristall im Kronleuchter über uns leise. Es hörte sich fast an wie ein Lied. Maurus und Nina sahen sich an, und aus unerfindlichen Gründen wusste ich genau, was sie dachten: Das war Mama, dachten sie, sie wollte uns sagen, dass sie da ist. Und wer weiß, vielleicht hatten sie ja recht.

«Alles gut?», fragte Maurus, als der Zauber des Moments verflogen war.

Nina verdrehte die Augen.

«Papa!»

«Ich frage ja nur.»

«Ich möchte eine heiße Schokolade, wie Mama!»

Maurus bestellte das Gleiche für sich, und dazu orderten sie die Kuchenspezialität des Tages. Eine in die Jahre gekommene Kellnerin mit griesgrämigem Gesicht bediente sie. Nina schnitt ihr eine Grimasse hinterher, und Maurus musste lachen. Sie war gekleidet wie die Dienstboten damals im Hause der Browns. Auf dem Kopf trug sie ein Häubchen, das bei jedem ihrer Schritte wackelte. Auf kleinen Silbertabletts brachte sie die Teller und Tassen und stellte alles vornehm vor den beiden ab.

«*Köszönöm*», bedankte Nina sich artig und betrachtete das enorme Stück Torte auf ihrem Teller.

«Auf dich, *Csillagom*», sagte Maurus und ließ seine Kakaotasse gegen ihre klingen. «Und auf Mama.»

Sie sahen sich an und grinsten. Nina mochte es, wenn er sie *Csillagom*, mein Stern, nannte.

Ich versuchte, mir Laura und Bernard in dieser Situation vorzustellen. Sie hätten sicher an einem Caféhaustisch gesessen und schweigend jeder für sich seine Wunden geleckt. Es war doch immer wieder erstaunlich, wie unterschiedlich die Menschen waren.

Es wurde Ostern. Zum achtundsechzigsten Mal für mich.

Maurus brachte einen riesigen Korb voll Eier nach Hause.

«Du lieber Himmel, hast du eine Hühnerfarm überfallen?», fragte Ilona.

«Diese Eier, meine Liebste, haben mich einen Haufen Zeit und Nerven gekostet. Ich wünsche mir dieses Jahr die schönsten Eier der Welt.»

«Tja, dann werde ich wohl die nächsten Tage in der Küche verbringen … Wie schade, eigentlich sitze ich ganz gern auch mal im Wohnzimmer», erwiderte Ilona und lachte.

«Wir können dir ja helfen», sagte Maurus. «Seltsam, draußen schienen es mir gar nicht so viele zu sein.»

Nina kam aus der Küche gerannt.

«Hui, Papa, das sind aber viele Eier.»

«Ja, und die werden wir alle hübsch färben und anmalen.»

«Jawohl», sagte Ilona. «Dieses Jahr treiben wir es bunt.»

Es gab anscheinend eine Menge vorzubereiten, Maurus' Schwester Zsuzsa war mit ihrem Sohn Gyula eingeladen, und auch Ilonas Mutter hatte sich angekündigt.

«Meinst du nicht, das wird ein bisschen zu viel für Nina?», hatte Ilona gefragt.

Und Maurus hatte erwidert: «Sie hat so viel entbehrt, und jetzt freut sie sich so auf das Fest. Den Spaß will ich ihr lassen. Wir müssen sie einfach manchmal ein bisschen bremsen.»

Aber Nina war kaum zu bremsen. Die Tage vor dem Osterfest verbrachten wir mit Ilona in der Küche. Ich liebe Küchen. Seit Lili und ich damals in Bloomsbury unsere Nachmittage in Mary Janes Küche verbrachten, sind sie für mich ein magischer Ort. Sie quellen über vor Sinneseindrücken, und sie beherbergen die Lebensfreude. Es scheint mir, dass die Menschen sich dort trauen zu zeigen, wie leidenschaftlich sie sind. In der kleinen Budapester Küche war das nicht anders. Ilona rührte Teig und schlug Eischnee, bis ihr der Schweiß auf die Stirn trat, und Nina half mit roten Wangen mit, wo immer sie konnte. Sie stieg auf eine kleine Trittleiter, Ilona krempelte ihr die Ärmel auf, und dann fingen die beiden an, zu färben und zu backen und zu kochen. Am Ostersonntag sollte es Osterschinken mit Kren geben, am nächsten Tag Schichtkraut, das alles mit einer braunen, nicht näher bestimmbaren Soße, und außerdem mussten noch ein Osterzopf hergestellt und die Eier behandelt werden. Sie hatten so viel Spaß.

Nina wirbelte in einer Schüssel Eier und Mehl zusammen und staubte vor Eifer die ganze Küche ein, vielleicht sah deshalb niemand außer mir, dass sie wieder viel blasser geworden war.

Als Maurus im Musikzimmer anfing, Klavier zu spielen, hielten die beiden für einen Augenblick inne.

«Papa», rief Nina so laut, dass sie husten musste. «Papa. Das ist ein Weihnachtslied!»

«Was?», rief Maurus gespielt ungläubig. «Das glaube ich nicht!»

«Doch», rief Nina und kicherte. «Es ist aber Ostern!»

Doch Maurus spielte unbeirrt weiter. Ilona und Nina sahen sich an und begannen dann wie aus einem Mund zu singen:

«Kis karácsony, nagy karácsony. Kisült-e már a kalácsom? Ha kisült már, ide véle, hadd egyem meg melegében.»

«He, jetzt singst du auch noch falsch», rief Nina.

«Was? Ich singe falsch? Das liegt daran, dass dein Vater zu Ostern Weihnachtslieder spielt. Ich kann das nur im Dezember», rief Ilona mit gespieltem Ernst.

«Hör mal», sagte Nina streng, «das geht doch so!»

Und sie begann von vorn, obwohl ihr Vater nebenan bereits an einer ganz anderen Stelle der Melodie angelangt war. Dazu schwang sie den Holzlöffel, und die Ärmel ihres Pullovers rutschten über ihre dünnen Ärmchen. Mitten in der zweiten Zeile brach sie plötzlich ab. Sie schwankte. Die Trittleiter, auf der sie stand, wackelte, und als sie stürzte, gelang es Ilona nicht, den Schinken rechtzeitig von sich zu werfen, um sie aufzufangen.

«Maurus», schrie sie, und ihre Stimme versagte in Panik. «Maurus!»

Sie ging neben Nina auf die Knie, die merkwürdig verdreht auf dem grauen Linoleumboden lag, während sich eine Wolke aus Mehl wie weißer Nebel auf sie senkte.

Doktor Szabó steckte wieder eine Vielzahl von Nadeln und Schläuche in Ninas schlaffen Körper, und Maurus machte Ilona Vorhaltungen.

«Warum hast du sie auch auf der Leiter stehen lassen?», fuhr er sie an. «Sicher ist ihr schwindelig geworden.»

«Maurus, ihr ist nicht schwindelig geworden», sagte Ilona und massierte ihre Stirn. «Sie war völlig in Ordnung.»

«War sie eben nicht, sonst wäre sie ja nicht einfach runtergefallen.» Maurus hielt mich fest in den Händen, seine Pianistenfinger drehten mich unablässig, tasteten und umfassten mich. Seine Nervosität ging mir augenblicklich unters Fell. Seit dem Moment, als Nina wie eine Marionette mit abgeschnittenen Fäden auf den Küchenboden gefallen war, standen meine Gedanken still. Das Bild des regungslosen Mädchens verschwand nicht vor meinem inneren Auge. Panik war in mir hochgestiegen, die gleiche Panik wie damals, als Friedrich leblos unter mir zusammengesackt war, als sein Körper aufgehört hatte zu leben.

«Es ist nicht meine Schuld, Maurus. Sie ist einfach zusammengebrochen.»

«Aber wenn du sie nicht auf die Leiter ...»

«Hör jetzt auf!», zischte sie. «Hör auf, mir Vorwürfe zu machen.»

Er senkte den Kopf.

«Du hast nicht auf sie aufgepasst», sagte er leise.

Ilona sah ihn traurig an.

«Man kann auf niemanden immer aufpassen. So ist das Leben, Maurus.»

Sie wollte ihm eine Hand auf die Schulter legen, doch er drehte sich weg.

Maurus, was tust du denn?

«Lass mich», sagte er. «Lass mich.»

«Bitte. Versteh doch.»

«Nein», sagte er. «Wäre ich bei ihr gewesen, wäre das nicht passiert.»

«Ich mache mir genauso Sorgen wie du. Nina ist …»

Sie blickte ihn aus wütenden Augen an, als Doktor Szabó den Kopf aus der Tür des Behandlungsraumes steckte.

«Herr Andrássy? Frau Barinkay? Sie können jetzt zu ihr.»

Sie erhoben sich von den braunen Plastiksesseln auf dem Gang. Maurus drückte mich mit beiden Händen.

«Ich gehe allein», sagte er und blickte Ilona fest an.

Nein!

«Bist du sicher?», fragte sie.

Als er schwieg und starr geradeaus sah, drehte sie sich um und ging.

Ich war fassungslos.

Nina war vielleicht nicht Ilonas leibliches Kind, aber es bestand kein Zweifel daran, dass sie sie wie eine Mutter liebte. Das wusste ich genau. War Maurus denn völlig von Sinnen?

Ich spürte, wie sein Herz klopfte, als wir das Krankenzimmer betraten. Wie vor wenigen Monaten lag Nina bleich und unendlich klein in diesem riesigen weißen Bett. Maurus schluckte, und ich unterdrückte die Angst.

«Nina», flüsterte Maurus. «Nina, *Csillagom!*»

Sie rührte sich nicht. Doktor Szabó legte ihm von hinten die Hand auf die Schulter.

«Ihr Immunsystem ist nicht stabil genug. Da reicht dann schon eine kleine Erkältung. Machen Sie sich keine Vorwürfe. Sie haben alles richtig gemacht. Ich werde Nina für ein paar Tage hierbehalten. Ihre Lymphknoten sind stark geschwollen, das möchte ich mir gerne genauer ansehen.»

«Was bedeutet das?», fragte Maurus.

«Nun, es ist wohl besser, wenn sie über die Feiertage hierbleibt. Hier haben wir die besten Möglichkeiten, sie zu überwachen. Bleiben Sie ruhig noch bei ihr. Ich schaue später noch einmal rein.»

«Danke, Doktor, vielen Dank.»

Maurus sank auf den kleinen gelben Hocker neben Ninas Bett und drückte mich in ihren Arm.

«So, Mici», sagte er. «Jetzt bist du dran.»

Ich weiß.

Dann stützte er den Kopf in die Hände und weinte.

Ich spürte genau, dass Ninas Herz noch schlug, und war unsagbar erleichtert. Sie musste gemerkt haben, dass ich zu ihr gekommen war, denn sie regte sich vorsichtig.

«Papa», flüsterte sie.

Maurus hob den Kopf.

«Nina, mein Stern, du bist ja wach.»

«Papa», sagte sie und öffnete mühsam die Augen. «Wo ist Ilona?»

«Sie ist … sie musste …», stammelte er und sah verlegen zum Fenster hinaus. «Es war nicht …»

«Ich bin hier, mein Schatz», hörten wir plötzlich Ilonas Stimme. Maurus' Kopf fuhr herum.

«Immer zur Stelle», sagte sie leise und kam hinter dem Wandschirm zum Vorschein.

Nina schloss die Augen und sah nicht, wie Maurus seinen Blick auf seine Lebensgefährtin richtete, sie sah nicht die stumme Entschuldigung und die stille Dankbarkeit, die darin lagen. Doch ich sah es, und auch Ilona verstand es.

«Es ist nur …», begann Maurus. «Es war einfach der Schock …»

«Ich weiß», sagte Ilona. «Ist schon gut.»

Nina drückte mich und sagte: «Und Mici ist auch da.»

Das Osterfest verlief völlig anders als geplant. Genau genommen fiel es einfach aus. Maurus und Ilona waren die meiste Zeit bei uns und wachten über Nina.

Die Infusionen und Mittel, die sie bekam, stabilisierten sie so weit, dass sie wieder sitzen konnte, doch sie wurde immer blasser, das Fieber kam in Schüben, und sie klagte über schmerzende Knochen.

Was war denn mit ihr los? Wieso erholte sie sich nicht? Ich hatte gedacht, Bernard hätte sie gesund gemacht. Was hatte er übersehen? Und was übersah Doktor Szabó?

«Du solltest Bernard anrufen», flüsterte Ilona Maurus zu, als Nina während des *Mensch ärgere dich nicht*-Spiels eingeschlafen war.

«Er konnte ja auch nicht helfen», wandte Maurus ein.

«Er hat dir gesagt, dass er nicht mehr tun konnte, vielleicht sieht die Situation jetzt anders aus.»

«Wieso sollte er es jetzt können?»

«Maurus. Sei doch nicht so stur.»

«Ich habe solche Angst», flüsterte er. «Wenn Nina nicht gesund wird …»

«Wir werden sicher einen Weg finden, ihr zu helfen. Bitte ruf Bernard an.»

Maurus nickte schwach und rieb sich müde die Augen.

«Wahrscheinlich hast du recht. Wie immer.»

Er schwieg eine Weile.

«Wenn wir sie doch bloß nach Wien bringen könnten oder zu Bernard in die Klinik in Olten, Hauptsache weg aus diesem, diesem …»

«Still, Maurus», sagte Ilona und blickte sich um. «So machen wir uns keine Freunde.»

Er wurde wütend.

«Wir haben hier sowieso keine Freunde, verstehst du das nicht? Ich darf mein Kind nicht retten lassen. Ich hasse dieses Land. Es will mir alles nehmen, was …» Er brach ab und griff nach ihrer Hand. «Entschuldige. Bitte, verzeih. Ich bin nur so verzweifelt.»

Ilona lächelte ihn beruhigend an.

«Wir schaffen das. Zusammen schaffen wir das. Und ich bin sicher, Bernard kommt, um uns zu helfen.»

Ich war so froh, dass sie sich wieder vertragen hatten. Es war ein Schock gewesen, Ilona an diesem schrecklichen Nachmittag einfach davongehen zu sehen. Wie gut, dass sie so einen starken Willen hatte, mit dem sie Maurus in seiner Verzweiflung die nötige Kraft geben konnte, um der Angst ins Gesicht zu sehen. Er tat mir leid. Sie beide taten mir leid.

Nina wachte häufig nachts auf, doch die Dunkelheit schreckte sie nicht. Meist sprach sie dann leise mit mir, flüsterte mir ins Ohr und fuhr mit ihrem kleinen Daumen über meinen Trostpunkt.

«Ich denke oft an Mama», sagte sie eines Nachts. Der Mond war hinter den Wolken verschwunden, und es war finster im Zimmer. Ein Schauer lief mir über den Rücken.

«Sie ist schon lange im Himmel», fuhr sie fort. «Früher hat Papa immer erzählt, dass sie dort oben sitzt und auf uns aufpasst. Glaubst du, sie hat vergessen, auf mich aufzupassen?»

Ich weiß nichts vom Himmel, ich habe keine Ahnung, ob man dort oben sitzen und auf andere Menschen aufpassen kann. Die Frage hatte ich mir ehrlich gesagt noch nie gestellt.

Nein, ich glaube nicht, dass sie vergessen hat, auf dich auf-
zupassen.

«Ich frage mich, ob sie ein Engel ist. So wie Arthur aus der Zeichentrickserie.»

Mir gefiel, dass Nina sich ihre Mutter als einen Engel vor-stellte, der viel Spaß hatte und pausenlos Leute aus brenzligen Situationen rettete.

«Wenn sie ist wie Arthur, dann wird sie mir sicher helfen, wieder gesund zu werden.»

Das hoffe ich.

«Ich muss gesund werden», sagte sie schläfrig.

Ja. Unbedingt.

«Wir wollen doch zu meinem Geburtstag in den Zirkus», fügte sie hinzu und schloss die Augen. Sie hustete nicht mehr in dieser Nacht, doch ihr kleiner Körper pulsierte in heißem Fieber.

Der April ging bereits in die zweite Hälfte, als die Diagnose endlich feststand. Akute lymphatische Leukämie.

Der Begriff Krebs fiel kein einziges Mal in Ninas Gegenwart, niemand sprach jemals aus, wie die Krankheit hieß, die sie langsam von innen heraus auffraß. Doch Nina war klug, und auch wenn sie niemals erfuhr, dass sie Krebs hatte, wusste sie doch genau, was ihr fehlte.

«Mein Blut ist krank», erklärte sie mir tapfer. «Und meine Knochen auch. Nächste Woche kommt Onkel Bernard, um mich wieder gesund zu machen.»

Ich schwieg. Was sollte ich auch sagen. Ich wusste nichts über Krankheiten, ich wusste nichts über den Tod, selbst über das Leben wusste ich wenig. Das Einzige, wovon ich etwas verstand, war die Liebe. Nina musste aus ganzem Herzen lieb gehabt werden, so viel war mir klar. Diese Aufgabe übernahm ich gern.

Als Bernard kam, hatte Doktor Szabó bereits mit der Chemotherapie begonnen. Nina bekam Bestrahlungen und wurde zusehends weniger.

Ich lag Nacht für Nacht in ihren Armen und spürte, wie sie immer dünner, wie ihr Körper immer schwächer wurde und die kleine Nina langsam zu verschwinden schien. Sie fiel häufig in einen Dämmerzustand zwischen Wachen und Schlafen, fügte sich widerstandslos in alles, was von ihr verlangt wurde, und bemühte sich, ihren Vater anzulächeln, so gut es ging.

«Du darfst nicht traurig gucken, Papa», sagte sie streng. «Mama passt doch auf uns auf.»

«Ja, mein Stern, du hast recht. Mama passt auf uns auf», sagte er und schluckte.

Es fällt mir schwer, mir Maurus' graues Gesicht in Erinnerung zu rufen, ohne dass sich mir der Hals zuschnürt. Es fällt mir überhaupt schwer, mich an diese Wochen im Krankenhaus zu erinnern, ohne das Gefühl zu haben, innerlich zerrissen zu werden.

Es war beruhigend, Bernard wiederzusehen. Ich bemerkte, dass auch in Maurus und Ilona Hoffnungsfunken glühten. Doch Bernard konnte sie nur schwer am Glimmen halten.

«Doktor Szabó hat alles richtig gemacht», sagte er und legte einen Arm um Maurus' Schultern. «Nina ist wirklich in den besten Händen, doch letztendlich entscheidet ihr Körper darüber, ob er genug Kraft hat, sich gegen die Zellen zu wehren.»

«Sie ist zäh», sagte Ilona. «Sie schafft das.»

Maurus und Ilona saßen Tag und Nacht bei ihr am Bett. Ich lag mit einem Ohr auf ihrer Brust und lauschte ängstlich auf jeden Herzschlag.

Ninas Geburtstag kam. Zum ersten Mal seit Tagen brach die Sonne durch die Wolkendecke und schien auf Ninas Bett. Die Bäume vor dem Fenster strahlten in sattem jungem Grün.

Bernard hatte Nina einen blauen Pullover mitgebracht. «Mit den besten Grüßen von Laura», hatte er gesagt, und Nina hatte den Pulli froh an sich gedrückt.

Ich erkannte den Geruch, auch wenn er ganz schwach und von Waschmittelduft übertönt war, roch ich Laura. Für einen Moment war ich zurück in Olten, fort aus dem Krankenhaus, befreit von der Sorge, die hier überall zu spüren war. Gerüche vergisst man nie.

Maurus und Ilona hatten ein paar Luftballons aufgeblasen und an Ninas Bett gebunden. Sie hatten Lieder gesungen und versucht, Memory zu spielen, doch Nina sank müde zurück in die Kissen.

«Mir ist schlecht», sagte sie leise, und Maurus wusch ihr mit einem feuchten Waschlappen über die Stirn und murmelte beruhigende Worte, bis sie schlief. Dann saßen sie am Fenster und schauten hinaus, bis die Dämmerung hereinbrach. Zu sagen gab es wenig.

Später am Nachmittag, als es schon längst wieder dunkel geworden war und die Straßenlaternen von draußen gelb her einleuchteten, wachte Nina auf.

«Papa», sagte sie in die Dunkelheit.

Maurus hob den Kopf.

«Ich bin hier, Prinzessin. Gleich hier neben dir», sagte er und legte ihr die Hand auf den Arm.

«Ich wäre heute so gern in den Zirkus gegangen.»

«Ich weiß», sagte Maurus und konnte nicht verstecken, dass seine Stimme zitterte. «Ich weiß, *Csillagom*.»

«Es wäre so schön gewesen …»

«Ja», flüsterte Maurus kaum hörbar. «Ja, das wäre es.»

Ilona setzte sich auf die andere Seite des Bettes und griff nach Ninas Hand. Sie begann leise zu sprechen.

«Wir gehen jetzt in den Zirkus», flüsterte sie. «Alle zusammen.»

Sie sah Maurus über das Bett hinweg an.

«Wir feiern deinen Geburtstag und machen einen richtig schönen Ausflug in den Zirkus, in den ganz großen im Stadtwäldchen, oben im Botanischen Garten, hörst du. Stell dir vor, wir nehmen ein Taxi dorthin, denn dein Papa ist wie immer spät dran. Wir haben uns feingemacht. Ich trage das rote, lange Kleid, dein Papa hat seinen Anzug an und du trägst deine neuen Jeans und den blauen Pullover, den Laura dir geschenkt hat …»

Nina lächelte schwach. Maurus hielt ihre andere Hand fest in der seinen und senkte den Kopf. Ilona fuhr fort:

«Wir lassen uns bis vor die Tür fahren. Der Chauffeur steigt aus und macht dir die Tür auf, so, wie für ein vornehme Dame. Wir nehmen dich an die Hand, Papa links und ich rechts, und dann gehen wir hinein. Über dem Eingang hängen riesige bunte, leuchtende Buchstaben. *Fóvárosi Nagycirkusz* steht da. Hörst du, wie drinnen schon die Kapelle spielt? Die Trommler schlagen schon einen Trommelwirbel. Bestimmt geht es bald los. Wir haben einen tollen Platz bekommen, den besten, eine Ehrenloge. Wir sitzen ganz nah an der Manege und können von hier aus alles genau sehen. Das Licht geht aus, und jetzt strahlt nur noch ein einziger Scheinwerfer auf den roten Samtvorhang.»

Sie senkte die Stimme noch ein wenig bis zu einem Wispern.

«Es ist mucksmäuschenstill, alle Zuschauer halten den Atem an. Der Trommelwirbel wird immer lauter, und dann: ein Tusch. Ist das nicht aufregend? Der Vorhang geht auf, und der dicke Zirkusdirektor kommt herein. Er hat einen riesigen, schwarzen Zylinder auf dem Kopf und trägt einen langen Frack. ‹Hochverehrtes Publikum›, ruft er. ‹Meine Damen und Herren! Heute geben wir eine ganz besondere Vorstellung, denn wir haben einen Ehrengast. Es ist die kleine Nina, die heute zehn Jahre alt wird.› Die Leute applaudieren wie wild. Hört ihr das? Der Direktor verbeugt sich vor unserer Loge, und jetzt kündigt er die erste Nummer an. Es sind die Pferde. Fünf wunderschöne weiße Pferde galoppieren in die Manege. Das Licht ist jetzt ganz blau, sodass sie richtig leuchten. Auf ihren Köpfen haben sie bunten Federschmuck, und ihre Augen sehen ganz schwarz aus. Sie galoppieren im Kreis, und jetzt, jetzt stellen sie sich auf die Hinterbeine. Es sieht aus, als winkten sie uns mit ihren Vorderhufen zu, siehst du, wie sie winken?»

Nina nickte leise. Ihr Herz klopfte dicht an meinem Ohr und ich wusste, dass sie diesen Traum mit Ilona und ihrem Vater mitträumte, daß sie fühlte, wie hart die Klappstühle unter ihrem Po waren, wie die Luft nach Tieren roch und die Atmosphäre von Spannung geladen war.

Ilona erzählte weiter. Sie beschrieb die Löwen, die Seehunde und den Zauberer, die Akrobaten und die Seiltänzerinnen und wurde nicht müde, für ihre Beschreibungen die schillerndsten Bilder zu wählen, die man sich vorstellen konnte.

Maurus sah Ilona still an, mit der freien Hand hatte er nach ihrer gegriffen. Die drei hielten einander fest, waren eins. Sie waren zusammen im Zirkus.

«Jetzt kommt noch der Clown», sagte Ilona dann. «Er trägt eine riesige schwarz-weiß karierte Mütze, und darunter schauen ganz wilde knallrote Haare hervor. Er hat eine rote Nase und sehr große Augen. Er ist der berühmteste Clown der Welt. Er heißt Oleg Popov und ist extra wegen dir gekommen. Er verbeugt sich vor dir.»

Nina lächelte.

«Wirklich?», fragte sie mit rauer Stimme.

«Natürlich», sagte Ilona. «Es ist ganz dunkel in der Manege, nur ein kleiner, kreisrunder Fleck ist hell erleuchtet, es sieht aus wie eine Sonne. Im Hintergrund spielt leise ein Klavier. Schau, Oleg setzt sich auf den Sonnenfleck und holt eine Flasche aus einem Korb und ein großes Stück Brot. Er macht wohl ein Picknick. Oh, er sieht sehr zufrieden aus. Aber was ist denn das? Der Sonnenfleck wandert einfach fort. Oleg springt hinter ihm her und versucht ihn einzufangen, aber der Fleck ist schneller. Schwups, noch ein Stück weiter, und Oleg immer wieder hinterher. Die Leute lachen über seine Tollpatschigkeit. Da, jetzt hat er ihn erwischt! Oleg legt sich auf den Fleck und streichelt ihn ganz zart, ja, er scheint ihm gut zuzureden. So ist's gut, lieber Fleck, schön dableiben. Es sieht ganz so aus, als sei der Sonnenfleck besänftigt. Nun kann Oleg wohl sein Picknick fertig essen. Was? Jetzt will der Fleck schon wieder weg. Oleg streichelt ihn noch einmal. Ja, so ist es gut. Doch plötzlich kommt jemand anders und will den Clown verjagen. Und siehst du das? Er kniet sich hin und umarmt den Fleck, und dann schiebt er ihn ganz, ganz vorsichtig zusammen, mit beiden Händen, gerade so, als würde er ein Häufchen Erde zusammenschieben. Der Sonnenfleck wird immer kleiner, und jetzt ist er so klein, ganz handlich ist er jetzt, und Oleg nimmt eine Tasche und schiebt das Licht in seine Tasche. Nun kann er es nicht mehr verlieren. Siehst du, wie es aus seiner Tasche leuchtet? Siehst du, wie er strahlt? Über das ganze Gesicht.»

Sie hob langsam den Kopf und sah Maurus fest in die Augen. Ohne den Blick abzuwenden, sprach sie weiter:

«Und die Leute klatschen, sie klatschen wie verrückt, und weißt du was, meine Kleine? Sie klatschen gar nicht für Popov, sie klatschen für dich, nur für dich. Weil du unser Stern bist, weil du so ein tapferes, kluges und starkes Mädchen bist, weil …»

«Ja», hörte ich Ninas Stimme. «Mit euch …»

Ninas Herz pochte leise, sehr leise. Ich hörte, wie der Atem in ihre Lungen strömte und wieder heraus. Ich hörte ihr Blut rauschen und ihren Magen gurgeln, ich hörte, dass sie lebte, und ich hatte nur den einen Wunsch, dass sie durchhalten würde, dass sie stark genug war, dass Liebe helfen würde, denn davon gab es ausnahmsweise genug. Und irgendwie glaubte ich für einen Moment sogar daran.

Doch Nina schaffte es nicht.

Sie starb ganz leise, wie es ihre Art war, an einem Morgen um zehn.

Im Fernsehen berichtete man an diesem Tag von zwei Männern, die in einem kleinen Grenzort namens Sopron ein Loch in den Eisernen Vorhang geschnitten und die Grenze zwischen Österreich und Ungarn symbolisch geöffnet hatten. Zu spät für Nina.

Es gibt viele Arten zu trauern, und keine davon ist besser oder schlechter als die andere, weshalb es niemandem zusteht, darüber zu urteilen. Auch nicht einem Bären.

Nach ein paar Wochen hielt Maurus es nicht mehr aus, mich

und die anderen Spielsachen von Nina um sich zu haben. Er bat Ilona, alles in eine Kiste zu packen und sie auf den Dachboden zu stellen.

«Ich kann diese Dinge nicht mehr sehen», sagte er. «Wenn dieser Teddy mich anschaut, tut sich vor mir ein schwarzer Abgrund auf. Vielleicht ist es nicht richtig, aber so denke ich immer, sie wäre noch da, ich denke, sie ist ...» Seine Stimme versagte, und Ilona begann, die Sachen zusammenzuräumen.

Ich weiß nicht, warum, aber sie schien es nicht über sich zu bringen, mich in den Karton zu stecken.

«Nina hat ihren Mici so geliebt», sagte sie zu Maurus und drückte ihre Nase in mein Fell.

Ich habe sie auch geliebt.

«Dann verschenk ihn, was weiß ich, aber tu ihn weg. Ich will ihn hier nicht mehr sehen. Er zerreißt mir das Herz.»

Das waren klare Worte. Und was soll ich sagen? Ich verstand ihn. Er konnte ja nicht wissen, dass sich auch in mir eine weiße Wüste ausgebreitet hatte, dass auch ich das Gefühl der Leere und Sinnlosigkeit hatte. Wir alle vermissten Nina. Wir alle konnten die Willkür nicht begreifen, mit der sich Leben und Tod auf die Menschen verteilen. In den letzten Wochen hatten wir gewusst, dass Nina es nicht schaffen würde, und dennoch hatten wir auf ein Wunder gehofft. Es waren Hilflosigkeit und Machtlosigkeit, die Maurus an den Rand des Wahnsinns trieben.

Ilona gab mich an Gyula, Ninas neunjährigen Cousin.

«Sieh mal, was für ein netter Bär», sagte Zsuzsa, seine Mutter.

«Ich will ihn nicht», erwiderte Gyula und zog die Mundwinkel nach unten.

«Aber warum denn nicht? Er braucht ein neues Zuhause.»

«Er hat Nina gehört.»

«Ja, das stimmt. Und jetzt möchte er sicher gern einen neuen Spielkameraden haben.»

Nein, danke.

«Nina ist tot. Ich will ihn nicht.»

Ich sah, wie Zsuzsa Ilona entschuldigend anlächelte. Die Worte des Jungen trafen Ilona wie Peitschenhiebe.

«Tja, vielleicht war es doch nicht so eine gute Idee … Ich kann ihn ja wieder mitnehmen.»

«Nein, lass doch», sagte Zsuzsa schnell. «Die beiden werden sicher bald Freunde.»

Ilona sah ihre Schwägerin zweifelnd an.

«Nina hat diesen Bären sehr geliebt», sagte sie. «Ich weiß, es ist albern, aber ich will, dass er es gut hat.»

«Er wird es gut haben, verlass dich drauf. Gyula ist in einer Trotzphase, man kann ihm gar nichts recht machen, weißt du. Das muss am Alter liegen.»

Nina war nicht so.

«Er heißt Mici Mackó», sagte Ilona, und ich merkte, wie sie sich seltsam dabei vorkam, das zu sagen.

Danke, Ilona.

Nach einem verkrampften Abschied schloss Zsuzsa die Tür hinter Ilona, und mein Leben ging weiter, ob ich wollte oder nicht.

Ich sage es gleich: Wir wurden nie richtige Freunde. Gyula und ich teilten allenfalls eine gemeinsame Vorliebe für West Fernsehen, und das war es.

Ich hatte den Eindruck, dass mein Leben zunehmend aus einem Gefühl bestand: Vermissen. Je älter ich wurde, umso mehr Menschen vermisste ich, umso schmerzlicher vermisste ich sie, umso mehr sehnte ich mich nach einem ruhigen Ort der Beständigkeit. Ich ahnte ja nicht, wie sich die Endstation Sehnsucht wenig später tatsächlich anfühlen würde – sonst wäre ich vielleicht doch lieber bei Gyula geblieben als bei seiner Großmutter Sidonie Federspiel.

Er hatte keine Lust gehabt, sie zu besuchen (nach der Grenzöffnung war es kein Abenteuer mehr, in den Westen zu reisen), er hatte keine Lust gehabt, mich mitzunehmen, und als die Woche großmütterlichen Zwangsbesuchs endlich vorbei war, reiste er erleichtert ab und vergaß mich schlicht und ergreifend – und so wie ich ihn kenne, wahrscheinlich absichtlich. Es war genau genommen also kein Zufall, dass ich hier, in der Döblinger Hauptstraße, gelandet war, sondern Gyulas Wille.

Madame Federspiel hatte den Fotokarton auf dem Schoß, die Bilder nahm sie meist eines nach dem anderen heraus. Das Sektglas neben ihr war halb geleert. Die Platte war zu Ende, und ich sah, wie der Tonarm in der Mitte auf der schwarzen Scheibe hing und immer weiter lautes Knistern über die Lautsprecher schickte. Das passierte fast jeden Tag, denn eigentlich schlief sie immer ein, noch ehe Tosca dazu kam, den bösen Scarpia zu ermorden.

Ich hing meinen Gedanken nach, als Lisette plötzlich von Madame Federspiels Schoß sprang und dabei das Sektglas umstieß. Plätschernd ergoss sich die Flüssigkeit auf den Teppichboden. Madame schlief wie ein Stein. Aber auch, wenn sie aufgewacht wäre, hätte sie den Fehltritt der kleinen grauen Katze nur mit einem liebevollen Kopfschütteln quittiert. Mit ihren Lieblingen war sie nachsichtig.

Unruhe kam in die Katzenschar. Das verhieß normalerweise nichts Gutes, oft musste ich dann für ihre sadistischen Spiele herhalten. Ping, Pang und Pong liefen mit aufgestelltem Schwanz unruhig hin und her. Sie stimmten ein Miau-Konzert an, das mit Madames Gesang ohne Probleme mithalten konnte.

Was war denn in diese dummen Viecher gefahren? Gönnten sie einem nicht mal ein bisschen Ruhe am Nachmittag?

Sie hörten nicht auf, und erst als der Abend sich senkte und Sidonie Federspiel noch immer in ihrem Sessel saß und schlief, kam mir der Gedanke, dass sie womöglich nicht mehr aufwachen würde.

Ohne auch nur zu blinzeln, beobachtete ich sie. Eine Stunde, zwei, drei, fünf. Sie rührte sich nicht. Die Katzen schrien weiter und drängten in den Flur.

Madame Federspiel wachte nicht mehr auf. Sie war mitten in ihren schönsten Erinnerungen eingeschlafen.

Wie sehr unterschied sich dieser Tod von Ninas. Zehn Jahre lagen dazwischen, zehn Jahre, die dieser alten Dame geschenkt worden waren, zehn Jahre, die Nina nie hatte erleben dürfen. Sie war so klein gewesen. Es war so falsch gewesen. Und Madame Federspiel? Sie hatte ihr Leben genossen, sie hatte ihr Leben gelebt, ihre Zeit war einfach von ganz alleine abgelaufen – von einer Hälfte der Sanduhr in die andere. Ninas Sanduhr war zu Bruch gegangen, als die obere Hälfte noch fast voll war. Sie war zerborsten, und der Sand hatte sich verteilt, war vom Wind davongetragen worden in alle Himmelsrichtungen.

Ich spürte keine Trauer, nur das leise innerliche Seufzer dass ich wieder einen Menschen überlebt hatte.

Den bevorstehenden Wechsel in das neue Jahrtausend erlebte ich bereits in Ferdinands winzigem Puppenladen. Nachdem die Katzen drei Tage lang Radau gemacht hatten, hatte eine Nachbarin die Polizei gerufen. Dann wurden die Katzen ins Tierheim, die Möbel auf den Sperrmüll und das Inventar zum Trödler gegeben. Ich gehörte zum Inventar. Der Rest ist Geschichte.

9

*I*mmer wieder habe ich in den vergangen Stunden das Kreischen der Jet-Motoren gehört, wenn sie die Flugzeuge in den Himmel trieben.

Ich habe viel nachgedacht.

Wie unzählige Male zuvor warte ich darauf, dass jemand mich und mein Schicksal in die Hand nimmt und darüber entscheidet. Wenn ich zurückschaue, kann ich mit Stolz sagen, dass ich meinen Job gut gemacht habe. Mein Leben, das Leben des Henry N. Brown, ist ein erfülltes, aufregendes, abwechslungsreiches und bewegtes Leben gewesen – auch wenn ich der Ansicht bin, dass es nicht zwangsläufig schon vorüber sein müsste.

Ich höre Schritte.

Jemand kommt herein und nimmt mich aus der Wanne.

Ich fühle alles und nichts.

«So», sagt ein fremde Stimme, «jetzt wollen wir doch ma' sehen, womit du uns so viel Scherereien bereitest.»

Kommt und holt mich. Schaut euch die Liebe an, die mein Leben bestimmt hat. Haltet sie in euren Händen und fühl wie sie pulsiert. Vielleicht hilft es euch. Vielleicht erweckt e in euch den Glauben an das Gute zu neuem Leben. Vielleicht schöpft ihr Mut. Vielleicht werdet auch ihr euch dann ein Leben lang an mich erinnern. An Henry N. Brown, den Bären, der die Liebe in sich trug.

Aus dem Augenwinkel sehe ich ein Teppichmesser auf mich zukommen und erwarte den ersten Schnitt.

EPILOG

Warme Sonnenstrahlen fallen durch das lichte Laub der Birke vor dem Fenster. Eine blaue Meise sitzt auf einem Ast und zwitschert ihr Lied.

Die Schriftstellerin stellt ihre Teetasse auf dem Schreibtisch ab, lässt sich auf dem Bürostuhl nieder und schaltet ihren Computer an.

Auf dem Bücherstapel neben ihr liegt ein Stück schwarzer Samt. Mit dem Daumen streicht sie den glänzenden Stoff glatt, dann öffnet sie die Schreibtischschublade und lässt ein Herz in ihre Hand fallen. Es ist aus Gold und glitzert im Sonnenlicht. So also sieht die Liebe aus.

Mit dem Daumennagel betätigt die Schriftstellerin einen winzigen Mechanismus, und der Deckel des Schmuckstücks springt auf. Sie schiebt ihre Brille hoch, um besser sehen zu können, obwohl sie die Gravur schon längst auswendig kann Halblaut liest sie: «A & W. *May our hearts beat like one.*»

Sie lächelt und hebt den Blick. Legt den Kopf schräg.

«Na, dann wollen wir mal, was, Henry?», sagt sie und zwinkert mir zu.

Mein Herz klopft vor Aufregung, ich zwinkere von meinem Platz in der Kirschholzvitrine aus zurück.

Sie beginnt zu schreiben.

NACHWORT

Das war Henrys Geschichte. Wenn Sie nun glauben, es sei irgendein x-beliebiger Bärenroman gewesen, den Sie gelesen haben, so muss ich Sie enttäuschen. Der Protagonist dieses Buches, Henry N. Brown, ist nämlich *mein* Bär – es gibt ihn wirklich, er ist nicht eine von der Phantasie ausgedachte Romanfigur. Ja, ich hätte selbst nicht geglaubt, dass ich einmal einen Bären zu den Autoren meines Verlages zählen würde, aber das Leben steckt voller Überraschungen.

Ich habe Henry an einem dunklen Dezembernachmittag kurz vor der Jahrtausendwende in einem winzigen Laden in Wien entdeckt: Mitten unter Puppen und anderem Spielzeug saß er in dem kleinen Schaufenster und blickte in die Dämmerung hinaus. Seinen Kopf hielt er ein bisschen schief, als sei er schon etwas müde. Vielleicht gab er aber auch nur besonders acht, denn in seine Tatze war die Hand einer Puppe gelegt, die größer war als er und wie seine ältere Schwester wirkte.

Jedenfalls bewirkte sein anrührender Blick, dass ich das Geschäft betrat und den Bären aus dem Schaufenster holen ließ. Es stellte sich heraus, dass Henry seinen Kopf tatsächlich nicht mehr gerade halten konnte – er war schon etwas locker und bewegte sich entweder nach rechts oder links. Auch war sein Fell ziemlich abgeliebt; in der Herzgegend spürte ich sogar eine Druckstelle. Der Bär ist tatsächlich nicht mehr der Jüngste, dachte ich, er hat einige Jahrzehnte auf dem Buckel. Der wackelnde Kopf, die eingedrückte Stelle, das nicht mehr dichte Fell – er schien eine bewegte Vergangenheit zu haben. Irgendwie rührte dieser Bär mein Herz, und ich nahm ihn mit.

Er hieß natürlich nicht von Anfang an Henry, und das «N.» in seinem Namen steht – wie wir gelesen haben – für die kaum definierbare Farbe seines Fells: Henry *nearly* Brown – Henry *fast* Braun. Nein, richtig braun war er nicht, eher bräunlich, ocker oder safrangelb. Wie auch immer, er bekam diesen neuen Namen – nach so vielen anderen, die er wohl schon gehabt hatte.

Ich gab ihm einen Ehrenplatz in einer Vitrine. Hinter Glas, damit ihm der Staub nichts anhaben konnte. Dort saß er inmitten alter Bücher, silberner Bilderrahmen und anderer schöner Gegenstände und blickte Tag für Tag wie aus einem Fenster in die Welt meines Arbeitszimmers. In seinen Augen war stets ein melancholischer Blick. Was hatte er wohl schon alles gesehen und erlebt? Ich wusste es nicht.

Eines Tages befreite ich Henry aus seinem komfortablen Gefängnis, nahm ihn in den Arm, streichelte ihm über sein struppiges Fell. Und da begann der Bär auf einmal zu sprechen. Er erzählte mir sein Leben, sein wechselvolles und spannendes Leben. Ich sah die Welt plötzlich mit seinen Augen, aus der Bärenperspektive sozusagen. Ich erfuhr viel über die Geschichte des vergangenen Jahrhunderts, ich lernte die Kinder kennen, die in diesem Bären einen besonders liebenswerten Spielgefährten hatten. Und einiges sehr Wichtiges über den Sinn des Lebens und das Geheimnis der Liebe lernte ich auch. Heute weiß ich: Wer auch immer sagt, er brauche keinen Bären und wisse mit ihm nichts anzufangen, hat ihn wahrscheinlich am nötigsten.

In der Autorin Anne Helene Bubenzer fand ich eine wunderbare Bären-Chronistin, die das Leben des Henry N. Brown liebevoll und mit großer Weisheit aufgezeichnet hat. Dass in unserem Buch die Schriftstellerin den Bären erwirbt, ist ein kleines Zugeständnis an die Dramaturgie dieser wirklich unglaublichen Geschichte. Alles andere ist so wahr, wie erlebte Geschichten eben wahr sind.

Und so freue ich mich, dass Henry nun auch seinen Weg zu Ihrem Herzen gefunden hat. Er hat schon vielen Menschenkindern Trost gespendet, und manchmal – ich gestehe es – auch mir. Natürlich ist er der liebste und klügste Bär, den man sich nur vorstellen kann. Natürlich ist er ein Philosoph. Und natürlich hat er sein Herz auf dem rechten Fleck. Doch das ist Ihnen beim Lesen vermutlich schon aufgegangen.

Herzlichst
Ihr

JOHANNES THIELE
Verleger (Thiele Verlag)